遠方的追緝（上）
The Distant Chasers
追風人◎著

Contents

Contents

序曲：七娘山下的英魂

一個風和日麗的下午，美國總統於白宮發表了簡短的談話，他在電視機的鏡頭前說：

「我親愛的同胞們，午安！

我昨天在這裏對大家宣佈，聯邦政府有效地阻止了基地組織和伊斯蘭聖戰組織聯合對美國本土所發動的恐怖行動，他們的計畫是要對我們造成比九一一事件更為慘重數十倍的人員傷亡和財產損失。我在昨天說明了，我們的成功除了歸功於我們反恐人員的努力和大無畏的犧牲外，我們也得到了非常有價值的，來自盟國和國際友人們的協助。由於考慮到非常敏感的外交關係，和為了必要的安全及機密，我昨天對這一點沒有詳細的說明。經過了過去二十四小時的努力，我們取得了外交上的諒解和必要的安排，現在我可以把真相告訴大家了。

我親愛的同胞們，你們一定都知道在加利福尼亞州的西邊，隔著太平洋的對岸有一個多年前被稱為美麗之島的台灣，上面居住了兩千多萬的人民，從多年前我們就是盟友，兩邊的人民建立起深厚的友誼，因為複雜的國際情勢，我們終止了正式外交關係，但是人民之間的密切來往從未間斷過，我們更是高興的見到，台灣人民在困難的外在環境下，不斷的努力，向著民主政治的改革和高度經濟發展的道路邁進，台灣在世界的舞台上已經展現出多次的奇蹟。

這次他們在關鍵的時刻，派遣情治人員遠赴萬哩以外的中南美洲，在十分艱難困苦的環境下，以有限的人力和財力，但是無限的智慧和毅力，成功的營救出一位被困的美國總統特別助理，就是因為我的這位助理取得了這次恐怖事件的行動計畫，讓我們在正確的地點和時間啓動我們的警戒和抵抗，阻止了恐怖份子在我國得逞的機會。

在此之前，台灣特偵組的檢察官指揮調查人員，深入東南亞的叢林，以極少的人力，在台灣軍方的配合下，以高度的運作能力，執行遠方追緝行動，成功的逮捕了恐怖組織的關鍵人物，切斷了他們繼續活動的能力。美國是他們行動的直接受益者。

這就是我們在亞洲的台灣老友，送給我們的禮物。做為一個國家，和這個國家的人民，我們應該永遠的記住這份友情。

祝各位有一個愉快的日子。願上帝保佑美國的人民。」

台灣和美國東岸的華盛頓之間隔著太平洋和北美洲大陸，有將近萬哩的距離，在時間上相差整整十二個小時，兩地恰恰是日夜顛倒，所以當美國總統在白宮發表談話時，大部份的台灣人都正在睡夢中，他們是從第二天早上的新聞報導裏得知美國總統的談話。但就在當天下午，他們又在電視上看到了來自北京的新聞稿，那是一份中共中央總書記和國家主席對全國人民的宣告，內容是：

「親愛的全國同胞們：午安。

四十八小時前，新疆分裂主義份子配合國際恐怖組織在我們國家發起了恐怖行動，企圖造成巨大的生命傷亡和財產損失，以慘無人道的手段來宣示他們分裂我們祖國的幻想。我們的公安幹警奮起抵抗，以他們的鮮血和生命來保護祖國和人民，粉碎了恐怖份子的計畫。我現在要告訴你們，這些鮮血和生命還包括了來自海峽對岸的台灣同胞，在我們最危難的關鍵時刻，台灣當局派出了調查員協助我們的公安人員識別滲透入境的恐怖份子，然後和公安幹警在第一線並肩作戰，掩護爆炸物的安全轉移。在此之前，台灣當局啓動了遠方追緝行動，以極少數的人力深入東南亞叢林裏的恐怖組織基地，逮捕了為疆獨份子和其他恐怖組織提供設備和技術培訓的犯罪集團。台灣當局的行動已經獲得國際上普遍的讚揚。

為此，我以總書記和國家主席的名義，向台灣當局及有關人員的家屬和親人發出了信函，表達我們最高的敬意和誠摯的慰問，告訴他們，在大陸同胞的心中會永遠懷念此事。」

這些年來，台灣在外交上的困境眾人皆知，在政治、社會的價值觀，經濟和外交上對美國和中國大陸的依賴有其主觀和客觀的因素。由於中美兩國的利益和運作方式在很多事情上南轅北轍，甚至有很大的衝突，台灣夾在中間，面對兩個老大，不但有兩邊都爲難的情況，有時還會有類似豬八戒照鏡子，兩面不是人的無奈感。很少有像此時此刻，兩邊都把好話和讚頌說得滿滿的，台灣政府和老百姓都非常高興，對被派參加這次反恐任務的情治人員感到由衷的敬佩。但是他們沒有想到的是，在這群海峽兩岸的年輕人爲了維護人性的善良，用自己的鮮血和生命與邪惡鬥爭的同時，也在各自的感情戰場上，和常人一樣的以喜怒哀樂的情懷在掙扎著。他們的愛情和生命一樣，在關鍵的時刻同樣的昇華了。

這場驚心動魄的鬥爭和纏綿的愛情，是開始在一個多年前還是中國南方的一個小漁村，現在卻是中國最開放和最現代化的經濟特區——深圳。

丁雙玲來到這南方的大都市深圳已經兩個多月了，她的工作一直沒有很大的進展。但是最近的幾天裏，她感到事情開始有了變化，並且變得很快。她的目標幾乎是快完成了。一方面對即將完成的任務感到高興和高度的成就感，同時又有些傷感，因爲任務完成後，她就得離開深圳了。她愛上了這個充滿活力的城市，在這裏，她能找到所有想像中的事和人。

深圳曾經是個沉睡的小漁村，但在中國的改革開放政策下成爲第一個經濟特區。在將近三十年裏，深圳從一個只有兩、三千人的村子，成爲有超過一千萬人口在珠江三角洲上的繁華都市，它已經是世界上最大的製造業基地。

在這已逾千萬的人口中，有百分之九十五是來自全國各地的移民，他們都是在深圳特區成立後來到此地，他們的共同點就是懷著一份為創業而拚搏的精神，將各自家鄉的文化傳統和習俗帶到深圳，鑄造了深圳文化，並賦予更多的內涵，而這些演變過程還在繼續中。它不斷地吸引著新移民，也深深地套住了丁雙玲的心。她開始注意到深圳的人文社會特色和變化，同時也很驚喜地發現有一批年輕人對深圳的自然環境和生態有著特別的關心。

在學校念書時，她就對這些問題很有興趣，從新聞報導中，她明白了深圳在僅僅二十多年的時間裏從一個邊陲小鎮發展成為共和國最年輕的現代化開放城市，創造了世界工業化、城市化和現代化發展史上的奇蹟。但是，在給深圳帶來輝煌成就的同時，也帶來了日趨嚴重的環境污染、資源匱乏、能源短缺、城市生態系統迅速退化，經濟、人口和城市規模已逼近環境承載能力的極限。

熊卉瑩是丁雙玲在一次環境論壇的活動中結交的新朋友，她是個年輕的海洋生物學家，是在深圳的近岸海洋研究重點實驗室從事海洋環境的研究工作。她邀請丁雙玲參加她的野外工作，實地的來體會大自然環境科學的神奇。熊卉瑩也帶著她沿珠江逆流而上，讓一個北方姑娘看到了中國南方的地理人文。她還帶丁雙玲來到香港九龍的清水灣畔，參觀了著名的優德大學。

熊卉瑩從廣州中山大學畢業後，曾在優德大學鍾為教授的實驗室裏工作了三年。她們去聽了社會人文學院盛西期教授有關近代西方文化和中國改革開放的專題演講，讓她感受到熊卉瑩所形容的「大學是學術的廟堂」是怎麼回事。這一切都是丁雙玲做夢都沒有想到的經驗，帶給了她無比的震撼，她考慮在目前的任務結束後，到深圳來工作。但是她能感到，任務進入了最後階段，她不能分心了。

今天早上，丁雙玲的心情特別高興，那是因為她昨晚睡得特別香，一覺到天亮。想到昨晚的事，她特別的得意，她在晚上九點半出門，先是搭計程車在城裏轉了一圈，又再乘公車到城南，再換了兩次車，下車後步行到了華強北路的一家從沒去過的網咖。她花了整整一個小時的來回折騰，就是要確定她沒被人跟蹤。在網咖裏，她用電郵發出了這兩天裏的第三個報告，也是最長，最詳細的，將她認爲的目標人物和她所取到的資訊，都一五一十的寫進報告裏，附件裏還包括了她用手機拍攝的照片和她在暗地裏掃描的文件。同時也說明了將取到的相關指紋和其他證據已寄往指定的信箱。

丁雙玲是廈門強發國際貿易公司的行政助理，兩個多月前，她主動爭取派到位於深圳的分公司工作。分公司的主要工作是替廈門總公司處理與香港的進出口業務，其中包括了接待從香港進出的境外客戶。分公司裏除了管理幹部外，還有二十多個工作人員，丁雙玲是少數幾個從廈門總公司派來的，雖然年紀輕輕，資歷也不長，但公司還是撥給她一間獨立的辦公室。她的身材高挑，面目姣好，人漂亮又擅打扮，在公司裏很引人注目。但是由於她個性溫和、友善，和同事們相處得很好。

和往常一樣，丁雙玲在到達辦公室之前，先在隔壁的麥當勞買了份早餐，她喜歡那裏咖啡的香味，這使她到深圳後就養成了喝咖啡的習慣。在辦公室裏，她首先把桌上的電腦打開，第一件事就是看看有沒有電子郵件，信箱裏已經有二十多封發給她的郵件。丁雙玲急急忙忙開啓信件，其中一封短信使她放下了心，那是告訴她昨晚發的文件收到了。但是還有一則使她不安的訊息：「你媽住院了，請馬上回家。」

她邊吃早餐，邊陷入了沉思。最後的訊息，是預先安排的警告暗語，那是要她馬上緊急撤離。是發生了什麼事嗎？現在她的任務剛有了轉機，就要撤離，實在太可惜了，她決定再留一天，等到下班時再走。

她隨即把這份電郵刪去。等把剩下來的電郵處理完了，她馬上開始經理交辦的任務，那就是要落實明天總公司董事長全家要來深圳度假的安排，其中最重要的就是在深圳最豪華的五星級威尼斯酒店預定一個總統套房。

丁雙玲的辦公室有兩扇大窗子，一個是對街，一個對著走廊，再加上辦公室的門又是玻璃門，所以屋裏屋外都一目了然。她一眼看見曹美新提著一個大旅行袋推門走了進來。小曹是從農村來深圳打工的，原來是在公司當清潔工，負責打掃辦公室，因爲聰明伶俐，經理就叫她當辦事員，也就是在辦公室做雜工，從送文件到去買便當，都是她的事。小曹對這份打雜工也很滿意，除了工資比當清潔工要高一倍外，她還能到處跑跑，不用整天待在公司裏。小曹是全公司最低層的工作人員了，所有的公司職員都能使喚她，有時態度也不很好，還會挨罵的。但是丁雙玲對她很好，從來不把她當下人看，她對小曹總是有說有笑的。

小曹一屁股坐在丁雙玲辦公桌前的椅子，她說：

「餓死我了，還沒吃早餐呢，玲姐，有什麼吃的嗎？」

「跟你說了多少次了，不吃早餐會傷胃的，等你年紀大了，後悔就來不及了。」

「我知道，但起床後只剩半小時就得上班了，趕到公司都來不及了，哪有時間弄早點。」

丁雙玲伸手拉開辦公桌最下面的抽屜，拿出一個麥當勞袋子：

「給你！麥當勞的早餐堡，快吃吧！」

小曹的臉上出現了一個大笑容，一排很不整齊但是雪白的牙齒都露了出來：

「哎呀！這世上除了我娘外，就數玲姐最疼我了。你真神啊，怎麼會知道我沒吃早點呢？」

丁雙玲從抽屜裏又拿了一瓶礦泉水來：「你們這些小丫頭要幹的事，還能瞞得過本姑娘嗎？昨天你告訴我，你們要去夜店跳舞，我就知道你們不到三更半夜不會回家的。早上累得起不來，對吧？是跳累了，還是被帥哥折磨得累了？從實招來！」

「玲姐，我告訴你，深圳的男人都是壞心眼，除了動手動腳之外，就是想要你和他上床。去了這麼多次夜店，還沒碰過一個讓人感到踏實的男人。」

「小曹，我跟你說過多少次了，那種地方去玩玩可以，但是決不是找對象的地方，你怎麼還不明白？還有你是不是又穿了那把半個身子都露出來的衣服，男人當然會以爲你想上床了。你要小心啊！」

「玲姐，知道了。都怪你那麼小氣嘛！有那麼多帥哥來找你，也不介紹一兩個給我。」

「別一天到晚在想男人，趕快加緊念書，你爸媽不是要你考大學嗎？」

「看你說話越來越像我媽了。玲姐，你猜我昨晚看見誰了？」

「誰？」

「就是前幾天到公司來的，你說的那個好色的王總。」

「他也到夜店去了？」

「我們是去在東門邊上的天上人間夜店，一樓是舞池，二樓是ＫＴＶ包廂。快十點時，王總和另外兩個也來過這的客戶就上了包廂了。」

「那兩個客戶是誰？」

「就是那個姓熱的新疆人和那個姓張的福建人，上星期他們都到過公司來，你忘了？」

「怎麼能忘得了，兩個都和王總一樣，喜歡動手動腳的。那個新疆人有個怪名字叫熱則木日，是維族人，那個福建人叫張正雄，我看其實是個台灣人。他們看見你了嗎？」

「哈，他們都忙著跟身邊賣弄風騷的小姐打情罵俏，沒看見我。吃完了，我得趕緊去送貨了，回來再跟你聊。」

「要送到哪裏去？這麼急，先喝點水吧！」

「要送到在龍崗區南澳碼頭的一家打漁的人。」

「我怎麼不知道我們公司和漁業還有關係呢！」

小曹指了指放在地上的旅行袋說：「玲姐，你知道我是去送什麼嗎？告訴你包保嚇死你。」

「是什麼？有這麼神秘嗎？」

小曹彎腰把頭湊過來小聲的說：「三十萬元現鈔，一塊錢都不少。這是第三回了。玲姐，你說這事怪不怪？」

「那你還不快送去，晚了又會挨罵了。記住了，到地方就給我個電話。」

小曹一離開，丁雙玲馬上就感到自己的心跳在加快。自從來到強發公司後，就在盼望的事終於發生了，這也意味了她的工作即將結束。她望外看了一看，顧不得建立好的安全保密程式，馬上從她的電腦上發出了一則很短的電郵：

「一百萬元送達南澳漁民，判斷：啓動逃亡行動。查新疆熱則木日及福建／台灣張正雄。」

然後馬上將信件從她的發出信箱裏洗掉。

南澳鎮是在龍崗區，大亞灣海濱的一個小漁港，從深圳市中心到那裏最慢一個小時的車程也能到了。但是小曹在早上九點多鐘出發後，到快吃中飯的時候還不見她的影子，也沒有電話。這是讓丁雙玲最不放心的，因爲她說的話，小曹平常一定會照辦不誤，尤其是出外到了地點一定會有電話的，這也是她們預先說好，在這人地生疏的地方要互相照顧的方法。

等到午飯的時間都過了，快到兩點鐘時，丁雙玲終於忍不住給公司經理打電話，報告小曹一早外出送錢還沒回公司，是不是出什麼意外了。經理把她訓了一頓，說是小曹另有任務在外邊，叫她別管他人的事。但她還是認爲小曹沒打電話一定是出事了。

丁雙玲認爲強發公司要變天了，是因爲在這一個星期左右，有非常大數目的款項匯出到其他的公司，有不少還是在境外的。這些資訊她都一五一十的用簡訊和電郵報告了，但是今天她第一次發現了有現金的流動，並且數量是百萬元。她想到早上接到要她即刻撤離的警告，一定是情況緊急和危險，她決定撤離了，但是小曹還是沒消息，真叫她擔心，她決定再等一個小時，如果小曹還不回來，她就撤離並且馬上做失蹤人口報警。

但是半小時後，丁雙玲看見好幾個彪形大漢走進了公司，他們站在大門和幾個重要的角落，一看就知道是來負責保鏢的任務。隨後總公司的常強發董事長和那位王總一起來到了公司。他們經過丁雙玲的辦公室，直接走進了經理辦公室。王總還特意看了丁雙玲一眼，臉上露出一絲微笑，她覺得這個笑容充滿了邪惡，讓她不寒而慄。

她想起王總頭一次來公司時就對她不懷好意，一副色瞇瞇地說，她長得很像他在國外留學的未婚妻，堅持要請她吃飯。結果在飯館裏就動手動腳的，還說了一大堆下流話，很直接地說想跟她親熱親熱，丁雙玲最後實在是受不了，臭罵了他一頓後拂袖而去。但是她也感到這位自稱是上海一家貿易公司的王總問了好些很奇怪的問題，讓她深深覺得他是不是已經對她的真實身分起了疑心。她決定馬上撤離，按預先定好的安排，她要撥一個電話啓動接應的人。但是當她拿起桌上的電話時，就發現線路不通了。她放下了電話，正要打開手提包取出手機時，站在門外的大漢推門進來，他說：

「丁小姐，經理找你，請過去一趟。」

「好的，我打個電話後馬上過去。」

「太遲了，現在就跟我們走。」

這時丁雙玲才發現另一個陌生人也進來了，並且伸手把桌上的手提包拿住。她厲聲的說：「你們想幹什麼？把皮包還給我！」

兩個大漢一左一右緊緊地抓住她的兩臂，在走出辦公室前，先前的一人開口說：

「從現在開始就由不得你了，你要是不老實點，我們馬上要你好看。」

丁雙玲就這樣被架進了公司的會客室。她一眼看見強發公司的董事長常強發坐在沙發上，臉色鐵青。王總就站在他身邊。

這是她第二次面對面地站在常強發的面前，第一次是在廈門總公司報到時。現在他又開口了：

「丁雙玲，你到底是誰？是幹什麼的？」

「我是從河南鄭州應聘到廈門強發貿易公司的，再被派到深圳來工作的。這些都有記錄的。」

「是嗎？你膽子不小啊，現在還敢說謊。」

說完站起來揮手就給丁雙玲的臉上一個重重的耳光，打得她兩眼直冒金星。但是她還是使足了力量尖聲地叫起來：「董事長就可以動手打人嗎？我要叫警察！」

常強發又是一巴掌打在丁雙玲另一邊臉上，出手過重，她被打倒在地上，嘴角出血。王總帶著笑臉說：「老常啊，我們不是說好了，這個女人是留給我的嗎？把她打傷了，就不好玩了。」

「那你他媽的就趕快問出來她到底是幹什麼的？都跟什麼人說了些什麼事？這關係我們的身家性命，別一天到晚老想著玩女人。」

丁雙玲的手捂住被打紅了和被眼淚潤濕了的臉蛋，她試著想站起來，但力不從心。這是她一生中第一次被人打耳光，她也想到了自己的生命也是頭一次碰上了真正的危險。王總開口了：

「你聽好了，如果你老老實實地回答我的問題，你不但不會受苦，我還會對你很好。我不是和你說過了嗎，你長得很像我的未婚妻，她現在國外留學，可把我想死了。你要是聽話，我會把你當成未婚妻一樣，讓你爽得死去話來。要是再不說實話，我會讓你後悔活在這世界。」

丁雙玲抬起頭來說：「你們欺負我一個女人，還算是男人嗎？我要去報警抓你們。」

「行，我保證等你回答了我的問題後，警察就會來到你面前了。我再問你一次，你叫什麼名字？是幹什麼的？」

「我的名字是丁雙玲，是從河南鄭州來應聘的。」

「原來的工作單位是什麼？」

「我是鄭州商業大學的應屆畢業生。」

「哪一系畢業的？」

「工商管理系。」

王總從襯衫口袋拿出一張紙看了看，然後又問：「你認識于佳木和李麗這兩人嗎？」

「不認識。」

「我去查了鄭州商業大學的記錄，不錯，在工商管理系的應屆畢業生名冊裏，確實是有一個叫丁雙玲的女學生，還是個高材生，畢業時是班上的第三名呢。但是奇怪的是，你這個考第三名的，居然不認識考第一的于佳木和考第二的李麗。你在那念了四年的書，就從來沒碰見過他們？你到底是誰？是誰派你來的？」

丁雙玲一言不發，兩眼露出強烈的仇恨。常強發不耐煩地說：「老王，這不是在審問犯人，問她都把資訊送到哪裏了？」

「好，先不說你的身分。三天前公司叫你匯了五百萬美金到巴拿馬的一個銀行戶頭，這件事你都告訴北京的什麼人了？知道這事的人除了我們，就只有你，我要你說出來你把消息給什麼人了？」

丁雙玲用手指向王總的身後，他回頭看了身後沒人，這才意識到上當了，但是已經晚了。丁雙玲已經騰身而起，她沉下右肩，使出所有的力量往王總的胸膛撞上去。王總馬上向後倒下，同時肺部突然收縮，把空氣都擠出來，他兩眼發黑兩腿發軟。董事長身邊的大漢一個健步上來，他張開雙臂想要抱住丁雙玲，但是迎面而來的是她飛起的兩腿，在還沒反應過來前，這位大漢還在往前衝的頭就被她的半高跟鞋的鞋底踢個正著，只聽見咔嚓一聲，頸骨斷了。丁雙玲在空中翻身，兩腳一落地她就奪門而出，但是一出來就是一個拳頭重重地擊中了她的腹部，她感到痛徹肺腑，腰就彎下來了，跟著一個手掌切中了她的後腦，即刻讓她昏了過去。

一輛黑色的旅行車在深圳的濱海高速公路上疾駛，半透明的黑色車窗玻璃，使車外看不見車內。車上的乘客是常強發、王總和三名保鏢。丁雙玲也在後座，她的手和腳都被寬膠帶緊緊地捆綁住，嘴和眼也被蒙住，但是她已經清醒過來，能聽見常強發正用手機通話：

「小郭，我今天晚上就會和家人一塊離開這裏，公司裏有人洩露秘密，北京方面取得我們三天前往巴拿馬匯錢的消息，還不清楚有多少別的事洩漏出去，也不曉得我們的北京朋友有沒有露餡。但是為了保險，我還是決定走。」

常強發停下來聽對方的話，然後又繼續：

「不錯，你說得對，國內的局面越來越不好開展了，我看北京的那個貪財鬼早晚也會玩完。到那邊去了後，我們可以真正把業務搞得很大，到那時候誰都動不了我們了。」

又停了一陣子後再說：

「是的，這邊基本上就完全收攤了，剩下來的都轉成暗的，由老王來負責，他的身分也許能給他更好的機會。反正我們一切都按原先預定好的計畫做。小郭，你還真有眼光，幾年前就看出來會有這一天，把我們該有的行動都想好了，我是沒看錯人啊。好了，我掛了，等我一出去到了地方就跟你聯絡。」

黑色的旅行車是向東往惠州的方向開，不久就經過了鹽田鎮，原來這裏的海邊是有一片曬海鹽的田地，香港的首富李嘉誠在這裏投資開發基礎建設，現在是深圳市最大的貨櫃碼頭，它的吞吐量直逼香港的貨櫃碼頭。車子已經離開繁華的市區進入了龍崗區，高速公路的兩邊已看不見高樓大廈，路的一邊是碧藍的大海，另一邊是起伏的青山和點綴在其中的別墅。這裏就是深圳特區下一個重點開發的地方，包括了「東華僑城」，它是按照深圳最先開發出來，也是最成功的「華僑城」的開發理念來規劃的。王總說：

「小郭怎麼說的？」

「她認爲這是明擺著的，早晚是要收攤的。她說我們在北京的關係戶不可靠，他的子女在洛城什麼事都不做，就會去花他們老子的錢。我看這事你還要小心，把防火牆做好，到時候他要是倒了，別讓他把你也拉下去了。」

「放心，這我明白。廈門的事我們會按既定計畫結束它，然後一切都會轉成暗的。我看等我好好幹他一票後，我也得跟你一樣離開這裏。」

「對，我贊成你出去，我們可以大幹一場。我們的事都安排好了嗎？不會有問題吧？這個丁雙玲的來龍去脈我們還是沒搞清楚，心裏不踏實呀！」

「沒問題的，船家是我親自安排的，都是道上的人，但是費用不便宜，要一百萬。沒有留下任何痕跡，去送錢的辦事員也處理了，她是個打工的，要過一陣子才會被發現失蹤了。這個丁雙玲就交給我了，她身上有功夫，能一腳就把老黑給踹死，八成是來臥底的，我會把她的來歷和目的給挖出來，再處理她。」

「老王，你在我面前還裝什麼，你不就是想玩她嗎？」

「她實在是太像我那未婚妻了。」

「我不管你是要怎麼的玩她，但是在這個身家性命的存亡關頭，決不可以壞了我們的大事，你知道嗎？你最大的毛病就是愛玩女人，記住我的話，女人在節骨眼的時候是會有性命攸關的影響，可千萬別鬧糊塗了。」

「不會的。」

旅行車繼續朝東往惠州方向開，當到達大亞灣時，天色已經開始暗下來。在到達南澳的漁船碼頭前，有一大片警戒森嚴的發電站，它是中國的第一間核能發電廠。但是旅行車就在這裏向南轉進一條只有兩個車道的小路，路牌上指著前方是「西沖度假村」。

西沖是位在半島的最南端，南邊就是南中國海的大洋，西邊是大鵬灣，東邊是大亞灣，一眼看去除了碧藍的海水外，還有許多海島，包括了香港島和在九龍的清水灣半島，無敵的海景和這裏有深圳、甚至是整個廣東省裏最優美的海灘，很自然的就有人在這裏建造了「度假村」，裏頭有多樣的休閒設施，其中還有二十幾間獨門獨戶的出租別墅。旅行車直接開到其中的一間別墅，常強發和他的家人住進去，丁雙玲被關進隔壁的一棟。

午夜一點時，有一艘「大飛」開到了西沖的簡易碼頭。「大飛」是使用外掛船用發動機的敞蓬摩托艇，它和一般摩托艇不同的是，它不止有一部發動機，而是外掛了多部的發動機。有些大飛會外掛五部最強力的兩百五十匹馬力的船用發動機，超過一千匹馬力的摩托艇會達到每小時六十海浬的船速，沒有任何緝私船能追得上。因此它是走私客最喜歡用來運私貨的船，一個大飛一次能裝載一輛汽車。

離開西沖的大飛沒有裝載任何走私品，但是船上有常強發、他的老婆孩子和兩個保鏢。開足了馬力向西橫越大鵬灣直奔香港，不用二十分鐘，大飛就能從西沖開到最近的登陸地點。但是這大飛卻直奔正南向公海駛去，然後再轉向西北，最後在香港九龍清水灣半島的龍蝦灣將船上的乘客放下，前後用了將近三個小時，目的是要避開香港水警的偵測。在破曉前的黑暗中，有一輛車悄悄地將這些偷渡客帶走了。

兩天後，海邊有人發現了一具全身赤裸的女屍漂浮在海上，經辨認後是丁雙玲。因無人來認領，火化後骨灰就存放當地七娘山腳下的靈骨塔，那裏面對著大亞灣的楊梅坑，是深圳最美的風景區之一。雖然這裏存放的都是無人認領的骨灰，卻有人看見常有鮮花出現在丁雙玲的牌位前。

丁雙玲的真實身分是公安部的偵查員，在她犧牲後被封爲公安烈士，但是由於整個案件還正在偵查中，亦即在她死後身分還在保密中，連她唯一的親人都還不能去認領存放在七娘山下的骨灰。

第一章　失敗的反思和再出發

楊冰的心情就和上海的天空一樣，大部分的時候都是灰濛濛的。到辦公室前，她會先在世紀公園裏走一圈，今天不僅看不見藍天，還有些要下雨的跡象。這不是和她的生命一樣嗎？不是陰天就是下雨。

兩天前，公安部終於批准了她的辭職申請。半年多來，她一直在盼望著這張批准書，她就可以從這死死罩住她的黑影裏跳出來，重新開始新的生活，只是這份辭職批准書的來臨，並沒有給她帶來期望的快樂，反而帶給她一份前途茫茫的傷感。

這一年多來，楊冰患了嚴重的失眠症，常常不能入睡，昨晚在床上翻來覆去到凌晨兩點，最後還是起來吃了安眠藥。早上起床晚了一點，母親已經去上班，但是和往常一樣，早餐都替她準備好了。吃完早餐出門去上班，在到辦公室前，楊冰一定會先在附近的世紀公園裏走一圈。平常，尤其是周末和放假日，公園裏到處都是人，看見年輕的母親帶著孩子們在公園裏放風箏和溜直排輪，她就特別的感慨，那些母親都和她的年紀差不多，好多看起來甚至比她還年輕。如果當年她能有現在的成熟和堅強，她不也會和這些年輕母親們一樣嗎？

世紀公園的北邊是接著上海市最寬的馬路——世紀大道，從那裏直通到摩天大樓林立的陸家嘴。南邊是一個人工挖出來的湖，是要買門票才能進去，但是楊冰可以憑著工作證進出。一大早這裏通常一個人都沒有，沿著湖邊走，看著湖光和花木，細聽著風聲和偶爾的鳥語，楊冰的心情就會馬上好起來。

楊冰的父親是公安烈士，在她還不到五歲時就犧牲了，母親沒有再嫁，一心一意把楊冰扶養長大。她在母親的反對下決定要繼承父親的事業，進了中國公安大學。在校期間，她的學習成績很好，好幾個老師都說她是天生當警察的。柯莉娟和趙思霞是楊冰最要好的朋友，三個人住在同一間宿舍，老是同進同出。她們人長得漂亮，所以常被人稱爲公安大學的「三朵花」。畢業後，楊冰到公安部的國際經濟犯罪司擔任偵查員。經犯司裏的一位同事王克明開始對她展開追求，他們的感情發展得很快。王克明想盡快結婚，但楊冰還想多花點時間在事業上，同時她母親對她這位男友還有些保留，所以她不同意這麼快就結婚，爲了這事，兩人有了不小的矛盾。

柯莉娟在畢業後進了上海市公安局技術科工作。她的男友何時，是位當刑警的同事，但因爲是孤兒出身，父母反對他們交往，還替女兒找了不少的對象，然而柯莉娟誰也不要，非何時不嫁，無奈父母堅決不同意，於是女兒就要出家去當尼姑。就在鬧得天翻地覆的時候，楊冰向她父母遊說，一來柯莉娟的父母很喜歡楊冰，也信任她，再加上楊冰的說服力，總算答應了這門親事。一年後，柯莉娟生了一對龍鳳胎，這下整個世界都變了。老夫婦看著外孫和外孫女，笑得嘴都合不起來，愛屋及烏，也開始疼愛女婿了。「三朵花」裏，柯莉娟的日子過得最幸福。趙思霞在上海市公安局做內勤，男友一個接一個，但是都不長久。

由於楊冰的工作表現很出色，被選拔成爲公費留學生，出國前，她和王克明訂婚。兩年後，她在美國俄亥俄州立大學拿到了犯罪心理學的碩士學位，所有的人都認爲她在公安部的事業會如日中天，前途將是一片光明。但就在這時王克明提出了解除婚約的要求，理由是他將要和趙思霞結婚。

未婚夫的變心和好友的背叛，使楊冰陷入了黑暗，她全心投入讀書，把留學時間延長，以兩年半的時間修完了博士課程，然後回國寫論文，四個月前又回校去一趟做論文答辯。現在就在等畢業典禮上頒給她博士學位了。這時候柯莉娟才向楊冰透露了一些關於王克明人品的事，她認爲沒嫁給這樣的男人是件好事。但是柯莉娟還是不能原諒趙思霞趁著楊冰不在時奪走好友的未婚夫，和她大打了一架，把趙思霞的一把頭髮硬是連頭皮給扯下來了。但是楊冰的世界還是毀滅了，她像行屍走肉般地活著，直到她下定決心辭職，才又看到一線曙光。

楊冰的工作單位，公安部的「國際經濟犯罪司」，是專門負責對有關境內和境外經濟活動涉及國際事務的犯罪行爲調查及執法，近年來主要的任務是追捕在境外逃亡的經濟犯罪份子。雖然公安部是設在北京國務院屬下的單位，但是因爲「國際經濟犯罪司」的任務對象大多是在上海的大企業和一些跨國公司，所以就把辦公室設在上海市公安局，浦東分局的辦公大樓裏。楊冰母女就住在世紀公園邊的麗香花園小區，上下班方便極了。

一走進浦東分局的大門，楊冰就聽見有人喊她：

「楊姐，慢點！」

原來是上海警察局刑警大隊的馮丹娜，她是被派駐在浦東分隊的新手。雖然她比楊冰小了好幾歲，卻成了好友。

「小馮，什麼事讓你這麼高興？昨天晚上又碰上帥哥了？」

「沒那麼好命，昨晚被老媽抓去幫她大掃除，快把我累死了。還拚命囉嗦要我嫁人，煩死我了。」

「你都老大不小了，你媽當然要操心了，別不知好歹。」

「哈！我媽不就想要多一個人幫她打掃嗎？你說我老大不小，不看看自己，你不是比我還大嗎？」

「我跟你不同，我是已經拿定主意成爲獨身主義的忠實信徒，而你是無時無刻不在想男人。」

「我就不信你是個當尼姑的料子，不跟你胡扯了，我是要提醒你別忘了今天下午我們打靶的時間。」

「不會的，打靶是我現在最重要的事，下午見！」

楊冰和馮丹娜都是公安部的射擊隊隊員，她們的專長是手槍，兩人都在努力地訓練，希望能被選拔進入國家隊。

根據公安部的規定，偵查員在離職前的一年裏，是不可以參與偵辦任何案子的，所以當楊冰提出辭職申請後，她立刻就被調離了調查工作，而是在「資料調研室」擔任收集資料和分析的工作。楊冰倒是覺得沒什麼不好，一個人單獨工作，爲別人收集資料不但沒有壓力，而且她的外語能力好，上網查看國際資料庫對她是駕輕就熟。不必每天都要和傷害了她的人見面，是她最感激的事。

三周前，調研室主任把她叫去，交給她一個由北京公安部派下來的任務，就是收集「任常外逃專案」所有的背景和辦案經過的資料。同時要求是做獨立資料收集，也就是不能從辦案人員的談話和討論中直接取得資料，一切都得從書面報告，或者是各種間接來源，包括內部和外來的報告和網上取得的資料，目的就是來查證案子負責人彙報的完整性和真實性。

楊冰用了一個多星期的時間就把任務完成了，所有查到的資料都詳細地寫成報告，交給了調研室的葛琴主任。第二天一上班時，室主任就把她叫去了。楊冰還挺喜歡她這位頂頭上司的，她剛五十歲出頭，但是已經提出了退休申請，說是要在家照顧外孫，但是聽說真正的理由是和領導有意見上的矛盾。她也很喜歡楊冰，兩人隔不久就會在一起聊聊天。葛琴看見楊冰進了辦公室就站起來笑容可掬地說：「來來，快坐下來，我知道你喜歡菊花茶，前幾天一位杭州的朋友捎來一些杭白菊，你試試看好不好喝。」

「葛主任，真不好意思，還讓您上心記得我喜歡菊花茶。其實，我也不是什麼菊花茶專家，就是喜歡它那股香味。」

「小楊，我聽說了，你的辭職申請批下來了。我是應該爲你高興才對，可是老實說，我心裏挺不是滋味的。自從我當了調研室主任，你是我最得力的人。我明白在我這你是大材小用，委屈了你。可是這些日子，你成了我們室重要的一員，不僅能力強，也和大家相處得好。小楊，你真的非走不行？是不是我有什麼地方得罪了你？」

「您可千萬別這麼說，您對我比對自己的孩子還好，大家都知道。這也是我能活著的理由之一。您一定聽說過發生在我身上的故事，我留在這裏，活得人不像人，鬼不像鬼。我要是不離開這裏，我就會變成瘋子。」

「我當然知道你的事，所以我才很矛盾，不想你走，但是又希望你能重新開始新生活。小楊，離開後要去哪兒呢？」

「本來想去政法大學教書，他們也很歡迎我，但是現在我又有點猶豫不決，到底那裏還是公安系統的一部分，我想完全脫離這個地方。我也想離開上海，否則我不會有正常的生活。」

「那你有沒有想過你老媽會怎麼辦？我可聽說了，她可是完全爲她的女兒活的。」

楊冰的眼圈紅了：「我一定是上輩子做了壞事，這輩子才叫我受苦，更讓我的親人跟我一塊受苦，有時候我真覺得我在這世上一點價值都沒有，只會給別人帶來痛苦，還活著幹什麼？」

「你可別這麼說，你給你身邊的人帶來很多的快樂，我就是其中之一。小楊，你這麼聰明的人怎麼就不明白，在你身邊的人是在關心你，看見你每天這麼鬱鬱寡歡，她們能高興嗎？這其中最關心你的就是你母親了。她人能幹，又漂亮，不知道的人都以爲你們是姐妹。這幾年有不少優秀的男人來向她提親事，都被她回絕了，就是因爲不放心把你一個人抛下。她守寡二十多年，不就是爲了你這個寶貝女兒嗎？小楊，你離開此地後，一定要振作起來，找個好男人成家，讓你媽放下心，也許她也能有個愛她的男人在她身邊和她一起走完她的人生。」

楊冰再也忍不住，眼淚就掉下來了：「葛主任，您就別再說了，這些我都知道。我一定會振作起來，好好的活著。我的當務之急就是把我媽給嫁出去。」

這話把葛琴說得都笑起來了：「看你說的，哪有女兒迫不及待地要把媽給嫁走的。你自己能趕快找到婆家，你媽自然就會找到歸宿，不用你操心。好了，我們來談公事。」

25

「好的，您看了我寫的報告沒有？」

「我仔細的讀了兩次，寫得真是精彩。我要是能多幾個像你這麼能幹的部下，我就輕鬆多了。報告已經直接送到公安部了。」

「張汝未司長沒想要一份？」

「你說可能嗎？張司長，還有他的辦公室副主任趙思霞，都來要過，說是要了解情況。我提醒他們獨立調研的結果只能給提出要求的人，這是規定。他們一定要的話，就得給我一個書面命令，這個命令也會成爲報告的一部分。結果他們就落荒而去，沒能得手。」

「您知道趙思霞是誰嗎？」

「當然知道，不就是王克明的老婆嗎？我問她要這份報告幹什麼？是司長要嗎？她說是辦公室要存檔。我說這是爲上級單位做的，要存檔也輪不到我們來存。我要求她請司長寫一份文字的命令來，否則我是不會給的。」

「後來呢？」

「當然也是夾著尾巴落荒而去了。」

說完，兩人都笑了起來。但是葛琴馬上又是一臉正經的說：「小楊，其實我找你來還有另外一件事。我想問問你對這案子有什麼看法沒有？」

「從資料裏看，這案子辦得太差了，有不少漏洞，同時請的美國律師也不怎麼高明，難怪官司打不贏。」

「就只是有漏洞？沒別的了？爲什麼案子會辦得差？」

「葛主任，您就直說吧，別繞圈子了。」

「那好，我就直說了。你同意嗎？這裏頭的疑點很多。」

楊冰低下了頭，沉默不語。葛琴就接著說：「是不是因爲王克明的關係，你有些事就不想說了？」

「我和他的事都過去了。」

「小楊，以前我和大家一樣都覺得你和他是一對金童玉女，天作之合。一直到他背叛了你和趙思霞結婚，我還認爲是這個女人在你去美國留學時，乘虛而入把王克明勾引過去。看她的人品、外表、學問和能力沒有一點比得上你。我是一直在替你惋惜，爲了求學丟了個好男人。但是我後來聽到很多對王克明的傳言和看到他的一些行爲，我對他有了不同的看法，覺得這人的人品有問題。現在從這案子的疑點中，我更相信王克明有搞鬼，說不定是很嚴重的違紀和違法。所以我認爲你和他的分手，對你是件天大的好事。重要的是你一定要振作精神，從過去的陰影裏跳出來，重新開始你的生活，我保證雨過天青，你會有更好的日子在等著你。這麼好的姑娘上哪去找啊！好男人會在你們家門口排隊等你的。」

葛琴的話把楊冰說得噗哧地笑起來：「您就別調侃我了，我都快是沒人要的了，我媽說，我這樣子要是登報徵婚都沒人會來。」

「我看你媽是爲你急昏了頭。我問你，現在你能以平常心面對過去的事嗎？還會不會影響你的工作，或是你的判斷能力？」

楊冰能夠感到葛琴要和她談的事是很嚴肅的：「葛主任，您有什麼話就直說吧！我能受得了。」

「小楊，我知道你是個很重感情，也很執著的人。當你心愛的男人背叛了你，你的世界毀滅，你的心碎了。你沒有自殺的唯一理由，就是你的母親。因爲你明白，你要是死了，她也不會活下去。所以爲了母親，就像你自己說的，你開始了人不像人，鬼不像鬼的生活。小楊，我說得對不對？」

「不錯，但是這一切都變了，我已經下定決心要開始我的新生活了。」

「這是你終於看清楚了那個男人並不是值得你愛的人。」

楊冰不說話，只是點點頭。

「但是，到現在你還是無法接受另一個男人走進你的世界。這也許是你還沒有遇到讓你動心的人，還是你仍然放不下王克明？」

「我說過了，這些都已是過去的事，我決心忘記它，不讓它影響我的未來。」

「小楊，我要你看著我回答我的下一個問題。如果在你所收集的資料裏，發現了王克明有違紀和犯罪的事實，你有信心做一個客觀的報告嗎？」

「葛主任，當我完成了您交給我的收集資料任務時，那麼些疑點都指向一個人，我就問了自己同樣的問題。我的回答是肯定的。只要我一天是警察，我就會盡忠職守，這會是我的承諾，不會變的。您就放心吧！」

「好，我就是要聽你這句話。後天，公安部的袁副部長從北京來上海和我們司的人開會。他指定我們調研室要把收集資料的結果向他做口頭報告。小楊，我要你到時候來做這個報告。」

「葛主任，這不太合適吧，您是領導，應該您來做報告，何況文字報告是您定的稿。」

「我只是替你修改了一些用字，所有的內容都是你的。同時我認爲非常重要的一部分是在美國法庭上打官司的事，這是除了你之外別人沒有能力寫的。別忘了，你是我們唯一的留美博士。」

「我怕我講不好，讓您失望。」

「不會的，並且我知道你一定想把你在公安部最後一個任務做得完美，這對你未來的事業有幫助。你就趕快準備一下，有問題隨時跟我討論。」

「您看需要準備多長的報告？」

「我也說不準，我想是越詳細越好，但是要言之有物，不說廢話。這位新上任的副部長是從基層上來的，刑警偵查員出身，當過英雄。聽說是個很實幹的領導。調到北京前在內蒙古自治區當了七年的公安廳長。」

「啊，我聽過這個人，他叫袁華濤，是公安系統裏唯一活著還在任的國家特級英雄。說是提出要求退休，結果反被調去當副部長。」

「你怎麼知道的？」

「是我媽告訴我的。」

「她又怎麼會知道這些的？」

「大概是從網上看到的，她沒事就上網。葛主任，要是沒別的事，我就去準備了。」

「好，那就辛苦你了。哦！還有件事本來不想說，看你是想通了我就告訴你，我們都是一起工作的女同事，應該互相關心一下。你知道我們家那口子是在浦東的東方醫院當外科大夫，一個多月前，趙思霞到他們那裏看門診，正好是我老公值班。她鼻青眼腫滿身外傷，說是跌傷，可我老公說一看就知道是被毆打的。」

「是家庭暴力？」

「我老公對她說，跌跤不會造成遍體鱗傷，這分明是被毆打成傷的，趙思霞堅持是跌傷，但是不停地哭。小楊，這是第二次了，三個月前她才跌傷一次，這兩次她都請了一周的病假，回來時還整天戴著墨鏡，遮掩青了的眼圈。」

「流氓和魔鬼都應該會受到報應。」

「小楊，其實我有些話很早就想對你說的，但是看見你失魂落魄和鬱鬱寡歡的樣子，就知道你受傷的感情還沒有恢復，不可能冷靜的去思考事情的經過。你我雖然在一起工作不是很久，但是我看得出來你有一顆善良的心和對感情的執著。愛情對你有刻骨銘心的感受，即使是情人背叛了你，傷害了你，你也無法接受別人批評曾與你相愛過的人是個壞人。你的激情還是在燃燒著，盼望有一天他會回心轉意。小楊，你太善良了，我說得對不對？」

楊冰又開始流眼淚：「我自己也覺得我是個又笨又傻的人。」

「別哭了，我們不就是在分析你過去的事嗎！這次上面交下來的任務是個非常好的機會，讓你自己去把王克明的真面目找出來。所以你好幾次來問我的意見，我都沒回答。根據你的報告，你說這案子有沒有問題？」

「問題太大了。」

「按你對他的了解，這是他的能力不足，還是一時糊塗了？」

「他那麼精明能幹，不可能的。」

「那麼會是什麼原因？」

楊冰沉默不語，隔了好一會兒才說：「所有的可能都很可怕。」

「不只是可怕，很可能會要人命的。」

「葛主任，我可不可以抱抱你？」

葛琴笑瞇瞇地站起來把迎上來的楊冰摟住：「想明白了?王克明不值得你去愛他，他不配。」

「其實，您跟我說的，我媽也都曾說過，可是她一說，我就跟她發火。」

「那你是有點怕我了?我有那麼可怕嗎？」

「不可怕。但是您有一股尊嚴，使我無法發火。」

「我們說正經的，你在感情上的哀傷使你無法自拔，也因此讓你不能發揮自己的才華。小楊，不要放過這次機會，在你離開之前，讓大家看看你真正的能力。不要害怕，我會一路支持你。還有別忘了把你寫的報告英文版準備好。」

從葛琴的辦公室出來後，楊冰感到特別的愉快，葛琴的一番話讓她明白了一件事，就是在她的一生裏，如果將她唯一的感情經歷去掉的話，她的生命是充滿了快樂和陽光的。她的留學經歷給了她在公安部，甚至在社會上，一個特殊的地位和能力。她是應該回報的。以往母親也跟她說過這些事，但是她都沒有理會，今天她明白了。這裏頭最大的原因，是王克明的新定位終於深深地烙在她心裏。她下定決心要把這段記憶從她的生命裏轟出去。

下班前，楊冰和馮丹娜到地下室靶場練習射擊時，她談笑風生，像是換了個人似的，馮丹娜好奇地問：「楊姐，你是吃錯藥，還是碰見白馬王子了？怎麼這麼開心啊？」

「都不是，我看到這麼美好的世界，當然開心了。」

「瘋了，是真瘋了。肯定是想男人想瘋了。」

射擊練習完了，楊冰和馮丹娜又去健身房鍛練身體，最後再到徒手搏鬥場去練習，兩人都是滿身大汗。等淋浴完畢後，楊冰才發現母親給她打過電話。她立刻回電：「媽，是我，正要離開，下班回家了。」

「冰兒，媽有個老朋友剛從北京來，我們要一塊吃飯，今晚你就一個人打理了。」

「沒問題，我一個人好辦。好好跟老朋友敘敘舊。到了吃飯的地方打個電話回來，我知道您在哪，我就放心了。」

「到底誰是當媽的，是我，還是你？你好好給自己做頓飯，別就吃泡麵。」

「不用擔心，我餓不死。正好我們主任交代了任務，要我準備報告，我掛了。」

楊冰的母親偶爾會出去和朋友們有社交活動，但是不多。楊冰倒是一直鼓勵媽媽多交些朋友，別老是看守著女兒。相對的，當母親的也老要女兒出去和她同年的人多來往，別一到晚上和周末就和媽媽黏在一起。這母女兩人有時互相要把對方趕出去，結果兩人都覺得非常可笑，到頭來兩個人反而手拉著手一塊出去了，說她們是一對姐妹一點都不為過。但是兩個人也都有一份說不出來的傷感，在外面再怎麼開心，這份傷感總是揮之不去。唯獨當其中一人單獨外出時，另外一人就特別高興。回到家來就會迫不及待地把在外面的經歷告訴對方，做媽媽的會把男人如何向她獻殷勤，如何處心積慮想把她勾引上床的經過都告訴女兒，然後兩人就會笑得人仰馬翻，外人看了也許會認為她們是沒大沒小，但是這對母女就是這樣在那無限的傷感中相依為命地活著。

楊冰泡了碗麵匆匆地吃了後，就一頭栽進了準備報告的工作。報告的內容都完成了，葛主任也認可過了，現在就是準備要如何做口頭的報告，它不能像書面報告那麼詳細和完整，但是又要將所有的重點都說出來，楊冰發現在有限的時間內要做到完美不是件容易的事。最後她決定還是把整個案件發生的前後順序演示出來，其中個別事件之間的關係也要突出，這樣案子的前因後果和關係人的動機都能很自然的體現出來。

楊冰做了兩個重要的假定，一是北京的領導已經將書面報告研究過了，是有備而來。第二，更重要的是他們此行的目的是什麼?楊冰和葛琴在閒聊時曾猜測過北京領導來上海的真正理由，兩人最後都認為公安部是要重新再努力把「任常專案」做個圓滿結束，將嫌疑犯緝拿歸案。所以將第一次辦案所犯下的錯誤和下一步該走的路指出來是最為重要的。

但是楊冰馬上就碰上困難，她的任務是「調查報告」，是將發生過的事實一五一十的報告，至於是對是錯，在未來應如何去做，不在她報告的範圍之內。這時她明白了葛琴對她說的不要放過機會來施展出她的才華。

一番思考後，楊冰決定在說明案情事實過程時，要明顯地突出失敗的地方，同時要將失敗的原因「藏身」在演示過程裏，但是又要一聽就明白。這樣就會很自然，但是間接地把辦案所犯的錯誤指出來。方法一定下來，楊冰就很快的完成了口頭報告的初稿，自己又仔細地看了一遍，感到很滿意，她決定第二天一大早就先在葛琴面前預演一次，做最後的修改，她希望能做個很精彩的報告，讓北京來的領導跌破眼鏡，也是她人生的再出發，她在心裏頭對自己說：「楊冰，加油！」

等楊冰一口氣完成了口頭報告的初稿站起來伸伸懶腰時，才注意到時間已經很晚了，都十一點多了。她感到很奇怪，母親從七點打電話告訴她，和朋友到了瑞金賓館的小南國飯店吃飯後就沒消息了，平常她都會在十點前就回家了。楊冰趕緊撥打她的手機，三聲鈴響後，手機裏傳來了她母親的聲音：

「冰兒著急了是吧？我已經在路上了，馬上就要進延安路隧道了。」

「喂，老媽啊！小南國老早就打烊了，你到哪裏去了？」

「吃完飯我們又到星巴克喝咖啡了。媽給你帶了好吃的，等我啊！」

「媽，都幾點了，也不打個電話回來，我還以為媽被人給拐走了。」

「怎麼，做女兒的想要管老媽了？現在沒有人要拐騙老女人，更沒有人會綁架警察的老媽，你放心吧！」

「媽，你還是要小心點，我等你啊！」

從延安路隧道到麗香花園不過十幾分鐘的車程，楊冰估計母親就快到家了，於是先到樓下等，要不然老媽手裏提著外賣，還要在包裏找大廳的門卡，會很狼狽的。上海浦東夜晚輕微的海風，把白天空氣中的污染帶走了。楊冰走出大廳，深深地吸了一口氣，肺裏充滿了新鮮的空氣，使大量的氧氣突然溶解在血液裏，大腦頓時特別的清醒。這讓楊冰又再回想白天裏的事，她覺得人真是奇怪，正像心理學的書本上說的，一旦想通了，一個人的心情就完全改變了。

這個道理誰都懂，但要付諸實行就困難重重。也許這就是在越發達的社會裏，就會有越多的心理醫生來幫助人將事情想通了。今天葛琴就是在她面前扮演了心理醫生的角色。想到這兒，楊冰覺得替葛琴工作是件很開心的事。其實除了她和王克明那段感情糾葛外，她還是挺喜歡她現在的工作和同事。但這也許就是她一生的命運吧！有喜悅，但是也充滿了傷痛和無奈。

楊冰又深深地吸了一口氣，她正在思索鼻子聞到的氣味是園子裏的花香，還是新鮮空氣的味道，就聽見有車開過來。但是等車轉過來到了大廳前，才看見不是計程車而是輛私家車。開車的是個臉龐消瘦的男子。楊冰的母親坐在前座，她和開車的人笑了笑，又握握手後就開門下車。開車的人注視了楊冰一眼就開走了。把小南國飯館的外賣袋子接過來後，楊冰就問了：

「哼！原來是男性朋友，怪不得這麼晚才回來。你們是什麼關係？」

「喂，楊冰同志，我提醒你別忘了我們的關係，我怎麼老覺得你是當媽的呢？」

「我也提醒李路欣同志，別忘了坦白從寬，抗拒從嚴的政策。」

「你這丫頭，別老是把警察那套對你老媽朗朗上口，當心老媽生氣打你一頓。」

「這麼狠心的母親，哪裏去找像我這麼好的女兒，居然還要虐待我。」

楊冰拉著媽媽的手走出了電梯，把房門打開一起進了家門：

「冰兒，你晚飯都吃了些什麼？」

「我在趕一個報告，沒時間，就泡了碗麵。」

「你看，我叫你好好做頓飯給自己，就是不聽話，還說是乖女兒呢！看媽給你帶來好吃的，這是你喜歡的生煎包和清炒蝦仁。」

「小南國的清炒蝦仁挺貴的，媽，你爲我破費了。」

「我沒破費，是媽的朋友買單。快點吃了吧，你看你都瘦成這樣了，還不注意營養，有一頓沒一頓的。你要到什麼時候才會照顧自己，才能讓媽放心？」

「我們那兒有比我還更排骨的人，還去花錢減肥瘦身呢！」

兩人走進了廚房後，在燈光下，楊冰才注意到媽媽的兩眼有點紅腫，她驚叫地說：

「媽，你是不是哭過了？怎麼回事？被人欺負了？是不是那個送你回來的男人？」

「你胡說八道什麼？老朋友多年不見，回憶回憶過去的事，難免會有些感慨甚至傷感。你就別胡思亂想了。沒人會有那麼大的膽子敢欺負我，更何況我還有個當警察的寶貝女兒。冰兒，你去把東西熱一下，趕快吃了吧。媽在外面都一整天了，很累，要洗個熱水澡。等會兒告訴媽今天都發生了些什麼事，媽看得出來，你今天特別高興。」

楊冰的確是餓了，所以生煎包和清炒蝦仁就更是好吃了，她心裏對母親的這位老朋友起了感激之心。想到這兒，楊冰自己笑起來了，她覺得自己是很好說話的人，只要一客生煎包和清炒蝦仁就能買通她了。

等母親洗完澡，換上了睡衣，楊冰就仔仔細細地把白天的事說給母親聽，她一再地說這是她人生的第二次出發，她一定會加油，不但不要媽媽失望，更不會讓自己失望。她也說了，辭職後也有可能會離開上海，媽媽說不用爲她操心，她完全能照顧好自己，反而是楊冰如果一個人在外，做媽媽的會很不放心。所以又談到嫁人的事，母女互相要對方先嫁，爭得不可開交，最後兩個人都大笑起來。楊冰死賴活賴要睡在媽媽的床上過夜，她知道媽媽有心事，睡到半夜會傷心地哭起來，所以她要陪伴著媽媽入睡。但是等楊冰睡熟了後，做媽媽的就再也忍不住，眼淚湧出來又不敢哭出聲來，深怕楊冰會醒過來。她默默地告訴自己，再怎麼樣也不能讓楊冰陷入像她一樣的痛苦裏。

楊冰不僅有一間單獨的辦公室，而且要比別人的都大了許多。原因是有很多國外的企業、跨國公司和外國投資人在開展他們的業務前，希望查一查他們的合夥人有沒有犯罪記錄，或是某種產品是否曾牽涉有產權的糾紛，和諸如此類的事，往往他們要去的第一站，就是公安部國際經濟犯罪司的資料調研室。

在上海，楊冰的辦公室成爲處理這種事務的中心。由於她的能力和敬業的精神，很快地在外國商界人士中建立了聲譽。現在有不少的案子都是來自其他大城市的，雖然那裏也有類似的單位會提供同樣的服務，但是上海的調研室所做出來的結果和工作效率就是高人一等。

楊冰著實用心的將她的辦公室好好地佈置起來，不僅雅致，也給人溫暖的感覺。只要是楊冰在裏頭，這間辦公室的門總是打開著的，原本的意思是讓那些來辦事的老外很快的找到地方，後來只要有領導來，總要帶他們來看這間對外的辦公室。此外這些報告都要收費的，因此這也是經犯司年終發獎金的重要來源。有人把她看成財神，加上她平時對人的友好態度，楊冰的人緣很好。

今天她一大早就來到了辦公室，她知道葛琴喜歡早早就來上班，所以也在一大早就把前一晚上準備好的口頭報告送給葛琴，請她認可和提意見。修改完了後又到會議室去實地演練了兩次，一切都很滿意，等楊冰回到自己的辦公室時都快十點了。

楊冰桌上的電話鈴響的時候，她正一頭栽進替一間跨國公司調查他們計畫收購產品的產權糾紛，所以鈴聲多響了幾下，她沒來得及看清楚來電顯示的號碼就提起了話筒：「這裏是調研室的楊冰。」

「楊冰，我是王克明，我們好久沒在一起了，你好嗎？」

「請問你有什麼事？」

「我們是老相好了，熱情一點嘛！我要借看一下你爲明天開會做的調研報告。」

「請你去問葛琴主任。」

說完了，楊冰就掛了電話。她思潮洶湧，想起了以前的事。但是讓她最吃驚的是強烈的陌生感，就在這一兩句的對話裏，在電話另一端的男人沒有給她任何心動的感覺。是王克明變了？還是她自己變了？那句「我們好久沒在一起了」，代表了什麼？是他對愛情和友情的價值觀？還是他正常行爲的表現？一個已婚男人要和從前的情人「在一起」是王克明的正常行爲嗎？

楊冰正在陷入深思時，王克明走進了她的辦公室，她只用了兩秒的時間就做了決定，用她的膝蓋啓動了警報器的按鈕。

由於「調研室」經常有境外人士來辦事，有時也做一些有機密性或敏感性的文件，爲了安全也爲了將所有的工作留下完整記錄，做爲一旦起了糾紛時的證據，所以安裝有監視器，影像是存在電腦的硬碟裏，每個月下載到磁帶上存檔。監視器的顯示器是在調研室主任葛琴的辦公室裏。除此之外還有一個特別的警報器，開關安裝在楊冰的辦公桌下，她可以用膝蓋來啓動它，將一個答錄機打開，錄下隱藏在楊冰辦公室裏的四個麥克風所接收到的語音。和監視器的影像一樣，葛琴的辦公室能夠聽到即時的信號。同時警報器也接到浦東公安分局刑警隊的值班室，警報一響，他們馬上會派一位刑警到調研室去。

「你走錯地方了，葛主任的辦公室還要再往下過去兩間。」

「楊冰，我是來找你的。請你把那份任常專案的調研報告借我看看。」

「調研室裏所有的報告都要葛主任批准了才能外借。」

「你何必跟我打官腔，不就是因爲葛琴是個頑固不化的人，不肯通融，我才來找你。看在我們從前的情份上，你該幫我這個忙。」

「你是癡人說夢，我不會做違反規定和紀律的事，更不可能爲你做叫人取笑的事。我們的報告是描述你做過的事，你應該最清楚了，還要我們的報告幹什麼？除非你是想知道我們有沒有查到你還幹過什麼見不得人的事。那你就好好的聽我們的報告就是了。你走吧！」

「楊冰，你別不知好歹。你們拿了那新來的副部長交下來的任務就美了，實話跟你說，我的關係是來自第一副部長，他馬上就會當上正的了，到那時候經犯司還不就是我說了算嗎？新的副部長還不是要靠邊站。」

「到時候是不是你說了算和我沒有一點關係。王克明，我再說一次，請你馬上離開。」

王克明回過身來走到門口，但是他並沒有出去，而是去把門關上，然後向她走過去。楊冰提高了嗓門說：「姓王的，請你把辦公室的門打開。」

王克明沒有把門打開，兩眼直瞪著楊冰：「楊冰，這一年多來，你是越來越漂亮和成熟了。我真想跟你親熱親熱，滿足我對你的想念，也補償我虧待了你，娶了趙思霞。我知道你還沒有男友，是在等我和你重溫舊夢，我可以安排。等我拿下了經犯司後，把趙思霞調走，她沒有一點比得上你，早晚我會和她離婚。」

「你的良心真的讓狗給叼走了，居然說出這種話。要不是心疼這裏的地毯，昨天吃的飯都要吐出來了。我告訴你，即使全世界的男人都死光了，我也不會和你在一起，因爲你是讓我最噁心的人。王克明，你給我滾出去！」

楊冰起身走到辦公室的門前準備去開門，王克明張突然緊緊的抱住了她：「不跟你睡覺，你就受不了是不是？那我就讓你嘗一嘗男人的滋味。」

說完了就使勁地要強吻她。楊冰的腦海裏出現了從前和這個讓她噁心的男人親熱的情景，同時她曾受到的哀傷，痛苦和羞辱也湧現出來。她的雙手拚命的用力抵擋不讓王克明的嘴親上來，一股很濃的煙味使楊冰快要嘔吐，她的右腳後退半步，把身體的重量在雙腿間調整一下。然後用足了她丹田的氣力，大聲的吼叫：「王克明，你放手，你不想活了？啊……」

最後的聲音還沒完時，楊冰的右腿飛起來，膝蓋重重地撞上了王克明的下體。他即刻慘叫一聲，鬆開了楊冰，彎下了腰。楊冰伸出右臂，全身快速旋轉半周，一個巴掌打在王克明的臉上，四個手指印馬上就出現了。王克明的第二聲慘叫還沒完時，楊冰的右臂反向回轉，右手背又在他的另一邊臉上留下了手指印。

王克明一手握住下體，一手摸著臉，他露出了猙獰的笑容：「你反了，居然敢打我，我現在就幹了你。」

王克明張開雙臂撲了過來，楊冰臉上出現了微笑，因爲她預計眼前這個男人要犯的錯誤果然發生了。

她右手握緊拳頭，王克明往前再逼近過來，張開的兩臂將正面完全暴露在保護之外，她清楚地看見了他充滿血絲的雙眼，楊冰有力的右直拳出擊了，馬上它的目標，也就是王克明的鼻子和嘴巴就出血了。就在他用手去碰鼻子時，楊冰的連續出擊動作又出招了，還是那強而有力的彈腿，這次是一腳踢在小腹上，王克明的腰就直不起來了。楊冰走過去，輕輕地將他推開：

「請讓開一點，我好開門。」

把門打開後，楊冰又將王克明的身體轉動一下，使他面向門外：

「門開了，您就請吧！啊，走不動了，是嗎?那我就幫你一把。」

楊冰往回走了兩步，轉身後突然全身飛起，身體在空中成水平，她彎起雙膝後又是一招彈腿，兩腳踹在王克平的後腰，就這樣把他踢出了辦公室，平趴在走廊上，再也站不起來了。

在不到兩分鐘的時間裏，空氣裏蕩漾著楊冰的尖叫聲，其中還夾雜著王克明的幾聲慘叫。同事們都從辦公室跑出來看發生了什麼事，他們萬萬沒想到，原來是楊冰把王克明打趴在地上，而且滿臉都是血。

雖然大家都知道楊冰是江蘇省和上海地區公安比賽的手槍射擊和徒手搏鬥的女子冠軍，但是她平常溫文爾雅，和善可親，沒有人會想到她會把一個大男人打得趴在地上。楊冰走過去指著王克明說：

「姓王的你聽清楚了，你要是再敢碰我一下，我就要你的狗命。」

王克明努力地用手撐起上半身，從滿是鮮血的嘴裏咬牙切齒地說：

「楊冰，我們走著瞧，我打不過你，可我會操死你。」

楊冰出乎異常的冷靜，但是臉上出現了肅殺之氣，她蹲了下來，抓住了王克明的左臂開始反向扭轉：

「那行，我們也不用走著瞧了，我這就送你上路。」

王克明看清楚了楊冰的臉色變化，他更清楚楊冰具有徒手置人於死地的能力，也明白了眼前這位曾熱戀過的美女將成為要取他性命的人，面臨死亡前無比的恐懼像電擊似地流竄了全身，這使他失禁，尿水流了一地。他驚恐地哀求：「楊冰，你想幹什麼？你不要胡來，我們可以商量嘛！」

她再將力量增加一點，王克明就像殺豬似地哀叫起來，楊冰正準備把他的左膀卸下來，就聽見葛琴在圍觀的人群裏大呼一聲：「楊冰，住手，行了。」

她放開了緊握住的手臂，王克明徹底崩潰了，趴在地上呼痛。楊冰狠狠地說：「姓王的，今天算你走運，我饒你一次，下次你再犯在我手裏，我就要你的狗命。」

葛琴牽著楊冰往辦公室走，但是她又回過頭來往王克明的腰子踢了一腳：

「喂！姓王的，我忘了一件事，你剛才不是要我嘗一嘗男人的滋味嗎，這些年我一直想告訴你，你費了最大的努力，我在你身上還是感覺不到男人的滋味，你是有毛病吧？」

突然圍觀中有人說：「哈！浦東的第一號大太監就趴在這裏，還撒了一地的尿。真可憐他的老婆趙思霞。」

說話的人是何時，他是浦東分局刑警隊的偵查員，他和王克明是仇人，兩人動手打過架。他的這一句話使他仇人在今天的倒楣日子雪上加霜，使他留在浦東分局裏的日子結束了。

沒有一個警察在被一個女同事打得趴在地上起不來，加上被以前的女友說是太監後還能留在同一個地方，還和這些同事們每天見面。王克明在被扶到醫務室去包紮時終於明白了這後果，他拿出手機撥北京的電話，但對方還是關機，三天前他就開始打這個電話，那時候就是關機。是發生了什麼事嗎？他決定如果今晚還是接不通，他就打電話到家裏和辦公室去問個明白。但是他又曾被警告過，在任何情況下都不可以打到家裏和辦公室，想了想，他決定如果不是本人接電話，他就假裝是別人。

葛琴領楊冰進了自己的辦公室後就倒了杯茶：

「來，喝杯菊花茶壓壓驚。」

「我沒事，這是我幾年來最痛快的一天。葛主任，今天我在重新出發的路上邁出了第一步，我好高興。」

「我也為你高興，楊冰，加油！但是現在我們得趕快做準備，反擊隨時會來。我們同心協力的挺住它。」

葛琴說的反擊在午飯後就來了。國際經濟犯罪司司長張汝未，把葛琴和楊冰同時叫到他的辦公室，劈頭第一句話是衝著葛琴的：

「這個發到部裏督察室的電郵是怎麼回事？為什麼不經過我的批准？」

「這是我向公安部督查處舉報王克明的性騷擾和在我們調研室的暴力行為。」

「雙方都是我們經犯司的人，事件也是發生在經犯司內，我們完全可以內部解決，沒經過我同意就往上報，葛琴你這是越級，知道嗎？」

葛琴不慌不忙，慢條斯理的回答：「張司長，我不同意。」

張汝未的臉色變了，在經犯司裏除了王克明有時仗勢欺人，還敢頂撞他，別人不敢這麼對他說話：

「葛琴，我們平常溝通不多，但是我提醒你，你這樣的態度會對你極為不利的。」

「是嗎？那我也要提醒張司長，去年部裏發出的有關人事和紀律的正式文件，說明由國務院批准的第一二二四號命令，要求公安部所屬單位在發生暴力事件和性騷擾時，受害人或其直接領導必須即刻直接向公安部督察處通報檢舉，要求調查。不需經過單位領導審批。同時我也將副本給您，不是嗎？」

張汝未馬上明白了面前這兩個女人是有備而來，不能輕而易舉打發。

「這是去年公佈的嗎？怎麼我沒有印象呢？會不會是趙思霞簽收後就歸檔了，忘了分發給我們看？」

他轉身大聲地朝門外說：「小趙，把去年部裏發出的第一二二四號命令拿給我。」

楊冰臉上露出了神秘的笑容，她看著葛琴說：「要是張司長沒看到的命令您反而看到了，那我就真的很佩服您了。」

辦公室裏沒人說話，但是三個人心裏都明白，楊冰的話是在諷刺張汝未不是在說謊就是辦事無能。不一會兒，一份正式文件放在三個人面前，但是送文件的人不是司長辦公室主任趙思霞。

張汝未喃喃自語：「小趙怎麼沒來？」

葛琴回應說：「一定是在照顧她的老公。」

楊冰接口說：「有必要嗎？我沒使什麼勁呀！兩下子就趴下了，根本使不上勁。」

葛琴和楊冰的一搭一擋，讓張汝未覺得很沒面子，這兩個部下一點都不把他擺在眼裏，他要還以顏色才行。他說：「你們剛剛說到暴力行爲，把王克明打得趴在地上，算不算是暴力？」

楊冰馬上回答：「我的律師看過了錄影，認爲我的行爲完全是正當防衛，是一個女人抵抗男人的性侵犯和暴力。」

「什麼？沒經過我批准，你就把我們內部錄影交給了你的律師？你知道這會有什麼後果嗎？」

「當然知道，不就是上法庭嗎？律師還能幹什麼？」

「楊冰，我告訴你，就憑把內部資料不經批准就交給外人這一點，我就能開除你。」

「那我真的要感謝您的大恩大德了，您忘了我的辭職書下來了，但是離職日期距離今天還有三個月又二十一天，太久了。現在只要您一點頭，我馬上走人。您要是覺得我對經犯司還有任何的眷戀，那您就錯了。所以您就請便吧！」

葛琴接著說：「張司長沒有權開除楊冰，以她的級別，任何人事變動都要部裏同意，而部裏是不可能同意的，因爲去年的正式文件裏說得很清楚，當性騷擾和暴力行爲的受害人認爲沒有得到及時的公正與合理的處理時，可以尋求法律手段來解決，而所在單位不可以任何方法來阻擋。所以楊冰所做的完全是按規定的。」

楊冰也接著說：「我的律師還建議將錄影光碟送給媒體，或是在網上公開，尋求輿論和社會的同情和支持，這對日後在法庭打官司會有利。」

張汝未馬上就緊張起來：「楊冰，把內部文件不經審批就送給媒體，我知道是不合規定的。」

「那您就看著辦吧！最好是把我開除。我一個在市委工作的朋友勸我也送一份光碟給中紀委，他說中國共產黨對執政黨員的行爲會是很感興趣的。他更提醒我監督黨員幹部的執政方法是每一個黨員的責任。司長，您是黨員，這一點您一定是同意的，是不是？」

葛琴又接上來：「這當然是理所當然的，還用說嗎？我們司長肯定不會做違反我黨政策的事。」

張汝未覺得辦公室的溫度太高，他腦門上出現了汗珠：「那是，那是，其實我是在想……」

葛琴打岔說：「我們回到那一二四號命令，它現在就擺在我們面前，上面有您的簽字，您一定是看過了，不必去責難趙思霞了。我想請您注意命令最後一段，說明任何領導不遵守命令的要立即停職審查，或者是情況嚴重時撤職查辦。請問司長您是不是準備遵守這條命令呢？」

張汝未意識到他已是全軍覆沒，現在是要如何收拾殘局：「那是肯定的。王克明在行爲上是有些霸道，已經有人有意見了，這一點我們一定要他深刻反省和改正。今天上午發生的事，我一定會按政策來處理。剛剛我想說的是，二位對我有了誤會，所以才請你們來溝通一下。」

葛琴的臉上出現了迷惑的表情：「張司長，我沒懂，部裏的督察處在看過錄影後就決定要立案調查，部黨委也同意了，案子的編號是滬字一一七號。這案子已經不是我們能管的了，是督察處的事了。」

張汝未喝了一口茶後才說：「既然不是我能管的，我們就不談它了。我還要跟你們說一件事，就是明天袁副部長要來開會的事，根據我們的消息，他這次來是爲了重新啓動任常專案，他不是也要求你們給他背景資料報告嗎？部裏非常重視這件事，聽說增加了非常大的財政力度。我們經犯司一定要再把它爭取過來。因此在這個緊要關頭我們司裏出了這種事，對我們爭取案子會有負面影響。」

葛琴和楊冰都不相信她們聽到的是來自一個國家的司級領導，沉默了一會兒，葛琴笑起來了，她回應說：「張司長，我不明白您說的，可以更具體的說嗎？」

「部裏重新啓動任常專案，一定要找有能力，有經驗的隊伍。司裏如果鬧了事情，很可能被反映爲能力有問題，這不就會影響了我們爭取這重新啓動的機會了嗎？」

葛琴追問：「那您認爲該怎麼辦？」

「我看，能不能先把楊冰和王克明的事情緩一緩，等重新啓動的事定下來了之後，我們才來處理這個內部的事。」

楊冰以最大的忍耐力克制自己：「能做得到嗎？部裏的督查處不是已經立案要調查了嗎？」

張汝未露出了笑容：「你們都知道王克明在部裏有很好的關係網，甚至在更高層，他都有人。我們有信心可以把這件事擺平。」

楊冰咬牙切齒地問道：「你們既然有信心能把事情擺平，那何必還來和我商量。」

「就是因爲已經立案調查了，高層的關係網可能不好使勁。我是希望小楊主動要求督查處暫緩調查，理由是影響工作。這時我們的關係網就能借機使上勁，將事情擺平。我保證事後我們一定會給小楊一個非常合理的回報。你看這樣安排還行嗎？」

楊冰終於再也忍不住而爆發了：「你是在做你的大頭白日夢，你做爲一個國家執法機關的領導，不僅不尊重法律，居然還敢公然要將公安單位內部的暴力事件掩蓋。我不知道你是膽子大，還是腦子進水了。」

從來沒有一個下屬以這樣的態度跟他說過話，張汝未也生氣了：「楊冰，別以爲這個案子你是十拿九穩的。你和王克明過去的關係，也是事出有因之一。這事情傳出去，對你也不會有什麼好處的。」

「你是說一個男人就可以對他不要了的女朋友或是未婚妻施暴嗎？這是根據國家法律還是你經犯司的規

定？另外關於我是被王克明甩掉的前任未婚妻的事，還有什麼人不知道嗎？不用你司長操心去宣傳了。」

楊冰越說越有氣，她站起來用手指著張汝未說：「我告訴你，部裏的督查處要怎麼辦是他們的事，但是你馬上就要接到我的律師發給你的信，要是在四十八小時內，你和王克明還沒有向我公開道歉，我們就會向法院提出控告。我再告訴你，部裏已經將我的離職書寄出來了，要不是爲了葛主任的報告，我可以隨時走人。到時候我會全力以赴，一定要讓王克明和你在法律面前低頭。我就要看看你們的關係網和共產黨到底是誰在管事。」說完了就往門外走。張汝未也站起來往門口走去：「楊冰，你想往哪走？事情還沒說完呢！」

「張汝未，你也想和王克明一樣趴在地上嗎？」

張汝未心裏一驚，馬上往後退了兩步：「葛琴，你看你們的楊冰都成什麼樣了，要好好整頓整頓。」

「我看我們經犯司才要好好的整頓，沒有別的事我得去準備明天開會的事了。噢！對了，督查處立案調查的對象除了王克明外，還有張汝未司長，理由是您管理無方和縱容部下。」

葛琴走了後，張汝未在那發愣，他的感覺很不好，但是又不知道要做什麼才好，最後還是打電話找王克明。

這一天，楊冰起了個大早，她心裏有些興奮，也有一股說不出的感覺，她知道等這個報告結束，也就是她離開公安系統的日子。雖然她一直盼望著這一天，但是這裏留給她太多回憶了，大部分都是美好的，但就是一件事改變了她的一生。其實，她明白這樣的結果全是她自己不明事理，當初把愛情美化而認爲人性的醜惡不可能存在，現在只好把苦果往肚子裏吞。她一定要把今天做到是她在公安部裏最精彩的一天，讓她最後走出大門時能把頭抬得高高的。

楊冰刻意地把自己打扮一下，平常她總是穿著長褲，今天她換了一條緊身裙，站起來時正好落在膝蓋上方，但坐下來就會露出一截白皙的大腿，若隱若現的結果，把女性的魅力完全顯露出來。上身穿了粉紅色的緊身開領襯衫，最上面的扣子開著，露出雪白的脖子和胸脯，沒戴項鍊，但繫了一條紅色絲巾在頸上。臉上薄施脂粉，配上淡淡的口紅和一對小小的紅色瑪瑙耳環。外面穿一件短西裝外套，也是緊身有腰身的，這套衣服非常合身，把楊冰誘人的身材完全顯露出來。她那一頭披肩的長髮，平常都是披散下來，走起路時長髮就有點飄舞起來，今天她把頭髮高高紮起盤在腦後。打扮得完全像個精明幹練的主管。楊冰還站在鏡子前試穿不同顏色的高跟鞋時，就聽見她媽在叫她：「喂！我的大小姐，早飯都快涼了，快出來吃呀！」

「媽，您看我該穿什麼顏色的皮鞋？」

楊冰穿著一隻紅色和一隻黑色的高跟鞋走出了臥室。母親看傻了眼：「你不是說今天要做什麼報告嗎，原來是要做時裝表演啊！」

「今天我是主要的報告人，所以要穿得好看一點。媽，你看我穿紅鞋好還是黑鞋好？」

「我看這一紅一黑挺好看的，別人會以爲這是時尙呢！那你不就成了創始人了。」

「我都快急死了，還在跟我開玩笑。今天不能遲到，沒時間吃早飯了。」

「不能不吃早飯，至少把這杯牛奶喝了，我開車送你去上班還不行嗎？」

「真的啊？有這麼好的老媽，多幸福！快說，是穿紅鞋還是黑鞋？」

「紅鞋漂亮又年輕，但是你今天不是要見部長嗎？穿黑的比較正式點。」

「媽，你笑什麼？我還不知道會不會講得好，心裏七上八下的。您怎麼還比我開心呀？」

「我有信心你一定會講得很好，別緊張，放輕鬆，一定要給這新部長留下一個好印象。」

楊冰見母親又笑起來了，並且有些曖昧的樣子，正想問個明白，但是一看錶就改口催促母親出門。兩人乘電梯下到停車場，楊冰才想起來說：「媽，這條紅絲巾是您的，我今天借用了。」

「冰兒要是喜歡就拿去吧，我再去買一條。你看你一打扮多漂亮，以後上班和出門的時候就要這麼打扮才行，別老是一副村姑似的。」

開車只用了不到十分鐘就到了，楊冰的母親把她放下就趕緊開車回去準備自己上班了。楊冰下車往浦東分局的大門走，在進門前，她看見一輛汽車停在大門邊專門爲長官用的車位，她的心猛地跳了一下，又多看了一眼它的車牌。她加快步伐走進了辦公室，坐下來馬上就打電話給刑警隊的何時：

「老何，我是楊冰，有件事要你幫個忙。」

「說吧！」

「替我查一輛車，車號是滬AH1010。」

「不用查了，我知道誰是車主。」

「是誰？」

「上海市公安局。」

「什麼？不會吧！」

「它是屬於上海市公安局車隊的，專門準備給來訪的領導用的，你到底要查什麼？」

「有意思。馬上要開會了，會後再說。你知不知道這次部裏的領導來這裏的真正目的？」

「不曉得，你聽到什麼了嗎？」

「張汝未對葛琴和我說是任常專案要重新啓動，而他要大力去爭取這案子，說是經費的力度大了很多。」

「我看是他在做白日夢，他的愛將王克明不是把事情給砸了嗎？我可聽說了，這位新副部長是個實幹的領導，不像以前那樣可以打馬虎眼的。」

「爲了你們這些想做點事的人，但願是如此。但是我勸你別期望太高，否則失望會更大，哪個新官上任沒有三把火？」

「你對我們公安單位這麼沒信心？怪不得你非要走不可。」

「老何，你明知我要走的原因。」

「我是跟你說著玩的。小莉說要找幾個好朋友來家熱鬧熱鬧，給你送送行，她叫我問你什麼時候合適。」

「再說吧，還不知道要上哪去呢，說不定去當無業遊民。告訴小莉，我會給她打電話。還有，怎麼開會變成經犯司的全體成員都要出席了，本來不是只有和任常專案有關的人加上我們調研室的人嗎？到底是怎麼回事？」

「我也是今天才知道擴大了出席人員，除了和任常專案有關的人外，又把整個經犯司給包括了。我們刑警隊有人說是要敲警鐘了。」

「我不明白！」

「你沒發現嗎？陪袁副部長來的是公安部辦公室副主任鄭天來，他是專門替部長分管行政效率和行政作風的，是個鐵面無私的人，外號叫閻羅王。人說他是來給經犯司敲敲警鐘，你們經犯司是該整頓整頓了。居然會在辦公室發生暴力事件，我們還是公安單位嗎？」

經犯司的會議室是長方形的，當中是個大會議桌，除了圍著桌子擺了一圈椅子外，沿著四面的牆也有一排椅子，但是今天，靠牆擺了兩排椅子，會議桌上放有名牌，在最前面一頭的名牌是公安部副部長袁華濤，他的右手邊依次是公安部辦公室副主任鄭天來，經犯司調研室主任葛琴，調研員楊冰，上海浦東公安分局刑警隊偵查員何時和馮丹娜。左手邊依次是公安部經濟犯罪司司長張汝未，他的辦公室主任趙思霞，偵查員王克明。會議桌其他的位置都是經犯司資深人員的名牌。

楊冰和葛琴一起走進會議室，大家的眼光馬上就集中在這位衣著亮麗的美女身上。她坐在王克明和趙思霞的對面，一個是在二十四小時前才被她打得趴在地下的前任未婚夫，一位是她的多年同學，但是又橫刀奪愛，搶了她未婚夫的人。然而今天楊冰卻一反平常執意地要避開這兩人的眼光，她非常自然地看著這兩個「敵人」，還面帶微笑。在場的人都知道這三個人的過去，也都認爲楊冰是個「戰敗者」，連她自己也這麼覺得，所以她很多時候都是低著頭走路。但是今天她完全以勝利者的姿態出現。其實楊冰心裏想的是，這是她最後一次要和傷害過她的人坐在同一間屋子裏。過了今天，新的生活就要開始了，所以特別開心。同時她也明白，她今天的刻意打扮也讓她的同事們對她另眼相看，楊冰和其他的同事們一樣，都想知道現在王克明和趙思霞的心裏是怎麼想的。

袁華濤和鄭天來在張汝耒的帶領下來到了會議室，就座後，張汝耒向大家介紹了這兩位北京來的領導，然後將在坐的主要人員介紹給兩位領導。

楊冰很注意地看了看這位副部長，他的個子很高，有一米八以上，瘦瘦的臉龐有一對精光銳爍眼睛，看起來要比公佈的年齡年輕一些。是這個人嗎？這世界太小了，母親和他是什麼關係？爲什麼要瞞著她呢？

袁華濤開始了他的講話：

「各位同志好！我是剛剛調任公安部的副部長，才一個多月，所以還是在學習的階段，很多地方還要各位的幫忙和指教。但是公安部已經給我下達了第一個任務，那就是緝拿犯罪份子任敬均和常強發歸案。爲了執行這任務的人力資源和行政效率，國際經濟犯罪司現在由我來分管和指揮，由公安部部長和黨組發出的有關行政命令，我剛剛交給了張汝耒司長，各位對這個安排有不明白或是有意見的，請現在提出來。」

袁華濤停住了，等了一會兒，沒有人提問，他就繼續：

「今天來參加會議的還有浦東分局刑警隊的何時，他曾參與任常專案的背景調查，另一位是馮丹娜，是借來做會議記錄的。」

來參加開會的人馬上體會到這位長官的確與眾不同，一般長官講話時，首先要從「改革開放」講起，再把國家領導們最近講話內容的精神引伸到眼前的問題，把自己緊緊的和國家領導們靠在一起。但是袁華濤是一開始就切入正題，告訴大家他是頭兒，從今以後就是由他來指揮了，沒有一點廢話。

「最近黨中央和國務院將去年一年裏我們國家所發生的大事做了一個總結，做為一個崛起中的大國，我們可以列出很多令人鼓舞和驕傲的成就，但是同時也列出了許多失敗的事情，目的是要吸取教訓，然後繼續奮鬥。在這些失敗的例子裏被列爲第一號的，就是我們公安部追捕任敬均和常強發失敗的案子。它被列爲是第一窩囊案子，這兩個人在國外存在的每一天，都是在提醒國際友人，我們在政治、外交、執法、貪污腐化等問題上的失敗。它不僅造成對國家司法尊嚴及國家財產的損傷，而且傷害了國家形象。不幸的是，我們公安部是這第一窩囊案子的負責單位。你們知道嗎？部長到國務院去開會時都是低著頭走路的。各位一定都知道，自從新中國成立以來，已經有數千名公安幹警在執行任務時犧牲了生命，去年就有一百二十一名，其中包括了你們浦東的兩位烈士。當時如果不是刑警何時拚命頑強搏鬥，會有更多的犧牲。這些豐功偉績才是我們公安的真正代表，這至高無上的光榮是用烈士們的生命和鮮血換來的，更加上我們這些活著的人所要承受的哀傷、痛苦和那無窮無盡的思念的代價。憑什麼我們的部長要在別人面前低著頭走路？我不服！」

整個會議室裏鴉雀無聲，只聽見何時低聲的哭泣。

突然，袁華濤大吼一聲：「何時警官。」

「到！」何時立正，也大聲地回答。

「抬起頭來，大聲的哭。你的日子才剛開始，路還長呢！只要你活著的每一天，醒著的每一分鐘，你都會想到你的戰友在你的懷裏嚥下最後一口氣的情景和他們最後的叮囑。要是不哭，那還是人嗎？當然要哭了。這有什麼丟人的，爲什麼要低著頭？哭完了報告。」

何時真的放聲哭了，過了一會兒，擦乾了眼淚：「報告部長，我哭完了。」

沒有人對何時的報告發出笑聲。袁華濤開口了：「何警官請坐。你們知道嗎？何時的問題是他沒有地方可以哭。他不能在自己家人面前發洩感情，因爲他們會擔心他的工作，他也不能在犧牲了的戰友親人面前流淚，怕他們會傷心。這種痛苦像是被人把心撕裂一樣。不過，何警官記住了，等你到了我這年齡，你的心會平靜下來，因爲和死去的戰友見面的日子越來越近了。」

大家都知道這位副部長是曾在槍林彈雨裏出生入死的特級公安英雄，是一條鐵錚錚的漢子，但沒想到他也是一個感性的人，說出了讓人動心的話。

「我們都是吃公安飯的人，打從第一天起，我們就明白早晚會有一天我們都可能會碰上像何時一樣的情況，使我們的生命和感情都變得更脆弱，但是我們認了，因爲這是我們對國家和人民的承諾。但是我們從沒有答應過，要在別人面前低著頭走路。我們可以把頭掛在腰上來完成我們的任務，但是我們的頭決不能低下來，不能在任何人，哪怕是天皇老子，我們都不能低下頭來。所以……」

袁華濤突然停下來，兩眼看著王克明拿出打火機點燃一支煙，然後深深地吸了一口，閉住了呼吸讓煙停留在他的肺裏，眼睛也合起享受香煙帶給他的快感。等他把一口煙吐出來時，才發現全會議室的人都在看著他，他一下子不知道該如何是好，顯得有些慌張。就在這時，公安部辦公室副主任鄭天來發話了：

「王克明，你看見牆上寫的是什麼了嗎？」

在經犯司裏，大家都明白王克明的關係網，因此也沒有人去管他在行爲上違反規定的事，在他的心目中，公安部辦公室副主任根本不算回事，他一副不在乎的樣子：「寫的是禁止吸煙，但是我們這裏的情況特殊。」

只是今天他碰上了一塊鐵板，鄭天來提高了一點嗓門：

「袁部長，對不起，這事我得問清楚。張汝未司長，兩年前公安部的一份正式文件指示所有單位的會議室要全面禁煙，你收到了嗎？」

「是的，收到了，我們也按指示將會議室裏放上了禁煙的告示。」

「那麼王克明說你們這裏情況特殊，所以雖然掛了禁止吸煙的牌子，但是還是可以吸煙。這個特殊情況爲什麼沒有報上來？我相信你一定明白，任何違反正式文件的情況都必須上報部裏，經過部長和部黨委同意後才可有例外。不然就是抗命。我問你，在你們這兒，是共產黨說了算數，還是你說了算數。」

經犯司的人已經習慣了王克明平時的橫行霸道和有恃無恐的態度，對他們的司長縱容他更是反感，所以大家都以看好戲的心情注視著。張汝未的回答是：

「我們這裏沒有特殊情況，經犯司絕對遵守紀律和規定。王克明在會議室吸煙違反規定，是他的個人行爲。」

張汝未已經開始要劃清界線了，他指著王克明說：「你把煙給我掐了！」

鄭天來接著問：「以前他在會議室抽煙，你制止過嗎？」

「沒有，做爲經犯司的領導，我應該負有責任，我一定會深刻的檢討。」

界線劃清楚了。鄭天來說：「袁部長，我問完了，您請繼續。」

「好的，我說到哪裏了？啊！說到低著頭走路的窩囊……」

袁華濤又停住了，他看見王克明站起來要離開。鄭天來滿面怒容，他站起來，手指著王克明怒吼：

「王克明你要幹什麼？」

王克明根本沒有把鄭天來看在眼裏，他還是一副不在乎的樣子回答：「我要出去給北京打個電話。」

「我提醒你，按照公安部的規定，在領導主持的會議中，需要離席時，必須報告主席，經同意後才能離開。這條規定是從公安部成立的第一天就有了。王克明你是忘了呢？還是覺得你們在上海想怎麼做都行，部裏就管不著你們了。袁部長，我看經犯司是非徹底整頓不可，公安部裏絕不允許有這種作風。」

張汝未衝著王克明說：「你給我坐下。」

袁華濤看著鄭天來說：「老鄭，我看你還是把北京來的信息要我轉達的事先說了吧。」

「好！王克明你聽好了，今天早上有兩個北京託你轉達給你。一個是公安部督查處要我告訴你，別每隔兩小時就打周軍副部長的手機了，他的手機現在是由督查處保管。第二個信息是中央辦公廳轉來的，也是叫你不要再給政治局常委林道蔭打電話了，他目前有特別任務，不能接電話。明白了？」

王克明的臉色馬上變得一片蒼白，周軍和林道蔭是他的兩大保護傘，顯然是都被隔離了，是不是一切都要結束了？這個打擊要比被楊冰打趴在地上還更嚴重。他的尿意又來了，但還是鼓起勇氣恭敬地問：

「請問鄭主任，周軍副部長現在什麼地方？」

但是鄭天來還是不假詞色：「這是你該問的嗎？等督查處主動找你時，你可以問他們。你就等著吧！」

王克明坐在椅子上，完全崩潰了。袁華濤接著說：「去年，我已在公安工作了三十五年，我老了，也該讓年輕人來接班了。我提出退休的請求。部裏同意了，但是要我再完成最後一個任務，就是把這第一窩囊的恥辱洗掉後再退休。我答應了。部長和書記一再向我強調，我的任務只准成功，不准失敗，它關係著我們公安部的榮譽和國家的尊嚴，因此任何代價在所不惜，特別是國家最高領導主動提出承諾，要爲我掃除任何的人爲障礙。我的計畫是，首先要了解任常專案的整個過程，找出失敗的原因，再制定新方案，最後是按方案重整旗鼓，組織隊伍，再出發。今天我來的目的就是任務的第一步，來了解任常專案的全部過程。」

袁華濤停下來喝了一口茶才繼續說：

「我請求辦公室的鄭天來副主任協助我找出任常專案的辦事過程中出了什麼樣的行政管理，行政效率或是人事安排上的差錯。在我到公安部之前，部裏已經開始在準備對經犯司整頓的方案，當部裏任命我來分管你們後，就把這些方案交到我手上。方案裏有各種各樣的建議，從局部換人，換領導班子，到全體成員撤職都有。部裏的領導層對洗掉第一窩囊案子的決心極爲強烈，而經犯司是首當其衝的對象，這自然是理所當然的。」

袁華濤又停住了，他要經犯司的每一個人都明白事情的嚴重性。

「但是我和鄭主任認爲經犯司的整頓應該將重點放在任常專案的失敗上，同時將如何整頓的方向聚焦在任常專案的再啓動上。我和鄭主任還會在上海待好幾天，我們會和經犯司的每一個人單獨談話，聽聽你們的意見和想法。我在這裏還要強調一點，就是在了解情況的過程中，如果我們發現了任何違法、違規、違紀或瀆職的事件，一律送交督查處和中紀委立案調查。我是來辦案子的，沒有時間和精力來處理這些過去的事。各位清楚了嗎？」

在場的人當然明白，這位副部長果然如傳聞說的，一切公事公辦，目標和目的都十分清楚，別拿其他的事來打擾他。

「今天的會開到這裏，下午我們要聽任常專案組的報告和調研室的獨立報告，這是了解情況的第一步，各位回到各自的崗位，等我們的通知後，再來見面。現在有沒有人急著想問我問題的？如果沒有，就請任常專案組和調研室的有關人員在下午兩點回到這裏來。我們散會吧！」

散會後，大家才明白，上午的會議基本是袁華濤的獨白，從他的話裏他讓每一個人都很清楚地知道，從現在起一切都要按規定辦事，他利用鄭天來在會上將王克明打得一敗塗地，就是告訴經犯司的人，所有的關係網和保護傘都不管用了。袁華濤和鄭天來馬上就離開了浦東分局回到他們住的賓館，他們單獨用餐，再一次討論下午的會議，因爲那才是真正再出發的開始。

經犯司裏最難受的當然是王克明了，往北京的電話顯然不能再打，至少在事情還未明朗前，他不能輕舉妄動。所有人都去飯廳吃中飯了，但他還留在會議室裏，他受不了別人用那種奇特的眼光看他。他拿出手機給張汝未打電話，希望和他商量下午的會應該如何應付。但是手機關機。

事實上，張汝未也沒閑著，他一回到辦公室後就鎖上門，關上手機，然後和公安部人事處的一個同學打電話，打聽部裏是不是已經決定了如何整頓經犯司的方案。他得到的都是壞消息，基本的方向是徹底整頓，因此領導班子是肯定要換的，至於張汝未會調到什麼地方去，還沒有確定的方案，那是因爲督查處已經對他立案調查了，是調走到別的地方還是撤職，就要看調查的結果了。對張汝未說來，即使是不撤職，把他調離開上海都是件無法接受的事，他在上海經營了這麼多年，方方面面的關係和那絲絲縷縷的利益牽扯都在上海。他開始後悔這些年被王克明牽著鼻子走，把好好的前途都要斷送了。當初是看好王克明的關係網和保護傘，這幾年也的確得到了不少好處。但是這些都似乎在一夜之間就消失了。

楊冰，葛琴，何時和馮丹娜四個人是參加開會的人裏心情最好的。雖然還沒有輪到他們發言和討論，但是看到張汝未和王克明在被盤問下的掙扎和煎熬，他們各自有著不同的想法。葛琴認爲經犯司這幾年累積下來的垢病一下子被領導點出來了。楊冰覺得現在的王克明是個完全陌生的人，更對自己當年會和他在一起感到莫名其妙。何時就是不斷地讚美這位新的副部長是如何的好。大家都取笑他說是因爲命令他大聲的哭，和他報告哭完畢了的事感動了他。馮丹娜提醒大家有沒有注意到趙思霞，她呆坐著，一言不發，只是偶爾看一眼楊冰，從頭到尾她沒看過她老公王克明一眼。馮丹娜說她的臉色有一股說不出的可怕。

趙思霞感覺自己是麻木了，不僅是對自己麻木，對整個世界都麻木了。上午開會時袁華濤說的話她都沒聽進去。她在想她自己的一生，她的婚姻和她知道王克明的事。她以爲楊冰決定辭職離開去找她新的生活後，籠罩著她的恐懼陰影也將會漸漸消失。兩天前，葛琴舉報王克明性騷擾和暴力事件時曾將錄影和錄音抄送張汝未，她看到了。對她最大的衝擊不是丈夫對另一個女人的騷擾，而是王克明這個人的本質完全暴露無遺。他去找楊冰不是爲了舊情，而是爲了更可怕的陰謀。當天下班回家後，夫妻兩人又吵了起來，當王克明叫她不要再去吃楊冰的醋時，趙思霞就打了他一個耳光。在一天內被兩個女人打耳光，王克明火冒三丈，馬上就要動手揍她。但是她這次反抗了，她說要是王克明再敢碰她一根寒毛，她就去告發他，不僅是家庭暴力，還會有更豐富的內容。這一下是把王克明嚇回去了，沒敢動手。但是趙思霞看見王克明眼中露出了她從沒見過的目光，讓她想起來在警校上「犯罪心理學」的課時，老師說的殺人犯在行動前眼中的「凶光」。當天晚上趙思霞就搬出來住到她姨媽家了。

王克明決定回辦公室，出了會議室，走廊上只有兩個他從沒見過的人，衝他們看了看後就回到辦公室泡了一碗麵當午飯。他再打手機給張汝未，但還是關機。他打趙思霞的手機，響了七、八聲沒接，顯然，趙思霞還是沒轉過念頭來，這可能是個問題，因爲她知道的太多了，她現在不住在家裏，不能看住她，萬一她一時衝動，幹出來不敢想的事，那可就真的無法收拾了。這一點他是要好好想一想，決不能留下一個他不能控制的後患。至於眼前的事，他認爲手裏還是有一張王牌，那就是他在「任常專案」中所建立的經驗，雖然沒有完成任務，但是公安部裏沒有任何人有在美國辦案的經驗，重新啓動所需的經驗是非他莫屬。兩點鐘到了，王克明要去開會了，他一出辦公室就又看見那兩個人站在走廊裏。他有股不安的感覺。

會議準時開始並且馬上進入正題，由專案組報告辦案經過。首先由張汝未做開場白，說明隊伍的組成，方案思路和行動計畫。他一再強調，方案中所有的一切都是經過公安部和部黨委批准的。專案組建議首先是要求美國政府將犯罪嫌疑人交出來，再審問和調查後追回贓款。但是實際情況是出乎意料之外的複雜。接下來的辦案經過由專案組組長王克明報告。他的口頭報告基本上和他的書面報告完全一樣：

第一案的犯罪嫌疑人，任敬均，四十八歲，妻子王紅霞，女兒任小紅。逃亡前任黑龍江省哈爾濱市北疆銀行濱江區支行經理。北疆銀行總管全黑龍江省農產品出口賬户。其中有十二個大賬户是設在濱江區支行。賬户所有人須要用賬户密碼來動用賬户裏的款項。除了賬户所有人外，只有北疆銀行的總經理有這些客户密碼的檔案，任敬均以非法手段取得了這些密碼。任的父母親年邁多病，應醫生勸告赴南方深圳休養。由妻女到深圳陪伴。而事實上妻女都已從深圳經香港辦理了移民美國的手續，並在任敬均逃亡前的一個月去到美國洛城，等待居留權的批准。就在同時，任利用「自由行」來到香港，分別在四家中資銀行開了十二個賬户，賬户名字是十二個在北疆銀行，濱江支行開户的黑龍江農產品公司，但是賬户所有人是他自己。任利用竊取的密碼，在五一長假時將十二個農產品公司賬户內的存款匯進他在香港所開的十二個户頭裏。因為匯出和匯入的户頭名字都完全相同，雖然數目很大，並沒有引起特別的注意。兩天後，任敬均到達了香港將所有的匯款提出來，一共是二點五億美元，相當於二十億人民幣，然後馬上飛到美國與妻女會合，並且申請政治庇護。

第二案的犯罪嫌疑人常強發，五十四歲，妻曹佳娜，子常明。逃亡前是廈門市強發貿易公司的董事長。常某十幾年來以行賄方式，串通海關和政府中的腐敗份子，大量走私進口貴重物品，從中謀取私利。三年前東窗事發，偷渡香港逃亡，會合已在香港的家人，使用南美國家的護照進入美國，以政治難民的名義申請居留權。多年來非法所獲得的款項已由香港匯到境外銀行。根據案發後的調查資料，強發貿易公司的總資產在最高時超過有五十億人民幣。常強發多年來給出的賄賂已超過十億人民幣，受到牽連的貪腐官員超過了百人。

王克明報告完畢後，因爲和書面完全相同，所以並沒有人提問，所以他繼續報告專案的最核心部分，就是如何將兩個犯罪嫌疑人緝拿歸案。在場的人都很明白，這部分才是「任常專案」的關鍵所在，也是專案組失敗的重點。雖然王克明在寫報告時非常小心，盡量的把失敗歸罪於外來的因素，所以在書面報告裏有很多地方和事實是有出入的。王克明提醒自己在「天花亂墜」時不能太過分，因爲袁華濤不是個省油燈，更不是個糊塗的人。但是讓他感到最不安的是，有三個不認識的人走進會議室來，袁華濤對他們點點頭，他們就坐下了。其中的兩人就是王克明在走廊和他辦公室外面看見的那兩人。

王克明接下來的報告是這樣的：

專案組首先透過大使館向美國政府提出引渡犯罪嫌疑人任敬均和常強發回國接受審判，並且提出了檢察院對他們的起訴書，列舉他們的犯罪事實。但是美國加州洛城的移民局沒有接受，說明二人是因恐懼中國政府將要迫害他們，所以才申請美國居留權，要求在美國「政治避難」。下一步就是向法院提出訴訟，請求法院裁決，指令移民局交人。透過洛城當地的華僑領袖介紹，聘請了有多年參與移民官司的崗棨拉律師事務所爲代表，向移民法庭控告移民局。同時我們也強調了這是中國政府向美國政府提出的正式要求，如果美方不配合，將會影響兩國政府和人民的友好關係。但是美國移民法庭的判決沒有同意我們的要求。

王克明的報告出乎意料的簡短。隔了一會兒大家才明白他是講完了。

袁華濤是第一個提問題的人：「法院對他們的判決給出了理由嗎？」

王克明回答：「法官認爲移民局相信犯罪嫌疑人提出的『將受迫害』是可信的。」

「那麼法官對中國檢察院提出的起訴書又怎麼說呢？」

「法官聽信了證人的話，把起訴書看成是『迫害』的證明。」

鄭天來好奇地問：「怎麼犯罪嫌疑人變成了讓法官相信的證人了？這是什麼官司啊？」

「因爲我們不是法律專家，所以法庭上的事就由聘請的律師事務所全權負責了。我們這個做法是經過公安部的領導批准的，我們所選的律師事務所除了是由當地的華人領袖推薦外，也是經過分管的周軍副部長批准的。結果是官司打輸了，這不應該是我們專案組的責任。」

袁華濤很嚴肅地說：「請在座的各位聽好了，我再強調一次，這次我們來的目的是要吸取教訓，爲重新出發做準備。至於專案組是否犯了錯誤，是否有違紀，甚至違法的事，是督查處在調查和追究責任，我們不在這裏討論。」

全場鴉雀無聲，大家都明白公安部對專案組的正式調查已經開始了。袁華濤繼續說：「大家還有問題嗎？如果沒有，那我還想問一問，在公安部下達的任務書裏寫得很清楚是『要用各種手段和方法將犯罪嫌疑人緝拿歸案』。你們的第一步失敗了之後，下一步的計畫是什麼？到目前爲止的進展如何？請張汝未司長簡要的報告一下。」

經犯司司長張汝未即刻回答說：「專案組在成立時就已經確定了所有的計畫和執行都是由專案組組長負責，並且直接受部裏的監督。經犯司只是在人事和行政上提供支援。」

王克明完全能感到張汝未在和他劃清界線了，他恨得咬牙切齒，但還是很鎮靜地回答：「專案組向部裏提交了詳細的報告，我們正在等待部裏的指示，下一步該怎麼辦。」

「你們已經等了五個多月了，還準備要等多久？有沒有主動去問過？你們對這案子該如何辦下去沒有想法嗎？」

王克明胸有成竹地回答說：「這是部裏的事，我們就不便發表意見了。」

何時舉手發言：「我不同意，專案組是在第一線，應該有具體的想法。我雖然不是經犯司的人，但是參與了犯罪嫌疑人背景的調查工作，我曾向張司長提出我的看法和建議。」

「非常好，我們在下一階段的會議請你做報告。」

鄭天來也舉手發言：「在這等待部裏指示的五個月裏，專案組繼續使用了不少的辦案經費，這都是幹什麼用了？」

因爲鄭天來是看著張汝未在問這問題，他只好回答：「我剛剛說了，經犯司向專案組提供行政上的支援，一切有關辦案經費支出的事都是由專案組提出來，交給我們辦公室直接向部裏領取經費。小趙應該清楚這五個月的經費是幹什麼用了。」

趙思霞毫不猶豫地回說：「用來發放獎金。」

鄭天來的臉上出現了既非笑容也非憤怒的表情說：「我在公安部待了二十多年了，一直以爲獎金是給把案子辦成了的人，經犯司的確是很有創新的想法，把事情辦砸了還能拿獎金，我真是大開眼界了。」

鄭天來的冷嘲熱諷讓張汝未和王克明的臉都漲紅了。袁華濤說：「老鄭，我們不說這事了，督查處已經要追回這些獎金了。」

專案組的人聽了都非常沮喪，過去半年來，每個月不少的獎金都已花用了，有人用作爲買車的頭期款，甚至有人想到這筆額外的大收入會持續下去，就去換住房了，這下可好，美夢破滅了。如何過日子都要受影響了。

袁華濤繼續問：「我們回到正題，你們認爲法院判你們敗訴的主要原因是什麼？」

王克明搶著回答：「肯定是我們的大使館和領事館沒有和美國政府溝通好，他們不明白這樣做是會影響兩國的友好關係，也會傷害了中國人民的感情。」

「張汝未司長，你同意這個看法嗎？」

「當然，當然，我完全同意。」張汝未點頭回答。

「楊冰偵查員，那麼你同意嗎？」

這是袁華濤第一次指名楊冰回答問題，在此之前，楊冰在會議上還沒發過言。她的回答非常簡短：

「不同意。」

在場的人都以爲楊冰會繼續把不同意的理由說出來，但是會議室裏一片沉默，隔了一陣，袁華濤才看著葛琴說：「不同意的理由會在你們的報告中說明嗎？」

「是的。」

「很好，如果沒有別的問題的話，我們請調研室做獨立報告。」

葛琴站起來，很嚴肅地說：「報告副部長，我們的獨立報告是由楊冰偵查員主寫的，我請求允許楊冰代表調研室做口頭報告。」

「很好，我同意。」

楊冰站了起來說：「謝謝部長，我是頭一次做這樣的報告，有不完整的地方還得請葛琴主任來補充，講得不好也請袁部長和鄭主任包涵。」

楊冰離開座位走到前台時，投影銀幕就由天花板徐徐地落下來。在座的人立刻意識到楊冰是做了充分準備而來，不僅要做口頭報告，所有的資料都要在銀幕上顯示出來，不會有任何模稜兩可的地方，這是楊冰和王克明最大的不同。鄭天來不自覺地在點頭，他一直督促大家做報告一定要確實，不能模稜兩可，公安部的事是人命關天，絕對不能模模糊糊地混過去。所以楊冰給他的第一印象就非常好。楊冰用鐳射筆指著銀幕開始了她的報告：

「我們調研室的獨立報告是根據這些書面文件和網上的資料寫成的。第一個，也是最重要的一個文件就是專案組的報告，它把整個案子的發展經過，所有的來龍去脈都從專案組的觀點有所說明。第二個文件是刑警隊偵查員何時對犯罪嫌疑人所做的背景調查報告，也包括了何時偵查員對案情發展的專業意見。第三個文件是中國外交部駐美國洛城總領事館的報告，他們有一位副領事全程參與了在洛城的法律過程。第四個參考文件是洛城移民法庭的開庭記錄。第五個參考文件是美國憲法和聯邦政府運行機制說明。還有其他的就是從網上查到的資料。」

楊冰停住，讓大家把獨立報告裏所涉及的參考資料範圍之大深深地印入腦海裏，然後她又開始了：

「專案組的報告詳細說明了任常專案的處理思路和整個過程的框架，我就不再重複了。當然，這份報告裏也包括了詳細的內容，專案組組長剛剛也將其中的一些要點做了口頭報告。但是我們使用的文件就包涵了很多和專案組報告內容的矛盾。這些矛盾的重點也正是本案爲什麼失敗的關鍵所在。」

楊冰又停下，讓大家把銀幕上列出來的矛盾點看一看才繼續：

「首先，洛城總領事館的報告指出來，他們曾請示過在華盛頓的中國大使館，對辦案的思路是否正確提出意見，大使館的一位一等秘書是法律專家，他就認爲這案子的基本思路有問題。因此勝訴的可能性不大。」

王克明突然插嘴說：「這思路是我們的律師建議的，同時也請示了周軍副部長。」

楊冰停住了。袁華濤瞪著王克明說：「我最後再說一次，我是來找出案子搞砸的原因，對你們請示了誰沒有興趣。還有，如果我沒有問你話，你就給我閉嘴。你怎麼連開會的規矩都不懂，隨便就插嘴。對不起，楊冰請繼續。」

銀幕上出現了一個新的畫面，列出了總領事館報告中和專案組報告有矛盾的內容。楊冰接著說：

「這份文件指出，案子的出發點是公安部要求引渡犯罪嫌疑人，但被拒絕，因此告上法院，所以被告是美國聯邦政府，但是它有整個司法部的專業律師和無限的財力支援，要贏這場官司，幾乎是不可能的事。文件中又指出來，較爲可行的辦法是應該把犯罪嫌疑人做成被告。他們把這想法建議給了專案組，顯然的，專案組所聘請的律師沒有同意，爲此，總領事館的副領事和王克明起過嚴重的衝突。」

袁華濤舉起手來打斷了楊冰：「大使館的那位一等秘書沒有任何行動嗎？」

楊冰回答：「根據文件，當時一等秘書將這件事提給了駐美大使，原因是犯罪嫌疑人向洛城的新聞媒體說，是中國政府在迫害他們，事件如果操作得不好，可能會嚴重影響到國家的形象。大使透過外交部曾直接打電話給周軍副部長，表達關注。」

袁華濤看著王克明問：「領導有沒有把大使的關注轉達給你？」

「有。」

「那麼你的反應和相關的行動呢？」

「在當時的具體情況是，我們的律師掌握了更全面和更及時的案情資訊和法庭內外的人際關係，因此我們還是按他們的建議去做了。」

「結果呢？你們是一敗塗地，在國際上我們的形象受損，在國內我們是第一窩囊案的承辦人。我們裏外不是人，真是越想越氣。對不起，我扯遠了，楊冰，你接著說。」

但是王克明突然插嘴，他還在掙扎著：「我們也是碰上了沒有預料到的事，例如我們一再強調拒絕引渡將會對中美兩國的友好關係造成負面的影響，但是沒想到他們根本不在乎。」

袁華濤提高了嗓門問：「你知道是爲什麼嗎？」

王克明沒有回答，袁華濤接著問：「如果你當時不明白，現在你明白了嗎？」

「這是因爲國際間複雜外交關係演變的結果，我們不可能會明白。」

袁華濤一邊搖頭一邊歎氣，他帶著一臉無奈的表情說：「老鄭，這就是我們公安部負責國際事務幹部的辦案本事嗎？不說也罷，楊冰你就講下去吧！」

但是讓袁華濤沒想到的是，楊冰居然提出了抗議：「對不起，袁部長，我不認爲這個專案組能代表經犯司的辦案本事。」

袁華濤臉上露出了笑容，他說：「行！那我就看你的了。」

「謝謝袁部長。剛剛說到了洛城總領事館的報告文件，其中提起大使館的一等秘書很清楚的提醒專案組，要充分理解美國憲法和政府的工作原則。中國和美國沒有簽署引渡公約，兩國沒有條約上的義務要滿足對方的引渡請求。因此是否要引渡境內的外國居民，必須要根據它國內的法律條文。而法官的判案決定也是要根據政府在達成是否要引渡的決定時有沒有違法的地方，法官是絕對不會考慮會不會影響到中美兩國的友好關係的。這是美國最基本的制度，在它的憲法中把三權分立的原則說得清清楚楚，不是王克明所謂的國際間複雜外交關係演變的結果。他個人的無知，不能代表經犯司的能力。」

楊冰主動出擊了。鄭天來舉手發言：「楊冰說得好！但是專案組不是請了美國律師嗎？怎麼他們也是吃乾飯的嗎？」

「鄭主任，我報告的第二部分就是要講到專案組在美國聘請律師的事。一件官司，尤其是在美國打官司，律師的能力和經驗往往會決定官司的勝敗。專案組聘請了洛城的崗紮拉律師事務所代表他們，在洛城的法院控告美國政府在引渡犯罪嫌疑人的事件所做的決定。王克明說這個律師事務所是在當地社會上知名的華僑領袖梁兵大力推薦介紹的。我們先看看這位被王克明稱爲在當地社會上知名的華僑領袖梁兵，是何許人。刑警隊的何時警官對此人的背景做了調查，現在請他做報告。」

銀幕上又出現了一個新的畫面，列出了梁兵的資料。何時站起來開始了他的報告：

「梁兵是廣東省湛江市人。初中教育，他隨著父親跑船，五年前受聘在一艘巴拿馬貨船上當水手。後來利用該船停靠美國洛城時跳船，先是隱藏在當地的華人社區以打零工爲生。後來找了律師和一個美籍華人以假結婚名義取得了美國的綠卡，也就是居留權。他在餐館打過工，也開過餐館，最後開了一家旅行社。主要的業務是爲國內的團體安排在美國的旅遊。但是他最重要的業務是爲國內的單位或個人安排取得僞造的邀請信，使他們達到來美國訪問的目地。爲此，他的旅行社被人多次投訴僞造文書，也因此遭受停止營業的處罰。我們在洛城的總領事館已經留意此人許久。從任何一個角度看，梁兵不可能是當地華人社會的領袖人物。」

何時停了一會兒，讓銀幕再換了一個新的畫面，它是一張廣州市刑警隊的犯罪份子檔案卡。上面是梁兵的個人資料和犯罪事實。他曾因詐欺罪被判入獄十二個月。檔案上還有梁兵的半身照，他穿的是監獄服，上面還有一個四位數的號碼。何時接著說：「謝謝袁部長，我的報告完畢。」

在何時回到座位坐下之前，楊冰已經站起來，指著銀幕上的梁兵說：

「洛城總領事館的人說，此人是當地社會的人渣，是我們中國人的恥辱。要把這樣的人當成社區的領袖人物，要有很豐富的想像力，鄭主任也許沒想到我們經犯司還有這門本事呢。」

王克明的臉色鐵青，一句話都說不出來。昨天他被這個曾是他未婚妻的女人打趴在地上，今天又被同一個女人在長官和自己老婆面前任意的羞辱，左一句右一句的奚落他，他心裏恨得咬牙切齒，但又毫無招架之力。他聽見楊冰又開始了她的攻勢：

「我說過了，在美國打官司聘用的律師是官司勝敗的關鍵，我們現在來看看這位人渣介紹的律師是個什麼人物。根據美國律師工會在網上的資料，登記註冊的律師事務所全美國就超過三千家，最大的擁有近一千名有執照的律師，但是也有不少是只有一個從業律師，崗紮拉律師事務所就是其中之一，那就是崗紮拉先生。美國律師工會每年聘請專家組成委員會爲全美律師事務所排名，它是根據接辦案子的難度，法庭上成功獲勝記錄和對社會的貢獻，和律師事務所的大小無關，排名在前二十名裏就有好幾家是單打獨鬥的。在過去的數年裏，崗紮拉律師事務所的排名都是在第兩千八百五十名左右，也就是說，在全美國它是最差的律師事務所之一。這是有理由的，因爲它只有一種業務，那就是替非法入境的人申請延緩被驅逐出境。它也替非法入境的人安排假結婚來取得居留權，爲此，他曾數度受到被停牌的處罰。去年，崗紮拉先生因爲涉嫌賄賂移民局官員曾被逮捕，後來因爲證據不足沒被起訴，而以違規被停牌和罰款。這樣的一個律師在經犯司的報告裏是被形容爲全美最優秀的律師事務所之一，有著如何輝煌的成就，在美國的法律界是如何的舉足輕重。鄭主任，您能不佩服我們經犯司的想像力嗎？」

楊冰停下來看著袁華濤和鄭天來兩人都在搖頭，是無奈還是憤怒？不管是什麼，很顯然的，在楊冰心裏憋了很久的憤憤不平現在都要釋放出來了：

「在我們的獨立報告裏，我們說明了任常專案的辦案思路和專案組在美國聘請的律師情況，主要說到專案組報告和獨立報告的不同內容，它正是反應了任常專案是如何在開始時就種下了將會失敗的原因。獨立報告的第三部分是關於官司的本身，是如何在洛城法庭上進行的。從表面上看，這兩份報告似乎是在描述兩個不同的案子，一個是形容原告和他的律師在法庭上精彩的表現，另一份報告是敍述原告和律師所犯的嚴重錯誤。但是結果卻是同樣的以原告敗訴來結尾。詳細情節就不在此重複，只將最要緊的關鍵提出來。我們都知道，不論是大陸法或是普通法之下的官司，最重要的是要以證據來立論，當然，證據也包括了人證在內。美國是一個非常典型的海洋法系社會，它的法庭判決幾乎是百分之百的根據證據，爲了任常專案，刑警隊的何時收集了大量證據來證明犯罪嫌疑人的犯罪事實。袁部長，我希望請何時自己來說明。」

袁華濤回答：「可以，找重要的說。」

銀幕上出現了這些證據的清單，何時從楊冰手裏接過激光筆後開始說：

「我簡單地把收集到的最重要證據說一下。任敬均的犯罪事實是將多個北疆銀行帳號裏的存款非法的匯出到香港他所開的銀行帳號。然後在香港取款，再購買有價證券。我們透過香港特區的警方取得了犯罪嫌疑人使用的取款單，上面有簽字，經專家鑒定是任敬均的簽名。同時有兩位銀行職員在十幾張相片中，正確的認出來任敬均就是當天來取款的人。常強發的犯罪活動已經很多年了，廈門警方已有不少的資料在檔案裏，但是最具體的是在他逃亡前，他的強發貿易公司進口了十個貨櫃的農業機器，由於被賄賂的海關職員出事了，被開櫃驗貨，發現每個貨櫃裏都裝了兩部高級進口轎車。這些事實都有完整的文件記錄，包括了受賄海關人員的坦白書。這些證據都經由外交郵袋送到洛城的總領事館轉給王克明。」

何時報告完了坐下後，楊冰又接下來：

「根據法庭記錄，專案組的律師崗紮拉先生雖然說明了這兩人的犯罪事實，但沒有出示任何證據和要求有關證人出庭作證。他的主要論點就是，如果法官不判決須引渡這兩人，就會嚴重影響中美兩國的外交關係。任敬均及常強發分別請了兩位不同的辯護律師，他們在律師工會的排名都是前二十名內。他們的論點是，犯罪嫌疑人受到了中國政府的迫害所以要逃亡外國，任敬均是因爲參加了法輪功的活動而受到公安的騷擾，常強發是因爲掌握了政府高官的貪腐證據，受到追殺，也才外逃。他們的辯護律師請了好幾個社會知名人士出庭，證明被告一直是行爲良好的公民，不僅奉公守法而且還非常熱心公益。同時這兩位律師也指出，法庭是要維護司法的公正，這是美國憲法裏明定的，而維護外交關係是行政部門的任務，這也是憲法裏的規章。法庭用了上下午的兩個半天就結束了，過了一周後，法庭再開庭公佈法官的判決。根據法庭記錄和總領事館的報告，開判決庭時，控方只有代表律師崗紮拉先生和一位中國總領事館的副領事出席。」

鄭天來舉手發言：「對不起，我插一句。專案組到哪去了？」

出人意料的，趙思霞很快地回答：「去賭城拉斯維加斯考察了。」

王克明狠狠地瞪了趙思霞一眼，他明白他們的夫妻情份走到頭了。袁華濤一邊搖頭一邊說：「老鄭，時代是變了，辦案子的輕重緩急都和以前不一樣了。楊冰，你都說了吧！就算給我們開眼界。」

「袁部長，我相信以上就是我們獨立報告和專案組報告內容的主要不同點，謝謝袁部長和葛主任給我這機會，也希望我的報告對日後再辦案時能有所幫助。」

袁華濤笑容可掬的說：「我不能代表老鄭說話，但是我自己很久沒聽過這麼精彩的報告了，我很感謝葛主任、楊冰，還有何時。你們做的事我記住了。老鄭，你還有什麼話要說嗎？」

「我有太多的話要說了。可是現在不是時候，我會在這幾天內和他們一個個的說。我現在就說一句老話，就是我們要多對他們關心點，我們在北京，他們在上海，一看不見就把他們給忘了。我們知道經犯司有問題，但是我們有誰知道他們還有這麼優秀的同志。你我都是老公安了，你說說看，你見過幾個這麼好的報告?我看這幾個人不見得比不上當年的你。你們部領導們就等著我的報告吧。」

袁華濤臉上的笑容更燦爛了：「老鄭，你要誇人家也不必把我給損了。後浪可一定要推前浪啊！他們要是不比我們強，那我們還能有希望嗎?好了，今天的會到此結束。督查處的同志，你們可以執行任務了。」

原來那兩個讓王克明不安的人是公安部督查處的人，他們站了起來，一個人把會議室的門打開，馬上有三個戴著白色頭盔，配著槍的督查走進來，另一個人走到會議室的前面大聲宣佈：「我是公安部督查處的督查，來執行任務。現在請張汝未、王克明和趙思霞跟我們走。」

三個人的臉色都變了，坐在椅子上不能動彈。鄭天來發話了：「怎麼，督查處的要求就是公安部的命令，你們想抗拒嗎?」

三個人站了起來，鄭天來向袁華濤點了點頭，也跟著走出了會議室。

現在會議室裏就剩下了葛琴、楊冰、何時和馮丹娜，他們看著袁華濤愣在座位上說不出話來。他們再也想不到在一個下午的時間，經犯司就起了天翻地覆的變化。過了一會兒，他們站起來準備走了，此時袁華濤說話了：「你們感到驚訝嗎?」

葛琴第一個回應：「我非常驚訝，大家都知道王克明有保護傘，並且經營多年了，他怎麼連督查處盯上了他都不知道?」

「我相信不久部裏就會有個說法的。」

「那我們經犯司會不會就要關門了?」

「一個王克明就能把經犯司毀了?他還沒那麼大的本事吧！」

何時也跟著問：「部長說要重新啓動任常專案，準備什麼時候開始呢？」

「其實我一調到部裏來的時候就開始了。如果我們總結楊冰的報告，辦這個案子要抓住三個要點。第一是思路要對，要可行，顯然要求引渡是行不通的。第二是背景調查要完整，要有具體證據，光靠嘴皮子說不行。第三是要聘請有真本事的律師。你們同意嗎？」

沒有人回應袁華濤的話，大家都沉默不語，袁華濤又開口了：「怎麼？不同意我說的？我明白你們心裏想什麼？不是就想要知道是誰來當專案組的組長嗎？」

大家還是不說話，袁華濤接著說：「我同意成敗的關鍵是誰來領軍，我會在最近一兩天決定人選。我想要說的是我們要有一個團隊，從領導到最前線的一兵一卒，都要有很明確的理念和任務的分工。我上任後看了不少的資料，也和很多人做了深度的討論。我認爲你們是最有能力來幫我完成任務的。不說別的，我認識鄭天來有半輩子了，從沒聽他誇過什麼人，但是他今天可誇了你們。所以我很想聽聽你們的想法。」

何時迫不及待的回答：「袁部長，我們當兵，當卒子都沒有任何問題，我們是公安人員，都做過承諾，都明白我們的職責。但是如果沒有一個實實在在的領軍人物，還是會一事無成的。袁部長，您今天看見了，任常專案的失敗，不就是出在從浦東到北京這一連串的領導們身上嗎？您是我們公安部門裏的一個人物，您的事我在警校念書時的教材裏就看見了，如果能爲您做事，這輩子值得了。」

「別人告訴我，說你是天不怕地不怕，可你一下就把從浦東到北京所有的領導都給熗了，你膽子不小啊，行，你就等命令吧！葛琴，說說你的看法。我剛才想起來了，我們見過面，對吧？三年前你曾來過內蒙公安廳做報告，很精彩。噢，能不能請你們準備一份英文版的獨立報告給我。」

葛琴朝楊冰看一眼，伸手把英文版的獨立報告交給袁華濤，然後笑著回答：「這英文翻譯是楊冰準備的。袁部長，您的記性真好，還記得我這個小人物。跟何時一樣，我也希望能有機會爲袁部長出一份力。我們都想在任常專案上出一口氣，實在太丟人了。」

「你們調研室的效率真的很不錯，鄭天來已經好幾次叫我注意了，說我們在上海的公安部人員是臥虎藏龍，還真讓他說對了。楊冰，你還沒發言呢，我很高興，今天第一次見面，你的報告就給我們留下了很深刻的印象。」

楊冰臉上露出一絲神秘的笑意，她回答說：「謝謝袁部長，這都是我們主任領導有方。可是我想，這是我們第二次見面吧？」

「噢！是嗎？」

「您忘了，昨天晚上您送一個人回家時我們碰見過，您是開一部黑色的奧迪轎車，是不是？」

袁華濤大聲的笑起來：「哈哈！好眼力！那我們重新啓動，也算你一份嗎？」

楊冰低頭沉默了一下才很嚴肅的回答：「我相信在您的領導下，每一個公安人員都會像何時一樣，懷著興奮、緊張和戰戰兢兢的心情接受這機會。但是我因爲個人原因已經決定要離開公安部了，並且我的辭職申請已經批准了。」

何時急忙插嘴說：「你怎麼還看不出來情況就要不一樣了，你不必辭職了。」

楊冰又把頭低下來，小聲地說：「一切都太晚了，我已經失去了幹警察的能力。」

袁華濤說：「這個我不同意。你還能不能幹警察，你心裏有數。但是我相信你要脫離公安部也是你仔細考慮後的決定。沒有人有權力去強人所難。你不是還有三個多月才要離職嗎？在離職前這段時間能不能幫我們一下？你走的時候我給你開歡送會。」

楊冰：「我曾經告訴過葛琴主任，我會盡忠職守直到我離職那天。袁部長，對不起，我讓您失望了。」

公安部的督查當晚就將王克明帶到北京開始了隔離審查。張汝未和趙思霞在經過個別的審問後遭到停職，他們要在指定的地點寫報告，陳述他們在任常專案裏發生的事。經犯司司長暫時由鄭天來代理。

楊冰回到辦公室打開了手機，才發現母親發了簡訊給她，說她晚上不回家吃晚飯了，平常她都會告訴楊冰是和什麼人應酬，但是這回沒說。楊冰心裏明白她老媽是和什麼人在一起，她笑著對自己說，老媽終於開始談戀愛了。她拿起手機給柯莉娟打電話：「喂，小莉，我楊冰。今晚沒飯吃，你賞碗飯吃怎麼樣？」

「我正要打電話叫你來吃飯，老何要喝酒慶祝你們今天的勝利。我也把小馮給叫來了。你就隨時過來吧！」

「要不要我帶點什麼來？酒呀，水果呀！」

「別，老何都買了。」

楊冰沒回家換衣服就直接去何時的住處。柯莉娟開門就叫起來了：「哇！不就是來吃頓飯嗎，也不用打扮得這麼漂亮啊！」

「就是急著要來吃你做的飯，匆匆忙忙的就來了，還沒回家換衣服。」

楊冰和柯莉娟從小一起長大，感情特別好。但是兩人的命運完全不一樣，看見柯莉娟穿著圍裙忙裏忙外，楊冰很羨慕也很傷感，她問說：「我的兩個小寶貝怎麼不在？何時帶他們出去玩了？」

楊冰特別喜歡他們這兩個雙胞胎，常常把他們「借來」玩玩。這兩個小兄妹和楊冰也有緣分，非常喜愛這個阿姨。

「送他們到老爸老媽那兒了，老人是越來越返老還童了，老是要把小傢伙們接去住，說是要和他們玩，其實還不是去慣壞了他們。」

「都是你生了這兩個人見人愛的萬人迷，告訴你老爸老媽別跟我搶生意，我也要借他們來玩的。」

「喜歡孩子就自己生嘛，別老是跟別人借。」

「你看我都這樣了，怎麼生啊？」

「老何告訴我他們刑警隊就有不少人對你這大美人很感興趣，但是你不給他們好臉色，把人家都嚇回去了。」

「就是老何的那些隊友呀？你也見過他們，都是嘴上沒毛的小伙子，我怎麼當他們的女朋友？當他們的媽還差不多。」

「看你說的，你不看看你自己，那些年輕的刑警能不動心嗎？也許他們對你說來是年輕點，但是你也得從自我封閉的心態裏走出來。」

「你知道這幾年我是怎麼活的，在女人最風光的年代，我卻活得像是個吃齋念佛的尼姑，我現在連怎麼去談情說愛都不會了。」

「都是王克明和趙思霞害的，我真高興他們受到報應了。」

「也不能全怪他們，是我想不開。都是我命不好，碰上個壞人。不像你，很早就找到了好男人。看老何多好，還會把孩子送出去，你們能重溫甜蜜的二人世界。看你越來越讓男人動心了，今天晚上老何肯定是要折騰你了。」

「哈！爲什麼不是我來折騰他？要不要老朋友教你兩招？保證能抓住好男人。」

「看你，不害臊。」

正說著時，何時就走進門來了，手裏拿著從飯館買來的菜和水果，跟著馮丹娜也來了，她一進門就告訴大家她聽來的最新消息；王克明被督查處的人帶走後並沒有接受任何的審訊，同時立刻就被送到杭州市。在那裏稍停後就到了解放軍的筧橋空軍基地，由軍機送到北京，被隔離了。她的第二個小道消息是，趙思霞已經表態了要和王克明在公私兩面都要劃清界線，她說她和王克明的夫妻緣分也到頭了，她要離婚。在場的三個人都看著楊冰，他們臉上的表情是奇怪的，有一絲幸災樂禍的微笑，也有一股終於討回公道了的痛快，但是他們都不敢說出心裏的話，他們不能確定楊冰對王克明的真正感覺是什麼？是真的一刀兩斷了，還是有一點點舊情難忘。三個人都看著楊冰，好像期待她說說自己的感受。楊冰開口了：

「我知道你們心裏在想什麼，你們還有其他的同事在我面前都不說王克明的不是，都不能確信我是不是還在愛著他。以為在我面前說他的不是會讓我傷心。其實我也明白你們的心理，都是看到我活得這麼不快樂，就以為我還是不能把過去忘懷。其實是你們都誤會了，我對王克明的感覺在他移情別戀時就徹底消失了，我的傷感是來自對我自己做人的失敗，和對自己未來失去的信心。在做獨立報告的過程裏，讓我更清楚的看清了王克明的真面目，我心裏真的很感激趙思霞，是她沒讓我跳進火坑，我不恨她。你們在我面前也不用老是憋住不敢說你們心裏的話，多沒意思。」

柯莉娟說：「嗨！楊冰，你是說我把趙思霞打了一頓，把她的頭髮扯下來一大把，都是白費了。太沒勁了！」

大家都笑了，馮丹娜說：「還有就是王克明還老是跟人說楊冰還是如何如何的暗戀著他，他還是楊冰的男人等等的話。所以大家在楊冰面前就不好說他的壞事了。」

楊冰說：「王克明是個邪惡的人，這也是我最大的傷感，我恨自己被愛情迷昏了頭，連善惡都不分。你們想說什麼我都不會在乎了，就放心吧！」

大家一把話說開了，這頓晚飯就成了真正名副其實的慶功宴了，一邊吃喝，一邊暢快地大談他們在下午所取得的勝利。最高興的就是何時，他認為在袁華濤的領導下，任常專案的再出發一定會成功，他一定要爭取參加。大夥七嘴八舌的把事情說得極為熱烈，沒想到沒有參與開會的柯莉娟給他們澆了盆冷水，她說：「慢點，我覺得這整件事有蹊蹺。」

何時有點莫名其妙地問：「真的嗎？我怎麼沒看出來？」

「部領導說，來開會的目的是爲了對任常專案重新啓動做準備，要你們把文字報告先送上，然後來開會聽你們的口頭報告，對吧？」

大家都點頭同意，柯莉娟接著說：「可是你們的口頭報告都已經包括在你們的文字報告裏，沒有新的內容，同時聽報告的人又是你們寫報告的人，那麼他們來的目的真的是爲重新啓動做準備？文字報告不就行了嗎？這還不蹊蹺？」

馮丹娜搶著說：「來開會的還有督查處的人。」

「他們很明顯是來調查經犯司的，有了文件還用開會來調查嗎？他們辦案的方法就是先叫你寫報告，再去核實，從來不用開會。所以這裏頭除了任常專案外，一定還有文章。」

這番話把大家說得啞口無言，陷入沉思。楊冰第一個開口：「我覺得小莉說得對，這兩位領導都不是吃閒飯的，他們是衝著目標來的，小莉，你就別賣關子了，說，他們來的真正目的是什麼？」

柯莉娟回答：「我認爲他們是要把王克明的保護傘給扳倒，這不是明擺著的嗎？要不是他有保護傘，王克明也不會把案子辦得這麼窩囊。」

何時接著說：「我明白了，袁華濤是用今天的會來給王克明下馬威，想從他那把他的保護傘暴露出來，你說對不對？」

柯莉娟用手摸摸何時的臉，笑著回答：「不錯啊！我的刑警老公，沒白吃乾飯了。」

「那這可一定是個大案子，要動在中央的保護傘可沒那麼容易。」

楊冰說：「那就要看咱們共產黨有沒有決心了。」

何時：「嘿，我說楊冰同志啊，我看你自從決定不幹公安了就對我們沒有信心了，有這麼快就動搖嗎？」

「張汝耒和王克明不也是你的同志嗎？你能有信心嗎？」

何時有點激動的說：「他們兩人能是代表嗎？你看見袁華濤了，你自己說，他能不能給你帶來信心？」

楊冰正要開口，手機響了，看看是她母親打來的：「媽，你在哪兒吃飯呢？」

「我已經回到家了，媽累了，我洗個澡後就去睡了。你和小莉好好聊吧，我掛了。」

楊冰把手機合上後就覺得怪怪的，她愣了一會兒。柯莉娟說：「楊冰，你媽怎麼了？」

「真怪了，昨晚跟朋友吃飯到半夜才回來，今晚就這麼早回家。會是不同的男人嗎？」

馮丹娜笑著對楊冰說：「連著兩晚和不同的男人約會吃飯，太酷了。你媽要比你強多了。」

柯莉娟接下來說：「李阿姨人還是那麼漂亮，當然有很多男人會動心了。但是她不會隨便就跟男人去吃飯的。這種事李阿姨一定會和楊冰說的。」

大家都看著楊冰，等著她回答，楊冰還是滿臉的迷惑，但是她回說：「小莉說得對，我媽每次都會告訴我有什麼男人對她有動作了，但是這回卻對我保密起來。昨晚和她一起吃飯的男人是誰，還是我今天早上才查出來的。到底是怎麼回事呢？」

何時搶著問：「你是說早上你查問的車就是昨晚送李姨回家的車？你認出來開車的是袁華濤，所以他才說你的眼力好，是不是？」

楊冰說：「是的，真沒想到老媽的男朋友會是袁華濤。老媽昨晚不但很晚回家，兩眼又紅又腫，顯然是哭過一場。這不是給我添亂嗎？」

柯莉娟說：「那爲什麼今天又這麼早就回家了？楊冰，我看你還是先回去看看吧！」

楊冰回到家後，一開門看見母親臥室的門是虛掩著，燈也是亮著，她開口說：「媽，我回來了！」

進了母親的臥室，楊冰看見老媽穿著睡衣抱著雙腿呆坐在床上，她抬頭看著楊冰說：「冰兒，怎麼這麼早就回來了?小莉他們都好嗎?」

「媽，你是不是又哭了?到底發生了什麼事?昨晚半夜回來眼圈是紅的，今天這麼早回來眼圈又是紅的，快告訴我是誰欺負了你?」

「你已經知道了我是和誰在一起吃飯，是不是?」

「你是說袁華濤?」

「你說，他像是會欺負女人的人嗎?」

「這誰都不敢保證，男人什麼事都做得出來。」

「別胡說八道，他是你們公安部的領導。」

「那又怎麼樣?他沒欺負你，那媽爲什麼哭呢?」

母親把楊冰抱得緊緊的，隔了一陣子才輕聲地說:「媽要是做了對不起你的事，你會原諒媽嗎?」

「媽，你說什麼?從小媽一個人把我養大，怎麼可能做對不起我的事?」

「媽只有你一個女兒，你要是恨媽，媽就活不下去了。」

李路欣緊緊地抱著楊冰痛哭起來，什麼都不說。楊冰一頭霧水，不明白母親和袁華濤之間究竟發生了什麼事，她萬萬沒想到母親是因爲在楊冰出生前所發生的事在哀傷。

第二章　緝拿團隊的哀傷

奧森律師事務所是美國西海岸最大和最有名的一家律師事務所，它位於加利福尼亞州南部的洛城，事務所是在市中心第五街上的一座四十多層的辦公大廈裏，從第十九層到第二十一層都是他們的辦公室。全所共有一百二十多位有執照的律師，業務地區涵蓋到全世界，範圍包括了刑事案，民事案和商業上的案子。律師事務所的大老闆，也是事務所的所有人，是位六十多歲，滿頭白髮的大律師，他名叫馬溫·奧森。根據他的公開履歷，他曾擔任過美國政府司法部的聯邦檢察官，也曾在國際刑警組織裏做過重要的官員。聽說年輕時曾在緝毒戰場上出生入死過。他在美國的政界、法律界和商界都有非常深的人脈關係。有很多政府想要做的事碰上阻力，辦不通的時候，往往會來找他們將事情完成。多年來，奧森律師事務所的名聲就建立起來了。在此同時，他們也成爲收費最昂貴的律師事務所。

馬溫·奧森的辦公室在大廈的第二十一層，面積很大。靠街的一邊是整面的落地窗，一眼望出去，大半個洛城市中心都會收入眼底。落地窗的對面和旁邊的兩面牆都是整排的書架和文件架，從地板到天花板，放得滿滿的，沒有任何空間留下來。到過這裏的客人常想，這辦公室的主人到底曾看過這架上的多少書籍和文件？但是事務所裏的同事們經常看到奧森先生在討論案子的時候，會很熟悉的將需要的參考文件從書架上取下，給人留下的印象是這裏的主人一定看過所有的文件和書籍，並且還有驚人的記憶力。

一個巨大的辦公桌，一個可以坐下十個人的會議桌和一套會客的沙發組，分別佔據了這個大辦公室的空間。在沙發旁邊有一扇門是通往洗手間和一個小型廚房。有心人一看就明白，這裏是個可以持久工作的地方。

通常在星期一，奧森都會比平時早到辦公室，他要仔細看一下事務所經理在每個周末所準備的業務進展報告。這是他要了解整個事務所目前在全球各地工作情況的重要資料，也是他每星期一要看的第一份文件。他一邊喝著咖啡，一邊在文件上寫評語和問題，這些問題都由經理做進一步的說明，或是他會要求負責的律師來和大老闆當面解釋。從半年多前開始，奧森除了從報告裏了解事務所的業務狀況外，他還在思考另一個重要的問題，那就是他想要在一兩年內退休，這事務所要如何處理？奧森夫婦一生的遺憾是他們沒有子女，這麼好的事業沒有下一代來繼承和發揚光大。要是賣給別人，賣的錢又給誰？還是交給接班人辦下去？

奧森打開他辦公桌上的對講機，馬上就聽見他秘書的聲音：

「是的，奧森先生。」

「請愛米．李小姐來一下。」

「是的，立刻，奧森先生。」

果然不到兩分鐘就有人敲門，然後愛米．李就推門進來了，她手裏拿著一疊公文：

「馬溫叔叔早安！周末過得愉快嗎？」

愛米．李是位二十幾歲的年輕人，有個中等的好身材和漂亮的臉蛋，尤其是那對大大的藍眼睛最是動人。加上很會打扮，走到哪裏都引人注意。她雖然也是一位有執照的律師，專長是商務合同，但她也是大老闆奧森先生的行政助理，她替奧森打點事務所裏的人事、財務和工作分配。讓奧森驚喜的是，愛米在這方面還真有些天分，不僅大老闆滿意她的表現，又因爲她爲人正直，誠懇待人，全事務所的同事都非常認可她所做的決定。漸漸地，事務所同事們遇到有困難的事就會先找她來解決，著實為奧森分擔了不少的事務。愛米還有一個別人決不可能有的優點，就是她的母親是奧森的親姐姐，多年前奧森夫婦就特別寵愛這位善解人意的小外甥女，等她長大當了律師進入事務所工作後，很自然的得到這位大老闆的完全信任。每當奧森想到接班人的時候，一定會想到愛米。但是他也明白，愛米雖然有很好的行政能力和處世待人的方法，但她在法律上不是個領軍人才。如果她能有個終身伴侶是個在法律上的領軍人才，那該有多好。不僅這一大片事業後繼有人，更會成全了他多年來的一個心願。但是他也明白，在這世上，多數時候是事與願違，也只能歎息了。

奧森揮揮手，示意愛米坐下：「我們到鄉間的別墅去住了兩天，也打了場十八洞的高爾夫球，很過癮，年紀越老就越覺得住在鄉下舒服。你嬸和你媽都說我是該退休了。」

「您一點都不老，離退休還早呢！何況您退休了，我們這事務所怎麼辦？」

「那就交給你了。」

「又來嚇唬我了，把我嚇倒了，誰來給您打工啊？」

「哈！你從小就是天不怕地不怕，什麼事能把你嚇倒？過幾天，我要召開家庭會議，專門來討論這件事。好了，有什麼重要的事嗎？」

「事務所的業務一切都很正常，財務收入也已經超出了我們的預期。雖然這是件好事，但是同事們都面對要加班的問題，長遠下來，對事務所和同事個人都不好，所以您要做個決定，要不要增加人手，或是拒絕一部分客戶了。」

「那大家對把一部分業務外包出去有什麼看法？」

「都不贊成，主要的原因是我們無法做質量控制。」

「你的看法呢？」

「我和大家的意見一樣。馬溫叔叔，來找我們的客戶都是衝著我們的能力而來的，客戶們對我們服務質量的滿意，是我們業務蒸蒸日上的唯一原因。只有我們自己的律師才能真正的把質量控制做好。」

「那麼，是不是要考慮拒絕一些客戶了？」

「這個我們也不贊成，因爲它會影響我們的聲譽。您想想，別的律師事務所會以接下我們不敢或是沒有能力接下的案子做宣傳，我們會有口難辯。」

「所以你們都認爲是該增加人手了，是不是？」

「不錯，這是我們的多數意見。可是我看得出來您是有保留的，對吧？」

「是的，你們要明白，我們不是開飯館的，今天客人多了就多雇兩個端菜和跑堂的，明天客人少了就請他們回家。我們請人家來參加我們是一輩子的事，不能兒戲。你們沒有過苦日子的經驗，我們沒人能保證以後永遠有現在這麼好的業務。」

「在學校念書時，書上就說了，律師的業務是將社會發展過程中複雜的人與人關係理出一個規律來，同時保證社會的每個人都在這規律下得到公平的待遇。所以只要社會繼續發展，我們當律師的就有飯吃。」

「你還說我不老，連你都在給我上課了。」

「我哪敢呀！這些話都是他們逼我在您面前說的。」

「那我只好少數服從多數了。我們說的要增加十個到十五個律師，聘人的計畫準備了嗎？」

奧森知道愛米的做事方法，一切都是有備而來。果然，愛米馬上遞上一份文件：「這是聘人的計畫，我們是希望在以後的十個月內，聘請二十名律師，十名是有經驗的資深律師，基本是要從別的律師事務所和政府機構挖過來。計畫裏我們按先後列了十五個人，都是您認識的，也是您曾經想要爭取的。這是要您親自出馬邀請的。」

「好，你定日子，要一個一個的單獨邀請吃晚飯，同時也請他們的夫人。我得去動員你老嬸了。那另外的十名呢？」

「基本是用公開招聘方法，我們將會成立評審委員會，我會把名單給您批准。」

「盡快把名單給我，既然決定了，就馬上做吧！別忘了，我們也要增加行政人員來配合我們增加的業務，這事就完全交給你了。」

「沒問題，馬溫叔叔，您就放心吧！還有我想把我們辦公室的自動化程度再提升，這會大大增加我們的效率。您同意嗎？」

「當然同意了，這是好事啊！趕快把需要的硬體和軟體買了。」

「花錢買設備不是問題，問題是有人拒絕使用，那不是白花錢了嗎？」

「居然會有這樣的事，不會吧！」

「馬溫叔叔，您知道嗎？我們事務所的人分成兩派，一派是成天吵著要求提升辦公室自動化，他們的頭兒已經向我提出好幾次的抗議了。」

「誰是他們的頭兒？」

「您的愛將陸海雲。」

「那另外一派是誰？也有頭兒嗎？」

「另外一派都是我們資深的同事，他們並不是反對自動化，但是他們自己抗拒使用自動化的工具。他們也有個頭兒，那就是您馬溫叔叔。」

「胡說！我可從來沒有反對過辦公室的自動化。」

「那您用過這些工具嗎？您會上網查資料嗎？」

「唉！愛米，這對我們老頭子太不公平了。我們不是有句老話嗎？老狗學不會新玩藝。老狗該退休了。」

「不對，您是在心理上就抗拒任何新的動西。其實這些都很容易，我來教您，好嗎？」

「真是洩氣。好，下件事。」

「華盛頓司法部的總檢察長來信請您周三去開會，他們已經給您訂了明天的機票和酒店，但是沒說開會的內容。」

「有沒有說還有什麼人也會去開會？」

「沒有，但是卻說了開會的地點。」

「不就是在司法部嗎？」

「不是，是在白宮。」

「是嗎？有點意思。好，還有別的事嗎？」

「剩下的就是中國公安部要求的那件案子，我們要不要接？」

「你看了資料了嗎？你說我們該不該接？」

「我覺得案子本身是很有意思，也很有挑戰性。但是客戶的付款方法要好好的考慮。一直以來，我們都是要求客戶要按勞計酬，按我們所花的時間付錢。」

愛米接著說：「他們要求事先不付頭款，然後事後從追回的款項裏提成。我算了一下，如果真像他們說的有那麼大一筆錢能追回來，除去開銷後，我們可能會有一兩百萬的收入啊！」

「但是如果我們官司打輸了，或是事後追不回贓款，那我們不但一毛錢都拿不到，還要倒貼至少一二十萬的開銷。你說我們要不要賭一下。」

「馬溫叔叔，這絕不是賭運氣，我有信心會贏。再說，我們又不是拿不出這一二十萬來。」

「那你是贊成我們把案子接下來了？」

「當然了，您是不是要把這案子交給陸海雲？」

「我是這麼想，事務所裏應該是他最合適的。但是不曉得他感不感興趣。資料給了他也沒有反應。他到了辦公室嗎？他今天不是還要出庭嗎？」

「他周末回柏克萊的家了，所以今天早上會晚一點到。他下午才要出庭。他告訴我會在周末看一下資料。」

「他到了就叫他來見我。我聽說他這幾天有點奇怪，是怎麼回事？」

「他失戀了。」

奧森很吃驚地說：「怎麼？你們鬧翻了？你把他給攆走了？」

「馬溫叔叔，我們只是普通朋友，我不是他的女朋友。」

「到底是怎麼回事？不是你告訴我的嗎？你很喜歡陸海雲。」

「可人家不愛我。戀愛要兩個人都願意才行呀！您還沒老得連這都不明白吧！」

「我不明白的是他居然能找到比你還好的女孩，你知道她是何許人也？」

「我認爲她並不怎麼樣，沒聽說過愛情是盲目的嗎？連我們的陸大律師也有迷糊的時候。」

「你說他失戀了，是那個女的不要他了？愛米，那你可別錯過這機會呀！」

「沒用的，陸海雲是鐵了心要娶中國女孩做老婆，我們白人沒戲唱。」

「這是什麼時代了？還有種族歧視。我非找他問個清楚不可。還有，陸海雲的母親對你的印象很好，是她親口說的，我也會叫她好好管教管教兒子。」

「馬溫叔叔，您就別添亂了，我和海雲是好朋友，我們都很關心對方，我們沒有緣分做夫妻，但是能做好朋友也心滿意足了。」

「不行，你總不能一輩子做男人的好朋友啊，你得成家生子呀！」

「您替我找一個比他更優秀的男人，我馬上就嫁。」

奥森知道他這外甥女是深深地愛上他手下最優秀的律師了。

奥森等愛米・李走出了他的辦公室後，就打開對講機說：「請替我接華盛頓司法部的總檢察長。」

「是的，奥森先生。」

一分鐘後，桌上的對講機傳來秘書的聲音：

「奥森先生，總檢察長，一號線。」

奥森拿起了電話。

陸海雲是奥森律師事務所的一位年輕律師，他的父母從台灣移民到美國，定居在加州灣區，離舊金山市不遠的柏克萊。父親是加州大學柏克萊分校生物學系的教授，母親在當地一家醫院裏當營養師，他在柏克萊加大念的是社會學本科，畢業後到東海岸康乃迪克州的耶魯大學專修法律，畢業後先考取了美國律師執照，然後又進了哈佛大學拿了個難得的法學博士。當時他還不滿二十六歲，但已是一位才華四溢的律師了。一位聯邦最高法院的大法官看中了他，請他去當助理，這是所有學法律的人夢寐以求的，每年全國只有十二個人會被入選。

陸海雲在華盛頓的聯邦最高法院工作了一年後，奥森先生就以高薪、離家近的加州地理位置和動員他的父母親將他挖到洛城的律師事務所。當時他告訴奥森先生，他的人生目標是當聯邦檢察官，緝拿社會上的犯罪份子是他從小的志願，但是他父母則希望他和他父親一樣到大學裏教書。兩年後，他就在位於很安靜的蒙特利山小區，南巴沙迪那市買了一棟獨門獨戶還有個大院子的房子。雖然他對別人說買房子是爲了投資，但是下意識裏他感覺是到了該結婚的時候了，何況他老媽也老是在嘮叨他趕快成家。

陸海雲的成長過程在美國華人社會裏的第二代移民很有代表性。父母都是從台灣來的高級知識份子，他們不像其他的華僑居住在華人聚集的唐人街裏，也沒有依託「華人社會」來討生活。他們居住在白人住的地方，工作的環境裏也都是白人，從小就上白人的學校。因此陸海雲在成長過程中，基本是生活在「西方文化」的薰陶中，但是他的父母和所有從台灣來的新移民一樣，希望下一代還能保有中國的文化，他們的具體行動就是堅持在家裏和子女們說中國話，在星期六帶孩子去上由家長們自己組織起來的「中文學校」，就是在這裏，陸海雲開始接觸到中國字，學習中文的寫和讀。

和他同齡的中文同學一樣，陸海雲不喜歡來上中文，倒不是排斥中文，而是因爲失去了在星期六打球的機會。對那個年齡的青少年，打球是生命中最重要的，何況他又是個運動健將，除了高爾夫球外，從乒乓球到籃球，只要是圓形的球，不管大小，他都能玩得很精彩。幼小的心中還曾夢想過長大了要去當個職業球員。

陸海雲中學畢業後，由於成績斐然進了柏克萊的加州大學，在那裏，他那份強烈的求知欲望得到了充分的發揮。柏克萊加州大學是全世界上著名的大學之一，它的特點是學生人數多，超過五萬個來自世界各地的學子，聚集在這舊金山海灣岸邊的校園裏上課，其次是它有完整的學科和學門，除了所有傳統的文理工商方面的學系外，所有的現代學科也包括在大學的教學和研究內容裏，但是讓它高居在全球的大學行列之首的理由，是它所有的學系和學門都有世界上最優秀的學者教授。全校有近三千名的教研人員，也擁有最多的諾貝爾獎得主。陸海雲就是在這個環境中，從一個醉心於打球的青少年，成長爲一個年輕的「書生」。

陸海雲雖然主修社會學，但是他有著很廣泛的好奇心和求知欲。由於他對語言有特別的愛好和領悟力，使他很快地有了數種外國語的能力，更讓他能閱讀更多的書籍。最讓他父母高興的是，陸海雲對中文有了濃厚的興趣，在四年的大學中他有三年都選修了東方語文學系的課，他不僅能說，能讀，而且還能寫一些簡單的中文了。

大學裏的中文課程都是由東方語言學系開的，系裏有一位鮑雍老師是從台灣來的，她是陸海雲中文的真正啓蒙者，她不僅是教中文，而且將中國的文化，尤其是文學和藝術介紹給班上的學生。陸海雲連續三年都選了她的課，他們之間建立了友誼，偶爾鮑老師會帶著陸海雲和兩三個學生去看展覽和中國電影。有些事情不好跟父母親說的，陸海雲也會來找鮑老師吐苦水。其實陸海雲的父母親和鮑老師是認識的，鮑老師的前夫和陸海雲的父親是大學時很要好的同學，家裏頭一直是有來往，陸海雲從小就認識鮑老師，但是在他們離婚後，鮑老師的前夫和新夫人還是和陸家有來往，所以鮑老師在陸家就有些尷尬，慢慢地也就疏遠了，等到陸海雲開始選鮑老師的課時，他已是陸家唯一還和鮑老師經常有聯繫的人。這良師益友的關係，在他畢業後還沒有中斷，每次回家時，他都會去看看這位啓蒙的老師，師生之間有說不完的話。

在全美的大學裏，耶魯大學的中文教學和研究是最優秀的，在那裏，陸海雲繼續選修更高深的中文課。哈佛大學有個著名的燕京社，是利用庚子賠款所建立的，是近百年來在西方的大學裏和美國史丹佛大學的胡佛研究所齊名，最好和最完整的「中國研究」所在地。它的圖書館有最豐富的中文藏書，等到陸海雲上哈佛大學念博士時，他常是燕京社圖書館的座上客，他的中文能力已經能讓他在那裏博覽群書了。

陸海雲在耶魯大學法學院待了近三年的時間，因爲功課好，又會說流利的中文，有兩位從台灣來的留學生，章書平和趙碧浩，常來找他切磋學業。雖然在柏克萊加州大學念書時也認識不少華人同學，其中也有來自台灣的，但是陸海雲頭一次可以在知識上和這兩位耶魯大學同學平起平坐地討論中國的文化和歷史問題，他對這兩位台灣來的同學感覺很好，不知不覺他們就成了好朋友。

在耶魯大學的中國同學當中，他們三人被稱爲是法學院的「三劍客」，三人都以尖嘴利舌，善於雄辯而知名。章書平和陸海雲還都愛好網球，球藝不相上下，在球場上切磋球技後一定會去喝啤酒，兩人都認爲這是人間的極品享受，陸海雲頭一回領略到章書平說的「花看半開，酒飲微醺」的趣味。也就是在這網球與啤酒之間，章書平將陸海雲領進了魯迅、沈從文、胡適之、梁實秋等人的文學和心靈世界。

以前，陸海雲僅僅將中文視爲另一種語言，認識章書平後，他才真正領悟到了中華文化，這帶給了他很大的震撼。所以在這兩位好友面前，他老是覺得自己的「文明」矮了一截。而這兩位好朋友也毫不留情地提醒他這「美國人」，美國只有兩百年的歷史，比起他們幾千年歷史文明，簡直就是「野蠻人」了。後來他又讀了多年來章書平以「草山客」的筆名在報章雜誌上發表過的許多文章，更讓他佩服這位朋友。章書平號稱他才是陸海雲的中國文化啓蒙者，是他將這位外黃內白的「香蕉美國人」帶上自我尋根的心路歷程。陸海雲給章書平取了個外號，叫他「草山客」。

在三劍客中，陸海雲和章書平顯然是「鐵哥兒們」，而趙碧浩還隔了一層。除了對打球飲酒的共同愛好，讓這兩個男人走得較近之外，在政治和社會理念上，他們都比較同情「無產階級」的普羅大眾，而趙碧浩則往往是站在統治者那一邊。在課堂上討論美國國內政治時，陸海雲和章書平是站在民主黨的立場，而趙碧浩則是支持共和黨的政策，以減低富人的個人所得稅和大企業的營利稅來刺激經濟。

這兩男對一女常常起了很大的爭論，當然，結果都是趙碧浩敗下陣來。這些她都不是很在意，讓她最生氣的是，不讓她一起喝啤酒。她的酒量是三劍客中最好的，但是章書平卻引用漢朝蕭何所定的酒律：「三人以上無故群飲，罰金四兩。」來拒趙碧浩於門外，雖然表面上的理由是不想和她在酒後辯論政治問題，真正的理由是，她來了，兩個男人就不方便講黃色笑話了。

陸海雲和趙碧浩的友誼發展卻有些不尋常，一開始時陸海雲根本沒把她看成是個女孩，一直到半年多後，才發現她不只是外表漂亮，學問不錯，而且還有一種與眾不同的氣質，一種陸海雲以爲只有在上一代中國女人身上才有，像他的母親和教他中文的鮑雍老師那種中國女人特有的溫文爾雅又有內涵的氣質。

他開始對趙碧浩有了不同的看法和行動，他請她到餐館吃燭光晚餐。在校園裏，歌德式建築前的陰影或是花前月下散步時，趙碧浩也會緊緊摟著陸海雲的臂膀，將頭輕輕靠在他的肩上。陸海雲特別喜歡微風將她的髮絲吹起，柔柔地拂在他臉上的感覺。在夜深人靜時，他們也會和所有年輕的戀人一樣，忘我在濃情蜜意和激情的歡愉裏。

草山客是第一個往陸海雲頭上澆冷水的人，先是調侃他重色輕友，連打網球都心不在焉，老是輸球。後來還很嚴肅地告訴他，他和趙碧浩不合適，理由是他們之間缺少了「門當戶對」這份重要的因素。雖然她是個優秀的大學生，出身於台灣最好的大學，又進了世界級的名校，但是這些都沒有趙碧浩是台灣豪富之女的事實來得重要。這些女兒們都知道她們的人生有個很重要的任務，那就是要將家族的財富或政治勢力繼續擴大，而手段就是「婚姻」，將不同的財團和政治勢力用聯姻的方式捆綁在一起，因此她們嫁人的對象就局限性於另一個豪富之家的小開，高官之子或是醫生。

然而，陸海雲和這三類人都扯不著邊！

草山客特別強調，台灣的富豪子女都有一個共同性，他們都會自認爲「與眾不同」，是台灣的精英和特權階級，每個人都有一種心態，就是「我母生我時，頓覺滿室異香」，他們是天生的異類。

果然，在他們將畢業時，趙碧浩告訴他，她要和以前的一位男友訂婚了，並且畢業後會很快地結婚，因爲男友是醫生，急著成家好定下心來行醫。她說很感激陸海雲帶給她一段刻骨銘心的愛情和快樂，她會永遠記在心上。但是她沒有表示有任何的遺憾。

突然，陸海雲感到她是個完全不認識的陌生人。無論如何，這是他的初戀和失戀，他真正體會到感情的失去會帶給他這麼大的痛苦，著實失魂落魄了好一陣子。最後這份失戀的哀傷轉變成憤怒，他對自己憤怒，沒有認清對方就投入感情，一頭栽進了愛情的黑洞，他也對趙碧浩憤怒，因爲她在開始交往時就知道了最後的結局，但她還是把他當成過客，給她一份短暫的愛情。

陸海雲將他的感受寫在一封給趙碧浩的長信裏，但是經過一番內心掙扎後，他最終沒有把信寄出，卻拿給了章書平。草山客安慰他說，前有文成公主和王昭君爲國犧牲，後有趙碧浩爲家犧牲，陸海雲不必難過，十步之內必有芳草，日後自有美女投懷送抱。草山客還說他犯了兩個重大的錯誤，一個是他不明白趙碧浩這種身世的人對愛情有不同的定義，一生下來就被灌輸是台灣精英特權的思想，不把他人的感受當回事。第二是他過於善良，不懂得自我保護。帶著一份打抱不平的目的，章書平瞞著陸海雲把信寄給了趙碧浩。

寫那封長信起了心理醫療作用，很快地，陸海雲就打起精神投入學業裏，畢業後馬上就考取了律師執照，再進哈佛大學以優異的成績取得法學博士學位。但是他羨慕中國女性的溫文爾雅和含蓄的美德卻有增無減。

「三劍客」在耶魯大學的日子結束後，章書平回到台灣一間大學的法學院教保險學，台灣的四大首富家族，有兩家是做保險事業的，章書平的課成爲大學生所追逐的熱門課。趙碧浩回到台灣後馬上和她的醫生未婚夫結婚，婚禮非常豪華和盛大，所有在台灣政界和商界有頭有臉的人都被邀請了。陸海雲和章書平也收到了請帖，但是這婚禮沒成爲「三劍客」的重逢，因爲陸海雲沒有出席。在女兒出生後，趙碧浩開始在台灣的檢察院工作，她成爲很出色的檢察官，成功地辦了好幾個重大案子，有很好的口碑。但是她的婚姻並不美滿。

開始工作後，陸海雲的感情生活和他同年的同事一樣多彩多姿。工作之餘，他有很多業餘愛好的活動，他們常常一大群人一起上山下海，或是結隊到各地旅遊。愛米．李也是這群年輕人中的一份子，她和陸海雲都是非常優秀的年輕人，漸漸地他們走到一塊了，雖然還有別的女孩子對陸海雲感興趣，但是沒人有那麼大膽去和大老闆的外甥女搶男朋友。陸海雲和愛米．李成了無所不談的好朋友，他們之間有深厚的友情，但是愛米．李很清楚他們之間沒有愛情的火花。愛米的心碎了，三番兩次想找個男朋友，但是交往了一陣子就吹了，她不能忘情於這個打動了她的心的男人。日子久了，她也就認了去當他的紅粉知己了。這樣反而使他們成了好朋友，他們無所不談，更是真心的互相關懷。

陸海雲急驚風似的趕到辦公室時已經是早上十點鐘了，坐下來第一件事就是把秘書小姐留下的電話留言看一遍，然後回了幾個重要電話。這才想起今天早上還沒喝過咖啡，愛米·李的「德政」之一，就是保證奧森律師事務所會供應全美國律師事務所中最好喝的咖啡，同事中有不少人就是爲了喝早上這杯咖啡而準時來上班。陸海雲拿起杯子正要到走廊一頭的茶水間去爲自己倒杯咖啡時，愛米就敲門進來了，她手上端著一個紙杯，裏頭顯然是冒著香味和蒸汽的熱騰騰咖啡，她說：

「給你的咖啡，我們辦公室的服務還讓你滿意吧！」

「太滿意了，快請坐。」

「怎麼樣？回家過了個周末，心情應該好多了吧？」

「愛米，我問你，你覺不覺得父母對孩子過度的關心，帶來的不是解脫，反而是更多的痛苦。」

「我當然有體會了，所以很多事我乾脆不跟他們說。但想到他們關心的理由，又很感激他們。我看你就別心煩了。」

「但是他們的關心方法就是打破沙鍋問到底，然後再替你把事情分析一遍，指出你犯的錯誤。他們扮演心理醫師的角色，但卻讓病人，也是他們心疼的孩子們，一遍又一遍地在痛苦中煎熬，爲什麼他們就不明白，最好的治療方法就是遺忘呢？但是回家也有好處，就是能吃好的和睡得舒服。」

「可憐天下父母心。」

「哎！不說了。是不是老闆要找我？」

「是的，他要和你談中國公安部的案子。你準備好了嗎？」

「老闆給的資料全看了，我認爲這案子很有意思。」

「那好，我打電話給老闆秘書，說我們準備好了，定了時間後我馬上通知你。我先走了。」

「還有，人手不足的事他決定了嗎？」

「定了，再聘請十五名律師。」

「厲害啊！我看現在大老闆全聽你的，不久他就會把這家當傳給你，你不就成了我們的大老闆了，到時候可別忘了照顧照顧我這老朋友啊！」

「海雲，不可以嚇唬我！」

十分鐘後，陸海雲拿著他寫的報告和咖啡杯走出了辦公室，先到茶水間將杯子倒滿了咖啡，然後由茶水間旁的樓梯從二十層上到二十一層樓，他敲門進了老闆的辦公室，看見愛米已經到了，他說：

「奧森先生，您好！對不起，今天早上我遲到了。」

「你不是早上才從舊金山趕來的嗎？你母親她還好嗎？」

陸海雲的臉上露出一絲微笑，這麼多年了，這份情還沒了嗎？但他還是很禮貌地回答：「謝謝奧森先生，我母親她很好，今天早上是她一個人送我去機場，她也要我向您問好，她還特別要我告訴您，不要太辛苦了，要注意身體。」

陸海雲特別說出他母親的問候不是在他父親面前說的，這會讓奧森特別高興。他們坐在會議桌的椅子上，陸海雲和愛米坐在一邊，坐在對面的奧森一眼就看見愛米臉上的會心微笑，他說：「你笑什麼？陸海雲的父母親和我是老朋友了，你知道嗎？」

「當然知道，我只是好奇，既然是老朋友，爲什麼只跟海雲的母親互相關心，他老爸就給忘了嗎？海雲，你不覺得怪嗎？」

陸海雲趕快插嘴說：「愛米，這麼多年的事了，你就放你的馬溫叔叔一馬吧！」

愛米馬上就頂了回去：「你就不在乎你老媽和老情人還眉來眼去嗎？」

奧森狠狠地瞪了愛米一眼：「愛米，爲人別老是那麼尖酸刻薄，學學海雲，看人家多厚道。」

愛米還是不肯罷休：「馬溫叔叔，您又偏心海雲了。你們兩人都是對中國女人情有獨鍾，別以爲我不知道。」

陸海雲聽了是衝著他來的，就頂了回去：「喜歡溫文爾雅的女人有什麼不對？」

愛米生氣了，對陸海雲說：「所以，你是說只有中國女人溫文爾雅，別種女人都是蠻橫無理，是不是？」

陸海雲不說話，但是奧森先生卻笑出聲來：「愛米，你的說法有邏輯性嗎？別忘了我們做律師的吃飯傢伙不就是邏輯推理嗎？」

愛米還是不服氣：「我不是在上法庭打官司，我是在說愛情。溫莎公爵爲了愛情而放棄了英國的王位合邏輯嗎？莎士比亞寫的《羅密歐與茱麗葉》故事有邏輯性嗎？」

奧森先生又笑起來了：「我老了，不懂你們年輕人的愛情。可我就知道你的兇相和你媽小時候一模一樣，不過你好多了，以前我老姐說不過我時，還會動手打人呢，至少你還不會吧！」

陸海雲馬上接口：「奧森先生，您沒注意到我們事務所裏常有人鼻青臉腫嗎？」

說完了，三個人都哈哈笑了，奧森說：「愛米，海雲的媽還說你是個多可愛的姑娘，我看她是看走了眼。要注意形象，別那麼兇。好了，我們說正事，海雲，說說中國公安部委託的案子吧。」

陸海雲回答：「我的看法和愛米一樣，案子很有挑戰性，値得去做。您知道嗎，也許是因爲他們的經濟發展得太快了，每年有不少的官員和不法商人，用非法的手段將國家的財產偷出到外國。他們現在決心要制止事件的發生，追拿犯罪份子和追回贓款。如果我們真能幫助他們，日後的相同業務會很多的。」

奧森先生：「賠錢的風險你怎麼看？」

陸海雲：「如果追不回贓款，我們就什麼錢都拿不到。但是如果政府將他們驅逐出境，我們就要進行全球追緝，中國公安部必須扮演主要的角色，我們只能從旁協助。您對他們的能力有信心嗎？」

奧森：「中國在最近幾年裏快速崛起，各方面的國力都在不斷地變化和成長。要是以前的情況我就不敢說，但是現在他們來了個新的公安部副部長，他專門負責這個案子，將案子取名為『任常專案』。以前我們在國際刑警組織共事過，他是個了不起的警察，當年在金三角要不是他，我今天也不會坐在這裏了。我對他領導的隊伍有百分之百的信心。這案子是他親自來找我的，我再怎麼樣也不能拒絕的。」

奧森多年前在聯邦司法部任職，擔任過緝拿國際販毒份子的工作，也曾被派在國際刑警組織從事緝毒任務。聽說曾立過汗馬功勞，拿過國家的最高勳章。但是他的工作還都在保密，知道的人很少。

陸海雲笑著說：「我明白了，這又是您當年在槍林彈雨中捉拿毒販的老戰友來找了，沒問題，我們一定不讓您丟人。但是我要說他們上次的失敗是有很大的蹊蹺。我的報告寫好了，前半部是分析他們上次的辦案，第二部分是如何重新出發的方案。請奧森先生過目。對了，還有他們送過來的資料中，有一份他們內部的調查報告，非常精彩，我的方案採用了很多這份報告的建議。」

奧森喜歡陸海雲的不僅是他在法庭上的表現，還有他辦事的方法，一切都是井井有條，詳詳細細的記錄在案。他說：「很好，我先看一下，然後我們開會來制定執行計畫和工作隊伍。海雲，也給愛米一份你的報告吧！」

愛米馬上回答：「我有了，海雲在周末就用電郵寄給我了。」

陸海雲乘機插嘴說：「奧森先生如果使用電腦和電郵的話，您在周末也就能看到我的報告了。還有，奧森先生，您看這一滿屋子的書要是全部換成電子版，有三張光碟就夠了，坐在電腦前就能看到您書架上任何一頁的文件，不用爬上爬下梯子去找了，您看多好！」

奧森先生還是固執己見：「我就喜歡這書架上一本一本的書，能看得見摸得著，我心裏踏實。別跟我說電腦有多好，萬一停電了我們怎麼辦？說說你那蓋地博物館的案子吧！下午要開庭嗎？」

陸海雲說：「是的，早上對方律師打電話來探聽消息，問我們有沒有新的證人。我說我們的證人名單已給了他們，到目前並沒有變化。當然爲了反駁他們的證人，我們是有權再叫新證人，但是這要看他們證人的證詞了。」

奧森說：「下午我跟你一起出庭，我有預感，這場官司快打完了。」

蓋地博物館位於洛城北方馬樂布海灘，一棟白色的二層樓房，依山面水而建，背景是青翠的山林，碧藍的海水和一望無邊的金色沙灘。這是一所非常現代化的博物館，它是保羅・蓋地基金會出資建立的。保羅・蓋地是美國早年的石油大亨，在全世界各地開採石油和建立煉油廠，他成了億萬富翁，死後成立了蓋地基金會專門從事文化和慈善事業。

蓋地生前熱愛歐洲文化，也是歐洲歷史文物的收藏家，很自然地蓋地博物館也以展覽歐洲文物，尤其是義大利的文物而著名。三年前，蓋地博物館以高價從義大利人手中收購了三幅文藝復興時代的油畫，成爲該館的珍藏。這三幅畫成爲蓋地博物館在世界各地巡迴展覽中的主要展品。三個月前，義大利政府透過他們在紐約聘請的律師，向蓋地博物館要求將這三幅畫歸還給義大利，理由是這三幅畫的所有權是屬於義大利政府的，是不法份子從政府手中盜竊並轉賣到民間的收藏者。雖然它又輾轉易手，甚至出現在拍賣市場進行正常的交易，這三幅畫在原則上還是「贓物」，在義大利和美國的法律下，無論是用任何方法持有「贓物」，都是違法犯罪行爲，必須無償的物歸原主。

當義大利政府向蓋地博物館索要這三幅畫時，在全世界的博物館都造成了很大的震驚。和個人收藏家一樣，博物館也收藏著不少「來路不明」的文物和藝術品，甚至有人說某些收藏家，包括一些博物館在內，都是先看準了「目標」，然後再去聯繫「職業竊賊」或是「飛天大盜」以合同方式動手取來。這和現在的「偷車」一樣，偷車賊要先有買家看中了車型，再去找車下手。如果博物館必須歸還所有「來路不明」的收藏物，他們之中有很多都可能要關門了。所以蓋地博物館拒絕了這個要求。

但是義大利政府也不肯就此罷休，一狀就告到洛城的法院，要求法律的裁決。蓋地博物館聘請奧森律師事務所代表他們，要破釜沉舟地打贏這場官司。奧森先生把案子交給陸海雲負責，愛米來協助。爲了調查這三幅畫的背景，陸海雲帶著愛米去了三趟義大利的北部。那裏不僅風景優美，也是文藝復興的發源地，一部歐洲現代史就是從那裏開始的。案子中的三幅畫原先的所在地就是托斯卡尼市，那裏的山水樹林和建築就和這三幅畫一樣，美得讓人窒息。陸海雲告訴愛米，即使奧森律師事務所不付他錢，他也願意辦這個案子，光是這三次的北義大利之行就已經值得了，更何況他還利用了一個空檔，把他當時的女友叫到法國南部的尼斯去幽會了一次。

義大利政府是在洛城高等法院向蓋地博物館提出控告，做爲原告，義大利政府和他們聘請的律師充滿了必勝的信心，有兩點是對他們很有利的，第一，他們只要證明義大利政府對這三幅畫有合法的所有權，即使被告律師能證明蓋地博物館在不知原告才是所有權人的情況下，以合法手段購買的，就已經觸犯了美國和義大利兩國的法律。第二點有利的情況是，本案是個民事案，它和刑事案子不一樣，要全體的陪審員都投「有罪」的票，被告的罪名才成立。在民事案裏，只要陪審團中過半數的陪審員認爲有罪，罪名就成立了。但是陸海雲還是很有信心，因爲他只要說服過半數的陪審員對義大利政府的所有權起懷疑就行了。「陪審制度」的過程中有一個重要的原則就是：「寧可放過了所有的罪人，也不能冤枉一個好人。」在沒有百分之百的證據下，只要有「合理性的懷疑」，陪審員就要做「無罪」的結論。

洛城的高等法院坐落在市中心，和市政府就隔一條街，雖然離奧森法律事務所很近，但因爲拿著不少的文件，奧森先生、陸海雲和愛米還是坐了一輛計程車去。洛城高等法院的大樓是座古典式的建築物，一眼看上去就知道是法院，因爲大門口有一座古希臘女神的雕像，女神的雙眼是蒙住的，手上高舉著一個天平，這是西方文化用來做爲「法律之前人人平等」的象徵。

法院的一樓是行政人員的辦公室，也是大部分的市民來辦事的地方，二樓到四樓是八個大小不同的法庭、會議室、陪審團休息室，證人休息室和看管嫌疑犯的拘留室。五樓和六樓是法官們和他們助理的辦公室和他們專用的會議室。

他們一行在兩點正時走進洛城高等法院，但在十五分鐘後才來到指定的第五號法庭，自從九一一事件後，所有的法院安全檢查都加大了力度，他們拿著大包小包的文件，費了不少時間才被放行。

法庭的正中央是法官席，它是在一個高出了將近有半米高的平台上。右邊靠牆在階梯式的平台上有兩排座位，前面有一個木欄杆，這是陪審團的席位。緊靠著法官坐的大辦公桌的右邊，是個給證人坐的椅子，法庭的記錄是坐在法官的左邊。在這個科技時代，記錄還是用傳統手寫速記的方法而不是用錄音機。法官平台的前方是左右兩張大桌子，用來給原、被告雙方和他們的代表律師們用的。通常是原告在右邊，被告在左邊。在他們的後邊又是一個欄杆，再後面就是一排排的座椅，是給觀眾坐的地方。

法庭的中間是走道，通常觀眾也是很清楚地分成兩邊，同情原告的坐在右邊，同情被告的就坐在左邊。雙方的律師都是相識多年的同行，他們曾是對手，也可能是合作過的夥伴，律師這一門行業就有這特點。所以在開庭前，雙方的律師們都會親切地互相問好，這和開庭後針鋒相對的情況完全是兩回事。今天原告方面多了一個人，一頭白髮，年紀看起來比較大，奧森先生過去和他熱烈握手，然後將他介紹給在座的蓋地博物館館長懷特先生。他小聲地告訴陸海雲和愛米，此人是義大利的文化部部長，馬利奧先生。

兩點三十分，法庭上的法警大聲地宣佈：「加利福尼亞州，洛城高等法院，第五號法庭現在開庭，由榮耀的史密司法官閣下主持，全體起立。」

剛說完，法庭前面左邊的一扇小門打開了，一位身材高大，看起來有五十多歲，穿著一身黑袍的男人走上了平台，坐下後，他說：「大家請坐。」

史密司法官露出了笑容說：「原告和被告雙方都準備好了嗎？」

代表原告義大利政府的是從紐約市來的一位猶太人後裔史迪生大律師，他是一位非常能幹和稱職的律師，很受同行的尊敬。他站了起來說：「是的，尊敬的法官閣下，原告方準備好了。」

接著陸海雲也站起來說：「請允許我愉快地宣佈，被告方面也準備就緒。」

史密司法官說：「很好，法警請陪審團入座。」

法警回答：「是的，法官閣下。」

法警走到法庭前面的另一邊，將一扇小門打開後，就有十二位男女走進來坐到陪審團的座位。他們是九個本案的陪審員和三名候補陪審員。史密司法官將面前的筆記型電腦打開後說：「各位陪審團的女士和先生們，本席要提醒各位，你們昨天對要遵守陪審團紀律所發過的誓言仍然是有效的。」

他轉過頭來向原告律師說：「史迪生先生請開始。」

「感謝法官閣下。」

史迪生走到陪審團面前開始了下午的程序：「尊敬的陪審團女士和先生們，午安。如果庭上允許的話，原告方要求傳下一位證人，肯特先生。他將更進一步用實際的例子來說明被告是如何收集文物。」

法官說：「請進行。傳證人肯特先生。」

肯特是一個四十多歲的人，穿著一身剪裁合身的灰色西裝，打著深藍色領帶，給人的印象是一個事業有成的人。他走到證人席坐下來。法警走到他面前，他左手拿著一本聖經，舉起右手對肯特說：「請起立，舉起你的右手，發誓。」

肯特站起來，拉了一下西裝外衣，並且將前面的一個扣子扣上，然後舉起了右手。法警開口說：「我宣誓將在法庭上提供誠實的證詞，我要說的每一句話都是真實。」

肯特正色地回答：「是的，我會如此做。」

肯特回到座位後，法官看著他說：「肯特先生，本席提醒你，在發過誓言後的證詞如有虛假，是犯了僞證罪的，知道嗎？」

「謝謝法官閣下，我明白。」

「史迪生先生，你可以開始問話了。」

「肯特先生，請問你在什麼地方工作，是做什麼的？」

「我在紐約市曼哈頓區的第五街開了一個畫廊。做買賣繪畫藝術品的生意。」

「在那裏工作了多久？」

「到今年年底就有十五年了。」

「十五年是個滿長的日子，沒想過要換個工作嗎？」

「噢！這個畫廊叫肯特畫廊，是我們肯特家的產業，到我手裏已經是第三代了，我們是真正的百年老字號。」

「可喜可賀！這麼多年來，肯特畫廊一定經歷過各式各樣不同的的買主了？」

「是的，因爲我們的專長是出賣高檔名畫，所以買家大多是有名的收藏家或是博物館。」

「那麼本案中的三幅畫是不是由你的畫廊經手的呢？」

「是的，大約在一年半前，由我們爲蓋地博物館聯繫了賣主。」

「肯特先生，您清楚嗎?出售違法獲得的贓物是犯罪行爲。」

「當然，做我們這一行的是最清楚了。」

「那麼你們是用什麼方法來確定你們賣出的畫不是贓物呢？」

「首先，賣主一定要提供所有權證明，然後我們要進一步調查所有權的真實性。但是史迪生先生，我們在本案三幅畫的交易中只扮演介紹人的角色，並沒有參與實際的買賣。但是肯特畫廊用口頭和書面都一再強調必須要取得合法的所有權證明。」

「很好，賣方提供了證明嗎？」

「有。」

「買方，也就是蓋地博物館接受了嗎？」

「顯然是接受了，否則就不會成交了。」

「但是現在事實證明所有權證明是僞造的，是不是？」

陸海雲突然站起來說：「反對！這是引導證人做結論。」

史密司法官：「成立，史迪生先生，你應該知道不能這麼問的。」

史迪生向法官微微地彎一下腰，滿面笑容的說：「對不起，法官閣下，我收回這個問題。」說完後，回過頭來衝著陸海雲露出微笑。他就是要讓人知道，雖然問題被法官拒絕了，但是已達到了目的，他的目的是要給陪審團一個印象，那就是被告有違法行爲。陸海雲恨得咬牙切齒，但是也無可奈何。史迪生的笑容還在，他接著說：「如果法官閣下允許，我的問題問完了。」

顯然他對這位證人的問話很滿意。史密司法官說：「陸先生，證人是你的了。」

陸海雲站起來，拉了一下西裝外套：「謝謝法官閣下。」

他走到肯特先生的證人席前說：「肯特先生您好！我只有幾個簡單的問題，是希望了解一下世界名畫的買賣情況。我在網上查看了肯特畫廊的網頁，看見你們的畫廊裏展出很多幅畫，這些畫是你們畫廊所有的呢？還是別人寄賣的？」

「在我們畫廊所展示的畫都是些名畫，很多是價值連城。我們沒有那麼多的錢去收購，大部分都是別人寄賣的。」

「當你們同意為別人寄賣時，會要求賣主提供合法的所有權證明嗎？」

「當然，這是我們開畫廊的行規，也是我們的責任。」

「很好。肯特先生剛剛作證說在本案的三幅畫交易裏，你們只扮演了介紹人的角色，請說明一下，賣主來寄賣和做介紹人這兩種方式有什麼不同？」

「噢！寄賣是畫的所有人希望脫手，把畫放在畫廊裏展示，希望能碰到感興趣的買主，換句話說，這是賣主主動的。但是介紹人的方式是買主提出想要買畫的要求，例如，畫家、時代、主題、風格等等，因為畫廊掌握了這些有關的資訊，會比較容易找到這些畫的主人，我們很自然地成為交易的介紹人。這種方式的交易和寄賣相反，它是由買主主動的。」

「非常感謝肯特先生為我們做的解釋。一般情況下，是如何收取費用的？像你們肯特畫廊每年的營業額中，分別有多少是來自寄賣和介紹費的？」

「畫廊是按成交額的百分之二十五來收費的。」

「蓋地博物館花了四百多萬美元買下了本案的三幅畫，在這份交易裏，肯特畫廊就得到了一百二十多萬的費用，肯特先生，你能告訴我，三年前你們畫廊全年的營業額是多少？」

史迪生律師跳了起來大聲地說：「反對，問題與本案無關。」

陸海雲邁向法官走一步，心平氣和地說：「法官閣下，本案中三幅畫的交易對肯特畫廊財政收入的貢獻，與肯特畫廊對本案的重視有直接關係。更何況肯特畫廊三年前的營業額並不是商業秘密，是可以在工商局查到的。」

史密司法官開口說：「否決反對。肯特先生請回答律師的問題。」

「三年前我們的營業額大約是一百五十萬美元。」

「所以，三年前你們全年總收入的百分之八十以上，是來自為這三幅畫的交易作介紹人得來的，因此這筆收入對肯特畫廊是非常重要的，可想而知你們是全力以赴來促成這筆交易，是不是？」

「是的，可以這麼說。」

「謝謝肯特先生。我的下一個問題是，畫廊是如何取得這些收入可觀的介紹人生意？」

「基本是以競爭方式得來的。」

「請肯特先生說得更具體些。」

「我剛剛說過了，博物館、收藏家或是任何買主提出要求後，擁有相關資料的畫廊就會提出回應。過程和一般招標採購的競爭非常類似。」

「招標採購是讓買主可以選擇價廉物美的產品和賣主，但是名畫的買賣中，產品和賣主都只有一個，還有什麼可以選擇呢？肯特先生，您剛剛說的以競爭方式取得介紹人的生意，這競爭的內容又是什麼？」

「我們的競爭力當然是來自提供比較合理的價格。」

「您是說，名畫的賣主會向不同的畫廊提出不同的賣價，這合理嗎？」

「我們的能力是來自說服賣主降低賣價。」

「僅此而已嗎？在畫廊的行業中，最重要的能力是取得所有權證明，對嗎？」

「合法的所有權證明書是藝術品交易的必備條件，畫廊當然會盡力來促成。」

陸海雲走回被告席的桌子，拿起一個文件夾後又走回到證人前，他打開了文件夾，全神貫注地看了片刻後抬起頭來說：「肯特先生，在過去的五年中，肯特畫廊因爲提供不正確的所有權證明書，一共被檢察院或是買主告上法院四次，其中兩次被判有罪，兩次庭外和解……」

史迪生律師馬上跳了起來，一邊揮手，一邊高聲地呼叫：「反對，問題與本案無關。」

史密司法官露出了笑容：「史迪生先生，是不是太心急了，被告律師還沒提問題呢。陸海雲先生快說你的問題吧。」

「謝謝法官閣下。肯特先生，雖然在你先前的證詞中曾經說到，取得所有權證明書是買主的責任，但實際上是由畫廊在主導這事，對嗎？」

史迪生律師說：「法官閣下，我必須要反對這個問題，它和本案毫無關係。」

「陸海雲先生，你的問題和本案的關係在哪裏？」

「如果肯特先生在從事介紹人的交易裏，一直扮演著主導取得所有權證明書的角色，這不但和本案有關，而且它和證人先前的證詞相矛盾。」

史密司法官說：「反對無效，證人請回答問題。」

肯特：「畫廊在買主的要求下，是會主動協助賣主來取得有效的所有權證明書。並且我必須聲明，雖然我對法庭對我們的判決不想評論，但是我們一貫是本著誠信的態度從事合法的交易。」

陸海雲：「但是在肯特畫廊被告的四個案子，都是你們主導賣主取得僞造的所有權證明書。由此推測，本案的僞造所有權證明書也是由肯特畫廊所主導的，是不是呢？」

史迪生律師又跳了起來：「反對！誘導結論！」

不等史密司法官的裁決，陸海雲馬上回說：「我收回問題。法官閣下，我對這位證人沒有其他的問題了。」

陸海雲回到座位前向史迪生做了個會心的微笑，是要對方明白，他也會耍法庭上的花招。史迪生非常氣憤，他知道這位證人在陪審團心目中的可信度已被陸海雲給毀了。

原告方的下一個證人是位義大利人，來自羅馬。看起來有五十多歲，頭髮和嘴上的鬍子都已花白。他是義大利政府文化部的官員，可是舉手投足和說起話來像是個學者。他在舉手宣誓後坐上了證人席。史迪生律師走向前問道：

「請問貴姓大名，來自何處？」

「我的名字是李查德．普佐，來自羅馬。」

「普佐先生，您在哪裏工作，工作的內容和性質是什麼？」

「我任職於義大利中央政府的文化部，已經有二十年了。目前是文化部古物及藝術品保管處的處長。顧名思義，我們的工作是負責保管義大利的國家古物及藝術品。」

「那麼普佐先生對本案的三幅畫一定很清楚了，請說明一下它們的所有權的情況。」

「好的，這三幅畫是實實在在的珍貴文物，作畫者是文藝復興時代前期的拉斐爾，他是當時最著名的畫家之一。根據政府的國家古物及藝術品名冊，它們的所有權是屬於義大利人民的。因此義大利政府做爲這三幅畫合法所有權人的代表，有責任將這三幅畫追討回來。」

「普佐先生，那麼這三幅畫又是如何從義大利政府的手裏到了被告蓋地博物館的手裏呢？」

「在二次世界大戰將結束前，當時的執政者義大利法西斯黨的一些高官，還有一些德國的軍官，強行掠奪了不少的藝術品，主要是一些名畫，運到瑞士藏起來。戰後的幾年裏，我們開始追查這些名畫，陸陸續續地將它們找了回來。」

「那麼本案的三幅畫又怎麼成爲漏網之魚呢？」

普佐先生笑了一笑說：「其實這背後有一個有趣的故事，也許有一天它會被拍成一部好萊塢的電影。根據我們的資料，在二戰後期，盟軍進攻義大利時，法西斯獨裁者班尼多．莫索里尼曾將大批的名畫收集起來，他說是爲了不使這些國寶毀於戰火，就運到瑞士藏起來。本案的三幅畫就在這批國寶之中。莫索里尼是個粗人，對藝術品完全不懂，只知道它們是很值錢的東西。他是在義大利北部米蘭市郊區的鄉間被共產黨游擊隊所逮捕，在被槍斃前，他說出了在瑞士存放藝術品的地址，以爲可以換回他的性命。但最後還是死在亂槍之下。死後他和情婦被倒掛在米蘭市中心的廣場上，沒有人會想到他是當時世界上最大的名畫收藏家，他在瑞士的倉庫裏一共收藏了三百多幅的名畫。」

史迪生律師：「這的確是個引人入勝的故事。那麼你們在倉庫裏找到本案的三幅畫了？」

普佐先生：「我們在倉庫裏發現了一本很詳細的清單，記錄了莫索里尼收藏在那倉庫裏所有的畫。上面很清楚地列了本案的三幅畫。但是當這批畫被運回國後就不見了。當時戰爭剛結束，社會十分混亂，我們在類似的情況下，就遺失了數百幅畫。雖然如此，但這三幅畫的所有權屬於義大利人民，是不容置疑的事實。」

史迪生律師：「尊敬的法官閣下，我的問題結束了。」

史密司法官：「陸海雲先生如果對本證人有問題，可以開始問了。」

陸海雲舉起手來說：「我們要求尊敬的法官閣下允許我們有一分鐘的延遲。」

在這一分鐘的時間，奧森和愛米都向陸海雲強調，他不能在問話上刺傷或是得罪普佐，雖然他是原告證人，但是他的可信度和權威都很高，需要把他轉變爲對被告友好的證人。

陸海雲走到證人普佐先生的面前開始了問話：「普佐先生，我首先要向您表示，您有一個世界上最令人羨慕的工作。那就是生活在唯美的藝術創作世界裏，奔走於世界各地，讓藝術文物回到它們合法的主人。您的成就感不是筆墨所能形容的。」

「謝謝陸律師，當發現自己沒有藝術天才時，就退而求其次，來做管理這些藝術品的工作，多年來，我發覺對這份工作還很有興趣，也經歷了不少有趣的事。」

「剛才您曾說到，義大利政府有一份文件叫做：《國家古物及藝術品名冊》，請您說明一下這份文件的由來、背景，和在什麼樣的情況下，藝術品才能上這份名冊。」

「在第一次世界大戰後，義大利政府在國會裏通過一個議案，規定在國家境內從考古行動所挖掘出土的文物一概是屬於國家的，因此制訂名冊將這些文物很詳細的列入。兩年後又修改了原來的議案，將尋回的流失文物，在沒有證明有合法的物主情況下，也成爲國家所有。這條法規最近一次的修改是在一九四七年，義大利的國會恢復後。它將法西斯政府及納粹德國的官員們在義大利擄掠的藝術品和古物在找不到合法物主的情況下，一律收歸國有。我相信本案中的三幅畫就是在這種情況下被列入了國家名冊。」

「我們都知道，除了在宗教之外，義大利在政治和文化藝術上也和梵蒂岡教廷有著密切關係。將名畫收歸國有時，你們有沒有考慮到梵蒂岡可能是合法的主人。」

「沒錯，梵蒂岡教廷有一本名冊，詳細地記載了屬於他們的藝術品，當我們要入檔國家名冊時，我們第一件事就是要參考教廷的名冊。在任何情況下，我們義大利人也不會去得罪爲上帝工作的人，看守著天堂大門的聖徒彼德不就是他們的人嗎？所以萬萬不可把他們給惹火了。」

法庭上起了一片笑聲，連一直板著面孔的法官也露出了笑容。

「我認爲這是你們義大利人比別人聰明的地方。回到本案來，當你們發現這三幅畫失蹤了之後，如何判定它們是屬於國家的，而沒有別的合法所有權人呢？」

「因爲這三幅畫沒有入檔在二戰前的名冊，也不在教廷的名冊裏，所以屬於私人所有的可能性完全存在。但是我們按規定發出了通告，同時也登報，尋找合法的主人。等了一年還沒人反應，我們就把它登記爲被盜竊的國家文物。」

陸海雲盼望的時刻來了，他是在等待證人自己對「收歸國有」的方法有保留的想法時，就要重拳出擊了。

「普佐先生，我記得多年前您曾經發表過一篇文章，說到在義大利實行文物國有的法規會有實際的困難，請您說明一下您的看法。」

普佐的臉上露出燦爛的笑容，顯然他很吃驚，也很高興，自己認爲很重要但並沒有受人重視的文章，反而在老遠的舊金山被人提起了。他對陸海雲看了一眼：「律師先生真是好記性，居然還記得我那篇小小不起眼的文章。大家一定都知道，文藝復興是現代科學的啓蒙，但是它也是歐洲藝術史最輝煌的時代，出了許多著名的藝術家，其中有一大部分都是爲教廷工作，接受教皇的薪金，著名的米開朗基羅就是教皇的御用畫家之一。這些人的作品基本上都是教廷指派的任務。完成的作品陳列在教廷的圖書館和展覽館，這些在梵蒂岡的名冊中都有詳細的記錄，不是問題。問題出在這些畫家還有些走私的作品，是在指定任務外的作品。它們被用來做爲禮物，送給教皇、樞機主教或是自己的親朋好友。這些作品完全沒有正式的文件記錄。並且多年來，這些私人作品又幾經轉手，其中不少流入了藝術品市場，成爲收藏家或是投資者追捧的對象。當然這些換手的過程裏也包括了盜竊和搶劫等不法的手段。在這樣的背景下，又加上戰爭和像莫索里尼這種瘋狂的獨裁者，一個從事合法交易的收藏家也會有困難取得有說服力的所有權證明書。因此，用一刀切的辦法規定，拿取不到合法的所有權證明的藝術品就要收歸國有是有它一定的難度。我的那篇文章主要就是說明這一點。」

陸海雲往後退了幾步，這讓他不僅面對著證人，同時也面對了法官和陪審團。他說：「普佐先生，您在文章裏還說了另外一點更深遠的影響。您認爲對藝術品不當的管理，只會讓它們隱藏起來，成爲投機收藏家和不法份子的追逐對象。同時您又說，偉大的藝術品是人類文明的重要部分，應該是見得陽光，給世上所有的人來欣賞。因此您對藝術品所有權的證明，主張要非常仔細地盤查和追尋，而不應該只是參考兩本多年前的冊子。我說得對嗎？」

「律師先生，我必須聲明，這些都是我個人的意見，有不少人並不同意這樣的看法。」

「我們面對的案子就是藝術品所有權的問題，您的看法和經驗對我們陪審團要做的決定是很重要的。我想請問普佐先生，是您決定要以法律手段來索取本案的三幅畫嗎？」

「不是，是由一個鑒定委員會做出建議，然後由文化部部長拍板。」

「您也是委員會的成員嗎？」

「是的。」

「您是投了贊成票，還是反對票？」

史迪生律師又跳起來說：「反對，反對，問題與本案毫無關係。」

陸海雲轉身面對著法官說：「法官閣下，請允許我收回問題。我對這位證人已經沒有問題了。」

史密司法官說：「史迪生先生，根據您的證人名單，普佐先生是最後一位，您還有臨時的證人嗎？」

「沒有新的證人。我希望做個結論。」

「請開始。」

史迪生走到陪審席前說：「親愛的陪審團女士們和先生們，你們面對的這個案子其實是很簡單的，它只有一個問題需要你們做個決定。那就是誰是本案三幅畫的合法所有人。世界上所有的國家，包括美國和義大利，都有法律規定什麼東西是屬於國家的。如果是屬於國家的，就會列入國家的名冊中，任何人都不可以侵佔。今天你們坐在這裏的原因，就是因爲本案的被告，也就是鼎鼎大名的蓋地博物館侵佔了三幅屬於原告，也就是義大利政府的國有文物藝術品。所以義大利政府興起訴訟，要求各位還給他們一個公道。我十分確定，等一下被告的律師會對義大利的國家文物法規做出各種攻擊，但是我請各位一定要記住，今天我們在這裏不是要來評審義大利國家文物法的好壞，而是來決定被告在這法規下有沒有犯下侵佔罪。」

史迪生回到自己的位子：「尊敬的法官閣下，原告方面結束。」

史密司法官：「陸海雲先生，被告方可以開始了。」

「謝謝法官閣下，請允許我傳證人波拉利先生。」

走進來的證人是一個中年人，從舉止和打扮上一看就知道是個教書的人。經過法警爲他宣誓後就坐下來。陸海雲趨前問道：「請問貴姓大名，從何處來？」

「我叫波拉利，來自義大利北部一個名爲朵阿的小城。」

「請問您在哪裏工作？」

「我是托斯卡尼大學歷史學系的教授，專長是文藝復興時期的藝術史。」

「啊！您也是一位藝術工作者，那您和前一位證人普佐先生認識嗎？」

「當然，在我們國家，他對文物和藝術品的知識很有權威，雖然我們有時會有不同的看法，但還是經常交換意見。我把他當成朋友，但他怎麼想我就不知道了。」

「您是因本案三幅畫所成立的鑑定委員會的成員嗎？」

「不是的，我曾強烈地反對普佐先生對我的提名，但他一意孤行，結果是沒有通過，非常丟人現眼。這也是我和普佐先生看法不同的地方。」

「您現在知道別人反對你被提名的理由嗎？」

「完全清楚。大部分政府裏負有文物管理責任的官員，在下意識裏都有強烈的民族主義色彩，他們基本的主導思維就是，凡是義大利人的作品，就是屬於國家財產，完全忽視它的歷史事實。普佐先生是唯一的例外。所以一開始我就告訴他，提名我進入鑑定委員會完全是他一廂情願的想法。」

「我相信普佐先生提名您，是因爲您對本案的三幅畫有獨特的見解。就請說明一下它們的歷史背景。」

「好的。這三幅畫的作畫者是文藝復興前期的拉斐爾。他在當時的最大收藏家，也就是天主教教廷的眼裏並不是很紅的，主要的原因是他的畫缺少了強烈的『神』的意識形態。因此他的畫被收藏在梵蒂岡博物館和展覽廳裏的並不多。但是他的一般繪畫，尤其是小品畫卻很受歡迎，當時的教皇本篤一世就非常喜愛他的作品。本案中的三幅畫就是拉斐爾爲教皇的私人收藏所做的。本篤一世有一位和他在一起長大的堂兄有深厚的友誼，他就是後來的托斯卡尼大公爵。他們除了手足情深之外，這位大公爵對本篤一世的事業也有極重要的影響。大公爵除了愛護這爲堂弟之外，還愛另外兩樣東西，一是盛產在托斯卡尼地區的美酒，二是收藏名畫。本篤一世就將拉斐爾的這三幅畫割愛給了他的堂兄，托斯卡尼大公爵。」

和所有的人一樣，陸海雲聽得很入神，但是他插嘴問：「波拉利先生，您所敍述的這些事，都有正式的官方記錄嗎？」

「在三個地方可以找到文字記錄。第一是在梵蒂岡教廷圖書館裏教皇本篤一世的日記裏，可以找到有關這三幅畫的詳細記載。第二是在教皇辦公室秘書處的『每日記要』裏也可以看到有關的記載。第三個地方就是托斯卡尼古堡的『堡誌』也有相同的記載。」

陸海雲轉身面向著法官說：「尊敬的法官閣下，證人剛剛說到的這三份文件記錄都已取得了影印本，它們也有公證人的核實證明，請法官閣下允許它們成爲本案的證物。」

史密司法官：「同意，三份文件列爲本案被告方證物，號碼爲一至三號。法警請將這些證物傳閱給原告律師。陸海雲先生請繼續你的問題。」

陸海雲轉身面對證人：「根據這三份記錄，是不是證明了從這三幅畫存在的那天起，他們就是屬於私人的，對嗎？」

「當然了，這也是爲什麼沒有被記入教廷名冊的理由。否則在那些虎視眈眈的教廷守財奴看守下，老早就被收歸國有了。從這些記載也證明了教皇本篤一世送畫給托斯卡尼大公爵是私人行爲，而不是中央政府與地方政府的行爲。」

「這些重點您有沒有提出來給普佐先生？」

「哈！他比我還更清楚。這也是他在鑒定委員會上投了反對票的理由。問題不在他，而是在那些自稱爲專家的委員們。他們的觀點是所有義大利人畫的作品，只要是教廷不要的，一定就要收歸國有。從那個大渾人莫索里尼手裏拿回來的就更要收回來了。完全不考慮歷史事實的真象。」

史迪生律師又氣急敗壞地跳了起來說：「反對！反對！證人的個人意見，只是在散佈謠言。」

不等法官的裁決，陸海雲就回應說：「法官閣下，證人是以專家的身分發表他個人的意見，這完全是在法庭程序允許的範圍之內。另外我不明白，從什麼時候開始，證人在法庭上的證詞變成了散佈謠言？」

史密司法官說：「反對無效，陸先生請繼續。」

陸海雲向法官淺淺地鞠躬，然後轉身面對證人：「波拉利先生，啊，我們說到什麼地方了？」

他又回身向法官說：「尊敬的法官閣下，我認爲原告律師的反對是爲了打斷我方詢問證人的思路，已經對本案的程序造成了影響，請法官閣下注意我對手的不良行爲。」

法官說：「行了，佔了便宜就不必再賣乖了，快問你的證人吧！」

「是，法官閣下。」

陸海雲看了證人一眼，證人馬上開口說：「律師先生，我們是說到這三幅畫的所有權從教皇本篤一世轉到了托斯卡尼大公爵的手裏。」

「啊！對了，想起來了。這三幅畫就從此留在大公爵的家族裏了嗎？」

「以後的事就複雜了，並且也沒有正式的文件記錄，只是在一些零零星星的私人信件中拼湊出一個框架來。托斯卡尼大公爵去世後，在他的遺囑裏將這三幅畫留給了他生前的情婦，但是大公爵的兒子不服，告到教廷去。但是教皇本篤一世寫了信表示支持將畫留給情婦，又透露了大公爵和這位情婦生有一個兒子，所以這三幅畫實際上還是在托斯卡尼大公爵家族的手裏。但是從此以後，這三幅畫和這位私生子都沒有再出現於世人面前，直到莫索里尼在瑞士的倉庫被打開時，這三幅畫才又出現了。」

陸海雲問：「那怎麼又會失蹤了呢？」

「二戰結束後，盟軍開始追繳德國納粹黨和他們的同夥人在歐洲各地搶掠的文物和藝術品。任務是由當時的『戰略服務處』（OSS），也就是美國中央情報局的前身來負責執行。每當他們找回一批文物時就會發出告示，只要能出具合法的證明，就可物歸原主。當時有人出示了托斯卡尼大公爵的遺囑和莫索里尼的特務在強行拿走時開的收據，於是這三幅畫就又回到托斯卡尼大公爵的後人手裏。顯然三年前又轉手賣給了蓋地博物館。」

陸海雲問：「這份遺囑和收據目前在什麼地方？」

「存放在美國中央情報局的檔案庫裏。」

陸海雲轉向法官說：「尊敬的法官閣下，請庭上允許我們將已經公證過的遺囑和收據影印本列為本案的證物。」

「同意，列為被告證物第四號及第五號，請法警送到原告方傳閱。陸先生，請繼續。」

「謝謝法官閣下。波拉利先生，根據這個曲折又動人的歷史事實，義大利政府將這三幅畫收歸國有是個錯誤嗎？」

「絕對是的。他們違反了自己訂的法規。」

「那麼蓋地博物館所取得的所有權證明書也是完全合法的，您同意嗎？」

「當然同意。」

陸海雲看見他的老闆奧森向他揮手並指了一下原告，他向法官邁了一步說：「尊敬的法官閣下，我相信原告及被告雙方希望和庭上進行一次私人討論。」

史密司法官的眼睛瞪了一下回答說：「是嗎？請雙方的當事人及代表們向前來。」

等雙方的人馬在法官面前一字排開後，義大利的文化部部長首先開口說：「法官閣下，我是義大利文化部部長馬利奧，也就是本案的原告。我希望向法官閣下做兩點聲明。」

「可以，請說吧！」

「首先我認為本案發展到現在的情況，已經沒有再繼續下去的意義了。第二，請法官閣下允許我們做庭外和解。」

法官回答說：「很好，我認爲這是個明智的決定。和解的條件討論過了嗎？」

「奧森律師事務所的愛米・李小姐曾提出過一個方案，現在我們準備接受了。」

「懷特先生，被告方面同意嗎？」

蓋地博物館的館長滿臉笑容，他很清楚這場官司是打贏了。他回答：「是我們提出的方案，當然同意了。」

「那好，到我的辦公室去討論。」

史密司法官舉起桌上的木槌敲了一下說：「我宣佈休庭三十分鐘。」

當史密司法官離開座位後，在原、被告雙方席次上的大批人馬就跟隨他一起到了六樓的法官辦公室。等大家都入座後，愛米將庭外合解的協議書內容簡要地說給史密司法官聽，她說：

「協議書的基本精神是建立在它可以促進及增強雙方既定的任務。文化部的主要任務是保護國家文物，蓋地博物館的任務是展示文化的產物。他們之間不僅沒有矛盾的存在，相反的還應當有相輔相成的合作。在這個基礎上，蓋地博物館同意本案三幅畫的所有權是屬於義大利人民的。同時，義大利政府同意將這三幅畫在以後的十年，委託給蓋地博物館在全世界展覽，展覽天數每年不得少於九十天。本協議書將以『法庭命令』方式由史密司法官簽署後執行。」

三十分鐘後，法庭又開始了，史密司法官首先對陪審團表示感謝，然後宣佈本案已在庭外和解。就這樣，這個影響深遠的官司就以皆大歡喜的方式圓滿結束。奧森律師事務所又有了一筆可觀的收入。當晚，蓋地博物館館長懷特先生在洛城最好的一間餐館宴請雙方所有的相關人員，算是慶祝雙方合作的開始。當然，律師們也被邀請了。

晚宴後，陸海雲開車送愛米回家。

離開了餐館，陸海雲開車直奔第十號高速公路。這是一條橫貫洛城東西的大道，往東可到聖伯那丁諾一帶的沙漠，往西一直到太平洋的海邊，它也被稱爲「聖塔莫尼卡高速公路」。它是洛城車流量最大的高速公路，雖然是八線大道，但基本上是全天都堵車的。天黑之後情況好多了，陸海雲可以將車速提高到每小時七十英里左右。兩個人都沒有說話，車上播放著加拿大歌手迪楊的歌，高頻率的聲音將車外的風聲都淹沒了。還是愛米先開口了：「我忘了是誰說的，人類文明裏最偉大的創作就是愛情。知道是爲什麼嗎？」

陸海雲不說話，愛米看了他一眼繼續說：「因爲愛情會在緊要關頭釋放出巨大的能量，甚至會改變歷史。可想而知，如果愛情不順利，會是件很痛苦的事。但它絕不是世界末日，誰也不敢說愛神再度來臨是在什麼時候，更不敢說它會不會比上一次更轟轟烈烈，更蕩氣迴腸。沒聽中國有句哲言說，塞翁失馬，焉知非福。世界上的好女人多得是，別想不開。」

陸海雲還是不說話，只專心開車。愛米急了：「喂！陸大律師，你是聾了還是啞了？我都白說了？」

「英國詩人雪萊。」

愛米舉起手來鼓掌：「哈！好不容易，終於開尊口了。誰是雪萊，他是幹什麼的？」

「你問我是誰說愛情是最偉大的文明產物，是雪萊說的。」

「是我問的嗎？」

「愛米，你知道嗎？這個時段是洛城高速公路出車禍的高峰期，你想讓我們倆都躺在醫院裏嗎？」

「知道了，你是在說『給我閉上你的狗嘴』，到底是耶魯和哈佛的高材生，罵人不用髒話。」

一路上，愛米就再也沒說話了。陸海雲在威尼斯大道的出口下了十號高速公路。

兩年前，愛米在父母親強烈地反對下搬離了在比佛利山莊的家出來獨住。她選擇了在洛城西邊靠著太平洋的威尼斯鎮買了一棟房子。陸海雲把車開到這裏後，想在小小的街道邊找個停車位還真不容易。最後還是按愛米說的，把車停在威尼斯大道上的圖書館停車場，然後再徒步走到愛米的住處。

雖然從很久以前，洛城就已是全世界最大也是最著名的電影製作中心了，「好萊塢」是電影事業的代名詞，也是洛城的一個區，遠近聞名的好萊塢大道就是這一區裏最寬廣的大馬路，人們又稱它是「星光大道」，兩邊的人行道上嵌有銅製的五角星和著名影星的名字和他們的手印。每年都有數千名外國遊客到這裏來感受和他們喜愛的明星近距離的感覺。全球著名的派拉蒙和二十世紀福斯製片場或是影棚就都坐落在洛城市中心的西邊。以著名電影如「大白鯊」、「外星人」、「地震」等場景和道具爲主題的遊樂場和明星們的蠟像院也都是洛城的旅遊點。

一直以來，對和電影相關產業有夢想的人，洛城是他們的目的地。但是並非所有來到洛城的人都有著電影夢。威尼斯鎮就是一百年前一個名叫亞伯·金尼的夢想。在還沒有感到好萊塢和電影事業的任何脈搏前，金尼先生來到了這太平洋岸邊長滿了蘆草的濕地，他意想一個地方充滿著許多運河、拱橋和一個義大利式建築物的市中心，它會是強調學習文化和藝術的地方。金尼先生把它稱爲美國的威尼斯。但是和許多充滿夢想而來到洛城的人一樣，金尼先生並不被所有的人認同。大部分的投資者和財神爺們表示沒興趣建設美國威尼斯，也錯過了參與的機會而將資金投入其他較小的專案。漸漸地，美國威尼斯被人稱爲是「金尼的胡鬧」。

但是一百年以後，這些運河與拱橋都還存在，那些錯過機會的投資者和財神爺們的專案卻早已煙消雲散。陸海雲常覺得「金尼的胡鬧」能持續到現在真是件可喜的事。雖然他並不常來這附近，但是三年前他決定進入奧森律師事務所工作時，曾經來這裏找過房子，發現很多當年建在運河邊上的獨門獨戶小房子都被拆除了，取而代之的是摩登的高層公寓大樓和兩三層高的獨立別墅，每一棟的價碼都在兩百萬美元左右。

愛米領著陸海雲到她住的地方，他很驚訝地發現愛米並沒有住在那天價的新款住宅，而是一間老式的小房子。它位在兩條運河交叉處，走在人行道上，陸海雲看見運河邊所有房裏的燈光都倒影在河面上，二十米外一座人行拱橋被月光照亮了，它的影子很完美地反射在水面上。陸海雲一眼看見門燈下掛著的風鈴，在燈下閃閃發光，很好看。愛米說：「記得這個風鈴嗎？是我搬家時你送給我的，我很喜歡它。」

「你還真把它給掛出來了。」

說完了，陸海雲露出一付曖昧的笑容，愛米說：「怎麼？你又有什麼壞主意要讓我出醜是吧？快說！」

「怎麼會呢，別瞎猜了。」

但他的曖昧樣子有增無減，愛米急了：「你到底說不說？要是不說，我今晚就站在這裏不進去了。」

「好了，大小姐，我說就是了。」

「不許騙我，否則看我饒不了你。」

愛米從包裏拿出一把門鑰匙交給陸海雲要他開門，她自己走到門邊的信箱拿出一疊郵件，可以看得出其中有好些都是廣告。門打開後，陸海雲把鑰匙還給愛米，他說：「愛米，如果你還不累，講完了風鈴，我還想跟你說說話。家裏有酒嗎？」

她伸出了長長的手指，點著他的胸口說：「我什麼時候拒絕過你？」

陸海雲嘻皮笑臉地說：「誰要你是我的紅粉知己呢？」

「哼！現在想起我來了，進去吧！」

愛米把陸海雲推進了大門，嘴裏喃喃地說：「進去了，要想出來可就沒那麼容易了。」

一進門，陸海雲就發現，屋內和屋外截然不同，這棟運河岸邊的小屋外觀上是五〇年代的建築，但屋內卻非常現代，左邊是客廳，右邊是飯廳和廚房。往裏去就是臥室，書房和衛浴。客廳的家具是歐式的，擺設簡單使屋內空間顯得寬廣。愛米把高跟鞋脫下，放進門邊的鞋櫃裏，轉過身來對陸海雲說：「我得把這身上法庭的衣服換下來，混身是汗，我要沖個涼。要喝什麼就自己拿吧。」

進門邊上的小長桌上擺著電話，紅色留言燈在閃著，愛米按下播放鍵後，聽見是她母親問她怎麼還沒回家。她馬上回電。陸海雲聽見愛米說：「喂，老媽，是我。剛到家。……是事務所的晚宴。……沒事兒，海雲開車送我回來的。……是，他在這兒……說什麼呢，別添亂了，我掛了。」

電話掛上後，愛米說：「可憐天下父母心，還幫著女兒在做夢。」

陸海雲脫下上衣，把它掛在一張椅背上，然後到客廳邊上的洗手間洗了把臉。他又到廚房去打開冰箱，把裏頭的一瓶白酒和一小瓶礦泉水拿出來，先是一口氣把一瓶冰水喝完，又從櫥櫃裏拿了兩個酒杯和那瓶酒一齊拿回到客廳，放在沙發前的矮几上。當他坐下來時，發現這沙發坐起來特別舒服，不自覺地又再起立坐下試了試。他給自己倒了半杯酒，先是淺嘗了一口，好喝極了，於是又喝了一口。他在書架上選了一套莫札特的樂曲放進了音響，房裏頓時充滿了悅耳的音樂，他把身體靠在長沙發背上，閉上眼陷入了沉思。他正在思索爲什麼人生的道路上有這麼多未知數，他的事業之路已經清楚地擺在他眼前，正想把家庭也建立起來時，就被人莫名其妙地當頭打了一棒。

「原來我們的大律師也逃不脫失戀的痛苦。」

陸海雲眼前一亮，一個完全不同的女人站在他面前。愛米把臉上的妝洗去後，看起來更年輕了，她穿了一件很寬大的男人汗衫，上面印著「我」「你」兩個字。兩個字的中間是個鮮紅色的心。汗衫的長度也就是到下腰，把兩條雪白修長的大腿顯露於外。陸海雲說：「穿得這麼清涼呀！」

「怎麼樣？不喜歡嗎？」

「當然喜歡了，我是擔心它的危險性。」

陸海雲把另外的空酒杯倒滿了白酒，愛米把它拿起來一口就喝了半杯，她說：「海雲，再倒滿它。你知道嗎？我醉了的樣子會更迷人的。」

愛米沒有去坐在旁邊的單人沙發，而是坐在長沙發上緊靠著陸海雲。他覺得在她那寬大的汗衫裏，她什麼都沒有穿，他更看見愛米一雙大大的藍眼睛一往情深的看著他，不知道是不是葡萄酒的作用，她的臉也紅了。

陸海雲覺得整個世界都上下顛倒了，他去敲門要把他的心送給門裏相愛的女人，才發現那不是一扇大門而是一堵牆，等他找到了大門後，又發現門裏還有別的男人。但是眼前卻擺著一個什麼都好的女人，並且她的感情排山倒海似地衝過來。陸海雲覺得酒有點上頭了，但他聽見愛米小聲地說：「好了，講風鈴的故事吧！」

認識陸海雲的人都同意他有一個過人的本事，那就是會說故事。他把真事和他憑著豐富想像力創造出來的內容混在一起編織出一個動人的故事，再用他那高人一等的語言能力娓娓動聽地講出來。愛米就是最喜歡聽他說故事，但是她也知道，很少有女孩子聽了後會不動心的。

「愛米，你知道風鈴是誰發明的嗎？」

「當然知道，不是日本人嗎？」

「對啦，但是知道是用來做什麼的嗎？」

「用大自然帶來的風製造動人的音樂。」

「只對了一半。除了風吹之外，房屋搖晃時風鈴也會響，但是聲音和風吹時不一樣。在古代的日本，年輕的妻子會在屋簷下掛幾個風鈴，當不同的聲音響起時，就是妻子在含蓄地告訴鄰居們，她的丈夫正在愛她，把房子都搖動了。風鈴的聲音代表著她的幸福。你說是不是很可愛？」

愛米輕輕一拳打在海雲的胸上：「你一定是在蒙我，是不是？你給多少個女孩子送過風鈴？」

「天地良心，上次去日本時只買了一個風鈴，就送給你了。」

「我不信！」

「是不信風鈴的故事，還是不相信我沒送風鈴給別人？」

「兩個都不信！」

陸海雲沒再出聲，隔了好一會兒才又開口：「愛米，我想跟你談談人性是如何荒誕的問題，但你這身打扮會把男人的獸性給激發出來的。」

「沒問題，那我們先談人性，再談獸性，把好的留在後面。」

很久陸海雲都沒說話，愛米還以為他把話在法庭上全說完了，所以今天在離開法庭後他就不太開口了。隔了好一會兒，陸海雲伸手把愛米摟住，她閉上了眼睛把臉貼在他的胸上，除了音樂聲外，她還能聽見他心跳的聲音。又隔了好一會兒，愛米閉著眼睛說：「好舒服，如果不想談人性，談獸性也行。」

「繞樑的音樂，醉人的美酒，善解人意的佳人，人生不過如此。還有什麼可求的。」

這句牛頭不對馬嘴的話讓愛米睜開了眼睛，她抬起頭來才看見陸海雲的眼裏充滿著淚水。愛米吃了一驚：「海雲，你怎麼了？真的這麼難受啊！」

「愛米，我問你，如果你關心的人突然告訴你，你是個一文不值的人，你的感覺會怎麼樣？」

「也許你忘了一句古老的諺語，『愛情會使人盲目』，但是沒想到你的情況會這麼嚴重。你是瞎得連自己都看不見了。所有認識你的人，包括和你過不去的人，都會同意你是個很優秀的人。這不是一個女人一句話就能改變得了的事實。」

「我當然明白，但是你和一個人交往了很久，一切都很正常，也很順利。你所有的，包括了事業、感情、人生觀和為人處事的方法，都得到了肯定，但是晴天霹靂，她突然跟你說，你並不值得和她共度一生。告訴你，我可以接受別人對我的任何看法，但是當你那份刻骨銘心的感情突然被人看成一文不值，就莫名其妙的被遺棄了，你能接受嗎？」

陸海雲端起酒杯又喝了一大口，用紙巾擦乾淚水，然後把發生的事講給愛米聽：

洛城有一個很大的「唐人街」，是早期移民來美國的華人聚集的地方，那裏有不少的中國餐館、菜市場和雜貨店。當時還有不少人說「台山話」，而不是「廣州話」。七〇年代開始，大批東南亞華人住進了「唐人街」，其中多數是越南來的華人。從九〇年起，洛城成爲中國新移民最多的城市，原來的唐人街已經容納不下，新興的華人聚集地也就形成。洛城東面的一個小區叫蒙特利公園，原來有不少從台灣來的華人，現在出現了大陸的新移民，地區也更向東擴展，幾年來洛城的東北地區，就成了新的「唐人街」。它已經沒有過去「貧民區」的形象，而是具有「現代化社區」的條件，例如優秀的學區、文化中心、圖書館等等，房地產昂貴的高級住宅也建立了，「羅蘭崗」就是其中之一。

但是隨著而來的社會和其他的問題也日益增多。社區裏成立了「互助會」，請了一些「義工」來幫助解決問題。陸海雲就是在「法律小組」當義工時認識了蔣英梅，他們很談得來。蔣英梅也是兩年多前從中國來的新移民，從她的談話裏可以看得出她的教育程度是很高的，可是她的好學精神也很高，在法律小組裏，她會向陸海雲提出很多問題，有些問題還超出了法律和社會的範圍，連一些文化的問題她都有興趣。

很自然地，他們開始找時間「課外補習」，也很自然地在補習後蔣英梅會請他吃飯「謝師」。不知不覺得兩個人開始戀愛了。

蔣英梅是個非常漂亮的女人，混身上下都散發著誘人的氣息，走過她身邊的人，無論男女都會多看她一眼。每次她抓著他的手臂走在他身邊時，他都會覺得很舒服，後來兩個人比較熟了，陸海雲就被她那份東方女人特有的溫柔體貼給完全征服了。

蔣英梅在洛城開了一間進出口貿易公司，叫做「強英貿易公司」，她當老總，裏頭有二十幾個工作人員。她曾請陸海雲到她公司去過一次，他很驚訝地發現，在蔣英梅美麗溫柔的外表下，是個剛強有毅力的事業家，她的做事能力決不次於他所見過的任何男人。這更是增強了陸海雲對她的愛慕之情。

半年前，他們一起到夏威夷度假。兩個人都難得遠離了忙碌的工作，在碧海藍天，徐徐微風和醉人的景色下，他們火熱的感情在燃燒，蔣英梅用她像女神般火熱的身體，把陸海雲帶進了他從沒體驗過的男歡女愛境界。拂曉前，在金色的沙灘上，他們在輕風的撫摸下赤裸裸地翻滾在海浪的沖刷裏，極度的歡愉使他們進入了忘我的境界。他以爲這就是所謂的天堂了。

從夏威夷回來後，他們在一起的時間就更多了，蔣英梅也會到陸海雲的家去過夜，但是她從沒有請陸海雲去過夜。他們之間唯一不順心的是，有一次陸海雲的父母親來到洛城，他在晚餐時把蔣英梅帶過來見了他的父母。但是事後他從他妹妹那兒聽說，他父母親的反應並不十分熱烈。

陸海雲的世界破滅是發生在他決定要和蔣英梅一起走完人生的道路後，他向蔣英梅求婚，他一心想著她一定會很快樂地聽到他一生裏最重要的決定，兩個人會高高興興地去採買戒指，可是他萬萬沒想到求婚被拒絕了，而且理由更是匪夷所思。蔣英梅說她是已婚之人，是有丈夫的。

陸海雲猜想她的婚姻一定很不美滿，否則也不會和他交往了這麼久。所以陸海雲說，他會等她把離婚手續辦好的，他對再婚的人沒有任何的心理障礙。蔣英梅告訴他，她的婚姻很美滿，丈夫對她非常好，她會和她的丈夫終老一生。她在陸海雲身上就是要找一段婚外情，她本想早點告訴陸海雲實情，但總找不到合適的機會。

陸海雲在迷惘之後，接著來的是憤怒，他認爲蔣英梅的自私不僅傷害了他也傷害了她的丈夫，他沒想到她有這麼邪惡的一面，他在分手前告訴她，認識她是他一生裏最後悔的事，他要盡一切的努力遺忘。但蔣英梅卻說他不可能忘記他們在那島上的日子，她說在這世上，不會有第二個人能帶給他這樣的快樂。

但是最傷人的是蔣英梅的最後一句話，她說她曾想過陸海雲會向她求婚，她也很理智地思考過，最後的結論是：陸海雲沒有一點比得上她的丈夫。

陸海雲一口氣說完時，也把那半瓶白酒給喝完了。他說：

「愛米，你不覺得我這個男人當得太窩囊了嗎？」

「不，我認爲這事情沒這麼簡單。婚外情的定義是雙方在開始時就知道對方是已婚的，否則不就成了騙婚嗎？這是我第一次聽見都到了求婚時才說實話。你不覺得這裏頭有問題嗎？還有，上次你偷偷地從羅馬溜到法國尼斯和一個女人幽會，就是這個蔣英梅，是不是？」

「是的，我恨我自己糊塗，像個十七八歲賀爾蒙過盛的少年，白活了這些年。」

「我看不像。你是一心一意想娶個溫文爾雅的東方老婆，所以看見一個中國美女就昏了頭，也不摸清楚人家有沒有老公就上。家裏擺著一個百依百順的西方美女就像沒看見似的。」

「愛米，我們不是說好了嗎，不再說這些了。你怎麼還提它呢？」

「對不起，不提了。我是想告訴你，別灰心，好女孩在後面呢！」

一說到這事，陸海雲就感到他對愛米深深的歉意就像是黃昏太陽下的一片陰影，只有在日落後才會消失。他說：「我算是看清自己了，沒人會看上我，在耶魯大學就被趙碧浩給甩了，現在又讓蔣英梅一腳踢開了。什麼好女孩，沒我的份兒，我看我還是去當和尚吧！」

「那你要讓多少好女孩傷心啊！」

「你就盡量調侃我吧，反正日後還會被朋友們當笑話給笑死了。愛米，不過跟你說過後心裏好多了。有咖啡嗎？喝一杯來醒醒酒，太晚了，我該走了。」

「你這副樣子，能讓你走嗎？就留下來吧！」

說完了，愛米開始動手脫陸海雲的衣服。他掙扎著說：「你要幹什麼？」

「你說呢？一個女人要脫一個男人的衣服是要幹什麼你不知道嗎？談完了人性，該是研究獸性的時候了。」

陸海雲沒有看走眼，那個寬大的男人汗衫裏除了熱乎乎的軟玉溫香女體外，什麼都沒有，他明白今晚再怎麼掙扎都走不成了。

夜深了，威尼斯鎭一片寧靜，路燈將小橋和流水勾畫出一幅美麗圖像，它凍結在時間裏。空氣裏傳來了溫柔但扣人心弦的樂聲，它是從風鈴發出來的，屋裏的靈魂正在昇華。

愛米醒來時已是天光大亮了。她的長髮蓋住了陸海雲的半邊臉，輕輕地把頭髮撥開了才看見他臉上的淚痕。想起昨夜經過一陣折騰後，他終於入睡了，但是睡得很不安穩，說著夢話，還流著眼淚，愛米看著就傷心。她沒想到陸海雲是這麼癡情的男人。她很小心地把壓在他身上的大腿移開，更小心翼翼地走進浴室，深怕弄醒了床上的人。但是水聲還是將他驚醒了，她聽見半睡不醒的聲音在叫她：

「愛米，你知道現在幾點了？我們要快去上班啦，否則你的馬溫大叔又要吹鬍子瞪眼了。」

「哈，我忘了告訴你，因爲我們給蓋地博物館辦了個漂亮的案子，馬溫大叔給我們放一天假，要我們好好的休息。所以今天不用上班了。海雲，你想到什麼地方去走走嗎？」

「太好了，我什麼地方都不想去，就想待在你這張床上，你快回來吧！」

「不敢，看看你昨晚的樣子，都差點沒被你嚇死！」

「有那麼恐怖嗎？是我的溫柔讓你全面投降，是不是？」

「典型的男人自我膨脹。海雲，你混身臭汗，要是醒了就來沖個澡吧！」

「好主意，我來了。你也出了一身汗，我們一塊洗。」

「完了，至少半天又要泡湯了。」

愛米把淋浴打開到最大的水量，她拿定了決心，一定要把蔣英梅從陸海雲的心裏沖洗得一乾二淨。

美國首都華盛頓有兩個飛機場，大家都知道的是杜勒斯國際機場，所有的國際航班和長途航班都是使用它起降，實際上，杜勒斯國際機場是位於維吉尼亞州，離華盛頓市中心還有一大段路，要花一個小時的車程才能到市中心，如果遇到塞車那就非要兩個多小時才行。但是華盛頓也有一個市區內的機場，原來叫做「華盛頓國家機場」，後來爲了紀念一位去世的總統就改名爲「李根機場」。機場是小多了，跑道也短，因此只能給中小型的短程飛機起降，但是它最大的好處就是出了機場後只要十幾分鐘就到市中心，在那裏，所有的國家重要的機構都可用步行就能到達。

馬溫・奧森要在白宮開的會是定在上午九點，洛城所在的西海岸和華盛頓所在的東海岸有四個小時的時差，再加上四個小時的飛行時間，使從洛城搭乘開會當天的飛機到華盛頓幾乎是不可能。所以奧森的行程是乘黃昏起飛的班機在過了午夜後到達芝加哥市，在機場的酒店過一夜，第二天再乘一大早七點的班機飛華盛頓的李根機場。

陸海雲開車送奧森去機場，愛米・李也陪著一起去。他們去得早，三人在機場吃了一頓豐盛的晚餐。只要有老闆付錢，兩個年輕人從不心疼錢包，盡挑好吃的叫。只要他們開心，奧森掏錢從不眨眼，尤其是他感覺這兩個年輕人的感情好像有點升溫了，他特別開心：

「我說愛米，你們打算什麼時候動身去中國？」

愛米回答說：「就等公安部的回音了。」

「愛米，你想到了嗎？在中國到處都是溫文爾雅的中國女孩子，你有沒有想到要給我們的陸大律師打預防針？」

陸海雲搶著回答：「不用她操心，我自己把武功廢了。」

「真的嗎？」

「我已經下定決心從此清心寡慾，去當和尚了。」

「馬溫大叔，您說可能嗎？鬼才相信，他的武功可強呢。」

「你這話可有得說了，你怎麼知道海雲的武功有多強？」

愛米的臉馬上就變得通紅：「看您又在偏心外人了，您到底是不是我的大叔啊？」

「外人有一天也可能會變成自己人呀！」

「那您就等吧！可千萬別閉住呼吸去等。」

陸海雲一副很無辜的樣子插嘴說：「你們是在說我嗎？我可是多年前就曾有過要出家的念頭的。」

「海雲，你還好意思提這事，馬溫大叔，您知道嗎？海雲念初中的時候，他們學校來了位教音樂的修女，他才那麼小就色迷心竅愛上了小修女，所以就不想念書要去教會當傳教士好去找他的修女。怪不得，從小到大就是這副德行。」

奧森說：「海雲，原來你是得到你老爸的真傳，從小就挑無知少女下手。我看你媽就是你們陸家的受害者。真是的，小小年紀連上帝的僕人你也敢上。你後來把那小修女怎麼了？」

「連人家的手都沒摸過，還被老爸狠狠地抽了一頓。」

愛米說：「打得好，活該。」

奧森：「好了，我們就放海雲一馬，到此為止。談談案子吧，你們真的有把握嗎？」

陸海雲回答說：「大家反覆的研究和推敲了我們的方案，您應該也同意我們的信心是合理的。愛米，你說是不是？」

愛米說：「並且還有兩點對我們是有利的。這是本案的第二次出發，我們有第一次失敗的教訓和經驗。至少我們不會犯同樣的錯誤。第二點是那份獨立報告，顯然公安部裏已經有人將以前的錯誤和疑點都指出來了，我相信這次公安部派來和我們工作的人，很可能就是寫這份報告的人。」

奧森：「我已經向公安部表達了我們的想法，希望這位寫報告的人在今後能扮演重要的角色。但是我們也不能放鬆，我們都同意，第一次失敗的原因之一是事先的準備工作沒做好。對兩位當事人在到美國之前和之後都幹了些什麼，並沒有完全掌握。你們一定要督促羅勃特·西爾斯把調查工作幹好，不必到處省錢，該花的還是要花。」

奧森律師事務所的高層開會討論了中國公安部委託的案子，他們決定組成一個隊伍來接辦，由陸海雲帶頭，愛米·李爲副手，加上兩位年輕的律師和兩位法律事務助理。同時啓動了西爾斯私家偵探社負責調查任務。奧森律師事務所長期雇用這家偵探社協助他們的案子，老闆就是羅勃特·西爾斯，從前他是洛城警察局的重案組組長，負傷後退休，開了這家私家偵探社。

奧森還在繼續叮囑：「我和洛城移民局律師約翰·皮德遜通過電話，他們對這姓任的和姓常的起疑心已經有一陣子了，如果我們要對任、常採取法律行動，他們會配合的，但不會是大張旗鼓的官方動作。只要法庭判他們說謊，移民局會馬上下驅逐出境的命令。」

陸海雲說：「這是最關鍵的時刻，是啓動追繳贓款的開始，我們需要中方的密切配合才能完成任務。」

奧森最後說：「完全正確。所以你們到了以後，最重要的當然是將我們的方案解釋給他們，必要時一起修改，最後要他們批准。千萬記住他們是委託人，我們是被委託的人，所以最後的決定權在他們，但是我們的意見是成功的要素，兩者的微妙關係一定要掌握。方案批准後，愛米就趕回來寫狀子，好送進法院提出告訴。海雲繼續留下參加他們的調查工作。主要是去體會一下他們的工作方法，習慣和步伐的快慢。

在日後的合作裏，我們免不了要做一些調整，這些都是如何做調整的基礎。我們之間存在著文化和制度的不同，如果不小心，往往會將善意給誤會了。」

愛米說：「馬溫叔叔，您就放心吧，我們不但不會把事情搞砸了，說不定還會有意外的收穫呢！」

奧森上了飛機就睡著了。他按計畫在芝加哥停下過夜，第二天大早再出發飛往華盛頓李根機場。飛行不到兩小時就到了目的地，在萬里無雲的風和日麗下，航機沿著帕脫馬克河降低高度，奧森可以很清楚地看見他要去開會的白宮、國會大廈、華盛頓高塔、林肯紀念堂、傑佛遜廣場，一片片綠色草坪和盛開的櫻花。一棟棟白色石頭建築樓群，象徵著國家的權力。

奧森想起多年前他也曾在這裏工作，他更想起那些曾一起出生入死的戰友，有些已不在人世，更有些亡命異國，屍骨無存。

下了飛機，就有司法部的人來接他直接到了白宮。奧森來過白宮好幾次了，但是在本屆總統任內還是第一次，很多事務都有陌生感了。辦好了進門安檢手續後，山姆・福斯特已經來接他了。他是奧森的老朋友，也是現任的司法部部長，在政府的制度裏也是國家的總檢察長。兩人都是美國的名律師，穿著打扮也很相似，都是一身深色的藏青色西裝配上白襯衫和藍領帶，握手過後，他領奧森到白宮西樓的地下一層，一位警衛人員把他們帶到國家安全顧問的辦公室。敲門進去後看見裏頭有兩個人。福斯特介紹，一位是這辦公室的主人，國家安全顧問約翰・蒙地先生，他看起來有六十多歲了，穿著一套寬大不很合身的灰色西裝，白襯衫紅領帶。另一位是白宮的總統高級助理，納序先生，是一位中年人，一副很能幹的樣子，也是一身律師打扮，他在白宮是負責協調反恐活動的人。

四個人坐在辦公室的會客沙發，面前的矮茶桌上放著四瓶礦泉水，四個杯子和一個文件夾。蒙地先生首先發言：

「首先，我代表總統先生向奧森先生表示感謝，在百忙中能夠立刻來到華盛頓。其次，我要宣佈這次會議的內容以及相關文件已被列入『極機密』的等級。顯然，我們目前碰到了一個困難，如果處理不當，會給我們和其他的國家帶來災難，非常嚴重的災難。我不多說其他的事了，就直接進入情況，奧森先生，您看可以嗎？」

國家安全顧問是直接向總統負責，他的任命和其他聯邦政府的部會首長有一個最大的不同，那就是不必通過國會參議員們的投票認可，因此國會也沒權力要求他出席國會的聽證會，這是憲法裏的規定，結果是國家安全顧問不僅免於被國會的監督，所有的業務都是完全保密，還能免於被媒體曝光。在民主制度裏的兩個最重要的約束力，議會和媒體，對國家安全顧問都是鞭長莫及。所以很自然地他就成了總統最信任的心腹之人，所有的事都可以完全保密。

國家安全顧問還有一個重要的任務，就是每天一早要把一份「全球狀況簡報」擺在總統的辦公桌上。每天天亮前，國防部、外交部和中央情報局要對全球在過去的二十四小時所發生的重大事件做一個簡報，然後由國家安全顧問來匯總，交給總統。它很自然地就成爲總統和白宮行動計畫的基礎。在現代的社會裏，資訊就是權力，在國際事務上，國家安全顧問掌握了最多和最重要的第一手資訊，在某種程度上說，他要比主管外交事務的國務卿還有影響力。

奧森回答：「當然，多年前我也曾在聯邦政府工作過，但是現在就靠替人打官司來混碗飯吃，如果能再爲政府做些事，當然很高興。」

蒙地先生：「謝謝奧森先生，如果全美國排名第一的律師事務所老闆是在混飯吃，山姆，我看你們這些律師就只能在馬路上要飯了。您不用客氣，我請納序先生將事情的前因後果說明一下。」

納序將手上的公文夾打開後，開始了他的敘述：

「當前美國面對著兩方面外來的威脅，一是毒品的輸入，一是恐怖主義者帶來的攻擊。前者從六十年代就形成全國性的影響。毒品主要的來源地是中南美洲的哥倫比亞和墨西哥，東南亞的金三角，再加上阿富汗和巴基斯坦。當然國內的犯罪份子也形成了龐大的銷售網來配合毒品的消費市場。這一個犯罪活動已經有近半個世紀的歷史了。另一個威脅就是來自伊斯蘭的恐怖份子。他們的歷史相對的很短，但是具有更大的殺傷力，九一一事件就是個很好的例子。這兩個犯罪集團像是兩條平行線，從沒有交叉或相會過。但是最近我們取得了可靠的消息，他們正在計畫要聯手合作了。如果這個情報是真的，這要比當年的黑死病更可怕，因爲它將給我們帶來更大的災難。」

納序停下來，將一瓶礦泉水打開倒進杯子裏，他一口氣把滿滿一杯水喝下去，喘了一口氣後又開始了：

「所有的犯罪集團都需要驅動力，通常都來自犯罪活動所取得的利益。販毒集團是從全世界吸毒人的消費中得到大量的金錢收入。但是恐怖組織的收入是來自阿拉伯世界的大財團，最近幾年我們聯合了盟國致力於切斷這些財源，取得了顯著成績。全球的恐怖活動明顯地減少了。一年多前，聯邦緝毒署得到小道消息，說是有新的毒品買家來自伊斯蘭恐怖組織，要收購相當大量的毒品。開始的時候，我們覺得這消息是不正確，因爲穆斯林的可蘭經裏明確的說，毒品和酒精都是不允許的。但是在上周，我們從一個完全不同的來源得到了相同的情報。說到這，我必須先說明一下相關的歷史背景：

一九九七年四月，有一群中國維吾爾少數民族的分離份子在巴基斯坦發起了『東突厥斯坦伊斯蘭黨』，它又稱爲『東突厥斯坦伊斯蘭運動』，簡稱『東伊運』。該組織曾在同年策劃新疆烏魯木齊公共汽車爆炸案。中美官方都將其認定爲恐怖組織，二○○二年九月十一日，聯合國也將其列入全球恐怖組織名單。根據情報，『東伊運』獲得賓拉登的資助，並且派遣他們的成員在阿富汗接受基地組織的培訓，他們準備在中國和中亞地區策劃一系列的暴力恐怖活動。美國和巴基斯坦軍隊曾經在巴基斯坦和阿富汗邊境進行過多次反恐怖組織的聯合軍事行動，過程中俘獲了多名『東伊運』組織的成員，現在被關押在關塔那摩軍事基地。經過多次反覆的審訊，從他們口中取得了以下的情報：

一、斯蘭恐怖組織計畫以販賣毒品來籌集資金。

二、「東伊運」組織負責具體工作。

三、毒品要經中國轉運到美國市場。

四、由一位有豐富經驗的巴拿馬國籍販毒份子主持採購，運輸和經銷。

五、強有力的走私集團負責在中國的轉運任務。

六、在中國已建立了最高層的保護傘。」

納序講完了後，又開了一瓶礦泉水，還是一口氣喝完它。

約翰．蒙地說：「美中建交後，雖然不斷地有各種矛盾和摩擦，但是雙方都明白，維持兩國的友好關係是對雙方都有益處的。這一直是我們兩國的共同戰略目標。因此在獲得這個情報後，我們應當立刻傳達給中國，因爲如果這陰謀得逞，後果會嚴重地影響美中關係。但是情報本身說的高層保護傘，讓我們擔心，情報會不會落入那保護傘裏。那後果不堪設想。」

馬溫．奧森說：「也許是他們過去的貧窮和近年的快速經濟發展所造成的，中國存在嚴重的官員腐敗問題。這種事一定要小心處理，要萬無一失。」

蒙地說：「奧森先生，福斯特總檢察長告訴我，中國公安部任命了一位新的副部長，他是您以前在國際刑警組織的同事，你們曾在國際緝毒的戰線上做過出生入死的戰友。但是最重要的是，我們知道他是一位正直無私的專業警務人員，我們希望由您透過他，將我們的情報直接送到中國的最高領導人。」

奧森沉默不語了一會兒，似乎陷入回憶中：「哎，這都是多少年前的事了，老袁和我是回來了，但是還有不少人成了老深山裏的孤鬼遊魂，最後連埋在哪兒都不知道，他們的家人到現在還在等他們回來，這事要怎麼說呢？好，不說了。袁華濤是新任的中國公安部副部長，也是一個頂天立地的漢子。我相信他能將這份情報直接送達中國最高領導人。但是我希望問幾個問題，相信袁華濤也會問同樣的問題。」

蒙地回答：「可以。」

奧森：「首先，這些關押在關塔那摩基地的恐怖份子說的供詞可信度如何？」

蒙地向納序點點頭，納序就回答說：「所有的情報都經過了第二管道的證實。」

「巴拿馬籍的毒梟是誰，證實了嗎？」

納序：「這是讓我們最不能理解的，緝毒署對全球的主要販毒份子都掌握了資訊，他們基本上都是來自墨西哥或哥倫比亞，還沒聽說有來自巴拿馬的。不過有非常間接和未證實的傳說，說有一個巴拿馬人出現在毒品批發市場。但是還沒有人見過他。」

奧森：「中國的走私集團掌握了嗎？有更進一步的情報嗎？」

納序：「基本上沒有。但是關在關塔那摩的恐怖份子中有人說，在阿富汗的基地組織訓練營裏，曾看到過一個中國人和一個巴拿馬人在一起出現過。這個情報還沒有被第二管道證實。」

奧森：「我的問題問完了。」

總檢察長山姆．福斯特頭一次開口說話：「馬溫，我們已經將這件事立案調查了，並且是列爲優先案子。這案子一定要和中國公安部有很多很細緻的溝通和來往，所以我想請你或者你的同事做我們的顧問調查員，幫助我們早日來個水落石出，阻止他們帶給我們的災難。馬溫，我知道你不在乎錢，但是我們會按行規，付你們合理的鐘點費。」

奧森馬上伸出手來說：「山姆，別，別說我們不在乎錢，我們靠打官司混飯吃的最在乎錢了。還有別跟我小氣摳門，否則我就告你一狀。好了，我要開始工作了。袁華濤現在上海，我要給他打電話，還有，請你們準備這些資料的電子檔。」

奧森被領到隔壁的一間小會議室，他在那裏和袁華濤在電話上有個很長的談話。然後，他要求把這份極機密的資料以電郵傳到美國駐上海總領事館。一位領事隨即坐著有外交車牌的汽車到了浦東公安分局，將資料遞交給經犯司的葛琴。在白宮的會議結束後不到兩小時，袁華濤就拿到了這份資料，三小時後，袁華濤登上了由上海浦東機場飛北京的國航班機。到達後，一輛公安部的汽車鳴著警笛閃著紅藍的緊急燈號風馳電掣地開進了中南海。袁華濤在紫光閣邊上的一間小屋子裏見到了中國的最高領導人，中國共產黨總書記。屋子裏只有他們兩人。一小時後，總書記站起來緊緊地握住袁華濤的手對他說：

「辛苦你了，一定要一查到底，絕不能讓他們得逞。」

在當晚的新聞裏，有一段報告是關於總書記接見紐西蘭總理後，共同召開的記者招待會的經過。在結束前，總書記突然宣佈中國政府一貫堅持打擊走私，販毒和恐怖活動的決心，並且強調要排除來自國外和國內所有的困難，來完成目的。參加記者招待會和紐西蘭的官員們都有點丈二和尙摸不著頭腦的感覺，因爲這並不是兩國元首見面時的議題。但是在一萬公里外的白宮，美國國家安全顧問和總檢察長也在注意這個新聞，他們相互的會心一笑，蒙地說：

「山姆，你的老狐狸朋友馬溫還真有本事，這麼快就把事情替我們辦了。那你們就放手去幹，一定不能讓販毒份子和恐怖組織聯手。」

這位老狐狸馬溫．奧森已經回到他洛城的辦公室，他在看完了新聞後也陷入了深思，袁華濤委託的追緝犯罪份子一案和白宮的案子會有關聯嗎？從老袁的語氣聽來是有點曖昧。

公安部設在上海的經濟犯罪司正在進行的整頓工作，經過了兩星期緊鑼密鼓的人事調動和新的工作分配後，似乎是到了尾聲。大家都期待著的是新任司長的任命了。在這期間，最忙的人當然就是副部長袁華濤和辦公室副主任鄭天來這兩人了。他們不僅要把經犯司的業務從頭到尾的了解和整理一次外，還要和北京溝通和爭取他們提出的人事安排，所以經常來往在上海和北京之間，有時候是兩個人同時去，但是他們停留不久，通常是一大早去晚上就回來。最後，一個全新的公安部經濟犯罪司的人事安排和工作分配得到上級黨組的批准。

一大早，葛琴接到袁華濤的電話請她去談話，她愣了一下。這幾天有不少的同事都被叫去談話，都是哭喪著臉出來，並且不久後都接到了調職令。走進袁華濤的辦公室後，還看見鄭天來也在，葛琴說：「二位領導早。」

袁華濤指一指辦公桌旁的椅子說：「葛琴同志早，請坐。」

「謝謝，我看不必了，把調令給我就行了。」

鄭天來哈哈大笑，他對著袁華濤說：「我看你我成了浦東的牛鬼蛇神了，誰被叫進來，誰就要倒楣了。」

袁華濤也笑了：「葛琴，是這樣嗎？你覺得那些接到調令的人應不應該換換地方了？」

「在我還沒有接到調令前，我保留意見。」

鄭天來插嘴說：「對自己那麼沒信心嗎？」

袁華濤說：「老鄭，我看不是對自己沒信心，是對領導沒信心，是不是，葛琴？」

葛琴不說話，鄭天來說：「我看是套不出話來了，你就宣佈正事吧！」

袁華濤說：「葛琴同志，我代表公安部和黨組傳達人事命令，即日起，由葛琴同志擔任公安部經濟犯罪司司長職務。」

葛琴真的愣住了，一句話都說不出來，她聽見鄭天來說：「怎麼了，葛琴，你是不想服從組織的決定嗎？」

「報告領導，我堅決服從組織的決定。」

袁華濤說：「葛琴，我們在翻閱人事檔案時發現，五年前任命經犯司的新司長時，當時的第一人選就是你。因爲你在內部的民意調查和專家們的能力評審裏都是第一，但是在最後一分鐘，他們把張汝未空降下來，現在他們認爲因爲當時的種種複雜原因，加上違反規定的行爲，造成了錯誤。部裏現正在處理因爲這個錯誤所造成的影響，我們老鄭因爲反對在最後一秒鐘空降一個領導，當時還被記了一大過和降了一級。這次對你的任命，也算是還給你一個公道吧，他們說請你理解。」

鄭天來說：「但是晚了五年，要問誰去要？」

葛琴：「晚來的公道總比不來的好，鄭主任，您說是不是？袁部長，我明白如果不是您，這份公道可能就不會來了，所以我還是要謝謝您，再跟您說一聲，我會盡全力不讓您失望。」

鄭天來衝著袁華濤說：「你看，好事兒全給你老袁拿去了，五年前你還在那上不著天下不著地的蒙古草原上和牛羊躺在一塊在享福呢，我老鄭可爲了這經犯司弄得灰頭土臉的。現在平反了，人家來謝的是你這從蒙古來的，我反而像是沒事似的，這都成什麼世界了。」

葛琴滿臉堆著笑容說：「哪能呢！我這不是就要謝您呢？我們心裏都明白，這幾年要不是您在北京一直照顧我們這些人家看不順眼的小人物，我們的日子更沒法過了。我們都是在心裏爲您吃齋念佛，現在我們可要大聲地向您說聲謝謝了，別怕把您的耳朵給震壞了。」

鄭天來：「其實我並不是反對張汝未這個人，我對他不認識，更談不上有意見，我是反對不經既定程序就派人去做領導。我們定了一套人事制度就放在一邊不管了，這能辦好事嗎？」

袁華濤語重心長地說：「用政治的大旗把私心蓋起來辦事，會成爲我們幹部中最嚴重的問題。」

鄭天來：「說得好。不過你們經犯司的個個都會說話，這一點我是完全的服了，還能讓人聽得心裏舒暢。老袁，你說是不？」

在隨後召開的經犯司全體會議上，袁華濤宣佈新司長的任命，引起了一陣熱烈的掌聲。葛琴當然很高興，她不僅是因爲五年前放棄了的夢想成真，而且最高興的是給了她一個真正能幹活的隊伍，以前那些靠關係插隊進來只會拍馬屁不幹活的人全給調走了。另一個重大的內部改組就是成立了調查室，這是定位在處級的單位，專門負責調查重大的經濟犯罪活動。袁華濤在大會上還說了：

「我請各位好好的看看你們周圍的人，他們就是你們今後要在一起工作的戰友和同事。牛鬼蛇神們已經都被請走了，你們可以放手去幹了。說到這兒，我要告訴你們我的原則，先把醜話說在前頭，免得產生誤會。這個原則非常簡單，就是嚴格的分工，我們各自把自己的工作做好。你們在財政、人事和抗拒外來的干擾是由我來解決問題，我向你們保證，即使是打得頭破血流，我還是會爲你們衝鋒陷陣，直到完成任務。但是你們要是有三心二意和我打馬虎眼，我會馬上查辦你們，絕不手軟。葛琴司長，我這個原則你們有問題嗎？」

葛琴回答說：「我非常支持部長的原則，我相信我可以代表大家的看法。」

袁華濤繼續說：「很好。第二點要說明的是，關於成立調查室的目的。經濟犯罪的影響層面越來越廣，力度越來越深，而犯罪的手法是越來越複雜，含有很高的知識內涵。而你們在過去幾年裏的調查活動，只限於給違規的企業開罰單。這和城管有什麼不同？但是這幾年有不少的外資投入到中國市場，六個月後或是更短的時間內就賺了多少億，然後說聲再見就拿錢走人了。媒體把他們說成是英雄，但是拿走的都是中國人的血汗錢。你們誰敢說這裏頭一點弊端都沒有？調查室的任務是主動出擊，取締和防範非法的經濟犯罪活動。目前調查室的主任是由上海浦東刑警分隊的何時副隊長兼任，公安部批准了八個編制，但是目前室裏只有一名刑警馮丹娜，在編制滿員前，還得靠刑警隊的支援。還有馮丹娜成爲正式的警官了，別再叫人家端茶倒水的。」

袁華濤看了馮丹娜一眼，她小聲地歡呼：「感謝部長，終於解脫了。」

袁華濤笑著說：「我要說的最後一點，也是最重要的，那就是公安部決定重新啓動的任常專案由經犯司負責，我在兩天後回北京，在動身前，葛司長，請把小組成員和執行方案交給我。」

葛琴：「您決定了專案小組組長的人選了嗎？」

袁華濤：「我說了，你要是抓不回人，追不回錢，我要拿你是問的。因此所有的決定都聽你的。當然，如果有困難由我來爲你解決。大家都明白了嗎？」

這時每一個人都感到經犯司要有天翻地覆的改變，而他們將面對前所未有的挑戰。袁華濤又開口說話了：「還有問題嗎？任何問題都可以提出來。如果沒有，我請鄭主任說幾句話。」

鄭天來：「雖然新的經犯司會有比以前要好得多的工作環境，但是任務也增加了，我們把經犯司的財政預算增加了百分之五十。你們今天回去後，好好的思考一下，到了明天早上如果還沒感到壓力，我建議應該提出辭職書，否則日子會很難過的。」

會後，楊冰百感交加，如果袁華濤早來兩年，任常專案一定會有不同的結果，經犯司也會完全脫胎換骨。那麼發生在她個人的一切也會不一樣嗎？她和背叛了她的男人之間的感情，也會起死回生嗎？但是一切都太晚了，這就是她的命，由不得她不認命。但是她萬萬沒想到，眼前還有更要她認命的事在等著。

第三章　大洋兩岸的調查

洛城市區的街道基本是棋盤式的，東西向的馬路是以號碼爲街名，由北向南，街名從第一街開始一直到第一百多街。南北向的路名就和美國其他大城市一樣用了很多一般常見的路名，和紐約市一樣，洛城也有一條貫穿南北的大街叫「百老匯大道」。洛城有兩條特別寬大的東西向馬路是例外，它們都在第十街的南邊，不用號碼爲街名，一條取名爲「奧林匹克大道」，另一條取名爲「威爾謝大道」。這兩條街上有當地最大和最有名的公司行號，於是成了洛城的地標。

住在洛城的居民和外地來的訪客都知道有這兩條大馬路。「強發貿易公司」的辦公地點是在奧林匹克大道第二二七號的第二十七層，那是一棟離洛城市中心不遠的商業大樓，算是在洛城的黃金地段。公司的董事長就是因走私和貪腐案外逃，而正被中國公安部通緝中的常強發。公司的總部原本設在廈門，案發後公司就關門了。等到常強發來到洛城定居後，又將公司在洛城登記註冊，繼續從事進出口貿易。

這些商業辦公大樓的清潔工作是每晚十一點以後進行的，主要的原因是不會打攪白天的正常營業。大樓的業主和清潔公司定有合同，由公司每晚派清潔工前往打掃。一個清潔公司通常會接攬好幾個清潔合同，因爲清潔的重點不同，而清潔工的特長也因人而異，所以一個辦公大樓裏在不同的日子會有不同的工人來打掃是不足爲奇的。這些清潔工人大多數是黑人或是墨西哥來的新移民。

當一個黑人的中年婦女開始在奧林匹克大道二二七號的第二十七樓進行清潔工作時，已是清晨兩點鐘了，除了樓下的警衛和巡邏保全外，沒有別人看見她帶著疲憊的臉色在二十七樓的走廊上推著裝滿清潔工具的四輪車。巡邏的保全和她打招呼時，注意到以前沒見過她，但是她身上的制服和推著的車子卻是每晚都見到的。她打開強發貿易公司的後門走了進去，和所有的清潔工一樣，她的第一件工作就是將所有字紙簍內的東西倒進她推的四輪車上的大桶子裏，其次是用吸塵器吸地板和用抹布將桌椅板凳和所有家具上的灰塵清除一次。

當她看見巡邏的保全再一次地經過半掩著的後門時，她看了一下手錶，一分鐘後保全進入了樓梯間往下一層走，這是保全既定的巡邏路線。她將後門輕輕地關上鎖好後，就跳上在監視器鏡頭下面的辦公桌上，她從口袋裏拿出一把螺絲刀將電視鏡頭後面的控制板拆下來，從裏頭取出一個微型錄影帶，然後又將一個新的換進去。前後一共用了不到兩分鐘的時間。

這個監視器是辦公大樓保全設施的一部分，鏡頭對準了大門，任何人在白天進出強發貿易公司都會被記錄。在天快亮時，她的清潔工作結束。她將手推車和車上的工具推到地下停車場裏的儲藏室裏，再把廢物桶裏收集的東西倒進旁邊的大垃圾箱裏，白天會有垃圾車來清理的。這時有一輛黑色汽車開到清潔工的身邊，她從廢物桶裏拿出一個黑色塑膠袋放進已經打開的行李廂，黑色的車子開走後，清潔工從停車場走到奧林匹克大道上的公車站，去等這一天天亮後的第一輛公車。

這位清潔工的真實身分是西爾斯私家偵探社的工作人員。那個黑色塑膠袋裏裝的是強發貿易公司的廢物，廢紙和監視器的錄影帶。

從八〇年代初開始，大量的亞洲移民來到美國，其中人數最多的就是從中國來的華人。到了九〇年代又出現了一個新的浪潮，那就是很多在中國大陸的企業開始到美國來拓展市場，成立分公司，其中絕大多數都將辦公地點設在洛城。這些企業中有所謂國營的，但是大部分是一些規模並不大的私人公司，其中有相當多的部分是為了將資金，尤其是來路有問題的資金轉入美國，更進一步來為了個人申請綠卡和全家移民創造條件。

從派到這些分公司來擔任管理幹部的人就能看出來分公司的真正目的，正正當當的分公司會是一位有能力和經驗的專業人員，如果派來的是一位老闆的「親信」，那公司的目的就不一定是爲了賺錢。在這些「親信」中，自然也包括了老闆的「情人」，也就是所謂的「二奶」。她們成了這些海外公司主管的唯一特點就是年輕貌美。

從洛城往東南方向去，就要上六十號高速公路。走了三十多公里就能見到一連串的山坡地，依次叫哈仙達崗、羅蘭崗和鑽石崗。這些地區在九〇年代之前是一片荒坡空地，但是從九四年開始就有一片片的高級住宅區建立起來，其中在羅蘭崗有一個封閉式社區叫做瑞德莫爾社區，整個社區是用圍牆圍起來的，社區大門有二十四小時警衛，只有區內住戶和居民的訪客才能進入。社區從一開始就吸引了很多華人，其中也包括了不少的「二奶」，因此就有了「二奶村」的外號。村中的「二奶屋」有些共同的特點，就是門口停著寶馬車，男主人經常不在，年輕貌美的女主人經常戴著墨鏡，打扮得花枝招展進出。

和洛城一樣，爲了環保，羅蘭崗的住家也規定要將家中的垃圾分類，將紙張、瓶罐和其他一般廢物裝在三個不同顏色的垃圾桶裏，星期二來收取時有不同的小車來分別取走不同的垃圾，然後集中到三輛不同的大卡車，紙張和瓶罐送到不同的地方去回收，一般廢物垃圾送到掩埋場。在這個每星期都進行得極爲規律的過程，有了一個沒有人發現的小小變化。在過去兩星期的垃圾收取過程裏，有一家的紙張垃圾並沒有被集中到卡車上，而是在中途就被人裝在一個黑色的塑膠袋裏拿走了。這一家就是在瑞德莫爾社區內，它的主人是正被中國公安部通緝的任敬均。

在袁華濤宣佈經犯司的改組和新司長人選後的兩天，他和鄭天來就離開上海回到了北京。他從機場直接回到了辦公室，桌上放著一份從美國送過來的急件，正是他盼望中的老朋友馬溫．奧森用快遞寄來的。信封裏有三份文件，一個是給袁華濤的短信，上面只有一句話，「同意所有條件，得力幹將陸海雲及愛米．李於三日後啓程赴北京。能與老友再次合作，人生一大快事，事成後定要浮一大白。」，第二件是簽好字的委託協議書，這是原來兩份中的一份是由委託人保管。第三件是施行方案建議書。

葛琴在第二天就收到由北京轉來的這三份文件。經犯司在隨即召開會議宣佈了由楊冰擔任重新啓動的任常專案組組長。楊冰很吃驚，她提醒葛琴說她在公安部的日子只剩下三個多月了，葛琴什麼話都沒說，只告訴她第二天要她和調查室主任何時陪她一起去北京，到公安部開會。要見在美國聘請的律師。

袁華濤這次爲了經犯司和任常專案的事來到上海一共有十天，他幾乎每天都會和李路欣，也就是楊冰的母親見面。有時還會在一起吃飯，談到很晚，甚至到三更半夜李路欣才回家。

楊冰常提醒媽媽不要太晚回家，要當心男人的壞心眼等等。她雖然覺得很可笑，整個世界都顛倒了，但是她也感到媽媽顯得更年輕、更漂亮了。毫無疑問的，媽媽戀愛了，媽媽的這份快樂，是自從她懂事以來第一次能感覺到的。可是就有幾次她看媽媽是哭過的，一問是怎麼回事，大多時的回答會讓楊冰摸不著頭腦，或根本是莫名其妙。楊冰以爲這些都是戀愛中人的正常現象。她一方面爲媽媽在這麼多年後還能找到一個男人相愛而高興，但是想到自己的現況，不僅在一生唯獨一次的戀愛裏被殺得一敗塗地，而且那個要託付終身的男人竟是個流氓。這只能說明自己的做人是徹底失敗了。

下班回到家，還沒吃晚飯，楊冰就在自己房裏收拾去北京出差的行李，母親走進來問她：「到北京去幾天啊？」

「葛琴說只要兩三天就會回來，可是老何說，這次是去和美國來的律師見面，要討論辦案子的方案，可能會多待幾天。」

「那我看你還是多帶幾件換洗的內衣吧，把毛衣也帶上，北京晚上已經涼了。要當心別鬧著傷風回來。」

「我都這麼大了，會照顧自己的，您就別操心了。」

「冰兒，你會見到他嗎？」

「誰？見到誰呀？」

「袁華濤。」

「那是肯定的了，是他要我們去北京的。」

「見到人家態度好一點，別老是愛理不理似的。」

「媽，您這話從何說起呢？袁華濤是分管我們的副部長，是我們最頂頭的領導，我們跟他說話還要喊報告呢！我們誰敢愛理不理的？但是他又是我媽的男朋友，說話就不能跟領導一樣的說了，不能喊報告了。有時候怕轉不過來，所以話就可能少了一點。」

「楊冰，你到客廳來，我有話說。」

說完了這半開玩笑的回答，楊冰還是低著頭把衣服放進箱子裏，但她聽見母親講話的聲音變了，她抬起頭來，看見母親的臉色也變了，眼裏還含著淚水。她趕緊跟到客廳去，兩人坐到長沙發上。楊冰問：

「媽，您怎麼了？」

「冰兒，媽想結婚了。」

「我也想是到時候了，看您戀愛的喜悅，我真爲您高興。」

「你知道袁華濤是誰嗎？」

「他是公安部的副部長啊！」

「他是你的生身父親。」

楊冰開始愣了一下，但是看見母親的臉色，她明白這是認真的話，但是她還是不死心，她站了起來問：「媽，您怎麼還和我開玩笑呢？」

「不，媽不是在跟你開玩笑。這麼多年來，我一直想告訴你，媽年紀輕輕就結了婚，在婚後犯了錯誤，把你生下來了。可是一直都說不出口來，不敢告訴你，我害怕你會不原諒媽。」

楊冰感到腦子裏轟的一下，她覺得要昏倒，趕緊坐下。她現在想到的就是自己唯一愛過的男人，成了未婚夫後就背叛了自己，去娶了她自己的好朋友。她再也沒想到自己的母親也會在婚後背叛了她的父親，難道這就是她的命嗎？腦子亂得很，她不曉得該說什麼才好。她聽見母親又說：

「媽是在想，我和老袁結婚，就好像媽不想要你了，要你一個人去生活。既然他是你生身的父親，那你們就認作父女吧，我們就能有個真正的家庭，今後大家快快樂樂的在一起了。」

楊冰坐在沙發上不說話，只是臉色越來越難看。隔了好一會兒，她才用很平靜的口吻說：「媽，請聽我說，您能找到一個相愛的人結婚，在一起過日子，我爲您高興。我是百分之百的支持您。我已經這麼大了，都馬上要三十歲的人了，老早就該獨立生活了。您就別再爲我操心了。至於要我認袁華濤做父親是不可能的，我已經有父親了，他的名字叫楊軍武，我現在是他的女兒，我死了後還是楊軍武的女兒。他是我們國家的公安烈士，您應該不會忘記吧？」

楊冰五歲的時候，她的父親犧牲了，但是在那幼小心靈裏，父親留給她不可磨滅的印象，隨著歲月過去，對父親的思念卻絲毫未減。

「楊冰，你是想說你媽是個沒有道德的女人，結了婚還跟別的男人生孩子，連自己的丈夫叫什麼都不記得了，是不是？你能明白當時我所面對的情況嗎？我說了你也不會理解。我只告訴你，當時我過的日子有多痛苦，是你現在想像不到的。」

「媽，您愛過我爸嗎？」

「如果沒有愛情，能在一起過這些年嗎？」

「那爲什麼要背叛我爸？」

「是我先背叛了袁華濤去和你爸結婚的，就和他這麼一次就有了你。」

楊冰忍不住，提高嗓門說：「那爲什麼把我留下來？是用來提醒你們在那份無法見人的愛情裏還留下了一個結晶，是不是？袁華濤是我的生父，但是這麼多年來他關心過我嗎？我要是有個副部長老爸，我還會被人欺負，落到今天這樣人不人，鬼不鬼的活著嗎？媽，您想過沒有？我的存在會提醒別人在你們的背後還有一段見不得人的過去，到那時候我又會成了個多餘的人。反正我永遠是多餘的，王克明不就是嫌我是多餘的，就去找別人了。我活在這世上還有什麼意思？要是我從這世界上消失了，那所有的人就會更快樂了。」

「楊冰，你說我和王克明一樣的邪惡，是不是？」

「王克明娶了別人做老婆，但是還要我做他的情人。媽想跟別人結婚，可是還要我去當別人的女兒，這有什麼不同？爲什麼這些事都要發生在我身上！」

一說完，楊冰就後悔說錯話了，但是已經太晚了，她看見母親的臉色出現了從未見過的憤怒，母親舉起手臂就要一巴掌打到她的臉上，楊冰閉上了眼睛，咬緊了牙，準備承受她一生中第一次被打耳光的滋味。過了一會兒，這一巴掌還沒打下來，楊冰睜開眼睛看見她母親已經坐下，兩手捂住臉哭泣。楊冰知道，如果她現在還不走開一定會出大亂子。她拿起了她的手提包，輕輕地開門走出去。

隔了很久，電話響了，李路欣翻身拿起聽筒就說：「冰兒，是媽不對，快回來吧！」

「我是老袁。怎麼了？」

李路欣在電話裏委屈的大哭起來。

一直到晚上快十一點的時候，楊冰在何時和柯莉娟的陪同下回家了。一進門，楊冰馬上低著頭說：「媽，我回來了。」

李路欣瞪了她一眼說：「我不是你媽，別叫我。」

楊冰轉身就進到自己的房間，柯莉娟上前把李路欣抱住說：「李阿姨，您就別在生氣了，楊冰在我們那哭得像個淚人似的，說她說錯了話，讓阿姨生氣。她要馬上回來給您道歉，賠不是，但是又怕您見了她就更生氣。您就看在她平常是乖巧孝順的女兒份上，原諒她這一次吧。」

何時也說：「阿姨，您大概也知道了，楊冰接了新任務，她的壓力很大，心情不好，一時忍不住就跟您發火。平常誰都羨慕楊冰有個好媽媽，什麼事都替她照顧得好好的。」

「有什麼用？你們知不知道她把我罵得是多惡毒的人嗎？我要是死在她面前，她連眼睛都不會眨一下。」

楊冰從屋裏走出來，手裏拿著一條皮帶。她走到母親面前跪了下來，雙手捧著皮帶說：「媽，冰兒錯了，不該說那些話來傷媽的心。我再也不敢了，請您原諒我吧。皮帶我拿來了，您就抽我一頓吧！」

「你以為我不敢啊？這幾年看我把你慣成什麼樣子了，都是你在當媽了，老早就該好好的抽你幾回，教訓教訓你。」

柯莉娟伸手把皮帶拿起來在手裏揮舞了一下，她說：「阿姨要是不忍心動手，我來代勞。我老早就想要抽抽楊冰了。」

說完了，狠狠一皮帶就抽下來，但是皮帶是打在地板上，響起了巨大的回音。

李路欣慌張地說：「小莉，當心啊！這要是打在身上，那還不打出傷來了嗎？」

柯莉娟又把皮帶舉起來說：「我先試試力道夠不夠，下一皮帶才抽在她身上。我保證把楊冰抽得死去活來，在地上打滾哇哇叫，一定會讓阿姨一解心頭之恨。」

李路欣上前就把皮帶給搶下來，她說：「這能鬧著玩的嗎？」

柯莉娟一副曖昧的樣子說：「看，捨不得了吧？我就知道阿姨一定狠不下心打這麼漂亮的女兒。」

楊冰還在跪著，但是她知道這場暴風雨是暫時過去了，她說：「媽，我餓了，我們都還沒吃飯呢！」

「那還不快起來跟媽去準備晚飯，都幾點了，也不怕把身體給餓壞了。」

李路欣和大部分當媽媽的一樣，絕對不能忍受孩子們說餓了。

只聽何時大聲地朝廚房說：「阿姨給袁部長燉的紅燒肉，給我們嚐一點好嗎？」

每當楊冰和母親有了矛盾時，她們會把事情從頭到尾，裏裏外外地談得一清二楚，也就是這樣開誠佈公式的長談，使母女二人的感情牢牢地套在一起。有時候一談就談到深夜，意猶未盡，楊冰就乾脆鑽到母親的床上睡覺。袁華濤的事使楊冰感到她和母親間有了前所未有的隔閡。當何時和柯莉娟吃完飯回去後，楊冰就回房繼續收拾要去北京出差的行李，然後就洗澡上床睡覺。李路欣以爲楊冰會到她床上來睡覺，但是兩人分別在自己的床上徹夜失眠。

楊冰的腦子裏都是她一生經歷過的，不能忘懷的喜怒哀樂，爸爸的笑容和笑聲，都是二十多年前留下的，但是在這漫漫長夜還是絲毫未減的刻骨銘心。這一切再加上今天她在網上看到的消息；福建省公安廳宣佈任命王克明爲福建省念洋市的公安局局長。她的一生就要被這些不可理喻和莫名其妙的事圍攏著嗎？

上床前窗外是一片黑暗，現在出現了一絲光亮，楊冰在問：我現在的黑暗也會是光明來臨前的片刻嗎？楊冰決定起來，打開窗戶迎接一天光明的到來。

陸海雲和愛米：李在下午兩點半準時來到北京公安部副部長袁華濤的辦公室，葛琴，楊冰和何時都已在場，他們清一色穿著警服。陸海雲是一身鐵灰色西裝，深藍色的領帶，愛米則是一身亮眼的打扮，黑色緊身短裙使一雙長腿更加顯眼，腳下是黑色的高跟鞋，有著一絲很淺的粉紅色的襯衫剪裁得非常合身，最上面的扣子是打開的，露出一片雪白的胸脯，外面穿的是一套黑色的緊身外套，一眼就看出她優美的身材。除了脖子上的翠綠絲巾和一副小小的珍珠耳環外，她沒有帶任何首飾。楊冰把她全身上下都好好地看了一下。陸海雲和愛米都帶著一個公事包。袁華濤首先開口，用英語說：「二位請坐，歡迎到北京來。」

陸海雲從上衣口袋裏拿出一封信來，他說：「謝謝，這是馬溫・奧森先生的信，說明由我來代表奧森律師事務所全權代理在中國公安部委託合同中的受委託人的職責。這是我的護照，請您驗明正身。這位是我的副手，律師愛米・李小姐。」

陸海雲用很標準的中文說了「驗明正身」四個字。在座的人都看了他一眼。袁華濤把信和護照接過來，看了一下就還給陸海雲，再把信交給葛琴，他說：

「好極了，終於把你們給盼望來了，我來介紹一下我們的隊伍。你們都知道我是公安部副部長袁華濤，也是我們委託合同裏的委託人。這位是國際經濟犯罪司的葛琴司長，這位警官是葛琴司長手下的楊冰偵查員，也是任常專案小組的組長，在案子的過程中，她是代表我行使委託人的權責。這位是葛琴司長的調查室主任，何時偵查員，他也是我們上海市浦東刑警隊的副隊長，是個很優秀的刑事偵查員。」

大家站起來握手寒暄，陸海雲和楊冰握手時，兩個人的心都跳了一下，握手的時間也多了半秒鐘。等大家都再坐下後，袁華濤說：「馬溫告訴我，他將派他最優秀的兩名律師來北京辦案，我以為一定是兩個老傢伙，沒想到竟是兩位年輕人。」

陸海雲回答說：「袁部長是不是有些失望了？」

「不是的，我是在感歎，我們中國人有句話，怎麼說呢？」

陸海雲用中國話回答：「長江後浪推前浪。」

袁華濤聽了哈哈大笑：「真是不能小看你們年輕人了。你看我們的葛琴司長不也是請了楊冰這位年輕警官來負責這案子嗎？我很高興看見你們年輕人在一起打天下。更何況馬溫這老狐狸才不會派一個不行的人，要是案子辦不成，他可是要賠老本的。」

愛米笑著說：「奧森律師事務所有兩百多名律師，海雲雖然不是我們的資深律師，但他是被公認我們同事中最有實力的。最近幾年來，他得過律師工會的好幾個大獎。但是目前這個案子有很多特點，都是以前沒有經歷過的，不要說是我們了，相信法官們都要有一個摸索的過程。所以奧森先生決定派一位有實力的人來接這案子。我可以簡單地介紹一下陸海雲的背景。」

楊冰突然發話了：「李小姐，由我來介紹吧！陸海雲先生是在美國耶魯大學法律系畢業，考取律師執照後在哈佛大學拿到了法學博士學位，隨後被美國聯邦最高法院聘請做為最高法官的助理，在一年的任期裏曾寫過兩篇有關美國憲法與國際法之間的矛盾及破解的方法，成爲政府在反恐和維護人權協調政策的藍本。四年前被奧森律師事務所聘爲律師，到目前已經有三個經手的案子先後被選爲對未來最有影響的案件。李小姐，你看我還漏了什麼嗎？」

愛米很吃驚的說：「我看楊警官要比我更了解我們的陸大律師，請問是從哪裏找到這些資料的？你認爲我們奧森律師事務所可以勝任這個案子嗎？」

楊冰說：「奧森律師事務所在今年初被同業律師們投票評選爲全美律師事務所的第一名，這是有史以來第一個在紐約市以外的律師事務所得到這項最高的榮譽。如果你們不能勝任，我們還能去找誰呢？」

愛米說：「謝謝楊警官對我們的信心，但是你還沒回答我的第一個問題呢。」

陸海雲趕緊插嘴：「楊警官，請允許我回答這個問題，可以嗎？」

陸海雲的兩眼直盯著楊冰，她沒出聲，只是點點頭。

「剛進門時，我就覺得楊警官很面熟，現在想起來了。幾年前，我剛離開聯邦最高法院轉到奧森律師事務所去工作時，接到安德生教授的邀請去做一個學術報告。他是在俄亥俄州立大學的法學教授，在犯罪心理學的領域裏是數一數二的人物。在那裏他介紹我認識了他最得意的高徒，那是一位來自上海的博士生。在一天的交流下來後，安德生教授的這位高徒給了我很深刻的印象。爲了不讓她專美於前，我就迫不及待的在她面前自我膨脹了一番。那位博士生就是現在的楊冰博士。所以她對我們的了解完全是來自我這裏的第一手資料。楊警官，我說得對嗎？」

楊冰低著頭不說話，愛米對陸海雲說：「原來還有這麼回事，我怎麼不知道？哈！海雲，對我保密，是不是？那當時那位上海姑娘對你的自我膨脹有反應嗎？」

陸海雲一副哭喪著臉的樣子說：「當然有了，她用沉默的方式，但是非常確定的告訴我：『你這樣的人我看多了』。」

大家都笑了，一下子就讓原本嚴肅的氣氛輕鬆起來。只有楊冰還是低著頭，臉上也沒有笑容，但是她小聲地說：「沒有的事，不是這樣的。」

愛米舉起手來，握緊拳頭說：「我要讚美楊警官的做法，對自我膨脹的男人就是要給他們一點顏色看。」

楊冰抬起頭來朝愛米微笑了一下，又點點頭，似乎在說謝謝。何時第一次開口說：

「陸律師，『沉默的告訴』，這句話是不是有點自相矛盾？」

陸海雲說：「這是表達能力的最高境界，不是每一個人都能做到的，首先要用很長的時間不露笑容，對任何問題都相對不語，然後用臉上的表情變化來傳達要說的話。何警官明白我的意思嗎？」

陸海雲是看著楊冰說的，每個人都知道他在說誰，大家都笑起來，只有楊冰低著頭。葛琴揮揮手說：「陸律師，你有所不知，楊冰是最平易近人的，非常容易相處的。」

愛米說：「葛司長，別著急，海雲最喜歡拿美女開玩笑，別理他。」

楊冰抬頭看愛米一眼，臉上出現一絲感激的笑意。這些一來一往都讓袁華濤看在眼裏，他很高興，他能感到這兩個團隊可以互動，他們之間存在有機的化學反應。他咳嗽了兩聲後說：「好了，我們談正事吧！首先我想知道，你們對這案子有幾分的把握？」

陸海雲看了愛米一眼：「讓我先回答，然後你來補充。袁部長，我們基本上把案子分成兩大部分，第一是上法庭打官司，目的是將任敬均和常強發從美國驅逐出境，其次是將這兩人的贓款追回。第一部分我們有很大的把握，因爲我們只要證明他們在申請居留時說謊就行了。對任的案子，我們現在已經有足夠的人證和物證有百分之百的把握會勝訴。常的案子還需要更多的證據，但是基本上也是沒問題的。」

袁華濤問說：「爲什麼當初的任常專案就那麼一敗塗地呢？」

陸海雲：「當然是因爲他們沒找我做他們的律師了。」

愛米說：「又在自我膨脹了，我們還沒打贏這場官司呢！別得意的太早了。袁部長，這一次的官司和上次有一個基本上的不同。上次是中國公安部控告美國移民局違法接受任和常的庇護申請。這次是我們控告任和常作僞證。案子的難度要小很多。並且移民局的官員會站在我們這邊，他們對任常二人已經開始起疑心了，只要法官一宣判我們勝訴，馬上遞解出境。在這裏我要補充一點，這些做法都在經犯司的獨立調查報告中指出來了，我們只是將它的內容和執行更具體化。我們的大老闆奧森先生要我們一定要感謝這份獨立報告的作者，所以，楊警官，我是應該謝謝你，對吧？」

最後一句話，愛米是看著楊冰說的，她臉上終於露出了笑容，她回應說：「是在葛司長的指導下完成的。」

葛琴說：「小楊，都這個時候了還謙虛什麼。這份報告的確是她一個人寫的。」

楊冰的臉紅了，陸海雲盯住多看了她兩眼，發現她真的很美，當楊冰發現陸海雲在看她時，她的臉更紅了。袁華濤接下來說：「第二部分應該是比較困難的，是嗎？」

陸海雲回答說：「是的，到目前爲止，我們連他們把贓款放在哪裏都不清楚，更談不上要如何追回了。我們必須要知道任常兩人在逃亡前及逃亡後的行動和社會上的關係網。這一點公安部必須扮演重要的角色。我們的計畫是在案子的第一部分重拳出擊，讓他們感到排山倒海的壓力要把他們驅逐出境，要他們覺得不能再將贓款留在美國，需要移出到境外。我們希望在這移動的過程中，攔截他們的贓款。」

袁華濤說：「他們逃亡前的情況，我們一定會把它完整的重現，但是哪一方面的資訊和資料是對打官司重要的，還需要你們的指點。」

陸海雲說：「是的，同時我也希望參與你們部分的調查工作。我希望對你們的工作方式有一個了解，因爲你們的人可能需要參與實際的追贓行動，對你們有了具體的認識後，對行動方案中的配合工作會有很大的幫助。」

愛米說：「我們律師事務所經常要替政府做義工。其中之一是擔任檢察官，爲政府做調查和起訴的工作。海雲特別喜歡做這樣的事，所以他也有一些調查案子的經驗。」

何時說：「太好了。在我們國家，律師們只會打官司，不幹別的。」

陸海雲說：「我們對任敬均和常強發的調查工作已經開始了，雖然才過了兩個多星期，但是已經有了驚人的發現。」

袁華濤插嘴問：「你們律師事務所也有調查的隊伍嗎？」

陸海雲回答說：「我們是將調查工作外包給一個私家偵探社，負責人是一位退休的聯邦調查局資深特務，偵探社裏有不少是前任洛城警察局的警察。我們之間有長期的合同。但是他們缺少對任敬均和常強發在文化背景上和犯罪行爲上的認識，所以我認爲你們需要介入。」

讓大家都很驚訝的是，楊冰開口問話：「這個沒有問題，我們肯定會配合。可不可以說說你們初步的調查都發現了些什麼？」

陸海雲笑著說：「當然可以了，楊警官是我們的客戶，我們一定會滿足客戶的要求。」

他彎身把公事包拿上來，發現楊冰的臉又紅了，也更美了。打開一份公事包裏的公文夾，看了一下，陸海雲接著說：「我們發現任敬均到美國後沒有工作過一天，但是他一家人在衣食住行上的開銷卻完全是富豪級別。在他的庇護申請書裏，他聲明因爲中國政府的迫害，他逃亡時已身無分文，所以他說還要申請政府的生活津貼。但是他買下了百萬美元的豪宅，一部賓士和一輛寶馬車，女兒進了私立學校，每年學費是三萬美元，等等之類。到上周爲止，他還不曾申請過任何的生活補貼。」

陸海雲抬起頭來看著楊冰，他發現自己很喜歡看這漂亮的臉蛋，他仔細地盯著看，然後說：「任敬均在申請表上簽字時要在聯邦政府官員前宣誓，聲明所塡內容完全屬實，這在法律上他已經犯了僞證罪，按判例就會被判申請無效，馬上驅逐出境。碰上嚴厲的法官，還得住幾天牢房。」

楊冰似乎很投入案情，她再問：「在法庭上，他可以說這些錢是朋友送給他的或是借給他的，那不犯法吧？」

陸海雲說：「不錯，但是他不會這麼做，因爲這樣我們會要求法官開傳票把這位給錢或是借錢的人請上法庭，那我們就求之不得，把錢的來源找出來。任敬均不可能這麼做的。」

楊冰的興趣顯然來了，她抬頭看著陸海雲，沒有避開他的眼神：「請再說一個證據，我很想聽聽。」

陸海雲說：「記得嗎?任敬均申請庇護的理由是因爲他一是法輪功組織的成員，二是他們夫婦想生第二胎，這兩件事在中國都是違法的，他們把這些說成是迫害他們的工具。但是現在我們有證據指出他在中國並沒有參加法輪功的活動，到了美國後也沒有成爲法輪大法的信徒和成員。而且還正要加入基督教。」

楊冰說：「他可以辯駁說到了美國後才改變了信仰，那怎麼辦?」

陸海雲說：「但是在兩個月前，他第一次在法庭上作證時還信誓旦旦地說他是信仰法輪功的。那個時候他已經在上教堂做禮拜了，這是赤裸裸的在法官面前說謊話和作僞證，他在法官的眼裏是死定了。」

楊冰說：「太好了，那第二胎的事也能證明是說謊嗎?」

陸海雲說：「任敬均是太大膽，太猖狂了，完全不把法律看在眼裏。我們發現他老婆在生下第一胎後，因爲子宮長了一個瘤，而把子宮切除了，想生都不行了。」

楊冰說：「怪不得你們說這案子是百分之百會贏的。」

袁華濤恨得牙癢癢地說：「那上次聘請的岡紮拉律師現在看起來也太差了。」

何時說：「律師差是肯定的，可是誰聘的呢？我還是認爲王克明在這裏面有搞鬼。」

王克明的名字一出現，楊冰臉上的笑容就消失了，又是一片烏雲滿布在臉上，陸海雲突然想起楊冰在俄亥俄州立大學校園裏對他說的話，他明白是怎麼回事了，他說：「何警官，我剛才提過，我們現在的案子和從前在本質上有很大的區別，所以過去的事對我們沒有太多的影響，我們還是往前看，來克服當前的困難。」

楊冰已經敢兩眼正視著陸海雲，她的臉上充滿了感恩的表情，感謝陸海雲的保護，不讓她難堪。

愛米也說：「這個岡紮拉律師是很沒有職業道德的，打官司的本事不怎麼樣，滿肚子的邪門歪道，只會用錢來解決問題，他不可能留給我們什麼有用的東西。」

葛琴也加一句說：「我們將所有有關任常專案的資料都整理出來了，全部也不過一兩公分厚，人家一兩個星期的前期調查就已經裝滿兩個公事包了，怎麼能比呢？我也認爲沒什麼用。」

袁華濤說：「你們這次來，希望完成些什麼任務？」

陸海雲說：「方案是你寫的，你來說吧！」

愛米說：「基本上是希望按已經送給你們的方案按部就班地去做。首先要把我們收集的證據跟你們討論，按它們對追回贓款的重要性排列。還有就是要討論和決定如何獲取所需的證據，以及得到這些證據的可能性有多大。這對我完成在法庭上進行官司的程序非常重要。海雲說過，我們要取得壓倒性的勝利，讓任敬均和常強發感到無比的壓力而啓動再度拿著贓款逃亡的行動。」

陸海雲接著說：「無論是他們被驅逐出境，還是自發的再逃亡，都是一個重要的轉捩點，這不僅是案子第二部分的開始，也是新戰場的起點。我們不僅要在法庭上和他們鬥爭，更有可能在法庭外你死我活的鬥爭，他們不可能輕易放棄贓款，否則也不會到今天的地步。如何才能在他們逃亡時成功的攔截贓款，需要更周密的行動方案，這裏頭中國公安部要扮演重要的角色，因爲只有你們清楚這兩人的心理和犯罪的方法和特性。我需要參與你們的調查行動，體會你們所習慣的行動方法和特性後，我才能寫出比較可行的第二部分的行動方案。同時我希望提醒大家，中國警察也許要配合當地警察展開追緝的行動。」

袁華濤很嚴肅地說：「你們聽好了，要是和中國的犯罪份子拚個你死我活，中國警察必須站在第一線。要玩命也得玩中國警察的命，我老袁一輩子就是爲了這股氣活著，絕不能丟人現眼，你們誰要是在這個節骨眼上含糊了，我就辦誰，我老袁絕不手軟。葛琴、何時，你們明白了嗎？」

葛琴和何時同聲回答：「明白。」

「袁部長是說真格的，你們可以到樓下的公安烈士紀念館看看，有多少我們的同志是爲了同樣這股氣把命犧牲了，其中有好些都是老袁的戰友。」

楊冰的心一震，她抬頭看了袁華濤一眼，發現他正在瞪著她，沒有經過大腦的思考，她發現自己在對袁華濤說：「我也明白。」

原來是鄭天來不知道什麼時候來到辦公室說了這番感性的話。跟著大家很親切的和他握手打招呼，經犯司的人對他有特別的好感，他們都明白，在這次的改組及任命新的領導班子一事，他是幕後的驅動力。袁華濤又把洛城來的客人介紹給他，他馬上就說：「二位辛苦了，聽說你們剛下飛機就過來開會，並且馬上就叫你們嘗到他的兇狠，動不動就要玩命，別害怕，他沒那麼可怕。」

愛米也笑著說：「您說得一點都不錯。我覺得袁部長挺和氣的。回到正題上，如果對方的律師爲了辯駁我們證人的證詞而將被告請上證人席，說不定我們在反問時就能把他們藏贓款的地點給套出來，這是海雲最拿手的了。在美國把錢帶進來是不犯法的，但是如果超過了一萬美元而沒有向政府報備，就是犯法。到時候中國政府可以提出有力的證據來收回這筆錢。」

何時問說：「法官不能命令他說出藏款的地點嗎？」

楊冰說：「美國的憲法規定，人民有不自我入罪的權利。所以他可以不說，拿他一點辦法都沒有，我說得對不對？李律師？」

愛米說：「對的，我們不講『坦白從寬，抗拒從嚴』，我們認爲『不自我入罪』是基本人權的一部分。但是我們也了解，這增加了很多檢察官和警察的工作難度。」

陸海雲說：「當然也給警察增加了就業的機會。」

愛米有點急了：「海雲，我們的客戶是警察，你說什麼呢？你是糊塗了，忘了客戶至上的話了？」

陸海雲：「你還沒讓我說下面一句呢！毫無疑問，『不自我入罪』的人權法增加了社會的犯罪率和警察辦案的難度，但不也增加了我們律師事務所的生意和收入了嗎？這句話平衡了吧？」

愛米說：「你們聽出來了嗎？我們陸大律師的政治理念是個極左的理想社會主義者，他曾建議我們只接受窮人的案子，不收任何費用，大家都只做義工，生活靠領政府救濟金。因爲他自己是奧森律師事務所收入最高的律師之一，沒人好批評他，但是心裏都恨死他了，說他是用石頭砸自己的飯碗。尤其是同事們的老婆都不理他了。」

楊冰找到投桃報李的機會了，她說：「我知道奧森律師事務所當選爲全美第一的原因之一是你們做了很多的義工，所以陸律師也是有他的道理的。」

愛米衝著陸海雲說：「得意了，是嗎？美女救兵終於來了。」

陸海雲又開始瞪著眼看楊冰：「人民警察的眼睛是雪亮的。」

這句話引起了大家的笑聲，愛米還是不服氣：「你是說人民女警察的眼睛是雪亮的。」

楊冰又被陸海雲看得臉紅了，她問袁華濤說：「我們能不能回到主題了？」

袁華濤說：「當然可以，這個會本來就是爲你們專案組開的。」

楊冰問愛米說：「剛剛說到，在法庭上會有我們的證人和證詞，要體現這些是不是會有難度呢？要如何解決呢？」

愛米：「問得好，這是個很嚴重的問題。首先是語言的問題，我們一定要用翻譯，並且一定要用法庭指定的翻譯人員，否則翻譯的正確性會被對方利用來攻擊我們。其次是要把好幾個證人送到美國，也是有問題，如果又是岡紮拉律師，他一定會去賄賂這些證人的。爲了這些考慮，我們建議用證詞錄影的方法。」

大家都好奇地看著愛米，顯然都想知道這是怎麼回事，愛米繼續說：「在一般的情況下，如果證人因合理的原因無法出庭，例如病重住院，就可以要求做『證詞錄影』，就是在法院以外的地點，如醫院內或是冰天雪地的南極，證人在另一位法官或是法官代理人面前宣誓後，陳述證詞同時錄影。然後在法庭上播放。我們的情況要更複雜些，錄影後還得把證詞翻譯成英文。我們已經得到確切的消息，在北京和上海的美國總領事館裏都有法庭認可的翻譯人員和法官代理人。在我們把證人確定後，就要跟他們預約時間了。」

袁華濤問：「你剛剛說到法官代理人，這是什麼概念？他們是法官嗎？」

愛米回答：「因爲等著打官司的案子積累得太多了，爲了避免拖延過久，有些不太複雜和一般性的案子就讓所謂的法官代理人來審判，他們雖然不是正式的法官，也多是德高望重的資深律師。目前幾乎所有的交通違規案都是由他們審理。」

楊冰把手舉起來發言：「我想回到證詞錄影的問題上。如果對方律師要向證人提問題時怎麼辦？」

愛米說：「楊警官好可愛！你是我們的客戶頭頭，只要使個眼色，我們就會過來爲你服務，不用舉手的。你問對方律師要如何去質問證詞錄影裏的證人，理論上也是要用同樣的方法，但是這麼一來一往所花的時間就不得了。所以在設計證詞錄影時就要考慮到不要有後續問題，或是把它們減到最少。這些證詞錄影法官要先看，他同意後才能用，如果是充滿了沒交代清楚的敍述，增加提後續問題的可能時，大部分的法官都會不准使用它。在安排證詞錄影上，我們有很多經驗。」

袁華濤感歎地說：「老鄭，你看人家辦案子的計畫做得多細啊！太值得我們學習了。」

鄭天來說：「葛琴，請你們一定要好好的做記錄，等結案後，我們要把它做成教材，讓後來的人好好學習。」

袁華濤跟著也說：「還有開庭的時候，你們多派些人到洛城，不要錯過寶貴的經驗。」

陸海雲說：「我們也會和你們討論具體的人力支援要求，我希望在我們離開前都把這些做個初步的決定，大家都好準備。」

緊張的工作會議又持續了兩天才結束。最後，袁華濤說：

「我要告訴你們一句我心裏的話，從一開始，今天我是頭一回對這案子感到有把握了。我感謝你們從太平洋兩岸來的團隊給了我這份信心。我請客吃飯，感謝兩位律師的努力，我還要和各位乾一杯，預祝我們成功。」

鄭天來說：「我在王府井的餐館訂了一桌，咱們先說好，吃飯的時候我們什麼話題都能談，就是不准談工作的事。」

等上了送他們回酒店的車後，愛米問：「你覺得楊冰怎麼樣？」

「她應該是能和我們合作的人，你覺得呢？」

「她給我的印象很好，應該是個聰明能幹的人，但心裏好像有什麼事似的。」

「臉上老是有一股悲傷的樣子，不是嗎？」

「海雲，別老是瞪著眼睛看人家，你把楊冰看得臉都紅了好幾次。慢慢來別著急，中國有十三億人口，有一半是你想要的溫文爾雅的女人，機會多得很。」

特別讓袁華濤高興的是，他重整的經犯司和奧森律師事務所的合作似乎有個好開端，人員的互動與默契讓他非常滿意。楊冰自願陪愛米逛街購物，愛米非常驚喜地發現這位女警還有很強的討價還價能力，在遠遠小於預算的範圍內完成了親朋好友交代的購物清單，所以又多買了好些她沒想到的好東西。

楊冰在美國的幾年留學生活讓她了解美國人的喜好，她帶著愛米到一些特別的店裏，買了好些愛米夢寐以求的寶貝。最後還得再買個皮箱才能把所有的東西裝下。愛米說楊冰帶她逛街購物，是她這次到中國來的最大成就。毫無疑問的，這兩個女人的距離更縮小了。但是收獲最大的是何時，那幾天正碰上洛城的職業籃球聯盟的湖人隊來到北京做幾場表演賽，打籃球是何時的愛好，他是浦東公安局籃球隊長，尤其喜歡看美國職籃的精湛球藝，其中他最能認同的球隊就是洛城的湖人隊。所以一到開賽前，何時就要趕回招待所去看電視轉播。所以當陸海雲拿出兩張入場劵邀請他去看湖人隊打球時，他樂得跳起來，這一直是他最大的夢想。

原來湖人隊是奧森律師事務所的長期客戶，最近湖人隊的主將科比雷恩被檢察官起訴在到丹佛城出賽時強姦一個酒店的清潔工女孩，但是科比雷恩說是雙方同意下發生的性關係。官司的結果是強姦的刑事犯罪被判無罪，而在民事方面雙方和解，也就是湖人隊和科比雷恩賠了大錢。對被告來說，這本來就是要追求的最好結果，但是他們對奧森律師事務所還是非常感激。當陸海雲打電話向他們索取入場劵時，立馬就答應了，並且是第一排的座位和球員們坐在一起。中場的時候，科比雷恩和他們合影，還送給何時一個籃球，上面有湖人隊全體隊員的簽名。賽後，何時帶陸海雲去喝啤酒吃麻辣火鍋，他一邊摸著那籃球，一邊說：

「來，我敬你一杯，我做夢都沒想到有一天能和湖人隊坐在一起。還有這個球，它是我何時的傳家之寶了。你這個朋友我是交定了，我也不曉得該送你什麼，除了我的寶貝一兒一女之外，你要什麼我都給。」

「話別說得太滿了，我要是想要你的老婆，你肯嗎？」

「你還沒見過她呢！說不定一見面你就沒興趣了。」

「哈！捨不得了吧！楊冰跟我說，你的老婆可是個大美人。」

「提到楊冰，你覺得她怎麼樣？」

「非常漂亮，非常聰明能幹。但是我感到有一股說不出來的冷漠。」

「會去追求她嗎？」

「身爲一個男人是會的，但是現在我們之間的關係是不可能的。」

「爲什麼？」

「你們是我的客戶，律師的行爲守則不允許我們和客戶之間有感情瓜葛。」

「文明在進步，但是它對感情的約束卻是千古不變。」

「也就是這些約束，在文明的進步裏才有了那些動人的故事，而且也成爲了人類史詩的一部分。」

「你知道嗎？社會對我們做警察的約束要比你們律師更嚴格。」

「也許是的。但是在中國，某些方面又寬鬆得多。」

「是嗎？」

「如果是在美國，楊冰就不可能像她今天一樣。」

「怎麼說？」

「我們不會接受一個警察去調查她前任的未婚夫，也不允許父親和女兒之間有領導和被領導的關係。這方面中國是開放得多了，我們美國社會反而顯得封建。」

「可是我們社會對感情的問題就非常封建。一直是以道德的眼光來看它，從來不會想到它是個很美的人性。」

「沒想到我在這古老的中國碰見了一個和我有同樣看法的人。」

「所以你同意感情的發揮，它本身就是一件很美的事。」

「我當然同意了。我一直認為人類會欣賞藝術創作，是它會帶給我們感官上的美，但是這種美的最高境界，是將我們的感情激動了。那麼為什麼人類的行為，例如男女之間的相悅，在激動了感情時就要以道德來衡量它了呢？」

「原因之一是感情的奔放會帶來傷害，所以就用道德的力量來約束它，並且否定了有美的存在。」

「在中國，道德是文化的一部分，很不容易去反抗它。在我們美國，它是來自宗教，還比較容易去對抗。但是同樣的，兩個社會都將個人行為規範化，納入法條。雖然用意是在保護個人，尤其是弱勢的個人，但是往往和個人的感情發揮起了衝突。所以我常常希望人和人之間能夠有更大的包容，這世界就會有更多美好和更少的遺憾和悲劇。」

「海雲，我看法和你一樣。我每次和小莉，她是我的老婆，談這個觀點，說一個男人和另一個女人間的感情並不一定是對妻子的背叛。可是每次小莉都說我是想搞婚外情，跟她永遠說不清楚。」

「我對中國的警察工作還不清楚，在美國，警察家庭有很高的離婚率，原因是警察工作要付出感情，警察需要和嫌疑犯、被害人、證人和線民建立互信，最強的互信往往會有男女感情的參與。你是不是在說你自己曾經有過這樣的經驗，但是妻子認為你是背叛了她，是嗎？」

何時低著頭不說話，隔了一會兒，陸海雲繼續說：「西方的婚姻制度是全方位的佔有對方，我相信在現代的中國社會也是一樣。所以當一方發現對方的一部分給了第三者，就要進入戰爭狀態了。」

「我今天請你喝啤酒，就是要你跟小莉把這個道理講清楚，她對你這位美國大博士總該服氣了。」

「沒問題。但是我能不能說服你的夫人，我不敢擔保。可是你要先問自己，如果有一天，你的小莉把她的感情和身體很短暫地給了另一個男人，你還會愛她嗎？」

「我不曉得，換了是你，海雲，你會嗎？」

「我相信我會的。當然我會很難過，但是只要她還愛我，我會接受的。我的理由很簡單，第一，妻子出軌的原因可能是我的問題，第二，我相信妻子也會包容我的短暫出軌，公平原則須要維持。這兩個理由都建立在夫妻間是有愛情的。」

「我想雙方都要付出代價，才能做到有包容的情操。」

「這一點我同意。今天我也想問你一個問題。」

「我知道，你是想問關於楊冰的事。」

「她和王克明之間是真的決裂了嗎？」

「我想是的，你為什麼會問這個問題？」

「我覺得楊冰是個很優秀的警官，但是你們告訴我說楊冰把王克明徹底打趴在地上，雖然是王克明先輕薄別人，這顯然是過當防衛行為。但是王克明並沒有提出告訴。我相信王克明還是愛著楊冰，我的問題是，楊冰對王克明還有感情嗎？」

「小莉和她是最要好的朋友，這要問小莉才行。」

這兩個人友誼的建立在日後的行動中竟成了生與死之間的決定因素，袁華濤沒有想到他那時代的激情，在這一代的公安幹警中也在燃燒著。

在去王府井的餐館前，葛琴要求見袁華濤，當敲門走進了辦公室後，看見鄭天來也在。她不浪費時間馬上進入正題說：「楊冰的事怎麼辦？」

鄭天來說：「她跟你談過了嗎？」

葛琴說：「她來提醒過我，三個半月後，她就要走人。她說這是大家都同意過的。」

袁華濤說：「你今天都看見了，人家洛城來的人是什麼水平我們都有數了，我們要是拿不出像楊冰這樣的人領隊，非砸鍋不可。葛琴，你無論如何也要把她留住。」

葛琴：「我怎麼留啊？好話歹話都說盡了，人家非要走，袁部長要給我拿個主意，否則我也沒辦法。」

袁華濤：「我要是有主意還會找你嗎？老鄭，你看這事怎麼辦？」

鄭天來接上來說：「我的看法和你們不一樣，我認爲這事會有好結果，不會像你們想的悲觀。第一，你們都看到了，楊冰對這案子有很大的興趣，從她提的問題上看，像一個馬上就要離職的人嗎？第二點，我認爲楊冰挺喜歡她這專案組的，特別是洛城來的人，她似乎覺得能夠合作得很好。第三點，也是最基本的一點，就是楊冰的個人素質，別看她有時候耍脾氣，鬧情緒，但是在大是大非的問題上她的原則性很強。從她的檔案裏，你可以看到她的個人素質是很高的，在她申請到國外留學拿博士學位的報告裏說了，她的目的是要提高我們公安辦案的能力和全面的現代化，她認爲最好的方法就是組成聯合隊伍，共同來辦個案子，你們說，她會放棄她夢寐以求的眼前機會嗎？」

葛琴：「那她爲什麼這麼堅持要走呢？」

鄭天來：「那是因爲個人的原因。我們有誰看過一個女人把她的未婚夫打得趴在地上。雖然大家都認爲這不是楊冰的錯，是王克明咎由自取，但是她自己認爲別人已經把她看成是個異類，是個不正常的人。所以她要走。從她的個人檔案裏處處都能看到她對公安工作的熱愛。所以她要走是個痛苦的決定，如果能夠克服她的心理問題，攆她走，她也不會走的。你要從她熱愛工作這個方向去著手。」

袁華濤：「葛琴，你知道嗎？偵查員最重要的工作就是去挖掘別人腦裏都裝些什麼，我幹了一輩子的偵查員，大大小小的案子辦得不算少了，但是我們老鄭的大頭裏有些什麼寶貝，我從來沒弄清楚，就知道他有能力解決任何的問題，所以以後有什麼困難的事就找他。」

鄭天來：「楊冰和她周圍的人關係都很好，她非常敬重你，這你比我更清楚，你應該動員這些人來幫你，她雖然曾痛打過王克明，但她基本是個善良心軟的人，你是共產黨員，應該知道怎麼去利用群眾的力量。楊冰可是咱們公安部的一塊寶，得留住她。」

袁華濤：「老鄭，我佩服你，等會兒我好好的敬你幾杯，不醉不歸，我們有多久沒在一塊痛痛快快地喝他幾杯了。」

鄭天來：「哎喲！現在我的武功已經被人廢了，一個月只能喝三杯白酒。醫生說過了，是要命還是要酒，二選一。」

袁華濤：「沒想到你老鄭也有怕死的一天。要是我，我就選酒。」

鄭天來：「不是怕死，是怕煩，我那口子沒完沒了的煩你，誰也受不了。先是不讓抽煙，現在是管喝酒了，我看戒酒的日子也不遠了。我是恨不得把發明三高的人給斃了。」

袁華濤：「什麼是三高？」

鄭天來：「三高就是血壓高，血脂高和血糖高。唯一的治法就是戒煙戒酒。老袁你別高興，我看你這幾年自由自在的日子也快結束了，你等著有人要看著你每天的三高了。」

葛琴趕快插進來說：「我知道怎麼辦了，那我走了。待會見。」

袁華濤送葛琴到門口，打開辦公室的門，他說：「我和楊冰的母親是老朋友，我知道她是個很有孝心的女兒，也許你可以找她母親談談。」

葛琴笑著說：「動員楊冰母親的最好人選應該是袁部長，別人都不行。」

袁華濤在門邊的小桌上拿起一枝盛開了的白色康乃馨花遞給葛琴：

「楊冰現在大廳邊上的烈士紀念館裏，把這交給她。」

葛琴好奇地問：「要拿這花做什麼？」

「到時候就知道了。」

北京公安部大樓的大廳右邊是公安烈士紀念館，裏面擺設著自建國以來所有公安烈士的照片，出生年月日、犧牲日期、地點和犧牲事蹟。葛琴來到時，館裏人不多，她一眼就看見楊冰站在一幅照片前全神貫注地看著照片上的人。葛琴悄悄地走到楊冰身後，小聲地說：「想念他了嗎？」

「幾乎每天都會。」

照片下的銅牌上刻著烈士的姓名：楊軍武。二十二年前，他在中緬邊境的大山裏一次緝毒任務中犧牲的。看著牆上的照片，葛琴說：「真是個英俊瀟灑的公安幹警。」

楊冰說：「爸爸是個帥哥，所以媽媽嫁給了他。」

葛琴又聽見楊冰在說話，但是發現不是在對她說：「冰兒來看您了。請您別忘了我，我永遠是您的女兒。」

她將白色康乃馨花給楊冰時，看見她的眼睛裏充滿了淚水，這枝盛開的花插在楊軍武照片旁的小花瓶裏，不到二十四小時就會凋謝，被人收去。楊冰和葛琴在走出烈士紀念館時，注意到排在最後一個照片是一位年輕的女警，下面的銅牌上除了寫著是在深圳犧牲之外，沒有任何其他的資訊，連姓名都沒有。葛琴說：「這麼年輕就犧牲了，連個名字都沒有，一定是幹臥底任務的。看她是不是長得有點像你？」

楊冰對這照片上的女警察多看了兩眼。

楊冰到酒店接陸海雲和愛米・李參加袁華濤的宴請。在酒店大廳，她決定打電話給陸海雲說她到了。不久，穿著一身休閒服的陸海雲就下來了，楊冰問他：「愛米呢？她怎麼沒下來？」

陸海雲回答：「你沒打電話給她？」

楊冰有點曖昧地說：「我以爲你們兩人一定是在一起的。」

「這是楊警官的主觀願望呢？還是公安部在酒店裏的監聽失誤了。」

「不錯，是我的主觀願望，但它是建立在我對貴國人民行爲習慣的實際觀察上。」

「那楊警官的觀察對象一定沒有包括我這樣循規蹈矩的男人。」

「她說得一點都不錯。」

「誰說什麼一點都不錯？」

「愛米說她認識一個男人特別喜歡自我膨脹。」

「哈！終於被我抓到了，楊冰從實招來，是不是在勾引奧森律師事務所的帥哥？」話是來自愛米，她像一隻花蝴蝶在一陣風裏吹了過來。穿的一身大花及地的連衣長裙，上身是旗袍式的剪裁，下身是西式的裙子，戴了一副珍珠項鏈，腳上穿的是紅色的高跟鞋，全身從上到下都是楊冰陪她在北京秀水街買的。楊冰上前拉住了她的手說：「到底是美人胚子，穿什麼都漂亮。愛米，你不要含血噴人，你放心，沒人敢動你們奧森律師事務所的帥哥，全是你的。」

「那你爲什麼瞞著我把他偷偷地叫下來，在這裏談情說愛。我是看時間到了才去找他，結果在這裏把你們當場捉住，說，該怎麼處理你們這兩個現行犯。」

「愛米，你是律師，不能冤枉好人。根據你們美國人的行爲習慣，我以爲你一定是在他的房間裏，很熱烈地在道別呢。所以才早一點打電話到他的房間，讓你們有時間把衣服穿好。」

陸海雲說：「愛米，我怎麼不知道美國人有這種行爲習慣呢？你和朋友道別時都是赤裸裸地不穿衣服嗎？」

愛米說：「那當然，今晚我們不是還有漫漫長夜嗎？我們請楊冰來實地考查我們美國人是如何熱烈的，赤裸裸的道別。」

楊冰的臉馬上就紅了，她瞪了愛米一眼說：「我才沒興趣看你們折騰呢！」

愛米說：「楊冰，看你把自己說得臉紅了，你想跟我們當律師的鬥嘴，功夫還是差一點吧。」

陸海雲發現愛米和楊冰之間已是稱名道姓了，警官和律師的頭銜已經不存在了。他在想，這是好事，還是壞事呢？太複雜了。

袁華濤擺了一桌高檔的酒席，山珍海味都有，讓這兩個洛城來的客人大開眼界和大飽口福。袁華濤把見面、慶功、送行等目的都放在一起。大家都遵守鄭天來的要求，絕口不談公事，所以席間的氣氛很輕鬆。大家對這兩位從老遠來的年輕人很感興趣。袁華濤問坐在他旁邊的陸海雲說：

「陸先生，你的中文說得這麼好，都是在哪裏學的？」

「因爲父母都是從台灣來的新移民，小時候在家裏要說中文，周末還被強迫去上中文學校。但是到了大學後，我對語文很有興趣，對中文也開始了正規的訓練。我還特地到台北去學了三個月的中文，很多人以爲我是在台灣或是中國大陸長大的。」

袁華濤說：「你是我認識的外國人裏中文說得最好的，奧森告訴我，你中文的讀寫能力也很強，你看我們的中文報告，不用看英文翻譯，真是難得。但我還是要告訴你一個小小問題，你在一開頭說了一句『驗明正身』，語法的應用是正確的，但是習慣上，尤其是我們幹警察的，這是用在執行死刑前對犯人要做的事。當時我嚇了一跳，以爲好傢伙，馬溫是要我殺人了。」

這番話引起了哄堂大笑，陸海雲接下來說：「其實這是學習另一種語言時最難的地方，因爲語言的背後有依附著的文化，這也是使語言成爲藝術品的主要原因。謝謝您的指正，我會記住的。」

愛米笑著說：「海雲除了中文外，他的法文和義大利文也很好，他常常強調學習文化對語文的重要性，而學習外國文化最好的方法，就是娶個外國老婆和找個外國情人。所以他現在一心一意在找一個中國老婆。」

何時說：「那法國老婆和義大利老婆怎麼辦呢？那家裏不是要吵翻天了？」

愛米接口說：「所以他老是說要去信奉伊斯蘭教了。」

何時說：「那是為什麼？」

楊冰看著陸海雲說：「何時，你別老土了，伊斯蘭教允許男人討四個老婆。」

鄭天來說：「行了，你們別老是吃人家豆腐了。我很羨慕像陸先生這樣有很好的語言能力的人，至少對一個問題可以讀到不同地區的人寫的不同的看法。你對我們國家近幾年的崛起有什麼看法？」

陸海雲說：「中國是個大國，直到最近幾年才成為強國。但因為過去累積下來的問題還沒有解決，國家發展的過程在很多地方都讓外國人覺得很奇怪。在過去超過半個世紀裏，中國由於固有的落後包袱，革命後的狂熱，熱戰與冷戰時代的威脅，本質上所處的只能算是『國家維繫』狀態而已，而為『國家維繫』曾一度選擇了只存在於概念上而無法實現的極左路線。一直到鄧小平的開放改革，摸索式的前進，也只不過是極左的糾正。這是一種『試誤過程』，它是造成了一定程度的發展，但只能說是讓『國家維繫』變得不那麼痛苦，因而勉強可算是進入較為良好的『國家維繫』狀態。而不是真正的『國家形成』。」

袁華濤說：「那麼下一階段是要如何呢？」

陸海雲接著說：「中國改革開放到現在，的確為中國開啓了新的機會之窗。但不容否認，它也無可避免地帶來了一切的解放，在解放出強大的生命力同時，也解放出各種尚未提升的惡劣元素，包括官吏的特權貪腐，從業者欠缺專業紀律因而造成的偽劣商品及服務質量不良，民間社會出現的補償式炫耀消費及種種國民質量的惡行惡狀，整個社會追求名利財富，和隨之而來的嘩眾取寵等惡劣表現，以及整個社會都在向錢看之後，造成的人際關係趨於緊張，社區感和道德情操日益淡薄。

從整個人類的發展歷程，我們早已知道各種政治社會體系儘管各有其文化特色，但發展過程卻都有著極多公約數，包括透過專業紀律的建立及普及，社會規範的確定，政治及社會的改革，文化的重整等，而重建整體社會存在的合理性。近年來中國極為關切『大國崛起』的課題，但似乎低估或忽視了其中社會與文化的重新編組，建造合理性的改革過程。

社會及文化的重新編組是大國崛起的基礎。這些課題在西方近代學術界已有了極多研究。例如資本主義的發展與改良，與資產階級美德的出現密切相關，十六和十七世紀如何重建私人與社會生活的新方式等。所有的這些都可以成為中國重建合理性的參考架構。中國的崛起，除了自我提升外，其實還有重要的外部效應，那就是中國的漸趨成長，已使得某些西方人士或媒體，以過去的刻板印象做為非議中國的依據，這對中國當然會造成傷害。儘管這種非議並非全屬有理，但是如果能本著有則改之的態度自我提升，那將是中國人最大的幸運。」

這一口氣的長篇大論把大家都聽呆了，他們沒想到一個年輕人會有這麼深刻的見解和看法，更沒想到一個在美國長大的律師，能用比大多數的中國人說得更優美的中國語言表達出來。隔了一陣子，整桌的人都鼓起掌來。陸海雲也很高興地說：「你們都相信我的胡說八道啊？」

袁華濤說：「我要是不知道的話，還以為是個大學教授在講話呢！到底是強將手下無弱兵，馬溫自己也是個學者，不過這回可能是青出於藍了。」

愛米驕傲地說：「別被海雲給唬住了，他很可能是臨時抱佛腳學了兩招用來騙中國美女的。楊冰，你可別上當呀！」

鄭天來說：「陸先生，別人心裏想什麼我不明白，但是我認為您的話還沒說完，請繼續給我們開講吧！」

陸海雲高興地說：「那我就要獻醜了，不過我先敬您一杯，說得不對的地方還得多多包涵。當您說不談公事時，我就知道您是要考考我。我認爲中國的改革開放是從鄧小平所謂的『摸著石頭過河』，和『不管白貓黑貓，能抓老鼠就是好貓』的概念開始的。它在思想方法上是一種實用主義，但所有的實用主義在本質上都只有短期和中期的效果，它不能照顧到在這中、短期所累積的長期負面效應，如城鄉差距、貧富不均、醫療及教育等資源分配的失衡，由於發展而造成的生態環境衝擊，以及其他如官僚體系貪腐和特權擴大，特定種類的產業如礦工等類似新奴隸制的剝削現象開始出現。從事這些破壞社會長期發展的經濟活動都是在揮舞著鄧小平改革開放的旗幟，宣稱是在『摸石頭』，而不是在營私舞弊圖利。

你們大概都聽說過，在我們洛城有幾個華人居住的小區被人稱作『二奶村』或『大奶村』，裏頭的『村民』都是摸過石頭的人。更可怕的是，媒體和社會把這些摸石頭的人當成了英雄和現代的雷鋒，他們成爲年輕人的楷模。所有的讚頌和光環把罪惡掩蓋住了。最後我們驚訝地看到他們轉身又成了階下囚。因此，我認爲『摸著石頭過河』這種實用主義是到了功成身退的時候，中國要成爲一個現代化的社會，就必須進入一個更有國家目的性的『建造橋樑過河』的新概念。這個橋樑的基礎就是『法治』，從個人行爲到政府的行政手段都要於法有據。鄭主任，我不能再說了，再說楊警官就要睡著了。」

在又一輪的掌聲後，鄭天來說：「精彩極了。顯然陸先生對中國問題有很深的分析和思考，這些都是律師職業的課外活動嗎？」

陸海雲說：「因爲父親是大學教授，母親也是知識份子，家裏很鼓勵探討和思考問題，中國問題是我們最常提到的，另外我在華人社區做義工，有機會和國內出去的基層社會人士談他們的問題。從他們那裏也能學到很多。」

袁華濤說：「到底是名牌大學的博士，再加上特殊的家庭環境，出了個這麼優秀的年輕人，馬溫是有他獨到的眼光，把你抓住了。」

陸海雲說：「其實我的成長並不特殊，小時候因爲調皮沒少挨打挨罵，現在大了，老媽就成天嘮叨要抱孫子。」

最後一句話引起不少的笑聲，把嚴肅的氣氛一下子變得輕鬆了。愛米心裏非常高興陸海雲說出了這番精彩的話，她很爲他驕傲，但嘴上還是不饒人，她說：「你們千萬別被他給蒙住了，他可是會見人說人話，見鬼說鬼話。上次我們到意大利去辦案子，他臨時學了一套天花亂墜的義大利的藝術史，用義大利話把人家美女唬得一愣一愣的。」

楊冰坐在愛米的旁邊，在這大圓桌上也是陸海雲的正對面。她的兩眼直直地看著他說：「陸博士，我相信在這世上一定有不少的人有和您相同的學歷，也可能有相似的成長過程，但我不相信會有像您這樣的才華。至少我還沒有碰見過。」

她說完了，但是還繼續看著陸海雲，反而把他看得低下了頭。葛琴和何時在點著頭，楊冰突然明白了他們在想什麼，他們也在想，如果當年陸海雲出現在楊冰的生命裏，今天的情況該是個什麼樣子。他們不知道，這就是曾經發生過的。楊冰還是看著陸海雲說：「我很佩服你。」

陸海雲沒有回應她。

話題轉到天南地北，宴會的氣氛非常好，在賓主盡興下結束。離開前袁華濤宣佈，公安部批准了將本案定位爲「特別專案」，這樣專案組有權在調查過程中請各省及自治區的公安廳提供支援，正式文件已經發出去了。

葛琴、何時和楊冰先送陸海雲和愛米回酒店，才回自己的招待所。等楊冰洗完澡，換上睡衣後都過了十一點了。她覺得陸海雲的一番長篇大論使她有很大的感觸。本來她把陸海雲看成一個純粹的「美國人」，只是有黃皮膚和事業有成而已。但是今天晚上讓她認識了陸海雲的另一面，一個有更豐富內涵的一面。不知道是好奇還是仰慕，她很想和他說說話。拿起電話來撥打陸海雲酒店房間號碼。電話鈴響了五聲沒人接，她掛上後正要撥打愛米的房間時，突然想起下午說的「道別時熱烈、赤裸裸的折騰」，就又把電話放回去了。楊冰有著一股莫名的傷感。同樣的在第二天她和陸海雲送愛米回美國，在機場上看到他們熱情的擁抱親吻道別時，她也有一絲的傷感。

愛米走後的第二天，特別專案的調查在太平洋的西岸也啓動了。陸海雲開始到美國駐北京的總領事館安排「法官代理人」和「法庭指定翻譯」的預約。楊冰把三天會議的記錄整理好，做成中英文的電腦檔案，以便日後檢索。她的計畫是派馮丹娜來北京和她會合，然後到哈爾濱市去調查任敬均的案子，陸海雲將會跟著去，這是為了可能的「證詞錄影」做準備。葛琴和何時也在當天回到上海，何時帶著湖人隊送給他的籃球回家住了一晚，第二天他和刑警隊的偵查員江向榮搭機到廈門市展開對常強發的調查。

楊冰將會議記錄整理好了之後，還仔仔細細地校對了一次，然後用電子郵件給每個來參加開會的人發了一份。她想陸海雲該從美國領事館回來了，也許他們今晚可以單獨地吃頓飯，好好地談談。她的手機響了，是袁華濤的助手打來的，要她馬上到第六會議室去。第六會議室是公安部裏最小的，只能坐五六個人。會議室的門是關著的，楊冰敲敲門就開門進去，看見袁華濤和他的警衛員小徐已經來了。袁華濤指指會議桌對面的椅子說：「楊冰坐。小徐你在門口，不許任何人進來。」

小徐出去時把會議室的門帶上了。楊冰坐下後就問：「袁部長找我有事？」

「你對特別專案的感覺怎麼樣？」

「我覺得很好，尤其是部長找來的奧森律師事務所是很精彩的。我想葛司長的第一炮一定會成功的。」

「葛琴也這麼說，但是她說她的信心是來自特專組隊伍，你不同意嗎？」

「我在特專組的日子只有三個月了，所以我的意見並不重要。」

「你想走的事，和他們都談過了嗎？」

「部長說的他們是誰？我決定離開公安是我個人的決定，我相信沒有規定說我必須和某些人討論我個人的決定。」

袁華濤用很奇怪的眼神看著楊冰，她心裏感到有點憤怒，也目不轉睛地看著袁華濤。她聽到一聲歎息後，又聽見袁華濤在說：

「沒錯，你個人的決定別人當然無權過問，但是我說的是那個外國人陸海雲提到的長期負面影響，或者是公安幹警義不容辭的傳統。如果這些不是你所要考慮的，你可不必去和任何人討論你要離職的事。幸好我在年輕時就學會了如何去面對失望。」

雖然說的還是慢條斯理，但已掩不住袁華濤的憤怒了。出乎楊冰的意料，這番話激起她洶湧的思潮，她很激動地說：「從我決定當公安的那一天起，我無時無刻不在考慮袁部長說的那兩點。但是在我身上發生的事，使我不得不重新認識自己。我也像袁部長一樣在努力學習如何面對失望。來北京的前兩天，從網上看到王克明調任福建省念洋市公安局局長。請問，這是摸石頭過河呢？還是像陸海雲說的，建設橋樑過河？」

「我只能回答說，公安部門的任命是要根據一套完整的人事法規，具體的實施，你需要去問分管部門。」

「您的回答和鄭天來主任給我的回答完全一樣，這是不是袁部長所說的義不容辭傳統？」

楊冰看見袁華濤在作深呼吸，顯然是在控制他的憤怒情緒。兩人都沒有說話，會議室裏安靜得可以聽見門外走廊上的腳步聲。隔了好一陣子，袁華濤終於說話了，語氣裏充滿了無奈的失望：「楊冰，我沒想到你對公安部和對我的成見是這麼的深，再繼續我們的談話已經沒有任何意義了。」

楊冰站起來準備要走了，她說：「部長是要我立刻離開公安部，不用再等三個月了，是嗎？」

「你給我坐下，我的話還沒說完。」

袁華濤的憤怒已經完全表現出來了，他說：「你什麼時候走人是你和葛琴之間的事，用不著我來管。我找你，本來是要跟你說些私人的事，但是我們之間既然有如此大的差距，也就沒有必要說了。你對我個人的看法我無權過問，我只是要告訴你一些事實。任何時候你不想聽，你可以離開這會議室。」

袁華濤停住，看楊冰並沒有要離開的意思，他就又繼續說：「要你我互認父女關係，是李路欣一廂情願的想法，我從頭就不贊成。父女關係不是認出來的，是要裝在心裏頭的。更何況我已經有一個很優秀的女兒了。我和李路欣談戀愛早在楊軍武出現之前。他有顯赫的家世，而我是農村出來的窮小子。李路欣在結婚前一天要求和我見面，我們的錯誤行爲讓你來到這世上，這一切，李路欣都完全告訴了楊軍武。」

袁華濤停了下來，臉上的憤怒之情完全消失了，取代的是哀傷，他又繼續說：「在李路欣出現前，楊軍武和我已經是戰友，我們在槍林彈雨裏開創我們保家衛國的事業，我們身體裏都流有彼此的鮮血，這些都不是他成爲我心目中英雄的理由，我佩服他是因爲在知道了我和李路欣的事情後，他對妻子和女兒的愛並沒有一點減少。他是一條漢子。我記得你四歲那年，楊軍武叫我們去你的幼稚園看你表演，我和我妻子看你在台上又唱又跳的，可愛極了，你身上穿的綠底紅花裙，腳上穿的紅皮鞋，都是我和我老婆挑的。我還記得你是唱一首康定情歌，非常精彩。後來你的小學、中學和警校的畢業典禮上我都來了。你能明白一個父親只能遠遠地看著自己女兒的心情嗎？這不是一次兩次的事，而是二十多年不斷的煎熬。當你穿著我給你的衣服走過我身邊時，我很想拉拉你的小手，抱一抱和親一親你，但是你沒有看我一眼，就直奔楊軍武的懷裏。當時我的感覺要比被一顆子彈擊中還更痛苦。」

袁華濤的眼裏已經充滿了淚水，楊冰從沒想到她的一生還有這些曲折動人的事，她感到無法承受和支持不住了，不過她還是問說：「爲什麼沒有人告訴我這些事呢？爲什麼不讓我知道我還有一個關心我的父親呢？媽媽爲什麼不讓我們見面呢？」

「在這世上有許多的事不能盡善盡美或是隨心所欲的，包括你想去愛一個人但是又不能做到。在老楊犧牲之前，你有一位非常愛你的父親，老楊走了後，你的母親把你當成了她生命的全部。李路欣是個感情豐富的人，有時候非常任性，這也是我愛她的原因。但是她對你是義無反顧，把自己的半生投入了培養你的唯一任務。按照她的個性和她美麗的容貌，我以爲她會在幾年內就找到另一個愛她的男人，重新開始她的生活。但是她沒有，更重要的是，讓你在一個有愛心的家成長，這一點是李路欣的大功勞，我將一生感激她。」

楊冰已是淚流滿面泣不成聲，她抽泣著說：「但是到頭來，我還是讓你們每個人都失望了，我自己過著行屍走肉的日子，人不像人，鬼不像鬼的活在絕望裏，您爲什麼到現在才告訴我這些呢？」

「本來我是不想說的，既然你一再的問，我就說了，也解脫了多年來壓在我心裏的一塊石頭。有人說，一個人的命運和他的個性是緊緊的連在一起。李路欣生活在一個大陰影裏，她認爲她對不起楊軍武，對不起你和我。她一心一意都在贖罪來饒恕自己。成爲烈士的寡婦後，她決定只有高舉著貞節牌坊才能繼續她的贖罪任務。做爲烈士的女兒，你也認爲只有保持一片玉潔冰心來繼承父業，同時也要嫁給一個警察才能維護烈士的光環。於是當你發現未婚夫是個魔鬼後還是堅持著，我不相信這麼多年你就不曾遇見過像陸海雲那樣優秀的男人，但是你壓抑自己的感情，堅持做魔鬼的未婚妻，否則就會影響了那烈士光環所帶來的榮耀。而我的出現更會給那光環帶來災難，因此絕不允許我出現在你們的生命裏。但是你們錯了，楊軍武不需要有人來維護光環，你的父親執著自己的感情，他可以熱愛和別人有染的老婆和老婆跟別人生下的女兒。他不僅是國家的公安英雄，也是有血有肉，頂天立地又充滿了人性的男子漢。你們把他崇高的人格看低了。」

楊冰完全崩潰了，她一生的信念和尊嚴都動搖了。她出聲的哭了。

「楊冰，李路欣是我一生裏最愛的女人，我還會繼續地愛她。她告訴我，她要用她的餘生來保證你的快樂與幸福。所以我不會認你為女兒，也不會和她結婚。如果我們有來生，我再娶她。」

楊冰哭泣著說：「是我錯了，是我錯怪了您，請您原諒我吧！爸爸，是我錯了，原諒我吧！」

等楊冰抬起頭來時，會議室裏只有她一個人。

陸海雲接到通知說楊冰有急事回上海，要他在三天後到哈爾濱市會合。

廈門市公安局刑警隊的隊長仇泰安是一位老公安，他從基層幹起，由於能力強，一步步做到了刑警隊的隊長。在過去的三年裏，曾三次被提名擔任福建省的市級公安局局長，但都因為在省裏缺少後台和人脈關係，三次都落空了。但是他並沒有因此鬧情緒，還是好好地做他的刑警隊隊長。

仇泰安很注重培養人才，所以很得年輕人的尊敬。他的一個副隊長齊建勇就是他一手調教出來的偵查員，因為工作表現優異，被提升為副隊長。仇泰安看準了齊建勇做他的接班人，所以一直希望能來個重大的案子，讓齊建勇有機會立功，好鞏固他接班人的地位。

終於，等到了強發貿易公司的走私貪污受賄案，廈門公安局成立了專案組，由齊建勇任組長，負責調查。在仇泰安的全力支援下，齊建勇辦了個漂亮的案子，查清了常強發集團的走私腐敗犯罪行為和貪污受賄的海關人員如何串通這集團的相關證據。但是就在取得檢察院的拘捕令時，常強發集團消失了。齊建勇最後只能逮捕到違法的海關官員。

按犯罪活動所包括的金額，本來是穩穩的可以記一個一等功的，這麼一來，齊建勇只能拿了個二等功，他心裏頭很不是滋味。但是仇泰安卻冷靜地把整個事情從頭到尾的分析了一遍，他得到的結論讓他出了一身冷汗，他認爲一定有內部的人給常強發集團通風報信。

於是仇泰安向公安局長打了報告要求調整調查方向，將常強發能夠在簽發逮捕令的前一刻逃亡的原因做爲重點追查，爲緝捕工作打基礎。沒想到公安局的回答是命令他立刻結案，馬上停止所有的偵查活動，並且要把所有的卷宗材料上交。理由是北京公安部來了通知，部裏已成立了專案組負責緝拿常強發的任務。有關的資料將由這個專案組來負責整理。但是對於調查內鬼的事卻隻字不提。

仇泰安再打電話到局裏去問，得到的回答是已經結案的事就不要過問了。齊建勇非常生氣，他覺得這其中一定有鬼，就要打報告給省紀委，但是仇泰安叫他稍安勿躁，他同意這裏頭是有鬼，它很可能存在著一個大保護傘，否則這麼大的案子，沒有強而有力的保護傘，不會有人敢走漏風聲的。

仇泰安表面上停止了調查，但是他叫齊建勇在暗地裏繼續蒐集相關證據。在仇泰安和齊建勇的暗中調查過程裏，他們發現了一個現象，就是公安局的骨幹人員分成兩派，一部分的人是通過優秀的工作成績被提升或通過考試進到了骨幹的位置，另一部分是乘直升機下來的空降部隊，他們是從省公安廳，甚至是由北京公安部直接派下來的。後者都和省廳或公安部有著絲絲縷縷的人脈關係，也是這批人，會按著他們自己的後台給的指示辦事，公安局有時根本指揮不動這批人。

由於仇泰安的鐵面無私，公事公辦管理方式，這些空降部隊都離刑警隊遠遠的，平時他和這批人沒有什麼接觸。經過調查後，也沒有發現他們和常強發集團有任何勾結，仇泰安認爲問題可能出在上級。等到他們接到通知說是公安部經犯司的專案組成立了，啓動了追捕常強發的任務，他們很高興，以爲終於等到了機會可以繼續調查常強發的案子了，但是等見到專案組組長王克明以後，又被澆了一頭冷水。

王克明顯然是來走過場的，他對案情的真相並沒有興趣，只是來問了幾個表面的問題就匆匆走了，反而是跟他一起來的一個叫何時的偵查員，問了一些結骨眼上的問題，但是王克明處處阻撓何時，齊建勇問出何時原來是上海浦東分局刑警隊的副隊長，有很好的口碑，他想把常強發案子後續所蒐集的證據交給他，但被仇泰安阻止了。理由是雖然何時對王克明的辦案方法很有意見，有時他們的衝突都表面化了，在外人面前都會吵起來，但是王克明到底是專案組的組長，所有的資料最後都要到他的手裏。

另外還有一件更可怕的事，根據何時說的，仇泰安發現專案組的成立日期是在省公安廳通知他們要把資料上交之後的兩個多月，爲什麼省廳會預先知道北京公安部還沒啓動的事？這是表示保護傘在時空裏的覆蓋面嗎？其次是，他們上交有關常強發的資料足足裝了三個大紙箱，但是專案組帶來的資料卻只有一個活頁文件夾，何時說部裏交給他們的就是這麼多，王克明卻說這些就已足夠了。剩下的那些資料是誰從中給扣下了，或者是被毀滅了？

這是嚴重的違法亂紀行爲，會被判十年以上大牢的事，如果沒有強而有力的後台或是極大的金錢報酬，誰有這個膽子去冒這麼大的風險？另外仇泰安告訴齊建勇說，壞人分兩種，一種是你一看或一接觸就感覺到他是個壞人，另一種是看起來不像壞人，感覺上也不是壞人，但實際上是個壞人，這第二種人是有更大的殺傷力。所以他們雖然開始與何時溝通，卻還是有極大的保留。

仇泰安告訴齊建勇，他們還得再繼續等。一直到有一天仇泰安在家裏接到一封由北京來的快遞郵件，信封上的發信人他並不認識，但是打開來一看，是袁華濤發出的正式文件，要求廈門公安局的刑警隊配合協助特別專案組調查常強發外逃一案。文件的右下角有一個用鉛筆寫的手機號碼。這個文件顯然是要按公安部系統一層層的發下來，目的是所謂的整個指揮系統都會知道文件的內容，才能做到無縫的配合。在收到文件後，收件單位要簽回單，上面說明向下傳遞的時間和下一個收件人。這是用來保證不會有漏傳漏遞的事。但是這份正式文件是袁華濤私下寄來的。仇泰安把它折好放進了貼身的口袋裏。三天後，他收到一份同樣編號的正式文件，但是內容是說明公安部將要在北京召開反恐行動協調培訓班，要求收件單位屆時派員參加。仇泰安拿起了手機撥號：「袁隊，仇泰安報告。」

「好小子，我等你這電話等了兩天了，現在才有空啊？」

「我剛剛才接到省廳轉來的正式文件。」
「上面說的是什麼?」
「是反恐培訓班的事。」
「文件號碼呢?」
「完全一樣。」
「這群狗娘養的,簡直太大膽了。」
「我們這兒的問題已經不是一朝一夕的事了。該到整頓的時候了。」
「別著急,快了!特別專案組的副組長何時會跟你聯繫,配合他。」
「明白,您就放心吧!袁隊,您這幾年還好吧?」
「還行,就是老了。我都要退休了,一隻腿都已經跨出公安部的大門了,又把我叫回來辦這案子,不讓我閑下來。你怎麼樣?鄭天來告訴我,你幹得有聲有色,我很高興,沒看走眼。但是老鄭說,你的領導不怎麼樣,常給你穿小鞋,是吧?」
「就是想趕我走,他好空降他的人來接我的位置。」
「你給我挺住了,我就不信共產黨制服不了這群人。」

仇泰安打完了電話,就把齊建勇叫來,告訴他等待的日子要結束了,要他馬上準備行動。

江向榮是上海浦東刑警隊的年輕偵查員,兩年多前才被選進來的,在參加調查的幾個案子裏,他的表現很好,引起了何時的注意,這次經犯司改組讓他負責調查室,他就把這位年輕偵查員的工作重點轉向經犯司的任務。江向榮的特點是非常細心,不錯過任何可疑的事物,同時又有很強的分析能力。他的身手好，熱愛籃球運動，也是籃球隊的隊員，有些人說他有點像當年的何時。

江向榮是第一次到外地出差，非常興奮。但在還不到一個小時的飛行途中，他所有的問題都是關於何時去看湖人隊那場球賽，他說何時近距離與湖人隊接觸的經驗是他最爲羨慕的。當他們走出廈門機場時，齊建勇已經在等他們。何時與齊建勇是第二次見面，他們兩人心裏都有數，這次的大環境已經徹底改變了，大大的增加了他們辦案的成功率，同時隨著時間的過去，辦案的難度並沒有減少，何況那些擋路的人還存在著。但是當何時與齊建勇熱烈的握手時，兩人間的會心笑容說明了彼此之間的信心大增。當兩個從上海來的警察將他們的旅行包放進汽車的行李廂時，發現裏頭也有兩個類似的旅行包。在從機場到廈門公安局招待所的路上，齊建勇把他們做的安排作了說明。

公安局招待所就坐落在公安局後面的一條街，是一棟五層樓的酒店，有一個挺大的院子，種了很多花草樹木，整座招待所的環境顯得很寧靜。齊建勇帶著兩人走到大廳服務台前，他說：「同志，我們爲上海公安局訂的一間雙人房準備好了嗎？」

「好了，請客人填寫登記卡，把工作證給我們看一下。」

他們進到了預定的客房後，齊建勇將他準備的旅行包放進了衣櫃。又把床上的毯子打開。他們下樓出去前告訴了服務台是去吃午餐。齊建勇開車把他們帶到廈門港口附近的一個小街，在一家白鷺灣酒店停下後就直接上到了三〇七號房。一敲門進去就看見仇泰安已經到了。除了江向榮外，大家都見過面，握手介紹後大家坐定了，何時首先說：「感謝仇隊和齊隊的安排，這次來辦案子，還得請你們大力幫忙。」

仇泰安說：「袁部長的正式文件我們收到了，他後來又親自打電話來，說了一下基本的情況，反正這次我們保證服從特專組的指揮，完成任務。」

何時：「指揮不敢當，我們密切合作。看住酒店的安排是不是有情況？」

仇泰安：「小齊，你來說說。」

齊建勇：「我們沒有具體證據，但是我有感覺，老是有人盯著我們。爲了安全，我們在公安局招待所替你們訂了房間，但是實際上你們是住在這裏。這房間是用朋友的名字訂的。」

仇泰安：「還有一點，部裏的正式文件是袁部長用私人信件發給我的，由省廳轉來的同一字號的文件是關於反恐的事，所以理論上我們是不知道你們特專組要來的事。所以你們暫時還不要露面，免得不必要的干擾。」

何時：「居然敢篡改正式文件，膽子也太大了。我看這張保護傘來頭不小。」

仇泰安：「我們在調查常強發走私案時，抓到一批受賄的海關人員，那時我們就感到他們的抗拒，說明了有保護傘的存在，而且一定是很有力的。常強發逃亡後，省廳強迫我們結案，並且把所有的調查資料上交。但是我們心裏實在太窩囊了，明明是就要拿下的犯罪嫌疑人，在最後一分鐘給跑了。老齊心有不甘，就繼續查下去，結果省廳說他不聽命令，要記他大過。」

齊建勇：「結果仇隊硬是給扛下來了，要不然我可能都被撤職了。後來我們把調查轉入地下，找到一些可疑的線索。我們在被迫上交常強發的資料時也留了一手，我們掃描了全部的材料，存在光碟裏。另外我們最近的地下調查資料也存在光碟裏，現在我們把這兩片光碟交給特別專案組。但是千萬別說是我們提供的。」

何時：「放心，有人問起，我就說是王克明給我的，他根本不會記得給過我什麼資料。」

廈門刑警隊將兩片光碟交給何時後，他們開始互相簡報和討論案情發展的細節。廈門刑警隊認爲經過調查，他們掌握了常強發集團走私賄賂犯罪活動的有力證據及證人，在常強發逃亡後，他們還是將一批受賄賂瀆職的海關人員起訴判刑。但是隨後對走漏消息的調查卻「奉命結案」。同時對海關的後續調查受到海關很大的抗拒。很可能是海關裏還有漏網之魚，或者是犯罪活動還在進行。

強發貿易公司在常強發逃亡當天就突然關門結業，但是最令人吃驚的是，所有的公司高層人員也同時失蹤了，他們的家屬也向警察報案要求協尋他們的親人。根據事後蒐集的證據，有少數的公司高層人員是隨常強發外逃了，但不是所有的人。不久之後，廈門發生了數起命案，有意外死亡的也有是被他殺的。但是遇害人都是來自強發貿易公司的高層。到目前為止，都還是無頭命案。但是刑警隊認為，毫無疑問的是常強發集團在殺人滅口了，目的是在掩蓋還在進行中的犯罪活動，他們認為這些都和那張保護傘有關。同時由於強發貿易公司的關閉，他們認為廈門海關是唯一剩下來的「關係戶」，它還有其他證據的可能性很高。這條線索必須要追下去。

何時笑嘻嘻地說：「你們是真的閑不住啊。你們是不是也認為常強發集團還在廈門有活動？海關還是嫌疑人嗎？」

仇泰安說：「我是這麼看，至少他們是有一個代理人在廈門，同時海關裏一定有內鬼，否則他們不會有這麼大的抗拒力。」

何時說：「你們的地下調查是如何進行的？」

齊建勇：「一條路是透過社會關係，我們發展了幾個線民，從他們那裏取得了一些間接證據，例如海關裏的一個驗貨員有上百萬的銀行存款，但是用的是人頭銀行帳號，諸如此類的可疑證據有好幾個，都在給你們的報告裏了。另外一個是從命案調查發現的，我們抓到其中的一個殺人犯，他是被別人買凶來殺人，買他的人是個黑社會人物，他供出來幕後的人是來自美國洛城的一個華人，沒有名字，全是電話聯絡，費用直接匯到他指定的銀行帳號。第三條路子是我們仇隊發展的線人，我認為是最重要、最有潛力的一個證人，但是我們都還沒見過這個人。仇隊你來說說吧！」

仇泰安：「在我們頭一次調查常強發集團時，我接到一個線民的匿名電話，給我們提供資訊，後來證明是非常關鍵性的資訊。從這些資訊判斷，非常可能是強發貿易公司的高層。這個線民有很高的警覺性，由於使用公共電話和通話時間過短，我們無法追蹤電話來源。線民的第二個電話是警告我們常強發可能要逃亡，但是沒有給出日子和地點。在常強發的大清洗後，我以爲線民也一定遇害了，但是到目前爲止，線民應該還活著。」

何時：「你們已經知道線民是誰了？」

仇泰安：「不知道，但從電話裏聽得出是女的，受害人裏還沒有女性的。果然兩天前，我接到了第三通電話，警告我廈門公安局裏有內鬼。」

何時：「我真想會會這個線民，她很了不起，給你們的三個資訊都非常正確。」

仇泰安：「我們這邊的情況大致如此，特專組方面有沒有消息可以分享的？」

何時把一份報告交給仇泰安，他說：「當然，請不要見外。我們透過在美國洛城的律師事務所聘請了私家偵探，曾對洛城的強發貿易公司做了有限度的搜索，取得了一些資料，同時對進出的人攝影，整理後都放進了這份報告裏。我想請你們研究一下，看看有沒有可以補充的地方。」

仇泰安：「很好。我建議你們先消化一下我們的資料，何隊定出一個廈門的行動方案，我們馬上執行，否則我怕又會夜長夢多，別像上次又讓煮熟了的鴨子飛了。所以我建議這次的行動要快、猛，要以雷霆萬鈞之勢拿下目標。打他個措手不及，來不及打開保護傘。你們現在有了正式文件，可以請特警支援。你們看行嗎？」

何時：「我們的想法是一致的，就這麼做。我會盡快把行動方案寫出來。有兩件重要的事，也許你們能馬上給我回答。我們知道常強發利用洛城的一間人頭公司曾匯過大筆的錢到廈門給一個叫劉治寬的人，你們知道此人嗎？」

齊建勇說：「我知道這個人，我查過他。劉治寬是這裏一家房地產公司的業務員，他的大舅子就是我說的那個有百萬元存款的海關驗貨員，我盯過他一陣子，沒發現有犯罪活動。」

何時：「太好了，至少現在把洛城的常強發和廈門的海關又連在一起了。另外這兩張照片上的人見過嗎？我們的人發現他們在一個星期內進出洛城的強發貿易公司兩次。」

齊建勇：「我好像見過這兩人，非常眼熟，讓我拿這兩張照片去問問我們的偵查員。明天給你答覆。」

何時：「那就先謝了。」

兩位廈門刑警站了起來準備告辭，仇泰安說：「小江，還沒發過一言呢！就忙著寫筆記呀！」

江向榮回答說：「仇隊，我是新手上任，一切都要學習。對我來說，這案子太複雜了，比美國大片還精彩。」

仇泰安說：「好好跟何隊幹，他可是我們公安英雄啊！」

齊建勇也接著說：「小江，提高警覺，最近廈門的幾件事有點玄乎。路口有輛銀灰色的捷達車，那是我們的人。還有我請了治安巡警的車在天黑後每兩小時經過這裏一次。有任何問題，馬上給我電話。」

第二天一整天，何時與江向榮在酒店裏研究那兩張光碟和寫報告。下午四點多，齊建勇打電話來說，他們的偵查員曾見過照片裏的兩人進出過強發貿易公司，並且是和常強發在一起，其中一人是操本地口音，另外一個像是維吾爾族人，何時很高興，這就是陸海雲要的鏈子，它把廈門的強發公司和洛城的強發公司連在一起。第三天的上午，何時要寫行動方案了，他請齊建勇過來討論細節，到了下午，方案的基本內容都定下來了，江向榮負責寫成正式的報告。三個人在酒店的餐廳吃了頓晚飯後，齊建勇就告辭了。

電視台在晚上要轉播美國籃球大賽，是洛城湖人隊與支加哥小牛隊的對抗，何時在賽前出去到附近的小店裏買兩瓶啤酒，準備在轉播時好好享受一下。天色已晚，雖然路燈的照明下視野不是很好。但是廈門的夜晚，尤其是在港口附近有海風吹來，帶來了海水的鹽味，何時覺得很舒服，他決定下次放假時要帶老婆和孩子到廈門來住幾天。

何時的心情和吹來的海風一樣，非常舒暢，兩天下來，他認爲已有足夠的證據滿足陸海雲要求，證明常強發在申請庇護時做僞證。還有很強的蛛絲馬跡顯示常強發還在國內進行他的犯罪活動，他要進一步取證，同時上報公安部發起打擊。最讓他高興的是，他發現江向榮這小伙子的工作能力要比他原來估量的還大，兩片光碟裏的資料整理得井井有條，納入了他們的檢索系統。今天又把行動方案寫好，文筆也非常好，他沒看錯人，是個可造之材。

但是，當何時走到路口轉進酒店的那條小街時，感到情況不對了，走在他身後的人突然加快步伐縮小他們之間的距離，何時在走出賣啤酒的小店時，就已經注意到他了。而在他前面又出現了另外一個人，像是在等著他。何時本能地拿出了手機，但是這兩個人突然朝他飛奔過來，何時把手機放回袋裏，從塑膠袋裏拿出一瓶啤酒，用右手握住酒瓶的瓶嘴。一前一後兩人都拿出了一尺多長的牛肉刀，銳利的刀鋒在路燈下閃閃發光。

身後的人首先追上了何時，他一言不發舉刀刺來，何時在最後一刻向右移身避開刀鋒，同時向左轉身，張開拿著啤酒瓶的右臂，在襲擊者擦身而過時，對準他的頭打過去，迴轉的動能加上右臂的揮動全都打在這人的頭蓋骨上，啤酒瓶馬上爆破，啤酒泡沫和鮮血流滿了他的一身，也濺在何時的衣服上。在他倒地的同時，何時向前邁一大步，左手拿著裝啤酒的塑膠袋順著轉身的動作擊中揮刀從前面衝來的人，塑膠袋中的啤酒瓶擊中了他的胸部，來人只是停了一下，他對準何時正要舉刀砍下來時，就聽見他慘叫一聲，原來何時右手拿著的破啤酒瓶刺進了他的胃部，何時將酒瓶用力扭轉一下，跟著是更大聲的第二次慘叫，牛肉刀從手裏掉下來。坐在捷達車裏的偵查員提槍趕過來，何時叫他不要打電話給一一九，直接報告仇隊並維護現場，然後快跑回酒店直上三〇七號房。

爲了看電視轉播，江向榮在房間裏做好了準備。他新泡了兩杯茶，又把買來的花生打開裝在盤子裏。這時聽見有人敲門，他問：「是誰？」

「服務員，來換熱水的。」

江向榮的警覺馬上提高，因爲在十分鐘前熱水才換過的。他從門眼看見剛剛來過的服務員手裏拿著一個熱水瓶，低著頭站在門前，但是他也看見走廊上的燈將另一個人影投射在地上，他退後了一步，將腳下的拖鞋脫下，他喊說：「好嘞！我來開門。」

他用左手把門閂打開，右手緊握門把將門打開，果然另外還有一個黑衣人站在服務員身後，他一把抓住了服務員的衣領，用力將他拉進房間，後面的黑衣人手裏拿著牛肉刀衝了進來，江向榮的右手用力地把門關上，門板正好撞在他臉上，鼻梁骨馬上斷了，血流了滿臉。手裏的牛肉刀掉了下來，江向榮用他的赤腳跟著狠狠朝他的下體踢了一腳，黑衣人慘叫一聲，痛得眼淚都流出來了，他彎身雙手捂住了下體，江向榮上去朝他的後腦拍了一下，黑衣人馬上就昏倒在地上。站在旁邊的服務員看見這個剛剛拿著刀威脅他的黑衣人，在不到三十秒的時間就被打趴下來，嚇得全身發抖。江向榮掏出了警證說：「我是警察，別害怕。你以前見過這個人嗎？」

「沒有。」

何時跑回來時看見了一個人趴在地上，一個人抱著個熱水瓶全身發抖，江向榮手裏提著用手帕包著刀把的牛肉刀。他問：「小江，你沒事吧？這是我今晚看見的第三把牛肉刀。」

江向榮看見何時的衣服上有血跡，他驚訝地說：「何隊，這身上的血是怎麼回事？」

「大部分是啤酒，摻了一點另一個動刀人的血。不知道葛琴讓不讓咱們報銷這兩瓶酒，是防身武器嘛！」

仇泰安和齊建勇都趕來處理後事，他們認出襲擊何時及江向榮的三個人都是廈門黑道上的小混混，這次居然有膽子要殺害警察，可想而知後面的驅動力有多大。但是最讓他們擔心的是，廈門公安內部出現的嚴重問題。他們百思不解，何時他們來到廈門的事是怎麼洩漏的，白鷺灣酒店又是怎麼會被發現的。他們不僅感到事態嚴重，而且越想越恐怖。

雖然他們費了很大的力量不讓事件在媒體上曝光，但是第二天的報紙還是登出一則消息，說有黑社會流氓襲擊北京公安部特別專案組辦案人員。何時懷疑這是媒體探索新聞的能力，還是有人走漏消息。既然他們的行蹤曝光了，何時及江向榮在第二天就到廈門公安局刑警隊來做行動方案的最後討論。齊建勇把前一天何時交給他的兩張照片拿出來，他說：

「我查過了，這個不像漢族的人是叫熱則木日，是從新疆來的維吾爾人，在常強發逃亡前，只出現在強發貿易公司兩三次就沒再見過。這另外一人是我們本地人，他說話有很重的廈門口音。我們沒打聽出來他的名字，他也是出現了兩三次就沒再見過。」

何時說：「這兩個人先後都出現在廈門和美國洛城的強發貿易公司，他們很可能可以證明常強發到了美國後，還在延續著他的犯罪活動，如果你們再碰到這兩人，馬上扣押。」

這時仇泰安的手機響了，他看了一下顯示，上面是個不認得的固定電話，他按下接聽鍵說：「仇泰安，請問哪一位？」

他一聽到來電的聲音，馬上按住了手機小聲地說：「線人。」

他專心地聽對方說了一會兒後回答：「沒錯，他就坐在這裏，我讓他跟你說。」

仇泰安把手機交給何時，他說：「我是北京公安部特別專案組何時警官，請問貴姓大名。」

「別跟我耍花招，你明知我和姓仇的有約法三章，不問我的姓名是我們繼續來往的條件。」

「對不起，我一定遵守約定。請說，這次給我們什麼資訊？」

「昨晚來殺你們的人是這裏的黑社會，他們是被人買兇殺人。拿錢買他們的人叫劉治寬，是廈門閩海房地產公司的一個業務員。這個人並沒有大錢，他的背後有人在使喚他替他出錢，查出這幕後人，對你們的案子會有很大的幫助。」

「非常感謝你的資訊，我們一定會調查清楚。另外我還有些問題想問您，我們能不能見個面，時間、地點和見面方式都由您來定。」

「不行，目前還不行。」

「我們這次來廈門是保密的，但還是發生了昨晚的事，您也知道廈門公安局有內部問題，我是擔心有一天您也會像我一樣出門時被人襲擊。我是想和您談談您的安全問題。」

對方冷笑一聲說：「自身都難保，還爲我擔心，滿有自信心的嘛！你讓我想一想再跟你聯繫，把電話號碼給我。」

何時把他的手機號碼讀出後，對方就掛了電話。

何時把手機合上後還給仇泰安，他問說：「仇隊，你看這人會不會同意見面？」

仇泰安說：「不好說，我們連她做線人的目的都還沒弄清楚呢，更何況她的下一步棋，更不清楚了。」

仇泰安向齊建勇點點頭說：「小齊，你就把傢伙拿出來吧！何隊，昨晚發生的事是我們的疏忽大意，差點沒出大事，我們要檢討，同時也向你們賠禮道歉。我已經向袁部長彙報了，他指示要你們身上隨時帶傢伙。我們從軍械室外借了兩把警槍，你們帶上，離開廈門時再還給我們。」

何時說：「仇隊，您可千萬別這麼說，流氓混混小打小鬧的事哪裏沒有？昨晚的事反而又多給我們一個路子幫我們拿下要拿的人。手槍我們就留在身上了。需要簽個借條嗎？」

午餐過後，何時原定要去看看行動方案裏所定的現場，但是線人打電話來要求見面，雖然對這麼快就回電覺得有點奇怪，但是何時還是同意了。她要求何時在下午三點半到廈門郊區的集美市一家加油站隔壁的咖啡館，她會再打電話告訴他見面的地點。何時只能一個人去，如果她發現還有別人，或是有任何不遵守她和仇泰安之間的協定，她會馬上中斷聯繫。

爲了熟悉見面的地點，何時帶著江向榮在午飯後不久就出發了。他準備在兩點半到達現場，觀察半小時後由何時一個人在指定時間前三十分鐘進入咖啡館，進行詳細踩點。何時開了一輛廈門刑警隊爲他們安排的帕薩特銀色轎車，是一輛新車，車上還裝了衛星定位系統。他們出了刑警隊的大門不久就上了高速公路，何時不時地看反光鏡，江向榮正要回頭看的時候，何時說：

「別動，後面好像帶了尾巴，黑色大眾桑坦納，車號『廈D七二四九』，問齊建勇是不是他們的人。」

江向榮用手機和齊建勇通話後說：「齊隊說不是他們的。」

何時放鬆了腳踩著的油門，帕薩特慢下來，何時在反光鏡看著桑坦納打亮了信號燈，顯然是要換車道超車了，但是他還是放下了車窗，右手把槍從槍套裏拿出來握著。但是桑坦納很快地在左車道超過了他們。何時看到有兩個男人坐在前座，並沒有朝他們看。何時說：「這輛車從我們出了刑警隊大門時就跟上我們了，我還是覺得有點不對勁。」

「齊隊說他馬上查車子的來歷。」

就在這時，何時又在反光鏡裏看見另一輛桑坦納快速地從後面接近，原先超過他們在前面的桑坦納突然慢下來，兩車間的距離在快速的縮短，何時很鎮靜地說：

「小江，這是前後兩車的埋伏，向齊隊呼救吧！」

江向榮按了他手機的快撥鍵，然後呼叫：「這是特專組在一〇八號國道，向集美方向，七九號路標，有兩車埋伏，第二車爲『廈D五三九一』，請求立即支援。」

「小江，我馬上要做原地反轉，然後去撞後面的車，這車上有氣囊保護，但是你還是要抓緊了。」

十秒鐘後，何時突然將手剎車拉住，方向盤向右轉到底，汽車的兩個後輪鎖住了但是前輪向右轉，全車就以停住的後輪爲中心做了一百八十度的方向變更，方向盤在何時鬆開手後就快速地自動還原，然後何時將油門一腳踩到底，車子在不到五秒鐘的時間掉了頭，在原來的右車道上向相反的方向衝去。江向榮把握住的手槍保險打開。但是在要撞上的剎那，從後面來的車子換了車道，同時坐在駕駛座旁邊的人舉起了一支微型衝鋒槍對準了何時的車，何時大喊一聲：「臥倒！」

江向榮的手槍和衝鋒槍同時響了，何時看見迎面而來的大貨車，也聽見了它狂鳴的喇叭聲，何時將車開上路肩，向路旁的溝裏衝過去。就在要翻車時，何時又大喊一聲：「跳車！」

何時開了車門，打開安全帶，翻滾出了車門。他看見車身翻了兩次，四輪朝天的停住了。但是他沒看見江向榮，只看見第二輛車也翻在路邊，車輪還在旋轉著，但是不見任何人影。他又再度看看自己的車，才發現江向榮是被好幾個充了氣的氣囊掩蓋住了。他正要去把氣囊解開時，原先的第一輛桑坦納掉了頭開過來，停在公路的另一邊。前座的兩人一下車就朝著何時開槍，拿著微型衝鋒槍的人整整的把一個彈夾全打完，企圖掩護另外一個拿手槍的人接近。何時快速還擊，也將一彈夾的子彈打完，把兩個人壓制在他們的車邊。何時伏在地上爬到離他三公尺外的一塊大石後面。他換上一個新彈夾，將一發子彈推進槍膛。何時停止射擊後，車上下來的兩人分兩邊接近在路邊四輪朝天的車，車裏的江向榮沒有動靜，拿著衝鋒槍的人對著車子開槍掃射，何時朝他開了兩槍，分別擊中他的頭部和胸部，在他倒地之前，手還是扣著衝鋒槍的扳機。在一片槍聲中，另一個提著手槍的人沒有聽見擊中他夥伴的槍是哪裏來的，他正在往四處看的時候，何時從大石塊後面站起來說：「在找我嗎？」

他馬上要轉身開槍時，何時手上的槍響了，兩槍都是對準腹部，那是很疼痛的槍傷，但不會要命。衝鋒槍手的同夥扔下手槍兩手捂住肚子開始呻吟。何時上去一腳把他踹倒，拿出手拷把他拷上後，馬上將漲起來的氣囊解開，看見江向榮雙眼緊閉臉色蒼白，一點血色都沒有，他胸部中彈，血已經把衣服染成紅色了。何時摸他頸部血管，還有很弱的脈搏，何時小心地把江向榮拉出車來，傷口還在流血，何時把襯衫撕開，盡可能的把傷口堵住。他打開手機快撥後說：「仇隊，小江負傷了，救護車出來了嗎？」

「就在我後面，我看見你了，馬上會到。」

何時趴在江向榮的耳邊說：「小江，救護車馬上就到，你給我挺住了。」

江向榮在到達醫院急救室的手術台上兩個小時後，他短暫的生命走到了盡頭。除了何時、仇泰安和齊建勇外，還有好幾位廈門刑警隊的人在急救室外看著他走的。

仇泰安對何時說：「何隊，我也不知道該說什麼好，這事發生在我的管區，我好歹一定會給小江一個說法，何隊明白我的意思，就請轉告他家人，我要是不把幕後的人拿下，我誓不爲人。」

何時說：「仇隊，我和你一塊幹。要不是小江，今天躺在裏頭的是我，而不是他。」

仇泰安：「該打的電話我都打過了，袁部長認爲這事是衝著我們的行動方案來的，所以明天的行動一定要執行，他建議提早兩小時啓動。」

何時用電話向葛琴彙報了事情後就撥電話給柯莉娟：「小莉，江向榮犧牲了。」說完，何時的喉嚨便哽住了。

「是什麼時候的事？」

「就是剛剛在手術台上走的。」何時又說不出話了，柯莉娟問說：

「發生了什麼事？」

「我們中了埋伏，小江替我擋了子彈。」

「你受傷了？」

「我沒事，你去……」

柯莉娟吼了起來：「老何，給我說實話，在哪裏受傷了！」

「左膀子受點輕傷，給醫生看過了。」

「動手術了嗎？」

「是縫了四針，還給我吃了止痛藥。」

「沒吃抗生素嗎？」

「開了三天份的青黴素，每六小時吃一粒。」

「記住要多喝水。你總有一天會把我嚇死了。說吧，你要我幹什麼？」

「葛琴現在正去小江的父母家，我要你也馬上趕過去，老太太和老頭的任何要求都答應，知道嗎？然後你陪他們到廈門來。要注意老太太有心臟病，帶上你的醫藥箱。」

特別專案組在廈門的行動計畫，是要在廈門海關進行徹底的搜查，方案是以雷霆萬鈞之勢在全方位進行地毯式的搜查。早上九點二十分，有兩輛大型的旅遊巴士開到廈門海關門口停下，因為所有的車窗都被窗簾遮掩住，看不出裏面坐的什麼人。十分鐘後，廈門刑警隊的人車就在警笛聲和紅藍交叉閃亮著的車燈下呼嘯著開進了海關大院，兩輛大巴的車門開了後，有八十名全副武裝的特警將海關包圍。何時，仇泰安和齊建勇帶著一個特警小分隊衝進了關長辦公室，何時出示了檢查院的搜查證，請求配合。他將海關內部的播音系統打開，拿起了關長辦公桌上的麥克風宣佈：

「各位廈門海關同志，我是國家公安部特別專案組的副組長何時，我是來執行國家檢查院發出的對廈門海關進行搜查的任務，搜查的範圍包括你們的工作地點和居住場所。請各位留在自己的座位，並配合我們的工作。其次，我們也是來調查在不到二十四小時前發生的殺害公安部偵查員的案子，這是現行案，依法我們將拘留審查犯罪嫌疑人。」

他們完全是有備而來，先前在調查常強發的走私受賄案子中，刑警隊已經掌握了不少的資料，只是因爲保護傘太強無法下手，這次他們直截了當，找到要找的人，伸手就拿走要的文件。

一開始，他們用了敲山震虎的方法，當一個玻璃書櫃有上鎖，而去拿鑰匙的人動作慢了一點，齊建勇馬上叫人把玻璃打破，取出要的東西，碎玻璃散滿了一地。在一位科長的辦公室裏有兩個大木箱，用大鐵鎖鎖住。何時叫科長把它打開，科長說鑰匙在別人身上，何時從一個特警手裏拿過來一把衝鋒槍，一陣掃射就把鐵鎖打得稀爛。箱子裏除了有關於強發貿易公司案子的文件外，還有不少現鈔。何時馬上把他上了手銬帶走。

何時在搜查那位有百萬元存款的驗貨員時特別粗魯，把他放在辦公桌上和書架上的文件扔得一地。因爲和「有力人士」的特別關係，他平時仗勢欺人，沒人敢反對。這時他帶著一臉不屑的表情對何時說：

「何組長，請你注意，這些文件是爲北京的重要領導準備的，你要負責任的。」

「行，我一定注意。能不能告訴我這位重要領導是誰呀！也好讓我們開開眼界。」

「我想你的級別還不到吧？」

何時瞪著他說：「我是在查殺害公安的現行犯罪，你必須回答我的問題。」

「是嗎?我……」

他的手機響了，他聽了一會兒後滿臉漲得通紅說：「你們太過分了，怎麼可以搜查我的家呢？還把我的家人都趕出來了，告訴你，別以爲自己了不起，不去問問我是什麼人，我跟你沒完沒了。」

「第一，檢查院的搜查令包括了住家，第二，我們是在搜查殺人現行犯，我們是依法搜查犯罪嫌疑人的住所。」

「你憑什麼說我是嫌疑人？」

「這就是在查你的原因。」

有人走過來在何時耳邊說了一會兒話，何時露出了笑容：「有點意思，我問你，你一個海關的驗貨員，能說說你們家裏那一大筆現鈔是怎麼來的嗎？」

「不知道。」

「你不知道，可是你老媽說是你大舅子劉治寬交給你辦事的。」

「她年紀大了，她是胡說的。」

何時對著給他傳來資訊的人說：「把他的家封了，貼上封條。家人全送收容所。」

驗貨員這下急了，他說：「你們不能這麼做，我老媽心臟不好，這會要她老命的，我要告你們侵犯人權。」

何時突然暴發了：「你他媽的王八蛋，現在想起來你老媽的人權了，昨天槍殺我們公安幹警的時候，想到了他的人權嗎？你這個人渣是死定了。」

「你不能冤枉好人，我跟昨天的案子沒有關係。」

「那就等我查完了再告訴你。」

何時對身邊的刑警說：「銬起來，上腳鐐。把囚車開到對街，讓他慢慢地走過馬路，好讓人看看他的嘴臉。」

驗貨員被押走前，何時把他的手機扣下來，他對在場的海關人員說：

「各位同志，你們比我更清楚，這位同事是你們海關裏的特別關係戶，他在我們一到的時候就連續給北京打了三通電話，但是都沒有人接他的電話，他的家人也不斷地聯繫他們的保護人，但是我們還是抓了人也封了家。這很清楚地說明了中央對辦這案子的決心。這也是我們這次來辦案和以前的最大不同。你們都明白我們要的是什麼，如果你們主動交出來，我們會看成是配合辦案，也就不必去搜查你們的住所了，也不用去折騰你們的家人去住在收容所裏。但是，如果你們不採取主動，等我們搜查出來要找的東西，那情況就完全不同了。」

何時的這些話是這次行動中最有效的工具，在兩小時後他們離開海關時，帶走了滿滿一麵包車的文件，大部分是海關人員主動交出來的。不僅是文件本身的價值，而且日後可按圖索驥，徹底把常強發走私賄賂案子查清楚。這是個絕大的勝利，但是江向榮的犧牲將大家都蓋在陰影下，沒有心情去慶祝。

離開了海關後，何時馬上趕到公安局招待所，幫助葛琴和柯莉娟處理江向榮的後事和接待他父母親。何時將遺體火化，召開追悼會和身後定位的事和在上海及北京的領導溝通，取得了具體的承諾，讓江向榮的父母親心裏好受一點。等把老夫婦安頓好了，何時及柯莉娟回到白鷺灣酒店時已將過了十一點。一進了房間，何時就摟住了柯莉娟，他溫柔的說：「小莉，辛苦你了。」

柯莉娟緊緊地依偎在他的懷裏說：「辛苦我一點都不在乎，可是你這些打打殺殺的事叫我怎麼放心呢？你的手臂還痛嗎？」

何時先吻了一下老婆，再說：「沒事，膀子不疼了。這些小打小鬧的事沒什麼大不了的，別替我操心了。」

「都開槍了，還說是小打小鬧。你殺人了？」

「打死了一個，又打傷了一個。小江撂倒了兩個。」

柯莉娟重重地吻了何時的嘴唇後說：「老何，把衣服脫了。」

「我渾身臭汗，先去沖個涼。」

「不用了，馬上你就要流更多的汗。」

激情過後，兩個赤裸裸的身體還是緊緊地纏在一起。

「小莉，我現在終於明白了。」

「你明白了什麼？」

「爲什麼你老是說警察在開槍後要有性行爲。」

「當然是愛的一部分了。」

「真正的目的是檢查功能有沒有受損。要不然你爲什麼把所有的花招都使出來了。」

「什麼亂七八糟的，我問你，你不喜歡嗎？」

遊走在她身上的手停在乳房上，輕輕的揉著。

「當然是非常的爽啦！可是我也使出了混身解數來迎接挑戰，功能沒有受影響吧？」

「還算滿意吧！」

「說正經的，在北京我交了個新朋友。人家可是真有學問的，把袁華濤和鄭天來都說得一愣一愣的。我們很談得來，他是個特級知識份子，但是一點架子也沒有。」

「就是那個從美國來的陸海雲律師嗎？楊冰說人家請你去看了場球賽，送給你一個籃球，就朝人家一面倒了，要交你這個朋友也太容易了吧！輕一點，都快給你揉碎了。」

「楊冰是妒嫉我，我看她心裏也挺喜歡海雲的。」

「我看也是，在我面前就只說這個海雲，案子的事是一個字都不提。你看他們有戲唱嗎？楊冰說人家已經有個叫愛米的女朋友了。」

「我看得出來這個白人女律師愛米　很喜歡海雲，但是海雲跟我說他們是普通朋友，而他一定要娶一個中國女人做老婆。」

「叫你輕一點，可是別停呀！往下面一點。我們還得開導楊冰，要她開始談戀愛。」

「只要有個男人把她擺平了，一切都會正常的。當年你不也是這副怪裏怪氣的樣子嗎？等我上了你，把你擺平了，你就乖乖的，說什麼都行。」

「男人的自大狂又來了。」

「我們洗澡睡覺吧，明天還得早起送你們去機場。」

「不行，我還沒吃飽，你的汗還沒流完，我還想要繼續檢查功能。」

柯莉娟翻身把何時壓在身下，給他一個濕吻後開始行動。

「你想幹什麼？」

「我要把你擺平。輪到我要爽了，你的大頭不想，可是小頭已將準備好進入陣地，要開始戰鬥了。」

清涼的海風吹不散激情的升溫。

葛琴帶著三個經犯司的偵查員留在廈門，配合著何時，在仇泰安的刑警隊全力協助下展開了對文件的整理及分析，和對涉案海關人員的後續審問工作。當年常強發案件裏還隱蔽著的部分露出了水面，帶出來的是那張巨大保護傘的框架漸漸的變得清晰。所有人都感到事態的嚴重性，和國家所面臨的破壞。何時還告訴葛琴，他在這些文件和審訊的過程中有一個很強烈的感覺，那就是常強發雖然外逃出境，但是在廈門的犯罪活動還沒有中斷。他認爲目前的資料需要和洛城奧森律師事務所對常強發所做的調查對比。

在送走了柯莉娟和江向榮的父母親後，仇泰安和齊建勇告訴何時，初步的調查顯示，設下埋伏的四個殺手不是廈門本地人。他們和在此之前拿牛肉刀襲擊何時及江向榮的殺手是沒有關係的。這又給他們增加一個偵查的方向。但是無論如何的看常強發的案子，結論都有突破性的進展。消息傳到洛城的奧森律師事務所後，他們對控告常強發僞證的官司增加了很大的信心。這些都是使特別專案組感到對「線人」的期望已經不像開始的時候那麼強烈了。但是當何時接到線人打來的電話時，他還是同意見面，因爲他心裏還有一個疑團。

見面的地點是海景假日大酒店的七六五號房。何時在下午四點到達。他乘電梯到了八樓，在走廊走了一圈，把各個進出的地方都熟悉了一下，然後從樓梯下到六樓，同樣地走了一遍。最後再下到大廳，在櫃檯他向服務員出示了他的警證，要求將七六三，七六四，七六五，七六六和七六七五個房間的住客資料拿出來。這些房間都是和七六五號房相鄰或是對面的。服務員拿出了七六三和七六五兩個房客的資料夾，其他三間沒有客人。七六三號的客人是一對老夫婦，是來自西安旅遊團的團員，七六五號的房客是女性，名叫柳楊，年齡三十三歲，原籍是吉林省長春市，居住地是在集美鎮，現在已經是廈門市的一部分了。她是當天中午才進住的。何時在大廳巡視一番後找了一個沒人坐的沙發坐下來，繼續他的「踩點」。在四點三十分他才重坐電梯上了七樓，在走廊裏走了一圈後，來到了七六五號房間。按了電鈴就聽見屋內傳來：「誰？」

「我是何時。」

「請等一下。」

何時聽見打開門鎖的聲音，他向左右看了一下就拿出手槍握在手裏，房門一開，他就像是一陣風似的衝了進來，首先用槍抵住了來開門的人，然後用腳把房門關上。他很快地往門邊的洗手間看了一眼，就用槍把開門的人從進門的走廊推到房間裏面。房間的面積很大，有一張特大的床，一組會客的沙發和矮茶桌，一個辦公桌和五斗櫃，上面是個大電視，邊上是酒櫃和小冰箱。房間的一邊是個大落地窗和陽台，往外看還能看到碧藍的大海。何時對她說：「我需要搜你的身。」

她一言不發轉身面對著牆，將兩手高舉靠在牆上然後兩腿分開，何時把槍放回槍套，用兩手把她的全身上下摸了一次，摸到她的胸部和大腿之間時，她的全身抖了一下。何時把辦公桌下的椅子拿出來放在房間的正中央，他說：「請你坐在椅子上，兩手放在你的膝蓋上。」

何時這才頭一次看清楚了坐在他面前的女人，她除了有漂亮的臉蛋和好身材外，還有一股女人的韻味。穿的是緊身的黑長褲，淺藍色的襯衫，瓜子型的臉上薄施脂粉，長髮披下來快到肩膀上。何時正看她看得出神，她開口了：「全身都摸了，也看了，下一步你想幹什麼？」

何時有點臉紅，他說：「對不起，你和我們一般的線民很不一樣。」

「你是說幹線民的一定是又老又醜，穿得像要飯似的嗎？」

「當然不是。我們進入正題可以嗎？」

「我有選擇嗎？」

「我們第一次約了要見面，結果我沒來，你知道爲什麼嗎？」

「因爲在來見我的路上差點把命丟了。」

「完全正確。你是不是感到很驚訝，我還活著。」

「何警官，就打開天窗說亮話吧！你不就是要問我是不是和你們被人埋伏的事有關係。」

「有嗎？」

「如果有，我還會約你在這裏見面嗎？」

「當然會了，目的是轉移我們的視線，或是來完成殺手沒完成的任務。完全有可能。」

「是嗎？全身都讓你摸過了，沒有武器，我拿什麼殺你？把你掐死？還是用女人最原始的武器把你制服？」

「對不起，這是我們辦案子的規定，一定要問這些問題。請你別介意。」

「我明白，我要是真的介意，就不會在這裏和你見面，把所有的資料都留在櫃檯上。你是不是查過了？」

「是的，你的名字是柳楊，從吉林長春來的，家住集美。當然你現在一定換了住處。」

「是不是在酒店和附近已經布下了天羅地網，要把我拿下。」

「我是一個人來的，這是我們講好了的，我會遵守同意了的條件。」

柳楊盯著何時看，過了一陣子才輕聲地說：「何警官，謝謝你。」

「不用跟我客氣，是應該的。柳楊，請你看看這兩張照片，見過他們嗎？」

她指著其中的一個照片說：「這人有個怪名字叫熱則木日，是從新疆來的維吾爾人，另外的一個叫張正雄，是個台灣人。」

「他們和常強發集團是什關係？」

「這個我不很清楚。他們很少到公司來，也不知道他們的業務性質。我只見過他們幾次，每次常強發都很巴結他們。我覺得他們經常在境外。」

「那他們是如何跟強發公司在業務上聯繫呢？」

「很多人都不知道在深圳有一個強發集團公司，其實就是廈門的分公司。後來刑警隊來調查時，廈門的公司受了影響，有部分的業務就轉到深圳去了，尤其是大筆款子的專案都到那邊了。我相信和這兩個人有關的業務也去了南邊。」

「柳楊，有一個問題對我們很重要，是和你個人有關，如果你不想回答，我會理解。可以問嗎？」

「你問吧！」

「我們警察經常和提供資訊的人打交道，而這些人都有不同的目的。很多是爲了金錢，也有人是爲了個人報仇，當然還有的是爲了維護正義和法律。能告訴我你的動機嗎？」

「常強發強姦了我，他還殺了我的丈夫。」

何時突然站了起來，走到落地窗前望著大海，飛翔中的海鷗和一波又一波的浪花像是何時的思潮，一漲又一落。身後有人說：「何警官，我可以站一會兒嗎？」

何時回頭看見柳楊就站在身後，挨近的讓他聞到她身上散發出的女人味。

「當然可以。我有時在思考，社會上有如此兇惡的犯罪份子存在的原因是什麼？是我們警察無能，還是社會發展所必要付出的代價呢？」

柳楊不說話，只是看著何時。何時轉過身來面對著她說：「代價太大了，江向榮付出了他年輕的生命，你付出了一生的幸福，憑什麼常強發和他的保護人就能活著，我不服。」

「江向榮就是那位犧牲了的刑警，是吧？我很羨慕他，轟轟烈烈的走了。但是我的情況不同，常強發利用了我的弱點和錯誤，我才有了今天。」

「柳楊，恕我直言，我覺得你知道的資訊要比告訴我們的多得多，我們把常強發繩之以法也達到了你個人的目的，爲什麼你不走出來到明處，和我們合作，而我們也能好好的保護你。」

「我給何警官倒杯茶好嗎？我也有點渴了。」

「啊，對不起，我來倒，你先請坐。」

「何警官，這是我訂的房間，不要反客爲主，還是我來吧！」

「抱歉，對不起，我是該倒杯水給你的，是我在問你話嘛！結果還要被問的人自己倒水，不好意思。」

柳楊把一杯茶給了何時，自己也倒了一杯，然後笑著問：「我還需要坐回原來的椅子接受審問嗎？」

「抱歉，對不起，當然不需要了，那個椅子坐久了不舒服，來，坐在沙發上，我們喝完茶再談。還有，這不是審問，你不是嫌疑犯，你是替我們提供資訊，幫助我們破案的。」

「我一定是何警官認識的線民中最刁蠻的，每隔幾分鐘就要說聲對不起。」

「我剛來時，對你很粗暴，雖然那是我們警察的規定作法，但對你還是不公平。更何況你是來幫我們的。所以我覺得對不住，希望你能理解。」

「沒問題，下次出手輕一點就行了。」

「柳楊，對美女線人那是肯定的。」

「何警官，我的茶喝完了，我們再回到正題上吧！我知道你們要緝拿常強發歸案受審。而我是除了常強發之外，還要把他的後台也拉下來。」

「這和走出來與我們合作沒有衝突。」

「有的，因爲你們之中有內鬼。雖然你不會把線民曝光，但是按規矩要報告線民提供的資訊。這就是他們找到我的一條路。所以我對能給你們什麼資訊非常小心。今天，我只能告訴你三件事，第一，去追查深圳的分公司。第二，常強發集團仍舊在運作，並且滲透了警方。第三，埋伏你的殺手不是廈門的，他們還會再來，你要格外小心。」

「我明白了。柳楊，我很佩服你，你的日子過得很苦。」

「就是靠著置常強發於死地的信念在支撐著。我並不害怕有人追殺我，當你用槍指著我的時候，我想到的是常強發的人終於來了，所有的一切都將結束了。但是最苦的是孤獨。爲了保命，我斷絕了所有人的來往。我不會跟任何人有三句話以上的交談，我喜歡大海，但是我只能在這間酒店的房間裏看海。今天是我說話最多的日子，你是我丈夫死後唯一碰過我的男人。何警官，我可憐嗎？值得嗎？」

柳楊的眼睛含著淚水，何時遞給她一張面紙，她說：「謝謝，我可以問一個私人問題嗎？」

「當然，請問。」

「那天我在電視上看見你，是在送那位刑警骨灰回上海的鏡頭。裏頭有一個女警察在照顧那對老人，她是你的愛人，對嗎？」

「是的，她是在技術科工作。你怎麼會猜到的？」

「那副恩愛的樣子不用猜就明白。她好漂亮，有孩子嗎？」

「有一個兒子和一個女兒。」

柳楊笑著說：「原來你們警察也會做違反規定的事。」

「當然不會。他們是雙胞胎。」

「怎麼好事全讓你碰上了。」

「你也有孩子嗎？」

「沒有。」

兩個人都陷入自己的沉思，隔了一會兒，柳楊說：「我想你該走了。我想謝謝你，今天被你審問得很開心。」

「我尊重你對安全的考慮，堅持由你來主動聯絡。但是我們馬上要在美國的洛城啓動追緝常強發的行動，很可能有需要你的幫助，我們有主動和你聯絡的需要，因此我來提個建議，請你考慮。第一，你去設一個電郵帳號，讓我用電子郵件和你聯絡。第二，你去買一個手機晶片，每天在指定的時間開機半小時。但是主要內容還是由你用公共電話來聯繫。」

陸海雲搭乘從北京到哈爾濱的航班，比楊冰從上海來的航班要早到了二十分鐘，他取出了托運的行李後就沒出閘，他有點急著想見到楊冰。雖然幾天前在北京是第一次見面，但是卻有一份說不出的感覺。哈爾濱市機場取行李的地方不是很大，一共就只有三個行李轉盤。上海來的班機和另外兩個航班幾乎同時到達，一下子，取行李的地方就擠滿了旅客。等到陸海雲看見了楊冰時，她已經拿到了行李往外走，他趕快迎了上去：

「楊冰警官，我差一點兒沒認出你來。」

「啊！陸博士，一定是我變難看了才認不出來。」

陸海雲把楊冰伸出來的手緊緊地握住，關心的問：「一路辛苦了嗎？我是在找女警察，所以沒注意到白領的美女，還帶著一位青春亮麗的女大學生。」

馮丹娜走過來說：「楊姐，別老是握著人家的手，你不介紹一下，讓我認識啊！」

楊冰有點不好意思，臉都紅了，她說：「別急嘛！陸博士，讓我替你介紹，這是我的好同事，公安部經犯司的馮丹娜警官。小馮，這位就是與我們合作的奧森律師事務所資深大律師陸海雲博士。」

兩人熱烈握手後，陸海雲說：「楊冰警官今天加封我『資深大律師』，馮警官，是不是有人在說我是又老又肥的惡訟棍？」

馮丹娜說：「楊姐沒說起您的年歲和體型，倒是不斷說您是多麼的有才氣和能力。但是她一點都不提這位資深大律師還是如此的英俊瀟灑，看樣子她是想據爲己有，不給別人機會。」

楊冰說：「沒人跟你搶，全是你的。」

馮丹娜說：「現在裝得大方起來了，從北京回到上海後，每三句話裏就有一個陸海雲，我們都能感覺陸海雲是她口袋裏的一個寶貝，別人碰不得的。」

楊冰說：「你想要就全是你的，沒人和你爭。」

陸海雲說：「可憐的資深大律師，看樣子是沒人要了。不開玩笑，我們上哪裏去？」

楊冰說：「我們要先去航空公司把傢伙取出來。」

原來是何時在廈門遇襲後，袁華濤命令特專組的人外出辦案要槍不離身。楊冰和馮丹娜按規定在登機前把手槍交給了機組人員保管。出了機場，一行三人就上了黑龍江省公安廳特警隊的車子，他們先到賓館放下行李，馬上就來到公安廳和負責支援他們的分隊長開會，楊冰把行動計畫說明給大家聽，同時用電話向經犯司司長葛琴及公安部副部長袁華濤彙報了情況和聽取了最後的指示。在第二天上午十點鐘，兩部特警警車和一輛中巴把哈爾濱市的北疆銀行團團圍住，楊冰穿著剪裁合身的警服，手裏拿著對講機，後面跟著也是一身警服的馮丹娜，陸海雲和特警分隊隊長，在兩名手持衝鋒槍的特警開路下，快步地走進了總經理辦公室，外屋有一位年輕的女秘書馬上站了起來擋住在裏屋的門口，她大聲地說：「請問你們是來幹什麼的？你們有預約嗎？」

楊冰說：「執行公務，請讓開。」

女秘書還是再問：「你們需要先預約才可以見總經理。」

楊冰說：「馮警官，如果她不馬上讓開，立刻以妨礙公務罪行逮捕。」

馮丹娜說聲：「是！」之後馬上就把手銬亮出來了。女秘書雙腿一軟，靠邊退下。

楊冰推門走進總經理孫偉峰的辦公室，看見他正在看報喝茶，他滿臉驚訝，但是以很自信的語氣問：「有什麼事嗎？」

楊冰將檢察院的搜查令出示給他說：「你是孫偉峰總經理吧！我們是來執行公務的，搜查北疆銀行，請你馬上停止營業，配合我們。」

孫偉峰覺得有點奇怪，北疆銀行是以黑龍江省政府的資金所設立的，大家都把它看成是省政府的單位，而他更是有強有力的人脈關係，怎麼會有警察要來搜查，居然事先還沒有通知他。雖然這裏可能會有他沒想到的理由，但是銀行突然停止營業，即使非常短暫，也會影響很多客戶，說不定還會造成擠兌的現象。對一個銀行來說，這是最壞的情況。他臉上還是保持住原來的自信表情說：「我相信這一定是有誤會，我馬上和公安局溝通……」

這時一位年歲比較大的人急驚慌的衝進來說：「孫總，警察已經把我們封鎖了，客戶都趕走了。」

他是北疆銀行的副總經理馬紹昆，日常業務都是由他來負責打理。孫偉峰有點急了：「你打電話給公安局局長了嗎？」

馬紹昆回答：「我打了，但是局長根本不知道這事。」

孫偉峰感到事態嚴重，他收起了傲慢和自信的態度問楊冰：「請問您貴姓？是哪一個單位的？」

楊冰說：「我是國家公安部經濟犯罪司，特別專案組組長楊冰。我們是來調查任敬均捐款潛逃的案子。」

孫偉峰說：「這案子不是已經結案了嗎？」

楊冰說：「是嗎？那你們把被騙走的錢都還給被害的客戶了？太好了！」

孫偉峰說：「不，不，我不是這個意思。我是說幾個月之前，公安部已經有過一個專案組來調查過了，怎麼現在還要調查呢？」

楊冰說：「任敬均捐款潛逃是國家的重大要案，因金額巨大，已對國家造成了嚴重傷害，只要犯案人一天沒有被緝拿歸案，追回贓款，我們就一天不能結案。現在公安部從海外取得了新的證據，顯示北疆銀行並不完全是簡單的受害人，也有是共犯的可能，因此我們要重新調查。」

孫偉峰突然感到目前的事將有可能波及到他個人的命運，雖然他在北京也有強大的保護傘，但是目前的情況將造成對銀行業務的不利影響，這必須要制止。他擺出了銀行業務員表現顧客第一的笑容說：「是，是，我們是最理解這案子的重要性了，一定全力配合。」

楊冰的語氣絲毫不改地回答：「謝謝北疆銀行支持公安部的公務行動，現在馬上請顧客們離開，停止營業，將貴行的高層管理人員集中到會議室。」

孫偉峰這下慌了，他急著說：「楊警官，這麼做將會嚴重地影響我們客戶的心理安定，如果發生客戶擠兌的情況，你們要負法律責任的。」

楊冰說：「很好，我們也正想和北疆銀行討論被任敬均拐走的二十億的法律責任。」

孫偉峰開始渾身出冷汗，他聽見楊冰手中的對講機響了：

「二組呼叫一組，請回答。」

「我是一組，信號清楚，請講。」

「二組進入濱江支行現場，請指示行動，完畢。」

「驅逐顧客，封鎖現場，開始按計畫搜索。同時集中工作人員，開始審問。完畢。」

「二組明白。」

剛剛被嚇得兩腿發軟的女秘書走進來說：「孫總，您夫人來電話說，警察來搜查你們家了，該怎麼辦？」

孫偉峰對楊冰說：「你們是來查我們銀行的案子，這和我老婆孩子有什麼關係？」

楊冰回答說：「到目前爲止一點關係都沒有，所以搜查證上寫明了是搜查你的住宅，查找證據，你的家人如果沒有犯罪行爲，完全不用擔心，只要配合我們執行公務就行。」

按楊冰的要求，北疆銀行在大門貼了「暫停營業」的布告，將銀行的高層管理人員集中在會議室裏。楊冰坐在長方形會議桌的一邊，陸海雲和馮丹娜在她的兩邊，對面是坐著孫偉峰總經理，三個副總經理，再加上業務部、人事部、資訊技術部和總務部的經理。她宣佈：

「我是國家公安部的特別專案組組長楊冰警官，我們是來執行公務，我要求你們全力配合。這是國家檢察院發出的搜查證，指令我們對北疆銀行，及所屬單位和有關人員的住宅進行搜查。」

楊冰停了一下，她要讓在座的人將這資訊消化，想一想後果：

「我們的案子是要緝拿北疆銀行的前經理任敬均和追回他竊取的巨大款項。現在我們依法開始執行任務。目前我們還在了解情況和搜查證據，因為目標具體，如果各位配合，我們只需要一兩個小時就會結束，但是如果你們有任何的抗拒，那就不好說了，也許要一兩天，一兩個星期，甚至一兩個月，我們才能完成任務。那個時候性質就不是了解情況了，而是偵查審訊了。」

楊冰是赤裸裸的威脅他們，孫偉峰心裏明白，沒有最高當局的同意，公安人員不可能會有這麼強硬的態度。他聽見楊冰叫他：

「孫總，你在上次的調查時說，任敬均竊取了放在保險櫃裏的高層帳號密碼，有了它才能進行轉帳。請你說一下，他是如何將保險櫃打開的？」

「楊警官，我說過了，因為保險櫃沒有被破壞，所以他一定是拿到了保險櫃的鑰匙來打開的。」

「保險櫃的鑰匙是誰保管的？」

「是放在我身上。」

「任敬均是怎麼從你身上取得鑰匙的？」

「不清楚。」

「保險櫃還有一道號碼鎖，密碼是放在哪裏？」

「是由我們的電腦部門負責保管。」

楊冰很仔細地觀看著孫偉峰臉上的表情，然後再看看會議室裏的每一個人，有一位年輕人臉上的表情明顯地告訴楊冰他有話說，楊冰說：「請問那一位是負責這裏的電腦系統？」

那位年輕人舉起手來說：「是我。」

「請問貴姓？是哪一個部門的？」

「我叫英本德，是北疆資訊技術部經理。我們北疆，包括總行、分行和支行一共有三十五個保險櫃，所有的密碼都是存在一個文擋上，文檔是放在我們的獨立電腦裏，獨立電腦是不能聯網的，因此不會被駭客侵入。獨立電腦本身的密碼和這份文檔的密碼都是由我來保管，當然孫總也有一份副本。」

楊冰說：「是不是要取得這份文檔就只有兩個可能，一是上你們的獨立電腦，另一個當然是從孫總那裏了。」

英本德笑一笑說：「如果是想偷開保險櫃，那還有一道關口。因爲密碼文檔上只有保險櫃的代號和相對的號碼鎖的密碼，但是保險櫃所在地和它的代號又是寫在另一個紙版文件上，這份文件是存在中國銀行的保險箱裏，要北疆的董事長、總經理和一位執行董事同時出現在中國銀行才能開箱。但是我們還有一道保險，那就是號碼鎖密碼和變更時間這兩組資料是經常在變，它們的排列組合是由一個亂數據產生軟體來決定的。」

楊冰說：「這樣雖然將人的因素從安全問題中除去了，但是對你們銀行的正常工作不會有影響嗎？」

英本德說：「當然會的，所以當每次保險櫃的密碼改變時，保險櫃的負責人和北疆的總經理會馬上接到變更通知。」

楊冰說：「這些密碼多久更改一次？」

英本德說：「更改時間在軟體裏沒有上限，所以隨時可能更改，有時候在一天內就會改動兩三次。但是有下限，最長不會超過一個月就要改變一次。」

楊冰說：「換句話說，非常有可能在拿到保險櫃中的轉帳密碼後，它已經是過時而無用的，對嗎？」

英本德說：「沒錯，這就是我們設置安全程式的目的，否則要我們來幹什麼？」

他的語氣裏不但充滿了職業信心，而且更進一步地問：「楊警官，你們是來查濱江支行經理任敬均的案子，為什麼要問保險櫃裏轉帳密碼呢？」

楊冰開始感到有點驚訝，也許這是個新的發展，她問：「請解釋。」

「保險櫃裏的密碼是用來做日常進出款項用的，任敬均在替他的黑龍江農產品進出口公司買賣小麥時要用到轉帳密碼。但是要把二十億的鉅款轉到境外，任敬均的級別還不夠，同時這是需要董事會授權才行。這種大動作是和我們要收購另一家銀行或是出售一個子公司是同一個等級，只有轉帳密碼是沒門兒的。」

「請你說明一下，在正常情況下鉅額款項的轉帳是如何進行的？」

「董事會首先要有一個授權書，說明由哪一個帳號轉出多少金額到哪裏去，再給一個特別密碼，然後在北疆的高層監督下由我們來完成程式。這個密碼是一次性的，只能用一次。」

英本德所說的這些，在王克明的調查報告中完全沒有提起，楊冰感到任敬軍案子裏的疑點實在太多了，她繼續向英本德問話：「顯然，任敬均案子裏鉅款轉帳的事不是由你們資訊部做的，對嗎？」

「是的，我們是在兩周後才從報紙上看到濱江支行出事的報導。」

「那麼你不覺得這事很奇怪嗎？」

「不僅是奇怪，而且還很生氣，這麼大的鉅款轉帳，我們資訊部居然被蒙在鼓裏，太不爽了。我去問馬總是怎麼回事，他說連他都不知道。」

楊冰轉過來問孫偉峰：「孫總，這事怎麼解釋呢？根據你們北疆的鉅額轉帳規定，任敬均一個人是無法把二十億人民幣轉出到境外去，你認為是哪一個環節出了問題？」

孫偉峰回答：「這我就說不清楚了，上次公安部已經調查過了，你們應該清楚的。」

「是嗎？我認為問題環節是明擺著的。」

會議室裏安靜得連呼吸聲都聽得見，孫偉峰的臉色很難看，他一語不發，他很清楚唯有那張保護傘才能救他了。楊冰又開始問話：「英經理，在公安部對本案做的第一次調查裏，為什麼沒有把你今天的說明告訴專案組呢？」

「楊警官，在濱江支行出事後，您是第一位來找我談話的公安。」

楊冰轉過頭來和坐在身邊的馮丹娜互相看了一眼，兩位女公安幹警都在想一樣的事，那就是王克明不可能會如此糊塗，調查會如此的不專業，其中有鬼的可能太大了，但是楊冰馬上又聯想到她和王克明的過去和他們之間所發生的事，她的臉色變得很難看。陸海雲雖然從開始就一語不發，但是他聚精會神地注意中國的公安是如何在辦案子，這些對案子未來的發展是關鍵所在。他聽見楊冰又開始問了：

「英經理，案發後，你很不爽，有所行動嗎？」

「我去查看了一下我們系統的運行記錄，那文檔裏有北疆銀行內所有的電腦終端的轉帳記錄，但是發現了出事那天的記錄已經被人給洗掉了。」

「誰有權力做這事？」

「要有當天的高層密碼的人才能做。」

「英經理，在上次的調查中，你有沒有想到要主動將這些情況說給專案組呢？」

英本德看了副總經理馬紹昆一眼，發現他正在點頭，於是回答說：「我向分管我們的馬紹昆副總經理報告了情況，他說，情況不明，時機未到，要我按兵不動。」

「爲什麼你今天決定要將情況向我們說了呢？」

「剛剛來到會議室之前，馬總對我說，情況明朗，時機已到，所以我決定出兵了。」

除了孫偉峰，在場的人都笑了起來。一句話都還沒有說的陸海雲突然開口說：「精彩極了，楊警官，請允許我提一個問題。」

楊冰手指著陸海雲說：「我給大家介紹一下，這位是公安部在美國聘請的律師，陸海雲博士，他將協助我們緝拿任敬均歸案和追回贓款。陸博士，請問吧！」

陸海雲說：「謝謝楊警官。英經理，你說案發當天的銀行記錄檔案被人洗掉了，但是並沒說檔案內的資料也沒了，你們是不是還存有備份？根據我的理解，很多的資訊專業人員為了保護自己都會留一份備份的。」

「陸博士，你知道嗎？我如果據實回答，很可能會丟了我的工作。」

「如果情況是如此，你這句話就已會讓你丟了現在的工作，但是你在乎嗎？」

「看起來是瞞不過去了，北疆會不會把我炒了，我是不在乎。不把我們當回事，我也沒必要死皮賴臉留著不走。不錯，我是存了備份文檔，記錄顯示在出事那天是孫偉峰總經理將鉅款從北疆轉帳到香港的四家銀行裏的十二個帳號。」

孫偉峰正要站起來離開，但是不知什麼時候他身後站了一個特警，一把將他按了下來，他抗議：「我需要去廁所，內急。」

楊冰說：「你要是真的憋不住，就尿在褲子裏吧！從現在起，你是哪裏都不能去了。」

孫偉峰還是在掙扎，他說：「楊警官，你這是違反人權，我會投訴你，我在公安部也有人的。」

楊冰說：「你在非法將大筆老百姓的錢轉到境外時，想到他們的人權嗎？」

孫偉峰說：「電腦記錄只能說明是從我的電腦裏匯出去的，但是能證明那一定就是我幹的嗎？」

楊冰說：「那還不簡單嗎？把有轉帳密碼的人全找來一對質不就明白了。」

陸海雲插嘴說：「也許不需要這麼麻煩，有更直接的證據，英經理，你說是不是？」

英本德又抬起頭來看馬紹昆副總經理，陸海雲趕快接著說：「你看馬先生已經在點頭了，快說吧！」

在場的除了孫偉峰外都笑起來了，英本德說：「北疆和其他的銀行一樣，有二十四小時監控的監視器，它是由我們的保全部門負責，但是影像資料是先存在我們的系統裏，每個月下載一次到磁帶後由他們保管。在銀行運行記錄被洗掉後，我發現當天的監視器影像檔案也被洗掉了。律師猜對了，我也存了備份。從裏頭可以看到在那個時段坐在他的電腦前是他本人。」

全場鴉雀無聲，靜得連孫偉峰的呼吸聲都能聽見。楊冰說：「謝謝英經理，公安部會有正式的書面感謝函給你。銀行記錄文檔和監視器影像文檔都拷一份給我們，行嗎？」

英本德從大信封裏拿出一光碟推給對面的馮丹娜，他說：「這是馬總叫我準備的，他說時機來到時上繳。」

楊冰對孫偉峰說：「這就叫天網恢恢疏而不漏，孫偉峰，你被逮捕了。馮警官，銬上他。」

陸海雲看著英本德說：「我想到的是另外一句話，『十步之內必有芳草』。馮警官，我建議你帶孫總經理上次廁所，別侵犯了他尿尿的人權。」

北疆銀行的調查工作在孫偉峰總經理被逮捕後急轉直下，在銀行高層管理人員的全力配合下，專案組很快地取得了他們所要的資料和文件。這些發展讓陸海雲非常高興，他認爲任敬均這場官司是十拿九穩了。

經犯司從上海派了三個人來協助楊冰和馮丹娜整理調查資料並且做成文件，他們不僅是要滿足陸海雲打官司的要求，而且還要準備文件好將孫偉峰和他的犯案同夥移送檢察院起訴。

楊冰和陸海雲在一起工作了兩三天，這不僅讓他們原來就互有的好感增加了很多，也讓他們在專業上了解對方，楊冰深深地體會到陸海雲在法律程序上的一絲不苟，她告訴馮丹娜，陸海雲終有一天會成爲一個頂級的律師。馮丹娜沒有回應，但是用曖昧的眼光看了她一下。而陸海雲覺得楊冰這位女警察在剛毅中又有時表現出溫柔，唯一讓他不解的是她那份哀傷，雖然何時警官說了她和王克明的過去，但是陸海雲認爲男女相愛，當進一步的互相了解後就決定分手是常有的事，不應當會造成這麼深刻的打擊。他決定要進一步的認識楊冰。

第四章　捕捉愛情和罪犯

在離開哈爾濱市之前，楊冰和陸海雲決定去看看慕名已久的松花江上的太陽島。陸海雲在約定時間前就來到了酒店大廳，楊冰是準時到來，她的出現讓陸海雲眼睛一亮，她上身穿著緊身的背心，外面是一件薄薄的短外套，下身是合身的低腰牛仔褲，只要一舉手，一大段雪白的小蠻腰身和肚臍眼就露出來了，她的脖子上還圍著一條鮮豔的絲巾，讓那薄施脂粉和戴著耳環的美麗臉蛋顯得更爲光彩。楊冰臉上掛著燦爛的笑容先和陸海雲打招呼：「海雲，久等了？」

眼前出現的美女讓他愣了一下，但是更讓他驚訝的是，楊冰沒有叫他陸律師而是叫他的名字。在北京和哈爾濱相處的幾天裏，雖然主要都是爲了工作，但是在茶餘飯後的交談中，兩個人都有一份莫名的喜悅，感到兩人之間的距離在縮小。陸海雲每天早上醒來的第一件事就是想看到楊冰，當他提到，這是他頭一次來到中國的北方，希望在離開前能看看這北方的大城市，楊冰就一口答應說要帶他去太陽島逛一逛。陸海雲一直在懷疑他對楊冰發出的「愛慕」信號和暗示是否被她理解，聽到她叫他的名字，心裏直樂。他說：「沒有，沒有。女人有遲到打扮的權利，男人有等待的義務。警花也不例外嘛，等多久都是應該的。」

陸海雲目不轉睛地盯著楊冰看，看得她都開始有點臉紅了，她說：「我是怕在你們美國人面前丟臉才打扮了一下。」

陸海雲說：「美國人太笨了，沒聽懂你話裏的邏輯。」

楊冰這才明白她自己剛剛說的話會被解釋成另外的意思，她的臉更紅了，她小聲地說：「我不是那個意思，海雲，你就饒了我吧！」

兩個人聽見有人咳嗽了一聲，回頭看，原來是馮丹娜，她說：「冰姐，你幹了什麼壞事，臉漲得這麼紅，還要向人家求饒？」

楊冰說：「少管閒事。海雲，我們走！」

馮丹娜狡黠地笑：「冰姐，我不是來管你的事，我是來問你今晚要不要回來睡，如果不回來，我就要找一個哈爾濱的帥哥來陪我。」

楊冰瞪了她一眼，拉著陸海雲走了。

太陽島風景名勝區是坐落在哈爾濱市松花江的北岸，很多年前，島上盛產鯿花魚，在女真族裏，鯿花魚的發音是「太宜安」，所以太陽島當時就被稱為「太宜安」，久傳至今被稱為太陽島。早在三百多年前，清王朝將其做為水師營的駐地。二○世紀二十年代，隨著中東鐵路的建成，哈爾濱日漸發展成為水陸暢通的商埠重鎮。太陽島則成了外國僑民避暑度假的場所，許多歐式建築都是那時留下的。抗戰期間，民族英雄趙尚志、趙一曼等抗日聯盟將士，都在太陽島上從事過活動。

楊冰和陸海雲乘上汽船橫渡松花江，晴空萬里，碧水滔滔，江風送爽，兩岸的風光盡收眼底，兩人都覺得在連日的緊張工作後，心情輕鬆多了。在渡輪上拿到的小冊子上說：「太陽島風景區是以廣闊的草原和平緩坡地上的灌木林帶及河流縱橫，水量充沛的水域為主要資源的江漫灘濕地草原型風景名勝區。四季的季象變化十分明顯，春季山花爛漫，芳草萋萋，綠葉盈枝，鳥雀齊鳴。夏季綠柳如煙，繁花似錦，江天萬頃，白沙碧水，草木茂盛。秋季金葉覆徑，霜色正濃，遼闊草原似金色的海洋，霜天紅楓層林盡染。冬季飛雪輕舞，玉樹銀花，冰封大地、白雪皚皚，一派北國風光。萬籟俱唱、繁花盈野，花香四溢的秀麗景色構成了一幅獨具特色的北國風景畫卷。」

他們在太陽島公園的碼頭上岸，這裏是太陽島上文化和休閒的場所，有「水閣雲天」是採用現代園林造景手法，建成長廊、連廊、方閣三個部分。水面上二層方閣，有五十四個黑色大理石柱。據說公園裏的太陽湖是當時全哈爾濱市人民參加義務勞動挖出的人工湖，挖出的土方，堆積成了太陽山。後來還以太陽湖為中心，共修建相互貫通的五個湖。

楊冰和陸海雲沿著湖邊漫步，看見了姊妹橋、亭橋、白玉橋。湖邊的垂柳如絲、亭橋如畫，倒影湖中，形成「亭橋映柳」的秀麗景觀。雖然都是人工修造的，但是還是很美。他們決定要爬到太陽山上，山頂上有一個三角形的太陽亭是太陽山的最高建築，他們還看了在太陽山中修建的一處三疊瀑布，清白的水簾半山垂掛，鳴濺之聲遙遙可聞，這是人造的「清泉飛瀑」，雖然有些矯揉造作，但是對在都市生活的人來說還是滿可看的。

他們決定先去爬太陽山，山上綠蔭蔥郁，山花爛漫。太陽亭是全島的至高點，在太陽亭上憑欄遠眺，山下景色盡收眼底，湖光山色，相互輝映，渾然一體；避雨長廊的建築以白色為基調，歐式風格中透著莊嚴、淡雅之氣；鹿苑裏的設施都是純木製結構，古色古香。這裏養著已經馴化的鹿群，自由地奔跑、輕鬆地散步、悠閒地小憩，構成了一幅迷人的畫卷。

等他們下了太陽山時，兩個人都有點出汗了，於是走進山下的一間茶館叫了兩杯飲料。楊冰把身上的小外套脫下，她裏頭穿的是無袖的緊身背心襯衫，不僅是兩個雪白的臂膀而且連整個肩膀也全都露出來，更顯出了她誘人的身材，淡淡的體香抑或是秀髮的清香，隨著風隱隱飄過。陸海雲目不轉睛地盯著她看，楊冰有點不自在了，她說：「你和愛米．李在一起時，也是這麼盯著她看嗎？」

「如果她也這麼性感的話，我會的。」

「你們美國人不是認為盯著女孩子看是不禮貌的嗎？沒人教過你嗎？」

「當然有。」

「那你為什麼這樣盯著我看？」

「人性戰勝了禮教，沒聽說過情不自禁是人性的一部分嗎?」

「海雲，我爲什麼老是感覺我們是在法庭上針鋒相對呢?」

「是嗎?那我一定是在防衛對方的攻擊。」

「不愧爲大律師能言善辯，說不過你，我投降了。」

「你知道投降的後果嗎?」

「我都投降了，你還要怎麼樣?」

「你難道不知道戰勝者可以對投降者爲所欲爲嗎?」

「那說吧，你想怎麼樣?」

「保留權利，現在不說，在適當時再提出要求。」

「美國律師的陰險。」

「我要提出嚴重的抗議，請不要動不動就說我不是中國人，其實我對中國的傳統文化認識不會比一般的中國人差，不幸的是我出生在外國。」

「明白了，那我就把你當成中國人了。」

「那謝了。我還要告訴你，你在北疆銀行的審問非常精彩，我挺佩服你的。」

「謝謝你的誇獎，還算是順利。可是你聽到沒，何時他們在廈門就出事了。袁部長已經命令我們槍不離身。」

「你現在身上有槍?」

「是的，在我包裏。」

「在北京時，袁部長跟我把情況說了，還說你們的一位年輕的刑警也不幸犧牲。後來我打電話給何時，他還是很難過，說是出師不利，懷疑有常強發的集團在幕後操縱。你同意嗎?」

「我同意，老何說廈門海關和常強發還有藕斷絲連的關係，他們是要阻攔何時，不讓他把海關給端了。老何還說他很高興和你交了朋友。我看你們是相見恨晚。」

「不就是請他看了場ＮＢＡ的籃球賽和替他要了一個球員簽了名的籃球嗎！何時是個大球迷，聽說他也打得一手好球。」

「是啊！他是我們分局籃球隊的隊長。小莉，就是老何的老婆要找你算帳，說老何現在晚上睡覺都抱著那個籃球，都不理她了。」

陸海雲哈哈大笑，他說：「老何是糊塗了，此波非彼波，怎麼搞錯了？」

「你笑什麼？」

「你知道廣東人把球叫做『波』，這是取英文的Ball發音，打球太野蠻就叫『打毛波』。但是他們管女人的乳房也叫『波』，大乳房就叫『豪波』。何時準是糊塗了，把兩個波給混了。哈哈！你不覺得好笑嗎？」

楊冰也笑了：「你還真別說，在警校念書的時候，小莉就是以她那對大乳房迷倒了不少的男同學。」

「聽何時說，他的家庭生活很幸福美滿，有個好老婆讓他疼愛，還替他生了一對雙胞胎，真是有福氣。你們是不是都是警校的同學？何時說你在他們的婚事上幫了大忙，否則他連老婆都娶不到了。」

「是啊！小莉的父母原來不同意他們，我只不過是替老何說了些好話。主要還是小莉堅持，非何時不嫁，父母逼緊了她就要死要活的。所以他們開玩笑說我是他們的救命恩人。」

「我母親常說，救人一命勝造七級浮屠。」

「她信佛？」

「我想算是吧！但是不迷信，平常喜歡看點佛經，說話時帶點飄飄欲仙的禪意，一跟我們生氣就威脅說要出家去當尼姑。」

「是不是當媽媽的都是這樣？有時我母親也會去廟裏燒香拜佛，去求菩薩保佑我，跟我生氣時也會說要去當尼姑。」

「所以說天下父母一般心。那你會不會求她不要去？」

「我會提醒她別走錯地方。」

「什麼意思？」

「我媽有時會迷糊，會走到道觀裏去，等燒了香才發現是拜了太上老君而不是菩薩。」

「那你不是在氣她嗎？小心點，我媽說世上有輪迴報應，我們要是不孝，我們的孩子也會對我們不孝。」

「我媽也這麼威脅我，但是不管用了，我這輩子不會結婚了，想孩子的時候就把小莉的雙胞胎借來玩玩。」

陸海雲不說話，等了一陣子才自言自語地說：「這個世界好不公平。」

楊冰和陸海雲都沉默不語，最後還是楊冰開口說：「葛琴說你在北京把上法庭打官司所需要的證人證物的後勤事情都安排好了，她說鄭天來一直在誇獎你，說你好聰明能幹又有學問。」

「我和鄭主任滿談得來的。記得袁部長請我們吃飯時，我說到白貓黑貓和摸石頭的時代，他特別喜歡談這些國家大事。」

「那你們又談了些什麼國家大事？」

「我們談得最多的是貧富差距和民主的問題。想聽聽我的意見嗎？」

「當然了。」

「那你就聽聽我的意見，當作參考了。當今的全球經濟在美國主導下，大資本家主控了生產及服務零售等行業。過去中產階級所賴以生存的小企業和小店主已無法存在。美國所謂的一切依『市場』決定的背後隱形操作力量是資本家的壟斷權力。它也成了誘發全球投機和不均衡發展的推手。美國債務帝國的模式，可以歸納成國際與國內雙赤字，以低利率及富人減稅來吸引全球資金流入其本國及國際股市和房市，由此而來造成資金帶動的投機潮及城鄉不均衡發展擴大，及次級房貸的債務危機所引發的全球金融市場崩潰。發展中國家的財經決策日益傾向於為資本家服務，都市建設的投入增加，都市房價與生活費用日益增高。」

楊冰插嘴進來：「這幾年來，我們公安機關介入的案子中，與經濟發展有關的案子是增加得最快的。其實我們經濟犯罪司的工作量是最能反映出你說的情況。對不起，我打斷了你要說的，請繼續吧！」

陸海雲接著說：「非常正確，公安單位會是首先感到城市和鄉村不平衡經濟發展所帶來的負面影響。你一定知道近年來莫斯科成了全球生活費用最昂貴的城市，印度的孟買，中國的上海，土耳其的伊斯坦堡，都有房價和物價在騰飛的情況。發展中國家由於親資本政策，使城市和鄉村之間的人口和結構造成愈來愈嚴重的貧富不均。中國沿海城市是在飛越的發展，而占了人口百分之六十的農村則無論在教育、醫療、或者收入等方面的水準皆偏低到令人觸目驚心的地步。」

楊冰又插嘴說：「對不起，我又要打斷你的話。在過去的一年裏，有好幾起案件是企業和農村的工人發生衝突，警方往往會鎮壓或是驅散工人們，因為工人們有違法行為。但是事件的根源是來自富人和窮人的矛盾。」

「所以這說明了中國的改革開放在已有一定成效後，應進入有自我主體認知，更符合自己多數國民利益的財經與內政政策思維與設計模式，否則即失去了公平與正義。更值得注意的是由於美元持續貶值，中國老百姓辛辛苦苦賺來的外匯都不見了。這是美國在對全球進行通貨膨脹輸出，對中國成為嚴峻的考驗。」

「海雲，我很佩服你能把很複雜的經濟問題用深入簡出的方法解釋得很清楚。怪不得鄭天來告訴葛琴，要她請你來給我們經犯司的人上課。」

「我可沒這個本事，這些都是我這門外漢不成熟的看法。」

「別在我面前做謙虛狀了。我還想聽你跟鄭天來談的另外一件國家大事。」

「我們又談了一個比較敏感的民主問題。現在西方的民主已被『秘思化』了。它在某些新興國家裏，成了一個困擾或動亂的新根源。到了最近則又成爲強權顛覆式的『顏色革命』口號。所有『顏色革命』的國家從烏克蘭、格魯吉亞到吉爾吉斯，他們的國家形勢更趨惡化。這也顯示出對民主問題，要有更多細密的歷史反思。其實，民主的社會價值上，有掩飾黑暗面的趨勢，例如爲了輸出民主而發動戰爭或是對外擴張，甚至煽動仇恨與排外。這也是我們討論民主問題時，不能不注意的歷史和現實的課題。」

「說真的，海雲，你應該跟我們的年輕人講講你對這問題的看法，我相信你有很大的說服力。你看，我不就被你說得一愣一愣的嗎？」

「是嗎？其實我最大的興趣是中國歷史，尤其是野史和民間的傳說，我覺得那最能代表當時的社會，更何況其中還有不少感人的故事。所以當鄭天來說要帶我逛老北京時，我選擇了法源寺和八大胡同。」

「這兩個地方我都聽說過也看過文字的記載，但是沒去過。法源寺當然是歷史上的著名古老寺院，但是八大胡同不就是給性饑渴男人發洩的紅燈區嗎？」

「楊大警官有所不知，這兩個地方都有不少傳奇的故事。就說法源寺，它是建在一千三百多年前佛教最盛的唐朝時代，當時的政治和宗教中心是在長安，不在北京，所以法源寺不是以佛事著稱，多年來是以它寺院內的樹木而有名。寺院內有蒼松翠柏、銀杏，以及乾隆皇帝種植的兩株西府海棠和上百株的丁香樹。我父母親都喜歡種花木，是他們建議我要去看法源寺的。」

「八大胡同是誰建議的呢？不會是你的父母了吧！」

「完全是我自己的主意。我是想看看爲什麼有那麼多的文人雅士放著家裏的美麗嬌妻和小妾不顧，要到這八個巷子裏尋找激情，還有的是來孕育驚天地泣鬼神的行動。但是等鄭天來帶我去實地考察和深入的講解後就很失望了。原來北京的胡同多如牛毛，獨獨八大胡同聞名中外。因爲當年，這裏曾是花街柳巷的代名詞。『八大胡同』在西珠市口大街以北、鐵樹斜街以南，由西往東依次爲；百順胡同，胭脂胡同，韓家潭，陝西巷，石頭胡同，王廣福斜街，朱家胡同，李紗帽胡同。這裏的女人和她們的男人欲醉欲仙的互相折騰得死去活來，然後男人們才拖著疲倦的身體出發去幹那驚天動地的事。當年陝西巷內的怡香院就是清末名妓賽金花的香閨所在地，她是在這裏將八國聯軍的統帥，一位德國將軍擺平了。」

「你對古代的紅燈區有什麼感想？」

「挺令我失望的，因爲風流最終總被雨打風吹而去。昔日紅粉飄香的傳奇被淡忘，而發生在那裏的人間悲劇成了社會問題和現象，並且以不同的方式和形式在當前的社會裏延續著。當年的煙花柳巷早已成爲歷史遺跡，但是斑斑點點的角落仍在老老實實洩露出它的過去，當陽光穿過那幾百年仍揮之不去的煙塵，照亮了這些老房子，雖然老屋不語，但是曾在這些屋中收了男人的錢，被男人蹂躪過的孤鬼遊魂卻有道不盡的滄桑。青樓的歷史是一段深刻的歷史，但也從一個角度反映了老北京的過去。值得慶幸的是，由於八大胡同的老房子太多，改造起來很困難，所以京城危房改造還沒有涉足到那裏，它在滿街大興土木的時候，得以保留。楊警官，我的首都紅燈區探險記報告完畢。」

「愛米說，你是個生活在矛盾世界裏的人，你會全力以赴在法庭上爲犯罪人脫罪，但是你又會努力地去維護社會的公平和正義。我能感到你對八大胡同就有矛盾的感受。一方面你渴望著那裏有男女的激情，但是同時也爲在那裏的人間悲劇動容。這和我們警察的工作很相似，許多的犯罪份子也曾是受害者，警察有時會在同時對同一個人憎恨和同情。」

「有時是挺不容易的，會造成你的人格分裂。楊冰，你要是休息夠了，我們就再繼續逛下去。」

公園的小冊子上寫道，太陽島不僅是夏季避暑勝地，更是冬季冰雪旅遊的樂園。每年在冰封雪飄的隆冬時節，這裏銀粧素裹，玉樹瓊枝，好一派北國風光。人們到太陽島上打雪橇，乘冰帆，堆雪人，坐馬拉扒犁等，冰雪遊樂活動十分豐富。聞名遐邇的哈爾濱雪雕、雪塑，人們一定聽說過。哈爾濱一年一度的雪雕遊園會就是在太陽島舉辦的。由於島上空氣清新，污染少，雪質好，一到冬季，一座座造型各異的雪塑製品，競相展現在遊人面前，給島上的冬季增添了無限生機。哈爾濱市已經成功舉辦了十餘屆雪雕遊園會，國際雪雕比賽也在這裏舉辦過。

楊冰和陸海雲按著小冊子上的建議遊覽，走上了又長又寬的景觀大道，兩側由上千株柳樹和好幾萬株水臘與偃伏萊木構成了一個廣大的綠化帶，情韻各異、美侖美奐的園林小品巧妙地融入其中。一個巨大無比的天然太陽石，巍然聳立在太陽島上，它是太陽島的標誌。他們還參觀了東三省最具規模的花卉基地，裏頭共栽種有上萬株花卉；在冰雪藝術館裏，他們看到上百件的冰景，這是目前世界上規模最大的室內冰雪藝術場館，塡補了哈爾濱三季看不到冰雪的空白。室外夏日炎炎，室內冰天雪地，堪稱北國一大奇觀。走過了荷花湖，荷花方舒，菡萏初綻，一幅「接天蓮葉無窮碧，映日荷花別樣紅」的景色令人陶醉。附近的太陽湖上可看見紅頭鵝、灰雁、野鴨等不同的野生禽鳥在湖中暢遊、嬉戲。

當楊冰和陸海雲走完了這些景點時，已經過了中午，兩人都有點餓了，他們走進一個小廣場，那裏有速食的外賣店，楊冰買了份肯德基炸雞，陸海雲要了份麥當勞漢堡，又買了兩瓶礦泉水。附近有個人少的大草坪，他們選了個野餐桌就吃起來了。楊冰首先說：「你不介意我選了貴國的垃圾食物吧？我從小就喜歡吃炸雞，可是我媽就不許我吃，說臉上會長痘痘。」

「這一點很重要，如果有一天你去美國生活，你就不會不習慣了。」

楊冰的臉上出現了神秘的笑容，她說：「爲什麼你覺得我會去美國生活?」

「誰也說不準未來會發生的事，你說是不是?更何況你曾經在美國念過書，拿過博士學位，你對美國的文化和生活方式有一定的了解。」

「海雲，你不說實話。安德生教授來電郵跟我說你和他通過電話，他是不是把我要去美國的事告訴你了？」

「他告訴我說，他接受了史丹佛大學的教席，要去它的法學院當教授，同時他也剛拿到一個研究專案，希望你能過去幫他。他認爲你在大學裏工作比當警察更合適，會是個優秀的教授。你會接受他的邀請嗎？」

「我已經答應了，老何沒告訴你嗎？我在公安部的日子只剩下三個月了。」

「他說了。這也是我想找你談談的理由。我們的案子在三個月內不一定能結束，官司是會打完，但是緝拿罪犯和追回贓款可能會費些時日的。如果你走了，我們該怎麼辦？」

「你的愛米小姐不是說過了嗎，我們中國有十三億人口，強者能人多的是，一定會找到比我更有能力的人。」

「你一定知道案子成敗的關鍵在於辦案隊伍，你半途而廢拋棄了我們，大大的增加了我們失敗的可能，你不覺得對我們很不公平嗎？」

「這將是我一生的遺憾。我不知道老何是怎麼跟你說的，但是在你開始恨我之前，能不能聽我說說我自己的故事和我的感受呢？」

就在這風和日麗的哈爾濱太陽島上，楊冰第一次將她的身世和感受娓娓地說出來，開始時是心平氣和的說，但是等講完時已是淚流滿面，桌子上除了兩人午餐的紙袋外，還有一堆被淚水弄濕了的衛生紙。陸海雲沒有說話，他只是看著楊冰。也就是在一片風聲和鳥鳴聲中，楊冰心中洶湧的情緒才慢慢地平靜下來。每當她將心裏的話說給別人聽後，別人都會對她有看法和意見。她很感激陸海雲的體貼，沒有對她的感受做任何的評論。陸海雲伸手握住了楊冰的手，她掙扎著要抽回來，但是陸海雲緊緊地握住不放，楊冰說：「海雲，我可要把話說在前面，別跟我掙扎，我身上有功夫，我如果本能的反應會出手傷人的。」

「我知道，老何跟我說了，你是如何把一個男人打得趴在地上。」

「果然，好事不出門，壞事傳千里。老何沒說嗎？那個男人就是我的前任未婚夫。你還敢碰我嗎？」

「沒問題，我這人的原則是只做老公，決不當未婚夫。更何況『牡丹花下死，做鬼也風流』，值得。」

「海雲，你把別人的悲哀拿來當笑話，是不是太殘忍了。」

「對不起，我不是有意的，我就是有嘴上不饒人的壞習慣。你千萬別往心裏去。」

「沒關係，我也知道我自己變得很敏感，神經兮兮的，所以我都不太敢和別人說話了。海雲，你知道嗎？現在是我一生中最孤獨的時候，也許因爲你是外人，也許是你開朗的個性，我才鼓起勇氣把壓在心裏的話都吐出來了，你是第一個聽到的，不會介意吧？」

陸海雲還是沒鬆開緊握楊冰的手，反而捧起來輕輕地吻了一下，這次楊冰不掙扎了。他說：「楊冰，我們第一次見面是三年前在俄亥俄州立大學，第二次見面是好幾天之前在北京，你真的一點都沒感覺到我渴望跟你做朋友嗎？我真的那麼差勁嗎？」

「我還不至於那麼遲鈍吧！可是我的情況是這麼的糟糕，我只能把一切的感覺都深深的埋住，不敢跟任何人說。海雲，你知道嗎？雖然爸爸很早就離開了我們，但是我從來沒有感到失去父親的孤獨，母親給了我所有的溫暖，我有個很快樂的童年，到後來的求學，工作，甚至是到國外留學都是一帆風順。但是就在這短短的時間裏，這一切都被我給毀了。海雲，你說，我這人是不是活著就會給人帶來痛苦？所以我都想過我是不是不應該存在這世上。」

說著說著，楊冰又開始流淚，陸海雲感到問題嚴重了，他說：「楊冰，你聽我說，像你說的我是個外人，很多事的背景和社會原因我都不明白，因此我不能對你的事做任何的批評，但是我想把我的看法，一個外人的看法跟你說，就算是參考意見吧！可不許生氣。我認爲你的故事有兩個關鍵點，第一，整個事件裏只有一個錯誤，那就是你決定要嫁給王克明。連袁華濤和你母親的一夜情都不是個錯誤。想想看，他們是那麼年輕，渾身充滿著荷爾蒙，在那排山倒海的愛情巨浪下，那是必然的結果，只要是有人性的人，都會理解。第二，這裏除了王克明，所有的人都是善良的，就連背叛了你的老同學趙思霞在本質上都是善良的。他們都是呵護你的人。當然其中最偉大的是你父親，他能克服傳統觀念，繼續深愛曾經背叛過他的妻子，還能愛屋及烏，把你當成親生女兒。在此同時，袁華濤用他自己的方式在關心著他的女兒。最後還有一位我認爲是很偉大的女性，她可以在新婚的前一天，將自己的初夜給了她心愛的人。在有了你之後，更是不逃避，反而勇敢的面對現實和後果，把對袁華濤的愛埋在內心深處，然後義無反顧地爲她的丈夫和孩子營造個溫暖的家，一個充滿了愛的家，讓她的丈夫過著正常的生活，更讓你有個美好的童年和成長的過程。楊冰，我認爲你是得天獨厚，有一群愛你和關心你的人圍繞著你，而你卻將它破壞了。」

楊冰聚精會神地聽著，但卻哭得更厲害了，她說：「我是傻還是壞，爲什麼我要去破壞這麼美好的一個家呢？現在我活得人不像人，鬼不像鬼，所有的人都在恨我，海雲，你知道嗎？以前溫暖如春的家現在成了北極，冷得能把人的話都凍住。現在我媽跟我是一句話都沒有了。海雲，我該怎麼辦呀？」

陸海雲接著說：「別急，你別哭了，快把眼淚擦乾。等我說完，保證你能看到前面的光明。」

他把一張衛生紙遞給楊冰，她拿過來掩住鼻子，擤了一大把鼻涕出來，他笑著說：「各種水量還真是挺豐富的。」

楊冰忍不住破涕爲笑：「看人家難受，你就開心，太會幸災樂禍了。」

「抱歉，我不是這個意思。我是想看你笑一下，多美啊！」

楊冰低著頭，臉都有點紅了，她說：「不許看我，快說呀！」

「袁華濤和你母親之間的愛情火焰這麼多年來一直沒有熄滅，這也是你母親多年守寡，不再談論婚嫁的原因。因爲她心裏存著一絲的希望，她盼望有一天能和她心愛的人，也是她女兒的生父重新相聚，圓了她守護了一生的愛情的夢。楊冰，你見過比你母親對愛情更執著的人嗎？二十多年了，他們之間的愛情還在燃燒著，這是一個典型的賺人眼淚的偉大愛情故事。在他們的女兒長大成人以及袁華濤的妻子因病去世後，那份刻骨銘心的思念終於出現了圓夢的希望，但是就在這時候，這苦等了二十多年的希望卻被人一棒子打得粉碎。出手的不是別人，是他們的女兒，她還揮舞著一面公安烈士的神聖大旗，使她和袁華濤毫無還手的餘地。楊冰，你不許哭，好好地聽我把話說完。」

「我沒想到自己是這麼惡毒的人。」

「我們說好了，不可以情緒化，如果你是個惡毒的人，你也不可能有這麼多關心你的朋友，我也不會坐在這裏和你說話了。我們平心靜氣地將你的情況分析一下，再想好你的下一步該怎麼辦，好不好？」

楊冰沒想到一個從太平洋彼岸來的人，會在她人生裏最困難時期帶給她這麼大的溫暖，她深深地看著陸海雲，她還被握著的手此時緊緊地反握回去。

陸海雲又開始說了：「我先說你，因爲所有的悲哀都是因著你的錯誤觀念帶來的。你認爲對袁華濤的認同就等於對你父親的背叛和不敬，其實你錯了，一個能夠拋棄了所有的世俗觀念而去接受並且深愛一個自己妻子和別人生的孩子的人，一定是有非凡情操的人，他會不滿你和生身的父親建立父女關係嗎？何況你的生父還是曾和他一起出生入死的戰友，彼此的身體裏都流著對方的血液。楊冰，我問你，你怎麼知道如果你父親要把你託付給別人，他不會選擇袁華濤呢？他最清楚袁部長是唯一能像他一樣愛護你的人。你父親是個了不起的警察，但他是個更偉大的男人和父親。楊冰，你不能用世俗的眼光小看了他。楊冰，我們說好了，不許哭，怎麼又要掉眼淚了？」

「對不起，我是在爲我自己難過，我不哭了。」

「這就對了。我再來說你的母親，她一定是個感情豐富的人，她愛上了兩個男人，她嫁給其中的一個，但是又和另一個生了孩子。由於你父親對妻子的深愛，他不僅原諒了你母親更接受了你，就是這樣，你母親沒有被當時的社會指責成壞女人，讓她能在犯下那麼大的錯誤後還能過著正常的生活，這在當時的社會裏是匪夷所思的。你母親對你父親懷著的不僅是愛情，還有更重要的是一份感恩和對你的歉意。她擔心她的再婚會被你看成是要把你遺棄了，所以才堅持要你去認生父。但是當你祭起烈士的大旗，一棒子把你母親在心裏深藏多年的愛情打得粉碎時，她以爲這都是因爲她做了壞女人的後果。楊冰，你說母親對你不理不睬，家裏冷得像北極，她是在生你的氣呢？還是在懲罰自己？她失去思念一生的愛情，深愛著的男人再也不會回來了，她一無所有，剩下的只有你一個女兒，如果你再不理解她，她會想不開的。」

楊冰的臉色變得很蒼白，渾身開始顫抖，她轉過身來一把抱住了陸海雲，再也控制不住，痛哭失聲：「海雲，我怎麼辦啊？我把所有的人都毀了，我犯了不可饒恕的大錯，救救我吧！」

陸海雲緊緊地摟住楊冰，輕輕地撫摸著她柔軟的頭髮。楊冰的頭埋在陸海雲的胸膛上不停地抽泣著，清雅的體香和柔軟的酥胸刺激著陸海雲的感官。經過的公園遊客們都把他們當成了熱戀中的情侶在擁抱，有人吹起羨慕的口哨。過了好一陣子，楊冰停止了哭泣，但她還是緊抱著陸海雲，又過了一會兒，楊冰突然說：「你一定要相信我，這一切發生的事，我都不是故意的，都是我一時糊塗了。」

「當然了，你怎麼會故意傷害你母親呢？更何況你們的感情又是那麼親密。你想想看，當你母親要你去認生父時，正常的做法應該是要他們先結婚，成了一家人，相處了一陣子後，很自然地會認祖歸宗的，那時候不就皆大歡喜了嗎？你之所以沒有這樣，是因爲你剛剛結束了一段不愉快的婚姻，也許是憤怒和無奈的痛苦情緒將你對人的看法扭曲了，在你的心目中，只剩下了你父親的英雄事蹟和對他無限的思念。這一切都讓你無法正常的思考問題。不管怎麼樣，別再難過了，我不是事先聲明了嗎？這是我個人的看法，不一定全對。但是有一點我是確定的，就是你的母親不是在生你的氣，這是定律，錯不了。」

楊冰把頭從陸海雲的胸膛上抬起來，兩眼看著他說：「海雲，我很感激你。」

在這麼近的距離，陸海雲清楚地看見了一對細長卻濃黑的眉毛，底下是一對閃著淚光的大眼睛，端正的鼻子下面是一張非常誘人的嘴唇，它微微的張開，露出了雪白的牙齒。陸海雲可以感到她吐氣如蘭的呼吸，和壓在他胸膛上起伏的乳房。他用了最大的自我克制，才沒有俯下身去吻就在他嘴邊的紅唇。陸海雲閉上了眼睛，傾聽著從太陽山吹來的風聲和楊冰的呼吸聲，中間也聽到了一聲輕輕的歎息。就這樣，兩個人緊緊地擁抱著，他們不僅是在交換著體溫，也在交換著彼此愛慕的心。隔了很久後，楊冰終於開口了：

「海雲，輕一點好嗎？我都快不能呼吸了。」

陸海雲把楊冰鬆開了後說：「我可是一直屏住呼吸的，沒看見我的嘴唇都發紫了？」

「我跟你說正經的，你聽見我說了感激你嗎？」

「聽見了，有什麼用？你還是要把我們遺棄了。」

「不是我要遺棄你們，是我沒法在別人面前生活。看見我的人，第一件事就是想到我和王克明。他們不會在我面前說三道四，卻會在我背後把我和他永遠的連在一起。」

「楊冰，你又錯了，你的專業成就，你的爲人都和你的婚姻是兩碼事。不錯，大家會對你失敗的婚姻，甚至在感情上犯的錯誤表示惋惜。但是對你在事業上的成就還是會很讚賞的。認識你的人都明白，不認識你的人，等認識了以後也會明白的。每一個人在一生裏都會犯錯誤，其中最大的錯誤就是無理的追求一切的完美。」

「到底是幹律師的，黑的也會被你說成白的了。」

「那當然，否則我怎麼混飯吃啊？」

「海雲，你真的要我一塊把案子辦完嗎？」

「我是說真心話，你如果有困難，就由我們奧森律師事務所聘請你也行。」

「不行，要是那樣，我就真成了遺棄經犯司了。葛琴一直要我留下來，安德生教授也說我到史丹佛大學的日子可以由我來定，所以只要你不嫌我，其實我是很想參與這案子的。可是你別忘了，我是特專組的組長，你得聽我的，你受得了嗎？」

「沒問題，我正想替美女警察幹活呢，太好了！我們要好好的慶賀一下，聽說哈爾濱的西餐館的燒牛排有悠久的歷史，今天晚上我請你去試試。」

「就這麼定了，但是這次我要請客。」

「那怎麼行，是我先提出來的。」

「怎麼？馬上就不聽組長的話了？」

「不敢，我只是覺得拿一頓肯德雞速食來換一頓牛排大餐，我賺得有點不好意思了。」

「沒有的事。海雲，你還沒告訴我如何去哄我老媽呢？」

海雲帶著笑意把如何行事的方案告訴了楊冰，她忍不住笑出聲：「你這不是在整我老媽嗎？還是你在騙我？那袁華濤怎麼辦？我管他叫爸爸，他理都不理我。」

「你怎麼還不明白？袁華濤雖然是堂堂的公安部二把手，但他能逃得出你母親的手掌嗎？二十多年來，他都被你母親的愛情套得牢牢的。你只要把你老媽搞定，她自然會把她的袁大部長擺平。我保證她會把袁華濤手到擒來。」

「佩服！那陸大律師是被誰的愛情牢牢套住了？」

「報告組長，很遺憾，還沒有找到要套住我的人。」

「陸大律師要趕快加油，你看前面那個馬上要被套住的小伙子笑得多高興啊！」

原來在大片的草地上來了一大群人，他們是來拍戶外婚紗照的，新郎穿著紅色長袍馬褂，頭上還戴了一頂瓜皮小帽，新娘穿的是古時大紅色的喜袍，頭上還蒙上一塊紅色的緞子方巾。古色古香的結婚服飾還引來不少遊客的圍觀。陸海雲說：「我想婚姻生活一定是很美好的，看這個新郎，明知道馬上就要被女人給套住了，他還是這麼的開心。」

楊冰沒說話，陸海雲繼續說：「其實婚姻做爲一種制度是很好的，世界上不同的民族從有文明開始，就有了大同小異的婚姻制度，連動物世界裏都能看到類似的社會行爲。它成爲種族繁衍和文明進化最基本的可持續發展原動力。所以年輕人才會像飛蛾撲火似的奮不顧身的衝進婚姻裏去。」

楊冰還是沉默不語，很顯然地她是陷入了對往事的沉思。陸海雲後悔提出婚姻的話題，他轉變話題：「對不起，我知道你不喜歡聽我的長篇大論，那我就講個故事給你聽。你知道爲什麼新娘子頭上要戴一塊紅頭巾嗎？」

陸海雲告訴楊冰，那塊蒙在新娘頭上的紅布巾叫蒙頭紅，是用來保佑新娘子平安入洞房的。

相傳姜子牙在封神時將殷紂王封爲喜神，專管人間的婚姻，誰家結婚都得請他去送喜。可是紂王的老毛病沒改，看見誰家的新娘子漂亮，他就要搶回去據爲己有。百姓們雖然很氣憤，但是娶媳婦時也不能不請喜神，無奈之下就去找姜子牙想辦法。

這位姜太公告訴他們，首先用一塊紅布把新娘的頭蒙住，讓紂王看不到她的真面目，也許就死了要搶女人的心了。要是紂王還不走，就在新娘子進門時放鞭炮。果然，紂王看見了蒙頭紅，又聽見了鞭炮聲，就嚇得趕快駕雲回天了。

原來武王在伐紂王時，是打著一面大紅旗進軍殷都的。紂王死後，他的頭又被砍下來掛在紅旗上，並且兩軍交戰時，紂王又被姜子牙的神鞭抽打過，所以他一看見蒙頭紅，一聽見鞭炮聲，就以爲姜子牙來找他，趕緊就往天上逃。從此，娶親的人家就給新娘蒙上頭紅，再放一長串的鞭炮，把紂王趕走，新娘子就能平平安安的接進洞房。所以，蒙頭紅就成了新娘子的護身符了。故事講完了，楊冰的臉上也有了笑容。她說：「你知道這花好月圓的洞房花燭夜的背後是什麼嗎？」

「當然是這對新人的激情蕩漾了。」

「是嗎？在封建時代的婚姻裏，新娘都是在洞房裏被她頭一次見到的男人合法的強姦了。這就是我們女人的悲哀。」

「我相信一定也有反過來的，是新娘把她頭一次見面的男人給做了。」

「律師的狡辯本性又出來了。」

「看樣子，一個充滿了缺點的男人是沒戲唱了。」

「別那麼沒有自信，我沒說你是充滿了缺點的男人。」

「啊！起死回生，我又得救了！說真的，文明的可持續發展和進步，使婚姻制度從你說的新郎強姦新娘演變到今天的自由戀愛、試婚、同居和非婚生子女的存在，正式的結婚已經失去了男女激情的氛圍，而變成是純粹的法律上的考慮。但是至少把因爲婚姻帶來的痛苦減少了很多。楊冰，你知道嗎？按美國的法律，夫妻是可以控告對方強姦的，並且是重罪，由檢察官起訴，如果被法庭判有罪，這一次敦倫的代價是十年以上的徒刑。儘管如此，這還是婚姻制度進步的實例。」

「我也知道你們有這條法律。但是你能告訴我，有多少案子是丈夫控告妻子強姦？」

「我想記錄在案的還沒有，但這是有原因的，首先女人強姦男人是有一定的難度，其次，是男人的自尊心作祟，即使是被女人強姦了，爲了面子也不去報案。但這些都不是重點，重要的是刑法存在的最大目的是它的阻嚇作用，把想犯罪的人給嚇住了。但是，你知道嗎？這條法律造成了多少男人得了性無能的毛病？連帶又造成多少紅杏出牆的社會問題？夫妻間的歡愛是多美的一件事，但是現在做丈夫的一想到爲了那瞬間的高潮，要付出十年大牢的代價，就不會逞強了。」

「但是這總比在洞房裏被一個號稱是你丈夫的陌生人強姦了要好得多。你一定也念過犯罪學，強姦不是性行爲，是暴力行爲。」

「記得有人說過，當你失去了反抗的能力時，就好好享受它吧！」

「那我會拭目以待，看你到時是如何享受。」

「你是不是詛咒我會被女人強姦？」

「看我們都說到哪去了，怎麼會說這些無聊的事。」

「我們是從一個美女警察爲了不讓一個美國來的男人丟臉而打扮得花枝招展談起，一直談到女人強姦男人。談的範圍很寬，路線更是曲折，真是過癮。但是我最後要說的是，希望你不要老是徘徊在過去婚姻的痛苦上，要向前看，你還這麼年輕，前途多美好啊？」

「別人已經把我看成異類了，連看都不看我一眼，我還有什麼前途可言。」

「楊冰，我可要說你這話對人不公平。你說沒人要看你，可是兩年多前有一個人想跟你說兩句話，就被你一腳給踢走了，過了兩年，這人又遠渡重洋找到了你，結果你還是愛理不理的，這個人就不算人了？」

楊冰轉過身來，手掌按在陸海雲的胸口，把她粉粉的吹彈可破的臉蛋靠上來說：「海雲，請你不要生我的氣，我沒有喪失我的心智，你排山倒海而來的情意我全都深深地感受到了，它替我的心靈療傷，恢復我的自信，我十分感激，但是同時我也被你的情意衝得人仰馬翻，都不知道如何反應。海雲，我是受了重傷的人，心靈都殘廢了，我在努力地站起來，我的工作和你的出現都給了我一線希望，但是我又有無比的恐懼，我害怕最終我會讓關心我的人失望而離開了我。海雲，請你不要放棄我，有一天，我會成爲一個正常的人。」

楊冰的眼睛閃著淚光，她平心靜氣地把這番話說完，陸海雲才終於明白了她所受的傷害是何等的嚴重。他也看出來，楊冰豐富的感情和善良的心地，更加深了她所受的傷害。陸海雲告訴自己，在他有生之年，他要盡全力的保護她。

在太陽島上的這頓午餐吃了將近三個小時，楊冰的感受像是經歷了在雲霄飛車上的劇烈起伏，最後才平靜下來，她和陸海雲之間的情感似乎是在一條平坦的道路上出發了。然而他們沒想到在前方的道路上，竟會讓他們經歷了一段令他們終生難忘的刻骨銘心的愛情和生離死別的危難。

陸海雲建議他們去遊覽觀光小冊子裏說的丁香園，它是建於一九九六年，占地面積很大，裏頭栽種了上千株不同種類的丁香樹。一走進去，陸海雲就驚呼說：「這哪是丁香園，這是丁香樹森林啊！我得告訴我老爸，他非得親自來看看。」

「你父親很喜歡丁香樹嗎？」

「是啊！我從小就是和丁香樹一起長大的。我們家的前院和後院都種滿了不同種類的丁香樹，夏秋之季一開花，全家都能聞到一股香味。」

在丁香園裏漫步時，楊冰很自然地挽著陸海雲的手臂，她的上身還有意無意地靠在陸海雲的身上，讓他覺得很舒服，他說：「我父親把丁香樹說成是菩提樹。」

「我還以爲菩提樹和丁香樹是完全兩碼事。」

「你說得不錯，它們是兩種不同的樹木，但是這裏卻有個故事。我說給你聽。小時候有一次隨父母親到青海去旅遊，我們去到距西寧市不很遠的一座聞名的喇嘛廟，叫做塔爾寺，是格魯派佛教的著名寺院之一。目的就是去看丁香樹。」

「那時你才多大啊？」

「我想大概是十歲吧，記得那年我上小學三年級。」

「老爸說修建這座宏偉壯觀的佛教寺院是有原因的。相傳藏族地區佛教大師宗喀巴誕生後，在他出生的地方長出了一棵暴馬丁香樹，它根粗葉茂，樹上有十萬片葉子，每片葉子上都有自然出現的一尊獅子吼佛的形像，就連樹皮上也出現許多天然的身像和字跡，在西北地區的佛教信徒就把暴馬丁香樹叫爲菩提樹了。」

「你親眼見到了樹葉上的佛像了？」

「當時沒看出來，我老爸說我長大了，多用點想像力就能看出來了。我老媽說相信佛的人才能看得出來。當時我就問我父母，是不是有想像力的人才會信佛？」

「他們怎麼回答你？」

「我爸聽了哈哈大笑，我媽狠狠地瞪了我一眼。」

「看得出來，你小時候一定是個惹人討厭的小頑童。」

「你怎麼知道？」

「你現在說話有時候還是個大頑童，一定是小時候頑皮的後遺症。」

「你是把犯罪心理學用在我身上了，到底是當警察的，連小時候幹的壞事都逃不過你的觀察。再回到丁香樹的事，在明朝的時代，宗喀巴大師的信徒們就在這棵被當成菩提樹的丁香樹邊上建了個佛塔，叫做塔爾大靈塔，它成爲西北地區最有名的佛塔，所以後來的皇帝又在這佛塔邊上造了一座寺院，就是日後的塔爾寺。我父親說丁香樹有適應不同環境和氣候的特性，所以後來的塔爾寺就以寺院裏長滿了他們稱爲菩提的暴馬丁香樹而出名。我母親特別喜歡丁香樹的姿態端秀，花色淡雅和它濃郁的香氣。」

「海雲，你的記性真是好，小時候的事都還沒有忘記。」

「你不知道，這都是被逼出來的。每次跟大人出去旅遊都要做事先的準備，讀一些有關目的地的書，然後回來後還要寫旅遊報告。當時我都恨死了，現在想想還是滿好的，給我增加了不少的知識。」

「聽愛米說你父母親都在大學裏工作，家裏的書香味很濃，我很羡慕。噢！對了，我們上海也有一個丁香花園，可惜裏頭沒有丁香樹。」

「那花園裏面有些什麼？」

「這花園不是爲丁香樹建的，而是爲『丁香人』建的。」

楊冰告訴陸海雲：清朝末年的洋務大臣李鴻章在上海開辦近代化的軍事工業、紡織工業和航運業，如江南製造局，機器織布局，輪船招商局等，所以經常住在上海。他在今天的華山路八百四十九號購地四十畝，請美國的建築師設計了一座別墅。他爲了討好陪他到上海來的一位名叫丁香的愛妾，就爲這別墅取名爲「丁香花園」。園內有長長又曲折的琉璃瓦龍牆和人工湖。園內還用了大量的太湖石來堆砌小徑，小橋，石洞等園景，還有一棟取名爲「望雲草堂」的藏書樓，是李鴻章收藏珍本書畫的地方。「丁香花園」裏獨缺了丁香樹。

在太陽島上的丁香園裏，陸海雲和楊冰把他們小時候的記憶講給對方聽，多年前的喜悅是永恒的快樂，而分享這份快樂使他們更深刻地了解對方。陸海雲發現當楊冰沒在思索她失敗的婚姻時，她是個很開朗，很快樂的人。時間在兩人愉悅的交談中不知不覺地過去，等他們走出了丁香園時，下午似乎飛快的消逝了。

他們搭纜車離開太陽島，在空中乘索道飛渡松花江，兩岸風光和在夕陽餘暉下的哈爾濱市盡收眼底，在短短的纜車行程中，兩人沉默不語，各自陷入了幻想，享受著對方在近距離輻射出的熱力。楊冰的身體緊緊地貼靠在陸海雲的身上，緊身襯衫的第一個扣子不知什麼時候解開了，脖子上繫著的絲巾也不見了，她不時的轉過身來面對海雲，手掌輕輕地壓在陸海雲的前胸，把她一片雪白的胸脯和那美麗的臉龐呈現在他的眼前。不知是這幅誘人的景象，還是她的體香夾著丁香花淡雅的餘香，讓陸海雲醉了。

在太陽還沒有消失在松花江的對岸前，他們去參觀了聖索菲亞大教堂，這是一座在遠東地區最大的東正教教堂，是在一九〇七年，沙俄時代破土建造的。在哈爾濱，它是代表這個城市在過去的歷史裏，曾受到過巨大的西方文化影響的硬體遺產。像是在這城市裏的居民中，還有一些人依稀地保留了西方生活方式，包括了以牛奶、麵包和咖啡爲早餐，取代了傳統的稀飯和醬菜。

在天色完全暗下來前，他們來到了哈爾濱市的中央大街廣場，這裏的路面是用整齊的鵝卵石以水泥固定後鋪成的，有著濃厚的歐洲城市風格。陸海雲細心而詳盡的解說，加上對身邊景物在視覺上的激盪，使楊冰感到時空的交錯，哈爾濱曾經過的歷史和留下來的痕跡，都被陸海雲無縫的串起來。她歎了一口氣，問自己，為什麼這樣優秀的男人就沒有早一點出現在她的生命中？這一切都太晚了，即使是還來得及，但眼前這個男人生活在另一個世界裏，在那裏有很多比她更好的女人，而他現在傳送過來的熱情，只是他在遊戲人間時的一個小插曲而已。她除了盡量地讓自己沉浸在眼前似幻似真的愛情感受外，沒有別的可行之路。極度的無奈，使楊冰又歎了一口氣。陸海雲很關心地說：「有什麼不對嗎？怎麼又歎了口氣？」

「沒事兒。」

「天冷了，來，我幫你把外套穿上。」

穿上了小外套後，輪到了陸海雲歎了口氣。

「海雲，怎麼，你也冷了？」

「什麼東西可惜了？」

陸海雲露出一副曖昧的笑容，他說：「我不冷，只是感到可惜。」

「你全身最誘惑男人的部位被外套掩蓋住了。」

「是嗎？那是什麼地方？」

「肚臍眼。」

「好傢伙，這是第一次有人讚美我的肚臍眼。可是你這話有語病，你沒看過我身體的其他部位，怎麼就能對肚臍眼下定論了？大律師也會犯錯誤吧？」

「那好，為了糾正錯誤，我們馬上做全身檢查。那你得脫衣服了。」

「海雲，別老是吃我的豆腐。我餓了。」

「哈！你也會用詞不當啊！你知道吃豆腐這句話是什麼意思，和它的來源嗎？」

「你的腦袋裏裝滿了亂七八糟的東西，就說出來讓我長長見識。」

「那我就先說豆腐，當年劉邦的孫子，淮南王劉安爲了求長生不老的仙藥，在安徽壽縣八公山上用黃豆、鹽鹵等物煉丹，無意中竟煉出了『白如純玉，細若凝脂』的豆腐。西漢初年，豆腐問世後，很快成爲老百姓非常喜歡的小吃。當時長安街上有個豆腐小店，老闆娘本來就漂亮，又以有美容功能的豆腐爲常食，自然更是細皮嫩肉，人稱『豆腐西施』。爲了招徠顧客，『豆腐西施』難免有賣弄風情的舉止，引得周圍的男人常到豆腐店和老闆娘調情，有時還動手動腳的輕薄她，她不但不在意，似乎還歡迎。但是周圍男人的老婆們卻醋海翻波，經常以『又要去吃豆腐了？』來訓斥她們的老公。於是『吃豆腐』便成了男人輕薄女人的代名詞。所以從正確的歷史背景來看，你只有在我當了你的老公以後，才能用『吃豆腐』來說我。」

「好，我的修正版是『不要輕薄我』。」

「又錯了，『輕薄』只能用在形容行動上，我還沒有對你動手動腳，所以不能說我輕薄你。」

「那我的第二修正版是『不要在嘴巴上輕薄我』，可以了嗎？」

他們在中央街上最大的一間西餐館裏叫了兩客黑胡椒牛排套餐，陸海雲叫了一瓶長城干紅葡萄酒，楊冰問：「爲什麼叫紅酒而不叫白酒？」

「習慣上吃牛排是配紅酒的。」

「海雲，對酒我是土包子，我的好些朋友都喜歡紅酒，告訴我，紅酒和白酒除了顏色是一紅一白外，有什麼不同？」

「很多人以爲紅葡萄酒就是紅酒，其實這是錯誤的觀念。所謂的紅酒，是用紅葡萄連皮一起浸泡全程發酵，釀成的酒含有高成分的單寧酸和紅色素。如果在適當的時機將果皮除去後再繼續發酵，酒的顏色會成粉紅色，這就是玫瑰紅酒。發酵一半就裝瓶，在後段的發酵所產生的二氧化碳會留在瓶內，一開瓶就會產生氣泡，這就是香檳酒。」

「聽起來挺專業的。」

「別打岔，繼續聽，你會更佩服我。紅酒有兩個特點，第一，它是個藝術品，根據定義，因人而異所呈現的美就是藝術，好比說畫，同一個景色在不同畫家筆下就會呈現不同的意境。紅酒也一樣，同一年份，同一地區，同一種葡萄，不同的釀酒師會做出不同的紅酒。這就是很多高級紅酒的標籤上有釀酒師的簽名。它和名畫上有畫家的簽名一樣，說明它是件藝術品。」

「紅酒的第二個特點是什麼？」

「那就是它是有生命的，紅酒在未開瓶前會繼續地成長，也就是不斷的，但是非常慢的在變味，可是一旦開瓶了，和空氣接觸後，它會迅速的成長變化。有一些紅酒如果儲存得當，會越變越香。」

「真沒想到紅酒還有這麼大的學問。我能感覺你還有一大堆沒說呢，你現在只說到把酒開瓶了，要怎麼喝是不是還有學問呢？」

「那當然，我先說紅酒要如何儲藏。因爲紅酒需要緩慢的發酵，它在儲存時絕不可以和空氣接觸，如果酒瓶直立，酒瓶的軟木塞會乾枯萎縮，一旦瓶外的空氣滲入，快速的發酵會使酒變味。正確的儲存方法是將酒瓶平放，甚至瓶口微微朝下，讓軟木塞始終浸泡在酒液裏保持膨脹，徹底阻絕了瓶外空氣的滲入。另外要注意的就是溫度，太高了變化太大，會有不良影響，最好是放在恒溫的地方，這就是爲什麼酒廠或是著名的高檔酒店都把酒放在地窖裏的原因，那裏一年三百六十五天的溫度都是一樣。如果沒有一個較爲恒溫的地方存放，紅酒最好在買回來後兩年內喝掉，否則，好酒變壞酒，壞酒再變醋。」

「我媽就有一次開了一瓶已經變成醋的紅酒。」

「喝紅酒之前還要有一定的準備過程，軟木塞在紅酒裏浸泡日久，會分解而產生細碎的雜質，所以在開瓶前要將酒瓶直立，讓雜質沉澱到瓶底，酒瓶的底部中間是凸起的，它是要讓沉澱的雜質停留在凹溝裏。紅酒的飲用溫度應該是在攝氏十度至十四度之間，它和白酒及香檳酒不同，不能低溫飲用。」

「海雲，我就拜你做我的紅酒師父了，你就全教我吧！」

「還沒磕頭呢，就什麼都想學。」

「那我跟你交換，說你想從我這學什麼？我知道的一定全教你，絕不保留。」

「那我以後再提出來，到時候你可不許後悔。」

「保證絕不後悔。」

「那好，我就繼續給你上課吧！真正會喝紅酒的人，對所用的酒杯也是有講究的，好的紅酒杯是薄身，無色，無花紋，透明，高腳。上好的一支就要一、兩百元，我在這是說的美金。它之所以這麼貴，是因爲酒杯很薄，製造過程困難，它要薄到使空氣的分子透過，但是液體較大的分子不能透過，因此杯裏的酒可以全方位地和空氣接觸。酒杯的杯身要大，要深，杯口要向內縮，這樣可以聚集香氣，同時在晃動酒杯時，杯內的酒不容易灑出來。至於杯腳一定要細，要長，這除了美觀外，主要是讓握杯的手有足夠的空間遠離杯身，防止手掌的溫度影響到酒的溫度，有時你也會看見有人拿著杯底喝紅酒，也就是這原因。」

「講了這麼久，還沒講要怎麼喝呢！」

「別急，喝紅酒最大的忌諱會就是急躁。好，現在就講開喝了，剛剛你看見了我和拿酒過來的服務員之間的互動。在大酒店裏，端來客人所選的酒後，要當場開瓶，客人要仔細地看看軟木塞，沒有爛，沒有變形，再好好地聞一聞有沒有黴腐味，如果有就可以要求換一瓶。沒有，就點一點頭，服務員會先在你的杯裏淺淺的倒一點，你就要把杯子拿在鼻子下好好的先聞一下，看有沒有異味。下一步就是要觀察，把酒杯放在白色背景前，微微向外傾斜，注意有沒有固體雜質。再看酒的顏色，如果滲有咖啡色就是壞了的酒；如果是紫紅色，那是年份很輕；如果中間暗紅週邊帶褐黃色就是好酒，再下一步就是試喝了，首先將杯口整個罩住鼻孔，深呼吸，好酒的氣味很『厚』，這是英文的形容詞，我想中文的意思是很『複雜』，『很濃』，實際上，好酒需要長時間才能將所有的香味散發出來，所以好酒在倒出來一個小時後，香味還是越來越濃，讓人捨不得喝它。紅酒在嗅覺上的享受要比口感強，那是因爲鼻子的靈敏度遠遠超過了舌頭。試喝的時候要淺淺地喝一口，含在嘴裏，用舌尖把酒液推向口腔的四周，讓所有的味覺細胞都感受一下。客人在餐館裏買酒，這是最後的要求退貨機會。」

「海雲，如果不要退貨，現在總可以喝了吧？」

「且慢，不是跟你說了嗎，楊冰，喝紅酒要有耐心。下一步是倒酒，要是不把酒倒在杯裏，怎麼喝啊？」

「連倒酒都有學問嗎？」

「那當然。高級紅酒的酒瓶，尤其是上面帶有釀酒師簽名的商標，都是收藏家們追捧的收藏品，倒酒時絕不能讓酒滴在商標上因而減低了它的價值，所以倒酒時，酒瓶商標要朝上。年代久的好酒在瓶底難免會有沉澱物，倒酒時不可以搖晃酒瓶，以免將沉澱物都倒出來。更不可以倒到最後一點，爲了一點都不剩，就把酒瓶倒翻過來，這就成了不入格的笑話了。」

「我有感覺，酒雖然已倒進了杯子，但是還不能喝。」

「對了，下一步是要讓酒醒過來。不同的紅酒在開瓶後需要不同的時間，大約是十五分鐘至一小時不等的時間來進行『呼吸』，其實就是和空氣接觸來進行氧化。爲了縮短這段時間，可以將酒倒進酒杯，晃動它，增加酒和空氣的接觸面。這裏有兩種方法來晃動，一種是在手上晃動酒杯，另一種是將酒杯放在桌上像磨墨似的旋轉，但是重要的是，你不能讓一滴酒灑出來。」

「那爲什麼不用小調羹來攪拌呢？」

「自認爲發明紅酒的法國人定下的規矩，紅酒離開了酒瓶後，只能碰兩樣東西，一個是酒杯，另一個是飲酒人的嘴。碰到任何其他的東西都是褻瀆神明，會跟你沒完沒了。」

「喝一口紅酒要這麼麻煩嗎？」

「紅酒是藝術品，你不能喝它，只能『品』一件藝術品。」

「那麼品紅酒的學問又如何？」

「什麼學問都沒有，只要會裝懂就行。」

「當師父的想要留一手，不傳給徒弟了，是嗎？」

「品酒很簡單，先晃動酒杯，再擺在鼻子前深呼吸一下，然後喝小小一口，含在嘴裏，讓舌頭動來動去一陣子，之後才做『捨不得狀』的咽下去，馬上閉起眼睛，搖一搖頭，說一聲『好酒』，就完成了。」

「海雲，你是在蒙我。」

「不是的，很多自認爲懂得品紅酒的人都會做我說的動作，我認爲很無聊。如果紅酒是藝術品，每個人對它的感受就應該不同，和看畫是一樣的道理。不同的人看同一幅畫就會有不同的感受。」

「那你自己對紅酒的感覺如何？」

「除了運動後全身出大汗時會猛喝啤酒外，我真正享受喝酒是我剛剛有一點醉的時候，有人管它叫做微醺，那時會讓你有飄飄欲仙的感覺，我喜歡喝紅酒，就是因爲它最容易讓我達到那種境界。」

「我還聽說喝適量的紅酒對身體健康有好處，是真的嗎？」

「因爲有很多人都是這麼說，我想總是有點根據的。你知道嗎?也有人說紅酒對男歡女愛有催情和促成的作用。」

「海雲，你灌我紅酒原來是居心不良。」

「楊大警官，請注意，我說的是催情和促成，要先有情和念頭後才能催它和促成它的實現。如果你已經有了這份情和念頭，那我太高興了。」

楊冰的臉色馬上變得和她面前的紅酒一樣。陸海雲猛追不放：「臉色酒色相映紅，現在你的心一定是熱烘烘的。」

楊冰低著頭，看著眼前的紅酒說：「海雲，饒了我好不好！」

也許是餓了，也許是中午的速食分量不夠，兩個人很專心地在這中國北方的大城市裏享用了有濃濃的鄰國俄羅斯口味的牛排，陸海雲說牛排做得很好，很到位，可是最好的是那份羅宋湯，完全是合乎莫斯科的水平。楊冰有點不勝酒力，臉上的紅潤讓她更美，坐在旁邊的客人們以爲她是在男友面前述說令她無限害羞的故事。他們天南地北的無話不說，兩個人都感到他們之間沒有距離了，但是楊冰還是有一股說不出的惆悵，可是她努力地把這股情緒壓住，她帶著燦爛的笑容看海雲用叉子把盤子裏的最後一塊牛肉叉住，然後用牛肉把盤子上剩下來的牛排汁擦得一乾二淨，再把那塊牛肉送進嘴裏。這個動作把楊冰看得目瞪口呆。等把肉嚥下，再用餐巾把嘴擦了擦後，海雲才開口說：「真過癮，太好吃了。」

「我看你是真餓了，夠不夠？還想吃點別的嗎？你不用替我省錢。」

「我是還想吃別的，可是你一定不會答應的。」

「不會的，你想要什麼？我來叫。」

「我想吃你。」

楊冰睜大了眼睛看著陸海雲，聽見他接著說：「包括那可愛的肚臍眼。你肯嗎？」

楊冰一把將陸海雲放在桌上的手按住再緊緊地握住：「海雲，你看著我，好好的聽我說。從我們認識的那天起，你就用你豐富的學識和無比的魅力在征服我，我曾嘗試奮起抵抗，但是所有的努力都徹底失敗了，剩下來的只能是向你投降。你知道爲什麼嗎？那是我的心從一開始就向你舉起了雙手。

可是你知道，我是受過傷害的人，在感情上是個殘廢的人，對生命也曾喪失了信心，覺得人生毫無意義。我像行屍走肉般的活著，現在我將我們手頭上的案子當成了生命的目的。但是你的出現在我死去的心裏燃起了小小的火苗，如果你一定要堅持，現在我就是你的，你可以把我所有的都拿去，沒關係，因爲那也是我所渴望的。但是現在我對未來有深度的恐懼，你和我來自太平洋的兩岸，雖然我們是同文同種，但是有更多來自不同時空所造成的隔閡，在我們不同的家庭、朋友和專業裏，有陸海雲和楊冰共同生活的空間嗎？

海雲，在你成長的文化裏，愛情需要用赤裸裸的激情來維護。雖然我有時在夜深人靜時也會渾身火燙地躺在床上幻想著愛我的男人赤裸裸的在我身上滿足我，但是我最渴望的是精神和意識上的關愛和共同點。海雲，我害怕我們的價值觀是兩條永不相遇的平行線，但是更期待是兩條剛吐出來的蠶絲，永遠地纏在一起。我希望當我們把案子圓滿地結束後，這個空間就會出現了。到那時候，小小的火苗會成爲熊熊大火，如果你不來吃我，我就會把你吞下去，包括你可愛的肚臍眼。」

「真沒想到你這麼會說話，讓我佩服得五體投地。但是你又讓我覺得太高貴了，讓人有神聖不可侵犯的感覺。你會把人嚇跑了。」

「沒問題，我會四川戲劇裏的變臉，到時候一甩手就變成一個妖豔的蕩婦，看你還會不會跑？」

「楊冰，我還想吃。」

「你對我的肚臍眼還是不死心。」

「想吃霜淇淋。」

「你想看什麼？在這裏不行。」

陸海雲一臉驚訝地笑了起來說：「你想到哪裏去了？我的眼睛不想吃霜淇淋，是我的嘴想吃巧克力味道的霜淇淋。別把我想得那麼可惡。」

楊冰這才知道她會錯意了，臉漲得通紅說：「對不起。」

楊冰叫了一客霜淇淋給陸海雲，給自己叫了份水果，兩個人把一瓶紅酒也喝完了。最後他們叫了咖啡做爲這頓豐盛晚餐的結尾。楊冰說：「談完了我的事，該說說你輝煌的戀愛史了。」

「你是說我的輝煌丟人戀愛史吧！愛米沒跟你說嗎？」

「說了一些，但是我想聽你自己告訴我。」

「那我就再傷心一回了。如果小打小鬧和辦家家酒的幼稚行爲不算，嚴肅的談戀愛只有兩次。第一次是在耶魯大學念書的時候，愛上了一位台灣來的同學。在畢業前她告訴我是如何如何的愛我，但是她爲了種種理由必須嫁給另一個男人。後來我才知道那另一個男人是來自台灣數一數二的首富人家，所以我當然就沒戲唱了。這是第一次丟人。第二次是三年前認識了一個從中國來的新移民，一位大美女，我們情投意合。幾個月前我看時機成熟了，向她求婚，她說不行，因爲她已經結婚，有個很好的老公，她只是想找我當情人，所以也只能吹了。楊冰，當時我像是在一間屋裏看窗外的美麗風景，但是等開了窗子，才發現原來是一堵牆，上面是一幅風景畫，洩氣極了。事後還讓我沈淪了一陣子，我想起這事就生氣。我的戀愛史夠丟人的吧？」

「可憐的陸大律師。那爲什麼對擺在面前的美女愛米小姐沒動過心呢？」

「我想是緣分吧！她是個很優秀的女孩，也很善解人意，我父母很喜歡她。」

「她說她很愛你，但是你不愛她，卻又很關心她，是嗎？」

「我們是很要好的朋友。你知道她對我的失戀是如何評價的嗎？」

「快告訴我！」

「愛米說：當結束一段戀情時，往往很多人都會帶著『一無所有』的悲涼感離開，覺得自己投注青春、精神乃至金錢，最後卻一江春水向東流，空空如也。一段無法終局的戀情，一段未能白首的婚姻，不完全是白白的浪費。物理學裏最偉大的定律之一就是能量守恒定律，它說明能量既不會無中生有，也不會憑空消失。它可以從一種形式轉換成另一種形式，但能量的總和是守恒的，不會改變的。我們都愛說『人生無常』，然而，走到愛情裏，我們卻又都不允許生命漂泊，一旦相愛了，就非要看到結果。愛米認爲『白首偕老』不是愛情成功的唯一準繩，因爲相遇，我們的生命有了變化，爲了取悅愛人，我們努力改造自己，增加內涵，更能包容和理解他人和世界，自己慢慢地跨越到一個更高和更豐富多彩的境界。如果是用真心相愛過之後，愛人的離去增加了生命的厚度與韌度，寬度與深度。愛米說這就是『愛情守恒定律』，她說我失戀後變得更可愛，你信嗎？」

「我相信。我覺得你很幸福，失戀後還有一個這麼愛你的人，但是愛米會對她自己的命運更失望的。」

「咱們先不說她，我有個問題想問你，希望你別生氣。」

「不會的，問吧！」

「你還愛王克明嗎？」

楊冰臉上的笑容完全不見了，沉默了很久後才回答：「從你的談話裏我認爲你把我和王克明的關係誤解了。不錯，大部分訂了婚的男女都會在一起過著實際的夫妻生活。但是我們訂婚後，我發現無法忍受王克明，不讓他碰我。這應該是他找別人的原因。請你不要取笑我，你是我主動去親熱的第一個男人。有時候我覺得自己不是個正常的人。」

楊冰的神情又開始變得傷感起來了，她聽見陸海雲說：

「楊冰，你是有七情六慾的正常人，千萬不要對自己失去信心，你的熱情一定會再現。我會耐心地等著，保護那小小的火苗，讓它繼續地燃燒，變成熊熊大火。你說你會幻想愛你的男人，他是誰？」

「不能說。」

「爲什麼？」

楊冰沉默了一會兒才回答：「因爲你認識他。海雲，我問你，我們是在戀愛嗎？」

「我相信自己陷入了深深的愛情裏，但是我也很害怕。」

「你害怕什麼？」

陸海雲沒有回答，但是他說了一個故事：

「有一個名叫崔護的古代詩人，他在長安城裏看見一戶人家院子裏種滿了桃樹，他叩門求水喝。有一個年輕女子來應門，給了他一碗水，兩人一見鍾情，相談良久。第二年，崔護又來到這種滿桃樹的宅院，但是大門深鎖而不見伊人，於是他寫下了那首懷念思情的『人面桃花』詩句。」

陸海雲吃驚地聽見楊冰念出來：

「去年今日此門中，人面桃花相映紅。人面不知何處去，桃花依舊笑春風。」

「楊冰，我在兩天後就走了，我害怕下次再來時只有桃花和春風來迎接我。」

楊冰和陸海雲回到賓館時都過了十一點了，馮丹娜在大廳裏等他們。三個人一起走進電梯。陸海雲住十一樓，楊冰和馮丹娜住七樓，等電梯的門關上後，楊冰對馮丹娜說：「馮丹娜，你把眼睛閉上。」然後她轉身把陸海雲推靠在電梯牆上，給他深深的一吻，陸海雲還沒有反應過來時，她的全身就貼上來，一隻手摟住脖子，一隻手摟住腰，把他緊緊地壓在牆上。陸海雲全身的感官都被楊冰軟玉溫香的女體佔領。電梯在七樓停下，馮丹娜才從驚愕中回過神來，她說：「我的媽呀！偉大的馬克斯要在墳墓裏翻身啦！」

楊冰鬆開了陸海雲，在走出電梯時她說：

「馮丹娜，你要是敢說一句話，我就斃了你。海雲，晚安，我們明天早上見。」

做爲一個警察的線民，首要的作用是提供有價值和及時的情報，但是還有另外一個同樣重要的功能，就是爲警察驗證從其他來源得到的情報，尤其是當同樣的情報，但是從不同時間和空間的來源所得到，而又能互相驗證，往往是最有價值的，它大大地增加了情報的可信度，對警方的破案和日後法庭上的判決會有決定性的影響。

柳楊在這兩點上都證明了她是個非常有價值的線民。一開始，她就告訴何時；一，去追查強發貿易公司在深圳的分公司。二，常強發集團仍舊在運作，並且滲透了警方。三，襲擊何時的殺手不是廈門本地的。這些都是對案子很重要的情報。柳楊對熱則木日和張正雄的情報驗證了其他情報的來源，線民價值的增加，也增加了和警察的互動。多次的接觸，讓何時對柳楊漸漸產生了好感，柳楊的快人快語直爽性格和她那份特有的女人魅力，讓何時渴望見到她。

約好的見面地點還是在廈門的海景假日大酒店，何時按事先定好的三長兩短按下了門鈴，和上一次一樣，柳楊穿的是黑色裙子，淺藍色的襯衫，瓜子型的臉上薄施脂粉，長髮披肩，今天她在脖子上多加了一條綠色的絲綢圍巾，更把雪白的皮膚襯托出來。她緊緊地握住了何時伸出來的手，把他拉進屋來：「何時，你來了，路上還好嗎？」

警察和線民交往熟了，已經到了稱名道姓的程度了。

「我到了快一個小時了，酒店的前前後後，裏裏外外，都走了三次，沒看見可疑的人。」

柳楊這次訂的是標準房，除了一張雙人床外，屋子裏還有一個單人沙發、一張小茶桌和一套辦公桌椅。何時說：「謝謝你，又麻煩你跑來一趟。」

「不用謝我，是我想見你的。」

「怎麼說都是你在幫我們的忙，當然應該謝你了。」

她把何時領到沙發前說：「我想替你們公安局省點錢，沒訂豪華客房，你將就點坐這個小沙發上吧！」

「那我們又應該謝你了。」

「以後對我好一點就行了。」

「那是肯定的。」

「所以今天就不要搜身了，是不是？」

「我們已經不是陌生人了，不搜身了。」

「哎！太遺憾了。」

「我不懂。」

「你真的不知道，還是裝糊塗？」

「我這人是天生的糊塗警察，才會找老百姓來幫忙破案。」

「你知道嗎？被你搜身是我現在唯一能得到性高潮的時候。」

「我發現你今天心情特好，開起玩笑了。」

「看來我的準備是白費了。」

何時又是沒聽懂，但是他沒再追根究柢地問，他說：「我們來談正事吧！」

「好，我上次給你的資訊有用嗎？」

「太有用了。我們現在和美國朋友合作，打擊我們共同的敵人，但是我們共同的弱點就是在缺少有用和及時的情報，上兩次你說的事讓我們驗證了從別處來的資訊，同時幫助我們評估了情報來源的可信度。大家都非常高興，我的唯一遺憾就是爲了你的安全，不能把你曝光，好讓我出出風頭。所以只好再要求你做幕後英雄了。」

柳楊的手按住了何時放在膝蓋上的手：「何時，其實我很感激你會耐心地告訴我，你們把我提供的資訊拿去幹什麼，讓我覺得不完全是個廢人。只要你高興，我就心滿意足了。關於熱則木日和張正雄的資訊都沒問題吧？」

「都對上了，沒問題。跟這兩個人有關的還有一個人，根據我們在深圳的一個臥底的情報，他和這兩個人曾經同時出現在強發貿易公司的深圳分公司，他和熱則木日及張正雄一樣，是個非常好色的人，你知道這個人嗎？」

「名字叫什麼？」

「不知道他的名字，只知道別人管他叫王總，大概是個公司企業的老總吧！」

「我沒見過這個人，但是聽說過有一個叫王總的人，有人說他是個公安。」

「哪裏的公安？」

「沒聽說，我會替你打聽一下。」

「那我就先謝了。」

「看你欠我這麼多，你該怎麼謝我。」

「赴湯蹈火，在所不辭。」

「大丈夫一言既出，駟馬難追。到時候可不許後悔。」

「絕不後悔。」

柳楊的臉上露出神秘的笑容，壓著何時的手也用力的捏了一下。

「我還有兩件事可能對你有用。」

「太好了，快說吧！」

「剛剛說到張正雄，我又查出來，他還有一個親弟弟，叫張信雄，是個走私軍火的人。他的客戶主要是台灣的黑社會份子，主要貨源是來自在菲律賓南方的民答那峨。我的消息是此人的軍火技術很高，曾經在台灣的兵工廠待過。」

「真是難兄難弟，哥哥販毒，弟弟賣軍火。他是怎麼進入你的視線的？」

「有人告訴我，強發貿易公司曾匯了四筆錢給張信雄在菲律賓的銀行帳號，一共是八十萬美金。」
「有沒有說用途是幹什麼？」
「只說是用於採購。」
「是誰要求強發貿易公司匯出這筆錢的，是張正雄嗎？」
「不是，是熱則木日。」
「柳楊，這可能是件非常重要的資訊，又謝謝你了。」
「你又欠了我一次，記下了，看你怎麼還。」
「沒問題，我去把褲子當了也非要還你，不用擔心。」
柳楊突然很曖昧地笑起來，何時好奇地問：「你笑什麼？」
「何時，你以為有人會要你的褲子嗎？那得看褲子裏的貨色行不行。」
何時感到他的男性尊嚴受到了挑戰，他立刻回答：「保證顧客滿意，否則可以退貨。那你的第二件事呢？」
「強發公司曾經付給一個房地產公司一大筆錢，並且是用現金付的，一共有五百萬。」
「是用來買房子的嗎？」
「怪就怪在這裏，公司本身和公司的高層都沒有購買房產的記錄。」
「所以這五百萬的去向不明，是不是？」
「也是，也不是。五百萬是廈門房地產公司的一個叫劉治寬的業務員簽收的。」
「劉治寬？這個人在辦廈門海關案子時出現在我們的視線，但是查不出任何蛛絲馬跡。也許現在有了。」
「更有意思的是，這五百萬不是我們送過去的，是劉治寬自己來公司取的。他還帶了另外一個人，還要求派車送他們回去。根據開車的司機說，他開車送他們直接去了機場，和姓劉的一起來的那人帶了那五百萬上了直飛北京的班機。」

「我的老天爺，這很可能就是袁華濤要找的突破口。」

「袁華濤是誰？」

「他是公安部的副部長，是我領導的領導的領導，他給了我尚方寶劍，所以有些事我可以放手去做，不用一層層的去請示。」

「怪不得廈門的公安局對你必恭必敬的。」

「拿了錢去北京的人有名有姓嗎？」

「你把劉治寬押起來，不就能問出來了嗎？」

「不行，現在還不能碰他。」

「是不是他的後台才是你們的目標？」

何時沒回答，但是笑了一下，柳楊說：「那你把這個拿去。」

柳楊遞給何時一張紙：「這上面是劉治寬來拿錢的日子和時間，還有開車司機的名字和他現在工作的廈海出租汽車公司地址電話。強發貿易公司所有的監視錄影都被廈門公安局的刑警隊拿走了，你們可以從錄影帶裏找出這個拿錢去北京的人。找到開車司機就能問出航班和找到那個拿錢人的姓名，這樣就不用曝光了。」

「你不愧是我們的超級線民。」

「那你是不是要更隆重的謝我了？」

「我看我這褲子是非當不可了。」

「我還是老話，褲子裏的貨色才算數。何時，還有要問的嗎？」

「沒了。」

「那我有東西給你。」

「真的？是什麼東西？」

「本來想請你去吃頓飯，但是我知道我是不能和你在一起曝光，所以我自己做了點東西給你吃。」

「是嗎？你做了什麼？」

「我給你燉了兩碗湯，你想先喝鹹的還是甜的？」

「柳楊，你知道嗎？你不是第一個爲我幹活的線民，我也相信你不會是我最後的線民，但是你會是第一個讓我佩服的線民。說實話，警察和線民的關係基本上是互相利用，甚至是醜惡的。但是我真的很希望我們能做個普通朋友，談談普通人的家常話。」

「何時，我覺得你是個好警察，也是個好人，但是……」

柳楊突然停住不說，她站起來把放在桌子上的紙盒打開，把她燉的湯和一個電熱器拿出來，何時看了很感動，顯然她是用了心來準備的。何時說：「不好意思，爲了讓我喝口湯，你費了滿大的工夫。」

「沒花我很多工夫，我擔心不合你的胃口。你們警察一定吃過山珍海味，也許看不上我做的。」

「可別這麼說，我就是喜歡吃家裏的飯菜。」

「你老婆一定有好手藝。」

「還行。有時候我也會露兩手。」

「何時，我建議你先喝加了鹽的雞湯，再喝加了冰糖的蓮子湯。」

還沒開始喝柳楊端過來熱騰騰的雞湯，他就聞到一股濃郁的香味，用小湯匙淺嘗了一口後，他問：

「你裏頭放了中藥，是嗎？」

「喜歡嗎？」

「挺香，挺好喝的。」

何時開始一口接一口地喝，但是他突然發現柳楊在喝蓮子湯：

「爲什麼你先喝甜的呢？」

「雞湯裏的中藥是給你們男人配的，會讓你老婆更快樂。」

柳楊曖昧的笑容又出現了，但是臉也紅了，她趕快接著說：「因爲藥性是熱的，所以蓮子湯我是用冰糖煮的，是涼性的，兩個中和一下。」

「你的臉紅了，好美。你原來是個大美女。」

柳楊低著頭喝湯，隔了一會兒才說：「別這麼看我，我沒你老婆那麼漂亮。前幾次我們見面時，我就想向你表示感謝。因爲你是第一個男人在知道了我的故事後還很尊重我。大部分的人都會認爲我是個壞女人，是我害死了我的丈夫。」

「那是因爲他們不清楚事件的全面，也不知道常強發是個何等邪惡的人。」

柳楊不說話了，他們沉默地把湯喝了，把桌子收拾乾淨了，她才說：

「何時，你知道嗎？有時候我自己都同意別人對我的批評，是我先挑逗常強發才使我丈夫惹來殺身之禍，要不是一份想要報仇的意念，我都覺得人生很沒有意義，乾脆別活了。可是何時，你給了我面對生命的勇氣。」

「比起世界上很多的人，你是個很善良的人。」

「何時，我知道你急著想走，但是在走之前，我想求你一件事。」

「什麼事？我能辦到的一定幫忙。」

「你一定有能力辦到的。我要你跟我做愛。」

何時嚇了一跳，他往後退了一步，但是柳楊往前靠了一步：

「柳楊，你一定也感覺到了，你對我有多大的吸引力，從我們第一次見面，我就被你的魅力迷住了，我開始幻想能和你做愛，但是我是警察，我辦不到。」

在何時要走開之前，柳楊將兩隻手搭在何時的肩膀上，再向他移近了一步，他企圖把柳楊的手移開，他說：「不要這樣，我是有老婆孩子的人。」

「我知道，我什麼都不要，就求你做一次我的男人。」

她掂起腳來，用嘴唇輕輕地擦了一下何時的嘴唇，然後對他的臉呼吸。

「你這不是要我的命嗎？」

「我不要你的命，我只要你跟我做一次愛。要是你不肯，我就把你強姦了。」

何時抱緊了她，重重的吻了她，看著她含著淚水的眼睛說：「那就看是誰把誰強姦了。」

「我要你現在對我搜身，否則我要舉報你不按規定程序辦事。」

何時用一隻手摟著她，另外一隻手搜身，他發現柳楊身上沒戴胸罩，他將手伸進了她的裙子，貪婪地在她的腿上遊動著，他發現裙子裏除了柳楊的身體外，沒有別的了，她說：「我跟你說了，我是都準備好了要被你搜身的，我不要錯過那奇妙的感覺。」

柳楊在整個做愛的過程中，從脫衣到前戲，再一直到最後嘶喊著的高潮，都是她在主動，她那毫無顧忌的開放，充滿了原始人性的激情和劇烈的動作，讓何時感受到從沒有幻想過的歡愉，他感到隨時要被柳楊的情慾淹沒了。何時使出了他最大的意志力來忍耐著，終於等到了她在一陣顫抖後平靜下來。他立刻發起絕地反攻，不顧柳楊的肢體反抗和嘶叫的哀求，毫不留情的長驅直入，長久被限制住的感情所造成的苦悶，夾著對她身體的渴望，推動何時的持續進攻繼續擴張，他一波接一波的深入，享受著佔領她，蹂躪她和被她包圍所帶來的快感。最後在柳楊奄奄一息，但是被汗水濕透了的身體上鳴金收兵。她雙眼緊閉，側躺在何時的身邊，他的手輕輕地撫摸著柳楊光滑的後背，帶著憐憫的眼光看著她，他俯身過去在她的耳邊說：「柳楊，我愛你。」

她閉著的雙眼睜開了一下，瞬間又合上了，但是眼淚卻不停地流出來。何時的進攻又開始了，他跟柳楊說愛情的故事，她的眼淚不流了，但是隔了一陣後才露出了笑容。他溫柔的問：「對不起，我把你弄痛了。」

「你沒有。我是因爲高興才流眼淚的。何時，你讓我頭一次感覺到做女人的滋味。可是你剛剛來勢洶洶，那麼猛，我以爲你發瘋了，要把我給整死了。」

「那是因爲我想佔有你的渴望讓我瘋狂，但是你的美和無力的反抗又使我不忍，最後還是人性本惡勝利了。」

「其實你是個很溫柔的男人。讓我挺享受的。何時，你可以去當褲子了。」

「什麼意思？」

「裏頭的貨色不錯。」

「那你要常來看貨啊！」

「可能嗎？」

柳楊的一句話把他們帶回到真實的世界，兩個人相擁抱著，沉默不語，無奈的痛苦深深地刺著他們的心。突然柳楊翻身把何時壓在她身下，抓住他的頭髮，重重的吻他，短暫的麻醉又開始了。

警察和線民的相聚結束了，留下來的只有對下一次相聚的期待。兩人相吻後，在何時要轉身出門時，柳楊突然問：「何時，如果不礙事的話，我想請你幫一個忙，行嗎？」

「當然可以，請說。」

「我有一個好朋友，我們從念小學的時候就在一起，她的老公也在強發貿易公司做事，是挺不錯的一個人，常強發逃亡時把他一起帶走了。他到了美國後，一直和我的朋友有聯絡，他也在安排把老婆接去的事。但是從三周前，他突然就沒有任何訊息了。他是常強發身邊的人，也許你們有他的消息。」

「他叫什麼名字？」

「彭建悅。」

何時：「放心，我會替你查出來。」

「那我就先謝了。對了，我都忘了問你是什麼地方的人了。」

「猜我是哪裏人？」

「聽你口音像南方人，是不是福建人？」

「不是。我知道你是東北吉林人，你是在那裏出生的嗎？」

「我出生在那黑土地的一個小村子裏，但是五歲時就離開了，還沒回去過。就只記得家的前面有一條好大的河。」

「說來你可能不信，我是土生土長的台灣人。」

從劉治寬那裏拿錢去北京的人被袁華濤的人查出來了，這是他們取得北京保護傘犯罪的第一個直接證據。

按原來的計畫，楊冰和馮丹娜是要從哈爾濱市飛北京到公安部會合葛琴，然後參加經犯司的彙報工作會議。陸海雲是要飛上海轉機回美國，何時想要和他交換有關常強發案子的資訊，對在洛城辦案可能有幫助。到了上海後，陸海雲住進了在上海外灘的和平飯店，這是一家很老的旅店，一個世紀來，在那裏記錄了很多的歷史事件。何時要請陸海雲到家裏來吃飯，他說他老婆的廚藝很好。在下班前，何時開車來接，他是住在浦東，下班時間碰上路上塞車，所以在過隧道時車速就如牛步了。何時注視著前方的車輛，首先問：「哈爾濱之行如何？」

「你是問公事還是私事？」

「公，私都問。」

「公事是由楊冰一手主導，她是吹風掃落葉，北疆銀行是一敗塗地，毫無招架餘地。我認爲在洛城法院控告任敬均的案子，一定有把握會贏的。我對你們的楊警官是服了。」

「那麼私事呢？」

「有驚人的發展。」

「說來聽聽。」

「昨天楊冰帶我去逛松花江上的太陽島，也許是美麗的風景感動了她，她對我說了她的身世，挺感人的故事。我對袁華濤更敬佩了，他是個頂天立地的漢子。」

「楊冰對你說這些，表示她對你有意思了。」

「可是當我問她還愛不愛王克明時，她不回答我。」

「女人的心不可捉摸，等會兒你問問小莉。海雲，有件事想請你幫忙，但是先要暫時替我保密，可以嗎？」

「當然，說吧！」

「幫我打聽一個叫彭建悅的人，他是常強發的馬仔，逃亡到洛城後，他一直有跟家人保持著聯絡，但是已經有三周沒他的消息了。」

「沒問題，我回去後一定替你問。」

何時的家是在浦東新區的雪梅公寓花園，離楊冰住的地方不遠。何時領著陸海雲到了五號樓的六樓正要鑰匙開門時，屋裏就衝出來兩個三歲左右的小孩，他們高呼著：「爸爸！爸爸！」

何時一臉的笑容說：「快來叫陸叔叔。」

小男孩說：「陸叔叔好。」

陸海雲說：「哎！真乖，來我們拉拉手，叫什麼名字？幾歲啦？」

小男孩拉著陸海雲的手說：「我叫何志剛，已經三歲半了。」

陸海雲說：「何志剛，你真能幹呀！三歲了還有個半，這個半是從哪裏來的？」

小男孩說：「不知道，是爸爸教我說的。」

陸海雲有備而來，他伸手到他帶來的大袋子拿出一個會眨眼的玩具熊說：「來！這個玩具熊是專門給三歲半的小男孩，看他在跟你眨眼睛呢！」

何志剛很開心的笑著把熊抱住說：「謝謝陸叔叔！」

陸海雲說：「太好了，告訴陸叔叔，站在門口的那個小姑娘是誰？」

小男孩說：「她叫何蘊婕，是我的妹妹，她很害羞。」

陸海雲又伸手到袋子裏拿出一個布做的洋娃娃說：「去告訴你妹妹，說陸叔叔帶來一個洋娃娃給她。」

小姑娘的大眼睛盯住了洋娃娃，慢慢地走過來，她拉住了陸海雲伸出來的手說：「陸叔叔，我也是三歲半了。」

陸海雲說：「陸叔叔知道，你和哥哥一般大。你看陸叔叔帶給你的漂亮洋娃娃，喜歡嗎？」

小姑娘說：「好漂亮的洋娃娃，我要做她的好朋友，她叫什麼名字？」

陸海雲說：「她還沒有名字，你幫她取一個名字好不好？」

小姑娘說：「可是我要去問我的媽媽。」

陸海雲說：「剛剛拉著你小手的漂亮阿姨也可以幫你替洋娃娃取個名字呀！」

小姑娘說：「她不是阿姨，她是我的媽媽，媽媽最漂亮了，陸叔叔有沒有給媽媽一個漂亮的娃娃？」

陸海雲說：「漂亮娃娃已經給了何蘊婕小姑娘，可是陸叔叔帶來了漂亮的花，請你替陸叔叔送給漂亮的媽媽，好不好？」

陸海雲從袋子裏拿出一把鮮花交給小姑娘，她接過來就回頭拿給了柯莉娟。這時陸海雲被她的亮麗驚了一下，雖然她穿著簡單的藍色牛仔褲和白色緊身的襯衫，但是她修長的大腿和曲線玲瓏的身材，再加上她刻意的打扮，使她散發著濃濃的女性熱力。何時終於插嘴進來說：「海雲，別只顧著逗小孩了，來見見我老婆小莉。」

柯莉娟一邊和陸海雲握手一邊說：「陸博士，久仰大名，您真是周到，還給孩子們帶禮物來。我也謝謝您的鮮花，趕快進來吧！」

「你要是叫我陸博士，那我就得叫你柯警官或者是何太太，你喜歡哪個？」

「海雲，叫我小莉。」

進到了屋裏，陸海雲發現他們家的客廳和餐廳是相連的，屋子裏的家具擺設和牆上掛著的畫都很優雅，不像是個警察夫婦的家，倒像文藝工作者住的地方。柯莉娟把陸海雲送的花插進一個玻璃花瓶裏，再將它擺在客廳的小桌上，她說：「海雲，你還真會選花，挺配我們家的擺設的。老何，你給海雲倒杯茶，坐一會兒，晚飯馬上就好了。」

不一會，何時就進出廚房幫著把五六樣炒好的菜擺上了桌，柯莉娟把圍裙脫下來，她招呼陸海雲坐上桌：「我不知道這些菜合不合海雲的胃口，大律師一定吃慣了全世界的各種大菜，如果我這家常小菜不好吃，還請包涵一點。」

陸海雲說：「其實我最喜歡家常便飯了，我母親就說我回舊金山看他們就是想吃她做的菜，而不是像我嘴上說的是去盡我的孝心。」

何時沒有騙陸海雲，他老婆的廚藝果然不錯，可口的小菜，配上溫熱的陳年紹興酒，陸海雲很久沒有享受到這麼好的家常菜了。讓何時夫婦驚奇的是陸海雲和孩子們溝通的能力，吃飯的時候，他都在和兩個雙胞胎說話，並且這不是一般大人逗小孩的談話，他讓孩子們講他們的故事，而這些故事都是他們的生活，在對話裏，透過這兩個剛剛會說話的孩子，陸海雲知道了這一對警察夫婦的家庭情況。柯莉娟對陸海雲說：「我看這兩個小傢伙還真是很喜歡你這位海雲叔叔。」

陸海雲：「兩個玩具帶來的效果顯著。你們就不怕我帶給他們的資本主義精神污染嗎?」

柯莉娟：「不怕，我和老何都是忠實的共產黨員，馬克斯的信徒。」

何時說：「我今天才發現，兩個小傢伙還能說事情，我還以爲他們只會說一些亂七八糟沒有意義的孩子話呢！」

這頓飯吃得很開心，飯後柯莉娟就忙著收拾，陸海雲就參加了孩子們和父親的活動，大人和孩子們在一起唱歌，做遊戲，講故事和瞎胡鬧。時間過得很快，一個多小時一下子就過去了，柯莉娟也忙完了廚房裏的事，悄悄地到客廳裏看著兩個大男人陪著兩個孩子玩得有聲有色，大人小孩都很開心，她不知道心裏在胡思亂想什麼，因爲突然她的臉就紅了起來。

陸海雲看見柯莉娟在盯著他看，眼前這位漂亮的婦人和她兩個可愛的孩子，讓他感到一股傷感湧上來，他問自己什麼時候也能有像何時一樣有一個家庭，每天能看著漂亮的妻子和陪伴著孩子玩耍。他看見柯莉娟把目光轉到孩子身上說：

「小剛，小婕，看你們玩得都瘋了，老早就過了你們該睡覺得時間了。來！跟叔叔和爸爸說晚安，媽媽要給你們洗澡了。」

何時說：「小莉，我來吧！你來陪陪海雲。」

柯莉娟：「不用了，你不是還有公事要和海雲商量嗎？」

她看著陸海雲說：「我馬上就回來。」

看著她牽著孩子們的背影，陸海雲說：「今天看見了一個很幸福的女人。」

何時說：「是嗎？外表有時會誤導的。」

陸海雲：「我曾聽人說過，有些人是『人在福中不知福』，你是我所認識的人裏最幸福的，一個男人要是有你這樣的老婆和孩子，在這世上還要求什麼？別不知足了。有公事要談嗎？」

「你知道，我目前在專案組裏的任務是找常強發案子的突破口，根據我的情報，我發現兩件事，一個是目前王克明和這案子還有絲絲縷縷的說不清的關係。第二個是這個出現在廈門和洛城的台灣人張正雄，我認爲他是個神秘的人，有神秘的任務。」

「有證據嗎？」

「沒有很直接的證據，基本上是我的直覺。」

「和專案組的人討論過嗎？」

「這就是我要說的重點，我把這兩點提出來給楊冰，也寫成白紙黑字的報告送上去，她的反映是『彙報上級』。」

「然後呢？」

「就一點消息都沒有了。」

「這就太奇怪了，你是個優秀和有經驗的刑警，你們的直覺是辦案子最好的線索。楊冰不跟你討論，這太不合理了。」

「你剛剛說在美國的執法單位不會允許一個人去調查她的前任未婚夫，這種做法是根據什麼？科學的推論還是先例？」

「都不是。它是爲了加強調查結果的可信度。怎麼？你是在懷疑楊冰？」

「不，還不至於那麼可怕。是因爲你提起來，我才想到的。我的直覺是來自這位台灣人張正雄，從他的背景來看，他是個已經在國際舞台上的犯罪份子，而常強發還是個地方角色，一個走私貪污犯而已。他沒有理由去加入常強發的集團。」

「除非他還有其他的目的。」

「完全對了。」

「楊冰會不明白這個道理嗎？」

「她當然會明白了，但是爲什麼沒有反應呢？」

「我想她一定有她的理由，但是就因爲我有情報說他和王克明同時出現在常強發面前，我就自然而然地聯想到王克明是她的前任未婚夫關係。」

「要是我，我也會這麼想的。」

陸海雲想了一會兒才又說：「我明白了，你拐彎抹角跟我說這些，是不是要我們奧森律師事務所助你一臂之力？」

「到底是著名的大律師，什麼事都瞞不過你。」

「說吧！你要我如何出手？」

「我調查了張正雄這個人，他有很複雜的背景，表面上他是個台灣的黑道人物，但是在過去幾年中，他出入黑白兩道，完全遊刃有餘。這樣的人有需要去找常強發發展他的事業嗎？所以他可能是在爲他的幕後主人從事特殊任務。台灣在更換了執政黨後，海峽兩岸的關係快速升溫，如果公安部積極調查一位人脈和政治關係錯綜複雜的台灣人，對兩岸的關係會造成負面的影響，所以很可能把這事壓下來，那麼我的直覺和報告就沒戲唱了。但是如果由奧森律師事務所提出來，要求公安部協助在美國的公訴案而對張正雄展開調查，公安部就可以有理由是因爲美國法院的案子對張正雄展開調查，這樣就不會對兩岸關係造成重大衝擊。」

「這是對我們的案子有好處的，我一回去就辦。」

「那我就先謝謝你了。海雲，我知道你喜歡楊冰，我希望我的這番話不會影響你對楊冰的看法。」

「海雲，老何沒跟你說嗎？你如果對楊冰有意思，那你應該來找我才行呀！」

原來是站在陸海雲背後的柯莉娟說話了，不知什麼時候她走進了客廳，她爲自己倒了一杯茶後，就坐在陸海雲邊上的沙發上。何時說：「兩個小傢伙睡了？一定是累了。」

柯莉娟：「你們兩個大人和他們玩還能不累嗎？睡衣還沒穿好，眼睛就閉起來了。」

陸海雲：「小莉，你們家的人好幸福啊！這都是因爲你的關係。」

柯莉娟：「我？不會吧！」

陸海雲：「孩子們的幸福是因爲有好媽媽，老何的幸福是因爲有好老婆。」

柯莉娟沒說話，只是眼睛直盯著陸海雲，何時開口了：「這話我同意。小莉，海雲想問你關於楊冰的事。」

陸海雲問：「小莉，我有兩個問題，一公一私。公事的問題是，楊冰能不能大公無私地去調查她前任未婚夫？私人的問題是，楊冰還愛著王克明嗎？」

「海雲，你的兩個問題其實是一個問題，是不是？首先我想告訴你，楊冰很在意自己是公安烈士的女兒，我們在警校念書時，學校裏有五位烈士的子女，但是大部分的人只知道一個楊冰。王克明在沒有和楊冰解除婚約前就和趙思霞結婚，身爲一個女人，楊冰承受了最大的羞辱，她要和王克明一刀兩斷劃清界線是可以理解的。但是她在辦公室內當眾把王克明打趴在地上，是嚴重違反了公安人員的行爲守則。王克明對她的輕薄和騷擾，公安部的內部有嚴格的處理規定，楊冰是在維護公安烈士的光環，她也知道公安部不會對她有任何舉動的。不是嗎？她不但沒事，現在還當了特專組的組長。海雲，我是楊冰最好的朋友，如果我是她，我也會這麼做。我把我的想法告訴你，我也希望不會影響你對她的仰慕。」

「謝謝你的坦誠相告，小莉。如果楊冰的確和王克明一刀兩斷了，爲什麼她不回答我還愛不愛他呢？」

「這一點我也說不清楚她心裏是怎麼想，海雲，我只能告訴你，楊冰的感情生活是很可憐的，她同意訂婚完全是因爲門當戶對，王克明的老爸曾經是上海市公安局的黨委書記，他看上了楊冰的美色和烈士家屬的地位，訂婚後就要楊冰和他上床，她死也不肯，後來就乾脆出國，她和王克明的關係一直都是緊張的。當王克明背叛了她之後，她跟我說過，世界上的好男人是不會要她了，她認爲未婚夫的背叛完全是她的錯。我相信她根本不知道男女戀愛的激情是什麼？她以爲她這一生裏唯一的男人就是王克明了。但是當你出現後，她起了變化，她第一次嘗到了愛情的滋味。海雲，你把她迷住了，她不知道該如何對你反應。」

「有那麼嚴重嗎？」

何時插嘴進來：「我對楊冰的看法和小莉不同，雖然她對戀愛沒有一般人的經驗，但她是個絕頂聰明的人，她會很技巧的處理愛情問題。小莉說，楊冰是把戀愛、結婚、生孩子當成她個人發展的一部分，而她個人的目標就是要做一名比她的烈士父親更出色的公安人員，所以如果她還愛王克明，那一定是因爲他還有利用價值。」

「看你把楊冰說成這麼有心計的壞人，海雲，別聽老何胡說，楊冰她的心眼不壞，她就是個非常執著的人，有時候很固執己見，老何就是不能忍受這一點。可是她聰明，她的點子往往比別人的好，再加上她得理不讓人，就有人認爲她太兇了，尤其是男的。」

「我看楊冰挺溫和的，她不像是個兇的人。」

「愛情的力量果然偉大，居然把楊冰的脾氣給改了，她要變成個溫順的小女人了。」

何時又插嘴說：「我看是江山易改，本性難移。海雲，你要是把她娶進門來，溫順的小女人就會變回河東獅了。海雲，你可要三思而後行啊！」

陸海雲說：「沒關係，娶一個悍妻進門會發財的。」

柯莉娟說：「海雲，你是說我們家老何這麼窮，就是因爲我對他不夠兇？」

陸海雲：「如果根據某一個地方的統計資料和社會學的分析，那是家有悍妻是致富的條件。」

柯莉娟：「那還不容易嗎？往後我每天都對老何拳打腳踢，海雲，你就保證我會成爲一個富婆了？」

何時：「小莉，海雲是想娶楊冰想瘋了，他是在蒙你。」

陸海雲：「我可是有憑有據的。日本有一個群馬縣位於日本關東平原，當地男子擇偶時，溫柔是次要的標準，潑辣的性格才更受歡迎。群馬縣的女人不但要處理家庭事務，而且經常拋頭露面，充當丈夫的軍師和助手。群馬縣每戶人家擁有的汽車數量居全國首位，因爲群馬的女性就業率相當高，大多擁有自己的工作用車。群馬縣的方言相對比較粗獷，一般日語裏的女性用語都給人溫柔謙恭的感覺，可群馬縣方言裏卻幾乎沒有專門的女性用語，給人留下了強悍的印象。」

柯莉娟：「她們不應該被稱爲悍妻，其實她們只是非常能幹而已。」

何時：「這不是和我們在說的那個人有點像嗎？」

柯莉娟瞪了何時一眼說：「中國有很多地方傳統上女性要比男的能幹活，更能吃苦耐勞。海南島的文昌縣就是個例子。但是沒人說那裏的女人是悍妻。」

陸海雲：「群馬縣自古還被稱爲日本的悍妻之鄉。那裏一共出了四位日本首相，包括前任的福田康夫，在大男人主義的日本，這四位首相都以懼內著名，其中除了中曾根康弘娶了長岡縣的太太外，其他三位都娶了當地的悍妻。日本的政治記者在採訪首相時毫不留情，什麼樣尖酸刻薄的問題都不手軟，但是對出自群馬縣的首相夫人們還是不敢放肆。」

柯莉娟：「這只能說明她們是盡到了首相夫人的義務。也許是像剛才你說的她們的言辭有點不加修飾，讓人有點受不了。這點我們的楊冰也有那麼一點。另外我想也許還有別的歷史背景吧！」

陸海雲：「老何，你是哪一輩子修來的福，娶到了一個不但美麗溫柔，廚藝高明，會生雙胞胎的老婆，還絕頂聰明。小莉，你說得對，關於群馬縣『悍妻』的來歷，最早的說法是古代曾有一批群馬縣民被徵去海邊採集珍珠。由於女性脂肪層較厚，更適合在寒冷的海水中長時間作業，因此下水幹活的多是女人。這些女子回來時多半掙足了錢，無需像其他地方的日本女人那樣依靠男人。後來，江戶幕府又把群馬縣的絲綢製品列爲重要貢品，桑蠶織錦成爲當地的生活支柱。這個領域自然更是女性的天下，會織錦手藝的女性特別吃香，而男人種地的那點兒收入根本算不上什麼。久而久之，這裏的女人地位自然不同。」

柯莉娟：「從這些歷史事實看，日本人的悍妻定義裏並沒有我們想像中的虐夫內涵。」

陸海雲：「所以小莉你不能只是對你的老公拳打腳踢。老何你得救了。其實悍妻在日語裏叫『母天下』，本意並非『彪悍』，而是『咱家女人天下第一能幹』的意思。不過無論怎麼說，普通日本人說起群馬縣的女性來，都帶有三分懼色。最有趣的是，群馬縣對當地人進行了一次調查，問的問題是『你認爲悍妻這個詞是褒意還是貶意』，結果大部分女性選擇『褒意』。但是反過來，對『你認爲自己是悍妻嗎』的回答，卻有大部分人選擇『不是』。這兩個答案顯然是矛盾的。大概群馬縣女性的心情也在表面的強悍和實質的能幹中搖擺不定吧。」

柯莉娟：「現代的婚姻和封建制度最大的不同，就是要求雙方在肉體和感情上的全面獨佔，絕對不允許有任何的分享。但是群馬縣的悍妻卻在這方面沒有特別的要求。所以還是跳不出『大男人』的社會。這一點楊冰就不會接受。海雲，你小心啊！她比群馬縣的悍妻更『悍』。」
陸海雲：「這點沒關係，我本來就不認同大男人主義。」
何時：「海雲，你是一廂情願。楊冰就不可能讓你有一個如花似玉的紅粉知己。」
陸海雲：「你在說誰？」
何時：「就是你那位一頭金髮，一身性感的愛米律師啊！」
陸海雲：「我看不會吧！她們好像相談甚歡。」
柯莉娟：「老何說得對，楊冰告訴我你有一個紅粉知己的同事時，口氣滿酸的。我問你，海雲，你從哪裏去找這些亂七八糟的資料的？」
陸海雲：「你們這些甜蜜夫妻和寶貝孩子的父母不知道我們這些單身漢的痛苦，爲了找一個好老婆，我是無時無刻不在蒐集相關的資料。你們說楊冰可能會成爲一個兇巴巴的河東獅，但是她要是『咱家女人天下第一能幹』那也不錯啊！」
柯莉娟：「海雲，你別急，只要你願意，我一定替你找到一個好老婆。」
陸海雲：「一定要和你一樣美麗溫柔，體貼丈夫，能力強，廚藝好，還要會生孩子。」
何時：「你這個標準太高了，到哪去找呀？」
陸海雲：「老何，你不就有一個這樣的老婆嗎？小莉，你答應了，可要辦到啊！要是找不到，你就把老何休了，嫁給我。」
柯莉娟：「海雲，你要是想吃我做的菜，就到這裏來，不必給我戴高帽子。告訴你實話吧，我們開玩笑可以，要是我真的給你介紹對象，楊冰準把我殺了。」
陸海雲：「有這麼嚴重嗎？」
何時：「這一點我同意小莉說的，楊冰對你是動了真情。」

顯然這句話讓陸海雲和柯莉娟都陷入了沉思，兩人看著對方默默不語，過了好一會，陸海雲才開口說：「你們知道嗎？現在日本群馬縣的悍妻已經成爲當地文化的一部分。當地的大學舉辦『群馬學』民俗研討會，其中一個議題就叫『悍妻再考』。他們認爲『悍妻』背後表現的是女性的自信和驕傲，也是平等精神的體現。彪悍也罷，能幹也罷，群馬人已經接受了這個響亮的稱號，而且還從中找到商機。如果你去群馬縣旅遊，會看到很多的『悍妻商品』，比如悍妻鹹菜、悍妻料理、悍妻酒等等。有人開發出『男人當家』和『母天下』禮品套裝酒，做爲結婚賀禮很受歡迎。男人們則半自嘲半認真地說，家有悍妻的男人在社會上才容易出人頭地呢。所以我是應該追求楊冰了，你們說呢？」

何時：「這是你的終身大事，你要決定，後悔了就怨不了別人。」

柯莉娟沒出聲，只是看著陸海雲。他說：「對，這是影響我一生的事，也是我長久以來的一個夢。時間不早了，我得回去了。」

柯莉娟：「海雲，再坐一會兒，我們聊得多開心啊！」

陸海雲：「是啊！我很久沒有聊天聊得這麼開心。明天我需要去拜訪幾個我們事務所客戶在上海的分公司。何況，我要是再賴著不走，會影響了你們夫妻的正常生活。那老何不恨死我了？」

柯莉娟的臉色紅了，她說：「你說什麼？我們是真的想和你再多聊一會兒。」

陸海雲：「那好，明天晚上我請你們吃飯，就在和平飯店的西餐館，我們可以再聊，後天我就得回洛城了。老何，真遺憾，這次沒時間和你的哥兒們在一起打場籃球，下次吧！一言爲定。」

何時：「好，一言爲定。我開車送你回去。」

陸海雲：「千萬別。我不想小莉讓也恨我。何況，你喝了酒不能開車。」

柯莉娟：「老何，你就下去替海雲叫一輛計程車。海雲，我很高興認識你。路上小心，我們明天見。」

何時陪著陸海雲走到小區的大門口等過路的計程車，他說：「小莉很欣賞你。」

陸海雲在約定時間前一刻鐘就來到了餐廳，裏頭的客人不多，很安靜，服務員帶他到已經預先訂好了的一個靠窗的桌子，他正在仔細瀏覽菜單時，西餐廳的領枱就把柯莉娟領進來了。她顯然是去做過了頭髮，專業美容師將這位女警法醫變成了一位美豔的少婦，剪裁合身的素色連身裙只到膝蓋的上端一大截，露在外面的健美小腿在配色的高跟鞋上更是誘人，圍在脖子上的藍色絲巾只把雪白的胸脯掩蓋住了一部分。柯莉娟像是件藝術品，婀娜多姿移動著，餐廳裏的幾個客人都轉過頭來看她，陸海雲起身相迎，站在他面前的大美人著實讓他驚愕，他握住了柯莉娟伸出來的手問：「老何呢?他是去停車了?」

「我一個人來的，還能賞頓飯吃嗎?」

「當然，當然!」

「海雲，快鬆手，我想坐下來。」

「抱歉!美色當前，情不自禁。所有男人的毛病。」

柯莉娟坐下後說：「你是錯把小莉當冰兒。」

「就讓我錯當一次『玉盤』多好啊!」

柯莉娟的臉上露出了會心的微笑，她說：「長恨歌裏的大珠和小珠都落在玉盤裏，難道陸大律師也貪心不足，一個到手了還想要另外一個，別忘了昨晚還在說你手裏的是一個『悍婦』，到時候你會吃不了兜著走。」

「原來中國的女法醫對中國文學的造詣很高啊!」

「談不上造詣，就是個人喜愛而已。老何常說我一心二用，所以永遠不能做個好警察。」

「說到老何，他怎麼沒來呢?」

「一大早楊冰就打來一通電話把他叫到北京去了。老何還說你是要請他吃飯，他不在，你也許就不想請我一個人吃飯了。所以他叫我好好的打扮一下，也許你會賞我一頓飯。」

「看老何說的什麼話，我還不至於那麼小氣吧！小莉，你這麼一打扮，我終於明白了當年老何爲什麼娶了你，而沒去找另外兩朵金花。」

「是人家不理他，而我這沒人要的野花又自動送上門來，他就順水推舟收下了。」

「我不信。我沒見過那第三朵花，不能說她。但是昨天第一次見到你時，感到你的美麗有一股溫暖。楊冰給我的第一個印象是冷豔的美。可是今天你搖身一變，成了美豔的女明星了。」

「原來海雲還是審美專家，老何跟我說，你那位金髮碧眼的紅粉知己也是個大美人，所以楊冰才對她酸溜溜的。爲了要騙你的一頓飯，他一定要我上美容院。海雲，你知道我們女人有多麼的悲哀嗎？我在嫁給老何之前，什麼化妝品都不用，每次出門只要洗把臉，路上的人就會多看我一眼，結婚後開始注意哪家百貨公司有化妝品大減價，生了孩子後開始對著鏡子找臉上的皺紋，還要拚命虐待自己來減肥，現在淪落到老公堅持要我上美容院來騙飯吃。」

「人都是一樣，每一個階段都有他的特點，多年前，你是以青春的美來征服男人，現在要步入以成熟美來征服世界了。」

「但是這世界對我們女人太不公平了，海雲，你們男人都喜歡年輕的女人，因爲年輕就是貌美，成熟的女人永遠要甘拜下風，絕不是對手。但是你們男人卻是越老越有魅力。讓我更難受的是，我自己根本不喜歡美容師把我打扮成的樣子，像是一個模子裏出來的，但是爲了吃你這頓飯，只好去找罪受。你說我們可不可憐？」

「這個我不同意。我想你一定知道你看起來有多漂亮，否則你不會進美容院的。來，我們開始研究這裏的菜單吧！」

「海雲，我不懂西餐，你替我點好嗎？我沒有忌口的。」

「我剛剛看了一下菜單，他們有套餐，每樣東西都配齊了，但是內容可以選擇，好像湯就有三種讓你選。」

「很好，省了讓我這老土去用大腦。但是不要太破費了。」

「原來是三個人的預算，現在我們把老何的那份給分了，好好吃一頓，要不然老何要你去一趟美容院就白去了。我建議你和我的主食不要選一樣的，然後我們分著吃，這樣可以多嘗一點。」

「行，就這樣。海雲，可以叫點酒嗎？」

「美人、美酒和美食，缺一不可。等我們選好了主菜後再決定是要紅酒還是白酒。小莉，你對酒有偏愛嗎？」

「我認識的人裏，大部分都愛喝紅酒，說是對身體好。但是我喜歡白酒的清淡和芳香。」

「那我們的主菜就點魚和雞，我來問問他們是如何做的，你看行嗎？」

「太好了。」

「你們夫婦都是公安局的，是我們的客戶，這頓飯是和客戶聯絡感情，算在我老闆奧森的帳上。何況原來是三個人，我們把老何那一份給分了。就可以好好的大吃一頓。」

「看樣子我從今天一早就不吃東西的決定是對了，然後明天在健身房再多待半小時。」

出乎意料的，端上來的西餐非常可口，陸海雲和柯莉娟吃得很開心，他們的談話卻集中在將自己的家庭背景和成長的過程講給對方。陸海雲對兩個雙胞胎孩子特別感興趣，問了很多關於他們的問題。柯莉娟對陸海雲的父母很關心，問了他們從台灣移民到美國去成家立業是不是很辛苦，在美國會不會覺得自己是外國人等等問題。兩個人都很開心，柯莉娟在美酒、美食和面對著一個會說話的男人，她的容光煥發，顯得更是美豔，她也注意到了陸海雲是用男人看女人的眼光在看著她，她放開了自己。

「海雲，我現在明白你渴望婚姻的原因了。」

「是嗎？」

「因爲你的父母給了你一個非常溫暖的家，你有一個非常快樂的成長過程，所以你很想也有一個同樣的家。」

「我還以爲你只會對冷冰冰的人體做分析，原來你對活生生的心也會分析啊！不錯，我是在一個非常快樂的家裏長大的，並且父母又成了我最好的朋友。我渴望家庭的溫暖能繼續下去，同時父母親也漸漸地老了，我想我應該給他們一個溫暖的家。」

「楊冰說你是個心地很善良的人，她甚至認爲你心太軟不適合當律師。沒想到你還是個孝子。你父母都是在大學裏工作，你不想也去教書嗎？」

「我想我最終是會回到大學去的。我給聯邦大法官做助手和當律師打官司，也當過義務檢察官，這些都是在累積實際的經驗，我不想做一個生活在象牙塔裏的教授。去當老師更要有一個老婆，否則誰去給學生做飯啊？所以我才發愁呀！」

「那我要告訴你一個不幸的壞消息。」

「什麼？」

「楊冰做的菜可難吃了。」

「小莉，那你一定要給她加緊補習呀！」

「沒問題，可是我要的學費很高的。」

「由我來付。」

「海雲，看你，把我的話當真了？跟你說笑呢！」

柯莉娟拍拍陸海雲放在桌上的手繼續說：「放心吧！我一定會把楊冰改造成一個會做菜的教授夫人。」

「小莉，那我先謝了。別只說我的事，也該說說你了。你是三朵金花中最早結婚的，當時你也很渴望婚姻嗎？」

「當年在警校念書時，他們說我們三個人裏就屬我最沒心沒肺，整天嘻嘻哈哈找樂子。警校裏選校花都是楊冰當選，她很生氣為什麼來追我的男同學要比追她的多。都是因為我的人緣好。」

「在美國的大學每年會選出來兩個人，一個是『皇后』，也就是你們說的校花，一個是『男同學最愛約會的人』，這兩個當選人不會是同一個人。所以最漂亮的不一定會是最有人緣的。怪不得，你是三朵花中最早結婚的。」

「其中最大的原因是我的家庭生活很快樂，父母親都是老公安，有一個上警校的女兒讓他們很開心。但是他們反對我嫁給老何，可是我已經被老何徹底迷住了，非嫁不可。有一天，在一頓臭罵後，我離家出走去找老何，他看我自動送上門來就一點都不手軟，當場就把我搞定了。事後，我媽不要我了，趕我出門，我爸要把我和老何一起斃了。最後虧了楊冰，說好說歹把我爸媽給擺平了。」

「老何一定很有一手，居然把你手到擒來。那後來他又怎麼對待你的父母呢？」

「海雲，你知道老何是個孤兒，父母親是到上海經商的台灣人，但是在一次車禍雙雙去世，他留下來進了警校。他很會伺候我爸媽，何況他們也捨不得我這唯一的女兒，所以就真的成了一家人了。」

「我聽楊冰說，自從雙胞胎來臨後，兩老就更是開心了，是不是？」

「哼！我爸媽心裏掛念的首先是兩個小的，其次是女婿，現在簡直就是親兒子了，我這個女兒有沒有都無所謂了。」

「小莉，你不能不承認，老何的出現使你們的家庭有了完整性，也讓老何從孤兒變成有家室的人。這真是人間喜劇。來，我爲你們的美滿家庭浮一大白。」

陸海雲拿起酒杯喝了一大口，他看見柯莉娟看了一下手錶說：

「對不起，我得給家裏打個電話。」

她拿出手機快撥號碼後說：「媽，我是小莉，小傢伙睡了嗎？」

她停下來仔細聽對方說了一陣後：「明天可能會降溫，注意一下天氣報告，必要的話給他們加一件背心。」

她又聽了一會兒：「知道了，那我掛了。」

柯莉娟把手機合起來：「海雲，我知道你喜歡孩子，可是有了他們就會有牽掛，有時候會急死人的。」

「我明白這個道理，這也是人類文明能夠生生不息，永續發展的原因，值得。」

「像你這樣想法的人，現在不多了。」

「我想還是有不少人是這種想法的。我們不談這些理論，我問你，小莉，老何是不是反對我去追楊冰？她是你們的大恩人，是不是覺得我配不上她？」

「你別多心，老何是對楊冰有意見，老是認爲她的人生目的就是在保護那個烈士的光環，做任何事情都有目的。有一次我們在談男女戀愛到什麼程度才可以上床，楊冰說她要把她的初夜給對她事業有幫助的男人。老何說這不是做愛，這是賣身，氣得楊冰好幾天不跟他說話。」

「也許是她成長的環境，讓她把愛情扭曲了。」

「我們都看得出來，楊冰對你有無限的好感，是不是已經愛上了你還不敢說，因爲時間還太短。但是老何是怕你會被傷害，他知道你曾經有過失戀的經驗。」

「小莉，別取笑我，你們這些從來沒有失戀過的人，無法體會那種經驗是何等的痛苦。」

「當楊冰告訴我們你失戀的經驗時，我們都非常驚訝，認爲像你這麼優秀的男人一定有很多美女投懷送抱，怎麼會把你扔了呢？仔細的問才知道，分手不是因爲愛情的消失，而是女方有其他不能克服的外在理由不能跟你地久天長，這對戀人是永遠的哀傷，但也有它淒美的一面，它將兩個人的愛情凍結在那瞬間，雖然感受給你極端的痛苦，但是那份凍結住的愛情卻是永恒的。」

「這些話一定是你們警察用來開導那些不吃不喝，不想活的失戀者所說的。別緊張，即使楊冰不要我，我也不想跳樓。」

「海雲，這都是我自己的想法，不是我們警察行動手冊裏寫的。你知道嗎？我只跟一個男人有過短暫的戀愛經驗，然後就嫁了。那些轟轟烈烈，刻骨銘心，銷魂蝕骨的偉大愛情都是我從書本上看到的，要不就是我自己的幻想。那些流傳千古的愛情故事大部分都是悲劇，所以我想，很多人都是陶醉在愛情的過程，在記憶裏，結局的地位就遠不如過程了。」

「我想你一定是喜歡看小說的人。」

「哈！我不是喜歡，我是沉迷在小說裏。從初中起一直到警校，不曉得挨了多少老師和父母的處罰，包括老爸的痛打。所以，海雲，你要把我當成愛情專家。」

「真的啊？你都喜歡看什麼小說？」

「幾乎所有的小說都喜歡。最早從瓊瑤的書開始，後來到三〇年代的魯迅、巴金、冰心和沈從文，張恨水的言情小說等等，但是最喜歡的作者是張愛玲和一位台灣筆名叫三毛的作家。我也看了不少古典的小說，像是紅樓夢、西廂記和白蛇傳等，最後是看到世界名著，像簡愛、傲慢與偏見、齊瓦哥醫生等等，這些是最能讓我心動的。海雲，告訴你一個秘密，就是只要我有時間，我還是會沉迷在小說裏。在進警校前，我曾想過要當一個作家，可惜發現自己沒有才華。」

「你怎麼知道自己沒有才華？」

「我寫過一些小品的東西，完全是為了好玩和自我滿足，拿給別人看了後，被批評得體無完膚。」

「真巧，我也有同樣的愛好，你說的那些書我大部分都讀過，哪天我們一定要找個時間來交換我們的讀書和寫作心得。我也告訴你一個秘密，一年前我開始寫小說，它是治療失戀最好的藥，我要是有一天不想當律師了，就會去寫小說的。小莉，你不許把我的秘密告訴任何人。」

「我不會，連老何都不告訴他。海雲，你寫的是愛情小說嗎？」

「不是，我是在寫偵探小說，是講一個律師幫助警察捉拿殺人犯的故事。」

「一點愛情的情節都沒有嗎？」

「當然有了，律師愛上了女警察。」

柯莉娟笑著說：「結局是不是大團圓，律師娶了女警察，花好月圓後，就生了一大堆孩子。」

「我寫得很慢，離結局還遠呢，我本來是想寫像你說的以大喜劇結束，但是現在我改變主意了。」

「那是什麼結局呢？」

「是個悲劇，女警察移情別戀，律師又愛上了一個男警察的妻子，最後律師出家，以孤獨終老。」

「海雲，你很殘忍。」

「對誰？是對讀者嗎？」

「對警察的妻子。」

「為什麼？」

「你沒有考慮警察妻子的感情。」

陸海雲沒有回答，他轉開了話題說：「小莉，你一定看過《飄》這本很長的小說吧？它是作者瑪格利特・米契爾的第一部作品，讓她一舉成名。而《飄》也成了經典文學。」

「這本書我在五年裏看了兩遍，給了我好大的衝擊，覺得自己好渺小。海雲，我希望是第一個拜讀你大作的人。

「做第一個爲我寫書評的人好嗎？」

「書評我還沒資格寫，但是我一定把我的感想告訴你。」

「那我們一言爲定。現在就先向你請教眼前我和楊冰的問題。」

「我認爲戀愛的過程是最重要的，也就是在這個過程中，戀人受到對方的影響最深刻，也最能促成對方的改變。你和楊冰戀愛不會是一兩天的事，我相信她在你的影響下，會改變她扭曲了的愛情觀。」

「會改變得跟你一樣嗎？」

「爲什麼要跟我一樣？」

「我不想讓老何老是在我面前說他的家庭生活有多幸福，他一定要讓我知道他有個多好的老婆。」

「海雲，老何不是這樣的人，是你又在給我戴高帽子了。告訴我，昨天你第一次見到我時，是什麼感覺？」

「太羨慕老何了，每天晚上都能抱著你這個大美女睡覺。」

「是不是男人都一樣，看見女人就想到那回事。」

「只要是身心健康，行爲正常的男人都會的。」

「怪不得老何會跟你情投意合，連說話的用詞都一樣。」

「可是他就比我幸福得多。」

「不見得。」

陸海雲看見柯莉娟的臉上，尤其是那對大眼睛裏，突然出現了一絲憂怨的神情，但是一閃而過。她的手機響了：

「對不起，我接個電話。」

她看了看來電顯示後說：「是老何，一下就好。」

「我是小莉，……我們還沒吃完呢，正要上甜點了，……知道了，我會的，海雲說我們把你那份也吃了，……這麼緊張啊！那你小心，我掛了。」

一等柯莉娟合上了手機，陸海雲就說：「老何不放心老婆跟野男人在一起吃飯，怕野男人心懷不軌，是不是？」

「我怎麼沒感覺到有野男人動心呢？」

「那等一會兒野男人動心時可別嚇著了。」

「野男人難道不怕警察身上的功夫？」

「哎！又輸了。小莉，你覺得我點的主菜還行嗎？合不合胃口？」

「太好了，看我吃得一點都沒剩下來，我的吃相是不是很難看？」

「是因爲你把自己餓壞了，那我們就上甜點了？」

他們要的是不同的甜點，柯莉娟說：「海雲，我想要嘗嘗你。」

陸海雲瞪大了眼睛很驚訝地說：「就在這裏？」

柯莉娟的臉馬上漲得通紅，她抗議：「不要欺負我，你知道我是指你的甜點。」

「我還以爲你們上海的女警官都是很大膽的。」

隔了一會兒柯莉娟才明白過來：「海雲，你跟我說老實話，是不是楊冰對你下手了？」

「保密，不能說。」

「不說就不說，反正你是楊冰的人了，她早晚都會把你拿下。」

兩個人都沉默不語，專心地吃甜點，陸海雲把他的一半分給柯莉娟：「一瓶白酒喝完了，小莉，要不要再開一瓶？」

「千萬別，這大半瓶都是我喝的，不能再喝了。」

「那好，你想要咖啡還是茶？」

「咖啡，請他們再把這杯冰水加滿。」

柯莉娟嘗了一口冒著熱氣的咖啡，把話題轉開說：「他們這兒的咖啡是挺香的，我喜歡。海雲，你對婚外情有看法嗎？」

「人和人之間的關係不外乎是親情、友情和愛情，但是在發展的過程中，會因人而異。我的原則是尊重個人的感情，但如果傷害到第三者，就可能醜化了原本很美的感情。婚外情除了感情有了變化外，往往還牽涉到法律和道德的問題，我在很多的法庭訴訟案件裏看到，當親情、友情或愛情消失後，兩個人會在法庭上赤裸裸的攻擊對方，要置對方於死地。將一個人性中最美的東西變成最醜陋的。」

「海雲，如果有一天，你發現了你的妻子有外遇，或是她向你坦白她有男朋友了，你會如何呢？」

「其實我對這個問題思考過很多。夫妻關係在法律上有明文規定，在道德上也有社會認可的行爲準則，但關鍵還是在男女雙方是否還有愛情的存在，就是因爲這份愛情才有了相互的承諾，我認爲它比法律和道德對婚姻的約束都還重要。如果沒有了愛情，婚外情就沒有意義了。」

「如果愛情還在，你會如何處理？」

「如果這只是她的感情一時的爆發，沒有別的目的，我想我會接受的。當然這是很大的打擊，可是人生不就是這樣嗎？」

「海雲，你相信男女之間的親密關係是感情發展和互相關心的必然結果嗎？」

「我相信。」

「海雲，陪我去黃浦江邊走走好嗎？我想跟你說件事。」

陸海雲在西餐廳結了帳，帶著柯莉娟穿過外灘大馬路，沿著台階走上了江邊的遊客人行道。上面的遊人和各種叫賣的小販讓人感到這是個觀光的景點。因爲天氣晴朗，對面的浦東陸家嘴可以一目了然，那裏是全中國最高的摩天大樓的集中地，有近百層樓高的金茂大廈、環球金融大廈和帶有觀光設施的電視發射台東方明珠，在林立的高樓中成爲現代化上海市的標誌。陸海雲指著黃浦江對岸從大樓裏照射出來的燦爛燈光說：「真沒想到，在這短短的幾年裏，上海就變成了一個現代的國際都市，我相信就連你們上海人都會感到驚訝，是不是？」

「海雲，我不是上海人，楊冰才是。」

「我聽你和她說上海話，才以爲你也是上海人。」

「我是後學的。我出生在賀蘭山邊的一個小鎮上，但是在蘭州長大的。你去過那兒嗎？」

「小時候跟父母親去莫高窟旅遊，曾經在蘭州住過，但是除了那條滾滾流過的黃河外，什麼印象都記不得了。」

「其實在蘭州附近，除了黃河外還有很壯觀的西北大沙漠，它有很豐富多彩的文化和歷史背景，我在那裏住了快有二十年，考上警校後才隨父母搬到上海。我有時候還很懷念那裏。」

「我的父母親很喜歡中國的大西北，說那裏是中國文化的發源地，常去那裏旅遊。」

「我們不談大西北，我是想說說何時，海雲，你知道他現在是在做什麼嗎？」

「在北京公安部出差，你不是剛跟他通過電話嗎？」

「沒錯，他們開完會了，應該是休息的時候。我有感覺老何很可能正在和另一個女人做愛。」

陸海雲停了下來，驚訝地問：「你在說什麼？」

「我在說我的老公和另一個女人做愛。」

「你有證人或證據嗎？」

「我是他老婆，我能感覺到，這事已經有一陣子了。」
「你能把你的感覺說得更具體一點嗎？」
「老何對夫妻間的性生活有比較強的要求……」
陸海雲打斷她的話：「如果我的老婆也像他的老婆一樣，我也會有強烈的要求。」
「海雲，你不覺得你太殘酷了嗎？」
「對不起，小莉，我不是故意的。嘴上不饒人是我的壞習慣。」
「老何不碰我了。」
「也許他是太累了，或者有可能是他病了。」
「都不是，是另外的一個女人把他的心佔領了，他以前也發生過兩次婚外情。」
「那你們是怎麼克服了困難，度過危機的？」
「當我感覺到時，我就質問老何，他馬上就承認了。他說是因爲工作上的要求，爲了要取得對方的信任，就有了親密的關係。他要求我原諒他，給他一點時間。」
「你知道對方是什麼人嗎？」
「老何沒說，所以我相信是女線民。」
「婚外情很快就結束了嗎？」
「是的。大概是內疚吧，事後老何就使出渾身解數來討好我。事情就這麼過去了，並沒有影響我們夫妻的感情。」
「哼！又讓老何吃到了甜頭。但是他還是愛他的老婆和愛他的家，這比他的工作更重要。」
「海雲，你不覺得男人爲了工作的婚外情，對做妻子的太不公平了嗎？」
「我同意，但是在感情這件事上，本來就是不公平的，這跟男人和女人在歷史、文化和社會上扮演的角色都有關係。就是因爲這個不公平，老何才有內疚，才對你特別的好，來補償這個不公平。」

「我還是認爲男人在婚外情發生後，就會有很多的解釋和藉口。」

「小莉，我告訴你兩個真實的故事，說明男人在感情上所受到的壓力和痛苦。」

「海雲，我洗耳恭聽。」

「在法國有一對影藝工作者夫婦，丈夫是導演，妻子是演員。最近他們出品了一部非常成功的愛情電影，得到了大獎。其中有一場男女主角做愛的場面，讓觀眾很是震撼，不僅演得非常精彩，而且在銀幕上可以看到男女兩人是真刀真槍的做愛。當然這部電影產生了很大的爭議。」

「是真的有做愛嗎？海雲，你看過這部電影嗎？」

「當然看過了。告訴你，小莉，他們在銀幕上是真的在做愛。有記者去問導演，他的回答是爲了要將真實的表情演出來，他要求演員真的做愛。」

「這是導演的回答，做爲丈夫，他怎麼想呢？」

「他說在拍攝做愛的那一幕時，他沒有想到自己是女演員的丈夫，他還告訴男主角什麼樣的動作會使女主角興奮。但是在後來看片子的時候，才感到另一個男人在享受他妻子的身體，他才有了嫉妒的感覺。」

「女演員怎麼說呢？」

「她說，她用了很長的時間才使自己的心理進入了要和另一個男人做愛的情況，但是一旦進入，她就感受到了從未有過的性愛歡愉，所以她才有了淋漓盡致的表演，因爲都是來自真實的感覺。雖然是這麼值得回味的一場感情的爆發，她還是深愛她的丈夫。」

「海雲，他們現在還是夫妻嗎？」

「我相信他們還是在一起。小莉，我要告訴你的是那導演說的一句話。他說：『我和我妻子的夫妻關係和愛情是長時期的。雖然我看到她和另一個男人有了很短暫，但是火辣辣的感情爆發和身體的接觸，這不會影響到我們的家庭。更何況感情的發揮是我們的職業。』」

「你是在替老何說話。你的第二個故事呢？」

「我不是在講故事，我是在說真事，這是發生在台灣的一件事。」

「海雲，你不會蒙我吧？」

「絕不會，一定是真發生過的事。有一對要好的朋友，他們成了結拜兄弟。在一次喝醉酒後，弟弟失手殺人。做哥哥的看到弟弟已經定好了日子將要娶妻了，就出面爲弟弟頂罪，說是他殺的人，結果被法院判了十五年的徒刑。哥哥在監獄裏被關滿了十年後，因爲品行優良被提前釋放。弟弟把哥哥接回到家裏，大大的吃喝了一頓後問他最想做的是什麼？哥哥說他當了十年和尚，最想做的當然就是找一個女人睡一覺了。」

柯莉娟插嘴說：「憋了十年就只想這一件事？太可憐了。」

「別說人家，你們家老何要是三天沒抱你，他一定發瘋，我說的對不對？」

陸海雲看柯莉娟不回答，就接著說：「於是兄弟兩人就到城裏準備花錢去物色一個女人，他們走遍了所有的聲色場所，結果都沒找到小姐，兄弟兩人只好很洩氣的回家。哥哥看見渾身發散著成熟女人性感氣息的弟媳，只好猛喝了一口酒就去睡覺了。弟弟想了一下就去求老婆，要她去陪哥哥睡覺，老婆當然死活不肯。弟弟就向老婆下跪苦求，一跪就是兩小時，老婆終於答應了。」

「這個老婆也真好說話，怎麼就答應了。」

「要是老何在你面前跪了兩小時哀求你，你不會心軟嗎？」

「我不會！」

「我敢打賭，你一定會的，我知道你比那位弟媳更愛你的丈夫。」

「你怎麼知道？」

「楊冰和我說過，你剛剛也說了，何況我也看得出來。」

「快繼續說你的故事吧！」

「後來哥哥睡到半夜，發現有人進來把燈打開，原來是弟媳，她說既然找不到別的女人，就拿她來代替吧！這也是弟弟同意的，但是做哥哥的當然也是死活都不肯。可是弟媳已經開始在脫衣服了，當一個曲線玲瓏，全身赤裸裸的少婦，站在一個血氣方剛，又是十年沒碰過女人的男人面前時，小莉，你說會是什麼樣的結果呢？」

「我不知道。」

「哥哥閉上了眼睛還在掙扎，但是女人從喉嚨深處低喊了一聲就撲上來投懷送抱。壓抑了十年的衝動再也無法控制了，男人像是一隻野獸，肆意地蹂躪著壓在身下的獵物，被捕捉到的女人全身在扭動著，她在承受男人在她身上釋放出積聚了十年的能量，在男人語無倫次的喊叫中她反抗著，同時也是在配合著，但是最後只剩下了氣若遊絲的呻吟，男人就像是一匹在草原上脫了韁的野馬，任意的奔馳著，兩人全身的汗水反射了屋裏的燈光，弟弟看見了兩個人的臉上出現了滿足的表情。」

柯莉娟說：「我還是不信這樣的事會真的發生。」

陸海雲：「小莉，請相信我，這是真的事。大部份的人看到的是一個壓抑了十年的男人和一個女人有了一次淋漓盡致的性行爲。但是這故事的真諦是，哥哥爲弟弟犧牲了十年的青春，弟弟苦求妻子獻出身體，而妻子打破了所有禮教的約束爲丈夫還債。男女做愛的歡愉是正常的生理反應，它不應該將它背後高尚的情操給掩蓋了。小莉，爲了任務，老何是可能和別人發生關係甚至情感，但是我知道他愛的是你，是你們的孩子和你們的家。」

「但是這次他是真的不要我了。海雲，你知道嗎？我發現結婚後我更愛老何，他是個很會伺候女人的男人，不論是白天還是夜晚，我都陶醉在他的關愛裏，他要是不愛我了，我會發瘋的。」

「小莉，我認為你是在疑神疑鬼。」

「絕不是，因為我完全能感覺到他正在很努力地把我推給另一個男人。」

「誰？那個男人是誰？」

「是你，就是你陸海雲。」

陸海雲不說話了，他只是凝視著黃浦江對岸陸家嘴燦爛的燈光。柯莉娟轉過身來面對著陸海雲繼續說：「今天我一個人來和你吃飯也是他刻意安排的。楊冰從北京打電話來跟我聊天，說起老何這次回上海是為私事請假回來的，她問我是什麼私事？還說老何今天就要回北京報到。所以今天一大早老何說楊冰來電話，要他馬上去北京，我就知道他是在說謊。他說他不能吃你的這頓飯了，要我一個人來，還要我非得刻意打扮才能赴宴，他是一心一意想把我推給你。老是在我面前說楊冰對你不合適。」

「老何是內疚，他認為他在外面和另一個女人在一起，對你太不公平了。他知道我喜歡看美女，所以要我陪陪你。」

「但是老何他太傻了，他不想想你還有美豔的楊冰和那個如花似玉的紅粉知己，不可能對一個黃臉婆有興趣的。」

「子非吾，焉知吾心。更何況我怎麼還沒見到個黃臉婆呢？我昨天和今天見到的可都是美女呀！」

「海雲，我知道你是在同情我，可憐我。」

「可是你還是來了。」

「我是很想和你說說話。」

「小莉，我不傻，我們當律師的和當警察的一樣，對案子要有直覺，對人要有敏銳的感覺。老何排山倒海似地把你推給我，我不可能沒有感覺。但是我的直覺告訴我，他之所以這麼做，不完全是因為他的內疚，而是有更重要的理由。」

柯莉娟不說話，只是看著陸海雲，她往前挪動一下身子，低下了頭，將額頭壓在他的胸口：「我不知道。海雲，我真的不知道他心裏在想什麼。」

「會不會是和案子有關係？」

「跟你說說話以後，我心裏舒暢多了。海雲，你願不願意把我也當成像老何一樣的朋友，常常跟我說說話？」

「這也正是我想問你的。」

陸海雲看見柯莉娟把頭抬了起來，她臉上的兩顆淚珠被外灘觀光道上微弱的燈光閃亮了，出現的是她的笑容。她的手按在陸海雲的胸膛：「海雲，你是個很優秀的男人。」

「哪一點優秀？」

柯莉娟想了一下，然後笑著說：「有很多，但是我最欣賞的是你很會講故事，剛才那兩兄弟的故事，聽得我都臉紅心跳的。」

何時從北京回到上海的第三天，就接到值班警官的電話要他趕赴現場，有命案。何時說根據輪值表，還沒輪到他出任務。值班警官說，領導指定要他趕赴現場。命案的現場是在櫻花公寓小區裏的六號樓六〇二室，何時和另一位年輕的刑警隊員吳可威來到現場時，民警和小區的保全已經把整個現場用黃色警用塑膠帶圍住了，同時也封鎖了現場。

六號樓是整個櫻花小區裏的所謂「小高層」，樓高只有十二層，每層兩戶，只有一個上下用的電梯。何時發現六〇二室的空調是開著的，也許就是室內的低溫，減低了屍體腐爛的速度，所以何時還沒有聞到屍臭的味道，也沒看見有屍蠅。這是一種特別的蠅蟲，會在好幾公里外就聞到屍體腐爛的氣味而飛來。在走進臥室前，兩位刑警把手套拿出來戴上，被害人是個年輕的女性，可能還不到三十歲，全身赤裸，兩手分別被綁在床頭板上。何時拿出手機快撥了一個號碼，對方在一聲鈴響後就接了：

「值班室。」

「我是老何，請技術科的柯莉娟馬上到現場，告訴她，被害人是趙思霞。」

何時關上手機後對刑警吳可威說：「小吳，請你到小區的物業去一趟，把六號樓的監視器錄影帶和進出停車場的錄影帶都要來。」

「要從什麼時候開始的？」

「要三十天的，弄清楚中間沒有漏空的，如果有就查出來爲什麼漏掉沒錄下來。完了後，你可以在六號樓裏挨戶走訪，問他們最後一次看見死者是什麼時候，是和什麼人在一起，明白了嗎？」

何時又把注意力轉回到死者，多年前，這位躺在大床上已經沒有生命的女人，和他的妻子柯莉娟還有楊冰，是他們警校的三朵花，後來趙思霞搶了楊冰的未婚夫王克明，從此趙思霞就和另外兩朵花成了陌路人，如今她又和王克明離了婚，而王克明成了他們目前大案裏的主要目標。

就在幾年的時間裏，三朵花之間就起了翻天覆地的變化，其中變化最小的要算是他的妻子柯莉娟了，發生在她身上的就只是不顧父母親強烈的反對嫁給了自己。現在看來，變化最大的就是眼前躺著一動都不動的趙思霞，她是連命都沒了。當然，對何時來說，最大的問題是眼前的命案和袁華濤前些日子說的事是否有關，那麼眼前的死者在死前是不是有什麼話要說？如果有，要如何去取得呢？

死者的兩眼都沒有閉上，她的眼神和眼珠一樣是固定在她生命結束的那一刹那。何時聚精會神地看著這最後的眼神，他覺得除了驚恐之外還帶著一絲悔恨。死者的身上只戴有兩個裝飾品，一個是看起來很貴重的項鍊和一個相當不小的鑽石戒子，因爲死者的兩臂是朝上被綁住的，很清楚地可以看到剛刮過毛的腋窩。她的腳趾頭很短，腳趾甲上有粉紅色的指甲油，她的衣服丟得滿地都是，像是匆匆忙忙的脫掉衣服，在一堆衣服之間，還有一隻毛茸茸的玩具大娃娃熊。

除了有一張好看的臉孔外，趙思霞還有一副好身材，她的皮膚雪白光滑，沒有瑕疵。因此她脖子上一條紫紅色的皮下出血痕跡就顯得非常突出，非常可能與死亡原因有關。但是他知道這是法醫要做的決定。

何時很小心地圍繞死者移動，從不同的角度觀察屍體，雖然技術科的人會從所有的角度將屍體拍照，但是他知道在現場看實景會產生「感覺」，對日後破案有很大的影響，這是光看照片所做不到的。他的目光轉移到白色床單上的一攤淺褐色的浮水印，它正好在死者陰道下面，這是從陰道流出來的精子痕跡嗎？是誰的？是兇手的嗎？何時身後傳來聲音：「她再怎麼不對，也不能這麼整死她。」

何時回頭看見是柯莉娟，他說：「小莉，如果你們的人到齊了，可以開始逐屋檢查了，然後到車庫檢查死者的汽車。」

「解剖驗屍是非做不可的，但是我想楊冰應該來一次現場，你同意嗎？」

「同意。」

「我們完事後是不是就能交給法醫了？」

「是的。」

「老何，你看趙思霞被殺和你們現在的案子有關嗎？」

調查命案最重要的關鍵，就是現場一定要維持原樣，不能受到破壞和干擾。命案中的兩個主要人物，兇手和被害人都不會把經過說出來，調查人員要靠現場留下來的證據說故事。報案人是替六〇二室打掃的清潔工，她是一位來上海打工的中年婦女，她坐在六號樓的台階上，表情一片茫然，顯然是被驚嚇得都快精神崩潰了，有一位女警在旁陪著她。何時走過去輕聲地問：

「我是浦東分局的刑警何時，請問阿姨就是打一一九報案的人嗎？請問你叫什麼名字？」

「我叫林貴香，是從安徽合肥來的。是我打一一九報的案。」

「請你告訴我，你是怎麼樣發現死者的？」

「我是小區物業雇來替趙阿姨打掃清潔的，每周一三五來三次。都是早上十點來。」

「你記得今天早上到這裏的準確時間嗎？」

「我今天來得早了一點，不到十點，大概是九點五十分到的。」

「你怎麼會記得這麼清楚？」

「我到的時候，樓下保全小李說我今天怎麼早到了，所以我就看了一下手錶。」

何時必須建立第一證人到現場的時間，這可能會幫助建立死亡時間的準確性。

「很好，告訴我你是怎麼進到六〇二室的。」

「我有大門鑰匙，可以開門進去。」

「你沒有先按電鈴？」

「有，我是先按了電鈴，因爲趙阿姨在家時都會把大門反鎖的。一定要她來開門的。」

「你按鈴後沒人來開門，所以就用鑰匙開門進去了，是這樣嗎？」

「是的。」

「很好，你進去後有沒有發現什麼和平常不同的地方？」

林貴香想了一下說：「平常阿姨出門時，都會把她的臥室門也鎖上的，她有一把鑰匙放在客廳的小抽屜裏，我可以用來開門打掃臥室，但是今天我一進門，就看見臥室的門大開著，進去就看見趙阿姨光溜溜地死在床上。把我嚇昏了，趕快衝下樓告訴保全打一一九報案。」

「你怎麼知道她不是在床上睡著了？」

「睡覺的人不可能把兩隻手綁在床上，可是我有去摸摸她的鼻孔，看她是不是還有氣。」

「除了這之外，你還有沒有碰過什麼東西？」

「沒有。」

「進到臥室時，空調是開著的嗎？」

「是的，客廳的空調也是開著的。」

「那好，請你把聯繫的號碼留給這位女警官，你如果還想起什麼來，請馬上跟我們報告。你可以走了。」

「那今天這裏還需要打掃嗎？」

從北京公安部的一紙公文下達了一個命令給上海市的公安局，指示將趙思霞命案和任常專案合併偵查，除了知道內幕的人之外，一般人都覺得丈二金剛摸不著頭腦，不明白爲什麼一樁謀殺案，要和走私，貪污和逃亡海外的案子合併偵辦。上海市公安局也樂得遵命，省了他們很多人力和財力。

楊冰一進了自己的辦公室，就打電話到技術科找柯莉娟，說有重要的事要談，她馬上會過去。不到五分鐘，楊冰和馮丹娜就像一陣風似地吹進了柯莉娟的辦公室。

這間辦公室也是一個小型的工作間，除了她的辦公桌之外，還有一個大桌子，靠一邊的牆是比人還高的書架和三組有四個抽屜的檔案箱，靠另一面牆是工作台，上面擺了兩台顯微鏡、一個印表機、傳真機和掃描機的組合體。最顯眼的是還有一台液晶式的電視機。技術科裏的東西不但對案子的調查很重要，對日後在法庭上的審判更是一點差錯都不能有。柯莉娟負責的案子所有重要的證物和報告都是鎖在她這個辦公室裏，她讓這兩個來訪的人坐下，給她們倒了水，正要問她們來的目的時，楊冰劈頭就問：「小莉，電腦硬碟恢復了沒有？」

柯莉娟：「什麼硬碟，恢復了什麼?你們能不能慢點說?」

楊冰：「除了趙思霞電腦裏的硬碟，還能是別的嗎？」

柯莉娟：「專家們說沒希望，一點可能性都沒有。我不是已經告訴你們了，要有心理準備。」

馮丹娜：「真洩氣，這下子是真的沒戲唱了。」

原來是技術科在趙思霞命案現場和她的汽車裏做了詳細的檢查，發現了男人的毛髮和脫落的皮膚碎片，但是在DNA檢驗和罪犯的庫存資料做了比對後，並沒有結果。採到的指紋和指紋庫的資料比對，也沒找到有可疑的人去過現場。刑警吳可威在現場六號樓和停車場的監視器的錄影帶中，是看到趙思霞和同一個中年男士好幾次一同進出，但是所有的錄影都沒有拍攝到他的正面，結論是這個人的運氣好，或者是有高度的反偵查敏感性。停車場的錄影機有拍攝到他的車牌，經查證是有牌無車，也就是原來掛這個車牌的車子已經報廢了。這一切都說明此人來找趙思霞但是又不要別人知道，那只有一個解釋，就是來意不善。

他們對死者的遺物做了詳細的分析，得出的結論是，殺人的目的不是爲財，因爲死者錢財珠寶和家中値錢的東西都沒有丟失。偵查命案的第一步就是要找到殺人的動機，有了動機，目標的範圍也就相對縮小了。但是對趙思霞命案發展的本身來說，所有的線索都斷了，就只剩下了一樣東西還可能有一線希望，那就是他們想看看死者的電腦裏能不能提供些線索，但是發現無法啓動，原來趙思霞的電腦硬碟被洗過，上面一乾二淨，什麼都沒有。

柯莉娟把電腦送去給專家，希望他們有辦法恢復被洗掉的文件。另外楊冰又想到了趙思霞曾經給她和柯莉娟發過電郵信件，她的電郵是用新浪寬頻網。楊冰和馮丹娜找到新浪公司，檢查了趙思霞的信箱，看見了兩封沒有發出去的郵件草稿，她們急忙趕到技術科來找柯莉娟。

楊冰說：「你找的是什麼專家呀？是真的專家，還是來招搖撞騙的？」

柯莉娟：「我們請了三位專家來，都得到相同的結論，說一點希望都沒有，連做一點局部復原的可能性都不存在。楊冰同志，我說你們幹偵查的一遇到困難就拿我們幹技術的出氣是不是？昨天老何說話就沒好臉色，這可好，今天你也來了。」

楊冰：「我的好小莉，我不是拿你出氣，我不就是心急嗎？行了，別生氣了，我的心肝大寶貝。」

馮丹娜：「楊姐，你管柯姐叫什麼？」

楊冰哈哈大笑地回答：「你不知道嗎？我們的何時大偵查員想要和老婆親熱的時候就叫她心肝大寶貝，小莉，你說是不是？」

柯莉娟的臉漲紅了，但是還在掙扎：「楊冰，你別胡說八道的。」

楊冰：「馮丹娜同志，你看見了吧？說我胡說八道的人，自己的臉紅了？你知道嗎？我們的何時大偵查員有三個心肝寶貝，兩小一大。兩個小的告訴我說，爸爸每次送他們上床睡覺都叫他們心肝小寶貝。每次要媽媽睡覺時，就叫她心肝大寶貝。我沒胡說八道吧？」

柯莉娟：「有你這樣當阿姨的嗎？以後不讓你跟他們玩了。」

楊冰：「小莉，別，我下次不敢了。」

柯莉娟：「要想有下次，就要看你這個當阿姨的表現了。楊冰，你來就是爲了硬碟嗎？還是來跟我磨牙抬槓？」

楊冰：「我們在趙思霞的電郵信箱裏發現了一封沒發出的信件草稿，上面有驚人的事，所以才這麼急著要硬碟。」

馮丹娜把一封列印出來的信交給柯莉娟，上面寫的是：

楊冰，小莉：

我好幾次企圖要跟你們聯繫，都沒有成功。你們不想理我，我完全理解，這都是我自作自受，不能怨任何人。但是我有非常重要的事想告訴你們，也許對你們的案子有關。一年多來，我蒐集了王克明貪腐的資料，包括了他受賄的關係戶和行賄的對象，還有中間經手人的資料。我已經做成了文件放在我的電腦裏了，現在我希望把它交給你們。這是我找你們的主要理由。

另外，我當然也想把我是如何走上現在這條窮途末路的心路歷程說出來，不管我是個怎麼樣十惡不赦的壞人，你們是如何的看不起我，至少我認為你們還會聽我說最後的一句話。我是曾經羨慕和嫉妒過楊冰，但是當王克明告訴我，他要求楊冰在出國留學前和他結婚而被拒絕時，我以為楊冰並不是真的愛王克明，而我發現自己卻愛上了他。婚後，我才發現他利用職權在做一些不法的事，他的解釋是大家都在做一些小打小鬧的事，不做白不做。但是他後來膽子越來越大，明目張膽的幹起違法亂紀的事。我們開始吵架，他也開始動手打我。等到袁華濤來上海開始調查時，我已忍無可忍，就決定跟他離婚了。最近王克明來找過我，問我有沒有把他幹的事記錄下來，威脅我說如果他出事了，他一定會把我咬死是他的共犯。現在我感到了恐懼，不是因為要當共犯，而是感到王克明可能會對我下手。

你們知道我和王克明離婚的真正理由嗎？是因為他從來就沒有愛過我。我知道他在外面拈花惹草，但這些都是沒有愛情的肉慾。雖然我明白王克明是個魔鬼，我還是跟他說過，只要他是真的愛我，我會陪他一起上天堂和下地獄。但是他沒有，這個萬惡的魔鬼一直深愛著楊冰。從我們第一次上床到離婚前的最後一次，他都是呼喊著楊冰的名字到達高潮。他告訴我，他和楊冰從沒有過肌膚之親，所以我和那些花花草草一樣都只是楊冰的替身，他相信只要他累積到了足夠的財富，楊冰就會回到他身邊。

世界上有比我更悲哀的女人嗎？我已經準備好了，等待法律對我的不舉發和包藏犯罪做出判決。但是我希望見你們最後一面，把這份文件交給你們，也想證明王克明錯了，當年我們這三朵花就沒把財富當回事，要不我們也不會都留在公安單位了。到底我曾和你們在一起度過我一生裏最快樂的時光。我也希望是你們而不是別人把手銬扣在我身上。

念完了信，柯莉娟的臉色都變了，她說：「怎麼會這樣呢？趙思霞真是太可憐了，把自己的所有都給了男人，但是那個男人還是愛著別的女人。太虧了，我還把她打了一頓，現在想起來，我是太過分了。」

楊冰說：「她就是不該愛上一個魔鬼。不過也真是的，一步走錯，就連命都賠進去了。莫名其妙的是他們彼此折騰還把我也拉進去，就像是被人強姦了似的。」

馮丹娜：「怎麼可能，楊姐不還是處女嗎？」

楊冰：「我是說被王克明意淫更是噁心。」

柯莉娟：「等等，我感到這裏頭有蹊蹺。趙思霞在信裏說，王克明問她有沒有把他違法犯罪的事記錄，然後又說她感到王克明要對她下手了。我們能不能做結論說：王克明相信她手上有重要的證據並且將對她下毒手滅口。如果是這樣，你們說趙思霞這麼聰明的人，還會把這份文件放在硬碟裏，不再存一個備份？不合理吧？」

楊冰：「對啊！趙思霞不是坐著等死的人，她一定存了備份，但是會放在哪裏呢？小莉，你是我們局裏有名的會替死者說話的檢驗員，我們在等著看你的本事了。」

柯莉娟：「別亂七八糟瞎捧人，能不亂批評我們就感激了。」

技術科的人和刑警們把趙思霞的住處翻了個底朝天，但就是沒有找到她信中所說的文件。

楊冰從哈爾濱市回到上海後，她的人生起了天翻地覆的變化，她有生以來第一次體認到她是生活在她給自己建成的一個無形的殼子裏，不僅是生活、行爲，甚至連思維都是牢牢地鎖在這個殼子裏。她說服了自己，唯有在這牢不可破的殼子裏，一切都才是完美的。在她到美國留學時，她也是帶著這個殼子飄洋渡海，雖然是生活在一個極度開放的異國，但是依舊沒跳出去。

在此之前，楊冰的生命裏有兩個男人，一個是她的父親，是個神話般的英雄。另一個是揮之不去而背叛了她的魔鬼。袁華濤讓她認識了父親另一面充滿了人性的高尚情操，陸海雲的出現又敲開了她感情的心扉，讓她感受到一個真正優秀的男人是如何打動了她的激情。一回到上海，緊張忙碌的工作不允許她胡思亂想，但是一有空下來的時間，楊冰的腦海裏就充滿了陸海雲的影子，她知道這些都是「少女」的行爲，一個快三十歲的女警還如此的不成熟，她自己都臉紅不好意思了。

楊冰的變化沒有引起別人的注意，但是這一切都沒有逃過她的好友柯莉娟的眼睛，她說這是遲來的愛情，楊冰一定要珍惜。到底是多年的老友，楊冰在心情煩悶時，下班就去找柯莉娟談心。一天，兩個女人聊得晚了，楊冰回到家時都快十一點了，她一進門就看見母親坐在客廳，顯然是在等她。

「媽，我回來了，您還沒睡呀！」

「本來已經上床了，剛剛小莉打電話來說你出來了。我怕你搭不到計程車，就起來等你。」

「我是自己開車的，經犯司給我配了部車。」

「我忘了，你現在是領導了。」

「什麼破領導，不就是這麼幾個人在一起幹活嗎！」

「冰兒，你是當了領導就什麼事都不跟媽說了，有事就只找小莉去談，是不是？」

「我是怕又惹您生氣。上次要不是小莉救我，媽不就用皮帶把我給抽了。」

「沒良心的女兒，媽是那麼狠心的人嗎？」

「媽就只有我一個女兒，當然要疼我了。可是我當時是真的嚇壞了，以爲逃不掉皮肉之苦了。」

「別跟我貧嘴。說，爲什麼不告訴我你要到美國出差的事？」

「正式的命令還沒下來，所以還沒告訴您。」

「那個叫陸海雲的是什麼人？你是要去美國找他嗎？」

「媽，您就別瞎猜了，陸海雲是公安部聘請的美國法律顧問，是幫我們辦案子的。」

「媽不反對你找對象，可是一定要帶來給媽先瞧一瞧。」

「要是真的到了那一天，我一定會帶回家來給媽看看，但是您得趕快加緊練習英語啊！」

「真是要命！」

楊冰想起陸海雲教她的那一招：「媽，在北京時我叫了袁華濤一聲爸爸，但是他不理我。我想我是真的把他得罪了。」

「他跟我說了，說你當時哭得像個淚人似的。他是大人，不會和女兒鬥氣的。聽他的口氣，他是挺高興的，你終於叫了他一聲爸爸。」

「媽，那你們什麼時候要去登記呢？」

「我問了他，他突然好像是不著急了，老袁以前是十萬火急，恨不得馬上就要成親。」

「媽，您要加油呀！別讓他人捷足先登啊。」

「冰兒，你是什麼意思？你是不是知道了什麼在瞞著我？」

「我哪敢啊！不就是聽到一些小道消息嗎！我是害怕您會想我是在背後說我們大部長的壞話。」

「你到底說不說？」

「袁部長一來能力強，又是從基層上來的，二來他是國家特級英雄，人高馬大，一表人才。現在是單身一個人在北京，沒人照顧，每天還得上食堂吃飯。」

「他是很不容易的。」

「我聽到的小道消息可不是這樣的。他們說袁華濤是部長級的鑽石王老五，是人見人愛的萬人迷。不僅有風韻猶存的中年婦人要請他吃飯，或是想登堂入室給他做飯，還有年輕貌美的演藝界女明星和電視女主播，都想當副部長夫人。」

「怪不得他在北京樂不思蜀，也不提急著辦登記的事了。」

「媽，您要是再不加油，我就要破世界紀錄了。」

「什麼意思？」

「剛認了一個爸爸，又得再認個新媽，一個人有四個爸媽，這肯定是世界紀錄。」

「楊冰，你別做夢，也別氣我。」

楊冰主要的工作就是在爲陸海雲準備上法庭打官司的資料，所以他們每天都會有一兩通的越洋電話。所有的文件傳遞都是利用電郵，洛城和上海兩地相距數千公里，又隔了一個太平洋，但是在辦案的過程裏，時間和空間的因素幾乎不存在了。

在電話和電郵的往返中，兩人都不約而同地避開他們在黑龍江的太陽島上那短暫的感情爆發，也許兩人都意識到他們的工作關係不允許他們之間有男女感情的存在。在工作裏，他們是同事，但是在整體的關係中，公安部和奧森律師事務所是顧主和受聘者的關係，楊冰代表公安部在理論上是陸海雲的老闆，他們是不合適談戀愛的，並且在美國律師公會的律師行爲守則裏，明文規定了律師和客戶間是不允許有任何感情糾葛的。他們也不約而同地強調他們會繼續做對方的好朋友。

在午餐過後，下午兩點多時，楊冰算算該是洛城的上午九點多了，她打開了電腦上網看看有沒有陸海雲的信件，這是她每天最期待的事。和往常一樣，楊冰的信箱裏有一大堆垃圾信件，她提醒自己要去裝一個更有效的防火牆軟體好把這些垃圾信件擋住。又和往常一樣，陸海雲的信件是夾在兩個賣春藥的廣告郵件中間，但是這回信件的內容和往常不同，沒說公事，一開始就說他們的事：

楊冰：你好！

我的耐力是沒你強，我再也忍不住，非得說說在太陽島的感受了。我相信你也意識到了，因為工作，我們不能談戀愛。可是你一定要明白，工作只是暫時的，短期內就會圓滿成功，那時我會讓你真正的認識我。你會等我嗎？

你們當警察的和我們幹律師的都會允許交「無性」的朋友，所以你的領導和我的老闆不會反對我們在工作期間成為「哥兒們」。我熱愛大自然，享受天人合一的境界。你來洛城時，我會帶你走進古代詩人杜牧的描述：

江涵秋影雁初飛，與客攜壺上翠微。
塵世難逢開口笑，菊花須插滿頭歸。
但將酩酊酬佳節，不用登臨恨落暉。
古往今來只如此，牛山何必淚沾衣。

楊冰，我想要和你一起醉臥祈連山麓，如何？

陸海雲

楊冰馬上就回信了，她寫道：

海雲：你好！

真高興接到你這封信，我正在想你是不是已將把太陽島忘了。你這麼聰明的人，不會不明白我的心思吧？可是我還要引用一首新詩來回答你：

「很多事情，注定了開始，也注定了結局。

時光已醒，而流年未醒。當你剝開塵封的心事的時候，注定了，今生，我會為你守候成一種姿式，在水的影子中盈盈而立。

折一束月光為鏡，為自己雕琢一個精緻的表情，靜靜數花開花落，所有的故事，沉陷為凝眸的傳說。」

你引用了杜牧的詩，豪邁之氣叫人心動，我一定會帶上美酒和你共赴祈連山麓。你知道杜牧寫的傳世名句：

「多情卻是總無情，惟覺樽前笑不成。蠟燭有心還惜別，替人垂淚到天明。」

有多傷感啊！

海雲，是我該問你，你會等我嗎？

請多保重，別工作得太辛苦了。

楊冰

這次陸海雲的回覆是在兩個半小時後才從太平洋的對岸傳到：

楊冰：

謝謝你的關心。

我沒有你想像中的辛苦，這不是在跟你開心的筆談嗎？都不想工作了。不僅如此，我還找時間把我最喜歡的中國古典愛情小說《西廂記》又拿出來翻了一遍：

裏頭的男主角張生，他「刮垢磨光，螢窗雪案，滿腹文章，胸藏大志」，是個典型的古代知識份子。我很羨慕他的幸福，他出口成章，就能先贏得美人崔鶯鶯的心，然後又拿出他精於琴棋書畫的才藝，在月光之下小試琴指，一曲〈鳳求凰〉未終，美人就徹底地醉倒了。他是否當場就贏得美人的身體，不得而知。但是用現代的話說：「揮舞著知識的寶劍遊刃於愛情之中。」要把崔鶯鶯「擺平」，應該是理所當然的事。

昨晚在放下小說入睡前，曾想到有一天我們會不會：

「且盡樽前酒一杯，哪怕歡情短暫，夜夜相思，相忘於江湖，何如今夜相濡以沫；且點燃香爐上未盡的檀香，且留下唇間沒褪去的殘紅，今朝有愛，就任那微風悄悄漫捲沉醉的輕紗，就任那滿月無語穿過西廂的簾櫳。」

你也要保重！

陸海雲

楊冰心裏想，還說書裏的張生呢，你陸海雲不也是有一把「知識的寶劍」嗎？不用揮舞，就已是人仰馬翻，倒在他面前投降了。楊冰告訴自己不能這麼不中用。

第五章　犯罪活動的延伸

洛城有一個著名的戶外音樂演奏廳，可以容納一萬多名聽眾。它建在好萊塢山的山谷中，所以取名為「好萊塢大碗」。圍繞著它的山脈形成了天然的音屏，也促成了很好的音響效果。

由於洛城長年的好天氣，不僅下雨的日子不多，多數時候是萬里無雲，因此一年裏有大半年的月份在好萊塢大碗都會有各種各樣的音樂會，從以巴哈作品爲主的重頭古典音樂到現代的流行歌曲，或是從維也納兒童合唱團的天使之音到搖滾樂團歇斯底里的呼喊，都會被搬上舞台。聽眾在音樂會開始前早早就到場，他們帶著野餐、美酒和歡樂齊聚一堂。會場上經常迷漫著大麻菸的菸味，在這場合下，警察也只有睜一眼閉一眼了。

好萊塢大碗四面的山坡都是公園用地，沒有任何建築物，也有不想買門票的人，就坐在山坡上欣賞音樂，效果是同樣的好。在四面的山上沿著山脊有一條曲折的公路叫莫哈藍公路，人們可以把車停在路邊，在那裏聽音樂，也能清楚地看見舞台和所有的聽眾。相反的，所有的聽眾也能看到這些在小山頂上的人。有一次，一對年輕男女在一輪明月下情不自禁，赤裸裸地在汽車頂上做愛，他們的熱情把所有在好萊塢大碗聽眾的眼光吸引過去。

哈利．伯司是洛城警察局，殺人重案組的資深警官。這個星期六是他輪休，但是接到刑偵局總探長的電話叫他馬上到現場去。伯司很清楚，總探長在他的輪休日叫他去現場一定是有理由的，但是他還是有些不愉快，因爲這將他的周末計畫給攪亂了。

當他上了莫哈藍公路接近現場時，就開始聽見了音樂聲，樂曲的旋律由四周的小山反射造成了間斷的回音。當他看見有三輛警車停在一條碎石鋪蓋的小路出口邊上時，他將車速慢下來，然後在警車後面停住。黃顏色的犯罪現場繩帶已經從警車的車窗外反光鏡拉到小路口的一個牌子，白色牌子上黑色的字在各種的塗鴉下快將無法分辨了，但是伯司警官還能依稀地看出字跡來：「消防車通道，嚴禁車輛進入，吸菸及點火」。伯司向站在路口的巡警出示了他的警證，他說：「我是重案組的伯司警官，都來了些什麼人？」

「您的夥伴，科特．雷多警官，還有兩位技術科的人。」

伯司注意到這位巡警的身材高大，臉上的皮膚凹凸不平，顯然是青少年時的青春痘所造成的。也許這是他戴著一個特大型的水銀反光墨鏡的理由，在他制服左胸口袋上的名牌寫的是「鮑爾斯」。

這條碎石小路的兩旁雜草叢生，長得有半個人高。還有不少的瓶瓶罐罐被遺棄在路旁，伯司明白這裏也許就是所謂的「情人巷」，情人們在晚上開車到這裏來談情說愛，等到談到沒話說的時候還能讓激情奔騰一番。伯司越往裏走，音樂聲越大，走了一百多公尺後，來到了一小片空地，就是案子的現場了。在空地的另一邊停著一輛賓士S500的大型轎車，他的夥伴雷多警官站在旁邊忙著在他的筆記本上描寫現場，技術科的兩人，一個在做現場攝影，一個在做車輪和腳印的採樣。雷多說：

「還是大老闆行，居然在輪休的周末把你老大給叫出來了。」

「可不是嗎！打亂了我好好的一個周末。」

當伯司走近空地的另一邊時，視野一下子就開闊了。空地是在好萊塢大碗後面的一座懸崖峭壁頂上，下面就是音樂廳舞台的屋頂，樂聲就是從那裏傳出來的。現在是洛城交響樂團演奏的最後一周。下面坐著一萬八千名來聽音樂的洛城市民和許許多多從各地來的遊客。他們除了聽音樂外，也有人在野餐，特別是坐在包廂的人，面前都擺著一瓶酒。他能夠想像得到其中有不少的人還在抽大麻。伯司突然明白了為什麼總探長要在周末找他來辦這案子。原來這塊空地就是多年前那一對男女向山下一萬多名觀眾演示他們性生活的地方，在第二天〈洛城新聞〉報紙上【只有在洛城】的專欄裏，有圖文並茂的頭版報導。他的任務是如何在一萬八千人面前，將一具死屍移走而不引起注意。

雷多知道伯司在想什麼？他說：「我有個主意可以神不知鬼不覺地把屍體搬走。」

「科特，說說看。」

「小山的另一頭也有一塊這麼大的空地，我們找一對男女在那裏表演他們的性生活，趁大家都把注意力集中在他們身上時，我們就大大方方的把屍體抬走。」

「好主意，我建議你去當男主角，我來給你批加班費，你要不要幹？」

「沒問題，又能爽，還有錢拿，我幹了。」

「把你的鬼主意收起來，我不想陪你一起被隊長炒魷魚。」

「要是讓下面的一萬多人看到我們抬死人，明天再一上報紙，那我們也是死定了。」

「先看看死者再說吧！」

科特是個運動型的年輕小伙子，四年前他從警校畢業後，就加入了洛城警察局幹了三年半的制服巡警，然後參加刑事警察的考試，成績不錯錄取了，現在還在實習階段。伯司往賓士轎車走過去，他問：

「被害人的情況怎麼樣？」

兩個技術科的人跟了過來，但是科特回答：「後車廂裏有一具屍體，是亞洲人，男性，受的是槍傷。我們還沒有做進一步檢查，我們盡量將車廂的門蓋住，但是車廂的地上有血跡，顯然是從裏頭流出來的。」

賓士汽車的車尾是面對著好萊塢大碗舞台的後面，坐在音樂廳前面一半的觀眾對他們是一目了然。伯司警官要認真地思考如何才能把屍體移出車廂。他說：「你們是想把受害者從車廂裏抬出來，讓山下的人一邊聽音樂會，一邊喝著紅酒，再一邊看我們抬死人。你們有沒有想到，今晚的新聞會如何報導。」

技術科來人中的大個子說：「伯司警官，我們是來幹活的小兵，您是負責現場的資深警官，我們聽你的。」

另外一個也接著說：「要不我們把死人扔下山，就說我們一開車廂蓋子，他就跳起來逃跑了。」

「無聊！車子都檢查和採樣了嗎？」

大個子說：「現場的檢查和採樣都完畢，當然，我們把車拖回去後還得做更仔細的檢查。」

伯司警官走到賓士車後面時就聞到氣味了，多年來的經驗告訴他，這是屍體開始要腐爛的味道。他把提著的文件箱打開，從裏頭一個紙盒裏拿出一副橡膠手套戴上。他對在場的人說：「大家靠近來，把觀眾的視線擋住。他們是來聽音樂的，不是來看死人的。等一等。」

他看了看周圍說：「路口值勤巡警的夥伴在哪裏？」

科特回答說：「就只有他一個人，說是夥伴病了，瀉肚子。」

賓士車廂的蓋子是輕輕地合上，並沒有蓋緊，因此沒有鎖上。伯司用他戴著手套的手指把車廂蓋提起來。馬上一股很濃的死屍味衝進了鼻子。他小心地彎腰把頭伸進去好看得更仔細些，但是很小心不讓褲管去碰到汽車的保險槓。

車廂裏的男性死者的衣服顯然是上等的昂貴服裝，西裝褲子燙得筆挺，褲腳有折疊，上身是一件藍色帶花的襯衫，外面是一件皮製運動外套，腳上沒有鞋襪。死者的皮膚蒼白，已經出現了暗灰色。他的身體像是嬰兒般地向右邊蜷曲地臥著，但是他的雙手沒有放在胸前而是在背後，隱約可以看見手腕上有一道勒痕。

伯司認爲很可能他的雙手是被捆綁在背後，在他死後才鬆開，左手腕上戴著名貴的勞力士金錶。死者的鼻孔和嘴角都有血跡，頭髮裏也有乾了的血塊，並且血還流到了他的肩膀和車廂裏的墊子，部分的墊子被血染成暗紅色。死者的血是從車廂底的一個小洞流到地面，小洞離死者頭部有一英呎，因爲小洞的圓形周邊完整，不像是由子彈穿透所造成的，而是原來的螺絲釘鬆落而遺留的。車廂的墊子蓋住了這個洞。

伯司看見死者的後腦下方有兩個槍傷，傷口形狀不規則，顯然是子彈所造成的。從傷口附近的頭髮有火藥燒焦的痕跡來判斷，殺手是在近距離開槍，很可能槍口就抵在後腦，因爲沒有出口槍傷，非常可能是小口徑子彈，例如點二二口徑，開槍後，子彈就像掉進瓶裏的玻璃彈珠一樣，在頭顱裏反覆地跳躍反彈。伯司抬頭看見有一些血跡濺灑在車廂蓋的裏邊，他注視著這血跡一陣後，往後退了一步，伸直了身體，把全車的情況仔細地觀察了好一會兒，心裏有了初步的問題：第一，血跡滴出車廂外，但小路上卻沒有血跡，所以死者是在車廂中被殺，爲什麼？第二，死者的鞋襪爲什麼不見了？第三，爲什麼在死後將雙手鬆綁？他問：「你們查看過他的皮夾嗎？」

科特回答：「還沒有，哈利，認得死者嗎？」

伯司仔細地看了一下死者的面孔，臉上帶有恐懼的表情，也許死者知道兇手將要殺他，伯司心想，死者眼角上的白色粉末是不是乾了的淚水。他回答說：「我不認識這人，你曾見過他嗎？」

科特回答：「臉孔都變樣了，很難說。」

伯司把車廂蓋關起來，又回到空地的邊上。面對著他的是整個洛城的輝煌景色，東面是好萊塢地區，再過去就是洛城市中心，透過惡名昭彰的洛城被污染的空氣，他可以分辨出不同的大樓和離唐人街不遠的道奇隊棒球場。往下看可將整個好萊塢大碗收進眼底，今天似乎是滿座，橢圓形的觀眾席一直延伸到對面的小山上，最高的座位和他所在的空地幾乎是同一水平高度，他不曉得有多少人在注意他們的活動。伯司拿起手機，接通了警察局的值班警官，以調查殺人案的名義要求即刻派出一輛平板大卡車到現場，將一輛裝有屍體的賓士轎車運送到檢驗中心。然後他對兩位技術科的人說：

「你們跟著平板車到檢驗中心，馬上對人和車進行全套的殺人刑事檢驗。我到了後就會簽署文件。」

技術科的大個兒說：「沒問題。真可惜，沒機會讓一萬多人看我們的死人表演。」

「變態！」

伯司對雷多警官說：「請你把那位巡警鮑爾斯叫過來。」

巡警來到賓士轎車後說：「伯司警官有事嗎？」

「鮑爾斯，我們有些例行公事的問題必須要做記錄，希望你不在意。」

「沒問題，請問吧！」

「科特告訴我，說你的夥伴病了，所以只有你一個人。」

「是的，他在吃過午餐後就肚子疼，開始瀉肚，我把他送到醫生那裏。」

「沒有叫一個代替的夥伴？」

「我通知值班警官了，代替的人還沒到。」

「重案組派我到現場時，說是巡警報告有汽車棄屍，那是你發的報告嗎？」

「是的。」

「你是怎麼發現這空地上有一輛車，車裏還有個屍體？」

「我的巡邏路線包括了莫哈藍公路，經過路口時，看見裏頭有部車，因爲這裏是不准車輛進來的，所以我想把車趕走。但是看見車裏沒人，等走近了就聞到一股怪味，像是死人的味道。」

「當警察很多年了嗎？分得出來死人的味道。」

「幹了兩年多了。」

「聞到了死人味道，然後呢？」

「我把車廂蓋打開，看見了屍體，馬上就報告值班警官。」

「你是怎麼打開車廂的？」

「有一串鑰匙留在汽車開關上，上面有一把車廂的鑰匙。」

「除了鑰匙外，你還動過別的嗎？」

「我把一個留在車位上的手帕放進證物袋，交給雷多警官了。」

「很好，我們會有一個現場報告，到時候還要請你來對證一下。」

「沒問題。」

「那好，等我們把車子移走後，現場的黃帶子還不要拿下來，我們很可能還會回來。」

技術科的兩個人幫忙把賓士車移到平板卡車上後，就開他們自己的車跟著平板車去了證物檢驗中心，在那裏，他們使用先進的儀器和工具開始了詳細的科學檢查。伯司和雷多各自開著警車來到他們常去的一家餐館吃晚飯。就座後，伯司說：

「這頓晚飯算我請，叫你想吃的，但是不能喝酒，飯後我們還要到檢驗中心去。」

「哈利，那我就叫一客上等牛排了，可別心疼。」

「叫吧！沒事兒。」

兩人都點了牛排，八分熟，外加沙拉和馬鈴薯，飲料是冰紅茶。

「科特，我覺得巡警鮑爾斯在說謊。」

「我也覺得他一副陰陽怪氣的。」

「第一點，巡警是不允許單獨巡邏的，如果值班警官無法立刻派出替班的人，他會把鮑爾斯叫回來的，這是巡警手冊裏的規定。第二點，在路口是看不見空地上有沒有車子，因爲角度不對。第三點，把鑰匙串從車上取下來開車廂後，你還會把它放回原處嗎？也許一般人會，但是警察是會把它放進證物袋裏的，他能把一個手帕放進去，爲什麼沒放鑰匙呢？」

「還有一點，技術科的人告訴我，現場除了我們警車外，就只有賓士車的車輪印，那麼兇手是如何離開現場的？」

「科特，你明白這話代表的意義嗎？」

「當然，就是兇手是我們自己人，如果技術科的人把鞋印結果再拿出來，這就有點意思了。」

「我看你是有點長進了。」

「跟你老大辦了幾個案子，也該學點本事了。」

「很好，你明天就把鮑爾斯的來龍去脈查一下，看看他的背景。但是一定要保密，現在還不能打草驚蛇。」

「哈利，說說你的初步想法，這傢伙是怎麼讓人給廢了，我還在實習嘛！」

「我認爲死者是被人綁架，放在車廂裏。是兇手和他的同夥來到現場，那時他還活著，兇手打開車廂後就行兇，然後再替他鬆綁。」

「我看現在是問題比答案要多得多，這案子一定很有意思。」

「我也是這麼想。這麼多年來，我還沒辦過東方人被謀殺的案子，我們對他們的文化和生活背景不是很了解，得特別小心。」

當伯司和雷多兩位警官來到檢驗中心時，初步的結果已經有了。死亡時間在二十四小時內，更準確的時間要在屍體解剖後才提出，根據死者身上的駕駛執照，姓名是彭建悅，年齡五十一歲，駕照上的地址不存在，皮夾內有一千多元的現鈔和數張信用卡。加上手上的金錶，可以排除搶劫的殺人動機。利用科學方法和工具，在汽車的後保險桿上取到一副運動鞋的鞋印，又在死者的皮質外套上取下三組手掌及指紋的印子。除了死者外，另外兩組是屬於一男一女的。

在皮製衣服上取指紋是這一、兩年才發展出來的新技術。死者身上所有的東西都收集在一個證物盒子裏，伯司很仔細地看了一遍，有一張停車票吸引了他的注意力，那是一個在奧林匹克大道上停車場的停車票，停車的時間是從當天下午十二點半開始，但是沒有離開的時間。停車票的背後還蓋了一個公司的圖章，顯然該公司是可以享有免費停車的權利。圖章上印的是強發貿易公司。伯司想起兩、三星期前的一個電話，他取出了手機查到他要的號碼，按下了呼叫鍵，兩聲鈴聲後有答錄機回答：

「這裏是西爾斯私家偵探社，我們已經下班，請留言。緊急事件請撥下列電話……」

伯司留下了信息。

蔣英梅選中了常強發做為未來的合作夥伴，不是因爲他的辦事能力，而是因爲他會利用金錢和其他不道德的方法，去收買官員和社會上的人來達到目的。另外常強發還有一個非常重要而又無形的能力，那就是他人在海外，但是對國內還能呼風喚雨，有很大的影響力。這對蔣英梅太重要了，這些人脈關係不是她在短時間內能做到的。

蔣英梅第一次去見常強發時，提出了雙方合作賺大錢的想法，首先她透露出她對常強發販賣毒品的細節已經完全掌握，但她不是要來威脅他，而是要來利誘他。蔣英梅告訴他，她願意向常強發提供所需的古柯鹼和安非他命，價格比他目前要付給賣家的便宜百分之二十。她要用優惠的價格，來交換常強發可以在中國動用的所有力量爲她服務。

雖然對賺錢很感興趣，常強發非常明白，一旦她成爲自己的上司，時間一久，下屬就會被上司給控制了，所以他要好好的考慮考慮。可是他也看得出來，蔣英梅的目標不是在尋找毒品的下家，而是看上了他在中國的能力，這點是他完全可以掌控的。另外他還面對著另一個更大的吸引力，那就是蔣英梅本人，他還沒有碰過像蔣英梅這麼動人的女人，和這麼能幹的女強人，他決定要把她弄到手。

常強發要蔣英梅先當他的情人，然後在事業上合作。蔣英梅說不可能，因爲她是結了婚的人，和老公非常恩愛，她不願做對不起丈夫的事，所以第一次的談判並沒有具體的結果。唯一的收獲是明白了常強發是個大色鬼，居然在光天化日下，就在辦公室裏對她動手動腳的。

但是時間對蔣英梅有很大的壓力，她迫不及待地要在中國開始行動，也許他的好色就是克服他的突破口了。她第二次約常強發會面，去之前她特別著實地打扮了一番，又穿了一身性感的衣服。這次見面的地點是在強發貿易公司的一個倉庫辦工室，它不僅是儲藏貨物的地方，也是個發貨點，所以在現場也有裝卸貨物的設施。蔣英梅把車停妥，一路往常強發的辦公室走去時，所見到的工作人員全都是說西班牙語的拉丁族裔男子，他們都用一種奇怪的眼光看她。

面積不小的倉庫有一個角落是用鐵絲網圍起來的，有一個看起來很牢固的鐵絲網門，門裏頭是一排矮房間，沒有窗戶，但是又有一排鐵門，都是用看起來很結實的大鎖鏈鎖起來，一眼就能看出這是用來儲藏很貴重或是非常值錢的物品用的。

這排特別的儲藏室的樓上，才是常強發的辦公室，有一段樓梯把辦公室的門接到地面上。當蔣英梅走到時，常強發已經從樓梯上下來在等她，他像老鷹抓小雞似的把她抱起來要上樓梯，這時倉庫裏的工人鼓起了掌聲，蔣英梅明白了這些從中南美洲國家來的工人用異樣的眼光看她，是因爲她就是下一個要被大老闆擺平的女人，說不定這些人還會是做壁上觀的人呢！

蔣英梅感到一陣噁心，一股酸水從胃裏湧到喉嚨。她掙脫了抱住她的男人，揮手過去重重地打了常強發一個耳光。這個稱雄霸道了一輩子的男人，頭一次被一個女人抽了耳光，打得他眼冒金星，他本能地回手打了蔣英梅一個耳光，但是他意猶未盡，用另一隻手又朝她的頭打了一拳。可能因爲出手太重，蔣英梅當場就昏倒在地上。常強發還是氣呼呼地說：

「他媽的，還敢出手打我，真的是活得不耐煩了。」

法朗滋從辦公室裏衝出來說：「怎麼了？她不是來談判的嗎？」

常強發說：「是啊！她居然出手打我，我回手把她打昏了。你趕快把她抬進去。」

常強發有兩個得力的左右手，一個是常強盛，是比他小三歲的親弟弟，他比他哥哥還早來到美國三年，原來是在紐約市做個小混混，跟著一群福建幫的集團在唐人街做人家的打手和收保護費爲生。不時還幹一點販賣搖頭丸和走私的事，這位老弟天生對數字很在行，算錢和整理帳目可是一點都不含糊。所以他很自然地就成了常強發的財物負責人，以及販賣安非他命，也就是搖頭丸的總管了。

另一個得力助手就是法朗滋，他是常強發的特別助理兼保鏢，長得身高馬大，父親是愛爾蘭人，母親是墨西哥人，但是從小在洛城長大。曾當過墨西哥警察，犯了事被開除後跑到洛城，在墨西哥人的幫派裏當打手，常強發看中了他是個聰明能幹的人，又受過反偵查的訓練，就把他吸收過來，全權負責販賣古柯鹼毒品和其他所有的走私不法活動。

常強盛、法朗滋和常強發三個人都有一個共同的嗜好，就是好色如命。常強發是個有錢人，身邊不缺想撈一筆的美女，他玩膩了的女人就會讓給另外的兩個人。

蔣英梅醒過來時，發現自己躺在一間辦公室裏的大床上，有一隻手在撫摸她，從她的乳房一直摸到她的大腿之間，她又發現全身的衣服都被脫得精光，自己是赤裸裸地躺著，而在摸她的人就是常強發。

蔣英梅睜開了眼，她的身體又動了一下，常強發終於看清了眼前這光溜溜的女人，不僅有一身雪白光滑的皮膚，有一張漂亮的臉蛋和熱力四射的身材外，還有一對誘人的大眼睛，毫無疑問的，是他見過最女人的女人，他一定要征服這個女人，他的身體開始起了變化。蔣英梅看著常強發說：「我是來和你談合作的，你這樣欺負我，這樣對待你們未來的合夥人，你是不是拿定主意，不想和我一起賺錢了，是嗎？」

「當然不是，我一定會和你合作的。但是爲了我們之間有親密無間的合作，我們一定要有肌膚之親，所以我要你成爲我的情人，那我們的合作就會更完美更緊密了，到時候，我就自然而然的都聽你的了。」

「你會嗎？可是我是已經結了婚的人，我的心和身體都已屬於另一個男人，不能給你了。」

「你是我見過的女人中最動人的，我還沒碰過一個比你更有誘惑力的女人。今天非要你不行，我只好對不起你老公了。」

常強發不停地揉著蔣英梅的一對乳房，眼睛也貪婪地看著她那完美的身體，他快要爆炸了。蔣英梅溫柔地說：「我的乳房都快被你揉爛了。我們要培養出感情才能再進一步交往，不然就沒意思了。今天我就給你個吻，讓你親一親，好不好？」

蔣英梅的兩臂抱住了常強發，在他的嘴唇上重重地吻著。他被這突然的動作愣了一下，但是馬上就用力推開了蔣英梅，飛快地把衣服全脫了，這時他已處在完全興奮的狀態，從喉嚨深處他發出了像動物在吞食敵人前的低沉示威：「我要你好好的求饒，不然我就會搞得你死去活來。」

常強發爬上了床，把蔣英梅的兩腿分開，然後跪在中間，他說：「我還是第一次看見這麼漂亮的洞。」

他把蔣英梅兩條長長的大腿放在自己的肩膀上，然後強行進入她的身體。完全乾涸的進入，讓蔣英梅感到像是撕裂似地劇烈疼痛，她流著眼淚喊了出來：「海雲啊！海雲啊！」

常強發把蔣英梅的腿從他的肩上拿下來，兩手把她的下腰緊緊地抱住，然後很野蠻的第二次衝刺她，眼淚又從她緊閉住的眼睛流下來：「啊！海雲，我永遠是你的。」

看著壓在身下的蔣英梅痛苦地哀叫，更激起了常強發獸性的快感，他瘋狂地騎著她，獰笑著說：「喂！你他媽的海雲老公在哪裏呀？看我把你的老婆搞得快爽死了。」

蔣英梅明白常強發是要徹底的攻破她，要她喊叫，征服她，最後他成爲主人，而使她成爲他的奴隸。她原來要用女人的溫柔使他就範的方法是行不通了，她決定把常強發先徹底毀滅。蔣英梅的一雙長腿勾住了他，她的兩手抓住了常強發的兩肩，她的下身挺上來開始配合他的衝刺，然後她的肌肉開始收縮，一緊一鬆的配合著她的上挺和他的衝刺，他感受到了這一輩子在男女交歡中從沒經驗過的最強烈快感，他無法控制自己了，他的動作、心跳、呼吸和全身出汗的速度都在升高。他喊叫：「哇！你他媽的從哪裏學來的這個本事？我爽得要成神仙了。啊！我挺不住，要出來了！啊！他媽的，真的出來了。」

常強發全是汗水的身體在一陣強烈的顫抖後，就癱壓在蔣英梅同樣赤裸裸的身上，除了大聲喘氣外，他一動不動地癱著，蔣英梅說：「怎麼？就這樣完事了？我才剛剛熱了身，你就不行了，有你這樣的男人嗎？」

「我是被你那招特異功能給夾出來的，你這功夫是怎麼學來的？我從來沒這麼爽過，我們一定合作，你就留在我身邊了。」

「你想得美，你現在給我滾下去！」

蔣英梅用力地把還壓在她身上的常強發推下了身，又再加上一腳，就把他踹下了床。常強發這一輩子從來沒被一個女人，尤其是一個剛和他歡好過的女人，踢下床過，他一怒之下就站起身來：「你這個臭女人活得不耐煩了！」

說完，他就往床上撲了上來，但是蔣英梅已經利用大床的彈簧騰起身來，用長長的雙腿做出互相剪切的動作，將右腳的腳掌重重地擊中常強發的左臉，嘴裏馬上嚐到了一股甜味，他往床上吐了一口，雪白的床單出現了血跡，他咬牙切齒地說：「你敢踢我，我非宰了你不行。」

常強發張開了雙臂，要把跳下床的蔣英梅抱住，但是她的右腳已經抬起，踢中了他的小腹，當他痛得彎下了腰時，她高高的抬起緊握在一起的兩手，從上往下重重地打在他的後腦，常強發立刻就趴倒在地，昏了過去。

蔣英梅很快地把被常強發脫下來還堆在沙發上的衣服穿好，她用床單撕成的布條把常強發的雙手牢牢地綁在他身後，她拿起小桌上的水杯，把水灑在他的臉上。趴在地上的常強發身體動了一下，他正要睜開眼睛時，蔣英梅的高跟鞋尖就踢在他的肋骨，這又增加了他身上發疼的地方。蔣英梅說：「我要走了，你好好的想想我們合作的前景，只要你聽我的，我會讓你有更爽的日子。」

「你想你能走得了嗎？」

「所以我需要你陪我一起走啊！」

「你想得好，在這裏我要是說一句話，我的人會非常高興把你折磨死。」

「這個我相信，你在這裏是有很高的權威，但是還有一個比你更有權威的，你沒注意到嗎？」

常強發突然感到有一個冰涼的東西頂住了他的小腹，還慢慢地往下移。他看了一眼，馬上冷汗就出來了。原來蔣英梅手裏握著一把伯瑞塔手槍，是那冰冷的槍管在他的小腹上移動，她說：「姓常的，你聽好了，如果你的人對我有任何不友好的舉動，你就得去當太監了。另外，你一定也知道，我拿著的伯瑞塔手槍的扳機是出了名的不穩定，要是它意外走了火，你老婆就可能會紅杏出牆去追求人生幸福，那就太遺憾了。所以你就老實點吧！你現在把法朗滋叫進來！」

常強發的特別助理兼保鏢法朗滋一進來，就被蔣英梅把槍繳了下來，同時她也很清楚地把她要如何離開，如何利用常強發來保證她的安全做了說明。從蔣英梅的行動和言辭，常強發和法朗滋明白了她不只是個漂亮的美女，還是個受過特訓的行動員，她完全有可能還有很多實際的行動經驗。如果不是她自己願意，常強發是無法強暴她的。

蔣英梅用槍押著一絲不掛、全身赤裸的常強發，和被繳了械的法朗滋離開了辦公室來到了停車場，但是她只把常強發帶走。隨後法朗滋帶著人開著車跟了上來，十幾分鐘後，蔣英梅把車開到了洛城的鬧區，在一個十字路口，她的車停下來，一個全身脫得光溜溜的大男人被推出來，馬上所有的車都剎車停下，路人們也走過來圍觀，到底一個大男人一絲不掛地站在大馬路上是很少見的，大家都想知道是怎麼回事。法朗滋立刻放棄了追蹤蔣英梅，馬上停車把常強發拉上了車，而蔣英梅也趁機失去了蹤影。

蔣英梅在自願或是非自願的被常強發強暴後的第二天，法朗滋被蔣英梅的手下給綁架了。

在洛城北邊山腳下的一個小鎮裏，蔣英梅對法朗滋進行了非常殘酷的審問，她將常強發集團的組織、人事結構、合法與非法的運行機制，他在美國和中國的關係網等等都一一問到，蔣英梅是否得到了完整和滿意的回答，還要看以後的發展如何，但是在整個審問的過程中，法朗滋付出了很大的代價，全身除了受到各種折磨性的創傷外，他的左小腿被棍子打斷了，右腿膝蓋骨被蔣英梅開槍打碎了。這兩個嚴重的傷勢，是因爲他不肯透露或是真的不知道，常強發從中國轉移出來至少五億美元的不法所得是藏在什麼地方而受到的折磨。在傍晚的時候，有一架直升飛機降落在小鎮上，法朗滋是被人用擔架抬上去的。

這架直升機是經過改裝過的UH-1式，是二十多年前越戰年代時生產的，美國陸軍在當時一共有超過三千架這種型號的直升機，原本叫做「一般通用直升機」，目的是運送傷兵和一般交通運輸用的。它的特點是機艙寬大，容納量大，又很容易改裝做各種用途。但是後來發現它還有一個最大的長處，就是它的抗炮火力特別強，常常在敵人的炮火中被打得傷痕累累，但還能撐著飛回基地。所以就有一大批這個型號的直升機被改裝成運兵直升機，還有一批被改裝成武裝直升機，上面裝滿了各式各樣的火炮，在越戰中這批直升機曾立下了汗馬功勞。但是這型直升機也有它的缺點，那就是它的飛行速度慢，最高時速只有每小時一百六十公里。

越戰結束後，大批的UH-1直升機被賣入民間，很多都經過了改裝，增加了不少現代化的導航、飛行控制設備和內部設備，包括了高效能的隔音裝置，使機艙內的噪音分貝降低到不必使用隔音耳機就能談話了。原來裝在機腹下的鋼架子換成了可以伸縮的起落輪子。但是最大的改裝是換了新的發動機和複合材料的旋轉機翼，直升機的馬力大增，同時重量也減輕了。改裝後的直升機時速能達到每小時二百五十公里，載重量也增加了百分之三十。

在美國有許多私人企業，各級的警察執法單位，醫護單位和不少的私人都擁有這型號的直升機，它的價格和實用性是它最大的賣點。一般私人用的，會有七人座位和足夠的空間放置貨物，機艙的門和一輛八座的麵包車車門一般的大，所以兩個男人很容易把躺著法朗滋的擔架抬上了直升機，放在兩排座位中間的機艙上，兩個人將擔架的兩端固定在機艙的地板上後，才回到座位上將自己的安全帶扣上。

法朗滋的斷腿和被槍擊的膝蓋帶給他很大的痛苦，任何移動都會使他發出呻吟和哀叫。因爲抬擔架的兩個人動作粗魯，雖然法朗滋被兩條安全帶緊緊地綁在擔架上，已經痛得滿頭大汗了。直升機駕駛員啓動了發動機，雖然發動機的雜訊頓時充滿在空氣裏，直升機上方的旋轉機翼還是開始慢慢地轉動。

蔣英梅從房子裏走出來，她身著黑色長褲，白色襯衫，當走近在轉動中的旋轉機翼時，深深地彎下身，用手按住了被吹起來的紅色圍巾，她繞過直升機的前端，打開駕駛艙門，坐上副駕駛的座位，扣上了安全帶，駕駛員立刻增加了旋轉機翼的轉速，發動機的噪音加大了，同時直升機緩緩地離開地面，它垂直上升大約十英呎後，將起落架收起，然後再度上升到一千英呎的高度，機身開始旋轉，機身前端向下沉了一下，利用旋轉機翼的推力快速的向東北方向飛去。

在直升機上，可以看見地面上的道路都是通往附近的科學園區，許多小型工廠和整齊有序的市郊社區往後方移去，往西邊下沉的夕陽把很多圍牆和屋頂照成紅色，一塊塊分散開的綠色草坪和碧藍色的游泳池，在一天裏最後的陽光下閃爍。蔣英梅問直升機的駕駛員：「你清楚我們要去的地方嗎？」

「你先前給我的衛星定位（ＧＰＳ）座標有變動嗎？」

「沒有。」

「很好，那請你看看這個ＧＰＳ的面板。」

在正、副駕駛員座位之間有一個液晶螢幕，顯示了一個小鎮的街道地圖，上面有一個紅點在閃亮，那就是他們要去的目的地。蔣英梅向駕駛員點點頭：「沒錯，就是那裏。」

直升機繼續穩定的飛行，地面上出現了一條公路，上面開著的汽車有不少已經將車燈打開，移動著的燈光讓這條公路從空中看起來像似條小河，閃著白色亮光的河水向東流去。面向著落日的小山坡被染成桔色，而小山谷和背光的陰影卻反射出暗棕色。再往前飛，這些丘陵地不見了，取而代之的是圓圓的小山，直升機忽上忽下的沿著地形變化前進。在GPS的螢幕右下角上，出現了一個黃色的光點，它一閃一閃地向那目標的紅色光點接近。蔣英梅上半身往後轉，看著躺在擔架上的法朗滋說：「我們再有幾分鐘就要到了。」

法朗滋緊閉著雙眼沒有回答，他是在極端的痛苦中。

駕駛員把直升機頭拉起來，速度即刻便慢下來了，當GPS螢幕上的黃色移動光點和紅色光點疊在一起時，駕駛員說：「到達目標。」

蔣英梅：「看見這裏的屋頂都是紅色瓦片，只有一棟房子的屋頂是藍色瓦片，那就是我們的客人要去的地方。」

駕駛員：「明白，我們就在藍頂房子的正上方了。」

蔣英梅：「現在高度多少？」

駕駛員：「兩千七百英呎。」

蔣英梅：「有風嗎？」

駕駛員：「沒有風。」

蔣英梅：「太好了，落點一定要在那棟藍色屋頂房子的正中央。」

法朗滋突然睜開了眼大聲地問：「蔣英梅，你要幹什麼？」

她回答說：「我不是跟你說過了嗎？我要送你去見你的老闆常強發啊！還記得他們家的房子是有藍顏色的屋瓦的，是不是？你躺在地上看不見窗外，可是我已經看見了，你老闆全家人這時候一定正在吃晚飯，我想給他們一個驚喜，讓他們一輩子都不會忘記你，我打算讓你從天而降，直接進他們的飯廳。」

法朗滋一輩子都在玩命，他第一次求人饒命：「你不要胡來，我的兩條腿已經被你廢了，我對你已經沒有威脅了，就放我一馬吧！」

蔣英梅：「你可以試試用我剛剛想要的資訊來換你的狗命。」

蔣英梅想知道常強發從中國帶出來的黑錢所藏的地方，法朗滋沒說，結果他的兩條腿就給廢了，現在看來，他得要用它來換自己的命了。法朗滋說：「好，我說。那你怎麼保證我說了後，就會放了我？」

「虧你在江湖上混了這麼久，這種事還有擔保的嗎？你是不是想找保險公司去買個保險？你會不會對我說實話，我會不會對你守信用，都是一場賭博，賭的就是你的一條命。再說，你就是說了，我也不會馬上放你，我得把東西拿到手以後，才能讓你走人。如果你是在蒙我，下次你來坐直升機時，你的家人會陪著你作伴。」

法朗滋把蔣英梅想知道的說出來，他看見她的臉上出現了燦爛的笑容，她說：「你賭輸了。」

法朗滋的臉剛剛才恢復了一點血色，馬上又變得蒼白，他剛要開口說話，就聽見蔣英梅對機艙裏的兩個人說：「送他上路。」

法朗滋咬牙切齒地喊叫：「我咒你祖宗八代！」

機艙裏的兩個人解開了座位上的安全帶，再把一端固定在機艙的工作安全帶連結在身上，這個帶子是預防在機艙裏工作的人意外掉出去，所以在機艙門打開之前，離開座位的人都要把它連結上。機艙門的鎖扣打開了，機艙門開了一半，駕駛員將直升機傾斜了一點，讓機艙門以自身的重力完全的打開，然後他將直升機又恢復了水平的姿態，同時開始了緩慢的順時鐘方向旋轉，利用慣性和空氣壓力將機艙門保持著大開。

法朗滋躺在擔架上，他的雙腳對著機艙門，而他的頭部面向機艙內部。站著的一個人將法朗滋頭部的擔架一端抬起來，像舉重似的舉成到四十五度，第二個人用鞋子把擔架的另一頭卡住，不讓它一路滑出機艙。當擔架的一端更進一步地舉高，使它幾乎到了垂直的狀態，法朗滋的兩條腿已經沒有用了，但是他的上身，尤其是雙臂，還是有強有力的肌肉，現在都完全繃緊了，他的頭在左右搖晃，這是他在面對生命結束前最後的掙扎，這是他的生死關頭。

垂直的擔架不再滑動了，用鞋子卡住擔架的人就把腳收回來，他從口袋裏取出一把折疊刀，刀刃非常鋒利，他開始把擔架上固定住法朗滋大腿的帆布帶子切斷。他停了一會兒，看著法朗滋的眼神由憤怒轉變成絕望。鋒利的刀刃又割開了固定住胸部的帆布帶，同時，擔架被震動了一下，法朗滋往前空邁了一步，他慘叫了一聲後，整個身體就從擔架上以自由落體的方式衝向地面上一棟藍色屋瓦的房子。

房子裏的四個人正坐在餐桌上吃晚飯，他們是常強發、他的妻子和他的一兒一女。他們隱約聽見天上有直升機在上空盤旋的聲音，也許是因爲飛得太高了，他們並沒有太在意，後來似乎傳來一聲慘叫，然後轟然一聲巨響，一個人體就穿過了屋頂掉在餐桌上，這人的雙眼是睜開的，齜牙咧嘴、扭曲著的臉上表情是充滿著憤怒和絕望，在屋裏吃飯的人馬上都認出來，從天而降的人就是常來造訪的法朗滋。這份巨大的驚嚇，使常強發的老婆和孩子都歇斯底里般的發瘋了。

英國在維多利亞女王時代出現了一種住家房子，它有六角式的房形，通常都是兩層樓的建築。當時英國的貴族們在他們幾十畝地的一大片莊園中將這樣的房子做爲住宅，它最大的特點是特大的窗子，可以三百六十度全方位採光。但是比起傳統的長方形房子，維多利亞式房子的內部房間設計成爲室內設計師的噩夢，由於受到六角型的外形限制，幾乎每一個房間都是不規則的房型，如何安排家具也要煞費苦心。

即使如此，百多年後在大西洋彼岸的美國，還有不少對維多利亞式房子的愛好者，尤其是在各大城市中都能發現它們，西海岸的洛城也有不少棟分散在全市。這些房子都是在二十世紀初建造的，有的已有上百年的歷史，年久失修，已經無法住人了，因此新買主的目的不在於這古老的建築物，而是在那塊價格不斷飆升的土地，所以有不少維多利亞式房子就被拆毀了，逐漸地，它們的數量越來越少。

但是有一位地產發展商想到物以稀爲貴，也許在將來，這些古老的房子還會變得很值錢，他開始收購將被拆除的維多利亞式房子，將它們原封不動地從地基上抬起來搬上平板車，然後將整間房子運到洛城北邊一個叫巴沙迪那市的一塊空地上，再把房子整修好。

原本是給人參觀的，但是等到有十幾棟維多利亞式的房子聚集在一塊，又整修得美侖美奐，很自然地就吸引了不少想買房子的人，當時的發展商做了一個重要的決定，就是開始建造和推出一批全新的維多利亞式「豪宅」，它除了外形保留了當初的六角形狀外，其他所有的地方，從建築材料、建築技術、室內設計到各種設備都是非常現代化的。很快地，這個豪宅區就成了有錢人所追捧的，每棟房子的價格都在兩百萬美元以上。

這個豪宅區的主要大街是馬瑞索路，這條路上的第五棟維多利亞式房子是在晚上八點鐘左右起火，但是一直到八點三十分時，消防隊才接到火警的通報。

著火燃燒的房子是兩年前蓋起來的，它使用的防火材料、建築方法和各種抵抗地震的設計都用上了，但是維多利亞式的房子除了使用大量的木質建材外，還有很多夾層和通風道成爲促成燃燒的煙囪，火苗在房子的內部毫無障礙的快速傳播，濃煙則往上冒，先是聚集在天花板下，然後就從屋頂的空隙往外冒出，由於當天空氣污染的塵埃比較大，等到有人注意到在塵埃的僞裝後面是火燒的濃煙時，火勢已經不小了。

巴沙迪那市南區消防分隊隊長戴利率領的三輛消防車和一輛雲梯車來到火災的現場時，整棟四層樓的房子已被大火籠罩住了，黑色的濃煙蔓延到四周的空氣，連帶把溫度明顯的升高了。戴利分隊長立刻就明白，他們的首要任務就是要馬上進入火場，確定火場裏還有沒有受傷的人，如有傷員，應該如何安全撤出。其次是控制住火勢，不讓它蔓延到鄰近的房子，要保住正在燃燒的房子已是不可能了。

消防小分隊的四名火場搜索小組全副武裝，身上穿著諾馬克防火衣褲，背上帶著氧氣瓶，頭上戴著呼吸面罩和頭盔，兩人一組，分成兩組，一組拿著斧頭和電鋸利用雲梯上到了四樓的屋頂，他們打開了一個大洞，做爲火場的通風口，大量的黑色高溫濃煙立刻從洞口冒了出來，通風的結果雖然是向火場提供更多的氧氣，促進更多的燃燒，但是它也將火場的溫度降下來，讓消防員可以進入到火場。

另一組的兩人來到了大門口，當發現大門沒有鎖，他們馬上就將門打開，隨即將阿克龍噴嘴打開，一股強力的水柱以一個廣角形從門口朝房子裏擴散，但是撲面而來的是一波接一波又黑又熱的濃煙，消防員身上的諾馬克防火衣開始有點點的發亮，這是防火衣的材料在高溫下的反應。戴利分隊長知道如果時間再長一點，消防員就會倒下來。他以無線電對講機發出命令：

「戴利對全體火場搜索員，立即停止進入火場，馬上撤離。」

他將無線電對講機轉到另一個通道：「南區分隊呼叫總隊部，請回答。」

「這是總隊部，你的信號清楚。我是沙克力。是戴利嗎？情況怎麼樣？」

沙克力是巴沙迪那市消防隊的總隊長，只要是有消防車出動，消防員到達火場，他就會守在通訊中心的無線電對講機前掌握火警情況，戴利是他手下最得力的分隊長，他是很有意要栽培他來接班，對講機傳來：「總隊長，火勢已經完全展開，我們挺不住了。」

一個「完全展開」了的火場，是說明起火的建築物已經進入了燃燒過程中的最強烈階段，戴利分隊長說「挺不住」的意思，是燃燒的溫度升高到將噴上去的水立刻蒸發，無法停止燃燒過程，換句話說，就是以灌水來滅火已經無法阻擋火勢的擴大和溫度的上升。沙克力大聲地呼叫說：「你的搜索隊員呢？」

「撤出來了！」

「很好，那你要求火警升級吧！」

「是！南區消防分隊在火警現場要求火警升級爲一級火警，請求支援和即刻撤離火場小區所有居民。」

沙克力按下了通訊中心牆上的紅色大按鈕，消防總隊裏的擴音喇叭即刻響起了非常刺耳的警笛聲，在連續五聲後，沙克力總隊長的聲音出現了：

「我是沙克力總隊長，南區火警已經升高爲一級火警，我命令總部的預備隊和東區分隊立刻出動支援南區分隊，到達火場後接受火場指揮官戴利的節制。」

戴利要求撤離火場小區居民的資訊也隨即轉達給巴沙迪那市的警察局。沙克力指示戴利南加州地區的晚間風力在增強，他應該將接連火場附近房子的「飽和灌水」做爲優先，防止跳過去的火苗把其他的房子點燃了，沙克力的命令是要他放棄正在燃燒的房子，而集中力量往那些還沒起火的房子灌水。

對消防員來說，這是個很難接受的事，他們一生以「滅火」爲榮，對他們說來，「火」就是敵人，「滅火」就是和敵人戰鬥，把在燃燒的火給熄滅了，就是戰勝了敵人，現在要他們放下滅火的任務，往沒起火的房子上灌水，他們當然很不爽了，但是命令就是命令，非執行不可。

當預備隊和東區分隊來支援的消防車狂鳴著警笛來到現場時，戴利看見從屋頂被打開的洞裏有一大股滾動的黑煙像是一根柱子似的沖了出來，這表示屋頂開的洞已經使燃燒中的房子成爲一個鍋爐，由底部吸取燃燒所需的空氣，燃燒後的熱氣則由屋頂的煙囪排出去，在鍋爐式的燃燒初始時，有大量的氧氣隨著被吸進來的空氣聚集到鍋爐裏，也就是說，如果這棟起火的房子裏的溫度是白熱狀態的高溫，被吸進來的氧氣就會造成破壞性極大的反向燃燒爆炸。戴利向他的對講機喊叫：「搜索隊員再退後！注意反向燃燒！」

南區分隊在火場的角色是第一線的滅火隊，他們是最接近燃燒中的火焰，但是這些圍在火場四周的消防勇士們，都突然停了下來向後退到馬路上，他們像是懸浮在半空中等待著即將發生的重大事件。一分半鐘後，一股更濃的黑煙從屋頂上沖了出來，在一聲巨響的同時爆炸成一個大火球，它把附近幾條街上黑暗的夜空點亮了，然後就往天上沖了好幾百英呎。

趕來支援的消防隊將鄰近火場的房子都滿滿的用水沖了一回，所有暴露在外面的建築材料都是在飽和的濕度狀態，讓飛過來的火花和高溫的碎散物無法將這些木造的維多利亞式房子燒起來。大量的噴水使小區的自來水水壓下降，消防隊開始從小區裏住家的游泳池抽水，這一切的努力就是要火勢不蔓延開，火場不要擴大，還是被限制在起火的那棟房子，但是滅火的效果並不見起色。而這棟起火的房子結構支架已經開始出現要倒塌的現象，如果裏面還有任何生命存在，這是最後的搶救機會了。

還有一件事叫戴利分隊長很不安的就是，根據他這麼多年的救火經驗，他的直覺認爲這火災非常可疑，有別於工業火災，通常一棟住家失火的原因都是發生了意外而沒有被人注意到，無論是電線走火，瓦斯失火還是小孩玩火，只要有人看到了，這火就燒不起來，因爲馬上會被人給撲滅了，頂多是造成一些局部性的燒毀。

事實上，消防隊出動滅火大部分的情況都是屬於這種「意外性失火」。但是這棟住家燒得太快了，他們趕到時「火勢已經完全展開」，這種情況只有一個可能，就是有人縱火，這場火很可能是有人設計的，這是犯罪行爲，目的是要把某些東西燒毀，尤其是不容易丟掉的證物。

在犯罪行爲中最不容易隱藏的證物就是被害人的屍體，尤其是用火焚燒後的屍骨，進行採證變成幾乎是不可能的，戴利分隊長一直就有不讓壞人得逞的本性，他決定要盡快地進入火場。

因爲屋頂通風口的開通，聚集在天花板的濃煙和大量因爲噴水所造成的水蒸汽慢慢地擴散出去，戴利分隊長下令正在向進大門地方噴水的消防隊員停止，他帶著兩名搜索隊員從大門進入了火場，三個人頭盔上的夜燈開到最大亮度，他們能清楚地看見樓上的平台和更往上的地方，也看見了四邊牆上還在燃燒著的火焰。三個人緊緊地靠在一起，這是消防員進入燃燒中火場時最重要的，因爲身上裝備的重量，他們如果倒下後就很難自己再站起來，在火場裏失去了行動的能力，就幾乎等於失去了生命，三個人緊靠在一起就是防備其中的一個人倒下去，再有就是任何從上面砸下來東西，三個人的承受力要比一個人強。

他們用手中的阿克龍噴嘴向前方灑下一個弧形的水幕，他們頭盔上的燈則照亮了前方的黑暗，噴一步再往前走一步。圍在他們四周的是一片混亂，除了噴水的規律聲之外，就是不同物件在燃燒中發出的爆裂聲音，間歇還從火場外邊傳來呼喊聲。

屋內的大廳是圓形的，直徑大約有十四英呎。他們隱約還能分辨出好幾個擺在牆邊正在燃燒中家具的外形。還看見有一個掛衣服的架子、一個屏風和一個放雨傘的筒子，也或許它是個垃圾簍。所有掛在圓形窗子的窗簾都燒毀了。戴利一夥三人向右轉進入一間開著門的房間，再往前是一條走廊，圍繞著他們的是一片火海，火場的第一層樓是完全徹底的在燃燒著。第一輪的飽和灌水並沒有將火勢完全控制住，火場中的火焰又開始成長，著名的洛城晚風將火焰吹起，鄰近火場的兩棟房子被點燃了，已經可以看見濃煙和火苗從房子裏竄出來。

在火場中的戴利已經感到溫度在往上升，他感到耳朵裏好像有水在晃動，但是他知道那不是水，而是在高溫下溶化了的耳屎，他明白他們必須馬上脫離火場，否則就太晚了。他們沒有時間去搜救任何的遇難者，只有等到溫度下降後再進入火場了。他向緊靠著他的兩名搜索員高呼：「我們快撤！」

三個人從那條走廊向屋外撤退，他們靠著頭盔上的照明燈照亮了前面的走道，在走廊的進口處，他突然注意到在一堆燒毀的物件下有兩個形體，他彎下身子，移開了一些燒毀的雜物，好更仔細地觀看，其實他不需要這樣做，他僅僅是要確定一下他看到的東西，戴利強迫自己用平靜的語氣向對講機說：

「戴利呼叫總部，請回答。」

消防隊隊長沙克力這時也來到了火場，晚上起風後風速一直在加強，他明白這場火的來勢不善，是非要擴大不可，他帶著一名助手來到了火場。他最擔心會有消防隊員負傷，甚至犧牲。他拿起手中的對講機說：「我是沙克力，戴利，請說。」

「在火場大廳走廊上發現兩具人體，不必派救護人員來了。」

「明白。火場隨時會倒塌，你們立刻撤離。」

沙克力回頭對跟著他的助手說：「通知貝柯，請他馬上過來。」

貝柯是一位四十三歲的火場調查員，實際上他不是巴沙迪那市政府的雇員，他的老闆是洛城消防隊屬下的火場調查局，因爲火場調查已經成爲一門科學性很高的行業，它和刑事犯罪調查的法醫一樣；火場調查需要長時間培養出來的專業人員和大量的科學儀器設備，這都不是一個小城市所能負擔得起的，洛城是個有七百萬人口的大城市，當然有非常完備的火場調查隊和先進的設備，所以在洛城周邊的小城市就和洛城簽了合約，將火場調查的任務外包給了洛城的火場調查局。

火場調查的最主要任務，是決定起火原因和起火點，這是日後決定誰要負責任所必需的。如果是因爲犯罪行爲起火的，就要找出縱火的方法，收集證據和協助警方緝拿犯罪份子。貝柯在洛城的火場調查局工作了二十年，他對維多利亞式的房子有特別的經驗，當火場升爲一級火警時，沙克力就首先通知他，要他到火場來。

貝柯很清楚他必須盡早的進入火場，因爲在燃燒過程中所留下的所有痕跡，煙薰形狀，不同的材料在高溫下的變形和化學變化，燃燒後所留下的灰塵等等，都可能指出起火點所在和點火的方法，但是他的經驗告訴他，這場火還有得燒的，維多利亞式的房子有很多的地方可以把燃燒藏起來，消防員很可能要用一夜的時間去撲滅，短時間內他還是無法進入火場的。這正好給他機會去做另一件重要的事，那就是觀察火場附近來看熱鬧的民眾，如果這是場人爲的縱火，縱火者很可能就在人群裏欣賞著自己所造成的結果，有不少的犯罪心理學家還將這種行爲比做是類似性行爲帶來的滿足。

貝柯的火場調查隊成員已經開始在人群裏收集資訊，旁觀者對整個火場的觀察往往會帶來意想不到的發現。貝柯正在和第一個打電話報警的鄰居談話時，他的助手前來對他說火場裏發現了兩具屍體。

屍體身上的衣服、頭髮和其他可以辨認的面孔特徵都燒毀了，連性別都無法分辨，唯一明顯的是兩人一大一小，所以可能是一男一女，也可能是謀殺和自殺的受害者，這些都得等法醫驗屍後才能決定。受害者的身體位置引起了貝柯的注意，從經驗得知，一個被燒死的人，或是被濃煙薰死的人，身體是蜷曲起來的保護姿態。如果受害者在起火時已經被謀殺或是自殺了，身體是保持在死時倒下來的姿態。

但是眼前兩個受害者的姿態與這兩種情況都不合。他們的身體既不是倒在地上，也不是像嬰兒似的蜷曲著，他們的兩腿是半彎著，兩臂是向下伸直緊貼在身體的兩邊。最讓貝柯不解的是，兩個受害人的姿式是完全一樣。他好奇的天性讓他很自然的推想這場火會有幕後的陰謀，他把掛在腰上的油氣探測器拿下來，這是一個微型的可燃物份子反應器，像一支手電筒似的外型裏，有一個超靈敏度的ＡＩＭ-32-50感應晶片，在接近到任何可燃性液體或是氣體時都會發出音響，同時上面的液晶顯示器也會將可燃物的份子濃度顯示。

貝柯對探測器一打開後馬上就起了反應似乎不感到驚訝，他將儀器收好，打開了高強度的手提照明燈，非常仔細地先將兩具屍體查看了一遍，然後再將屍體的周圍做了同樣的目視檢查。他的專業訓練和多年的經驗都使他下意識地絕不去碰任何在火場遺留下來的東西，尤其是當火場成了謀殺、自殺或是移屍的現場後，保留現場的原樣成爲日後破案的最重要因素。

貝柯仔細地觀察兩具屍體，是要確定是否有明顯的外傷，如槍擊子彈孔，刀傷痕跡，或是頭部重傷等，如果有，那麼有可能兇器也還留在火場。雖然屍體的姿態留下了不少疑點，但是沒有明顯外傷的事實，大大增加了火燒是致命死因的可能性。所以當貝柯的照明燈光束掃過了一把手槍時，他吃了一驚。

在發出失火警報後的五個小時，消防人員終於將這場火撲滅了，雖然火勢沒有蔓延開，但是這棟維多利亞式的房子是完全燒毀了。三天後，火場調查報告出來了，起火原因是人為縱火，工具是汽油。法醫的驗屍報告也出來了，因為沒有外傷，加上死者的肺部集有大量的濃煙，所以致死原因是肺部缺氧導致窒息死亡。對於死者的身分，兇手嫌疑人和縱火嫌疑犯是隻字不提。

最讓人尋味的是，整個縱火殺人案是發生在洛城北部的巴沙迪那市，但是案子已經移送到洛城的檢調單位，偵辦這個火場命案的負責人就是洛城警察局北好萊塢分局，殺人重案組資深偵探哈利．伯司，擺在他面前的案情是：燒毀了的房子屋主是住在洛城的一位名叫常強發的華人，他是兩年多前利用南美洲國家的護照來到美國申請了投資移民，隨後中國政府透過國際刑警組織在全球發出通緝令，宣佈他是一名犯了走私、賄賂和洗錢罪而被判了重刑的逃犯。但是中國公安部在向法庭提出引渡案子時，因為技術上的錯誤而失敗了，所以他仍然合法的居留在美國。從記錄上又找到常強發是將這棟房子借給他弟弟常強盛住，DNA對比也證實了屋中死者之一就是此人。

火場的另一位受害者在洛城和全加州的DNA檔案庫裏沒有找到任何可比對的資料，但是在聯邦政府的檔案庫裏找到了，三年前台灣的檢察署透過司法互助和私人管道，送來一份照片、指紋和DNA的檔案，要求美國執法單位協助，調查一位名叫魏皆琉的拐款潛逃犯罪嫌疑人是否逃來了美國。此人是財務專家，在美國有不少人脈關係，他當時任職於台灣最大的一家律師事務所主管財務。它是一間很特殊的律師事務所，從不為客戶打官司，只替客戶在台灣從事投資，基本上所有的客戶都是外資客戶。

魏皆琉的身後留下了許多複雜和驚人的疑點，關係到美國的國家安全，所以聯邦政府的情報和執法部門也開始介入調查，他們和伯司探長一樣，都急切地想要知道他出現在火場的理由。

這場火所引發出來的最後一個問題是在火場發現的那把手槍，由於兩位受害人都是被燒死的，伯司探長要知道這把槍是如何來到了現場，它的目的是什麼？

警方從槍支上的號碼查出來，在過去的三年裏，手槍的合法槍主是彭建悅，他就是被發現命喪在「好萊塢大碗」旁邊山上的人，偵辦這個命案的負責人就是同一個哈利．伯司探長。他要求技術人員對火場手槍做進一步的分析，比對從彭建悅身體裏取出來的子彈頭和槍膛的來福線，確定了彭建悅是被自己的手槍殺死的。

伯司探長想到了他在死者現場碰到的那位在山上發現屍體，也讓他感覺奇怪的巡警鮑爾斯，先前他叫他的夥伴，科特．雷多警官，暗地裏對鮑爾斯進行了調查，發現他是個虔誠的穆斯林教徒，平常獨來獨往，沒有朋友。

伯司探長的一位退休了的老上司，羅勃特．西爾斯，現在開了一間私家偵探社，他有一個長期客戶，奧森律師事務所，在協助中國公安部追緝一位居留在舊金山的重案嫌疑犯，西爾斯曾經詢問過他，有沒有這個人的案底。所以當他發現了彭建悅身上的一張停車單上蓋了有「強發貿易公司」的印章時，他馬上和西爾斯取得了聯繫，因為奧森律師事務所的目標常強發，正是這家公司的大老闆。他並且將彭建悅的照片傳了過去，他知道西爾斯的手下一定對強發貿易公司進行了暗中的錄影監視，果然不出所料，西爾斯回電說，彭建悅曾多次出現在強發貿易公司的監視錄影裏。

伯司靈機一動，他叫科特．雷多警官帶著鮑爾斯的照片，和他一起去見西爾斯，要求查看對強發貿易公司攝取的所有錄影帶子。結果他們在帶子裏見到了鮑爾斯，其中有兩次是和彭建悅同時出現的，伯司探長立刻將鮑爾斯列為謀殺彭建悅、常強盛和魏皆琉三人，以及縱火焚燒民宅的第一犯罪嫌疑人。他打電話到巡警大隊詢問鮑爾斯在哪裏，巡警大隊的值班警官說，他已經兩天沒來上班了，人不在家，也沒有請假，所以他們也在找他。伯司探長隨即向所有的洛城執法單位發出緊急通告，如有發現鮑爾斯，就要將他扣押，並警告說他很有可能會開槍抵抗。

在取得法院的搜索票後，伯司探長派得力的手下對鮑爾斯的住所、辦公地點和健身房的私人儲藏櫃進行了仔細搜查，取得了能夠證明鮑爾斯是基地恐怖組織成員的有力證據。但是鮑爾斯卻從人間蒸發了，沒有找到他或是他同夥們的行動計畫。

法醫的第二份報告出來了，說是根據屍體的姿勢和死者皮下組織裏侵入的外來物分子分佈的情況判斷，死者是被強力的建築用膠帶綑綁在木製的椅子上，然後在椅子下點火，伊斯蘭宗教文化裏，這是一種處決有深仇大恨對手的方法。

白宮反恐活動協調辦公室的代表來到了舊金山，他要求警方如果要對強發貿易公司的常強發有任何行動之前，一定要和他們先協調。他再度強調，所有執法和情報單位的首要任務就是，要在最短的時間內取得恐怖組織要在美國進行的行動計畫。

常強發很清楚地感覺到，蔣英梅會用各種手段對他施加壓力，要他就範，同意她提出的條件。但是常強發也不是個省油燈，他放出了重話，任何人能砍下蔣英梅的一條腿，他給一百萬美元的獎金。

但是幾天後，從黑道上傳來的反應讓他全身出冷汗，消息是：他常強發要保護好自己的腿，因爲有人出價一百五十萬美金要他的一條腿。他這才明白，蔣英梅已經用錢收買了洛城的黑道。既然他最得力的助手都被加害了，他的家人一定也在她的考慮範圍內。所以在法朗滋從天而降的第二天，常強發就把老婆和兩個孩子，以及他兒子心愛的德國大狼狗搬到鄉下一個不爲人知的遠房親戚家裏。

但是等到他的弟弟常強盛被活活燒死後，他明白了蔣英梅是不擇手段，非要達到目的不可，雖然他也認爲她不會來要他的命，因爲她還要利用他來辦事，但是她會把他折磨成廢人的可能性是存在的。所以他馬上搬到洛城一家保全最嚴密的公寓，那裏除了有最先進的保全設備外，還有護衛人員二十四小時值班。常強發也增加了他的貼身保鏢人數。

但是這一切都在一剎那間改變了，頭一天晚上，常強發接到兒子打來的電話，說他心愛的大狼狗不見了，他告訴兒子別擔心，也許狗兒是去找別人家的母狗去了，過一、兩天就會自己跑回來的。但是當天上午，公寓櫃檯打電話上來說，有一件聯邦快遞的郵包送到樓下，常強發覺得很奇怪，因爲沒有人知道他現在的住址，會是什麼人發給他的呢？當樓下的人在電話裏說出發件人的地址時，他就更覺不妙，那是他妻子和孩子們現在住的遠房親戚的地址，但是他們都並不知道他現在的住址，怎麼會把東西寄到這裏呢？當常強發把聯邦快遞的包裹打開時，這位橫行霸道了一生的大流氓就完全崩潰了。包裹裏用防水的塑膠袋裝的是一個血淋淋的狗頭，那是他兒子最愛的德國狼狗的頭。裏頭還有一張紙，上面寫的是：

「給你的下一個包裹裏，會是個人頭了。」

常強發深深地體會到他已經失去了保護他家人的能力了，蔣英梅可以毫不費力的摧毀他精心安排對家人的藏匿和保護。他已經失去了一個得力的助手和唯一的親弟弟，眼看著下一步就要失去他的家人了，爲了保住他們和保住他非法得來的財富，他只能向蔣英梅臣服，等待適當的機會再起來，他同意了蔣英梅的要求。

爲了有一個好的開始，蔣英梅擺了一桌酒席，邀請常強發帶他的助手和她自己還有她的兩個助手把酒言歡，不但要盡釋前嫌，還要計畫未來的行動。蔣英梅是一身青春的打扮，緊身的襯衫包住了她均勻的身材，上面的兩個扣子是開著的，露出了雪白的胸脯和深深的乳溝，下身穿的黑色短裙和腳上的高跟鞋將她修長的腿和誘人的臀部凸顯出來。

常強發只顧盯著看眼前這位曾被他剝光了衣服的女人，沒注意到蔣英梅帶來的兩個助手是熱則木日和張正雄，這兩個人都是他從廈門帶出來的，應該是對他忠心耿耿的，但顯然被蔣英梅收買了。等大家都入座後，蔣英梅首先開口說：「我要感謝常先生和他的朋友們賞臉，來給我捧場。我沒有別的目的，要的是我們日後的合作會給我們雙方都帶來利益。說到合作，其實我們已經合作過多年了，我們從在廈門的時候就認識了，記得嗎？」

「當然記得了，那時你的名字叫郭康瑩，是不是？」

蔣英梅回答說：「常先生記性真好，還記得大家叫我『小郭』嗎？我不會喝酒，酒量不大，但我還是要向常先生敬三杯酒。這第一杯是要先說明，我的兩位助手，熱則木日和張正雄，和我一起工作的時間遠比他們認識常先生的時間要長得多，他們沒有事先向常先生報告，不敬之處就先罰我一杯。」說完，她就把杯裏的酒乾了。

「我們的合作是要爲常先生提供貨源，熱則木日將負責古柯鹼的部分，張正雄負責安非他命的部分。雖然我們保證要比你們目前拿到的價格優惠百分之十五到二十，但這到底是一個變化，對常先生和朋友們的人際關係是會造成影響的，爲此，再罰我一杯。」說完，蔣英梅就把第二杯酒乾了。

「第三杯酒是罰我個人曾對常先生有不敬之處，還請原諒。在我們誠意合作下，我們應該會成爲親密的朋友。」

在她連續乾了三杯酒之後，在座的氣氛就慢慢地放鬆了，大家開懷喝酒吃菜，有些人也開始原形畢露，尤其是常強發對在蔣英梅身上所得到的歡愉又再度出現在他的回憶裏，一雙醉眼越看坐在他對面的美人越讓他心猿意馬，他向他的人使了個眼色，他們就用藉口離席，熱則木日和張正雄也站起來離開了，臨走時又叫在包廂裏值班的兩位女服務員也撤出去。

等包廂裏只剩下兩個人時，常強發馬上就坐到蔣英梅的身邊，他的一隻手伸出來摟住了她的腰，另一隻手就要摸她的乳房，她抓住了他的手說：「常強發，我要提醒你，我是有功夫的人，你也領教過我出手的後果。我們的合作不包括肌膚之親，你已經侵犯過我一次了，別再有非份之想了。」

「可是我認爲，要是我們在身體上也能有親密的合作，那不是更好嗎？」

「我說過了，我是有老公的人，別忘了，你也是有老婆的人。」

「可是你是我見過的女人中最漂亮的，你的臉蛋和你的身材都讓我想得快要發瘋了，你不能出現在我面前而又不讓我碰你，那是不可能的，你不能太殘忍。」

常強發的手又開始不老實了，從短裙的下沿伸進去，一邊摸著一邊往上移動，蔣英梅把他的手按住，但是並沒有把它拿開，她低聲地說：「再往上，我就會受不了的。」

「你的腿實在太美了，我太喜歡了，讓我摸摸吧！」

「是嗎？那你爲什麼還要人把我的腿砍下來？」

常強發不說話，但是他的手掙脫了蔣英梅的控制，很野蠻地抓住了她大腿的中間，同時滿口酒氣的嘴湊過去要強吻她。

在常強發的一生經驗裏，他從男女關係中所取得的快感都含有暴力的成份，不論是對待自己的妻子，還是替他幹活的部下，甚至是風塵女子，暴力的征服帶給對方的痛苦能給他最大的快感。蔣英梅是他見過少有的大美人，在她身上又曾有過那次非常短暫但又似是而非的極度快感，他很快地忘記了就在不久之前，眼前的這位美女曾把他打趴在地上，還把他全身赤裸裸、一絲不掛的在鬧市的十字路口推出車來。蔣英梅用力抵抗著常強發壓過來的上身：「常強發，這是什麼地方，你不能胡來。」

「我的好寶貝，我實在是受不了啦，我現在就要你。」

「哈哈，你這個銀樣蠟槍頭，你行嗎？上一次沒兩下你就不行了，有你這樣的男人嗎？」

「上一次我是沒防備你的那手怪招，現在我有備而來，我非要你向我求饒，否則我就把你捅得死去活來。」

「是嗎?我來摸摸看。」

蔣英梅把手伸到常強發的兩胯之間，她一臉笑容的說：「真的是準備好了啊!這回可別又是速成了。」

她站起來，回身把手伸進了放在身邊的手提袋裏，常強發以爲她終於同意了，兩人就要就地歡好了，他的興奮和蔣英梅的撫摸使他的胯下更加極度的膨脹。等蔣英梅再回過頭來時，她的手裏握住了一個電擊棒，這是用來防身的武器，用在人體上它會在極短的瞬間釋放出超過兩千伏的電流，雖然釋放出來的電流非常小，只有千分之一安培，但是極高的電壓能使一個大人的中樞神經產生瞬間的癱瘓。

蔣英梅對準了常強發的下體按下電擊棒的扳機，兩千伏電壓的電流在瞬間進入了完全充血狀態的海綿體，將其中的血液溫度提升到接近了沸點。常強發經驗了從沒受過的痛苦，那份刺骨的疼痛全集中在身體的一個部位，他哀嚎了一聲後，就在地上打滾。站在餐廳包廂外的人趕緊奪門而入，熱則木日和張正雄握著手槍也跟著進來，他們看見蔣英梅用高跟鞋踩住了常強發。蔣英梅對常強發說：「姓常的，你強暴了我，所以我就要把你玩女人的工具廢了，我告訴過你，你要付代價的。我的心和我的身體已經給了海雲，他是唯一可以碰我的男人。你現在是真正的銀樣蠟槍頭了，如果你下面開始發爛，你就得去把它割掉，像你這種喜歡糟蹋女人的男人，老早就應該把自己閹了。」

常強發躺在大圓餐桌下，身體縮成一團，兩手緊按著下體，臉色蒼白，兩眼緊閉，牙齒咬得緊緊的，顯然在忍受著極大的痛苦。

「你現在給我聽清楚了，我知道你現在雖然還是很痛，但是要比剛剛好多了，是不是?我還要再給你一次電擊，但是不用擔心，你不會死的，我只是要讓你留下一個深刻的印象，如果你背叛了我，你的兩個孩子在死亡之前要受到什麼樣的痛苦。」

「不，不，不要！我叫你一聲親娘祖奶奶，我發誓我一定不會背叛你，我不敢呀！求你不要再用電擊棒了。」

接著整個餐廳裏的人都聽到一聲慘叫，它不像是人的聲音，倒像是一隻野獸在被另一隻野獸撕裂時，垂死前的哀嚎。

蔣英梅的電擊是對準了常強發排泄食物的出口。她對著常強發的人說：「你們都看見了，常強發的第一愛將法朗滋從天上掉下來摔死在他家的飯桌上，他的弟弟被活活燒死在家裏，現在他自己躺在地上握了快要爛掉的老二，這都是因爲他不但不服從我，而且還侵犯了我，請你們記住他的下場，如果你們中間有人背叛了我，不僅是你們自己，你們的家人也會有同樣的下場。」

從那一刻起，蔣英梅接管了常強發在洛城和在中國的，所有明的和暗的業務以及他所能控制的集團。其中在念洋市的一股力量是蔣英梅最感興趣的。

泰德從椅子上站了起來，伸手拿住了放在桌上的無線電對講機，陸海雲也從桌上拿起另外的一個對講機，對著麥克風說：「音響可以嗎？」

泰德已經將微型助聽器式的耳機插進了他的左耳，用手掌捂住了右耳，使用對講機的擴音器還是太危險。陸海雲又重新試了一次，泰德點點頭說：「對講機的功能似乎是正常的。」

這句話很清楚地從陸海雲手裏的對講機傳了出來。

陸海雲把對講機轉到第二頻道：「計程車，有兩個客人。」

這是預先安排好的暗語，表示他們已經準備就緒。對講機響了，雖然陸海雲把音量調到很低，對方車子裏高功率的發射機傳來了很大的聲音：「計程車準備好了，在等待。」

陸海雲問泰德：「所有的東西都帶上了嗎？」

泰德正站在洗臉盆旁邊，水龍頭打開後，水流在水管裏產生了震動聲，他沒將頭上的帽子拿下來，就往臉上灑水，然後用掛在鏡子下的毛巾把手擦乾。他不耐煩地說：「老天爺，這問題你至少問了五遍了。煩不煩啊！」

走廊傳來了兩個人說話的聲音，接著隔壁的房門被打開了，隔壁房間傳來了衣櫃門開關和衣服架在掛衣桿上推來推去的聲音，衣櫃的後牆是連著他們的屋牆，因爲是用很薄的材料，聲音很容易就傳到了隔壁的屋子。泰德說：「這地區是洛城著名的時租小酒店區，專門提供給男女客人做短時間休息的。」

陸海雲笑著回答：「我知道，但是事實上當客人離開時是更累的。」

「像是經驗之談。」

泰德和西爾斯一樣是一名洛城的退休警察，他曾經是捉拿盜竊犯的能手，對他們犯案的伎倆很熟悉，他在洛城警察局的竊盜科任職時，西爾斯曾當過他的上司。退休後，西爾斯偶爾會找他幫忙做一些他私家偵探社的案子，他也樂得不時賺點外快。透過西爾斯，泰德也曾在陸海雲的案子裏幫過忙，兩人都滿喜歡對方的，成了忘年之交。

三天前，西爾斯找他，說有活要他幹。原來伯司探長在仔細地分析了手上的縱火謀殺案後，認爲彭建悅是關鍵人物，他身上有蓋著「強發貿易公司」印章的停車單，但是聯邦政府又不准他們去碰這個疑雲重重的公司，不說別的，公司的大老闆就是被中國通緝的要犯。

伯司從退休了的老長官西爾斯那裏得知強發貿易公司有很多人，包括常強發本人，經常進出一間倉庫，倉庫的門禁深嚴，閒人無法進入。伯司認爲聯邦政府不讓他碰強發貿易公司，但是並沒有不讓他去碰這間倉庫，他雖然不能去申請法院的搜索票，然後明目張膽的進去搜查，但是可以暗地裏去秘密搜索，同時還不能讓常強發知道他的倉庫被搜查過。

所以他去找了西爾斯，看能不能派個人偷偷地進去看看裏頭有沒有幫助破案的東西。西爾斯對泰德說這是一件「隱蔽進入竊取文件」的活，雖然是件犯法的事，但是已和警方打了招呼，說穿了這件活是替伯司探長幹的，所以對這事會睜一眼閉一眼。

在接到任務的當晚，泰德很容易的就進入了倉庫，他花了近三個小時的時間搜查倉庫內的貨物，沒有找到任何跟案子有關的東西。但是泰德告訴西爾斯，倉庫內有一個角落是用鐵絲網圍起來的，有一個看起來很牢固的鐵絲網門，門裏頭是一排矮房間，沒有窗戶，但是又有一排鐵門，都是用看起來很結實的大鎖鏈鎖起來，明顯的是一排特別的儲藏室，在它的上面是一個辦公室，有一段樓梯把辦公室的門接到倉庫的地面上。泰德說他將鐵絲網門和儲藏室的大鎖鏈都打開了，裏面藏的是毒品。也打開了那上面辦公室的門進去搜查，但是有一個鎖住的四格金屬公文箱，它的鎖是個特種鎖，他用帶來的工具花了半個鐘頭，最後還是無法將它打開。

當然伯司探長感到失望，但是當他看到泰德拿出他在公文箱上面找到的東西，他心中的一股希望之火又油然而生。泰德帶出來的是一副警用手套，這種手套是警察局最近幾天才發放出去的，和過去不同的是，每副手套上都繡有使用者的姓名，泰德拿出來的這副手套上面的名字是「鮑爾斯」，顯然是遺忘在那裏的。這意味著鮑爾斯在全市的警察動員開始追捕他以後，來到了這個倉庫，並且進入了辦公室，將手套放在公文箱上面。顯然鮑爾斯在這一、兩天裏曾從公文箱裏取出文件或是放進文件的可能性太大了，從箱子上的特種鎖，也能想像到文件的重要性。泰德說他知道有一位超級開鎖專家，有能力打開這個特種鎖。

伯司探長要求西爾斯制訂一個方案，由泰德領著這位超級開鎖專家進入倉庫，打開辦公室的門，讓泰德來搜查。整個行動計畫中最危險的時段是撤離的時候，這個任務由西爾斯本人駕車在倉庫附近待機行事。另外在倉庫對街的一家小旅館裏設了一個指揮站，直接觀察目標，與所有的參與人員保持連繫，全程控制行動，負責人是陸海雲，讓他對行動有整體的觀察，萬一需要走上法律程序，也好有一位律師了解整個的過程。

泰德在黑暗的屋子裏把大衣的扣子扣上，再把帽子戴好，陸海雲說：「一定要注意不留痕跡，我們不能讓常強發起疑心，他有東西被偷了。」

「放心，我們的超級開鎖匠不可能會失手的。」

「好了，你該走了。你們準備好了就跟我聯繫。」

陸海雲沒有送他走，他走到窗口開始觀察對街的倉庫。超級鎖匠準時來到了倉庫，泰德邁步走過街，毫不費勁地走進了倉庫，鎖匠緊跟在後面。他們將門關緊，確定巡邏的警察不會把門推開。兩人沒有使用電梯，也沒有出現在任何一個窗口，倉庫外面的人不會注意到倉庫裏有人。兩分鐘後，陸海雲才從對講機裏聽到泰德說：「客人已經送到了，看來沒有任何的困難。」

陸海雲在窗口往對街的兩頭再看了一次後，才提起對講機說：「街上情況正常。」

又過了三分鐘後，陸海雲才聽見泰德的聲音：「碰到一點雜事，要延遲兩分鐘離開。」

陸海雲繼續注視著窗外的大街，他拿起對講機說：「街上情況正常，離開時間增加兩分鐘。」

陸海雲說出的資訊，主要是給接應車裏的西爾斯，讓他準備好，在泰德和鎖匠開門出來時，分秒不差地將車開到倉庫門口接應。雖然他的心情很焦急，陸海雲仍保持沉默，他不願意打攪在倉庫裏的人，他們需要集中精神開鎖。陸海雲等了漫長的五分鐘才又聽見泰德說：「鎖被換過了，不是我上次看見的那個。我們需要再加十分鐘。」

「需要工具嗎？」

他們在事前的討論裏就決定，如果超級鎖匠還是開不了這把特鍾鎖，那就顧不得要偷偷摸摸了，就用老虎鉗把鎖破壞，或是用鐵皮剪刀把公文箱的後面剪開。爲了安全，這些工具都放在接應的車上備用。

「還沒到時候。」

雖然泰德的聲音顯得很平靜，但是陸海雲還是有一股不安的感覺，好像要有災難發生了。外面的毛毛細雨還是持續地下著，泰德從出生就沒有離開過舊金山，他稱這種雨天是「溫柔細雨天」，讓人覺得它永遠不會停止。路上的行人很少，經過的車輛也不多，正如泰德說的，這樣的夜晚最好是坐在家裏一邊喝酒一邊看電視。陸海雲看見一輛警車慢慢地開過來，車上的警察不時地用探照燈的燈光照亮街道兩邊建築物的門窗。陸海雲不能確定這輛巡邏車是不是和上次經過的是同一輛，是警察開始對目標注意了，還只是經過這裏，他後悔沒把車牌給記下來。對講機裏又傳來泰德的聲音：「啊！我們走運了，鎖就要被打開了……」

他沒有細說，但是他繼續按著對講機的「發話」按鈕，同時觀看著鎖匠在忙著幹活。從對講機裏，陸海雲可以輕微地聽見鎖匠工作的聲音。

「我們要看看文件箱的背後了。」

對講機裏傳來文件箱被移動的聲音，然後就聽見泰德對鎖匠高聲地喊說：「注意有電線，……上帝！這裏有陷阱……」

陸海雲全神貫注地看著完全黑暗的倉庫，想從它的窗戶看到一點裏面的動靜。突然他以爲有人把倉庫的燈打開了，所有的窗戶都一齊變成了輝煌明亮的黃色方形框框。接著就是一聲巨大的爆炸聲，陸海雲感到像是天塌了下來，一股颶風從開著的窗子吹到他身上。大半個倉庫在剎那間變成碎片，夾帶著部分的兩個人體，從天上掉下來散落在大街上。陸海雲拿起對講機呼叫：「計程車，立刻離開，客人取消了。」

這是預先安排的暗語，是命令所有的人馬上離開現場各自逃命。西爾斯的聲音從對講機中傳來：「請再次證實。」

陸海雲雖然可以聽出西爾斯的聲音很平靜，但是也聽見了汽車發動的聲音，他向對講機呼喊：「立即離開，立即離開。」

陸海雲聽見遠處警車的警笛聲，他伸頭向窗外的四周看了最後的一眼，倉庫破碎了的窗子裏，除了零星在燃燒的小小火苗外，又恢復了黑暗。他戴上了帽子，將雨衣外套的扣子扣上，對屋內做了最後的檢查，確定沒有留下任何東西後，開門離開，正好一對男女也從隔壁的房間出來。他們一起下樓去看警察和消防隊的到達。三輛消防車緊跟在一輛警車的後面來到現場，一輛救護車也到了。這些車的重型柴油引擎噪音讓圍觀的人震耳欲聾。兩個戴著氧氣面罩的消防員手裏拿著長柄的大斧頭從破碎的窗子進了倉庫，不久倉庫的大門從裏面打開，讓等在外面的另一組消防員和警察進去，緊接著從救護車下來的兩個人也推著擔架車進去了。

天上的毛毛雨還是不停地下著，聚集在一起的緊急車輛都打開了極亮的大燈，把空氣中的雨絲照亮了，像似一根根透明的絲線從天上連到地下。

擔架車又被推出來了，和推進去時一樣，擔架上面是空的，陸海雲沒有見到泰德或是超級鎖匠的遺體被推出來，他看見倉庫前的大街上有點點的閃光，那是被炸破了的窗戶玻璃碎片在反射車頭的燈光。在這些碎片中，還有一些黑呼呼的不明物體在閃光，陸海雲突然明白，這是兩個生命最後所遺留在這個世上的，他們和所有的人一樣，從出生後就在這世上經驗著喜怒哀樂和生老病死，最後回歸塵土，但是爲什麼他們生命中最後的那剎那，會是如此的不堪。

鮑爾斯像是一隻被關在籠子裏的野獸，不停地從籠子的一頭走到另一頭，只是他不是被關在籠子裏，而是在一間屋子的客廳裏不停地來回走動。他不是這屋子的主人，真正的主人是他的一個遠房親戚，對方到歐洲去度假，把大門鑰匙交了給他，請他照顧房子。他是在這裏暫時避難，更重要的是，他在等待給他的下一個行動命令。

這時他是在想一年多前他在巴基斯坦北部的山區裏受訓時，教官告訴他的事，當時並沒有在他的腦子裏留下深刻的印象，但是現在就給他增加了一分困難。教官說的是，任何看起來不起眼的小事都一定要弄得清清楚楚，不然很可能在日後給你帶來很大的困難。當初他奉命殺害彭建悅時，用的是彭建悅帶在身上的槍，本來是在事後要把槍丟棄的，但是他認爲那一定是一把沒有槍主的黑槍，就把它留下來。後來在燒死常強盛和魏皆琉時就把它留在火場，目的是用來誤導破案的方向。但是當他知道伯司探長查出了槍主就是被害人彭建悅時，他即刻啓動了預先訂好的轉移陣地。

離開洛城的計畫中，第一件要做的事，就是將所有存在強發貿易公司倉庫裏的重要文件銷毀，警察把他和常強發集團連在一起是早晚的事，並且伯司探長的夥伴科特·雷多警官已經三番兩次來到巡警隊指手畫腳的問了很多問題，找到倉庫裏的文件箱也是早晚的事，按計畫他是應該澆上汽油，一把火燒了它，但是因爲伯司和雷多兩個人對他的態度很不友善，他就設下了炸彈陷阱，給這兩個人一點顏色看，所以當他聽見爆炸聲時，著實高興了一陣子。

第二件要做的事是去找林達攤牌，林達是他的前妻，也是唯一知道他真實身分的「外人」。林達要求他脫離基地組織，他不肯，所以就離婚了。但是他還是深愛著他的前妻，離婚後不時的去找她希望復婚，有好幾次，林達不堪他沒完沒了地出現在她的生活裏，還去報警告他騷擾。

雷多警官在他調查鮑爾斯的報告裏把這些情況都一五一十的寫進去了。所以當伯司探長接到報告，說鮑爾斯出現了的地點時，他馬上就想到鮑爾斯是要去找他的前妻，當時鮑爾斯正在走向他前妻任職的會計師事務所。

伯司帶著雷多趕去，在警車的警笛狂鳴中，伯司呼叫巡警隊隊長凱恩，他是鮑爾斯的頂頭上司，要求他即刻趕到林達的辦公室，同時馬上通知她先躲一躲。伯司和凱恩的警車一前一後的來到了位於第三街的一棟大樓前，林達上班的會計師事務所就在這裏的第七樓。伯司出示鮑爾斯的照片給大廳中間的接待櫃檯，證實了他們要找的人剛剛來過。伯司對雷多和凱恩的夥伴說：

「你們兩人都認識鮑爾斯，給我看好這裏的前後門，他如果下來就逮捕他，千萬別掉以輕心，他是受過特別訓練的恐怖組織行動員，我們知道的就有五條人命在他手上。你們馬上請求支援，我和凱恩隊長要去七樓的會計師事務所。」

進了電梯後伯司問凱恩：「你知不知道這電梯到了指定的樓層後，會不會發聲響鈴？」

凱恩回答：「我不敢確定，但是我想是會的。」

「那我們在六樓下，再用樓梯上七樓。」

樓梯的門就在電梯的旁邊，伯司拔出配槍，把一顆子彈頂進槍膛，凱恩也同樣準備好了，伯司輕輕地把門往裏拉開，走廊上空無一人，他半蹲下來，雙手握槍指著前方，準備好隨時開火。他快速地離開了樓梯門向左移動，凱恩在後緊跟著，但是手槍是指著右方。

他們來到了一間很大的所謂的開放式辦公區，前面是兩排很整齊的方格，是用有一個人胸口高的分隔板圍出來的，每一格裏是完全一樣的一套辦公桌椅、書架和文件箱。每一個辦公桌上都有兩部電腦。靠牆的一邊圍出來三個單獨的辦公室，在靠另外一邊是一排人高的架子，上面堆滿了各種電子設備。伯司來到其中的一個單獨辦公室，透過窗子看見裏面有一個人坐在辦公桌的椅子上，他的頭往後仰，兩眼睜開，脖子下像是戴著一條紅色的餐巾，伯司知道那是鮮血，他的胸口被槍彈擊中。凱恩緊跟在後也看見了死者，他大吸了一口氣說：「鮑爾斯的老婆林達大概是躲開了。」

凱恩在背後掩護，伯司把辦公室的門推開後，他回說：「還是沒來得及。」

一個女人坐在地板上，頭靠在牆上，兩眼雖然是睜開著，但是人已經死了。她的前額有一個槍洞，背後的牆上是噴出的鮮血和腦漿。伯司上前用兩根手指摸一摸死者的脖子，他是在試溫度：「還是熱的，看這流出來的血還是鮮紅的，兇手可能還沒走。」

伯司站了起來，從辦公室的門口往外觀察，看見了那一排放著電子設備的架子後面有動靜，他舉起了手槍，眼睛和手槍同步追蹤著移動的身影，突然他看見鮑爾斯從架子後面衝出來，奔向一個緊急出口。他聽見身後的凱恩高聲地喊：「鮑爾斯，你給我站住！」

快速移動中的鮑爾斯轉身舉臂抬槍，當他的後背將緊急出口的門撞開時，他開始射擊。窗子和門上的玻璃應聲而碎，伯司開火將六顆子彈射進開著門的緊急出口，但是已經晚了一步。他打開手機，快撥雷多，響了半聲就聽見：

「我聽到槍聲，情況如何？」

「目標馬上要從緊急出口下來，注意攔截。」

伯司合上了電話，跟在凱恩的後面從緊急出口追下去。他聽得見鮑爾斯踏在鐵製樓梯的聲音，但是不見人影。兩個人三腳兩步的跳著追下樓，他們聽見鮑爾斯撞開樓底緊急出口門的聲音，隨著槍聲就響了，快速的射擊分辨不出是幾支槍和開了幾槍。十秒鐘後，凱恩也撞開了緊急出口的門，伯司緊隨著他貼著地面滾出到大廳，馬上就看見雷多一隻手握著槍，另一隻手拿著已經染紅了的白色手帕壓在凱恩夥伴的右肩，他急促地說：「我打中了他兩槍，他朝第三街隧道方向跑了。」

他又看著凱恩說：「我已經叫了救護車了，你們快去吧！」

凱恩說：「通知支援人員，兩名警察在第三街步行追捕嫌疑犯，目標向隧道方向逃走。」

伯司和凱恩衝出了大廳往第三街的方向追，他們之間保持著五公尺的距離。顯然鮑爾斯受的槍傷不輕，他在人行道上留下了不少的血跡，但是到了第三街和山丘街交口處，人行道上的血跡沒有了，伯司往隧道裏看看，這是一條給車輛用的隧道，兩旁沒有人行道，車道上也沒看見有人，他再往山丘街環視，也沒發現目標，但是他看見有好多人突然從山丘街的中央市場裏往外跑，他朝凱恩喊了一聲：「在這邊！」

兩人很快地進到了市場裏，伯司又開始看見血跡了。中央市場是一間批發和零售肉類、蔬菜及一般食品的聯合商場，是在一棟二層樓的建築物裏，因為來往和進出的人多又吵鬧，他們又失去了鮑爾斯的血跡。但是突然前面有好幾個人在大聲喊叫，接著是兩聲朝天鳴槍的聲音，一大群人夾著尖聲的叫喊，就像潮水似的向他們湧過來。伯司和凱恩趕快閃開藏身在一個大柱子後面。一陣人潮過後，整個市場就空蕩蕩的，兩個警察聚精會神地監視每一個角落，他們知道鮑爾斯因為身上的傷已經無法有大動作了，果然，伯司看見了右前方的一個牛肉攤後面有動靜，再仔細地看，就發現是鮑爾斯躲在一個大的切肉台後面，凱恩也同時看見他了。伯司小聲地說：「凱恩，你伏身從左邊的走道繞到牛肉攤的左邊，我從正面引他的注意力，我們見機拿下他。」

「不行，我們交換角色，由我去正面接觸他。何況他是我的人，現在家裏出了事，我們要自己先解決。」

凱恩站了起來，伯司驚訝地看見他把槍放回了槍套，從柱子後面現身，走向牛肉攤。伯司還是低著身從左邊的走道繞過去，他聽見凱恩說：「鮑爾斯，你血流得太多了，讓我送你去醫院吧！」

「隊長，太晚了，一切都太晚了。」

「誰說的？我老凱恩還沒說晚了，就是還沒晚，你把槍放下，讓我過去先給你把血止住，我們再去醫院。所有的事，我們來商量看怎麼解決。」

凱恩往前移動了一步，就聽見鮑爾斯大聲地說：「隊長，不許動，你不要逼我開槍。」

鮑爾斯很困難的咳嗽了兩聲，嘴角就有血流出來，顯然，他的肺部是受傷了。

「好，我聽你的，不動了。可是你總得告訴我你要幹什麼啊！我們總不能就這麼我看你，你看我的耗下去吧。」

「隊長，這幾年來隊長對我很好，我都明白，也非常感激。但是我是穆斯林，我必須要完成阿拉交給我的偉大伊斯蘭任務。我現在可以告訴隊長了，彭建悅是我殺的，常強盛和魏皆琉也是我殺的，還有那倉庫的炸彈也是我放的，目的是要銷毀我們的重要文件。遺憾的是我的前妻不肯跟我走，但是她除了知道我是基地組織的人外，我還告訴她太多的事了，所以她是非死不可的。」

鮑爾斯又咳嗽了一下，又是一股鮮紅的血從嘴角流出來，他接著說：「他媽的，那個討厭的雷多小子出槍真快，我讓他先打中了，要不然就是我把他先斃了，真是太遺憾了。隊長，請你替我向小約翰道個歉，我給了他一槍是不得已的，希望他沒事，他是個不錯的年輕人，我和他一起巡邏過。隊長，你問我想幹什麼，我是什麼都不能幹了，一切都太晚了。」

雖然咳嗽停止了，鮑爾斯的嘴角還是不斷地流出血來，他的臉色像是白紙，凱恩往前邁了一步：「鮑爾斯，你可以自己去跟他道歉呀！你的血流得太多了，讓我來幫你吧！」

伯司已經在目標的左邊進入位置，他將兩手架在一個木箱上，握在手裏的槍瞄準了目標的眉心，放慢了呼吸。他聽見鮑爾斯說：「不許動！隊長，再見了。」

伯司以爲鮑爾斯是要向凱恩開槍，他按下了扳機，但是伯司卻看見鮑爾斯把槍放進自己的嘴裏，毫不猶豫的扣下扳機。伯司在最後的一剎那將槍管往上一提，射出的子彈擊中了牛肉攤上面的牌子，產生了相當大的撞擊聲，幾乎就在同時，鮑爾斯的槍響了，射出的子彈讓他的頭部往後一仰，然後一大片血水就噴在他背後靠著的冰箱門上。手槍掉在他兩腿間的水泥地上，他自殺後的姿勢，和剛剛才被他殺死的前妻是完全一樣的。

第六章　親情法情愛情和遠方追緝

自從袁華濤接管經犯司後，任常專案的進展就起了基本上的變化，在此之前，大家對於案子是否能辦得成功，把犯罪份子緝拿歸案和追回贓款都不看好，現在大家的看法是成功結案是指日可待的。

在上海市浦東公安分局五樓的西北角走廊上多出來一道門，門上沒有任何的牌子，但是門口有一張桌子，有一位公安武警坐在那，要進去的人都要出示特別通行證才能放行，來訪者是要有裏面的人出來陪伴才能進去。進了這道門，在走廊的兩邊有好幾間單人辦公室和兩個比較大的集體辦公室，再有一個會議室和一間放檔案和電腦伺服器的房間。這裏就是袁華濤爲了「任常專案」所設立的特別辦公室。

也有眼明心快的人提出疑問說，「任常專案」是歸經犯司來辦的，他們的辦公室就設在浦東分局裏頭，爲什麼還多設這片地方，但是沒有人敢去問公安部的副部長。更何況楊冰手下專案組的人在這五樓也有他們的辦公室。這片地方對外的正式名字是「袁副部長辦公室」，但是內部的人都管它叫「五樓辦」，現在連他們自己也用這名字了。

另外還有人注意到，除了袁華濤本人和公安部辦公室的一個副主任鄭天來之外，沒有其他人是從北京來的。「五樓辦」的大管家，也就是那裏的辦公室主任，是原來廈門市公安局刑警隊的隊長仇泰安。有經驗的內行人都能看出來，袁華濤的任務絕不止於「任常專案」，他一定同時在辦另一件更大的案子，而案子的主犯很可能是北京的，所以他要遠離那裏，不受干擾。

另一件讓人注意的事就是，袁華濤和李路欣常常在一起出現，本來這是很平常的事，袁華濤的老伴去世了，而李路欣又是喪偶多年的寡婦，兩人走到了一塊是再自然不過了。但是這中間有個楊冰，那就讓人產生了不少好奇的問題。沒人敢去問公安部的副部長和公安英雄的未亡人，所以都來問楊冰，雖然她守口如瓶，但是也快把她煩死了。

李路欣應該是最快樂的人了，她終於說服了楊冰去認了袁華濤爲父親，也說服袁華濤去辦結婚登記，並且一定要在北京辦，辦完了登記，她還著意地把自己打扮起來，然後盛裝出現在公安部，讓每個人都知道她是未來的副部長夫人，讓那些還懷著希望的花花草草都死了心，靠邊站。但是李路欣也是全心全意的照顧好袁華濤的生活，讓他全部的精力都投入到工作，袁華濤不經意地說了好幾次，他在上海的這些日子，是他工作效率最高的時候。

但是李路欣注意到了，袁華濤有時會突然沉默不語，進入了深思，臉上會出現一股說不出來的哀傷和痛苦。李路欣一開始以爲他在思念死去的妻子，曾試著和他談談他過去的婚姻，但是袁華濤坦然自若，毫無顧忌的暢談，顯然亡妻不是他極度哀傷的原因。還有另外一件事不能談的，就是他的女兒。袁華濤只說她是一個警察，現在正擔任一項國家的機密任務，所以不能透露任何的細節。

平時袁華濤最喜歡聽李路欣說楊冰小時候的故事，但是有一次她發現，事後袁華濤在偷偷地掉淚。李路欣雖然確定袁華濤的哀傷，是因爲楊冰讓他想起了自己的女兒，但是他的回答和他們過去的複雜感情生活，都使他們給對方很大的空間，避免談起任何帶有傷感的事。

李路欣對袁華濤的生活還有一個貢獻，那就是讓他有一個合乎他年齡和地位的正常社交生活。每隔幾周，李路欣就會以袁華濤的名義請一些老朋友和新朋友到家來吃飯，這對袁華濤的形象有很大的幫助。漸漸的袁華濤也開始享受這些社交活動了。這個周末，李路欣要在家裏請客，客人全是袁華濤和楊冰的老朋友。一大早，李路欣就把房子裏裏外外打掃得乾乾淨淨，吃過中飯後，她就在廚房裏開始忙了。不久，袁華濤帶了晚上要喝的酒和一大把鮮花來了。李路欣開門迎接：

「老袁很有進步啊！叫你帶酒來，結果連鮮花也帶來了。」

「酒是給客人喝的，花是送給美女的。」

「原來你還請了美女來吃飯。」

「是給美麗的女主人的。」

「又來跟我貧嘴了，什麼美女，都成了老太婆了。快進來吧！幫我幹點活。」

袁華濤把夾克掛好了就到廚房來，看見李路欣正把那把鮮花分放在三個花瓶裏，他問：「說吧，你要我幹什麼？」

「跟你說著玩的，我也忙得差不多了，就等客人來了後炒菜。」

「咦？楊冰怎麼沒在家幫你忙呢？」

「她說北京公安部的副部長來了，她們得加班。」

「副部長到上海來不是來找她加班，是來找她老媽的。你發現沒有？每次我來這裏，楊冰就找藉口不在，她是不是不喜歡見到我？」

「人家左一聲爸爸右一聲爸爸叫得那麼親熱，還說不喜歡你，別沒良心了。」

「那她就是故意給我們製造機會了。」

「有什麼用？有人要故意錯失良機，楊冰是白費心思！」

「李路欣，記得嗎？我袁華濤上一次的熱血沸騰，結果是影響了兩代人，都快三十年了，這不還在折騰嗎？你說我能不害怕嗎？」

「我看未必，是不是北京的那些花花草草讓你心猿意馬。我們都去登記了，可是我年老色衰，已經引不起你的興趣了。」

李路欣今天是著意的打扮了一番，緊身旗袍將她保持得很好的身材突顯出來，袁華濤目不轉睛地看著她，想著他們不就是在同樣的情況下把楊冰製造出來了嗎？

「老袁，你怎麼這樣看人呀！」

「我要證明給你看，我的興趣大得很呢！」

袁華濤摟住了李路欣要吻她，她雙手用力地擋住：「老袁，別胡來，馬上就會有人來了。」

「沒關係，我把門鎖上了。」

「楊冰有鑰匙。」

「我從裏頭也鎖上了，她進不來的。」

李路欣的兩臂擋不住袁華濤強有力的摟抱，她只好鬆手抱住了她，主動的把上身貼住了他的胸口，但是把臉別過去埋在他的肩上：「現在不能吻我，會把我口紅弄亂了，客人們就要來了。」

「不行，我現在就要。」

袁華濤的一隻手緊緊地把她的下腰抱住，另一隻手開始揉她的乳房，透過薄薄貼在身上的旗袍料子，她能感到他的身體起了變化，同時也感到自己全身開始發熱：「老袁，你是不是要我的命呀？你看把我也弄得混身發燙。」

「太好了，我們速戰速決，爭取時間。」

袁華濤動手解她旗袍的扣子，她抓住他的手：「老袁，我已經是你的人了，天涯海角我是跟定你了。本來我就要跟你天長地久的在一起，但是我走上了彎路，苦了我更苦了你，現在我回來了，我要用我剩下來的生命伺候你一輩子。我們這才開始，有的是時間，你真的想要我，我會把所有的都給你，我們不在乎這一刻，你就先饒了我一次好嗎？」

「可是私鹽比官鹽好吃呀！」

「狗嘴裏長不出象牙來。」

袁華濤鬆開了手，把李路欣的旗袍理了一下：「我是在逗你的。我這條命是你從毀滅的路上拉回來的，是我要用我的餘生來呵護你。」

李路欣看見袁華濤的眼裏充滿了淚水，她緊緊地抱住了他，在他的嘴上深深的一吻，然後衝進洗手間去整理口紅。袁華濤一個人站在廚房裏，陷入了他和李路欣的風風雨雨回憶裏，他一生中好幾次從死人堆裏爬出來，又活了下來，但是他再也沒有想到的是，他的初戀情人，也是令他傷心欲碎背他而去嫁給了別人的李路欣，將他從必死的毀滅路上硬是拉了回來。從前的事一幕一幕地在他眼前出現了：

這要從那年袁華濤在大山裏執行緝毒任務說起，總部得到了情報，說有一夥毒犯在山裏設了一個毒品倉庫，讓走私犯到那裏去取貨。總部要袁華濤帶一個小分隊去把這倉庫給端了，總部的情報是這倉庫就是山裏頭的兩間草房子，有五、六個人在把守。所以小分隊就只配了七個人，仇泰安當年就是隊的前敵偵查員。現在他是五樓辦的大管家，是個大胖子，當年的仇泰安可是像猴子似的精瘦精瘦的，但是動作可快了。

小分隊晝伏夜行，在第三天的半夜找到那個毒品倉庫，但是發現總部的情報完全不對，那裏不是一、兩間草房的倉庫，而是一大片毒品製造和集散的基地，袁華濤派仇泰安在天亮前摸黑進去了解情況，他回來報告說，裏頭的警衛佈置得像鐵筒一樣的嚴密，至少有三、四十個武裝人員。袁華濤向總部報告了詳情，要求結束任務或是增派援兵。兩小時後總部下了命令：在天亮前進攻。

他們在淩晨三點發起攻擊，在天還沒亮時，就把整個基地給端了，但是他們付出了沉重的代價，五個戰友一個個的倒下死在那深山裏，在一片火海中，袁華濤下令撤退時，就只剩下了仇泰安一個人，但是他已身負重傷，袁華濤背著仇泰安在山裏跑了一天一夜才碰上來接應的人。袁華濤受了點皮肉之傷，包紮後他們還是將他留在醫院裏住兩天。

當時戀人李路欣到醫院來看袁華濤，同時告訴他說她要結婚了，但是新郎不是他，而是他的戰友楊軍武。袁華濤當時的痛苦比一顆敵人的子彈打在身上還要厲害。生命和世界裏就只剩下了恨。他當時就想殺人，但是他無法決定是去殺楊軍武，還是李路欣，還是他自己。

李路欣在她婚禮的前一晚來找袁華濤，她將她的初夜給了袁華濤。後來楊軍武告訴袁華濤，李路欣把事情全說了，並且她身上懷了袁華濤的孩子。楊軍武不原諒他佔有了他的女人，而他的報復方法是全心全意的去愛李路欣和將要來臨的孩子，他要李路欣從心裏感到他楊軍武是比袁華濤更爲優秀的男人，更完美的丈夫和父親。

在以後的幾年裏，袁華濤親眼看見了李路欣成長爲一位燦爛的美婦人，在他們身邊的是個快樂活潑可愛的小女孩，顯然的，楊軍武經營出了一個非常幸福的家庭。後來當袁華濤也成家有了孩子，他才真正明白了楊軍武，全心全意的去愛一個女人和她的孩子可以給他帶來的快樂，不是任何報復的心態可比的。袁華濤承認楊軍武是個英雄好漢，的確是個比自己更爲優秀的男人，所以李路欣要嫁給他是有道理的。

過了幾年後，袁華濤也成家了，也有了個女兒，家庭生活也很美滿，但是看見自己的女兒，就不時的想念他還有另一個女兒。他很感激楊軍武，經常告訴他楊冰成長的情況，找機會讓他看看楊冰。他們的年歲慢慢大了，事業也有了變化，帶來的是對人生的看法成熟了，過去的激情漸漸淡忘，取代的是對未來的期待。但是袁華濤和李路欣的幸福家庭都沒有維持得長久，楊軍武犧牲了，袁華濤的妻子也因病去世。留下了兩個單親家庭，他們獨自把女兒扶養成人。最讓人不解的是，兩人的女兒都先後進了警校，繼承她們父親的事業，成爲國家的公安人員。

袁華濤的女兒是在楊冰五歲那年出生的，她的名字叫袁玲玲，長得很像楊冰。袁玲玲在警校畢業時受國家反貪局徵召，化名「丁雙玲」，擔任臥底任務，一年前因身分暴露遇害犧牲了。玲玲出事後，部裏將案子的情況向袁華濤做了簡報。原來是國家的反貪局根據舉報，在調查一個中央部級領導可能涉嫌貪腐的案子，其中的一個重要環節就是，有一個地方的公安單位裏的一個高級公安人員，是這位部級領導和企業的非法行爲的聯繫人。但是經過幾次的抽絲剝繭調查，只能鎖定了幾個可疑的企業，但是沒有具體的證據。反貪局決定派人到這些可疑的企業去臥底，收集證據。袁玲玲就是被派到其中的一個企業去臥底的。

她最後的工作地點是在深圳市，她在半年多的時間裏蒐集了許多很重要的情報，她最後的一個通信是說她得到了物證和人證，同時她懷疑自己身分已經暴露了。反貪局命令她馬上撤離，但是已經太晚了，袁玲玲失去了音信，三天後，一具全身赤裸的女屍漂浮在深圳附近的海面。因爲案子還在調查中，反貪局不能出面認領屍體，又因爲她身上沒有任何的證件，深圳警方無法聯繫她的家人，最後是袁玲玲在深圳認識的一位朋友出面，把她埋葬在當地的七娘山下。

根據深圳警方的調查報告，死者的肺部沒有海水，不是因溺水而死。而死者頸部有嚴重的勒痕，判斷死者是被勒斃。死者的陰道內有男人的精子，陰道附近的皮膚有擦傷的痕跡，她身上有很多打鬥過的傷痕，指甲裏也有別人的皮膚碎屑，報告說她在被殺害前曾遭到強姦。深圳警方對被害者體內的精子和指甲裏的皮膚碎屑做了DNA的分析，但是和檔案庫裏過去的犯罪嫌疑人對比，並沒有找到相同的DNA。但是反貪局將DNA和袁玲玲在調查的案子中有嫌疑的公安人員對比，馬上就找到了姦殺袁玲玲的兇手，他就是公安部經犯司的王克明。

反貪局已經在懷疑他是中央部級領導高幹的貪腐案的重要關係人了，雖然現在有了他犯了殺人罪的確鑿證據，但是他們的目標是那位部級領導，因此案子還在繼續調查，爲了不打草驚蛇，在結案前他們是不會動王克明的。

但是袁華濤的世界卻是一片悲傷和憤怒，袁玲玲是他在世上唯一的親人，如今被人用最殘酷的方法給殺害了，他三番兩次從內蒙古的呼和浩特到北京來打探案子的進展，都不得要領，最後袁華濤下了結論，要不是辦案的人沒有能力，就是犯罪嫌疑人的保護傘太強大。他不知道要到哪個猴年馬月才會將兇手拿下法辦。後來一想，在這世上已經沒有讓他留戀的了，就決定要親手把兇手殺了，然後再把自己了斷了。

在這之前，他來到上海要見他一生至愛的李路欣母女最後一面。他們在這分手的二十多年裏偶爾也會見上一面，但是隨著年紀的增長，他們之間的激情漸漸地被相互的關懷取代了。袁華濤是在星期天來到李路欣的家，在按門鈴時他才記起來，他們上一次見面時已是三年前的事，那時楊冰還正忙著要出國留學呢，他是出差到上海，順道來看看她。他在機場打電話給李路欣，問說方便不方便來看她，自從她守寡後，袁華濤一直有個印象，她有要好的男朋友，會很快就再結婚，所以每次他來，都會很小心，他不想再給李路欣添麻煩，過去的事給了他很大的教訓。門鈴按了一下，大門就打開了，李路欣顯然著意的打扮了一下，容光煥發，她和以前一樣的美麗，滿臉笑容的說：「這麼快就到了，快進來。」

「我就是來看你們一眼，說兩句話，馬上就走。」

「我知道，又是來出差順道來看我，是不是？三年前也是同樣，你就不能多留一會兒嗎？我們有多少年沒在一起吃頓飯了？」

「楊冰還好嗎？」

「她決定還要再修個博士學位，大概還得半年才能從美國回來，我知道你就是惦記著冰兒，但是也總得問一問女兒的媽好不好呀！」

袁華濤根本沒聽見李路欣的話：「那我是看不見她了。」

李路欣看見了他眼裏的淚水：「老袁，你是怎麼了？是不是又在想玲玲了？」

袁華濤告訴過李路欣，女兒在臥底任務犧牲了的事，但是沒說細節。

「老袁，你今天的臉色很不好，是身體有問題嗎？」

就在這時，袁華濤看見了放在牆邊桌上的相片框，裏頭的照片有三個人，站在中間的是李路欣，右手邊是楊冰，左手邊是個年輕的男人，就是他最近老是在公安部內部的網上看到的那個人，也是他這次來上海要格殺的目標。他指著照片大聲地問：「那個人是誰？」

「不就是我和楊冰還有她的對象嗎？」

「他叫什麼名字？是幹什麼的？」

「他是楊冰在經犯司的同事，名叫王克明。」

袁華濤突然哀叫了一聲就大哭起來，他哭喊說：「老天爺怎麼能這麼對我呢？我是前輩子做了什麼天大的壞事，現在來懲罰我了。」

李路欣過來抱住他說：「老袁，快別這樣，告訴我都發生了什麼事？」

「王克明就是把玲玲強姦後，又把她勒死了的兇手。」

「辦案的公安就趕快去抓人呀！」

「他的保護傘太強大，他們辦不下去了。」

「怎麼會有這樣的事！」

「姦殺我女兒的兇手，現在成了我另一個女兒的愛人，也是你的女婿，你說我該怎麼辦？我的日子還怎麼活下去呀！」

袁華濤把眼淚擦乾，站起來準備走了，李路欣擋住了他說：「老袁，你得老實的告訴我，你來看我們母女一眼後，就要去把王克明殺了，是不是？」

「這種人不殺，留著還來害人嗎？」

「可是國家有法律，你逃得過嗎？」

「不用國家來操心，我自己會做個了斷的。反正在這世上，我袁華濤什麼都沒有了，我活著還幹什麼？」

「袁華濤，這麼多年了，你終於說了真心話。我李路欣在你心裏是什麼地位都沒有。老楊走了以後，我以爲你會來找我，但是你沒有。我認了，誰要我先對不起你呢？我老了，你當然要找年輕貌美的人，這些我都沒話說。只要能讓我偶爾看看你，我就滿足了。你連我這麼一點點的期望也不給我嗎？袁華濤，你對我太狠了。」

「袁玲玲是我的女兒，我不能讓她白白的死得這麼慘。」

「楊冰是我的女兒，也是你的女兒，我要她有個快樂的人生，看她成家有孩子。但現在連這點希望都要毀了。」

「王克明是個惡人，他只會給楊冰帶來痛苦。」

「這個我知道，楊冰是個很有正義感的人，怎麼能容忍他呢，楊冰已經跟我說過，王克明不是能託付終身的人。我拿定主意了，我這輩子要看著你，我告訴你袁華濤，當你了斷自己時，我會跟著在你身邊了斷我自己，也許他們會把我們埋在一起，那不就讓我達到目的了嗎？」

「你不能這麼做，楊冰還需要你。」

「老袁，我告訴你，你要是去把王克明殺了再自殺，那我們過去的恩恩怨怨就一定會曝光，你想到沒有？到時楊冰會怎麼活啊？老袁，你不爲我想，也要爲楊冰想想啊！她和玲玲一樣都是你的女兒呀！」

「李路欣，這世界爲什麼對我這麼不公平啊？」

「老袁，國法一定容不下王克明的，你要有耐心。」

「你會陪我耐心的等嗎？」

「我一定會的。老袁，你把槍拿給我，先放在我這裏。」

李路欣緊緊地抱住他，兩個人在交換著無言的溫暖。

電話鈴響了，她起來接：「我是李路欣，請問找哪一位？」

她握住聽筒聽了一會兒後說：「他在這裏，請等一等。」

「老袁，是找你的，說是北京中央辦公廳打來的。」

袁華濤拿起電話說：「我是袁華濤，是，部長，您好。明白，我立刻動身。」

他把電話筒放回去後說：「是公安部部長，他說我有新任命，同時要我調查一個公安臥底在深圳犧牲了的案子，這案子還涉及到國家安全的事件，要我立刻飛北京。」

「還以爲你能陪我吃頓飯呢。也怨不得別人，我是沒有這個命，年老色衰沒人要了。」

「李路欣，陪我去一趟北京好嗎？」

就這樣，李路欣把袁華濤從自我毀滅的懸崖絕壁上拉了下來。

等大家都酒足飯飽了，在喝茶或咖啡時，袁華濤突然說：「我想說說我女兒的事。」

袁華濤的臉上又出現了那股極度的哀傷和痛苦。李路欣走過來說：「老袁，你怎麼了？」

袁華濤拉住了李路欣的手，讓她坐在身邊：「我沒事，我已經在心裏憋了好一陣子了，你們又很關心她，所以我今天就告訴你們吧！還有我知道你們對處理王克明的事意見很大，今天我來說明一下。冰兒，請你再替我續一杯咖啡。」

楊冰特別喜歡聽袁華濤叫她「冰兒」，除了感到親切外，她還知道袁華濤很不好意思這麼叫她，即使是在非公事的場合，只要有外人在，就一定會對她稱名道姓。今天當著這麼多人的面，居然會叫她「冰兒」，心裏特高興。把一杯熱騰騰的咖啡拿給袁華濤後，楊冰就坐在他身邊了。袁華濤看看他身邊的兩個女人，一個是他一生刻骨銘心所愛的人，另一個是他終於找回來的女兒，他笑了：

「我想你們大概都已經知道了我和李路欣，還有楊冰是怎麼回事了，人世間的事，誰都不能把是非說得準，只有憑著良心活著，在進棺材的時候才能閉上眼睛。我老袁能活到今天，完全是我的命很硬，現在兩個我愛的人又在我身邊，我已經很知足了。但是我有遺憾。我有兩個女兒，一個是我身邊的楊冰，她不姓袁而姓楊，那是李路欣在她婚禮的前一晚來找我時，我把她擺平了生的。」

李路欣插嘴說：「老袁，別又犯了男人的自大狂，說清楚，到底是誰把誰擺平了？」

「你別來打攪，那是細節，並不重要。我今天要說她的故事，是要你們明白爲什麼我老袁要是今天進了棺材，我是閉不上眼睛的。」

一屋子的人鴉雀無聲，只有從音響裏傳出來的音樂瀰漫在凝固了的空氣中。袁華濤喝了一口咖啡後繼續地說：「我另一個女兒是在楊冰五歲那年出生的。我希望你們能記住，她的名字叫袁玲玲，長得很像楊冰。」

袁華濤把放在面前的一本書打開，從裏頭取出一張照片：「這是袁玲玲的照片，看她們像不像？」

楊冰愣住了，她和葛琴在公安部的烈士展覽館裏看見的那個最年輕的烈士出現在眼前了：

「她是公安烈士嗎？」

袁華濤看著楊冰說：「和你一樣，袁玲玲進了警校，在她畢業時受國家反貪局徵召，化名『丁雙玲』，擔任臥底任務，一年前因身分暴露遇害犧牲了。」

楊冰看見袁華濤的眼裏已是充滿了淚水，她深深感受到一個父親對女兒的親情：「查出袁玲玲犧牲時的具體情況嗎？」

「她是在被強姦後給人勒死的，根據她體內的精子和指甲內的皮膚碎屑ＤＮＡ對比，確定王克明是犯罪嫌疑人。」

袁華濤用很平靜的口氣把案件調查到目前的結果說給大家聽，房裏沒有人說話，大家都在沉思袁玲玲的悲慘命運。楊冰先說話了：

「都是我的罪過，害了袁玲玲。」

袁華濤說：「這跟你沒關係，王克明要當魔鬼是他自己的事，誰也無能爲力。」

「可是他在殺害玲玲的時候，我還是他的未婚妻，當魔鬼的親密女友不讓人噁心嗎？」

「你也是受害者，只是你很幸運，在他能傷害你之前就發現他是個惡人了。」

李路欣拿起了袁玲玲的照片看著說：「這兩姐妹長得真像，王克明真是禽獸不如，居然對這麼可愛又長得像自己未婚妻的女孩下得了手。玲玲真是可憐。」

袁華濤說：「有時候如果一個人不相信命運，很可能就活不下去了。玲玲走了後，我也鑽進了牛角尖，要不是李路欣死拉活扯的把我拉出來，今天就沒有我老袁了。過去我一直認爲是李路欣欠我一生的幸福，但現在卻是我欠她我的一條命，你們說我和李路欣，再加上楊冰、袁玲玲一共兩代人的一生，難道這不是命運嗎？冰兒，再給我一杯咖啡。」

李路欣馬上說：「老袁，不能喝太多的咖啡，會影響身體。冰兒，給他倒杯水。」

坐在仇泰安旁邊的鄭天來突然說話：「老袁，還記得我告訴你三高的事嗎？我看你跟我也差不太多了。」

袁華濤聽了哈哈大笑，把別人弄得丈二金剛摸不著頭緒，但是他笑瞇瞇地說：「對對，年紀大了是不能喝太多咖啡，老鄭也告訴過我，咖啡和酒一樣會影響血壓、血糖和血脂。還是李路欣關心我。」

李路欣用哀怨的口氣但是帶著笑容說：「你們今天才聽見他說我的好話，在這之前我是他最恨的仇人。老袁他左一聲思念楊冰，右一聲思念楊冰，可從來沒說過思念楊冰的媽，沒良心的男人。」

袁華濤笑著說：「楊冰，你看你老媽在吃你的醋了。」

李路欣舉起手來捶了袁華濤兩下：「不要挑撥我們母女的感情。」

楊冰說：「媽，您別打岔，爸還有話要說呢。」

袁華濤繼續說：「女兒在任務開始前，曾回家待了幾天，那是我們父女最後一次見面。玲玲要我轉送兩封信，其中一封是給你楊冰的。由於她參與的案子還在進行，還有存在保密的情況，再加上考慮到你可能會排斥我，所以一直沒有把信交給你，現在我覺得可以交給你了。」

袁華濤把手裏的一封信交給楊冰，她很快的把信讀完，臉上的血色消失了，眼睛裏出現了淚水：「我真後悔，玲玲沒有早一點來找我，她一定是害怕我會不認她。」

袁華濤說：「信是封起來的，我還沒看過，冰兒，你能唸給我們聽嗎？」

楊冰哭了，她把信交給柯莉娟：「小莉，你替我唸吧！」

柯莉娟接過信來念；

楊冰姐姐：

我是袁玲玲，和你一樣，也是個警察。我的父親叫袁華濤，他和您的母親李路欣阿姨是多年前的好朋友。也許你會嚇一跳，我們是同父異母的姐妹。在我很小的時候，爸爸就告訴我說我有一個姐姐，我們家裏有不少從你小時候上幼稚園一直到你從警校畢業時的照片。姐姐，你長得好漂亮。我最喜歡那張穿警服的照片，真是神采飛揚，這些照片都是爸爸在偷偷看冰姐時拍下來的。

我很小的時候，母親就去世了，是爸爸一個人把我帶大的。父親除了我之外，就沒有其他的親人了，讓他一生思念的就是他年輕時的愛人李路欣阿姨和女兒楊冰姐姐。本來是我應該要照顧父親的，但是當你看到這封信時，我已經不在這世上了，我接到一個有危險性的任務，寫下了這封信，要求爸爸在我犧牲後才把這封信交給姐姐。我不放心爸爸一個人在這世上孤獨的老去，您能照顧、照顧他嗎？現在爸爸只有你一個親人了。

冰姐，你我的父親是國家的英雄，但他們也是充滿了人性的熱血男兒，我在歌頌他們英勇事蹟的同時，更體會到他們生命中豐富的感情。我想冰姐也會同意，就是這些活生生的人性，才讓他們成了讓我們永遠難忘的人。我很遺憾在生前沒能見過冰姐，我希望您的人生會像您一樣的美。

再見了，請照顧好我們的父親。

柯莉娟把信唸完後，屋子裏的人都感動得說不出話來，除了袁華濤，他們中沒有人見過袁玲玲，但是每個人的心裏都有個想像中的女警。李路欣又拿起了袁玲玲的照片很仔細地看著：「長得還真像我們家的楊冰，看起來就是一副溫順的樣子，準是好脾氣，一定不像我們家楊冰那麼兇。」

「還沒嫁過去呢，就一面倒了。」

李路欣說：「老袁，你的第一件任務就是要管管你的這個女兒，沒聽見她說話沒大沒小的。」

袁華濤說：「管孩子的事不都是歸當媽媽的嗎？你想不想看玲玲給你的信？」

最後也還是柯莉娟把信唸給大家聽：

袁玲玲

李阿姨，您好！

我叫袁玲玲，是袁華濤的女兒。爸爸曾說過，他有兩個女兒，另一個就是您的楊冰姐姐。和她一樣，我也是國家的公安人員。您大概知道了，我幼時喪母，是爸爸把我帶大的。這些年來，我們父女相依為命。

本來我們是說好了的，爸爸老了的時候是由我來照顧他，但是我被選派擔任一個危險性較大的任務，我要求爸爸萬一我回不來了，一定要把這封信交到您的手裏。我不在了，爸爸在這世界裏就真的是一個孤苦的人了。從我懂事以後，我明白父親對您的愛和思念還是那麼的刻骨銘心。在母親走了後，我曾問過父親，為什麼不去找您，他說不願意被愛人第二次遺棄。我不信，我認為是他的自尊心在作祟。我相信李阿姨和爸爸之間的愛情之火從沒有熄滅過。

李阿姨，讓我叫您一聲媽媽，我會在天國保佑你們的。

李路欣小聲地說：「玲玲乖女兒，我終於明白了你爸爸的哀傷是來自對女兒的思念，我答應了要嫁給你爸爸，我會好好的照顧他，安心吧！」

楊冰問袁華濤：「您知道公安部把袁玲玲安葬在哪裏嗎？」

袁華濤的傷感又回來了：「這也是最令我情何以堪的地方。因爲案子正在進行，公安部不允許我或任何有關的人去領回屍體。幸好有一個玲玲在深圳認識的朋友出來，把她的骨灰安葬在深圳七娘山的靈骨塔。我派人去看過，說是個很好的地方，她的這位朋友大概也常去看看，常有鮮花擺在那裏。」

李路欣說：「老袁，等結案後，一定得把這個人找到，我們要好好的謝謝他。」

又是隔了很久，何時打破了沉默問：「袁部，我猜，是不是我們的案子和袁玲玲的案子是有關係的？」

袁華濤突然站了起來，他走到落地窗的前面，窗外的草地上都是一片落葉，秋意顯得很濃。他說：「公安部要我辦的案子是有兩大部分，主體部分是調查一個國家分裂份子的集團聯合境外的恐怖組織，要對我們國家發動攻擊的陰謀，第二部分是調查領導官員貪腐的案子。正像剛剛何時說的，這兩個部分是相連的，其中的關鍵人物就是王克明。這可能也是命運的一部分吧，那時正好部裏在爲任常專案辦得窩囊煩心呢，所以我順水推舟利用整頓經犯司的機會把王克明調到念洋市。我是希望把他孤立起來，容易監控和蒐集證據，但是他的反偵查能力很強，我們只能在他周邊擺下我們的人。我要提醒你們絕不能小看他的能力，袁玲玲很可能就是被他識破了身分。我知道你們對於處理王克明是很不滿意的，我現在解釋這中間的原因，同時保證他將受到法律的制裁，在這世界上，沒有比我老袁更急著要把這個殺害我女兒的禽獸繩之以法了。如果我能有耐心的等，你們也不要著急。」

何時說：「到時候我要親手逮捕他。」

楊冰說：「你還得排在專案組組長的後面。」

何時說：「沒當幾天領導，就學會了拿官大壓人了。」

袁華濤說：「說到要調查王克明，別忘了還有一個可能的線索就是他的前妻趙思霞。她非常有可能知道王克明的一些底細。她是在感情和道德行爲上出了問題，但她還是國家的公安人員，應該不會做背叛國家的事，你們應該再去仔細的搜查一次。」

柯莉娟突然說：「誰知道會不會，她能背叛好朋友，說不定也會背叛國家。我想起來了，大概是三、四周前趙思霞給我發過一個簡訊說想見我，她有重要的事想跟我談。但是我沒理她，你們知道我和她打過架的。」

何時說：「說句老實話，雖然趙思霞是幹了奪人之愛的事，但是也把王克明的真面目暴露出來了。記不記得當年我一說王克明的不是，楊冰就跟我生氣。你們想想看，如果沒有趙思霞，楊冰今天成了王克明的老婆，那該多糟糕啊？」

楊冰說：「在她之前，我已經看出來他有問題，我都向他提出解除婚約了。」

柯莉娟說：「那你還恨不恨趙思霞了？」

楊冰說：「老早就不恨了。其實她前些天也給我發過簡訊，說要見一面，有話要告訴我。我回她說好，叫她決定時間地點，但是她一直就沒再聯繫了。我本想主動去找她。現在我們的專案是不是照樣進行，還是要改一改方向？」

鄭天來向袁華濤點一點頭說：「追緝任敬均和常強發的案子一定要按計畫加緊進行，主體案件在目前的情況下是要在暗地進行，它和國際反恐怖活動已經掛上鈎了，王克明是在中國的一枚棋子，老袁認爲會有更多的棋子浮出水面。我很同意這個看法，我們在新疆維吾爾自治區的情況很令人擔心，老袁派我去了一趟新疆，加強了那裏的公安部隊的資訊溝通，但是不樂觀。我們正在擬定一個行動方案。」

袁華濤接下來說：「但是我一定要強調，你們不能有任何的輕心，所有的證據，過去的事端，眼前發生的情況，都要從案子的主體做爲考慮、分析和推斷的出發點。我們更認爲將要浮出水面的棋子，很可能會在上海出現，因爲不僅是王克明在這裏，還有他深遠的人脈關係和地源的熟悉度，上海也是中國最大的國際城市，有它獨特的活動空間。我現在能給你們露點底，那就是中國和美國已經同意組成聯合隊伍來偵辦這案子，他們認爲這是一椿和九一一同等或是更大的恐怖行動，在美國是由白宮在協調，在我們這邊是中南海在協調，而你們是第一線的戰鬥員。根據最新的情報，恐怖組織有兩個目標，除了美國外，還有一個在中國，我已經在中南海給自己下了軍令狀，如果在中國發生了巨大的恐怖爆炸事件，我袁華濤拿著人頭去請罪。我能不能過得了這一關，就看你們的了。」

大家沒有想到事情會變得這麼嚴重，巨大的壓力降臨到每個人的身上。沒有人說話，屋子裏的空氣像是凝固了。最後是仇泰安說了話：

「袁隊，我看是不是我們人手太少，應該再調一些人來。」

鄭天來回答說：「人力資源的調配是我們方案裏的重點，沒有人是無法辦事的，但是老袁說了，八路軍和鬼子拚刺刀的日子早就是歷史了，現在的犯罪含有大量的科技和資訊的內容，我們要讓年輕人發揮起現代化和創新的辦案方法。但是也要加強我們傳統的社會和地緣力量，這次經犯司在廈門的行動就有很好的地方警力配合，我們老仇在當地那麼複雜的情況下，還能使出大力量來可真不容易呀！」

仇泰安說：「這也是齊建勇和我們的何時兩個年輕人配合默契的結果。說到小齊，我退休後理所當然的應該是他來接刑警隊長的位置，他在三年裏立過兩個二等功，沒有別人能比得上，可到現在他還是個代理隊長。他是挺鬱悶的，是不是可以把他調過來？」

袁華濤說：「前些日子我找過他談話，除了將情況做了說明外，我告訴他的主要任務就是監控念洋市方面的動靜。何時從他的線民那得來的資訊，已經把王克明和常強發集團連在一起了，根據線民提供的情報，我們從航空公司的記錄證實了他去過深圳。這和袁玲玲身上的DNA結果又有了交叉的互相驗證。總之，齊建勇已經算是我們的人了，至於刑警隊長的事，廈門市是鐵了心要和公安部對著幹，但是部裏也是鐵了心就是不批他們送上來的人選，所以就僵持住了。齊建勇就安心的當他的代理隊長。」

袁華濤喝了一口水後繼續說：「我對把任敬均和常強發緝拿歸案是有百分之百的信心，但是要阻止恐怖事件的發生沒有把握，因爲變數太多，並且在事發前的隱蔽性太大，傳統的追查方法沒有效，唯一的是來自恐怖組織內部的消息有利用價值，但是談何容易。並且恐怖行動一旦開始，就是成功了。拿九一一事件爲例，民航機一被劫持，就無法阻止恐怖事件的發生，有人說可以將民航機擊落，但是任何一個政府把載著幾百人的飛機擊落，本身就已經是恐怖事件了。如果我們不能把恐怖份子在進入最後階段前就拿下，我們根本沒有在最後時刻和他們拚刺刀的機會。也許這就是我老袁要敗走的麥城和滑鐵盧了。」

楊冰說：「爸爸，您別擔心，我們都會盡全力來完成任務，所有的恐怖份子都別想越雷池一步。」

袁華濤說：「但願如此。喔，對了，楊冰你要很小心你的個人行爲，當心有一天王克明會拿你曾和他有過婚約的事在媒體上做文章。告訴你，他在念洋市的簡歷上寫的是未婚，已訂婚，未婚妻是公安烈士的女兒。這些都會是事實，所以你要小心。」

楊冰說：「他到底想幹什麼？」

袁華濤說：「你們都明白，在資訊和媒體充斥甚至是主導的社會裏，如果犯罪嫌疑人能夠證明檢調單位裏，有人在案件調查的過程中存在有違反規定或是不法的行爲，這對犯罪嫌疑人是很有利的，因爲媒體或是社會群眾在傳統上或是下意識裏是同情被調查的人，因爲他們被認爲是弱勢的一方。所以我們一切的所做所爲不僅都要完全合法，還要按照規定辦事。楊冰，我知道你喜歡陸海雲，他的確是個很優秀的年輕人，我非常欣賞他。但是他現在是我們隊伍的一份子，執法人員的行爲守則裏說得很清楚，在調查過程中是不允許在我們之間發展個人的感情和關係。楊冰，你有沒有想到，如果王克明對媒體說，專案組的組長是因爲喜新厭舊或是媚外，才要把她以前的未婚夫置於死地，那會造成什麼樣的影響？」

楊冰的臉漲紅了：「我是對陸海雲有好感，覺得他挺不錯的。我們只是朋友，八字還沒一撇呢！」

鄭天來也接下來說：「陸海雲是我少見過的優秀人才，毫無疑問他的未來前途是不可限量的，但是任何瑕疵都會對他的事業有不良影響。楊冰，你是代表我們公安部做爲陸海雲的客戶，而美國律師公會有明文的規定，律師和客戶之間在案子的過程中是不允許有任何的感情發展的，你如果真的關心他，爲了他的前途，你只有一個選擇，要嘛把你們的感情發展先放一放，要嘛你就退出專案組。」

鄭天來的鐵面無私完全表露出來了，他是在部長面前給部長的女兒下了最後通牒。李路欣等了一會兒，看袁華濤一點反應都沒有，她愛女心切，忍不住了：「有這麼嚴重嗎？不就是做做朋友而已，我還沒答應要把女兒嫁出去呢！」

可是楊冰已經用很沉重的語氣說：「鄭主任，我是不會退出專案組的。但是我在我父親面前向您保證，我一定不會做任何違反公安人員行爲守則的事。我更不會做任何事情去影響陸海雲的前途。而我對自己的前途已經做了選擇，我個人感情的問題不是考慮的因素，我不會去發展我和陸海雲之間的感情了。至於案子結束後會如何，誰也說不準，陸海雲的優秀使他有很多的選擇，而我更是無法去控制我自己的命運。我現在只要把這案子辦成了，就什麼遺憾都沒有了，否則我真的沒臉去見袁玲玲。」

大家都聽得出來楊冰對自己命運的無奈和傷感。隔了一陣子，馮丹娜突然說：「我不是說了，馬克思要翻身了。」

楊冰對她吼起來：「馮丹娜，你給我閉嘴。」

袁華濤的眼睛一瞪：「楊冰，你幹了什麼？」

馮丹娜：「不能說。」

「為什麼？」

「楊姐說她會斃了我。」

袁華濤對楊冰說：「你到底幹了什麼事，這麼緊張。」

楊冰的臉紅了，她低著頭回答：「我在電梯裏親了陸海雲，把他嚇了一跳。」

大家都笑起來了，柯莉娟說：「楊冰，你行啊！在小馮面前還敢性騷擾男人，你瘋了。」

李路欣說：「冰兒，你怎麼能這樣，媽還沒見過這個人呢！」

袁華濤說：「這不跟她媽一樣嗎？」

一直到晚上十點鐘飯局結束的時候，來吃飯的人才明白，原來這是一次工作會議，表面上是袁華濤講他女兒袁玲玲的事，實際是把案子的重點和很多隱藏在背後的情況都說明了，甚至連楊冰可不可以談戀愛都訂下了規矩，每一個人都感到了袁華濤和鄭天來的鐵腕作風和果斷能力，雖然增加了很大的壓力，但是也增加了很多信心和士氣。

楊冰和柯莉娟把所有碗盤都洗乾淨，然後以要加班和要值早班為理由去到分局的單身宿舍和馮丹娜擠在一起。真正的原因是要讓李路欣和袁華濤有更多的私人空間。李路欣很感激她這個貼心的女兒。

回到局裏的宿舍後，楊冰沒有進房間，她在走廊上用手機打電話，一個小時後，馮丹娜都洗完澡，換了睡衣上床時，楊冰才推門進來。她顯然是哭過了，兩眼通紅，馮丹娜趕快起來給她倒了杯水：「楊姐，別難過了，要是陸海雲不等你，你還怕找不到男人嗎？」

「我不是在難過，我是不曉得該如何回應陸海雲的那份情，才會哭的。」

「楊姐，你把我弄糊塗了。」

「我和你不一樣，你的男朋友多得要編號，王克明是我的第一個男朋友，也是我的未婚夫，等到他背叛了我，我發現他是個魔鬼時，我自己的感情生活是徹底的失敗了。然後陸海雲就出現了，他的一切都正好是王克明的相反，我使出所有的力量還是擋不住讓我的感情奔放出來。可是你看見了，今天袁華濤下了軍令狀，一切都沒戲唱了。」

「你跟陸海雲都說清楚了？他怎麼反應？」

「他覺得沒什麼，他認為袁華濤說得很對，在辦案的過程中是不能有個人的感情參與在裏頭，他本來也要跟我談這個問題，做為他的客戶，他是不能和我有感情上的糾葛。」

「那他要怎麼辦？」

「他覺得很容易解決，他說他可以退出這案子，交給別的律師接手，或者是我退出專案組，最後的辦法是我和他都退出這個案子。我告訴他，這三個選擇都行不通，因為我的承諾，我不能退出，他也不能退出，因為公安部會指定要他。」

「就沒有別的路可走了嗎？」

「當然有了。他說他認為這兩個案子不會拖得很長，會很快就結束，最多六個月。我們就先做同事，等結案後我們再開始。」

「楊姐，六個月一轉眼就過去了，那你還擔心什麼？」

「陸海雲還不知道這案子的主要部分，他以為就是打兩場官司就完了。我又不能透露任何的實情，恐怖事件又不是由我們來主導進程的，說不定幾年下來都結不了案。」

「陸海雲說要等你，他就會等的。你急什麼？」

「你不明白美國人的文化和傳統，我們把天長地久、此情不渝，當成是崇高的愛情，可是他們是看成不實際的傻事。用六個月去等待一份愛情是可能的，再久了就沒聽說過。其實我有心理準備，我們在等待期間他會碰上另外的女人，只要是能讓他快樂，我也就認了。但是你知道他說什麼嗎？他問我是不是還在愛著王克明？這是他第二次問我了，上次在太陽島上就已經問過一次了。他這次更說得露骨了，他認爲每個人和第一次發生關係的人都會有一分特殊的感覺，何時告訴他王克明離婚了，他問我會不會重拾舊情？」

「那你怎麼回答？」

「我說我不可能和一個魔鬼有任何的感情，我更不會和沒有感情的男人發生肉體關係。但他顯然不信我，他說他不會在乎我的過去，甚至未來的感情生活，他只要一個機會能讓我真正的認識他，如果我還是愛上別人，他會祝福我。他說他曾經轟轟烈烈的戀愛過兩次，也失戀過兩次，再多來一次也沒關係。小馮，你說他爲什麼對我這麼好？」

「我看他是真的愛上了你，你還在擔心什麼？」

「我在美國待過，我知道他們追求的愛情是和我們不一樣的。他們的愛情不僅是精神上刻骨銘心，還要有濃烈的肉體歡愉。看看他身邊的女人，他能過得了這一關嗎？也許我是在爲我和他沒有緣分才哭的。」

馮丹娜看著楊冰，很久沒出聲，最後她問：「楊姐，你真的沒有跟王克明上過床？」

「沒有。」

「那你和別的男人睡過覺嗎？」

「沒有。」

「你是說你還是處女？楊姐，你很恐怖。」

單身宿舍的浴室是在走廊的一頭，等楊冰淋浴完，從浴室走回到房間時，馮丹娜已經倒在床上呼呼大睡了。楊冰還沒有睡意，她把房間的燈關上，但把書桌的檯燈打開，她上網看了她的信箱，除了廣告外沒有別的信件。她想給陸海雲發信，但是想到她已經不能跟他談公事以外的事時，才深深地體會到不能去碰她渴望的愛情是何等的痛苦。她想到下一次再見到陸海雲時，不就和見一個陌生人一樣嗎？她感到唯一能不讓她在此時此刻就發瘋的辦法，就是給他發個郵件，楊冰在電郵裏也將她原來是袁華濤的女兒一事和所有的來龍去脈都解釋了。

客人們都走了，袁華濤幫著李路欣把客廳收拾整理好，又在廚房裏看著女主人把已經洗好了的碗盤一個個擦乾了放進櫥櫃裏。袁華濤看著她，輕輕地拍拍她的肩膀說：「你不會介意我利用你請客的機會來開我們的工作會議吧？」

「怎麼會呢？只要大家吃得好，談得開心，我就高興了。我的大部長，今天的這頓飯還行嗎？」

「簡直太好了，十全十美。就是把你累壞了。」

「哪有的事！」

兩個人都沒有話說了，過了一會兒，袁華濤說：「那要是沒什麼事了，我就回去了。」

李路欣一動都不動，盯著看他：「看在我們已經認識三十多年了，我們的女兒都快三十了的份上，我們是不是要說實話，不用隱瞞任何事了。」

「當然了，有什麼話，你就說吧，我能受得了。」

「我們拿結婚登記證已經有一陣子了，算是合法夫妻了，但你還是不想和我睡覺，老袁，你是不是後悔了？當初去領證時，都是我一廂情願，你是被逼上梁山的。」

「如果我後悔了，我還會每天來找你嗎？」

「老袁，你明白我在說什麼，別再逗我了。我有一份情，別人也許會看成是邪惡，是不道德，但是我把它裝在心裏三十多年了，老袁，你要給我個說法，不管是好是歹，總不能讓我再沒完沒了的期待下去。」

袁華濤低著頭默默無語，李路欣接著說：「你知道嗎？男人和女人最大的不同就是，老男人還會保有對女人的吸引力，但是老女人就不同了，她會得到別人的關心和愛護，但是愛情卻不在了。你周圍有不少比我年輕的美女，我會理解的。」

袁華濤突然抬起頭來，兩眼看著她說：「你錯了。我心裏也裝了一份情，三十多年來，我沒有一天不在思念著這份情裏頭的兩個女人。」

「袁華濤，你知道我想要什麼嗎？我什麼都不要，就只要三十多年前的袁華濤和他的情，你現在都有，爲什麼卻不肯給我呢？」

「我對你的愛情永遠都在，相信你也有感覺。但是我現在害怕了，我一輩子從來沒有這麼恐懼過。」

「我不明白，你老袁還會害怕嗎？」

「我害怕我會讓你失望。你想想看，你是烈士的未亡人，你的男人是帶著一個光環的，我老袁就是拚了老命也比不上啊！你周圍的人會睜大眼睛看我老袁有哪些地方比不上你在天上的烈士，即使你不在乎，我的日子也不會好過的。從老楊走了的那一天開始，我就永遠成了他手下的敗將。但這些我都認了，我害怕的是，你有一天會從心裏覺得我老袁不是你所想的。這麼多年了，整個世界都在變化，人也在變，尤其是價值觀，起了天大的變化。這麼多年，我不是在大深山裏就是在蒙古的草原上，我沒有跟著時代變，這次被調來北京，我才明白我是個大老土。你沒發現我是個十足的鄉下人了，而你已經是個現代的美婦人了。」

「我說什麼都沒有用了，你的固執個性一點都沒變。如果你真的像你說的還是愛我，我什麼都不要，只要你把今天晚上給我。我們上一次在一起的晚上是太久太久以前了。」

李路欣把身體貼上來緊緊地抱著他，他們互相親吻和愛撫了很長的時間，然後她拉著袁華濤的手走進了她的臥室。她沒有出聲，很快地把旗袍的扣子解開脫下，又把裏頭的小衣也脫了下來。她讓袁華濤把她的身體看個清楚後，才把他的雙手拿起來，引導著他慢慢地在她赤裸著的光滑皮膚上撫摸，他的呼吸開始急促起來，他們又開始擁吻，但是李路欣同時把他襯衫的扣子解開脫下來，當她將乳房壓在他的胸膛時，袁華濤把她推倒在床上，快速地把身上所有的衣服都脫了後就撲了上去。

兩個人壓抑了多年的激情，像火山爆發似的將周圍所有的一切都融化了，激烈的動作不僅是欲望的表現，更多的是那份多年前的回憶，雖然似乎是在互相攻擊對方，但是愛撫和傾吐出的情意又有無限的溫柔。和火山一樣在一陣最大的爆發後，慢慢地平靜下來。汗水使她的皮膚更光滑，雪白的膚色反射著微弱的燈光，袁華濤看見躺在他懷裏的女人和三十年前一樣的美，但是更顯誘人。他不停地愛撫她，吻著她。

李路欣用手摸著袁華濤的臉說：「怎麼，還不累嗎？」

「累，可是我還要。」

「你別動，讓我來。」

她把袁華濤推倒，然後翻身騎在他身上，開始左右的搖晃著，等到他有了反應，慢慢的搖晃變成了前後的奔騰，除了慢慢加快的急促呼吸，她一點聲音都沒出，她像在騎著一匹快馬，俯下身來，兩手緊扶著他的肩膀，兩張臉的距離近得可以感到對方吐出來的熱氣，她的頭髮垂了下來，把袁華濤罩在黑暗裏，他閉上了眼睛，享受他一生中從沒有經歷過的快感，他想要把這份感覺永遠凍結在他的身體裏。就在馬背上的人進入了最後的衝刺時，袁華濤感覺到一滴水珠落在他臉上，以爲是她的一滴汗水，但在聽見李路欣從喉嚨深處發出的歡愉呼聲，他睜開了眼睛，看見她滿臉的淚水，趕快抱住了她：「你哭了！是難過嗎？」

「我還以爲三十年前的感覺永遠回不來了，可是它真的回來了，我太高興了。」

「你這三十年是怎麼過的？我感覺你還是和以前一樣年輕。」

「別拿我尋開心。記得嗎？三十年前，我就是騎在你身上搖阿搖的，把我搖成了女人，差點沒把你嚇死。」

「你滿意了，可是你總不能就把我晾在這裏啊！」

李路欣這才發現袁華濤還是劍拔弩張，他的手將李路欣的下腰和上身摟得緊緊的，開始狂吻她。她使出了吃奶的力量，好不容易掙扎出一瞬間的空隙，她急忙說：「老袁，你不能發瘋了，會傷身體的，我都是你的……」

李路欣根本沒有機會把話說完，袁華濤就發起了全面的瘋狂攻擊。夾在其中的萬般似水柔情，使李路欣在狂風暴雨裏翻騰著，享受著愛她一生的男人。一切都平靜後，愛情變成了輕聲細語，但兩個人的四肢還是纏在一起，袁華濤用下巴磨著李路欣光滑的小腹，她說：「你該刮刮鬍子了。」

「等一會兒吧！現在我是完全癱瘓，一點都不能動了。」

李路欣用手指梳理著他的頭髮：「我不要你動，就這樣挺舒服的。」

「你不喜歡我留個小鬍子嗎？我以爲女人都喜歡嘴上有毛的男人。」

「哈！終於口吐真言了，說，你到底用鬍子磨過多少女人的肚子？」

「那是國家機密。」

「別以爲我不知道，有人告訴我的，說玲玲的媽走了以後，你身邊的花花草草可多了。」

「那你的風流寡婦戀愛史可是遠近有名的。你身邊的男人可都是有頭有臉的人物，不是董事長就是老總，還有解放軍的司令員，我說的對不對？」

「當然是有人要給我介紹對象了。但是自從老楊走了後，沒有男人上過我的床。」

「那一定是你上過男人的床。」

「老袁，你胡說八道什麼，我真的沒有。我堅守婦道，從來沒當風流寡婦。」

「我不信。其實中國的傳統婦道是很沒有人性的，你交男朋友是可以理解的。」

「你又不是女人，你怎麼會知道？」

「在舊社會裏當寡婦很難的。你聽過『寡婦不夜哭』一說吧?這是出自《禮記》,意思是說身爲寡婦,要安心守節,不能在深夜裏哭泣。寡婦門前是非多,寂寞的深夜裏,一個人悲傷地哭泣,是不是想男人了?還是被某個男人欺負了?這是爲社會道德和輿論所不允許的。從明清眾多文獻對列女的記載中,可以發現,當時絕大多數的寡婦,年齡在十四到三十歲之間。這一年齡段正是女性情感的旺盛期,也是性需求的強烈期,無論生理還是心理都極渴望異性的愛撫。但是,由於封建社會的種種罪惡,寡婦們被迫只能望『性』興歎,這對她們正常人格的形成和發展是一種摧殘。婦女守寡是痛苦而漫長的,爲了抵禦難奈的寂寞和感情的饑渴,她們採取了種種的辦法,甚至爲自己設置了一些非人道的藩籬,試圖讓自己達到心如枯井、欲望全無的境界。從現代人的角度來看,真是讓人不忍。從你的叛逆個性來看,你一定不會甘心被這些封建思想束縛住。」

「老楊走了後,公安部裏是有一些三姑六婆跟我說要如何保住公安烈士的名節,還給了我一些書,上面說了很多『模範寡婦』的故事。有的寡婦守寡後,不願走出家門一步,盡量減少與外界的交流,特別是與異性的接觸。明史《烈女》記載了這樣一件悲慘的事,如卻縣李胡氏二十五歲守寡,發誓終身不出家門。一天鄰家起火,大火燒到她家,家人趕緊過來救她,她卻把七歲男孩從門口交給嫂子,然後抱著三歲女兒端坐在火中燒死,寧死也不出家門。這樣的例子,《廣州府志》也曾記載過一件:明嘉靖年間,廣東南海縣朱黃氏,很年輕時就守寡,她『動遵禮法』,從不踏出家中大廳半步,被當時人稱爲『女君子』。但是也有的寡婦,忍受不了寂寞,渴望再嫁,可是,這是封建社會所不容許的。如明景泰年間,河北有寡婦『不安於室』,試圖再嫁,其家族以此爲恥,族長率領族人把她給殺了,真是極端的殘忍。但是也有的寡婦守寡後,全身心投入做生意,以積累財富排解寂寞。《高密縣誌》記載,乾隆年間高密縣寡婦傅單氏守節三十一年,『持家有成』,以致『家業五倍於原產』,成爲當地的首富。」

「那你對這些東西是怎麼看?」

「我是越看越有氣，她們是多管閒事，更是對我的人格侮辱。」

「所以我說嘛，你就去當你的風流寡婦了。」

「老袁，這都是你們這些大男人的自私心理，連死了以後還要霸佔住自己的女人，所以就想出來這些框框來把我們女人關在裏頭。這中間最大的框框，就是所謂的『貞操』，在古代社會，女子要保守貞操往往比保全性命還要重要。所謂保守貞操，就是一個女子，或是一輩子不和男子發生性關係，或是只和一個丈夫發生性關係，否則就是『失貞』。『失貞』包括婚前性行爲、婚外性行爲、再嫁和被強姦等等。這種情況只適用於女子，而不適用於男子。男子和妻子以外的女子發生性交關係，充其量只可謂是『失德』，卻沒有人指爲『不貞』，貞操觀念是古代社會中男子專爲女子而設的一種律例。」

「但是從社會學的觀點看來，貞操觀念的從無到有，是人類歷史的一個巨大進步，它對於破除群婚雜交的性關係，鞏固一夫一妻制家庭，使後代能夠健康、正常地繁衍，有著不可低估的歷史作用。同時，它又是單方面施加給女子的枷鎖，貞操觀念自形成之日起，就日益濃縮化、強烈化，逐漸成爲女子的最高社會責任，同時成爲對女子的一種十分殘酷的精神壓迫和肉體虐害，這又是需要批判與否定的。這正如私有制的形成與隨之而來的壓迫和剝削同原始社會相比，是人類歷史發展的一個巨大進步，但是在現在和將來，它還是要被批判、被消滅一樣。在這一點你是進步的。但是你也承認了，在老楊走了後你也接受了別的男人，是不是？」

「我反對封建的貞操觀念，並不是說我會接受別的男人，我沒有。」

「爲什麼？」

「因爲我在守著三十年前的一份情。」

「我認爲你守不住。」

「爲什麼？」

「首先，男人不會放過一個美豔的寡婦，第二，你也有需要呀！」

「首先，我要是不願意，誰敢碰我？第二，我常用冷水沖淋浴和抱著枕頭睡覺。」

「別跟我說笑話，我不是在說你的不是，正常人要過正常生活是理所當然的。我要你老實的告訴我，你對我這個男人失望嗎？」

「老天爺！你剛剛沒感覺出來我是不是失望嗎？」

「我不知道啊！你得告訴我，我比起楊軍武來，怎麼樣？」

「老袁，為什麼男人這麼在乎自己的床上功夫呢？老楊也是，每次完事後非逼我說跟你比起來是誰厲害，我要是不說，他就沒完沒了，非把我整得死去活來不可。」

「那我知道了，不能讓你死去活來就不達標準。看樣子我還得繼續努力才行。」

「老袁，剛剛我都死去三回了，你還不滿意嗎？」

袁華濤不說話了，但是他還是不停地愛撫著李路欣赤裸裸的全身，把她全身都吻遍了，其實在激情過後的濃情蜜意和說不完的甜言蜜語是她最喜歡的。她輕摸著袁華濤開始稀少了的頭髮說：「這些年你都沒白活了，現在成了調情聖手，被你擺平了的女人一定不少。」

「你不能破壞國家公安人員的名譽和形象。」

李路欣抱住了袁華濤的頭，在他耳邊小聲地說：「我喜歡你是調情聖手，老袁，我要你的鬍子來磨我，求你往下面一點好嗎？」

她把袁華濤的頭慢慢的推下去。

「要把老楊給比下來就只好辛苦了。」

袁華濤使出了混身解數，他把李路欣弄得像是一尾離開了水的魚，光溜溜的身體在床上左右的扭動著，上下的翻騰著，不時還喃喃的說些讓人聽不懂的自言自語，不管她是如何掙扎，袁華濤還是不停地用盡了各種方式觸摸她已滿是汗水的身體。最後還是她宣佈徹底的投降，哀求他停下來。

「你現在總可以告訴我，是誰更能讓你死去活來？」

「你還是不死心。那你總得讓我多實地考查幾次才能下結論啊！」

「那你能不能提個醒，告訴我三回裏，你最喜歡哪一回，下次好重點加強。」

「最後一回，我被你摟得緊緊的，一點都動彈不得，上面和下面都被你頂進來，你像是發瘋了似的在我身上拚命，但是我又能感覺到你的柔情愛意，我都被你弄得完全都糊塗了。不曉得是要掙扎還是要歡迎你。最奇怪的是，我被你抱得緊緊的，全身除了下面，一點都不能動，可是它完全不聽我大腦指揮，結果是都在配合你的動作。最後就是全面崩潰了。可是我好喜歡，你一定好辛苦。」

「可憐的男人，還得繼續努力流汗流血流白膿。那你也得告訴我，要實地考查多久啊！」

「我要用我半輩子的時間。老袁，是我犯的錯誤，讓你、老楊和我都被折磨了這麼多年，我要用我下半輩子伺候你，讓你是世界上最快樂的人，老袁，請你接受我吧，忘記過去，我們手牽著手一塊的老去，好嗎？」

袁華濤抬頭看見李路欣已是滿眼的淚水，他緊緊地抱著她，也流出了淚：「你知道嗎？這麼多年來，我每一天都在想你，都在愛你，我們再也不分開了。」

兩個分開了三十年的人，他們的心卻一直是相連著，他們像是剛剛來到這世界，用赤裸裸的擁抱向對方表示毫無保留的熱愛和奉獻。李路欣又感覺到了：「老袁，我是服你了，你還沒完啊？我真的會死定了。」

「我是想，我們再生個孩子好不好？」

李路欣把他推開說：「你瘋了，你知道我們多老了？」

「還好吧！有報導說，六十多歲的老太太還生了雙胞胎呢！」

「老蚌生珠，還不被人笑死了。現在就有人指手畫腳的說我都該是當祖母的人了還要出嫁。如果再挺個大肚子，那不就成了世界級的笑話了。」

「怕什麼，你和我的基因好，看楊冰多優秀，我們現在生的會更優秀的。有人說在性生活時，高度的激情會促成女性排卵，如果像你說的，當年你就是這麼搖晃了兩下就來個楊冰，那你今天至少是懷三胞胎了。」

「你別嚇唬我。說到楊冰，那個叫陸海雲的人配得上她嗎？」

「陸海雲是我見過最優秀的年輕人，我如果能有個像他一樣的兒子，我就心滿意足了。你不想生了，所以有他這樣的女婿也行。」

「老鄭說他的那份氣度很像你年輕的時候，怪不得你也喜歡他。」

「我很擔心他們之間的困難太多了，能不能克服就得看他們的緣分了。」

「那你爲什麼還不准他們談戀愛？」

「這是辦案子時的規矩。但是他們不一定非把所有的事都擺在桌面上啊！」

「居然當領導的會鼓勵走私。」

「走私是在被逮到後才是犯法的。愛情走私，你是專家，教你女兒幾招吧！」

「你不許在孩子面前說我以前的壞話。」

「我不說。我們混身是汗，一起洗個澡吧！」

李路欣坐起身來，看著袁華濤光著身體走向浴室，他回過頭看見她還坐在床上，他說：「你是不是要把事後洗鴛鴦浴和再打一場水戰的回憶保留給楊軍武呢？但是你不給我機會在這個重要的專案裏來表現我的能力，你又如何做公平的實地考查和比較呢？」

「老袁，你在說什麼？」

「你嫁給老楊後，他經常來告訴我你們的婚姻生活，尤其是喜歡說他如何的使你滿足。洗鴛鴦浴和打水戰就是許多細節的一部分。」

「老袁，他是在報復和煎熬你。」

「沒錯，他的出發點是報復我佔有了他的女人，他的報復給了我無限的痛苦。但是就在同時，我也明白了他讓你和楊冰有了非常快樂的人生，而他日日夜夜看著被別人玩過的女人和她跟別人生的女兒，他受到的煎熬和痛苦絕不是他給我的所能比的。李路欣，老楊能把撕裂著他的痛苦轉變成人性的光輝，我老袁爲什麼就不能？很久以前我就不恨他了，我就是要告訴你，別老是覺得我不如老楊，我差的不就是他頭上那個光環嗎？」

說完了，袁華濤轉身進了浴室，李路欣聽見了淋浴放水的聲音，她坐在床上，一生裏的起起伏伏和出現過在她身邊的人，都一幕幕的又在她的眼前閃過，她被兩個優秀的男人刻骨銘心的深愛過，這兩個人也跳不出男人的特性，他們都有你死我活的強烈競爭性、嫉妒心、好強和好面子的個性，並且是圍繞著她在撕裂自己，傷害自己，這一切都是因爲她同時愛上了這兩個男人，又把身體同時給了他們。三十年來，她看著這兩個男人在她面前的痛苦和無奈，但是又時時刻刻的在呵護著她，這兩份深深的愛，讓她情何以堪。現在一個男人已經走了，她一定要讓沒走的有一個最幸福的生活。李路欣起身把浴室的門打開，小小的空間充滿了蓮蓬頭沖水的聲音，熱水的蒸汽模糊了視線，她對著毛玻璃後面的人形說：「老袁，我來了。我決定要讓你知道我是要怎麼樣的愛你，你準備好了嗎？」

兩個多小時後，袁華濤平躺在床上，全身沒有一塊肌肉聽他的指揮，他連動一下小指頭的力量都被吸走得一乾二淨。李路欣輕輕地摸著他說：「說老實話，告訴我，你有沒有這麼爽過？」

袁華濤閉著眼睛不說話，她還是不死心，又吻又摸了一陣後她一定要他的答案：「看你又是一身汗，我們再洗個澡吧！」

袁華濤的眼睛馬上就睜開了，他看著李路欣說：「我知道你的小心眼在想什麼。你今天讓我嚐到了我做夢都沒想到過的快樂，它不僅是因爲你在我身上做過的事，而是那背後深藏著的你的一顆心。我知道你一直是愛著我的。」

「那你也要像我愛你一樣的愛我，好嗎？別再胡思亂想過去的事了。」

「那你得告訴我，你這些本事是從哪裏學來的，是不是老楊教你的？」

楊冰回到家裏來兩次，她是回來拿點東西，同時也想和她媽媽說幾句話，但是她兩次都發現大門深鎖，窗簾緊閉，袁華濤的車還沒離開。想到母親終於找回了心愛的男人，開始了她幸福的生活，但是她自己呢？還是過著她孤魂野鬼般的日子。上一個電郵後，就再沒有陸海雲的音訊了。

柯莉娟用鑰匙把辦公室裏的鐵櫃子打開，拿出一個大信封，從中間挑出好幾張死者在床上的照片，都是從不同的角度拍的。柯莉娟把它們攤在大桌上，仔細地觀察，然後慢條斯理的跟楊冰和馮丹娜說：「法醫的驗屍報告說，死者生前有性行爲，從死者的子宮和陰道裏的大量精液來判斷，死亡是發生在男女雙方達到性高潮後的片刻，死者是被勒住頸部，窒息而死的。在死者體內射精的男子非常可能就是兇手。這是法醫從臨床醫學的觀點所得到的結論。但是這幾張照片是不是還可以告訴我們一些死者和兇手性交的過程呢？」

楊冰：「你就別賣關子了，快說吧！」

柯莉娟：「楊冰，你說我們認識趙思霞多久了？打從當學生時，她就是很時髦，行爲很現代化的人。」

馮丹娜插嘴說：「包括橫刀奪愛，搶別人的老公。」

楊冰：「讓小莉說。」

柯莉娟：「可是現在我確定了趙思霞也追求現代化的性生活。看死者的兩個腋窩，是最近才刮過毛的，再看床頭燈邊擺的是什麼？擺的是她的手錶，兩隻手鐲，一條肚鏈上面還有一個貼在肚臍眼上的寶石，一條掛在腳腕的金鍊子和一對大耳環。再看床上沒有任何蓋身體的毯子和被單，死者將身上所有敏感部位全都徹底的暴露給這個男人，目的當然是要享受感官上的快感。我們稱做是全方位的性行為。」

馮丹娜：「我們叫它是做愛。」

柯莉娟：「我們的年輕偵查員一定也很現代化。」

楊冰：「已經到了行爲不檢的地步。」

柯莉娟：「但是奇怪的是，爲什麼這條項鍊沒拿下來？」

馮丹娜：「是啊！脖子是男人最愛啃的地方，這項鍊會礙事的。」

楊冰：「小馮，你說什麼？誰要啃誰呀？」

馮丹娜：「跟你說，你也不懂。」

楊冰：「馮丹娜同志，注意跟上級說話的態度。」

柯莉娟：「楊冰，這方面的事，你徒弟的經驗可比你要強得多了。你在電影上總看過吧？在激情的前戲裏，男人急著要吻女人的脖子，女人急著要吻男人的肩膀，要是控制不好，連牙齒也上來了，那不就成了又咬又啃了嗎？這就是爲什麼激情過後全身都是傷痕。平常女人的項鍊是掛在胸前，如果是躺著，項鍊會纏繞在脖子，就像這些照片似的。所以它會有妨礙男人啃脖子的可能。回到原來的話題，如果趙思霞全身赤裸的做愛，爲什麼項鍊不拿下來？」

楊冰：「太貴重了，不能離身。那個大鑽石戒子不也沒拿下來嗎？」

柯莉娟：「我想是的，但是它要比那顆大鑽石還要貴。」

她站起來，走過去把鐵櫃又打開，取出一個收集現場證物的紙盒，她把那條項鍊找出來，放在一個高倍放大鏡下：「我要看看它是怎麼個值錢法。」

柯莉娟把注意力集中在項鍊中間的褐色寶石，最後她戴上了手套，拿出一個小起子和其他的工具，她說：「我相信它是塊寶石盒子，我要把它打開，希望別弄破了它。」

柯莉娟小心翼翼地將寶石盒打開，看見裏頭有一個特小型的晶片，它類似數位相機或是某些手機裏所用的記憶體。柯莉娟說：「還是趙思霞聰明。兇手以爲洗了硬碟就除掉了文件，沒那麼容易。」

柯莉娟把小型晶片放進一個接口器，再放進她桌上的電腦，一份文件終於被打開了。它詳細地記錄了王克明的違法犯罪活動，其中包括了賄賂公安部副部長周軍的金額，他是由兒子周小軍在洛城爲父親接受賄賂。還有中央政治局委員林蔭道，他曾任廈門市長，福建省委書記。他是由女兒林嘉惠在洛城爲父親接受賄賂。實際上把錢交到這兩位高官後代手裏的是在洛城的強發貿易公司。

楊冰說：「袁華濤和鄭天來他們一定會很高興看到這份文件，我們經犯司也可以對文件上列出的企業開始調查了。」

柯莉娟：「楊冰，我真後悔沒去見趙思霞，如果我們早拿到了這份文件，王克明也許就不會買兇把趙思霞殺了。」

楊冰：「王克明是死定了，但是我一定要把兇手拿下。小莉，我會向葛琴和鄭天彙報發現晶片的事，但是在這一頭所有的事完全保密，不能出這個辦公室。小馮，我們走吧！」

柯莉娟：「怎麼，我們技術科成了你們家開的了，說來就來，說走就走，替你們完成了這麼重大的發現，連怎麼謝都沒說就要走了。」

楊冰：「周末我去把兩個小心肝寶貝接出來，好讓老何好好的啃你。」

在陸海雲從中國回到美國加州洛城的第二周，就接到法院的通知說，奧森律師事務所控告任敬均作僞證的集體控訴案已經安排在十天後開庭審理，地點是在洛城高等法院的七號法庭。由史密司大法官主審。

由於控訴人是有限的幾個人代表全體社區居民來提起訴訟，這是被稱爲並不常見的「集體控訴」案，通常法官要先開一個調查庭，將證人、證物在原告和被告面前先審理一次，再決定這案子是否有足夠的證據、人證和理由，需要在法庭上正式的提起訴訟。調查庭是由法官單獨決定案子是否有「可控性」，所以沒有陪審團的必要。因爲法官們對這種案子設下了很高的門檻，一旦判定有充足的「可控性」，在以後的法庭上大多數的被告會被判有罪。

在過去的「集體控訴」案子裏，最著名的就是「肺癌患者」集體控告菸草公司，原告方是顯然的弱勢一方，所用的律師團隊都是無薪給的「自願人員」，而菸草公司有雄厚的財力，他們用了超過千萬元的費用聘請了全美國最著名的律師事務所來辯護，更花了相等的經費收集「吸菸與肺癌無關」的專家證詞和證據，經過長達十幾年的三審法律程序，菸草公司最終被判有罪，需對全國的吸菸受害人賠償數十億美金。這個案例是很有代表性，就是在所有的「集體控訴」案子裏，被告都是「財大氣粗」的集團，而原告對被告的索求都是天價般的鉅額金錢。所以眼前的「集體控訴」案裏的被告是個人，也沒有任何索賠，倒是引起不少對法庭知情的人好奇的眼光。

這個案子的思路是陸海雲一手訂下來的，他在了解任敬均的背景後，尤其是在哈爾濱收集了證據後，他很有信心打贏這場官司。他告訴愛米，案子的最終目的是要將被告交給他們的當事人——中國公安部。其次是追回贓款。如果法庭判決任敬均在申請政治庇護時作了僞證，移民局沒有其他的選擇，只有馬上把他驅逐出境，在他離開了美國國境時，中國公安部就可以執行逮捕。但是如何要將贓款追回就要費些心思了。

陸海雲最擔心的是，對方律師會指責整個案子是因爲上一次中國公安部要求引渡被告失敗，現在又以另一種方式捲土重來，這樣會嚴重影響法官和陪審團的看法及最後的決定。所以陸海雲要求在案子的過程中，不能有任何中國公安部的人出現。在這一點上，陸海雲和楊冰的看法不同，楊冰認爲在任敬均被判驅逐出境時，公安部的人就該如影隨形地緊緊跟上。雙方在電話上和電郵文件上爭執了一番，雖然最後還是聽了陸海雲的，但楊冰不是很高興。

馬溫．奧森、陸海雲和愛米．李準時來到了法庭，他們發現了代表任敬均的律師換了人，莫倫尼律師事務所取代了原先的崗紮拉律師事務所做爲任敬均的全權法律代表。陸海雲有點驚訝地看見了莫倫尼先生本人親自出席，做爲一個律師，莫倫尼是個正派的人，他的名聲是建立在對於各種法律條文的全面理解，因此在爲當事人在法庭上辯護時，他會利用法律條文的空隙和以往的判例來爲當事人脫罪。他也會在庭上以非常尖銳的問題質問證人來打擊和破壞證人的證詞。多年來，莫倫尼的律師事務所成功的辦了幾個案子，還小有名氣，所以他們的收費也不便宜。任敬均決定把崗紮拉律師辭掉，換成莫倫尼律師，一定是感覺到眼前的案子是很嚴重的。

調查庭準時開始，庭上的法警高聲地宣佈：

「加利福尼亞州，洛城高等法院，第七號法庭現在開庭，由榮耀的史密司法官閣下主持，全體起立。」

陸海雲已不是第一次在史密斯法官主審的案子裏打官司了，最近的一次就是義大利政府在洛城高等法院控告蓋地博物館非法取得義大利的國家文物，他是代表被告蓋地博物館在史密斯法官面前辯護，案子最後是以庭外合解結案。法警一說完，身著黑袍的史密司法官就從法庭前台邊的一個小門走進來，他坐下後，調整了一下椅子，然後說：「請坐下。」

接著法警又宣佈：「法官閣下，加利福尼亞州，民事案第一二七號，社會集體控告任敬均一案，原、被告雙方有關人等已經到庭。」

史密司法官說：「很好，請問原告或是委託人出席了嗎？」

馬溫．奧森站起來說：「法官閣下，我是奧森律師事務所的馬溫．奧森，我們受原告的委託來承辦本案，這是我們的委託書，上面有公證人的簽名認證。」

史密司法官從法警手裏把委託書接過來看了一下說：「馬溫先生請坐，是您要親自來主持控告嗎？」

「如果庭上允許，我請求由我的年輕同事，陸海雲律師和愛米．李律師主控。」

「請求批准。」

史密司法官往台下的被告席看了一眼，他說：「請問被告方面也準備好了嗎？」

莫倫尼律師站起來說：「法官閣下，我是莫倫尼律師，是任敬均先生委託的辯護律師。坐在我身邊的就是任敬均先生本人。」

史密司說：「很好。莫倫尼先生請坐。我請問任敬均先生，聘請莫倫尼律師爲你辯護的決定是出於你自己的自由意志嗎？」

任敬均站起來回答說：「是的。」

「任敬均先生請坐，在回答問題時不必站起來。」

史密司法官看了一看原告和被告雙方，然後對著法庭上的人說：「按一般的程序，我們要進行陪審團的選取，但是本案是很不尋常的，它是一群社會上的公民提出控告，指控另一個公民欺騙政府。爲了保障被告的權益和不受無理的騷擾，本庭要首先審查原告將要提出的證據，目的是要確定證據的存在和具有一定程度的可信性。如果這兩點都無法說服本庭，本庭會判決本案不成立。在此同時，當然被告還有權力控告訴訟人誣告，提出賠償要求。」

莫倫尼律師馬上回答說：「法官閣下，請允許我們很高興的宣佈，我們已經向洛城地方法院提出訴案，控告以馬溫．奧森爲首的集體惡意誣告，並提出一千萬美元的賠償要求。」

史密司法官：「很好，貴律師能保護好被告的權益，本庭將可放心了。同時我也希望被告要明白，一旦在這場訴訟中原告取勝了，會有什麼樣的後果。」

莫倫尼說：「法官閣下，任敬均先生知道，在他敗訴後，美國政府將取消他的政治庇護身分。」

任敬均馬上插嘴說：「我會立刻提出上訴的。」

史密司法官：「美國的憲法有明確的規定，所有的人對法院的裁決都有提出上訴的權利，但是不同的案子有不同的上訴過程。」

史密司法官手指著台下的人繼續說：「請問在座的有沒有移民局的官員？」

台下有人舉起手來，史密司法官手指著他說：「請這位先生說明身分。」

舉手的人站了起來說：「我是費迪南，是美國聯邦政府移民局法律行政部的資深律師。」

史密司法官：「很好，費迪南先生，請你說明一下，在本案判決後，會發生些什麼事。」

費迪南回答說：「如果判決的結果是無罪的話，任何事都不會發生。但是如果是有罪，移民局就必需依法立刻取消任敬均先生的政治庇護。」

史密司法官：「謝謝費迪南先生，但是我相信任敬均先生很關心上訴的過程。」

費迪南回答：「是的，法官閣下。這裏有兩個決定，如果當事人不同意，理論上是可以提出上訴的。第一個是對移民局取消政治庇護的決定，雖然是可以上訴，但是如果法庭判定申請過程中有僞證，上訴成功的機會幾乎是零。所以應該是首先對本案僞證的判決上訴。但是有一點至關重要的，就是一旦移民局取消了政治庇護，任敬均先生就成了非法入境的人，移民局將會立刻將他逮捕，遞解出境。依照慣例，我們會將他送回他的原始居住地。很可能在法官閣下判決後二十四小時之內，任敬均先生就回到中國了。法官閣下，我的說明完畢。」

史密司法官：「謝謝費迪南先生的說明，您請坐。莫倫尼律師和任敬均先生對費迪南先生的說明都清楚了嗎？」

莫倫尼律師：「馬上遞解出境，送回中國去，這不是剝奪了任敬均先生上訴的權利了嗎？」

史密司法官：「這是移民法裏的明文規定。被驅逐出境的人必須要在回到自己的國家後，才可以提出上訴的。」

史密司法官看見莫倫尼律師和任敬均在低著頭小聲地討論，他高聲地宣佈：「現在調查庭開始，被告方還不需要對原告方提出的證據反駁和辯護，但是可以對證據的相關性和可信性提出挑戰。在要求原告方說明將要提出的證據前，我首先給雙方提出開場白的機會。請問原告方有開場白嗎？」

陸海雲站了起來，將他西裝上衣的扣子扣起來，他說：「謝謝法官閣下，我們將提出強有力的證據，證明被告在填寫宣誓的聯邦文件中作僞證。我的開場白完畢。」

史密司法官說：「莫倫尼先生，請問您有開場白嗎？」

莫倫尼律師站起來回答：「感謝法官閣下。我的開場白是兩項請求，首先我們要求庭上將本案駁回。」

「什麼理由？」

「法官閣下，幾個月前，中國政府要求引渡任敬均先生，但是我們的政府沒有同意。於是他們就告上了法庭。法庭判決任敬均先生勝訴，最終他們的引渡沒有成功。本案還是原來引渡案的延伸，原告的幕後是中國政府，他們最終的目的還是要抓捕中國的人權鬥士任敬均先生，來迫害他，不讓他發言爲中國人民爭取人權。」

陸海雲說：「反對，這是被告的想像，沒有任何證據。」

史密司法官：「莫倫尼先生，根據法庭的文件，所有的原告都是在美國出生的美國公民，你有證據來證明原告的背後還有幕後人嗎？並且幕後人就是中國政府。」

陸海雲說：「法官閣下，我代表原告人希望提醒被告，美國公民在沒有向政府註冊就代表他國政府是犯罪行爲，莫倫尼先生的說法已經構成對原告人的陷害，我們將提出訴訟和要求賠償。」

史密司法官：「本庭指示莫倫尼先生要選擇出示證據，或是收回說明。」

莫倫尼回答說：「尊敬的法官閣下，請允許我收回先前關於原告的述說。」

史密司法官：「很好，莫倫尼先生還有其他的開場白嗎？」

莫倫尼說：「有的，我的第二點說明就是，本案是針對任敬均先生是否有僞證的行爲，而不是在辯論任敬均先生是否有其他的犯罪行爲，尤其是他在申請政治庇護前的歷史，這一點我們要請求法官閣下能堅持。」

史密司法官：「謝謝莫倫尼先生對本庭程序的關心，請放心，本庭有信心維持正確的司法程序。本庭也相信原告方會配合，是嗎？陸海雲先生？」

陸海雲：「法官閣下，原告方只是對被告作僞證的行爲提出訴訟，我們將遵守庭上的指示。」

史密司法官：「太好了，那麼就請原告方開始說明將要提出來的證據吧！」

陸海雲拿起放在桌上的紅外線投影遙控器，站起身來啓動了投影器，法庭左邊的大銀幕上馬上出現了一份放大了的表格，他向莫倫尼律師微笑點頭致意後就面對著法官說：「感謝尊敬的法官閣下，我現在希望將注意力集中在這張表格上，它是被告任敬均先生在申請美國的政治庇護時所塡寫的。表格靠近底端有被告的簽字和塡寫的日期。在它的上面有一行字，是用粗線列印出來的，目的想來是在提醒塡寫人的注意力。同時我們也用黃色覆蓋，將它突顯出來。」

陸海雲停了一會兒，給大家一點時間把注意力集中到銀幕上的表格，然後繼續說：「請特別注意，這一行的字是說明了，政治庇護申請人要在聯邦政府官員面前宣誓，所塡寫的內容完全是事實，如有任何虛假，將立即取消政治庇護資格，同時將被起訴作僞證罪，可被判十年以下的徒刑。這裏也有當時在場的聯邦移民局官員的簽名。我們的控訴就是針對被告在這張申請政治庇護的表格上作僞證。」

史密司法官打斷了陸海雲的敍述，他問，「被告人的母語不是英語，當時有沒有確定他對於表格有完全的理解？」

「當時有移民局的中文翻譯在場，保障了被告的權益，全過程都有錄影，現在已經製成光碟，也是我們證物的一部分。」

「很好，請繼續。」

陸海雲說：「感謝法官閣下。在經過詳細的調查後，可以發現在這份表格中，被告人塡寫了很多的不實內容，這些都是構成僞證罪的事實，但是，尊敬的法官閣下，請允許我在本案裏提出三項比較重要的僞證。這三項包括了，姓名和出身的僞證，生育子女的僞證和宗教信仰的僞證。法官閣下，我們明白更改自己的姓名和出身這件事的本身並不犯法，在被問到是否以前曾用過其他的姓名時，被告宣誓說沒有。但是我們有證據顯示，被告人的原名不叫任敬均，他也不是在黑龍江省出生的。從我們所收集的文件中顯示，大約是十年前，被告人在法院申請改名爲任敬均，然後進入了黑龍江省的北疆銀行工作。被告人在改名之前並沒有受過銀行業務的訓練，但是在北疆銀行的人事檔案裏，卻有任敬均曾在一間財務專科學校的銀行管理系畢業，但是畢業日期是在被告人更改姓名之前，這一點是很值得注意的。總結起來就是，被告人曾經使用過其他的姓名，並且都有記錄在案，但是在申請政治庇護的表格上他卻沒有承認，因此是作了僞證。」

史密司法官：「請問，這些文件都正式的公證了嗎？」

「是的，所有的文件都經過了中國政府的公證部門公證過，同時我們也請了美國駐瀋陽市領事館的官員，對文件的真實性和翻譯副本的正確性都做了認可，整個過程的錄影證詞都已經送進了法院做爲正式的證物。」

「很好。被告方面對這些證據有沒有意見？」

莫倫尼：「我們保留對這些證據提出挑戰的權利。」

史密司法官：「當然可以在正式辯論時提出來。陸海雲先生，本庭決定原告方的第一個證據可以提上法庭。請繼續。」

「謝謝法官閣下。現在請將注意力轉到『申請理由』這一欄，這裏有好幾個理由，其中的第一項是說到，被告人希望有第二個孩子的計畫沒有被批准，爲此受到了政府的迫害。根據中國的行政規範，人口政策是由每一個工作單位的『計畫生育委員會』來負責執行的。我們的調查顯示，首先，他們並沒有接到被告人申請第二胎的要求。」

莫倫尼律師立刻起身挑戰：「法官閣下，他們會隱瞞事實。」

陸海雲也立刻反擊：「反對！這是沒有證據的謠言。」

史密司法官：「反對有效，被告方言詞不成立。」

莫倫尼說：「尊敬的法官閣下，我將剛才所說的修改爲：任何一個官僚機構都會有隱瞞事實的可能性。」

陸海雲馬上打蛇隨棍上：「法官閣下，說到可能性，請允許我誠懇的希望還有一個更高的可能性，那就是任何官僚機構都不會主動增加自己的工作量，尤其是這份增加的工作是不合乎規定的。不錯，中國是有每一個家庭只允許生一個孩子的人口政策，但是它也有許多明文規定的例外，例如第一個孩子在出生時就有先天性的智障或是殘疾等等健康上的情況。另外還有，如果夫妻雙方都是家中的獨生子女，他們也被允許可以有第二胎。尊敬的法官閣下，請注意這份表格上的家庭狀況一欄，上面寫明了申請人任敬均先生夫婦都是獨生子女，他們在法律上有權生第二胎，所以莫倫尼先生所說的官僚機構並沒有要隱瞞事實的必要，事實上他們根本沒有過問的權利。」

史密司法官：「原告方是要求將這一項做爲僞證的事實嗎？」

陸海雲：「如果法官閣下允許，這正是我們所希望的。但是我們還要強調這是一項非常嚴重的僞證，被告明目張膽的，毫不猶豫的在誓言下說謊。被告人在申請書上的健康狀況一欄填寫說，任敬均的妻子曾做過腹部手術，法官閣下，您知道這是一個什麼樣的手術嗎？」

陸海雲用遙控器將另一個幻燈片顯示在銀幕上，他說：「這是被告人夫婦在申請政治庇護時所做的身體檢查結果的報告。請法官閣下注意，這裏有註明，被告妻子的腹部有手術留下的疤痕，進一部的檢查，顯示了多年前曾做過子宮切除手術，根據被檢查者的自訴，該手術是在十五年前做的。法官閣下，被告人的女兒目前的年齡是十六歲，也就是在他們的第一胎生下來的一年後，被告人的妻子進行了切除子宮的手術，我們的調查顯示，手術的理由是因爲子宮裏長了瘤。法官閣下，我相信在這世界上不會有人認爲，一個沒有子宮的女人還會有生育的能力。被告人完全不把他人最低的智慧看在眼裏，而明目張膽的公開欺騙政府是僞證行爲中最惡劣的。」

史密司法官：「本庭接受原告方提出的第二項證據做爲辯論的題目，被告方有意見嗎？」

莫倫尼律師：「法官閣下，被告保留提出挑戰的權利。」

史密司法官：「很好，那就請陸海雲先生繼續。」

陸海雲：「請尊敬的法官閣下將注意力轉到被告人塡寫的申請理由中的第三項，標題是宗教迫害。被告人宣誓說，由於他的宗教信仰是法輪功，因此受到公安部門的種種迫害。爲了他的宗教信仰，他選擇了來到美國尋求政治庇護。我們對被告人的宗教信仰和相關的活動做了詳細的調查和收集了相關的文件，所有的資料和文件都經過了公證，也取得了美國領事館官員的認證，這些和所有的錄影證詞都已經呈遞到庭上了。根據資料，被告人從來就沒有參加過任何法輪功的活動，我們理解這在中國是不可能的，因爲它是犯法的。但是爲什麼到了有完全宗教自由的美國後，被害人還是不參加任何的法輪功活動呢？甚至在被告人居住的小區內舉辦的法輪功活動，都沒有任何參加或是任何捐款支持的記錄。相反的，被告人在洛城定居了不久後，就經常前往佛光山的佛光寺去燒香拜佛，同時在捐款上也是十分的大方，去年一年內的捐款就超出了美國政府向被告人提供的生活補助。這些都是證明了被告人的宗教信仰不是法輪功而是佛教。」

莫倫尼插嘴進來：「法官閣下，這些都不足以構成僞證的罪嫌。正如對方律師說的，美國是一個有完全宗教信仰自由的國家，我們的憲法明文規定，它包括了選擇宗教信仰和改變宗教信仰的自由。任敬均先生決定加入佛光山的行爲和僞證是毫無關係。這項所謂的證據不應該成立。」

陸海雲馬上反駁說：「法官閣下，莫倫尼先生說的完全正確，在美國的宗教信仰自由是包含了選擇和改變。這正是我們提出被告人僞證的論點。所有在哈爾濱市收集到有關被告人的宗教活動都強烈的顯示，他選擇了佛教做爲信仰。被告人是哈爾濱市郊一所香火很盛的北靈寺的『廟外修士』，也是它的主要財務捐助人。五年前，我們洛城佛光山的住持星雲法師接受了邀請訪問中國時，曾經來到了哈爾濱的北靈寺，當時的接待人員中就包括了後來發誓說是法輪功信徒的被告人。事後，邀請星雲法師的中國佛教協會特別頒發了一紙獎狀給被告人，感謝他在星雲法師訪問時所做的工作。從這些資料中，可以確定被告人的宗教信仰一直是佛教，從來沒有改變過。所以他的宣誓說明，他因爲信奉法輪功而受到政治迫害是一片謊言，所以他作了僞證。」

史密司法官看了一眼莫倫尼：「本庭同意原告爲這項指控所提出的證據納入本案。我明白被告方要保留挑戰的權利。」

莫倫尼：「當然是的，感謝法官閣下。」

史密司法官：「請問原告方還有其他的指控嗎？」

陸海雲：「法官閣下，我們沒有其他的指控了。」

史密司法官：「今天的調查庭就到此結束，本庭同意原告方所提出來的證據可以用在本案的法庭程序。明天上午開庭時，如果被告方選擇由陪審團來判決，我們的第一件事就是要選出雙方同意的陪審團員。如果被告方決定由法官來判決，那我們就馬上進入辯論程序。這是一個簡單的案子，相信一天之內就可以結束辯論。莫倫尼先生，被告方現在決定了是要用哪一種程序呢？」

莫倫尼站了起來說：「尊敬的法官閣下，我希望懇求三、五分鐘的時間和任敬均先生協商。」

史密司法官：「請便。」

莫倫尼和任敬均兩人輕聲細語的埋頭會議從三、五分鐘一再的延長，在這期間，奧森、陸海雲和愛米也在小聲地說話，奧森說：「任敬均死定了，宣了誓還要用白紙黑字說謊，太藐視法律了。海雲，你的準備工作很專業，幾乎無懈可擊，但是有點過頭了，殺雞用牛刀，只要一項指控就行了。」

陸海雲：「我們還有一個更大的目標，就是要敲山震虎，是做給常強發看的，要讓他驚一驚。眼前的案子都是愛米準備的，她才是幕後功臣。」

愛米：「我們的陸大律師終於學會了謙虛。馬溫大叔，其實真正的功勞是海雲的新女友立下的。」

奧森：「海雲有新的女朋友了？是誰？」

愛米：「就是一位公安部的女警官楊冰，她又漂亮，又能幹，當然，更多情了。所以我們在那辦案子時，海雲就早早的把我趕回來，免得我做電燈泡。」

陸海雲：「別聽愛米胡說八道，八字還沒一撇呢！」

愛米：「我看在這法庭上除了任敬均之外，還有一個人在說謊。」

奧森：「我怎麼感到一股酸味呢？」

愛米：「馬溫大叔，您又在偏心海雲了。」

奧森：「我只是告訴你我的感覺，你總不希望在這法庭上還有第三個人說謊吧？不過，海雲，你的那一撇還是不要加到八字上去，楊冰是我們的客戶，和客戶談戀愛會有什麼樣的結果你不會不明白，等案子完了再寫那一撇，要注意呀！」

就在這時，史密司法官用木槌敲了一下桌子：「請問被告方的協商好了嗎？」

莫倫尼站起來往前走了兩步，他面對著法官說：「尊敬的法官閣下，請接受我十二萬分的歉意，將協商的時間拖延了。原告方所提出的指控是很嚴重的，我們不幸的發現，爲了對指控做足夠的反駁，做爲任敬均先生的律師，我需要更多的時間來準備，因此請求將明天的辯論庭稍做延期。」

史密司法官：「莫倫尼先生，有關原告方的指控證據資料不是在一個多月前就送給被告人了嗎？」

莫倫尼：「是的，我們是在三十五天之前拿到的。」

史密司法官：「那麼再延遲一天開庭會對你們真的有幫助嗎？」

莫倫尼：「尊敬的法官閣下，一天的時間當然是不夠，我們是需要兩周的時間。」

史密司法官：「你是說要求延遲兩周開庭嗎？對這樣的僞證民事案子是沒有這樣的先例。」

莫倫尼：「法官閣下，我們的確是有此需要才向庭上提出來的。」

史密司法官：「陸海雲先生，原告方對被告方提出的要求有意見嗎？」

陸海雲：「尊敬的法官閣下，被告方在一個多月前就已取得原告方所有的證據說明，他們有足夠的時間來準備，但是他們沒有可以讓被告人脫罪的證據。眼前的事實很清楚的說明，被告人的僞證行爲，證據確鑿，已無法開脫將要面對的嚴重後果，延遲兩周開庭並無法改變事實。我們的司法精神是『遲來的司法正義，等於沒有正義』。所以我們強烈反對任何延期開庭的要求。」

莫倫尼：「法官閣下，只要給我們時間，我們有信心可以拿到反駁原告指控的有力證據，如果因爲時間不夠，拿不到我們想要的證據，也是一種對人權的傷害。那將是一件非常遺憾的事。」

史密司法官思考了好一陣子後才說：「通常法官的判決只能使原告和被告中的一方高興，要使雙方都高興的情況是很少的。要使雙方都不高興的決定那就更少了。也許今天就能看到這個非常少見的情況。本案開庭的時間延後兩天。如果被告方在收集相關證據時在時間上有具體的困難，在開庭後和我討論。但是，莫倫尼和任敬均兩位先生你們聽好了，下次開庭時，我要被告親自出庭。現在已經快到中午了，如果四十八小時後，也就是後天下午兩點開庭時，我在這裏看不見任敬均先生，我會當庭做出僞證罪成立的判決。剛才移民局的費迪南先生說了，移民局就會立刻取消被告人的政治庇護身分，然後驅逐出境。同時我也會判任敬均先生藐視法庭，發出逮捕令。所有的警察和執法單位都會收到對被告人的追緝通告。如果四十八小時後，任敬均先生選擇不出庭，我相信他在美國的最後的日子將會在監獄裏度過。」

陸海雲和莫倫尼幾乎同時站起來要對法官的決定提出抗議，但是史密司法官的大木槌已經敲下來了，一聲巨響後就聽見他大吼一聲：「休庭！」

史密司法官和他身後飄舞著的黑袍消失在法官進出的小門裏了，把所有原告和被告兩邊的人都愣在那裏，只有一個人是例外，奧森坐在椅子上滿臉笑容地在自言自語：「太好了！太好了！」

愛米說：「馬溫大叔，什麼事讓您這麼高興啊？」

奧森：「這個史密司法官實在是太精彩了。」

愛米：「您還在誇獎他，擺在他面前的是白紙黑字的如山鐵證，他還同意讓被告延期開庭，我看他是糊塗了。」

陸海雲：「我們走吧，這裏談事情不方便。老闆，今天賞我們一頓中飯吧！」

奧森：「行，把西爾斯也叫來。」

當他們在法院附近找到一家比較安靜的餐館入座後，西爾斯私家偵探就走進來了，他們各自先點了午餐，因爲是老闆請客，自然大夥的胃口也是朝較貴的餐點傾斜。奧森首先開口：「羅勃特，一切都安排好了嗎？」

西爾斯：「我們的人都進入了位置，最新的情況是任敬均開車離開了法院後並沒有回家，而是向相反方向，洛城的西邊開去。」

奧森：「果然不出所料，但是沒想到他連家都不回就要走了。史密司到底是條老狐狸，給他看出來了。」

愛米：「馬溫大叔，您把我給弄糊塗了。這跟您剛剛誇史密司法官有關嗎？」

奧森：「海雲，你說給她聽，是怎麼回事。」

陸海雲：「史密司很清楚，沒有人會無聊到花大把銀子到法院來打官司告一個人對政府作僞證。他是個很用功的法官，看過先前引渡任敬均官司的資料，他明白我們除了想把他驅逐出美國之外，更想取回他那筆天文數字的贓款。眼前的案子正像愛米說的是鐵證如山，他是死定了。但是在對方要求再延遲兩周開庭時，他明白任敬均決心要再度逃亡了，他需要兩周來安排他下一個落腳的地方。如果他不同意，明天就開庭，就判決，結果是當庭被移民局收押。任敬均在移民局的下層有人脈關係，他也許神通廣大能安排不被送回中國，但是那筆贓款他就沒機會安排了。最後也許還會通過他的律師和法律的漏洞回到他的手裏。所以史密司的延遲四十八小時開庭真是神來之筆，是要給任敬均機會去動他的贓款。但是這兩天對我們也是關鍵時刻，一旦出錯，我們就白幹了。」

愛米：「原來是這樣啊！」

奧森：「你要學學海雲的分析能力，光靠尖嘴利舌在法庭上讓對方下不了台還不夠的。」

愛米：「我什麼時候成了尖嘴利舌的人了！可是我們的證據現在擺在台面上了，移民局就可以馬上取消任敬均的政治庇護，立刻把他驅逐出境。」

陸海雲：「因爲司法和行政的獨立，這在理論上是完全可以的。但是移民局不會這麼做，他們會尊重法院，在判決前，他們不會去動被告人的。」

這時西爾斯的手機響了，他很仔細地聽對方說話，等他合上了手機後，他向大家報告：「任敬均到了洛城機場，買了去賭城拉斯維加斯的機票，剛剛已經上了飛機。我們的辦公室已經把任敬均的檔案用電郵送到我們在拉斯維加斯的合作偵探社，請他們盯上，我們的探員也在下一個班機趕過去了。」

愛米：「他到賭城去幹什麼？」

奧森：「也許是想在離開美國前去撈一把。勞勃特，常強發那邊有動靜嗎？」

西爾斯：「他的兩個律師都出現在法庭上，看起來，陸律師的敲山震虎說法是有點苗頭。」

陸海雲：「我們一定要盯住常強發，看他們有什麼動靜。我現在就給楊冰打電話，叫她們可以馬上動身來洛城了。」

奧森：「愛米，由你來通知楊冰吧！」

西南航空公司每天從早到晚，每半小時就有一班飛機來往於洛城和賭城拉斯維加斯，任敬均上了飛機在靠窗的位子坐下，將安全帶扣上後就陷入了沉思。那是七年前他在北疆銀行工作時，想到了他是用一個假冒別人的身分在賺一份工資，雖然相對的說，他算是個高收入的中產階級，但是也到頭了，以他的能力，不會被提升了。所以他有了要「捐款潛逃」的想法，「捐款」的來源是他在北疆銀行負責的帳戶，「潛逃」的目的地是到美國申請政治庇護。他用了三年的時間來收集資料和精心策劃出來一個行動方案，經過反覆的推敲和修改，最後在三年多前他看準了時機，將方案付諸實施。

之後所有發生的事都和他所預料的一樣，他成了美國華人社會裏的「華僑」。慢慢的，他以為這世上沒有人會記得他以前所幹過的事了。但是半年前，中國公安部的經濟犯罪司到美國來要引渡他回國，雖然沒有成功，但是他也看得很清楚，原因是公安部的人無能，而不是沒有理由。他們會派能人來是早晚的事。對他說來是件幸運的事，是替他敲響了警鐘。所以他又開始策劃第二次逃亡的方案。

在美國的三年裏，對任敬均最大的打擊就是他的家庭生活起了很大的變化。他的妻子成天不分日夜的沉迷在麻將桌上，女兒成了美國社會裏的不良少女，整天和一些莫名其妙的人在外面鬼混，蹺課和吸毒是經常的事，警察局和學校都來了通知。最讓他難過的是，他和女兒之間已經完全沒有溝通了，他們一年裏講不到十句話。任敬均對他的妻子和女兒是徹底的失望了，他的第二次逃亡計畫裏只有他一個人，這對於他，他已經付出了最高的代價，他的家沒了。

今天在法庭上的僞證官司，他頭一次體會到美國對人權的寬大解釋使他能留下來，但是對法治的嚴格又令他無藏身之地。他在申請政治庇護時所犯的可笑錯誤雖然成了他的致命傷，但是他決定啓動他的第二方案。對自己的深思遠慮，他臉上露出了笑容。平穩的飛行，加上被法庭繃緊的神經開始鬆懈，使他在沉思過後在座位上睡著了。

任敬均的一覺睡得很深，睡眠裏完全沒有夢，一直到飛機降落，機輪碰觸到跑道時將他往前一震，才把他震醒了。航機滑行到指定的閘口，打開了機艙門時，他才完全的清醒了，他也發現雖然只睡了短短的一個小時，但是深睡使他感到這幾天的疲倦和緊張全都消除了。當他走出了機艙時，任敬均對自己宣佈，他開始了他人生裏新的一頁，除了財富，他已經一無所有，親人、家庭、朋友和過去的一切都不會再出現在他新的人生，他下定決心，他一定要爲自己打造一個完美的未來。

在他走出了舒適的拉斯維加斯機場空調時，已經是下午很晚的時間了，但是坐落在沙漠中的賭城還是在一天裏的高溫時段，撲面而來的熱風像是一團火球罩在他身上，使他馬上想起了在佛書上所形容的地獄，他感到有些不安，因爲這是在他挺胸大步地走進他新的人生時給他的第一個感受。

任敬均對賭城拉斯維加斯從來沒有過好感，但是他幾乎每兩、三個月就會來一次，他自己也說不出來爲什麼。他和其他從洛城經常跑拉斯維加斯的人有一個最大的不同，那就是他不喜歡賭錢。金碧輝煌的裝飾和大把的鈔票沒有帶給他格外的興奮，反而是那些賭徒臉上的表情，一種期待世界末日的喜悅，讓他體會到什麼是麻醉生命，但是同時也刺激了他的生命力。

任敬均在指定的停車位找到他租的車，開動後馬上將汽車的冷氣和吹風機打開到最大，打開所有的車窗，然後站在車外等著車內已經被烤得炙熱的空氣散出來。他打開了手機，憑記憶按下了張素的號碼。響了三聲對方就接了，任敬均告訴她說將要出遠門，在走之前想見她一面。他們約好了兩小時後在老地方見面。

張素是一位三十歲剛出頭的少婦，六年前她和丈夫從福建用探親的名義移民到美國，住在紐約市華人聚集的法拉盛區，原本小夫妻計畫一起打拚闖出個天下，但是好景不常，男的移情別戀，女的被人騙了財又騙了情。最後來到了拉斯維加斯賭場裏打工，當替客人點酒的女招待。他們在偶然的機會下相識，也許是破碎的婚姻成爲他們之間的共同話題，也許是兩個寂寞的人在尋找心靈的安慰，兩人的相處都給對方的生命加進了一絲的喜悅。後來發展到，除了在電話裏傾訴外，每隔一、兩個月，任敬均就會到賭城來看她。很自然的他們有了肌膚之親，在二十一點的牌桌上，任敬均在她把他點的酒送來時，會很大方的給她很多的小費，在離開賭場時，也會把身上所有的籌碼都送給她。但是今天和張素的見面也許會是最後的一次了。當他把車子開出停車場時，他提醒自己，他在美國的時間只剩下三十小時了，也是他此生最關鍵的三十小時。

楊冰是在清晨四點鐘，天還沒亮的時候，接到愛米的電話要他們馬上動身。爲了盡早到洛城，他們先飛到日本的東京，在那裏再換乘巴西航空的班機。雖然這樣，但是到達洛城時已是第二天的下午了，距離開庭的時間只剩下不到二十小時了。原本的計畫是由公安部經濟犯罪司司長葛琴帶隊，成員是楊冰及何時，一共三人。因爲葛琴在北京處理外國企業在中國行賄的資料，臨時不能分身，所以改由楊冰領隊，又增派了偵查員馮丹娜。

陸海雲和愛米・李去接機，然後直接就來到了奧森律師事務所的會議室，馬溫・奧森已經在等他們，他首先將也在場的羅勃特・西爾斯介紹給剛到的客人，大家握手寒暄後，奧森請大家坐下，很自然地洛城的人和上海來的人各坐在會議桌的兩邊，陸海雲忍不住多看了坐在他對面的楊冰兩眼，她有點不自在，有點臉紅。奧森說：「這位西爾斯先生是我們這裏一家偵探社的負責人，目前任敬均的行蹤就是由他的人負責監視。有關這場官司的情況，愛米在電話裏跟你們報告了，有沒有問題？」

楊冰說：「我們有多大的把握可以打贏這場官司？」

奧森向陸海雲點點頭，陸海雲說：「現在是非常明顯了，我們有百分之百的信心會贏得這場官司。我相信任敬均也有同樣的看法，所以他已經啓動了逃亡的計畫。」

楊冰：「有確實的證據他要逃跑嗎？」

陸海雲：「我請勞勃特將任敬均在昨天離開法庭後到現在的行蹤說明一下。」

西爾斯：「昨天任敬均在法庭的程序結束後，和他的律師莫倫尼有一個約三十分鐘的會議，他離開法院後，直接開車到了洛城機場，他手上只攜帶了一個公事包。他搭乘西南航空公司的航班在下午四時許飛到拉斯維加斯。他租車離開機場後首先去到在市中心的甘泉銀行，在那裏他進入了保險箱室，我們的人無法進入保險室，只能在銀行大廳觀察，因此他是否有取出或放進任何物件則不得而知。他在銀行只停留了大約十分鐘，就在五點鐘關門前離開。我們的判斷是，他的贓款就放在這家銀行的保險箱裏。任敬均的下一個目的地，是離甘泉銀行兩條街的假日旅行社，在那裏他停留了將近一個小時。這次我們有一男一女兩名探員也進入了旅行社做近距離的觀察。任敬均買了一張明天由拉斯維加斯飛往墨西哥首都墨西哥市的機票。班機是墨西哥航空公司的六二三七號航班，起飛時間是中午十二點十五分。」

楊冰打斷問說：「是買一張票，還是也買了他家人的票？」

西爾斯：「只買了一張票，並且不是買給任敬均的。他是用一個南美洲薩爾瓦多國的護照訂購的機票。」

何時說：「看樣子他再度逃亡是老早就計畫了，這次連老婆和孩子都先不帶了，也許是他想要先安頓下來後再接她們出來。」

西爾斯：「我看未必，根據他們的鄰居說他們夫妻的感情並不好，女兒也是個問題少年，任敬均想甩掉她們是很有可能的。還有，一旦移民局取消了政治庇護的身分，他們一家人都要驅逐出境的。任敬均想把她們接走是不太可能的。」

楊冰：「我同意任敬均想逃亡的意圖很明顯了，請繼續。」

西爾斯：「任敬均離開了假日旅行社後，就住進了夢幻大酒店，這是拉斯維加斯最新最大的賭場酒店和娛樂中心。他在櫃檯登記時付了三晚的房錢。他住進了一七二五號房間後，當天就再沒有離開過。晚上八點二十三分，有一位年約三十歲的東方女性來訪，他們在房間內用晚餐，來訪的女子在那裏過夜。」

楊冰：「西爾斯先生，這位來訪的女人和任敬均是什麼關係？」

西爾斯看著他的筆記本說：「我和夢幻大酒店的保全部主任是朋友，透過他的幫忙，再查看監視器的記錄，我們得到的資訊是，任敬均在過去的十八個月曾多次住進夢幻大酒店，他不是一個賭徒，每次只是玩玩二十一點或是中國式的牌九，賭注都不大，完全是娛樂性的賭博。在他那裏過夜的女人叫張素，她是個從紐約來的離婚單身婦女，現在賭場做現場服務工，主要的是爲賭客點酒或是找換籌碼。相信他們是朋友關係，因爲賭場不會允許他們的員工和顧客間有任何方式的生意來往。」

楊冰：「任敬均今天有活動嗎？」

西爾斯將面前的筆記本翻了一頁：「他們是在房間裏吃的早餐，然後在十點半的時候張素離開，她回家換了衣服後就去上班了。任敬均下樓到酒點裏的一家商店買了一個有背帶的文件袋和一個有輪子及拉桿的小型旅行衣箱，然後開車到不遠的一間百貨商場買了一些換洗內衣褲和熱天穿的薄料衣服，這些東西都裝進了放在汽車行李箱中剛買的旅行箱裏。任敬均的下一站又是去了甘泉銀行，進去時是拿著剛買的文件袋。他進了保險箱室，在裏頭停留了十分鐘左右就出來了。這時文件袋是斜揹在肩上，一手也是緊握著袋子的把手。相信從這一刻起，這個文件袋是不會離身的。拿下他，也會同時取回贓款。十二時三十分，任敬均從銀行直接回到了酒店，他走回房間時將行李箱留在車裏，只有文件袋還是斜揹在肩上。現在半天過去了，他沒有再離開房間過。我們的判斷是任敬均已經將贓款放進了文件袋裏。」

楊冰：「任敬均從北疆銀行拐走了二十億人民幣，相當於大約七億元美金，他一定是轉換成其他等值的財物，要不然如何裝進一個文件袋裏呢？」

西爾斯：「從銀行方面我們也獲知，任敬均的保險箱是個小型的，體積很有限，陸海雲先生和愛米·李小姐都認爲只有兩個可能，就是有價債券或是鑽石。」

馮丹娜：「什麼是有價債券？」

愛米回答說：「有價債券是美國財政部發行的一種特殊債券，它的特點是債券上沒有持有人的姓名，在債券到期後，拿著它就可以在銀行換成現款，所以它基本上是和鈔票一樣的。它的另一個特點是面額非常的大，從一百萬到一千萬是常見的，所以一個文件袋裏裝七億美金的有價債券是完全可能的。」

馮丹娜還有問題：「那麼如果這債券丟了或是被搶了就沒了，是嗎？」

愛米：「所以我說它是和鈔票一樣。」

楊冰：「任敬均要逃亡的意圖和方法都很明確了，西爾斯先生，您認爲從現在起他的行動計畫會是如何？有估量過嗎？」

西爾斯：「從昨天離開法院到現在，任敬均的行動特點就是要隱蔽，他不希望碰到認識他的人，所以他大部份的時間都是待在酒店的房間裏。但是，他離開美國的航班已定，他一定要從酒店趕赴機場。他的班機預定在明天中午十二點十五分起飛，按規定乘客必須在兩小時前，也就是十點十五分前，到達離境機場辦理登機、出境、驗關和安檢手續，因爲拉斯維加斯不是個聯邦政府的出境點，航空公司安排了墨航六二三七號航班的乘客搭乘聯合航空五一一零航班接駁到洛城辦理出境。聯合五一一零是要在早上九點從拉斯維加斯起飛，在九點四十分到達洛城機場，旅客有時間在十點十五分之前去辦理離境手續的。」

楊冰說：「我們可以合理的推斷，從現在起，任敬均不會讓他的贓款離開他的，這是難得的機會來抓捕他個人和取回贓款，你們對他的下一步行動是什麼？總不能再讓他帶了贓款逃走了吧？」

陸海雲把他要如何拿下任敬均的計畫給大家很詳細地說明了。楊冰、何時及馮丹娜互相盯著彼此看，也不出聲。陸海雲突然說：「楊冰，我知道你們在想什麼？是不是在想，爲什麼現在不就把任敬均逮捕了，該多好，人贓俱獲。是不是？」

馮丹娜說：「這個機會太難得了。」

陸海雲：「在座的人都沒有權力去逮捕任何人，我們只能要求拉斯維加斯的警方進行逮捕。但是理由是什麼？」

馮丹娜：「他做僞證有如山鐵證，用這罪名先拿下，再問他身上那些值七億美金的東西是哪裏來的？」

陸海雲：「在法官給出判決前他是僞證罪的嫌疑人，沒人能碰他，你現在該明白爲什麼他拚死拚活要他的律師要求法官延長開庭了吧？身上有值錢的東西並不犯法，除非能證明是非法所得。」

楊冰大聲地說：「我們有很多的證據可以證明那些錢是任敬均拐款潛逃所得。」

陸海雲更大聲地說：「可是這些證據在你的同事上次把任敬均告上法庭時就被法官宣佈無效了，否則今天你們也不必到這裏來了。你想拉斯維加斯的警察是聽你的還是聽法官的？」

會議室裏一片沉默，沒人發言，楊冰的臉色很不好看。大家都很吃驚，沒有預料到平常說話溫和的陸海雲會突然吼了起來。何時突然發言：「都是那個可恨的王克明害的。」

楊冰瞪了何時一眼，她說：「已經過去的事，就不用再提了。陸先生，對不起，請息怒，是我不該大聲說話。我還希望再問些問題，可以嗎？」

陸海雲感到楊冰語氣裏的寒冷，他回答說：「楊警官請原諒我的激動，這是很不專業的行爲。您是我們的客戶，我們必須回答您所有的問題。」

楊冰：「謝謝。西爾斯先生您剛剛說到，任敬均在飛抵洛城後必須自己取行李，然後再到墨西哥航空公司的櫃檯辦理出境。請您再將這過程詳細的說明一下。」

西爾斯：「讓我先把洛城機場的情況說一下。整個機場一共有七個航站，分佈是一個U字型的安排，U字的一頭是第一航站，U字的另一頭是第七航站，U字的底部是國際航站，所有入境和出境的航班都從那裏進出的。任敬均搭乘的接駁航班是聯合航空公司的，他們是使用第七航站，也就是說任敬均要步行約五十公尺的距離才能到達國際航站。雖然距離不長，但是人行道上也是車輛上下旅客的地方，會擠滿了人，所以步行至少需要十分鐘。您還想知道些別的情況嗎？」

楊冰：「陸先生，我很感謝您和您的同事所提出來的方案，但是我認爲它的變數太多，我想提一個建議給大家參考，我建議當任敬均從第七航站步行走向國際航站時，我們可以逮捕他。」

在場的奧森律師事務所的人都驚愕住了，從一開始就沒有說過一句話的馬溫．奧森站起來說：「對不起，我要出去一下。」

陸海雲看著奧森離開會議室，把門關上後，他才開口說：「我剛剛已經說過了，在法庭判決前，任敬均不是犯罪人，他只是犯罪嫌疑人。何況我們這裏沒有人具有逮捕他人的公權力。」

楊冰：「這一點陸先生已經說明得很清楚了，我完全理解。我也明白雖然我們公安部聘任了奧森律師事務所，但是我們沒有權力要求你們做違反美國法律的行爲。但是任敬均是我們國家的通緝犯，做爲警察，我們有責任把任敬均緝拿歸案。所以我認爲這是我們公安人員在執行公務，它和奧森律師事務所沒有關係，更何況我們的合約裏也寫明了，是聘請你們來打官司的，不是來逮捕人的。」

愛米突然說：「楊冰，你瘋了，這是完全不可能的！」

楊冰：「爲什麼不可能？是有人要阻擋我們執行公務？」

陸海雲：「奧森律師事務所不會阻擋任何人執行公務，但是美國的法律會。美國的法律不允許任何外國人在美國境內從事警察行爲。」

楊冰：「但是我們可以進行秘密逮捕，沒有人會知道。我們有能力在三十秒鐘裏把任敬均從人行道推進汽車裏，然後馬上離開現場。」

愛米看著陸海雲，同時一直在搖頭，等了一會兒，又喝了一口面前的礦泉水，陸海雲才說：「楊警官，您在這裏留學的時候，學校裏一定會講到水門事件的案例，當時的尼克森總統爲了觸犯國法而被迫辭職，雖然他個人的罪行被下一任的福特總統赦免了，但是他的好些部屬都被起訴，後來也被判有罪，關入監獄，其中包括了白宮的首席律師和當時的聯邦調查局局長。他們並沒有參與尼克森的犯罪行爲，但是他們沒有舉報總統的犯罪行爲，這本身在美國就是犯罪。楊警官，把任敬均推進汽車裏，在這裏稱做爲綁架……」

不等陸海雲說完，楊冰就插進來說：「尼克森總統是爲了要確保他的連任競選勝利而去竊取對手的資料，他的目的是邪惡的，但是緝拿通緝犯的目的不但不是邪惡而且是正義的。我相信美國的法律精神是維護社會的正義，不是嗎？」

陸海雲：「楊警官，您說得一點都不錯。法律當然是站在正義的一面，但是維護正義的過程是有明確的規定，違反了這規定的本身也是犯罪行爲。社會不允許任何人爲了維護正義的目的而不擇手段。也就是爲了確保這個過程，法律有明文規定在必要的情況下，要動用社會資源來爲十惡不赦的死刑犯聘請律師。法律要求每一個執法者在向嫌犯問話前，一定要說所謂的〈馬潤達宣言〉，就是要提醒嫌犯有保持沉默的權利，他說的任何話都將可能會被用在對他的控告。這個聽起來似乎是句廢話，它也常被有些小說和電影用來取笑執法人員的智商，但是它是確保維持正義過程的必要行爲，它對提醒執法人員的作用要比提醒嫌犯的作用大多了。楊警官，我不同意您提的方案，是因爲我相信美國的社會不會同意將一個僞證犯罪嫌疑人推進汽車裏來解決問題。」

楊冰低著頭沉默不語，最後抬起頭來看著陸海雲說：「陸先生，您提的方案裏有很多的不確定因素會造成失敗，您認爲它的成功率有多少？」

陸海雲：「我想大概會是一半一半吧！百分之五十的成功機會。」

楊冰：「我們是不是可以把這兩個方案做一個比較呢？」

陸海雲：「我想不必了，您的方案成功率是零，它是不可能成功的。」

楊冰睜大眼睛盯著陸海雲，她說：「什麼？你是說你會舉報我們的行動？」

陸海雲：「是的。」

楊冰咬著牙說：「豈有此理！我們是雇用你們的客戶，現在反而來舉報我們，這就是你們奧森律師事務所的職業道德嗎？」

這次輪到陸海雲睜大眼睛看著楊冰，但是很平靜地說：「我請您注意我將要說的話，因爲我只會說一次。首先，我明白你們對我的職業道德有意見，但是這麼多年來奧森律師事務所在社會上所取得的地位，說明了它的職業道德，這不是一、兩個客戶的意見就能改變的。我也請各位不要將我個人的行爲和做事方法認作是代表奧森律師事務所的整體職業道德，那絕不是一碼事。其次，我想說的是關於律師舉報客戶的事，這和職業道德無關，它是法律問題。水門事件裏的白宮首席律師約翰·迪恩先生就是尼克森總統雇用的，迪恩的一生，包括他輝煌的事業，最後都毀於一旦，就是因爲他把對客戶的忠心放在法律之上。他的故事已經成爲我們法律學院的經典教材。但是，楊警官，我想說的是，這些都不是我會舉報客戶犯罪行爲的原因。在我們考上律師執照時，我們要在一位聯邦大法官面前宣誓，說我們將以個人的榮譽和生命來維護法律的過程，來保護社會的正義。我將這份誓言看成是我一生中對我自己的永遠承諾，遵守它是我的職業道德。」

又是隔了一陣後，楊冰說：「我還是希望回到我們要如何緝拿任敬均的主題上來，可以嗎？」

陸海雲：「當然，這也正是我們想要的。」

楊冰：「我想請問陸先生，我們緝拿任敬均的行動是以一個只有百分之五十成功機會的方案來結束，這是可以接受的嗎？」

陸海雲：「當然不可以。在奧森律師事務所和公安部簽定合約時，曾經把主辦律師，也就是我，承辦過案件的最後結果送給公安部做爲參考。如果您還記得，我辦案的成功率到目前爲止還是百分之一百，我還沒有改變它的計畫。但是這些都不重要，重要的是明天的行動只是整個緝拿行動的一部分，如果明天任敬均成功的帶著他的贓款離開洛城，緝拿的行動還可以在中南美洲繼續展開。我們現在知道了他是拿什麼護照，要去的地方，又知道贓款就在他身上，這些都是難得的起跑點優勢，我認爲公安部絕對不應該放棄在中南美洲追緝任敬均。」

愛米接著說：「奧森律師事務所的業務涵蓋到全世界各地，我們在中南美洲也有不少當地的政府和社會資源可以讓我們動用。我們有不少的同事，包括海雲和我對西班牙語文都有相當的能力。兩年前我們在南美洲還辦了個大案子，爲紐約的一家投資銀行追回一大筆被他們職員騙走的贓款。所以我們對在中南美洲追拿任敬均是有把握的。海雲還沒跟你們說呢，勞勃特手下的兩名探員已經買了明天的墨航六二三七號航班機票，一旦任敬均上了墨航班機，他們會跟隨過去的。」

楊冰：「這不是捨近求遠嗎？我還是不能接受任敬均在我們的眼皮底下溜走了，這是反映我們的辦事不力和無能。」

很久沒發言的何時說：「這一點我有保留意見，陸海雲促使了任敬均將被美國驅逐出境，他的贓款曝光，還有我認為把任敬均趕到南美是對我們有利的。在那裏緝拿任敬均我們會有更大的施展空間，沒有像美國這麼嚴格的人權法律限制，何況公安部在那裏也會有一些社會資源。這都是王克明沒做到的，任敬均手上的贓款放在哪裏，他連個邊都沒摸到。我認為這些都是成就。」

楊冰：「我說了過去的事和我們專案組沒關係，不要再提了。我們要面對的問題是現在。」但是何時還是不放手：「吸取過去的教訓沒什麼不好。我個人認為陸海雲的方案是可行的。現在我們面對分歧的意見，是不是應該彙報了。」

楊冰：「小馮，你認為該怎麼辦？」

馮丹娜：「我覺得是應該彙報了。」

楊冰：「我是問你對這兩個方案的意見。」

馮丹娜：「我同意何大哥的意見。」

楊冰馬上就反應：「陸先生，我需要向我的上級打一個電話，能給我幾分鐘嗎？」

陸海雲：「當然，正好現在是他們開始上班的時間了。但是可不可以先請聽我說另外兩件事，也許和你的彙報有關。」

楊冰：「請講。」

陸海雲：「剛才我不同意楊警官的方案是從法律的觀點出發的。但是它還有另外一點我想你們是應該考慮的，那就是美國是一個極度開放的國家，當你們把任敬均推進汽車時，他大喊綁架，也許就會有幾個路人拿出手機將過程錄影，一旦在網上登出來，他的律師看到了後就會宣佈是公安部幹的，另外我們也不能擔保任敬均不會想不到這一點，安排了朋友甚至律師在機場保護他，如果事件鬧大了，不僅會變成一個國際爭端，影響到中美的外交關係，而且今後中國就別想再問美國要通緝犯了。」

楊冰：「我一定會向領導說明陸律師的觀點，謝謝。您還有要我轉告的嗎？」

陸海雲：「那是有關緝拿常強發的事。最近洛城發生了好幾起刑事案件，發現受害人都和常強發有很密切或是絲絲縷縷的關係。警方已經對他展開了調查。我們從檢察機關得到的消息是，他很可能會在短期內被逮捕和起訴。如果是這樣，公安部要緝拿他的事就會變得很複雜了，很可能要等到判決後，如果有罪，就要等他服刑後才能進行，那就有得等了。我要說的是，一旦常強發被起訴，奧森律師事務所能扮演的角色就極為有限了。」

楊冰、何時及馮丹娜在和會議室相連的一間小型辦公室裏接通了正在北京的葛琴，由她安排了有袁華濤和鄭天來參與的越洋電話會議，楊冰做了彙報。陸海雲有點驚訝，彙報只用了不到十五分鐘就結束了。等大家都又坐回到會議桌時，陸海雲發現楊冰的臉色很不好看，更有些蒼白，另外的兩個人也是臉色沉重，楊冰說：「公安部同意陸先生的方案。」

陸海雲以為楊冰還有話說，但是等了一會兒並沒有，他就說了：「謝謝你，楊警官。像我剛才說的，我們的方案也只有一半成功的機會，到明天中午就一切都會定案了。無可否認的，我們之間在理念、價值觀和做法上都有很大的不同和矛盾，我相信您一定在擔心我們在日後的合作會受到影響。但是不論明天行動的成敗，我都會要求奧森先生走馬換將，請另外的律師來主持這公安部的專案。我們事務所共有一百二十多位有執照的律師，他們都比我能幹，其中一定會有認同楊警官理念的律師。」

楊冰說：「我們執行方案吧！」

為了第二天的行動方便，公安部的楊冰、何時及馮丹娜還有陸海雲和愛米・李都住進了洛城機場附近的一家酒店。晚上陸海雲和愛米在樓下的咖啡廳喝啤酒聊天。愛米說：「你和楊冰是怎麼了？你們不是一見鍾情，打得火熱嗎？你們今天可不像是一對熱戀中的情人。」

「也許人家是另結新歡了，但是她可以直說啊，沒有必要跟公事聯在一起。」
「我想她不會公私不分的，你們不就是有不同的專業看法嗎？」
「但願是如此。但是她也不必用『辦事不力和無能』的字眼，太傷人了。」
「海雲，她不是衝你說的，你太敏感了。」
「愛米，你認爲我是敏感的人嗎？」
「不去說她了。海雲，你真的認爲明天我們只有一半的機會拿下姓任的嗎？」
「也許比一半要好一點，但是好不了多少，變數太多了。但這不是關鍵，就讓他脫身到薩爾瓦多去，我們在那裏也許會更容易把他拿下，老奧森不就是這麼認爲嗎？但是我考慮到在南美洲的行動方案成本太高，而明天的方案又幾乎不用什麼成本，所以我才提了出來。沒想到我們的客戶居然要綁架姓任的。中國人說警匪一家人，這不就是嗎？」
「也許她是關心你，也是想要替你省錢，才想出這一招來。別不領情，錯怪了她。」
「什麼情呀？在哪兒？我怎麼一點都沒感覺到呢？」
楊冰突然出現了，她換了一身便裝，低腰的牛仔褲，緊身的白色上衣的兩個扣子是開著的，臉上薄施脂粉，蹬著一雙半高跟鞋。亮麗的外形讓陸海雲瞪著她看，愣了一下才站起來說：「楊警官，您好！長途的飛行一定很疲勞了，應該早一點休息。」
楊冰：「吃完晚飯洗了淋浴又小睡片刻，現在都恢復了。」
愛米：「到底是本錢足，馬上就又變回一個大美人了。怎麼，下午想用強的去征服海雲沒成功，現在要改用溫柔了。我保證這回你一定成功。」
楊冰：「我就是想來找你們聊聊天。」
陸海雲：「楊警官，請坐，點個喝的吧！」

楊冰：「就給我一個礦泉水。」

愛米站起來說：「你們聊吧，我回房間了。」

楊冰：「愛米，你什麼意思？我來了你就走。」

愛米：「你不是來找他的嗎？我在這當燈泡，你還不把我恨死了？告訴你，別讓他再喝酒了，他已經喝了兩罐啤酒了，明天還有大事呢。」

楊冰：「放心吧！我會早早放了他，不會耽誤你們巫山雲雨的。」

愛米一臉困惑的表情說：「你說什麼？」

不等楊冰回答，轉身像一陣風似的走了。楊冰看著她的背影歎了口氣說：「有這麼好的姑娘當紅粉知己，別人還能有機會嗎？」

陸海雲：「楊警官，沒聽懂，請賜教。」

「我要是再聽見你叫我一聲楊警官，我就會發瘋似的尖聲大叫。」

「是你先叫我陸先生的。」

「海雲，別再跟我爭了，我不是隨便說說，我真的是快要發瘋了，才來找你。」

「楊冰，怎麼了？發生了什麼事？」

「你知道嗎？今天在彙報時，袁華濤和鄭天來把我臭罵了一頓，罵得我狗血淋頭的。說我提的方案是瞎胡鬧，尤其是你說的會引起國際爭端事件更是把我指責得體無完膚，要不是葛琴在旁邊替我說好話，他們肯定當場就把我撤職了。我覺得自己一無是處，什麼事都做不成，他們是應該把我撤職查辦。」

楊冰的眼圈紅了，陸海雲趕快說：「別這麼沒自信。你在調查哈爾濱北疆銀行時有多專業，多神氣啊！不是恭維你，我看警察辦案看多了，你問的那些一針見血的問題真把我佩服得五體投地。嫌犯要在你面前打哈哈，我看不容易。雖然你今天提的方案是有點問題，但是經過討論後不就明白了嗎？」

「袁華濤還說，我的方案代價太大，如果被捅出來了，你和愛米的律師執照會被吊銷的。那我的罪過就大了。怪不得你威脅說要舉報我。」

「還不僅如此，你也可能會被逮捕、起訴和判刑，綁架是重罪，最高能判無期徒刑。你知道爲什麼開會時奧森離開就沒再回來了。因爲是奧森律師事務所的案子，事務所的營業執照也可能會被吊銷，他離開是爲了至少他可以說是我個人參與綁架，和事務所無關。」

「海雲，我真是差點闖下了濤天大禍，是你救了我，我得感謝你。還有，請你別生我的氣了，今天開會時我是不是出口傷了人？剛剛一路上何時就在批評我，說我對你不禮貌，連小馮都在說我。海雲，對不起，別往心裏去。請原諒我吧！」

「沒事兒。不錯，何時夠朋友，見義勇爲。」

「他是有了新人忘舊人，連他老婆都說有了個新籃球就把老婆都忘了。不過你是很會討人喜歡的，袁華濤和鄭天來一邊罵我還一邊讚美你，我看他們真的很欣賞你。」

「我總不能讓所有的人都討厭我吧？」

「海雲，你還是在生我的氣，我不是跟你道歉了嗎？」

「楊冰，你說要感謝我，還要向我道歉，可是你就嘴裏說說，一點行動都沒有，太沒有誠意了。」

「你下次來上海，我請你吃飯總可以了吧？」

「一個女人要向一個男人表示真心的感謝和道歉應該有更熱情的行動，楊冰，你沒有誠意。」

「海雲，我是很想親親你，但是現在不行，上次在電梯裏吻你，就被馮丹娜告了一狀，差點把我媽嚇死了。袁華濤已經給我下了軍令狀，說在我們的案子結束前，不准我和你戀愛。」

「奧森也提醒我不能和客戶有私人關係。但是我不是說了嗎？今後我們能幹的事有限，也許過幾天公安部就會跟我們解約了。那時誰也管不了我們。」

「海雲，你知道嗎？自從我媽和袁華濤結了婚，又認了我是他的女兒後，公安部裏就在傳各種各樣的小道消息，說我認老袁做父親就是爲了要當專案組的組長，又說我把王克明打趴在地上就是因爲我要勾引你，想當美國人的老婆，這些謠言要多難聽就有多難聽。所以我有好大的壓力。好幾次我都不想幹了，但是想到玲玲死前給我寫的信，我又覺得不能就這麼的放棄了。我想到如果我能把任敬均連人帶贓款從美國押回去，就沒人再敢說三道四的了。我急著想立功，才有了那個可怕的綁架主意。我不是在推卸責任，只是分析我自己給你聽。」

「你別管別人怎麼說，謠言總是會不攻自破。但是緝拿像任敬均和常強發這樣的人總要好好的思考，急不得。」

「那你一定得幫我才行，別嚇唬我說什麼要找別的律師來取代你，你不能再給我壓力了。」

「那你是存心不想跟我談戀愛了，是不是？我還想如果我不參與你的案子，你就可以熱情的感謝我，也能以更熱情的行動來表示你的歉意了。」

「那你就幫我快點把案子結了，我就是你的，愛怎麼樣都行。好了，不說我了，說說你吧！海雲，你最近好嗎？」

「不怎麼樣，看上了一個夢中的中國姑娘，但是不能碰，只可以做柏拉圖式的戀愛，每晚只好用冷水來淋浴了。」

「我才不信呢！美麗、性感又善解人意的愛米總是在你身邊，你一定每晚都帶她去逛巫山了，樂不思蜀的早把那個中國姑娘給忘了。」

「你兩次提到我和愛米到巫山去，那是個什麼地方？爲什麼我和她要去那裏？」

「你是裝傻還是真的不知道？」

在陸海雲的一再要求下，楊冰把「巫山雲雨」的典故說給他聽：

古代小說不論是傳奇小說、言情小說，還是《紅樓夢》、《水滸傳》等古典名著，寫到男女進行房事的時候，無一例外地寫道，「共赴巫山雲雨」，或者「不免雲雨一番」；曹雪芹在《紅樓夢》第六回〈寶玉初試雲雨情〉中寫的就是賈寶玉與丫環襲人房事之時的情景；即使是現代的一些媒體也效法古人，常有某官員攜某美女到某大酒店「共赴巫山雲雨」的報導。有人說，騰雲駕霧如神仙，所以房事高潮的時候就有一種飄飄欲仙的感覺，讓人覺得快活似神仙，所以古人房事也稱「雲雨」，其實不然；「雲雨」原指古代神話傳說巫山神女興雲播雨之事。據戰國楚・宋玉《高唐賦序》：「妾在巫山之陽，高丘之陰。旦為朝雲，暮為行雨，朝朝暮暮，陽台之下。」可見巫山確有其山。

巫山，是現代重慶市的東大門，是遊覽長江三峽的必經之地，是長江三峽庫區的重鎮。巫山歷史悠久，古蹟紛呈，資源豐富。早在二百零四萬年前亞洲最早的直立人「巫山人」就在這裏生息繁衍。巫山自然風光獨樹一幟，聞名中外的長江三峽，巫山就擁有巫峽的全部和瞿塘峽的大部。

巫峽以幽深秀麗擅奇天下，峽深谷長迂迴曲折，著名的「巫山十二峰」屏列大江南北，尤以神女峰最秀麗。峽中的雲雨之多，變化之頻，雲態之美，雨景之奇，令人歎為觀止。唐代著名詩人元稹傳之千古的絕唱「曾經滄海難為水，除卻巫山不是雲」，就是對長江三峽巫山那萬古不衰的神韻和魅力的概括。巫山「三台八景」籠罩著神秘的色彩。「三台」是授書台、楚陽台、斬龍台。「八景」是朝雲暮雨、南陵春曉、夕陽返照、寧河晚渡、清溪漁釣、澄潭秋月、秀峰禪刹、女貞觀石。由於在這巫山的「八景」之中，「朝雲暮雨」佔有重要的位置，因此人們將「巫山雲雨」做為標誌性景觀，而觀看「巫山雲雨」也就成了一種美的享受，如果前往「巫山」而錯過了「雲雨」，便會有過寶山卻空手而歸的終生之憾。

至於「巫山雲雨」成為了男女纏綿情愛之事的說法，最早見於春秋戰國時期的楚辭《高唐賦》、《神女賦》等古文。這些古文寫的是楚襄王和宋玉一起遊覽雲夢台的故事。他們在遊覽雲夢台時，宋玉說：「以前先王，也就是楚懷王曾經遊覽此地，玩累了便睡著了。先王夢見一位美麗動人的女子，她說是巫山之女，願意獻出自己的枕頭蓆子給楚王享用。楚王知道弦外有音非常高興，立即寵幸那位巫山美女。巫山女臨別之時告訴楚懷王說，如再想臣妾的話，就來巫山找我，早晨是『朝雲』，晚上是『行雨』。」

《高唐賦》、《神女賦》等古文問世之後，在後世引起了極大回響，「雲雨」一詞也越來越多地見於各種詩文辭賦。唐代著名詩人李商隱就曾寫〈有感〉一詩，詩中寫道：「一自高唐賦成後，楚天雲雨盡堪疑。」著名詩人杜甫也寫詩道：「搖落深知宋玉悲，風流儒雅亦吾師。悵然千秋一灑淚，蕭條異代不同時。江山故宅空文藻，雲雨荒台豈夢思？最是楚宮俱泯滅，舟人指點到今疑。」久而久之，「雲雨」漸漸地被人們所接受。人們認爲用「雲雨」一詞形容男歡女愛既生動形象，又文雅貼切，於是「雲雨」便成爲了古代小說中描寫男女房事的常用詞語。

楊冰的這番話，把陸海雲都聽呆了，他說：

「你是真人不露相，原來是研究中國古代男歡女愛的專家，失敬，失敬。」

「別胡說，可是你不覺得雲雨一詞要比西方人說做愛要更能描述那份意境嗎？」

「那當然了，可惜我的中文太差，錯過了好多優美的東西。對了，我想起來了，上次我在太陽島上問你的問題，你還沒回答呢。我問你還是愛王克明嗎？」

楊冰愣了一下，陸海雲接著說：「楊冰，我想帶你去遊巫山。」

楊冰的臉漲紅了，她想是不是所有的美國人都是這麼直截了當的向女人求歡：「我的巫山有個門神，負責把所有的男人擋在巫山的門外，特別是一個從美國來的。這個門神的名字叫馮丹娜。可是你的巫山上卻有一位神女，她正在等著你。」

陸海雲突然笑出聲來：「你在說什麼？我是想和你一起去遊長江三峽的巫山。」

聯合五一一零航班準點在早上九點從拉斯維加斯起飛，因為碰到順風，它早了十分鐘在九點三十分到達洛城機場。任敬均沒有托運行李，他斜揹著文件袋，拉著有輪子的小旅行箱走出了七號航站向國際航站快步地走去。他非常明白這是最危險的時刻，他完全的暴露在一個有不少人認得他的環境裏。但是讓他放心的是，要在下午兩點鐘後，他才會成為被驅逐出境的外國人和法院的通緝犯。

等他走到國際航站的墨西哥航空公司櫃檯時，他已經有點氣喘和出汗了。使用薩爾瓦多的護照，他很順利的拿到了墨航六二三七號航班的登機證，在辦理通關和安檢時也是一點困難都沒有。任敬均看看在他周圍有數百位將要離開美國的旅客，每一個人，尤其是那些穿著制服的人，都沒有注意他，而把他當成那數百名旅客之一。他不安的心境，第一次感到了一點平靜，如果有什麼事要發生，應該已經發生了。

他看看手錶，時間是差一刻鐘十一點，登機證上寫的是十一點三十五分開始在一〇九號閘口登機，還有半個多鐘頭需要打發。他來到了一一五號閘口邊的一個酒吧，坐在最裏頭角落的桌子，叫了一杯啤酒，他想到了他的妻子和女兒，想想這一年來他們一家三口就像三個互不相識的陌生人，沒有任何的關心和溝通，上次他到賭城時，一直到第三天，他老婆才打手機問他跑到哪去了。這種生活不是他所預料的，如果他沒有捲款逃亡，他現在的生活又會如何呢？他想至少會踏實一點吧！他到南美後又會改名換姓，不知道還會不會再成家。也許等他上了飛機後在起飛前給妻子發個簡訊，她在中午前不會起床，也不會接電話，所以只好發一個簡訊說再見，叫她好自為之吧！到底是夫妻一場。

任敬均的思潮洶湧，放在面前的啤酒只喝了一口，就想著在腦子裏出現的一幕幕的過去，不知道為什麼，一絲後悔的念頭出現了。這時一位身穿墨西哥航空公司地勤工作人員制服的拉丁裔中年婦女走進了酒吧，她引起了任敬均的注意，因為她手中高舉著一塊牌子，上面寫著「墨航六二三七號航班」。她開始在酒吧裏慢步，終於她的眼光落在任敬均的臉上，她走過來微微的彎了一下腰，然後用一口濃重的西班牙口音說：「對不起，擔誤您的片刻時間。請問您是搭乘本班機的客人嗎？」

任敬均不回答，他反問：「是班機要延誤起飛的時間嗎？」

「噢！不是的，我們剛剛接到通知，今天傍晚在墨西哥城附近的領空會有軍事演習，到時候墨西哥機場將被關閉，所以我們要提早起飛，希望在機場關閉前能夠到達。請您把登機證給我看一下。」

墨航的工作人員看了任敬均的登機證後就急忙地說：「請您快跟我走吧！登機門也改在一〇八號閘口了。」

任敬均拉著旅行箱跟著墨航的工作人員向登機門快速的走去，他一邊走一邊聽著解釋說：

「六二三七是每天都有的班機，幾乎沒有例外，都是使用一〇九號閘口，但是今天空管中心把一〇九號閘口配給別的航班，而叫我們使用一〇八號閘口，但是我們的票務卻忘了改電腦裏的閘口號。老闆大發火，因爲這是第二次了。」

一〇八號閘口前有四、五個穿同樣制服的墨航人員，其中的一個呼叫說：「最後一位客人找到了，我們可以走了。」

任敬均就是這樣被前呼後擁地送上了飛機，他把登機證交給迎面來的一位滿臉笑容的女空服員，她看了看後說：「請跟我到頭等艙來。」

「可是我的票是商務艙的。」

「您被升等了。」

「噢！那多謝了。」

任敬均一登上飛機，機門的關閉裝置就立刻啓動了，在機門和客艙緊密地合上前，三位身著墨航制服的人閃身退出了機艙。機門一關緊，飛機就開始移動，它是被倒推出閘口停機坪，進入了滑行道，發動機在繼續增加轉速，航機起飛前的動作不停地在進行。任敬均跟在那位空服員的後面走到指定的座位，他將行李箱放進座位上方的行李艙後，才注意到頭等艙裏只有稀稀疏疏的五、六名乘客，更讓他吃驚的是，這些頭等艙的客人似乎都是中國人，他心裏一驚時，就聽見有人在身後大聲叫說：「任敬均！」

「啊！你叫我？我不是中國人。」

「你現在不是中國人，可是你犯案子的時候還是中國人。你被通緝了，我是公安部經濟犯罪司的警官楊冰，你被逮捕了，馮丹娜，把他銬上。」

頭等艙的客人都站起來把任敬均圍住，並且把他按在座位上。顯然他們是航機上的安全人員。任敬均做最後的掙扎，他高喊：「這裏是美國，你們不能到美國來抓我。」

「姓任的，我告訴你，公安部是在中國的主權範圍內執行公權力，也就是逮捕被國家通緝的犯人。你現在的飛機是中國東方航空公司由洛城飛往上海的航班，根據國際公約，任何航空器和船隻在航行時都視爲業者的所屬國領土，所屬國可以行使該國的主權。在飛機的機艙門關上的一刻起，雖然還是在美國的國土上，但是根據國際民航組織的定義，它已經進入了航行，公安部逮捕你是完全合法的。」

「我是要搭乘墨航班機的，可是被你們綁架上了東方航空的班機，我的律師知道我是要去墨西哥市的，他一定會通知美國政府來向中國提出抗議，到時候你們會吃不了兜著走。」

「任敬均，你真的以爲中國政府爲了有人抗議就會放你回美國嗎？別忘了，移民局很可能已經發出了將你以做僞證的罪名驅逐出境的通知了。還有一個半小時，你也會被美國法院以藐視法庭的罪名通緝了。同時成爲中美兩國的通緝犯很可能你是第一個。恭喜你了。」

這時航機沿著滑行道到達跑道的盡頭列隊等候起飛的指令。機艙裏傳出了機長的廣播：

「這裏是駕駛艙的機長，各位旅客請注意，飛機馬上就要起飛了，我們的目的地是中國上海。請再一次檢查確定安全帶已經繫好了。空服員請就座。」

廣播是先以普通話說的，然後再用英語重複一次。任敬均完全崩潰了，他在流著淚哭泣。身上背著的文件袋已經被取下，交到坐在他身邊的楊冰手裏，她指一指袋子說：「裏面有多少錢？」

「六億五千萬。」

「是美金？」

「美金等值債券。」

楊冰沉默不語，隔了很久才又問說：「值得嗎？」

當航機進入了公海上空，機長按照楊冰的請求用衛星電話發出了一個傳真，內容是：

「**公安部袁副部長，遠方追緝的任務完成，返國途中。**

特別專案組　楊冰」

航機在穩定的飛越太平洋，機艙的窗子都拉下了遮陽板，除了幾盞點亮了的閱讀燈外，艙內是一片昏暗。負責看管任敬均的任務也換班了，坐在他左右位子上的是兩名彪型大漢，他們是東方航空公司的隨機安全人員，又稱爲空中警察，他們主要的任務是防止劫機，這個航班上共有四個人。

這些空中警察實際上也是公安幹警，是有國家給與他們行使警察的公權力。他們是在起飛的前一個小時才接到任務，要他們接受公安部楊冰警官的節制，協助押送一名通緝犯回國。

楊冰把看守犯人的任務分成三班，每班看四小時，頭一班是楊冰和馮丹娜，另外兩班是由隨機安全人員擔任，最後在到達前，再由楊冰和馮丹娜接手。楊冰在航機起飛後，就開始對任敬均進行了審問，開始時的重點是放在說明一個通緝犯身上帶著全部的贓款被捕了，馬上就失去了所有的談判籌碼，從犯罪所得的財產額度看，被判死刑是很可能的。唯一剩下來的，就是把所有的事全吐出來，至少在他剩下來的生命裏可以求得心安。楊冰點出來，這是他拐款潛逃後唯一沒能得到的。攻破了心防後，任敬均是有問必答，但是三個多小時下來，楊冰和記筆錄的馮丹娜都感到很疲倦。換班後，這兩位女警就倒在頭等艙後面的座位上睡著了。楊冰睡得很不安穩，做了好多亂七八糟的夢，她終於醒過來，聽見航機的發動機還是在平穩地運轉。機艙內還是昏昏暗暗的，但是鄰座的閱讀燈是亮著的，她看見馮丹娜正翻看著一疊有價債券，她說：「小馮，你沒睡一會兒嗎？」

「睡不著。」

「犯人怎麼樣了？」

「大概是被你說得心安了，正在呼呼大睡。」

「看他的人呢？」

「他們把犯人的一隻手銬在自己的手上，但還是瞪著大眼，不敢含糊。」

「小馮，見過這麼多的錢沒有？」

「別說有沒有見過，我連做夢都沒夢見過。」

「這些大額的債券，摸起來什麼感覺？」

「楊姐，這麼一張紙就值一千萬美金，我一輩子掙錢也掙不到這麼一張紙。姓任的一個人就有六十五張。他也太貪了。我剛給他算了一下，要是他能再活六十五年，也就是到他一百多歲時，他可以每年用它一張，一年一千萬，這錢怎麼花呀？還有一個更恐怖的演算法，要是把六億存在銀行，每年四分利，一年就能拿兩千四百萬美金。即使他變成妖精，能長生不老，他永遠每年能拿兩千四百萬美金，這是什麼世界？」

「所以，我看這姓任的被判死刑是定了。」

「不說姓任的了。楊姐，你說陸海雲這一招還真給他拿定了，從頭到尾，天衣無縫，滴水不漏，一舉就把任敬均拿下。不能不叫人佩服。」

「是啊！最精彩的是我們在自己的國境裏逮捕我們的通緝犯，完全合法，沒人可以說三道四的。」

「那你應該向人家恭喜，也應該爲自己對他不禮貌而道歉才對啊！」

「我昨天晚上就已經道歉了，還請他原諒我。」

「就這麼說說就算數了？」

「那我還能怎麼樣？」

「你還是捨不得給他？」

「我捨不得給什麼？」

「楊姐，別跟我打哈哈，你知道他想要什麼？」

「想要和我睡覺？不可能？」

「怎麼不可能？我以爲昨天晚上你會在他的房間過夜。」

「他房間裏有愛米在等著他。」

「楊姐，你搞錯了，他們沒住在同一個房間裏。」

「小馮，別以爲我不知道，老袁派你來就是要監視我，不准我和陸海雲戀愛，我輕輕的吻了陸海雲一下，你就打我的小報告，我要是去了他的房間，那還得了？」

「我保證再也不會了，我堅持要把楊姐從老處女的團隊裏解放出來。」

公安部把迎接任敬均被緝拿回國和取回所有的贓款做了最大的新聞曝光。首先是東方航空的班機在到達浦東國際機場後，就被一輛車頂上裝著「跟我來」牌子的機場導引車帶到專機停機坪，那裏沒有將候機室和機艙連接的空橋，乘客要用活動梯子下機，當機門打開時，楊冰身著警服快速地走下活動梯子，她看見下面有一大群人，跟在她後面是雙手被銬住的任敬均，一左一右緊抓住他上臂的是馮丹娜和一位空中警察。楊冰走到葛琴面前舉手敬禮，然後大聲地說：「經濟犯罪司警官楊冰、馮丹娜報告。」

葛琴：「你們辛苦了。」

楊冰：「遠方追緝任務完成，通緝犯任敬均逮捕到案，贓款追回。」

葛琴：「太好了。楊冰，袁部長和夫人在等你呢！跟他們打個招呼就來開記者會了。」

楊冰這才注意到，在場的人除了媒體記者和工作人員外，來歡迎他們的還有很多是公安單位的，包括浦東公安局的同事們和家屬。她看見了袁華濤和她母親李路欣，她跑到他們面前說：「爸爸，我回來了。」

袁華濤說：「冰兒，好樣的，這次你讓我們可以抬起頭來了。」

楊冰一把將她母親抱起來說：「夫人，我回來了。」

李路欣：「誰是你夫人？別忘了我永遠是你媽。冰兒，累不累？你爸特高興，知道你押著那個姓任的回來了，他就哈哈大笑，一天裏笑個不停，像發瘋了似的。」

在隨後的記者會上，楊冰成了媒體關注的主角，她亮麗的外表、動聽的口才，再加上對答如流的外語，展示了新一代公安幹警的風貌。她以普通話和英語將緝拿任敬均的經過，簡單扼要但是戲劇性的講述了一遍，她強調：

「遠方追緝任務的完成有賴於好幾個因素，首先是在洛城著名的奧森法律師事務所，協助我們在美國處理有關法律的環節，他們的高度專業能力幫助我們克服了重重困難，同時也保障了我們能按領導的嚴格指示，一切都要在合法的情況下完成任務。更重要的是我們得到了美國政府和法院的配合，使我們的工作更爲順利，也爲中美雙方在未來的合作上建立了基礎。我要特別提出來奧森律師事務所的團隊，是由一位華裔律師陸海雲先生領隊，我們將永遠感激他的大力協助，同時在未來的遠方追緝裏，他們仍然會扮演重要角色協助我們的。我希望所有逃亡在國外的經濟犯罪份子，無論是否已經被通緝，只要你是以不法手段竊取了人民的財產，我們走到天涯海角都會像追緝任敬均一樣把你們逮捕到案，你們唯一的出路就是回國來自首投案。」

所有的電視和平面媒體都在黃金時段和顯著的版面做了新聞報導，幾乎一夜之間，很多人都知道有一個漂亮的公安幹警是逃亡海外通緝犯的剋星。但最重要的結果是，袁華濤和鄭天來他們想要取得的「敲山震虎」的效果。經犯司開始接到在海外的通緝犯詢問來投案自首的條件，葛琴的回答很簡單，那就是條件可以談，但是首先要把贓款匯回來，否則免談，就等著公安部的來人吧！馬上這些通緝犯周圍的「寄生人」，如馬仔、跟班、情婦，甚至親戚們都開始離開，更增加了通緝犯投案自首的壓力。在海外的通緝犯有他們的圈子，有互通消息的管道，他們對國內的情況更是特別的關心。傳來的小道消息說，目前在通緝犯之間最熱門的電話號碼就是經犯司的熱線號碼，最熱門的話題就是和經犯司談條件的訣竅。

在洛城的華人圈子裏有不少的人都知道常強發是國內的通緝犯，也有人把任敬均的消息告訴了他，其實他自己也很注意這件事，因爲這對他有一股說不出的不安。何時在洛城多留了幾天，他是要取得常強發在洛城的活動情況，以及最近在洛城所發生的幾個案子裏所發現和他之間絲絲縷縷的關係。在勞勃特．西爾斯的陪同下，他在常強發的辦公大樓附近蹲點，他要近距離的看一看將來他要逮捕的人。陸海雲陪他看了NBA籃球聯盟湖人隊的兩場球賽，他也披掛上陣和陸海雲的球友們打了一場球，覺得非常過癮。他和陸海雲的友誼似乎是在增進。

趙思霞的被殺震撼了她以前上海市公安局的同事，尤其是浦東分局低頭不見抬頭見的同事，雖然她後來辭職離開，又和也是公安的丈夫王克明離了婚，但是到底同事了多年，他們還是覺得要把兇手早早逮捕歸案。尤其是楊冰和柯莉娟兩人，她們覺得趙思霞想要見她們時，就是向她們發出了求救的信號，因此她們有很大的內疚和自責。柯莉娟告訴何時和楊冰，如果兇手拒捕，就往死裏開槍。等到公安部宣佈了趙思霞被殺案子要和任常專案併案調查，大部分的同事們都有點莫名其妙，但是沒有人會想到，殺人的幕後主謀可能就是王克明。但是專案組的人就不同了，他們知道殺人的幕後主謀，也有了殺人動機的物證，但是沒有兇手，這些都是所謂的「旁證」，沒有直接的兇手人證來得有力。

但是突破來了，它是來自廈門。

何時和江向榮在廈門的公路上遇到了埋伏，當時的四個殺手是開著兩輛車一前一後夾擊他們。一輛車上的殺手被何時放倒了，另一輛車翻落下公路，裏頭的兩名殺手只受了輕傷，被關押在看守所裏等法院的審判。齊建勇是廈門市公安局刑警隊的副隊長代理離休的仇泰安隊長職務。他多次提審這兩名殺手，想問出他們犯案的真正理由和幕後主使人。他們非常不配合，問來問去只說出他們都是從新疆來到廈門打工的，是因爲受到警察的欺負，才來襲警報復。問到槍和車是怎麼來的，他們就不說話了。

根據他們的身分證，名字是阿西木和阿不都哈克，都是新疆的維吾兒人，新疆的公安部門也證實了這兩人目前是去了廈門市打工。齊建勇覺得阿西木有一點要開口說話的意思，但是阿不都哈克還是抗拒到底。齊建勇要求看守所把這兩個人嚴格的隔離。齊建勇認爲沒有了阿不都哈克，阿西木很快就會配合了。但是看守所認爲不久正式的刑警隊隊長就要上任了，根據目前的小道消息，到時候這位副隊長也會走人，因此看守所就用各種藉口拖延執行。

但是兩周前齊建勇接到新的任命，派他擔任廈門市的刑警隊隊長。原來這又是鄭天來的一招釜底抽薪妙計，中央向地方發放一大筆補助款，做爲地方支持中央政策的費用，鄭天來以公安部領導小組的名義通知財政部門，有鑒於全球反恐情勢，發放前一定要分管反恐行動的副部長簽字，確認地方單位有按中央要求做好反恐的任務。這位分管副部長不是別人，就是袁華濤。

很快地，這筆專款都發放下去了，唯獨廈門市公安局的一筆沒有動靜，廈門的這筆款項裏還包括了給員工買住房的補貼，廈門的房地產正像發瘋了似的猛漲，所以員工們的情緒也就不穩了。公安局局長當然知道是怎麼回事，他去找了部長，又通過廈門市市長找到中央辦公廳，所有的人都告訴他去找袁華濤，公安局局長明白這一仗他是不能贏的，所以他立刻就提名齊建勇做刑警隊隊長，跟著，看守所通知這位新上任的刑警隊隊長，他們已經將阿不都哈克和阿西木隔離了。

齊建勇耐心地在阿西木身上下工夫，告訴他，他的前途就掌握在他是不是要配合警方的調查，檢察官可以用惡性槍殺公安幹警起訴他，那是死罪。但也可以用非法駕駛罪起訴他，最多關個一、兩年就能出來了。齊建勇又把他的老媽從新疆接來幫忙做說服的工作。最終，阿西木的心防被攻破了，他說出了一個驚人的故事。

新疆的社會經濟發展比沿海地區來得晚了一步，所以它和其他內陸地區一樣有大量的年輕人跑到沿海地區去打工賺錢。也許是因爲生活習慣、文化、語言文字，甚至宗教信仰的不同，新疆來的維吾爾人在各城市裏聚集在一起，漸漸地形成了「新疆村」，這種發展非常類似當年的廣東人到美國，在各大城市形成的「唐人街」。

維族人在各地的口碑並不好，公安單位有不少他們幹壞事，如偷竊、欺詐，甚至搶劫的記錄。在北京的計程車拒絕去新疆村，理由是乘客到了後，下車就走不付錢，司機下車追討，回來時連車都不見了。北京的維族人說漢人司機歧視他們，北京的計程車司機說新疆村全村是賊。日子一久，出來打工的維族人面對難找工作的危機，更促成他們去幹違法的事，並加深了種族間的仇視和社會對他們的排斥。

在這樣的背景下，新疆出現了一個自稱爲「維族自助會」的組織，經常以金錢資助沿海城市裏失業的維族青年，但奇怪的是，「自助會」沒有公佈負責人的姓名，也沒有聯絡的地址和電話，資助的經費也是由第三者以現鈔交到被資助的人手上。

阿西木和阿不都哈克是在一起長大的鄰居，在他們最困難的時候，有不認識的人送錢給他們，說是「維族自助會」給的，沒有任何要求，只是要他們記住，只有維族人才會幫助另外的維族人。後來阿不都哈克成了自助會的周邊份子，也替自助會做分錢的事。埋伏襲警的任務是自助會用維吾爾文字寫的書面指示交給他們的，指示寫得很詳細，從到什麼地點取車，在哪裏取槍支彈藥、在哪裏設埋伏，如何發起攻擊，以及如何預先演習等等都包括了。最後還強調，如果不幸被捕，一定要守口如瓶，不能透露任何消息，等待救援。

在阿西木和阿不都哈克被隔離後的兩周後，從上海來了一個新疆人，他來到了看守所，要求和阿不都哈克及阿西木見面。根據他填寫的會見申請表和他的身分證，此人是來自新疆的烏魯木齊，是維吾爾人，名叫賽甫丁。根據進一步的查問，他說他和一位叫切克曼的合夥人從新疆來到上海開了一家「阿爾泰進出口公司」，主要是將中國製造的家電、農產加工品、布料等貨物出口到中亞地區的國家，所以在「上海合作組織」的各項活動中都能看到他們。他們的公司坐落在上海最貴的南京西路地段，出入都是豪華會所，更有高級汽車代步。

賽甫丁是自己開車到廈門市公安局的看守所，汽車的型號、顏色及車牌和趙思霞在櫻花公寓停車場監視器裏出現的可疑汽車完全一樣。

齊建勇從看守所的監視器裏取出了賽甫丁的不同角度錄影，把它們換成電子檔後用電郵傳給了何時。何時看了他手裏列印出來的彩色照片，櫻花公寓的保全向何時證實了賽甫丁就是和趙思霞在一起的人。隨後柯莉娟和她的助手趕到了廈門市公安局的看守所，她們在賽甫丁用過和碰過的東西採了指紋，還將兩個被齊建勇保留住的香菸頭帶走，那是賽甫丁吸過的，利用附著的唾液，柯莉娟也許能採集到賽甫丁的ＤＮＡ。

緊張的工作帶來了喜悅的結果，廈門採來的指紋對上了趙思霞臥室裏所採的指紋，香菸頭上和死者體內精子的ＤＮＡ也對上了。

特別專案組知道兇手是誰了，下一步就是要查出兇手和幕後主謀的關係了。但是更重大的突破是，「維族自助會」進入了專案組的視線。專案組同時也發現了在上海是有一家已經註冊登記的「阿爾泰進出口公司」，但這是一家外企，登記的所有人是兩個伊朗人，他們用的名字是：木合里斯及亞庫甫，兩人都是來自伊朗的首都德黑蘭。

上海市的工商局有阿爾泰進出口公司的檔案，包括了公司所有人的照片和指紋。對比之下就發現木合里斯和賽甫丁是同一個人，原來殺害趙思霞的嫌疑人還是個有外國身分的人，案情更進一步變得複雜了。專案組將案情的發展向袁華濤的「五樓辦」做了彙報，並且得到了批准可以謀殺嫌疑逮捕賽甫丁，其他的不要提。專案組向檢察院申請到了逮捕證，但是已經太晚了。在阿爾泰進出口公司和賽甫丁的住所都沒見到他的蹤影，事實上在知道了賽甫丁的第一時間，專案組就開始了監控，但是目標卻一直沒有出現。

特別專案組在確認了殺害趙思霞的犯罪嫌疑人，也是他們在緝拿常強發案子裏的目標之一以後，就積極地策劃逮捕方案，但就在這時候，柯莉娟接到了負責驗屍法醫的第二份驗屍報告，說明了一個驚人的發現，那就是在趙思霞的口腔內發現了男人的精子，並且和早先在她陰道內所發現的精子不是屬於同一個人，特專組的成員對它進行了討論，楊冰第一個發問：

「驗屍能不能確定這兩個人的精子是在同一時間遺留在被害人的體內？」

柯莉娟：「你在考慮是否有姦屍行爲，是不是？」

何時：「第一份驗屍報告確定了被害人是在發生性行爲後被殺害，因此關在廈門看守所裏的賽甫丁成了殺人犯罪嫌疑人，現在確定了是有兩個人和被害人有性行爲，在找到這第二個人之前，趙思霞的案子還不能結。」

楊冰：「小莉，在你們辦的案子裏，有牽涉到口交的案例多嗎？」

柯莉娟：「不是很多。歷史上雖然也有說到口交的事，但還是局限在戲子和皇宮裏的圈子，沒有在一般社會上流行。所以這玩意是最近由外國人帶進國內的時髦行爲。」

馮丹娜：「柯姐，那你能不能給我們上一堂口交的課？」

柯莉娟：「小馮一定是看上一個帥哥了，要想好好的伺候他，是不是？那你就準備交學費吧。」

馮丹娜：「沒問題，快說吧！」

柯莉娟：「有人說，史前已經有女人爲男人口交，而有據可查的記載則是來自古埃及，現在大英博物館還珍藏有相關史料，從那裏可以找到埃及冥王俄塞里斯與其姐姐愛麗絲的傳說。冥王被其兄弟所殺，屍體被肢解。愛麗絲把他身體的各個部分合在一起，不過，不知什麼原因，陽具丟失了。愛麗絲用泥漿做了一個假陽具，然後用唾液把它黏到冥王的身上，並不停地吮吸，冥王因此而復活。至今，仍有許多鮮明的圖片記錄這個傳說。

「現代的社會學家的研究調查報告說，口交之所以受到熱烈的追捧，幾乎在所有階層所有種族中都是很常見的，這是因爲裹挾著震動陰莖的口腔能帶來強烈的快感，甚至比陰道性交更能表達親密與甜蜜。在埃及、波斯、阿富汗、馬來西亞等國對口交都有類似的記載。西歐文化並沒有將口交變成一種日常的禮儀，但曾有一段時間比今天更流行。當時巴黎人口有六十萬，其中有三萬人是登記在冊的妓女。最近，法國考古學家在巴黎王宮找到了五萬份小冊子，上面記載了妓女的資料，也記錄了口交的情況。口交是高級妓女愉悅嫖客的看家本領，其吸引力遠遠超過陰道性交。」

楊冰：「小莉，你哪裏去找時間看這些亂七八糟的東西？」

柯莉娟：「這都是工作的需要。讓我接著說。口交在現代社會裏有了明顯的增加，在二〇〇六年，美國國家衛生統計中心的資料顯示，超過一半十五到十七歲的美國青少年有口交行爲，十八到十九歲的青少年口交比例高達百分之七十。二〇〇七年，美國紐約時報一篇報導指出，美國青少年的口交與晚安時的吻別一樣普通，一年口交次數大概是五十到六十次。一位法國作家寫了一本《口交史》，他認爲，只要男人的陰莖仍然能帶來快樂，在接下來的一到兩千年內，口交就不可能跌出最能愉悅男人的遊戲排行榜。

「口交之所以受到女性的喜歡，很重要的原因是口交讓女性處於主動的地位，甚或顛覆了施予與接受的關係，與自慰一樣彰顯女性的主動和獨立。同時，口交能延緩性交的時間，尤其是在那些異常崇尚處女膜貞潔的社會。可以在一定程度上保護女性。當然，口交也可以考驗男女之間的耐性，它之所以能帶給人們想像空間，是因爲它離最終的人體結合還有一段距離。」

何時：「從什麼時候開始，口交被社會接受了成爲性生活的一種？」

柯莉娟：「口交到底是什麼時候成爲一種性活動現在還很難說，可以確認的是，隨著成人影片的大量生產，它開始走上人類性活動的舞台，並逐漸佔領中心。美國電影『深喉嚨』與其主角琳達•拉弗蕾絲對口交成爲一種流行文化起到推波助瀾的作用。『深喉嚨』一九七二年六月上映，影片講述少女琳達天生沒有陰蒂，無法從性交中獲得快感，後來在醫生的檢查下發現她的性器官長在喉嚨裏，因此通過口交才能獲得快感。這部僅花了六天時間、二萬五千美元成本拍攝的成人電影，曾被美國二十三個州禁映，但最終在全球總收入超過了六億美元，是電影史上投資回報率最高的電影。該片讓演員拉弗蕾絲大紅大紫，讓口交這種性愛方式風靡一時。不過尼克森政府很快開始以掃黃的名義針對在風頭浪尖上的它開刀，男主角更成爲影片的替罪羊而被送上法庭，他也是美國電影史上第一個因爲演出一個角色而被起訴的演員。」

楊冰問：「西方社會的普羅大眾接受這種行爲嗎？」

柯莉娟：「在西方社會，接受口交行爲的通常是那種教育程度比較高，獨立意識比較強，個人有一定成就的中產階級婦女。她們把它看做是一種親密的行爲，看做是上天的恩賜。不過，有些女人還是明顯的拒絕口交，認爲它很暴力，非常低俗、下流，特別是準備口交的姿勢，不被接受。」
何時又問：「那在中國的情況是如何？」
柯莉娟：「我還沒有看過從社會學角度所做的調查報告，不過我相信至少在表面上還是不被接受的。」
楊冰：「我無法想像趙思霞是會喜歡做這種事的人，更何況是兩個男人，一上一下同時搞她，噁心死人了。小莉，你從哪裏學的這麼多亂七八糟的東西？」
柯莉娟：「我是工作上的需要嘛！楊冰，你要是有美國男朋友就得更加緊學習了。」
楊冰的臉紅了，她說：「小莉，別老說我，你呢？你能接受口交嗎？」
柯莉娟：「如果男女相愛，能讓對方有銷魂蝕骨的感覺是多美好的事啊！我還看過一篇文章說，西方社會的知識份子婦女接受口交是因爲，這是唯一完全由女人從頭到尾主動控制的性行爲，同時它也免去了婦女的受孕恐懼。」
楊冰：「那你是多久才讓老何銷魂蝕骨一次啊？」
何時說：「你們鬥嘴別又把我扯進來，什麼銷魂蝕骨的，我可沒那福氣。可是我們刑警隊辦過幾個有黑社會背景的暴力案子，其中有強迫他人的妻子或女兒當眾和自己口交，目的完全是爲了報復或是羞辱，口交成爲強姦犯罪。要不然也可能是在強迫被害人供出資訊，強迫性的口交成爲對被害人的刑求。」
楊冰：「我認爲完全有可能。」
柯莉娟：「那爲什麼趙思霞身上沒有被強暴的傷痕呢？」
楊冰：「因爲開始時是想用男歡女愛的手段來套取資訊，等到達不到目的而改用暴力時，趙思霞已經被制服，沒有反抗的能力了，兇手是在刑求的過程失手殺人。」
何時看著楊冰說：「楊冰，那你說刑求趙思霞的目的，就是要拿到現在我們手裏的晶片和上面的那份報告，是不是？如果是的話，那還有一個可能，就是他們可能有錄影，以公開錄影帶來要挾趙思霞交出她收集到的材料。如果我們能拿到錄影帶，我們就有王克明是幕後主謀殺人，以及他與恐怖組織『維族自助會』是同夥的人證和物證了。」

楊冰不說話，但是柯莉娟說：「王克明怎麼會是這樣呢？他和趙思霞再怎麼說也曾經是夫妻一場，他的心一定是讓狗吃了。」

念洋市的濱海高爾夫俱樂部是兩個台灣商人建立的，地點就位於海邊，面對著台灣海峽。在宣傳報導裏，它號稱是全世界風景最美的高爾夫球場之一，可以和美國加利福尼亞州的蒙特瑞海灣的高爾夫球場媲美。

除了有一個佔地很廣，有十八個球洞，由著名的設計師所設計的球場外，俱樂部還有一個奧林匹克型的室外游泳池，四座網球場，一個室內溫水游泳池和一個非常現代化的健身房，當然也少不了配套的中、西式餐廳，咖啡廳和大小會議場所，算是一個非常完整的休閒和運動場地，因爲是私人會所，來的人都必須是會員或是會員的親友。可想而知，它的年費和入會費都是要上萬元甚至數十萬元，而消費的價格更是驚人。所以出現在這裏的不是有錢就是有權的人，其中就有念洋市公安局局長王克明，他的一切開銷自然是有人替他打點了。

通常王克明是在星期六上午和其他三位球友來打一場球，然後吃飯、按摩和喝咖啡。有時候周日他也會在俱樂部的餐廳招待朋友或是被招待，總之，王克明是這裏的常客，他的出現已被人看成是習以爲常了。

但是這半個月來，王克明幾乎每天都會來報到，原因是他看上了一位新來的會計，她叫楊倩，年輕漂亮，身材誘人，穿著惹火，正是王克明最喜歡的類型。半個月來，王克明請楊倩吃飯、喝咖啡、逛商場購物、看電影，幾乎所有男人用來討女人歡心的事都做了，但是楊倩對王克明還是若即若離，就是不和王克明上床，讓他恨得牙癢癢的。

范敏樸是念洋市最大的一家化工廠的總經理，所以大夥都叫他范總。他是王克明的球友，也是最有求於王克明的人。范總的化工廠面對嚴重的廢水排放問題，曾被環保局重罰。於是范總雇用黑道把有毒的廢水運到人煙稀少的山裏或是小河裏傾倒；結果黑道反過來敲詐勒索他，是王克明替他把黑道擺平的，所以范總經常以感恩的態度來孝敬王克明。范總明白王克明想把楊倩搞上床，但是不得其門。范總拿了一顆三克拉的鑽戒給他，告訴他去轉送給楊倩。果然，當王克明去約楊倩時，她的態度有了改變：

「我的會計師同志，今晚有空一起去吃晚飯嗎？」

「我的局長同志，我們吃了多少頓飯了？我看局長的注意力不是在飯局，而是在飯後的活動吧！」

「美貌加上聰明，做男人的不就沒戲唱了。」

「每次和局長出去吃飯，不管去哪裏總有一大堆人過來找你，趕也趕不走，一點私人的空間都沒有。」

「那就去我住的地方，我家有的是私人空間。」

楊倩笑起來了，她用手指著王克明說：「局長，你也太直截了當了吧！就是想要欺負我，是不是？」

「那你想去什麼地方？」

「今天晚上你陪我去游泳好不好？」

「游泳？什麼時候都行，爲什麼非要今天晚上？」

楊倩露出一股神秘的笑容：「那你就不知道了。老闆答應了今晚十點室內泳池關門後讓我一個人用。如果你來陪我，那就只有我們兩個人在那大池子裏。」

「我還是不懂，就我們兩個人在那裏游泳有什麼好玩？」

「泳池打烊後，我是打算把門鎖上，在裏頭裸體游泳。」

「有意思。」

王克明來到時，游泳池裏的人已經不多了，等到快打烊時，就只剩下一對老夫婦。時間一到，老夫婦離開時楊倩來了，她把泳池前後兩個門都鎖起來。她看見王克明穿著浴袍坐在泳池邊的躺椅上，她說：「準備下水了？」

「我等你先下去。」

楊倩笑一笑，把一條大毛巾鋪在泳池邊，然後把浴袍脫下，王克明嚇了一跳，兩眼發呆，因爲她是赤裸裸的一絲不掛。曲線玲瓏的體態散發出女性的熱力，楊倩飛身跳入池裏，快速的向前游去。王克明也脫下了浴袍和泳褲跟著跳進泳池，他試圖追趕上楊倩，然後在水裏把她搞定，這對他來說是種很新鮮的經驗，想著就已經讓他興奮了，但是楊倩游泳的速度比他快，他們之間的距離慢慢加大了。

二十分鐘後，楊倩停下來爬上了泳池，走到了鋪好的大毛巾上躺下來。王克明從泳池上來就看見楊倩的玉體橫陳，泳池的燈光使她身上的水珠在光滑的皮膚上閃爍，她像是從天上下來的女神，美得讓人窒息。王克明已是極度的膨脹了，他走到楊倩身邊，將她的兩腿分開跪在中間，雖然她是瞪著眼睛看著王克明，但他不能理解楊倩臉上的表情。他俯身下去從兩邊把她的下腰握住，然後很粗暴地進入她，楊倩充滿了疼痛的驚叫聲在空曠的室內游泳池裏迴蕩。

三天後，楊倩搬到王克明家中。

她的真實身分是警察線民柳楊，公安部的「五樓辦」在批准了何時的建議後，精心設計了安排她在王克明身邊臥底的方案。首先是製造了「楊倩」的身世背景，她是家住青島的山東人，會計學校畢業，領有二級會計師的執照，曾有過一次很不愉快的短暫婚姻，然後經過青島的一位台灣商人介紹給念洋濱海高爾夫俱樂部。

公安部經過了袁玲玲在深圳臥底的慘痛教訓，和用生命付出了代價後，絲毫不敢大意，不僅楊倩的背景是滴水不漏，還在楊倩身邊安排了四個公安幹警當隨伴臥底，他們是在辦公室打掃清潔的阿姨、高爾夫球場上的雜工、俱樂部美容廳女師父和王克明住所社區的保全。一旦柳楊啓動了緊急撤離行動，這四個公安幹警要負責保護她脫險，當年袁玲玲在緊急撤離時就是她一個人獨自奮戰，沒有任何保護，公安部在事後的檢討總結出來，這就是袁玲玲犧牲的主要原因。其次是王克明有很強的偵查和反偵查能力，所以這次公安部決定柳楊不使用任何的「工具」，以避免被發現，所有的情報都不能做記錄，由柳楊口述給清潔工阿姨或美容師，再由她們送出去或是轉述給另外的兩個臥底送出去，情報要到了公安人員手裏後才能做成報告。

這些對柳楊說來都不難，因爲她也是公安人員出身。但是公安部要求柳楊不可以提任何「刺探性」的問題，所有資訊都要從王克明的嘴裏主動說出來，換言之，柳楊需要和王克明戀愛，她要從一對戀人的談話裏將資訊引出來，她不能只是當一個男人的「性伴侶」，她需要進一步地成爲王克明真正的愛人，這一點是要靠她做女人的本性。

同時，公安部決定柳楊和王克明同居的時間不能超過六周，任何男女長期親密的生活在一起，暴露真相的機會是越來越大，並且他們也考慮到「斯德哥爾摩症」，在犯罪心理學裏有不少的案例，當被害者和犯罪人長期相處後，前者會愛上了後者。這對柳楊這種感情相當豐富的人，將會是最大的考驗。

六個星期後，楊倩在俱樂部的餐廳和王克明一起吃午餐時，接到她家裏從青島打來的電話，說是她母親生病住院，要她回去一趟。就這樣，楊倩離開了念洋市，臨走時是王克明送她去的機場。

飛機抵達青島時，楊倩變成了柳楊，何時做爲柳楊的戀人也去接機。公安部上一次的袁玲玲的臥底行動雖然取得了重大的情報，但是袁玲玲的犧牲給公安部一個很大的打擊，這一次柳楊的臥底行動是完全成功的，她取得了重要的情報同時沒有人員傷亡。

柳楊在酒店裏的浴室待了兩個小時，她想把附著在她身上所有的念洋市氣味洗得一乾二淨，然後就是男女久別重逢所帶來的激情，雖然那是互相思念的表現，但更重要的是將自己再度獻給對方，做爲重新獲取對方信任的保證。柳楊穿了一件何時的襯衫，寬寬大大的，兩條雪白修長的大腿全都露在外面，她坐在長沙發上靠在穿著浴袍的何時身上，兩人喝著福建南方出產的烏龍茶。柳楊抬頭親了何時一下：「你覺得這茶葉還行嗎？」

「我滿喜歡的。」

「太好了，我給你買了兩罐，還怕你不喜歡。」

「只要是你買的，我都喜歡。」

柳楊彎起膝蓋把兩條腿都放在沙發上，輕聲地說：「摸我。」

她閉上了眼睛，隔了一會兒說：「好舒服，如果能把這感覺裝在瓶子裏帶著走該有多好。」

又隔了一會兒沒有聲音，她睜開眼睛看見何時頭靠在沙發上，閉著眼睛：

「怎麼？是不是累了？要不要去休息了？」

「不累，我想跟你說說話。」

「對了，你還沒告訴我，給你們的情報有用嗎？」

「這就是我想跟你說的，公安部要我告訴你，你的任務非常成功，他們會發個獎狀給你，你可以用來申請恢復你公安人員的身分。還會有一筆獎金。」

「只要你高興就好了，我不是爲了錢。我是想替我丈夫和我自己討個公道，希望能幫助你們把常強發拿下。」

「獎金是規定的，不過能恢復身分是件好事，可以讓你重新開始。」

「我對你們案子的具體貢獻能透露一點嗎？」

「有很多事情還是不能說，但是我可以告訴你，我們的敵人不是小打小鬧的毛賊，他們有專人負責製造假情報讓我們去拿，或者更厲害的是通過第三者賣給我們，你的情報像是一個過濾器，讓我們可以從各個不同管道得到的消息中找出真實的情報。我們有了信心，就能計畫出有效的打擊他們的方案。」

「我是你的線民，那你是不是也被嘉獎了？」

「那當然少不了。」

「所以別忘了要特別的謝我。」

「一定。」

「我雖然不了解案子的詳情，但是從我看到和聽到的，王克明顯然是個公安部門的大叛徒，大貪污腐敗份子，應該馬上逮捕起來。」

「在你當臥底之前，我們之中還有人認爲他只是個不稱職的公安幹部，或者頂多是行爲上有問題而已。現在雖然這些疑點都沒了，但是也確定了他是境外恐怖組織的同路人，至少他爲了錢財上的好處接受熱則木日和張正雄的指揮。我們從多方面的情報證實，這兩個人是恐怖組織的核心份子。」

「那還等什麼呢？你們就不怕有一天王克明突然遠走高飛了？」

「我們已經布下了天羅地網，對他實施全方位的監控了。」

「但我還是不明白，留著他幹什麼？」

「柳楊，這就是我們面對的最大難題，我們有非常可靠的情報說，這個恐怖組織要發起比九一一更驚人的恐怖事件，我們只知道其中的一個事件會是在美國，另一個是在中國，但是正確的時間和地點都不知道。我們認爲王克明很可能是他們在中國行動計畫裏的一份子，很有可能還是負責人，所以不到最後時刻，我們是不會動他的。」

「看樣子，我還是沒拿到最重要、最關鍵的資訊。」

「你沒取得時間、地點的資訊，很可能是他們還沒有定下來，即使是定下來了，也可能還沒通知王克明。但是你得到了一個非常重要的資訊。」

「是嗎？」

「記得你以前告訴我們張正雄有個弟弟叫張信雄，是個走私軍火的，他收了熱則木日以常強發的名義匯給他的八十萬美金。我們查了，國際刑警組織有這個人的資料，證實了這個人是操控一個很大的非法軍火集團，從事收購、製造，改裝、運輸和販賣軍火的一條龍活動，這筆錢就是恐怖組織付給他購買爆炸裝置和運送到指定地點的費用。說不定他還會提供技術服務和培訓。」

「為什麼不把這人逮捕呢？」

「他的大本營是在菲律賓南部的民答那峨島，那裏的人信奉穆斯林，也有他們自己的武裝力量，他們和伊斯蘭主義者的恐怖組織有絲絲縷縷的關係，政府對他們的管轄一直是鞭長莫及。我們的判斷是張信雄是有地方武力的保護，要逮捕他不是那麼容易。他是以在台灣販賣私槍起家做到今天的世界級軍火販子，多年前台灣就在請求國際刑警組織協助通緝他了。」

「那他一定會知道事件要發生的時間和地點了。」

「一點不錯，他得安排在指定的時間把東西運到指定的地點。所以你的情報使我們將他視為我們最優先的目標。」

「也許他對你們要比王克明更重要。」

「完全正確，但是我們連張信雄的人在什麼地方都不能確定。」

「如果我在念洋市再多待一些日子，也許就能知道這個軍火販子的行蹤了。」

「柳楊，那絕對不行，太危險了。」

她把頭靠在何時的肩膀上，用手摸撫著他赤裸的胸脯，過了一會兒才說：「你是害怕久了我就會愛上王克明了，是不是？」

「我是擔心你的安全。王克明是一個反偵查能力很強的警察，也是個心狠手辣的殺人犯。公安部怕會影響你的臥底任務，不許我告訴你他就是殺害了我們在強發貿易公司深圳分公司佈置的臥底。那是個剛從警校畢業的女警察，她被王克明識破，王克明就先把她強姦了，再讓她受了很多的苦，最後還是把她殺了。」

「有人看見是他幹的嗎？」

「女警的屍體後來被發現了，從她陰道裏取出的精子DNA和王克明的相同。柳楊，我知道我沒有資格過問你的愛情生活，但我也不能把你往虎口裏送。」

「我知道你的心，所以我才心甘情願替你去臥底，公安部請不動我的。」

「王克明對你好嗎？」

「起初他把我當成是他的玩偶，對我很粗暴。」

「後來呢？」

「人性真的很奇怪的，我知道他是個殘暴的壞人，但他對心愛的女人是很溫柔的。」

「你們是不是每天都做愛？」

「何時，我明白你是關心我，很在意我，但是求你不要折磨自己了。」

「柳楊，請你回答我的問題。我阻止不了他佔有你的身體，但是你要告訴我真相，在我殺他之前，我要和他算這筆帳。」

「他在這方面的需要很強，他每晚都要我。」

「那你呢？你是不是也要他？」

柳楊完全可以感覺到何時的哀傷、無奈和憤怒，她用兩手緊緊的抱著他，薄薄的襯衫讓何時感覺到壓在他胸上的一對乳房。她說：「何時，我說了我明白你的心，我還要告訴你，我更沒有背叛我們之間的感情。我們女人對男女的事有兩種反應，一種是生理上的，在很多情況下，女人無法控制自己的生理反應。另一種反應是由感情帶動出來的生理反應，除了我丈夫外，你是唯一讓我動了心以後對你發瘋的男人。不錯，王克明是享受了我的身體，我對他也有了女人的生理反應，但是我的心是想著那是你在折騰我。」

「那可能嗎？你說他對你很溫柔，這不就是你對他的感覺嗎？它沒有讓你產生感情嗎？」

「何時，我對不起你，讓你的心受苦了，但是我真的沒有背叛我們之間的感情。請你不要生氣了，好嗎？」

何時沉默不語，他慢慢地把她身上的襯衫扣子一個個的解開，撫摸著柳楊一絲不掛躺在他懷裏的身體，她看何時不說話就又問：「在想什麼？是不是在恨我了？」

「我不恨你，是我要求你去臥底的，我怎麼會恨你呢？我是在害怕。」

「你是刑警，你怕什麼？」

「柳楊，我從來都沒想到我這輩子會愛上一個我不該愛的人，並且是愛得發瘋了。但是現在我很害怕會失去她。」

「何時，我愛你，我永遠是你的。」

「我相信你，有時候我恨我自己不夠理智，明明是我自己告訴你，王克明的反偵查能力太強了，唯一能保護你的就是要他動真感情，但是這些日子，我只要一閉上眼，就看見你把自己赤裸裸的身體獻給王克明，讓他在你身上折騰你。柳楊，你知道嗎？你要是再多待兩天，我非得發瘋不可。」

「你看，我這不是赤裸裸的獻身給你了嗎？不同的是，我的一顆火熱的心也給你了。」

「柳楊，你覺得王克明對你動了真情嗎？我真的是擔心你會露餡。」

「我想他是對我動了真情，他一下班就回家，要是比我先到家，他就會做好飯等我回家吃飯。」

「這不就是正常人的家居生活嗎？」

「王克明要我替他生個孩子，叫我不要避孕了。」

「他是動了真情，說不定他都想改邪歸正了，可見你對他的影響力。」

「他告訴我，他從來沒有愛過他的前妻，他愛的是嫌他不成材的前任未婚妻，他很坦然自若的告訴我，他是用非法的手段聚錢，就是要未婚妻知道，雖然他不是個優秀的警察，但他會是個很有錢的人，而現在有錢的人要比警察吃香多了。」

「你知道嗎？王克明的前妻和他的未婚妻，還有我的老婆都是警校的同學。」

「所以你們是認識很久了，這世界真小。」

「哦！對了！你以前說過我們公安人員裏有叛徒，但是沒名沒姓，從王克明那裏有沒有一些蛛絲馬跡？」

「他沒有在我面前提過有公安人員在他的集團，但是我有聽到他的兩次電話，對方好像是警察。」

「能聽出來這兩通電話的所在地嗎？」

「好像是上海。」

「柳楊，還有一件事你一定要老老實實的告訴我，王克明的床上功夫怎麼樣？」

「爲什麼要問？這重要嗎？」

「當然重要了，我不能忍受別的男人會讓你更爽。」

「終於口吐真言了，還是你大男人的小心眼在作祟，你要和他比床上功夫，別拿我當你們的競賽工具，不說！」

「看來我一定是居下風了，是你體貼我才不說，我命苦，只好繼續努力了。」

說完了，他又開始吻柳楊的全身，最後他把頭埋在她的大腿之間。

三天後，柳楊拿著公安部發給她的獎狀和獎金回到吉林老家，臨走的時候，何時告訴她彭建悅在洛城被槍殺的事。

在北京，袁華濤去拜訪了國家安全部的領導，他說是來打聽一下「維族自助會」的背景和組織。結果什麼都還沒說前，就把袁華濤好好地「審問」了一遍，等他把公安部怎麼知道「自助會」的來龍去脈都說清楚了後，國安部才把他們知道的情況告訴了袁華濤。

原來「維族自助會」是最近才成立的，它是屬於被聯合國認定爲恐怖組織的「東伊運」裏的一個分支單位，成員基本上都是來自逃竄到境外的新疆非法集團份子。「自助會」的唯一目的，就是配合國際恐怖組織在中國境內進行恐怖活動。他們現在已經發起了籌集活動經費、招募恐怖份子、發展恐怖組織，「自助會」先後組織了數十名成員以各種方式到達巴基斯坦北部山區的訓練營，接受了體能及技能的培訓，包括了槍械、戰術、製爆、製毒等方面的訓練。

到目前爲止，「自助會」和國際恐怖組織共同策劃，分別派遣了十餘名「東伊運」成員，通過非法管道陸續潛入中國境內購買製爆和製毒的化學原料，從事製爆製毒活動，並且購置了用於實施恐怖襲擊的車輛。根據情報，「維族自助會」是由國際恐怖組織裏的一名年輕漢族女人領導，她是一位受過高等教育和有多種語言能力的高級行動員，她多次進出中國，也曾隱蔽定居在其他國家。

上海浦西最熱鬧的一條大馬路就是淮海中路了，一整天大部分的時間路上都是車水馬龍，沒有間斷過。這裏新開了一家新式的汽車美容洗車場，生意很好，一天二十四小時營業。所幸的是老闆有先見之明，洗車場有個大的地下停車庫，所以才沒造成擁擠排隊的現象，而影響了交通。

一般的洗車場，車主一停車下來後，就有五、六個洗車工上來對汽車的內外開始清潔工作。如果洗完了還要打蠟，就需要一個多小時或兩小時以上的時間。但是這家新的洗車場將大部分的作業自動化了，保證了質量標準，其次是大大的把時間縮短了，整個洗車過程不超過十五分鐘。

當車輛一停在指定的地點後，車主要下來到休息室，可以喝飲料或是在落地窗前觀看整個的洗滌過程。首先汽車內部被人用強力真空吸塵器將前後座位、地板和車廂吸一次。然後有人將車開上運行中的輸送帶，並且將輪子安全地固定在上面，這樣就開始了自動化的洗車。最先是一連串的噴嘴用高壓的水將車身沖洗，再向前輸送，車身下方出現空間，有高壓和高溫的蒸汽將車底的泥垢和油污除去；再往前走就進入了噴灑清潔劑，也就是液體肥皂和擦洗，在那裏有六個轉輪帶動的圓型絨布刷子把汽車的前左坐右和車頂刷得一乾二淨，然後又是噴水把肥皂沫都沖洗掉；再下去就是吹風段，有好幾個吹風機將車身吹乾，一滴水都不剩下；再往前就是自動打蠟的地方，汽車一邊往前輸送，一邊就從噴嘴裏將車主事先選好的，高、中或低檔的蠟將車身上了一層很均勻的蠟，然後汽車就會進到打光地區，那裏在車的兩邊和車頂有筒狀的快速滾動的絨毛刷子，車子經過這裏後就會是光彩照人了，自動洗車的過程到此就完成了。

當車子到了輸送帶的終點後，就有人將車子開到休息室前的停車庫，同時在休息室也會廣播說某車號的車已洗好了，當車主來取車時，他會看到三、四個洗車工手裏拿著抹布做最後的清理，特別是汽車車窗的裏面要抹乾淨，然後噴一點香水把香菸的味道去掉。整個過程很吸引人，常有一家人一起來看洗車的。

現代化的洗車場還保持了舊洗車場的一個傳統，那就是雇用的洗車工都是最低工資的「臨時工」，他們是幹一天活拿一天工錢。沒有任何勞動合約，也沒有任何保險等的手續，而最重要的是，不需要身分證就能掙到一天的工錢，完全和在馬路上請個民工到家來給十塊錢，請他搬個重東西一樣。因此，在上海有不少想生存而又要隱蔽的人，就會到洗車場去掙個吃飯錢。

這一天，是上海蘆灣區公安局的治安民警老張的休息日，他搭公交車來到淮海中路的瑞安廣場買衣服。通常這裏不是老張購物的地方，東西太高檔並且價錢也太貴了。老張的外孫女要過十歲的生日了，他老伴說淮海中路有一家服裝店正在清倉大拍賣，她看上了一件漂亮的衣服想送給孫女，因爲身上錢不夠，把東西存在櫃檯打電話叫老張來付款取貨。

老張付了錢拿了衣服，要回家時經過這家新式的洗車場，他停下來看看到底是個什麼玩意兒。洗車場上有十來二十個洗車工跑來跑去地忙著，他們正在爲三輛車做內部清潔和吸塵。其中的一輛車牌號似乎就是公安部經犯司特別專案組發出的車輛搜索通告所要的，老張不敢確定，他拿出手機撥通了派他工作的派出所，問到了專案組的值班電話，他通報了洗車場上他所疑心車子的牌號。

楊冰把車停在離洗車場五十公尺遠的對街邊。當她和馮丹娜走進洗車場對面的麥當勞時，老張就迎了上來。他們雖然沒見過，老張還是一眼就看出來這兩位女警。他開門見山就說：「洗車的人太多，我還不能確定目標車輛的車主是誰。」

楊冰伸手和老張握了一下說：「我是專案組的楊冰，您是老張吧？她是馮丹娜。車主都是在什麼地方等他們的車？」

老張指了指洗車場說：「基本是在那裏的大廳休息室。」

楊冰拿出齊建勇發過來的照片給老張看：「休息室裏有這個人嗎？」

老張很仔細地看了看照片說：「我不敢確定就是這個人，但是休息室裏是有兩個維族人，他們都戴著白帽子，很容易認出來。」

楊冰說：「老張，休息室有幾個門？」

老張說：「對著大馬路有個前門，後面還有個小門，我相信是通後街的。」

楊冰說：「好！老張，我們要拿下這兩個維族人，您能幫個忙嗎？」

老張：「沒問題，應該的。說吧，要我幹什麼？」

楊冰：「小馮，你先過去，繞到後街進入休息室。老張，你和我從前門進去，見機逮捕嫌疑人。」

楊冰看見馮丹娜進入了位置後，就和老張快步地穿越斑馬線過街進入洗車場。她透過休息室的玻璃門，清楚地看見了目標賽甫丁坐在門邊的一張椅子上看報，另外一個戴著白帽的年輕人沒有坐在他身邊，而是坐在靠後門的地方。當老張剛把休息室的前門打開時，就聽見一個洗車工大聲地呼叫：「條子來了，快逃！」

當好幾個洗車工突然拔足飛奔朝洗車場旁邊的巷子跑時，楊冰和民警老張閃身進了休息室，她看見賽甫丁站了起來，拿出手機快撥後對著手機大喊：「暴露了，快撤！」

楊冰高舉著警證大喊：「賽甫丁，我是警察，放下手機，舉起手來，你被逮捕了。」

賽甫丁的臉上露出一種很奇怪的笑容：「警察同志，我是犯了什麼罪？」

楊冰：「你殺害了趙思霞。馬上放下手機，把手舉起來。」

賽甫丁：「是，是，看我把手機放在椅子上。」

他慢慢地彎下腰，小心地把手機放在他原先坐的椅子上。然後再緩慢地直起身來，雙手也開始往上舉，突然賽甫丁的右手伸往腰間，民警老張大叫：「他有槍！」

一把黑呼呼的四五式手槍握在賽甫丁的手裏，他正要瞄向楊冰時，民警老張已經飛身撲上來了。這時洗車場的休息室裏傳出了兩聲槍響，開槍時刻相距非常的近，聽起來就像是一聲巨大的槍響。兩個人中槍倒地，一個是民警老張，他中了賽甫丁的一槍，另一個就是開槍的賽甫丁。楊冰在老張飛身撲上去時也拔槍射擊，她的一槍射中了殺害趙思霞兇手的腦門。另一個維族人起身要奪門逃跑，但是馮丹娜的槍已經指著他了，他的雙腿突然軟了下來。

楊冰對馮丹娜說：「快叫救護車，說警察負了槍傷。要兩部車，還有一個犯罪嫌疑人也中槍了。馬上向葛琴報告情況，要求封鎖洗車場，清查所有的工作人員。」

楊冰從椅子上拿起賽甫丁的手幾，查看了他剛打的電話號碼，她認出那是阿爾泰進出口公司的號碼。楊冰拿出自己的手機快撥給何時：「老何，賽甫丁剛剛開槍拒捕，我把他斃了。但是他及時通知了阿爾泰公司，你趕快組織警力把阿爾泰包圍起來，注意安全，他們有槍。」

楊冰又接通了袁華濤，向他彙報了剛剛發生的情況，袁華濤指示楊冰說：「告訴何時立刻把阿爾泰端了。所有的人都要拿下，一個都不能跑了，明白嗎？」

楊冰回答說：「是，保證完成任務。」

袁華濤：「楊冰，要注意安全，這些都是亡命之徒。」

楊冰：「是，一定會注意安全，請部長放心。」

袁華濤：「冰兒，聽我說，袁玲玲已經走了，你一定要給我活著，這是命令。」

楊冰：「爸爸，我一定會的。我不是答應了玲玲要照顧您嗎？」

在電話兩頭的父親和女兒，他們的眼眶都紅了，但是都感到了一股無比的溫暖。

楊冰跪在倒在地上的民警老張的身邊，他的上身已經染滿了鮮血，她把老張的上衣撕開，馬上就看見子彈是打在左胸，彈孔就在鎖骨下方，大量的血不斷地流出來，楊冰對著他大聲地說：「老張，挺住了，救護車馬上就到了。」

老張的呼吸已是氣若游絲：「千萬不能讓我的小孫女知道我是來給她買生日禮物的。」

「老張，你一定要把這禮物親手交給你孫女。現在你千萬不能睡著了。」

老張沒有回答，他的臉色很快變得蒼白，楊冰又開口了：「我要給你止血，會很疼的，一定要堅持住。」

楊冰將手帕拿出來塞進老張的傷口，但是血還在不停地流，白色的手帕成了鮮紅色，子彈一定是擊中了血管。她用力將老張襯衫的袖子給撕下來，也塞進了傷口，又用老張的腰帶從右肩到左臂腋下綁起來，緊緊地將傷口壓住。血流似乎是停止了，但是老張的臉色也變得像紙一樣白。馮丹娜走過來問：「民警能挺過來嗎？」

楊冰沒回答，倒是把她上下地打量一下：「你沒事吧？賽甫丁的情況怎麼樣？」

「我看是死了，沒有呼吸了。我看見他手上突然出現了手槍，把我嚇了一跳。可是楊姐，你出槍真快啊，賽甫丁可能還不知道是誰斃了他。」

「那一槍是爲趙思霞打的。另一個嫌疑犯呢？」

「銬起來了，還趴在那發抖。」

救護車和警車刺耳的警笛聲越來越近了，楊冰這才注意到民警老張的兩手都握著東西。一隻手上是警證，另一隻手上是個塑膠袋，楊冰把兩樣東西都取在手裏，她打開了警證看到老張的名字是叫張得勝，很可能是當兵出身的，再打開了塑膠袋，裏頭有件小孩的衣服。

「小馮，你把嫌疑犯先帶到專案組，馬上審問。我要去一趟蘆灣區的治安大隊，把老張的警證和這小衣服給送過去。」

「好，記得先把你手上的血洗乾淨了。」

治安民警張得勝因傷勢過重犧牲了。

賽甫丁的同夥切克曼在接到電話後，立刻和另一個曾受過恐怖活動訓練的維吾爾人亞庫依撤離。當何時指揮特警把阿爾泰進出口公司包圍拿下時還是晚了一步，這兩個人已經開車走了。等到何時掌握了情況時，已經是二十分鐘過去了，根據大樓保全所提供的資訊，何時將這兩人的特徵和他們車子的型號、車牌號，以緊急追緝逃犯的方式通知了全上海市的監控點，還重點強調了逃犯是持有槍械的。兩個多小時後，專案組接到虹口區公安局的通知說發現了嫌疑車輛，停在路邊。楊冰接通了何時的手機：「你還在阿爾泰嗎？」

「楊冰，我們走運了，原來這裏是自助會的大窩點，你看了他們的文件會把你嚇死。」

「也該是輪到我們走運的時候了，你馬上到四川北路去，我們剛接到可靠的情報，說是看見了我們要的車停在那兒，何時，你知道那個新亞大酒店嗎？專案組刑警都在那裏緊急集合，特警隊也已經出動了。」

「是不是那間很老的旅館？等我，我馬上到。」

根據新亞大酒店的值班大廳副理說，大概兩小時前，是有兩個維族人把車停在路邊後進到了大廳，大廳副理跟他們說門口是不能停車的，請他們把車停到地下停車場。但是他們說是來找人，會馬上離開。果然，兩分鐘後他們走了，但是奇怪的是他們沒開車，步行朝停車相反的方向走了。大廳裏除了楊冰和專案組的外勤人員外，還有全副武裝的特警小分隊隊長。楊冰說：「我認為切克曼和亞庫依覺得開著阿爾泰公司的車太危險，所以棄車逃亡。很可能他們是在等天黑後再混進新疆村裏頭，也很可能他們是在等接應他們的人。」

何時：「你覺得他們目前的位置可能在什麼地方？」

楊冰：「如果是做為預先定好的避難點或是接頭點，我認為就應該在這附近。而前面的那棟要拆遷的廢棄大樓很有可能。小馮已經去偵查了。」

何時：「要是他們真的躲藏在那裏，麻煩就大了。」

楊冰的手機響了，是馮丹娜打來的：「我是楊冰，有情況嗎？」

「有一個住在附近的老太太說，看見有兩個戴白帽的新疆人走進大樓裏。還有一個擺攤子賣香菸的人也說看見過。他們形容目標所穿的衣服基本是對了。」

「繼續觀察，注意安全。」

楊冰合上了手機，回過頭來問特警分隊的隊長：「你的人現在什麼地方？」

「他們都還在一輛大巴裏，大巴是停在新亞酒店的後面。」

「那你現在把大巴移動到離目標大樓五十公尺的地方，聽我的命令才離開大巴進入位置。」

「明白。」

這棟廢棄的大樓是在解放前建築的飯店，十年前飯店關門，說是賣給了新的主人準備拆了重建一個星級大酒店。但是新主人遇到財務困難，又把大樓賣給另一個投資人，但也是遲遲沒動工，聽說也是因爲錢的問題。因此這幾年來這裏就成了龍蛇混雜，三不管的地方。很多生活在社會邊緣的人就把這大樓當成了家和「幹活」的地方，包括了販賣毒品和從事其他非法活動的人。

雖然大樓有鐵絲網的圍牆，但也是千瘡百孔，很容易就能進來。大樓是長方型的，中間是南北方向的走道，走道兩邊都是房間。大門在中間，南北兩頭都有邊門。電梯是設在中間，現在已經拆掉了，所以上下樓只能用中間和兩頭的樓梯。

楊冰的手機又響了，還是馮丹娜打來的：「小馮，有情況嗎？」

「一個來吸毒的剛被我逮住了，他確定在四樓樓梯間看到我們的兩個目標。」

「你現在的位置在哪？」

「一樓大門口。」

「何時和吳可威馬上去接應你。」

楊冰命令特警立刻將三個上下的樓梯控制，並且要目視每一層樓的走廊。她到達現場時，特警分隊報告已經進入了位置，專案組的人也到了。

楊冰到達廢棄大樓的大門時，只看到馮丹娜，沒見到何時，她打開手機：「老何，我到樓下了，情況如何？」

「我們只是順著大樓中間的樓梯大概的看了一下。這裏非常不利於我們的搜尋，每層樓都有二十多間屋子，我們要找的人可以躲藏在任何的一間。」

「那你現在的位置呢？」

「我們在四樓中間樓梯的進口。」

「能看到所有的上下樓梯口嗎？」

「可以的。」

「很好。你現在就守在四樓的中間樓梯口，我們會分成三個小組，從三個樓梯往上走，每一層的每一間屋子都要搜查。老何，你帶了對講機嗎？」

「帶了。」

「我們用第二通道，將它打開。第一通道用來和特警通話。」

楊冰馬上就組織了三個小組，每小組有兩名刑警和一名特警，第一組由她自己領頭沿中間的樓梯上。第二組和第三組也是由刑警領頭沿南北兩頭的樓梯上。楊冰指示每組到達每一層樓後要從最近的房間開始，逐房間搜查。搜查時，特警停留在門口，盡可能和其他兩組保持視線接觸，兩名刑警進入房間搜查洗手間和衣櫥。進到每一層和每一個房間都要通報。她要大家穿上防彈背心，並且一定要注意在狹小空間裏開槍會造成的可能意外。然後就開始了搜捕行動。

當楊冰一進到一樓的中央樓梯口時，馬上就注意到兩件事，第一是因爲沒有電，大樓裏沒燈光，走廊裏的光線都從每個房間的門透出來的，外面天色慢慢的黑了，樓內很昏暗，如果全黑了，搜捕行動將更困難。第二是一股濃重的臭氣熏天，沒有電，也沒有水，但是還是有人用馬桶，這裏就成爲糞池了。每一層樓的樓梯都是分爲兩段，中間是一塊地板，樓梯就在此做三百六十度的方向改變。這樣很容易就能看見上下樓梯間有沒有人。樓梯和走廊間的門和每個房間的門都被人拆卸走了，顯示樓層數的牌子也都不見了。

對講機裏不時傳來緊張的報告：

「二組到達三樓，走廊安全。」

「三組到達三樓，走廊安全。」

「一組呼叫全體，開始三樓逐屋搜查。」

三樓搜查完畢後，楊冰帶著她的人開始上第四層樓，在樓梯間，她看見何時和吳可威伏身在階梯上，注視著走廊，他們的手裏都握著已經上膛的槍，何時聽見身後有聲音，一個翻滾就面向後面，他馬上看見了楊冰手中高舉的警證，已經抬起來握著槍的手就放下來了。

楊冰說：「有動靜嗎？」

「什麼都沒有，我看這樣不行啊，天一黑就麻煩了。」

這時楊冰的對講機傳出聲音：

「特警分隊，發現五〇七號房間有人。」

楊冰下令二組和三組繼續搜查四樓，她叫何時和吳可威由北面的樓梯上到五樓，就堵住在樓梯口，她和馮丹娜沿著中間的樓梯飛速地上到了五樓，五〇七室就是夾在北邊和中間的樓梯之間。因爲上樓梯跑得太快了，楊冰不停地喘氣。大樓裏的房間是在走廊的兩邊，靠東邊的是雙號房間，靠西邊的是單號房間，她看見何時和吳可威進入了位置，她將對講機轉到第一頻道：

「一組進入五樓中央樓梯口，要求特警對五〇七室窗戶射擊十秒鐘，粉碎所有的玻璃。」

大樓裏馬上響起了衝鋒槍快速射擊的聲音和玻璃粉碎的聲音。在此同時，楊冰用對講機向何時下命令：「老何，準備掩護我進入五一一室。」

何時和吳可威的兩支槍對準了沒有房門的五〇七室門口，等待十秒鐘沒有動靜，他向對講機喊說：

「五〇七室進入射線，行動！」

伏身在地板上的楊冰和馮丹娜，騰身而起，快速閃身進入對面的五一一室。他們交互掩護對方朝五〇七室接近。最後他們進入了斜對面的五〇八室。從那裏，他們看得見五〇七室沒有了門的房門口，但是由於角度的關係，看不見房間裏面。她大聲地喊：「在裏頭的切克曼和亞庫依聽好了，你們看清楚了吧？你們的路到頭了，已經無路可走了，把槍扔出來，舉起手往外走吧！」

隔了好一陣子，五〇七室傳出了一聲槍響，然後就沒動靜了，在五〇八室裏的何時有點不耐煩了，他說：「要不要衝進去了？」

「再等一下。」

就在這時，五〇七室傳出來了叫聲：

「偉大的真主！」

然後又響起一聲槍聲。何時雙手握槍指著前方衝出了五〇八室，一步就跨進了五〇七室，然後就地打一個滾，起身單膝跪地，在這過程，他的雙手一直是指著前方，楊冰以同樣的動作跟在何時後面。他們幾乎是同時喊：「不許動，舉起手來。」

他們的槍指著在他們前面的兩個人，他們面對面靠牆坐在地上，一動都不動。他們兩人都是頭部中彈，已經斷氣了。

請續看《遠方的追緝》下冊

長篇小說

遠方的追緝（上）

作　者　追風人
出版者　風雲時代出版股份有限公司
出版所　風雲時代出版股份有限公司
地　址　105台北市民生東路五段一七八號七樓之三
風雲書網　http://www.eastbooks.com.tw
官方部落格　http://eastbooks.pixnet.net/blog
電子信箱　h7560949@ms15.hinet.net
服務專線　（〇二）二七五六—〇九四九
傳　真　（〇二）二七六五—三七九九
郵撥帳號　一二〇四三二九一
執行主編　劉依慈
封面設計　風雲時代編輯小組
法律顧問　永然法律事務所　李永然律師
　　　　　北辰著作權事務所　蕭雄淋律師
版權授權　陳介中
出版日期　二〇一一年二月初版
定　價　新台幣三二〇元
總經銷　成信文化事業股份有限公司
地　址　台北縣新店市中正路四維巷二弄二號四樓
電　話　（〇二）二二一九—二〇八〇
行政院新聞局局版台業字第三五九五號
營利事業統一編號二二七五九九三五

國家圖書館出版品預行編目資料

遠方的追緝　／　追風人著. —— 初版. —— 臺北市
：風雲時代，2011 . 01
　冊；　公分

ISBN 978-986-146-735-1（上冊：平裝）. ——
ISBN 978-986-146-736-8（下冊：平裝）. ——

857.7　　　　99022334